中国古典文学
读本丛书典藏

清文选

刘世南 刘松来 选注

人民文学出版社

图书在版编目（CIP）数据

清文选／刘世南，刘松来选注.—北京：人民文学出版社，2020
（中国古典文学读本丛书典藏）
ISBN 978-7-02-015760-0

Ⅰ.①清… Ⅱ.①刘…②刘… Ⅲ.①古典散文—散文集—中国—清代 Ⅳ.①I264.9

中国版本图书馆 CIP 数据核字（2019）第 221827 号

责任编辑　葛云波
装帧设计　陶　雷
责任印制　王重艺

出版发行　人民文学出版社
社　　址　北京市朝内大街 166 号
邮政编码　100705
网　　址　http：//www.rw-cn.com

印　　刷　三河市博文印刷有限公司
经　　销　全国新华书店等

字　　数　435 千字
开　　本　880 毫米×1230 毫米　1/32
印　　张　20.5　插页 3
印　　数　1—5000
版　　次　2006 年 1 月北京第 1 版
印　　次　2020 年 1 月第 1 次印刷

书　　号　978-7-02-015760-0
定　　价　62.00 元

如有印装质量问题，请与本社图书销售中心调换。电话：010-65233595

目 录

前言 1

钱谦益二篇
 为柳敬亭募葬地疏 1
 题纪伯紫诗 7

孙奇逢一篇
 一茅记 11

杜濬一篇
 与孙豹人书 13

傅山一篇
 家训——训子侄 17

吴伟业一篇
 黄陶庵文集序 21

黄宗羲二篇
 原君 25
 怪说 30

彭士望一篇
 九牛坝观觝戏记 33

方以智一篇
 书晋贤传后 42

李渔一篇
 制师尚书李邺园先生靖逆凯歌序 46

钱澄之一篇
　　寓武水为家塞庵阁学复贝勒书　52
归　庄二篇
　　笔耕说　59
　　《看牡丹诗》自序　62
顾炎武二篇
　　与友人论学书　65
　　复庵记　72
方孝标一篇
　　王安石论　76
施闰章一篇
　　就亭记　81
侯方域二篇
　　癸未去金陵日与阮光禄书　85
　　马伶传　90
王夫之二篇
　　船山记　95
　　自题墓石　100
魏　禧二篇
　　大铁椎传　103
　　复六松书　107
汪　琬一篇
　　江天一传　109
姜宸英一篇
　　奇零草序　116
朱彝尊一篇
　　池北书库记　120

吕留良一篇
　　题钱湘灵和陶诗　125

屈大均一篇
　　二史草堂记　129

唐　甄一篇
　　室语　132

郑日奎二篇
　　游钓台记　137
　　醉书斋记　142

王士禛三篇
　　红桥游记　147
　　焦山题名记　150
　　吴顺恪六奇别传　151

邵长蘅二篇
　　八大山人传　156
　　夜游孤山记　160

蒲松龄二篇
　　急难　163
　　上王司寇书　164

万斯同一篇
　　读《湖武实录》　168

戴名世二篇
　　醉乡记　171
　　与弟书　173

纳兰性德一篇
　　原诗　176

方　苞 二篇
　　狱中杂记　180
　　左忠毅公逸事　188

李　绂 二篇
　　无怒轩记　191
　　祭友人文　192

谢济世 一篇
　　戆子记　197

郑　燮 一篇
　　范县署中寄舍弟墨第四书　201

胡天游 一篇
　　命说　206

杭世骏 一篇
　　王佩箴刊《不自弃文》跋　211

刘大櫆 二篇
　　无斋记　214
　　游万柳堂记　217

全祖望 一篇
　　梅花岭记　219

彭端淑 一篇
　　为学一首示子侄　225

袁　枚 三篇
　　黄生借书说　228
　　祭妹文　231
　　答人求娶妾　238

王鸣盛 一篇
　　西庄课耕图记　242

纪　昀 一篇
　　再与朝鲜洪耳溪书　246
汪　缙 一篇
　　记袁简斋语　250
蒋士铨 二篇
　　鸣机夜课图记　253
　　龚一足传　262
钱大昕 二篇
　　记先大父逸事　265
　　弈喻　268
姚　鼐 二篇
　　登泰山记　271
　　复鲁絜非书　275
翁方纲 二篇
　　赵子昂论　281
　　送姚姬川郎中归桐城序　285
李调元 一篇
　　左擗子传　287
崔　述 一篇
　　冉氏烹狗记　291
汪　中 一篇
　　自序　296
洪亮吉 二篇
　　治平篇　307
　　出关与毕侍郎笺　311
铁　保 二篇
　　徕宁果木记　316

王聋子、郭风子二医人传　318
阮　元一篇
　　记任昭才　324
郝懿行一篇
　　田光福　327
恽　敬一篇
　　谢南冈小传　331
曾　燠一篇
　　伤逝铭　334
张惠言一篇
　　送张文在分发甘肃序　340
焦　循二篇
　　申戴　344
　　书《鲒埼亭集》后　348
陈用光一篇
　　习勤书屋记　351
李兆洛一篇
　　菜根香室题壁　355
盛大士一篇
　　澹然居记　359
陈寿祺一篇
　　答张亨甫书　365
陈文述一篇
　　孙莲水传　372
陆继辂三篇
　　篔谷图记　376

记顾眉生画象　378
　　记恽子居语　380
包世臣一篇
　　小倦游阁记　384
刘逢禄一篇
　　岁暮怀人诗小序　388
胡承珙一篇
　　得树亭记　394
管　同一篇
　　登扫叶楼记　397
张　澍一篇
　　吊徐孺子文　400
钱仪吉一篇
　　书嵇文恭公逸事　406
刘　开一篇
　　问说　411
路　德一篇
　　墨子论　416
潘德舆一篇
　　震峰老人传　423
黄本骥一篇
　　嘉善徐君兴黔西橡茧说　427
姚　莹三篇
　　桂警轩记　431
　　十幸斋记　433
　　仆者陈忠传　440

梅曾亮 二篇
　　韩非论　445
　　钵山馀霞阁记　448

朱骏声 一篇
　　记剑侠　451

袁　翼 一篇
　　书《俄罗斯行程录》后　455

龚自珍 四篇
　　乙丙之际箸议第七　462
　　乙丙之际箸议第九　465
　　明良论二　469
　　己亥六月重过扬州记　476

魏　源 一篇
　　《海国图志》叙　483

沈　垚 二篇
　　记汤侍郎告门生语　491
　　记小皮受挞　494

汪士铎 一篇
　　记江乐峰大令事　498

鲁一同 三篇
　　致宥函　503
　　书张秀　506
　　拟论姚莹功罪状　508

郑　珍 一篇
　　《母教录》自序　515

冯桂芬 一篇
　　五十自讼文　519

曾国藩二篇
　　原才　525
　　欧阳生文集序　529

蒋湘南一篇
　　读《汉书·游侠传》　537

郭嵩焘二篇
　　《罪言存略》小引　541
　　与友人论仿行西法　547

俞　樾二篇
　　暴方子传　553
　　封建郡县说　558

张裕钊一篇
　　送黎莼斋使英吉利序　563

王　韬一篇
　　纪英国政治　570

王闿运一篇
　　今列女传·辩通　576

吴汝纶一篇
　　《天演论》序　581

谭嗣同一篇
　　《仁学》选　588

章炳麟二篇
　　谢本师　609
　　序《革命军》　613

梁启超一篇
　　少年中国说　621

前　言

拙著《清诗流派史》，1995年在中国台北文津出版有限公司，以繁体直排本出版后，2004年又承人民文学出版社以简体横排本出版。与此同时，人文社又邀我编注一部《清文选》。我欣然接受了这一份信任和委托。考虑到自己年已八十一岁，经征得出版社同意，我邀请了本校文学院副院长刘松来教授合作。他不仅欣然同意，而且主动承担了许多事务性工作，这是我应当十分感谢的。

一

我们合作后，首先考虑的是选文标准。

清人的散文，正如《清史稿·文苑传论》所说："清代学术，超汉越宋，论者至欲特立'清学'之名。而文、学并重，亦足于汉、唐、宋、明以外，别树一宗。"所谓"文、学并重"，正如清诗的特色是"学人之诗"与"诗人之诗"的统一，清人的文，也是"文"与"学"的统一。但是，这是就大体而言，落实到不同时代、不同作者，就有畸轻畸重的不同。例如朴学家、理学家之文偏于学，较质朴；而文人之文偏于文，较绮丽。这是一方面。另外，从我们选文的角度来说，还有另外的标准。那就是：我们是为今天和以后相当长一段时间内的读者选的。我们固然要让这些读者能够全面了解清文的面目，而更重要的是让这些读者可以从这些选文中获得思想上和艺术上的滋养。因此，那些纯粹为帝王歌功颂德的文章（尽管从史学角度看，它也有一定的认识价值）不选；纯粹是朴学家、理学家的论学之文不选；旌表烈妇、节妇和贞女的充满封建观念的文字不选；宣扬保守、反动思想的文章也不选。

我们定的总目标是：选出当代人需要而且能够理解、接受的文章。在此前提下，我们主要从六个方面来考虑：

（1）有个性的；

（2）有真情的；

（3）反映时代现实的；

（4）反映新事物的；

（5）表现新思想的；

（6）故事性强又有教育意义的。

总之，我们的原则是既选名家，也选小家，纯以文章优劣定取舍。所以本书所选的很多作者和作品是其他选本所没有的。

确定了选文标准后，我们又用了很多时间来确定选目。开始时，有意不查阅前人和今人现成选本的目录，而是遵循顾炎武的教导"采铜于山"，从《四库全书》和《续修四库全书》清人别集中去选。一本一本、一篇一篇去翻，从中选定篇目。然后拿来和已出版的清文选目对照。按照思想性与艺术性兼顾的原则，既不故意回避别人已选篇目，也不轻易认同，而是按照我们的既定标准，来决定取与舍。以袁枚为例，《黄生借书说》和《祭妹文》，多为一般选本所有，而《答人求娶妾》，则为他本所无。

在注释方面，我们也有自己的原则，就是遇到别人已注过的文章，我们先不看别人的注，而是自己先注，然后再拿来与别人的注参对。所以读者可以对勘，凡是相同的选文，我们注得均较详较细，对少数他本误注处，我们尽量纠正。总之，少数篇章，参考则有之，却决不抄袭他人成果。

二

下面我想谈谈清文的特色。清文的特色，如不以本书所选的文章

为限,就全体而言,可以概括为下列四点:

(1)文化积淀深厚,学术化倾向明显;

(2)风格多样,而流派单一(这点在后面会专门谈到);

(3)有些文章显得理性有馀,灵性不足;

(4)注重经世致用,轻视审美情趣。

当然,由于本书是尽量避免其缺点来选的,上面的这些特点不一定能完全反映出来。

要了解上述四个特点的来由,得先了解清代学风的特殊性。

清初学风强调博学多识、经世致用,这是对明人空疏不学、游谈无根这一颓风的反拨。后因文网日密,转为脱离现实的考据训诂。自道、咸后,国门被强迫打开,欧风东渐,逐渐输入了较之封建社会更先进的世界观、价值观,和自成体系的哲理、政教,尤其是新的美学方法论。这些都必然深刻影响到文人的创作。以姚鼐为例,一篇《登泰山记》,不过是山水游记,这种文体古已有之,然而姚氏在叙事写景之馀,却进行了考证:"中谷绕泰安城下,郦道元所谓环水也。""古时登山,循东谷入,""东谷者,古谓之天门溪水"。为什么要写这些?当然不是掉书袋,更不是破坏桐城"义法"特标出的"雅洁",而是这几处考证文字,更能显示出这天下第一名山的历史地位和份量。这种写法正是朴学学风对古文创作的影响。

先从形式看,清文的雅与俗是非常明显的,但基本上是由古雅而逐渐通俗化。

从选文看,姚鼐、汪中、刘逢禄、陈寿祺、龚自珍、曾国藩、章炳麟,他们的古文,可算是尽雅了。而傅山、汪缙、郑燮、谭嗣同、梁启超,可谓尽俗了(借用章炳麟评王闿运诗文语)。但是,古奥高雅如章炳麟之文,其本人也承认没有实用价值。谭嗣同,你看被他鄙为"旧学"的《寥天一阁文》《远遗堂集外文》,都是中规中矩的古文,然而他作《仁学》及

3

《报章文辑》，却毫不在乎顽固派骂他"繁芜阘茸"。所以，"五四"时期的白话文运动决非无源之水，它是其来有自的。时代的苦难，民族的危亡，西方先进思想的输入，使士大夫转变为新型知识分子，两眼开始从对圣帝明王的仰望，转而向草野小民作一番俯瞰，逐渐认识到他们旋乾转坤的巨大力量，对文章的功能自然也有了新认识，这就使得文章从内容到形式都起了根本性的变化。

决定清文特色的，主要是内容。孙奇逢对樊迟学稼的全新解释，黄宗羲对君主的看法，方孝标的王安石论，洪亮吉的人口论，路德的墨子论，焦循的心理分析，龚自珍的衰世说，冯桂芬的理财说，俞樾的封建郡县并用说，都是石破天惊，前无古人的。另外，如冯桂芬、郭嵩焘、王韬、吴汝纶、张裕钊、谭嗣同、梁启超、章炳麟，对西方先进制度的介绍、歌颂，对腐败政治的揭露、抨击，都打上了极鲜明的时代烙印，决非此前列朝所能出现的。

由于前清和我们距离较近，我们的选文里也有几篇是写清官的，目的是和现实对照。过去我们长期受到极左思潮的误导，总觉得"洪洞县里无好人"，封建社会的大小官吏都是豺狼虎豹，吃人不吐骨头。现实逐渐擦亮了我们的眼睛，使我们认识到，就在封建统治下，也还是有清官的，有为百姓实心实意办事的。《记江乐峰大令事》、《暴方子传》、《嘉善徐君兴黔西橡茧说》，就提供了三个典型。

可惜沈垚的书信无法选入，太多了。有心的读者可以找《落帆楼文集》看看，很多内容可以和龚自珍的政论文参合着看。我们选了他的《记汤侍郎告门生语》，有兴趣的读者不妨去看看《清史列传》和《清史稿》，那位理学名臣在这些高文典册里是一种什么形象，沈垚的短文却像贾瑞手中的风月宝鉴一样，照出了伪道学的原形。

上述种种内容，的确需要一种更为大众化的文学载体。这一历史任务，直到"五四"才基本完成。

三

清文之所以能集大成，是封建社会发展规律和古文自身发展规律两者交汇的结果。

何谓集大成？桐城派的姚鼐提出了一个古文创作原则，即考证、义理、词章三者的统一。我以为，这就是集大成。考证，是对汉学的继承；义理，是对宋学的继承；词章，是对汉魏派（文选派）和唐宋派的继承。清文不但继承了全部文化遗产，而且根据社会的现实需要，时代的审美要求，在继承的基础上，大力加以发展，形成自己的特色。

封建社会发展到清代，从康熙到乾隆，统治者从统治需要出发，首先，确立程、朱的义理为官方哲学，直接构筑了一条心理防线，借以稳定清王朝的统治；其次，用文字狱强迫士大夫敝精劳神于朴学——远离现实政治的学问；第三，要求用尽可能优美的文章形式把上述内容表现出来，这就是"文章华国"。

懂得这一点，就懂得为什么穿越清代的二百六十三年，只有这么一个桐城派，和它的支流阳湖派，以及它的新生代湘乡派。

"天下文章，其在桐城乎！"也可以得到新的解释，即桐城派的创作方法和艺术实践是得到官方首肯的。惩于明末文社议政之风，清初一直把文人结社悬为厉禁，所以，桐城派并不以会社形式出现，其他桐城派的反对者更不愿干犯禁令，所以各行其是，形成古文创作上的风格多样化。那么，"天下文章，其在桐城乎！"潜台词实际是：能为朝廷帮忙又帮闲的文章，其在桐城乎！

流派单一，风格多样，自清初迄清末，历来如此。有汪中、龚自珍、王闿运、章炳麟等汉魏派，有钱谦益、侯方域、魏禧、方苞、刘大櫆、姚鼐等唐宋派，也有兀兀独造的梁启超的新民体。其他许许多多风格多样的作家,根本划不到哪一派。例如清前期的顾炎武,和清中期的袁枚,他们各为何派?顾炎武《与人书十七》:"君文之病,在于有韩欧。"可见他不是唐宋派。其为文典雅,常用经史语,而文从字顺,绝不佶倔,又不同于汉魏派,只能说,"夫子焉不学,而亦何常师之有?"学而化之,自成其顾先生之文。再谈袁枚。杭世骏序其文集云:鹿门八家之说,"后世遵之者弱,悖之者妄","子才扫群弊而空之"。可见也非唐宋派,而从其"记叙用敛笔,论辩用纵笔,叙事或敛或纵,相题为之",知道他也不是汉魏派,适成其为袁文而已。

但是,不论是顾炎武,袁枚,还是其他清代文人,他们都是博学多识、胸罗万卷的。顾炎武的渊博不必说了,即论袁枚,既不为虎贲中郎之貌似,也不肯傍人门户,袭人笑颦,而是"先生弃官抱典坟","岳峙渎流手挹扣,天结地构心吐吞,我文之法如是云,庶几成吾一家言"。

总之,取精用弘,自有本色。这是清代文人的共同点。是时代造就了他们"集大成"的客观条件,他们也发挥了主观创造力,充分利用了这些客观条件,最后绽放出一朵朵古文苑里的鲜花。

另外,文体齐备,也是集大成的一种表现。姚鼐在《古文辞类纂》中,把文体分为论辨、序跋、奏议、书说、赠序、诏令、传状、碑志、杂记、箴铭、颂赞、辞赋、哀祭十三类,曾国藩在《经史百家杂钞》中,将姚氏的十三类归并为九类,另立"叙记"、"典章"两类。清人对各类文体都加以继承和发展,不但运用娴熟,而且有所创新。如刘开《问说》为韩愈《师说》的补充;而唐甄《室语》更以家庭对话形式议论"凡为帝王者皆贼也"这样敏感的话题,是对庄子"窃国者侯",阮籍《无君论》,鲍敬言以至南宋邓牧这一思想系列的继承与发展。

一言以蔽之:清文的集大成现象,是"合目的"性与"合规律"性的统一。

四

最后,就本书的选注情况,再补充说明两点:

(1) 本书选文涉及面宽,几乎涵盖了清代各个年代、各种体式、各种风格的代表作家与作品,故可以视为清代散文的一个缩影。

(2) 针对清文"文、学并重"的特点,努力说清典故含义、语句出处,帮助读者掌握文章的深层意蕴。

以上谈了选注的情况和我们对清文的一些认识,虽然我们尽了自己棉薄之力,但限于水平,一定还有很多缺误,敬候专家和广大读者予以教正。

刘 世 南
2004.6.25 于江西师大文学院

钱谦益

　　钱谦益(1582—1664),字受之,号牧斋,别署蒙叟,自称东涧遗老。常熟(今属江苏)人。明万历三十八年(1610)进士,授翰林院编修,官至礼部侍郎、侍读学士。南明弘光时为礼部尚书。清顺治初,官内秘书院学士兼礼部侍郎,充修《明史》副总裁。旋以病乞归。顺治四年(1647),因黄毓祺抗清事被牵连下狱,一年才释放。著有《初学集》、《有学集》、《投笔集》等。乾隆中曾被禁毁。黄宗羲称其文:"叙事必兼议论,而恶夫剽袭;……可谓堂堂之阵,正正之旗。"萧士玮称其文"体气高妙",而"尺寸必谨于成法"(《初学集》序)。邹镃称其文"本之六经以立其识,参之三史以练其才,游之八大家以通其气,极之诸子百氏裨官小说以穷其用"(《有学集》序)。《初学集》、《有学集》有钱仲联标校本(上海古籍出版社1985年、1996年版),上海古籍出版社2003年版《牧斋杂著》收入其他著述九种。

为柳敬亭募葬地疏[1]

　　太史公《滑稽传》曰:"优孟摇头而歌,负薪者以封。"[2]吾观汉人孙叔敖碑文言:楚王置酒召客,优孟前举酒为寿,即为孙叔敖衣冠,抵掌谈笑于其中。楚王欲立为相,归而谋之,其妻为言廉吏不可为,孙叔敖之子贫贱负薪,为之歌词以感动楚王,复封其子。^[3]此盖优孟登场扮演,自笑自说,如金、元院本、今人弹词之类耳,而太史公叙述,则如真有其事,不露首尾,使后世纵观而自得之,此亦太史公之滑稽也。

嗟乎!孙叔敖相楚之烈,自若敖蚡冒荜路蓝缕之后,于荆无两^[4]。一旦身死,其子贫贱负薪,楚之列卿大夫无一人为楚王言者,而寝丘之封^[5],乃出于一优人之口,则卿大夫之不足恃赖,而优孟之不当鄙夷也,自古已然矣。

虽然,孙叔敖之身后,而优孟可以属其子^[6];假令优孟而穷且无后也,楚国之人,岂复有一优孟为之摇头而歌者乎?士大夫恬不知愧^[7],顾用是訾謷优孟^[8],以为莫己若也^[9],斯可以一喟已矣^[10]!

柳生敬亭^[11],今之优孟也。长身疏髯,谈笑风生,龃齿牙^[12],树颐颊^[13],奋袂以登王侯卿相之座^[14],往往于刀山血路、骨撑肉薄之时^[15],一言导窾^[16],片语解颐^[17],为人排难解纷,生死肉骨^[18]。今老且髦矣^[19],犹然掉三寸舌^[20],餬口四方^[21];负薪之子瘗死逆旅^[22],旅榇萧然^[23],不能返葬,伤哉贫也!优孟之后,更无优孟;敬亭之后,宁有敬亭?此吾所以深为天下士大夫愧也。

三山居士^[24],吴门之异人也^[25],独引为己责,谋卜地以葬其子,并为敬亭营兆域焉^[26]。延陵嬴博之义^[27],伯鸾高侠之风^[28],庶几兼之。

余谓梁氏生赁伯通之庑,死傍要离之墓^[29],今谋其死而不谋其生,可乎?平陵七尺^[30],玉川数间^[31],故当并营,不应偏举。

敬亭曰:此非三山只手所能办也。士大夫之贤者,吾侍焉游焉;章甫袜韦之有闻者[32],吾交焉友焉;闾巷之轻侠袅马之少年,轻死重义,骨腾肉飞者,吾兄事焉,吾弟畜焉。生数椽而死一抔[33],终不令敬亭乌鹊无依而乌鸢得食也[34]。某不愿开口向人,惟明公以一言先之。

余笑曰:太史公记孟尝君客鸡鸣狗盗,信陵君从屠狗卖浆博徒游[35]。生之所称引者,冶游则六博蹴鞠之流,豪放则椎埋臂鹰之侣[36],富厚则驵骏洗削之类[37]。其人多重然诺,好施与,岂龌龊阘茸两手据一钱惟恐失者[38]?要离、专诸[39],春秋时吴门市儿也,岂可与袞衣博带、大冠如箕者比长而较短哉[40]?子姑以吾言号于吴市[41],吴市之人,有能投袂奋臂感慨而相命者[42],吾知其人可以愧天下士大夫者也。子当次第记之,他日吾将按籍而稽焉[43]。

〔1〕全文突出一点:鸡鸣狗盗、引车卖浆之流,反而重然诺,好施与,远非一般峨冠博带的士大夫可比。作者为明末清初文人领袖,深知文人性格的一些不足之处,其中也包括他自己在内,因此,此文不仅鞭挞一般士大夫,也鞭挞了自己的灵魂。文章夹叙夹议,文气疏宕而排奡,放言直论,不避俗语,十分警人。

〔2〕"太史公"三句:见《史记·滑稽列传》。太史公,指司马迁。优孟,春秋时楚国艺人。优,表演歌舞杂戏演员。孟,犹今称老大。负薪者,指孙叔敖之子。

〔3〕"吾观"十一句:事见《史记·滑稽列传》。孙叔敖碑文,汉延熹

三年(160)五月,固始县令段世贤曾为孙叔敖建庙立碑。碑文见载《绎史·孙叔敖碑》、洪适《隶释》等。楚王,楚庄王。孙叔敖,楚令尹,开凿芍陂,灌田万顷。见《史记·循吏传》。

〔4〕"孙叔敖"三句:《韩诗外传》、《列女传·樊姬》谓:"孙叔敖治楚,三年而楚国霸。"汉桓谭《新论·国是》:"孙叔敖相楚,期年而楚国大治,庄王以伯。"烈,功业。若敖,复姓。春秋楚国祖先熊鬻姓芈(mǐ米),其后楚子熊鄂生熊仪,命名为若敖,子孙遂为若敖氏,常执楚政。蚡(fén坟)冒,《左传·文公十六年》杜注以为楚武王父,《史记·楚世家》以为楚武王兄。筚(bì毕)路,用荆竹编的车,亦称柴车。蓝缕,通"褴褛",敝衣。荆,春秋楚国的古称,楚原建国于荆山一带,故名。

〔5〕寝丘:春秋楚邑名,在今河南固始、沈丘两县之间。

〔6〕属:通"嘱",托付。

〔7〕恬(tián田):安然,淡然。

〔8〕顾:反而。用是:因此。訾謷(zǐ áo紫敖):诋毁。

〔9〕莫己若:没人比得上自己。

〔10〕喟(kuì愧):叹声。

〔11〕柳敬亭(1587—1670?):明末泰州(一说通州,今属江苏)人。本姓曹,因避捕改姓柳。以善说书,常周旋于士大夫间。明亡,仍操故业,潦倒而死。黄宗羲《南雷文定》卷十、吴伟业《梅村家藏稿》卷五二皆有《柳敬亭传》。

〔12〕臿齿牙:形容柳说书时齿牙尽露。臿(chā插),通"插"。

〔13〕树颐颊:鼓起腮帮和两边的肌肉。

〔14〕奋袂(mèi妹):挥动衣袖。形容激动的神态。

〔15〕肉薄(bó搏):两军迫近,用短兵或徒手搏斗。薄,通"搏"。

〔16〕导窾(kuǎn款):导向空处。

〔17〕解颐:开颜欢笑。

〔18〕生死肉骨:使死者复生,白骨长肉。语本《左传·襄公二十二年》:"吾见申叔,夫子所谓生死而肉骨也。"

〔19〕耄:八、九十岁。

〔20〕掉三寸舌:指说书。

〔21〕馆口四方:以技艺谋生。语本《左传·隐公十一年》:"寡人有弟,不能和协,而使馆其口于四方。"

〔22〕溘(kè 客)死:忽然死亡。逆旅:旅馆。

〔23〕旅榇(chèn 衬):在旅居地停放的灵柩。

〔24〕三山居士:不详,待考。

〔25〕吴门:古吴县城(今江苏苏州市)的别称。

〔26〕兆域:本指墓地四周的界限,后用以通称坟墓。

〔27〕延陵嬴博:《礼记·檀弓下》:"延陵季子适齐,于其反也,其长子死,葬于嬴博之间。"

〔28〕伯鸾:梁鸿字。《高士传》:"梁鸿适吴,疾,告主人曰:'昔延陵季子葬于嬴博之间,不归乡里。慎勿令我子持丧归去。'"《后汉书》本传同。

〔29〕"余谓"二句:梁氏,指梁鸿,隐于吴,居大家皋伯通庑下,为人赁舂。及卒,伯通等为求葬地于吴要离冢旁,咸曰:"要离烈士,而伯鸾清高,可令相近。"见《后汉书·梁鸿传》。

〔30〕平陵:汉昭帝陵。七尺:古称人身体长度。钱氏此句指柳敬亭死后的坟墓。

〔31〕玉川数间:韩愈《寄卢仝》:"玉川先生洛城里,破屋数间而已矣。"钱氏此句指柳敬亭生时的住宅。玉川,唐卢仝别号。

〔32〕章甫:殷代冠名。韎(mèi 妹,又读 mò 末)韦:赤色柔皮,古用以制军服。有闻者:出名的人。

〔33〕一抔(póu 抔):一掬之土,极言其少。指坟墓。

〔34〕乌鹊无依:曹操《短歌行》:"月明星稀,乌鹊南飞。绕树三匝,无枝可依。"乌鸢(yuān 渊)得食:《汉乐府·战城南》:"野死不葬乌可食。"

〔35〕"太史公"二句:事见《史记·孟尝君列传》、《史记·魏公子列传》。

〔36〕"冶游"二句:《后汉书·梁冀传》:"(冀)性嗜酒,能挽满、弹棋、格五、六博、蹴鞠、意钱之戏,又好臂鹰走狗,骋马斗鸡。"椎埋,《史记·货殖列传》:"其在闾巷少年,攻剽椎埋,劫人作奸,掘冢铸币,任侠并兼,借交报仇。"冶游,野游。后世指嫖娼。六博蹴鞠,本《史记·苏秦列传》:"六博蹹鞠。"蹹,踏。六博,古代一种博戏。两人各取六枚白黑的棋相博,故名。蹴鞠,古代军中习武之戏,类似今之足球赛。椎埋,椎杀人而埋之,一说盗掘坟墓。

〔37〕"富厚"句:富厚则驵侩之类,本《史记·货殖列传》:"子贷金钱千贯,节驵会,贪贾三之,廉贾五之,此亦比千乘之家。"裴骃《音义》:"会亦是侩也。节,节物贵贱也。谓估侩其馀利比千乘之家。"富厚则洗削之类,本《汉书·货殖传》:"质氏以洒削而鼎食。"李善注《文选·西京赋》引《汉书》作"洗削","如淳曰:洗削,谓作刀剑削也。"驵骏(zǎng kuài 葬上声快),即"驵侩",说合牧畜交易的人,后泛指市场经纪人。

〔38〕阘(tà 踏)茸:卑贱。

〔39〕要(yāo 腰)离:春秋时刺客,为吴公子光刺王子庆忌后自杀。专诸:为吴公子光刺杀吴王僚,已亦被杀。

〔40〕裒(póu 抔)衣:当作"襃衣",宽大之衣。博带:大的衣带。宽衣大带,古代儒生的服装。

〔41〕号(háo 豪):大声喊叫。

〔42〕相命:互相通知。

〔43〕按籍:依照名册。稽:考查。

题纪伯紫诗[1]

海内才人志士坎壈失职[2]、悲劫灰而叹陵谷者[3]，往往有之，至若沉雄魁垒[4]、感激用壮[5]、哀而能思、愍而不怼[6]，则未有如伯紫者也。涕洒文山[7]，悲歌正气[8]，非西台恸哭之遗恨乎[9]？吟望阅江[10]，徘徊玉树[11]，非水云送别之遗思乎[12]？芒鞋之间奔灵武[13]，大冠之惊见汉仪[14]，如谈因梦，如观前尘，一以为曼倩之射覆[15]，一以为君山之推纬[16]。愀乎忧乎，杜陵之一饭不忘[17]，渭南之□□□□[18]，殆无以加于此矣。

袁中郎评徐文长之诗[19]，谓其胸中有一段不可磨灭之气，英雄失路托足无门之悲。故其诗如嗔如笑，如水鸣峡，如钟出土，如寡妇之夜哭，如羁人之寒起[20]。当其放意，平畴千里；偶尔幽峭，鬼语幽坟。移以评伯紫之诗，庶几似之。

余方银铛逮系[21]，累然楚囚[22]，诵伯紫之诗，如孟尝君听雍门之琴，不觉其欷歔太息，流涕而不能止也[23]。虽然，愿伯紫少闳之[24]。如其流传歌咏，广贲焦杀之音[25]，感人而动物，则将如师旷援琴而鼓最悲之音，风雨至而廊瓦飞。平公恐惧，伏于廊屋之间，而晋国有大旱赤地之凶[26]。可不惧乎，可不惧乎？

〔1〕这是两个遗民的一股悲愤情绪的发泄。先从正面以谢翱、汪

元量、杜甫、陆游比纪氏,又以徐渭诗相比,最后写自己读纪诗的激动。纪伯紫,名映钟,伯紫其字,江苏上元人。约1644年前后在世。明诸生,曾参与复社。明亡后,躬耕养母。有诗名。

〔2〕坎壈(lǎn 揽)失职:遭遇不顺利,失去应有的职业。

〔3〕劫灰:劫火的馀灰。此指明亡后的中国。陵谷:本指地面高低形势的变动,后以喻世事的变化。

〔4〕魁(kuài 块)垒:雄伟。魁,通"块"。

〔5〕感激用壮:为明亡而激发恢复之志,因而雄心勃发。

〔6〕愍(mǐn 敏):哀怜(明亡)。怼(duì 对):怨恨。

〔7〕文山:文天祥,号文山。

〔8〕正气:指《正气歌》。

〔9〕西台恸哭:文天祥殉国后,其谘事参军谢翱登富春山下的西台,哭祭文丞相后,写成《登西台恸哭记》。

〔10〕阅江:楼名,明太祖所修建,在金陵狮子山上,宋濂奉命写了《阅江楼记》。

〔11〕玉树:陈后主制《玉树后庭花》艳曲。李白《金陵歌送别范宣》诗云:"天子龙沉景阳井,谁歌《玉树后庭花》?"此句似指南明弘光帝的荒淫。

〔12〕水云:即汪元量,宋钱塘人,字大有,号水云子。度宗时宫廷琴师。元灭宋,被掳至北方。其诗多写宋亡后宫中后妃及宫人等北徙事。

〔13〕"芒鞋"句:指杜甫至德二年由长安(时陷于安禄山叛军中)宵遁赴河西,谒肃宗于彭原郡,拜右拾遗。杜甫《述怀》诗云:"去年潼关破,妻子隔绝久。今夏草木长,脱身得西走。麻鞋见天子,衣袖露两肘。"间(jiàn 建),乘间,私自。灵武,玄宗逃蜀后,太子即位于灵武(唐县,故城在今宁夏灵武西北),是为肃宗。

〔14〕"大冠"句:指东汉光武帝起兵反王莽时,"绛衣大冠"。"更始

将北都洛阳,以光武行司隶校尉",往洛阳整修宫府。吏士见其僚属,喜不自胜。"老吏或垂涕曰:'不图今日复见汉官威仪!'"见《后汉书·光武帝纪》。

〔15〕曼倩之射覆:曼倩,汉东方朔字。《汉书》本传:"上尝使诸数家(术数家)射覆,置守宫盂下;射之,皆不能中。朔自赞曰:'臣尝受《易》,请射之。'"

〔16〕君山之推纬:君山,后汉桓谭字。谭不信谶纬,忤光武帝,几被杀。与上句并言纪伯紫因避清廷文网,语多隐晦。

〔17〕"杜陵"句:前人每称杜甫忠君,如宋人苏轼《王定国诗集序》:"古今诗人众矣,而子美独为首者,岂非以其流落饥寒,终身不用,而一饭未尝忘君也欤?"

〔18〕渭南:指陆游,他晚年被封为渭南伯。原文"渭南之"下空四字,殆因避清廷忌讳故剜去。四字大意似为"志吞胡虏"之类。

〔19〕袁宏道(1568—1610):明公安人,字中郎。力反前后七子摹拟之弊,学者称其诗文为公安体。徐文长(1521—1593):明山阴人,名渭,字文长。工诗文,时人称为狂士。

〔20〕"谓其"七句:引自袁宏道《徐文长传》。

〔21〕银铛:刑具,铁锁链。

〔22〕累:被绳索所捆绑。楚囚:《左传·成公九年》载,楚国乐官钟仪被郑军所俘,献于晋。后以泛指囚犯。

〔23〕"孟尝"三句:刘向《说苑·善说》:雍门周为孟尝君鼓琴,孟尝君涕泣增哀,下而就之曰:"先生之鼓琴,令文(孟尝君名)立若破国亡邑之人也。"

〔24〕闷(bì必):通"秘",犹言慎藏之勿使人见。

〔25〕广贲(fèn奋):高亢激越的乐声。《礼记·乐记》:"粗厉、猛起、奋末、广贲之音作,而民刚毅。"焦杀:通"噍(jiāo郊)杀"。形容急

促、微弱的声音。《礼记·乐记》:"志微、噍杀之音作,而民思忧。"

〔26〕"师旷"五句:《韩非子·十过》:晋平公问乐工师旷最悲之音如何,师旷告以清角。公使鼓之,"一奏之,有玄云从西北方起;再奏之,大风至,大雨随之,裂帷幕,破俎豆,隳廊瓦,坐者散走,平公恐惧,伏于廊室之间。晋国大旱,赤地三年"。

孙奇逢

孙奇逢(1585—1675),字启泰,直隶容城(今属河北保定)人。明万历举人。尚气节,左光斗等受阉党诬陷狱中,奇逢倾身营救。明末避乱居易州五公山,晚年移居苏门山的夏峰。自明迄清,前后十一征不起。为著名理学家。理学家重修身,轻视文辞。但孙氏非一般小儒,所以其文质朴不华,而蕴涵深厚,试看《一茅记》,就可见其真儒特色。今人整理有《孙奇逢集》(中州古籍出版社 1997 年版)。

一茅记[1]

余性迂疏,素厌喧嚣。迄移居夏峰,目不睹冠盖[2],耳不闻鸣驺[3],意颇闲适。然室近内,头畜出入,农器庞杂。老农虽不厌此,亦少幽致。

奏儿于占象屯室东傍废地一区[4],筑墙覆茅,仅可容膝[5]。轩前枣榴数株,杂以瓜蔓豆棚,雨过风清,各含生意。墙外有田百亩,艺黍植麻[6],可农可圃[7]。

斯时也,假令樊迟为子御而适卫,其所请学者当更殷,夫子定不曰小人哉[8],而曰隐者也。

古今悠悠[9],穷达靡间[10]。尔等耕于此,读于此,当旷然于一茅之外[11],立六通四达之基[12]。余宁直憩此忘暑〔13〕,且将寤寐上古焉〔14〕。

即名其室曰一茅,仍故园之旧也。

〔1〕一茅为居室名。作者旧宅少幽致,其子为之建一小茅屋,可农可圃。作者认为孔子必不责己为小人,反而会称赞他为隐士。因为孔子主张"天下有道则见,无道则隐"(《论语·泰伯》),孙氏巧妙地点出自己所以隐居,正是因为世乱。末段立意尤深,叮嘱子孙要身居畎亩,胸怀天下,而自己也日夜企求恢复三代之至治。

〔2〕冠盖:官吏的服饰和车子。借指官吏。冠,官帽;盖,车盖。

〔3〕鸣驺(zōu 邹):贵官出行,随从的骑兵吆喝开道。

〔4〕奏儿:孙氏次子,名奏雅。占象:观测天象变化。屯室:建在土阜上的房子(即用以占象者)。区:有一定界限的地方。

〔5〕容膝:指立足之地。

〔6〕艺:种植。

〔7〕农:种田。圃:种菜。

〔8〕"假令"三句:樊迟,孔子弟子。《论语·子路》:"樊迟请学稼,子曰:'吾不如老农。'请学为圃,曰:'吾不如老圃。'樊迟出,子曰:'小人哉樊须也!上好礼,则民莫敢不敬;上好义,则民莫敢不服;上好信,则民莫敢不用情。夫如是,则四方之民襁负其子而至矣,焉用稼?'"

〔9〕悠悠:时间漫长。

〔10〕穷:政治上失意。达:政治上得意。靡间(jiàn 建):没有差别。

〔11〕旷然于一茅之外:开阔心胸在这小茅屋之外。

〔12〕立六通四达之基:把这间小茅屋作为通往四方八面的基础。用《庄子·天道》"明于天,通于圣,六通四辟于帝王之德者"之意。

〔13〕宁直:难道只是。

〔14〕寤寐上古:梦寐以求恢复三代之治。

杜 濬

杜濬(1611—1687),字于皇,号茶村,湖北黄冈人。明副贡生。少即欲以事功自见,既不得有所试,遂刻意为诗。避地金陵,茅屋数间,梁欹栋朽。性廉介,晚年穷饿自甘。或怪其不求友,曰:"但得一觉好睡,纵有司马迁、韩愈在隔舍,亦不及相访。"(见钱林《文献徵存录》)已而贫益甚,往来扬州间,遂卒,年七十七。有《变雅堂集》。熊赐履称其"文字之妙,愈虚愈折,愈朴愈老,举两汉八家之奥尽括其中,却不见有步趋前人之迹。文章至此,可谓入于化矣"(《经义斋集·与杜于皇书》)。

与孙豹人书[1]

豹人足下:弟闻交浅不可以言深,则交深者言深可也。弟与豹人交垂三十年[2],每忆得树堂中之讲摩[3],寺园竹下之唱和[4],可谓深矣。此其道义相勉,颠沛相扶[5],当何如也?

日前偶从友人所见一纸,罗列时髦姓名[6],其中乃有豹人名,心窃怪之。夫人莫不幸而有不知己之知己,莫幸而有知己之不知己。今豹人不幸而有不知己之知己矣,此时即欲作数行,用相砥砺[7];旋复已,曰:豹人安俟此哉!彼其志见于忆昔之诗,其行藏定于弃诸生之日[8],皦日之誓[9],吾信之久矣。意其闻有是也,必且曰:"此言何为至于我哉?岂其以我为不真而试我耶?一入其室,则足以供彼之抵掌[10],不待天下后世矣!我其必不然。"如是,则弟可以无言矣。

乃数日以来,人言藉藉[11],至谓豹人喜动颜色,脂车秣马[12],惟恐后时[13]。弟虽不尽信,而有不容已于言者。然言而有作文字之意,旁引曲喻,连篇累牍,华有馀而诚不足,借题市名[14],蹈文士之恶习,弟亦不为也。今所效于豹人者[15],质实浅近,一言而已。

一言谓何?曰:毋作两截人[16]。

不作两截人有道,曰:忍痒。忍痒有道,曰思痛。至于思痛,而当年匪石之心[17],憭然在目[18],虽欲负此心而有所不能矣。且夫年在少壮,则其作两截人也,后截犹长;年在迟暮,而作两截人,后截馀几哉?豹人勿云"非无此忧[19],无由自达也",向使豹人有危病废疾,其终无有达之者耶?又勿云"我第往而不为"[20],今有寡妇将行,语人曰:"我往而不为也",三尺之童以为欺我矣。

夫子曰:"匹夫不可夺志也";"见义不为,无勇也。"[21]深愿豹人坚匹夫之志,明见义之勇,毋为若人所笑[22],则吾道幸甚[23],弟将再拜以贺。

三十年古道相期[24],必如是乃不相负耳!弟之言止于此,慎言其馀[25],足下试思之。

〔1〕孙豹人(1620—1687):即孙枝蔚,字豹人,三原(今属陕西)人。

康熙中举鸿博,授中书舍人,辞归卒。杜濬此信虽苦苦相劝,终难阻止。这可以看出威武不屈之难,但也更尽显杜濬风节之高。

〔2〕垂:将近。

〔3〕得树堂:杜氏少时读书处。讲摩:讲习书义,互相切磋。

〔4〕唱和(hè 贺):此唱彼和。此指以诗相酬答。

〔5〕颠沛:倾覆,仆倒。本言树连根拔起而倒仆,后用以形容人事困顿、社会动乱。

〔6〕时髦:一时的杰出人物。

〔7〕砥砺:砂石,磨石。细者为砥,粗者为砺。引申为磨炼。

〔8〕行藏:出仕与隐居。

〔9〕皦(jiǎo 脚)日之誓:《诗·王风·大车》:"谓予不信,有如皦日。"皦日,白日。

〔10〕抵(zhǐ 指)掌:击掌,嘲笑状。

〔11〕藉(jí 及)藉:交横杂乱貌。

〔12〕脂车秣马:以油膏涂车辖,使之转动加快;喂饱马匹,使之拉车快跑。此喻指应诏,仕于新朝。三国魏曹植《应诏诗》:"肃承明诏,应会皇朝。星陈夙驾,脂车秣马。"

〔13〕后时:不及时。

〔14〕市名:沽名钓誉。

〔15〕效:效力,为人尽力。

〔16〕两截:两段。两截人,此谓一人而前半生为明朝臣民,后半生仕于清。

〔17〕匪石:比喻意志坚定。《诗·邶风·柏舟》:"我心匪石,不可转也。"

〔18〕憯(cǎn 惨)然:憯,通"惨",惨痛地。

〔19〕忱:忠诚。

〔20〕第:只。

〔21〕"夫子曰"三句:夫子,孔子。《论语·子罕》:"三军可夺帅也,匹夫不可夺志也。"又《为政》:"见义不为,无勇也。"

〔22〕若人:犹言此人,彼人,代指君子。《论语·宪问》:"君子哉若人!尚德哉若人!"

〔23〕吾道:此指坚持气节、不作两截人的原则。

〔24〕古道:指儒家孔、孟修齐治平之道。此处尤强调不仕二姓之道。

〔25〕慎言其馀:《论语·为政》:"多闻阙疑,慎言其馀,则寡尤。"此处意谓其他有关豹人出处的话我还是谨慎地以后再说。

傅　山

傅山(1607—1684),字青主,阳曲(今属山西)人。明末,士大夫气习腐恶,山独坚持气节。明亡,穿朱衣,住土穴,坚不仕清。天下大定,出家为道士。康熙中,年七十馀,举鸿博,强迫至京,坚卧城西古寺,不与试。授中书舍人,以老病辞归。后以行医为生。前人称其"为文豪放,与时眼多不合"。不喜欧阳修以后之文,曰:"是所谓江南之文也!"尝批欧之《集古录》曰:"吾今乃知此老真不读书也!"(罗振玉以为阎若璩语)卓尔堪曰:"青主盖时时怀翟义之志者。"(王莽居摄,翟义举兵讨莽。)著《霜红龛集》,山西人民出版社1985年出版有整理本。

家训——训子侄[1]

眉、仁素日读书[2],吾每嫌其驽钝,无超越兼人之敏[3]。间观人有子弟读书者,复驽钝于尔眉、仁,吾乃复少恕尔。

两儿以中上之资,尚可与言读书者,此时正是精神健旺之会,当不得专心致志三四年。

记吾当二十上下时,读《文选》"京"、"都"诸赋,先辨字,再点读,三四上口,则略能成诵矣[4]。戊辰会试卷出[5],先兄子由先生为我点定五十三篇[6]。吾与西席马生较记性日能多少[7]。马生亦自负高资,穷日之力,四五篇耳。吾栉沐毕诵起,至早饭成唤食,则五十三篇上口,不爽一字[8]。马生惊异,叹服如神。自后凡书无论古今,皆不经吾一目。

然如此能记时,亦不过六七年耳。出三十则减五六,四十则减去八九,随看随忘,如隔世事矣。

自恨以彼资性,不曾闭门十年读经史,致令著述之志不能畅快。值今变乱,购书无复力量,间遇之[9],涉猎之耳[10]。兼以忧抑仓皇,蒿目世变[11],强颜俯首[12],为蠹鱼终此天年[13]。火藏焰腾,又恨咕哔大坏人筋骨[14],弯强跃马[15],呜呼!已矣。

或劝我著述,著述须一副坚贞雄迈心力,始克纵横,我庾开府萧瑟极矣[16]!虽曰虞卿以穷愁著书[17],然虞卿之愁,可以著书解者;我之愁,郭璞之愁也[18],著述无时亦无地。或有遗编残句,后之人诬以刘因辈贤我[19],我目几时瞑也?

尔辈努力自爱其资,读书尚友[20],以待笔性老成、见识坚定之时,成吾著述之志不难也。

除经书外,《史记》、《汉书》、《战国策》、《左传》、《国语》、《管子》、《骚赋》皆须细读。其馀任其性之所喜者,略之而已。廿一史吾已尝言之矣,金、辽、元三史列之载记[21],不得作正史读也。

[1] 这是作者教诫儿子傅眉、侄子傅仁的一篇家训,杂有口语,可见不是有意为文。文中作者以自己的经历教导子侄应惜时读书,盼其将

来有所著述。字字动情,指导细致,其间也表现出崇高的民族气节。

〔2〕眉、仁:眉,傅山之子,名眉,字寿毛。仁,山亡兄傅庚之遗孤,慧而惰,眉常督责之。

〔3〕兼人:一人抵两人。《论语·先进》:"求也退,故进之;由也兼人,故退之。"

〔4〕成诵:经书熟能背诵。

〔5〕会试:明、清科举制度,每三年,各省举行考试曰乡试,中式者为举人。次年,以举人试之京师为会试。

〔6〕先兄子由:傅庚,字子由,《诗·小雅》笙诗篇名《由庚》,故傅名庚,字子由。

〔7〕西席:封建时代,家塾延师称西席。古代宾主相见,以西为尊,主东宾西。

〔8〕爽:差错。

〔9〕间(jiàn建):有时。

〔10〕涉猎:读书多而不专精。

〔11〕蒿(hāo薅)目:举目远望。《庄子·骈指》:"今世之仁人,蒿目而忧世之患。"

〔12〕强颜:厚起脸皮。

〔13〕蠹(dù渡)鱼:蛀虫。蠹,古文"蠹"字。

〔14〕呫哔:呫应为佔(chān搀),《礼记·学记》:"呻其佔毕。"佔,同"觇",视。毕,简(竹片)。后泛称读书吟诵为呫毕。

〔15〕弯强:弯强弓。

〔16〕庾开府:庾信(513—581),北周南阳新野人,初仕南朝梁,奉使西魏,被留。西魏亡,仕北周,官至开府仪同三司。杜甫《咏怀古迹》其一:"庾信平生最萧瑟,暮年诗赋动江关。"

〔17〕虞卿:游说之士,为赵国上卿,故号虞卿。以救魏相魏齐,去

赵,困于梁。不得意,乃著书。司马迁谓"虞卿非穷愁,亦不能著书以自见于后世"。事见《史记·平原君虞卿列传》。

〔18〕郭瑀:东晋敦煌人。《晋书·郭瑀传》载,当时"九服分为狄场,二都尽为戎穴……名教沦于左衽",瑀志在救左衽之民,而终于失败,乃"旦夕祈死",这就是郭瑀之愁,也就是傅山之愁。

〔19〕刘因(1249—1293):保定容城人。金朝的理学家。金亡,入仕于元。其上宰相书云:"至如君臣之义,自谓见之甚明。如以日用近事言之,凡吾人之所以得安居而暇食,以遂其生聚之乐者,是谁之力与?皆君上之赐也。是以凡我有生之民,或给力役,或出知能,亦必各有以自效焉。"(见《元史》本传)所以他最后虽以病辞官,而并无"忠臣不事二君"的儒家节操。傅山不愿后人以刘因比自己,关键就在这里。

〔20〕尚友:上与古人为友。尚,通"上"。《孟子·万章下》:"以友天下之善士为未足,又尚论古之人。颂其诗,读其书,不知其人,可乎?是以论其世也,是尚友也。"

〔21〕载(zǎi 宰)记:旧史为曾立名号而非正统者所作的传记,以别于本纪。傅山以已列正史的辽、金、元史归之于载记,真是大义凛然。

吴伟业

吴伟业(1609—1671),字骏公,号梅村,太仓(今属江苏)人。崇祯四年进士,官至翰林院编修。明亡家居,顺治时出仕,官至国子监祭酒。著作甚多,尤长于诗,歌行体继长庆体而更精工。其文每叙明清兴亡事,感慨系之。有《梅村家藏稿》。今人整理本有《吴梅村全集》三册(李学颖集评、标校,上海古籍出版社1990年版)。

黄陶庵文集序[1]

黄陶庵先生死忠之五年[2],其门人陆翼王收其遗文,得所论著百馀篇,属余为之序[3]。

呜呼!陶庵之文止于此而已乎?当其城陷引决,投笔绝命,扼吭而死;翼王访求搜购于流离煨烬之中,遗编断烂,什不一存,此可为流涕叹息者也。

陶庵深沉好书,于学无所不窥,居常独坐一室,不交当世。迁、固以下诸史[4],朱黄钩贯[5],略皆上口。其于考据得失、训诂异同,在诸儒不能通其条要[6],陶庵顿五指而数之,首尾通涉,铢两历然[7],虽起古人面与之雠问[8],莫能难也[9]。

其为人清刚简贵，言规行矩，早有得于濂洛之传〔10〕。尝谓人曰："吾比来为文〔11〕，初无所长，然皆折衷大道，称心而立言〔12〕，质之于古〔13〕，验之于今，其不合于理者亦已少矣。"此其一生读书之大略也。

当先皇帝初年〔14〕，海内方乡古学〔15〕，一二通人儒者将以表章六经〔16〕、修明先王之道为务。乃曲学诡行则又起而乘之〔17〕，依光扬声〔18〕，互相题拂〔19〕，剽取一切坚僻之辞〔20〕，以欺当时而误流俗。论者不察，乃比其始事者〔21〕，同类而訾之〔22〕。噫！亦不思之甚矣。

世之降也，先王之教化既熄，法度既亡，人奋其私智，家尚其私学，粃谬杂揉蟠戾于天下〔23〕，虽有高世之君子，欲整齐而分别之，其道无由。惟夫忠孝大节皆出于醇正博洽之儒，其似是而非者不一见焉。然后天下后世瞭然知异学之当诛，而大雅之可尚。以观我陶庵，非其人耶？

陶庵为诸生二十年〔24〕，与其弟伟恭、其徒侯几道云〔25〕，俱昼夜讲性命之学〔26〕。晚而后遇，不肯就官。城破之日，师友兄弟同日併命〔27〕。今其书虽不全，使读之者忾然想见其为人〔28〕，益足以征于今而信于后无疑矣。

翼王以五年之力，掇辑散亡，其功于斯道不细〔29〕，固不专为陶庵已也。吾故表而出之〔30〕，俾后之人知所习焉〔31〕。

〔1〕黄陶庵(1605—1645)：即黄淳耀，字蕴生，陶庵为号，嘉定人。为诸生时，澹漠自甘，不事征逐。崇祯十六年(1643)成进士，未出仕。弘光元年(1644)，嘉定人民起兵抗清，被推为首领之一。城破，与弟渊

耀入僧舍,索纸笔大书云:"大明进士黄淳耀,以弘光元年七月四日自裁于西城僧舍。呜呼!进不能宣力王室,退不能洁身自隐。读书鲜获,学道无成。耿耿不灭,此心而已。异时中华士庶再见天日,论其世者或鉴之。"遂与渊耀相对缢死,年四十一。有《陶庵集》十五卷。门人私谥曰贞文。

〔2〕死忠:古人谓为臣死忠,言以一死表忠。

〔3〕属:同"嘱"。

〔4〕迁:司马迁,著《史记》。固:班固,著《汉书》。

〔5〕朱黄:古人校点书籍,用朱黄两色笔以示区别。钩贯:钩连上下句以贯通文意。

〔6〕条要:条理和要义。

〔7〕铢两:极轻微之量。历然:清楚地。

〔8〕雠(chóu 仇)问:辩驳问难。雠,同"雠",应答。

〔9〕难(nàn 男去声):诘责。

〔10〕濂洛:宋朝理学的主要学派。濂,濂溪周敦颐;洛,洛阳程颢和程颐两兄弟。

〔11〕比来:近来。

〔12〕称(chèn 趁)心:完全合乎本意。

〔13〕质:就正。

〔14〕先皇帝:指明朝崇祯帝。

〔15〕乡:通"向"。古学:经籍。

〔16〕表章:显扬。六经:《诗》、《书》、《礼》、《乐》、《易》、《春秋》。

〔17〕曲学:偏颇狭隘的言论。此指当时流行的阳明学派,尤其是以李贽等为代表的王门左派。乘(chéng 成),利用。

〔18〕依光扬声:依附有名位者以提高自己的声誉。

〔19〕题拂:品评,褒扬。

〔20〕坚僻:固执而乖邪。

〔21〕比:连及。始事者:指创立心学的王守仁。

〔22〕同类:把王守仁和李贽等同起来。

〔23〕粃(bǐ比)谬:错误。蟠戾:遍及、错乱。

〔24〕诸生:明、清时经省各级考试录取入府、州、县学者,称生员。生员有增生、附生、廪生、例生等名目,统称诸生。

〔25〕侯几(jī机)道云:侯云,字几道。

〔26〕性命之学:宋儒性命理气之学。

〔27〕併命:一齐自杀。併,"并"的异体字。

〔28〕忾(kài 开去声)然:叹息。

〔29〕斯道:指理学。

〔30〕表而出之:《论语·乡党》:"当暑,袗絺綌,必表而出之。"袗(zhěn枕),单衣。絺綌(chī xì 吃细),粗细葛布。全句谓热天穿葛布单衣,外面还得加一件上衣。此处则谓作此序文加于文集之上。

〔31〕俾(bǐ比):使。

黄宗羲

黄宗羲(1610—1695),字太冲,号梨洲,又号南雷,馀姚(今属浙江)人。其父黄尊素为明末东林党重要人物,遭魏忠贤诬陷,冤死狱中。黄宗羲深受家庭影响,继承父志,成为东林子弟的著名领袖。清兵南下时,黄宗羲曾组织同志,起兵抗清;抗清失败后,专意从事著述。黄宗羲论文主张言之有物,反对"徒欲激昂于篇章字句之间,组织纫缀以求胜"(《陈葵献偶刻诗文序》)。其散文以思想深刻著称,具有鲜明的民主思想色彩;文章风格纵横恣肆,宏伟浑朴,笔锋锐利,说理透彻。著有《宋元学案》、《明儒学案》、《明夷待访录》、《南雷文定》等。今人整理有《黄宗羲全集》十二册(浙江古籍出版社 1983—1994 年版)。

原君[1]

有生之初,人各自私也,人各自利也。天下有公利而莫或兴之,有公害而莫或除之。有人者出[2],不以一己之利为利,而使天下受其利;不以一己之害为害,而使天下释其害。此其人之勤劳,必千万于天下之人。夫以千万倍之勤劳,而己又不享其利,必非天下之人情所欲居也[3]。故古之人君,量而不欲入者[4],许由、务光是也[5];入而又去之者,尧、舜是也;初不欲入而不得去者,禹是也[6]。岂古之人有所异哉?好逸恶劳,亦犹夫人之情也[7]。

后之为人君者不然。以为天下利害之权皆出于我,我以天下之利尽归于己、以天下之害尽归于人,亦无不可。使天下之人不敢自私,不敢自利,以我之大私为天下之公。始而惭焉,久而安焉;视天下为莫大之产业,传之子孙,受享无穷。汉高帝所谓"某业所就,孰与仲多"者[8],其逐利之情,不觉溢之于辞矣。

此无他,古者以天下为主,君为客;凡君之所毕世而经营者,为天下也。今也以君为主,天下为客;凡天下之无地而得安宁者,为君也[9]。是以其未得之也,屠毒天下之肝脑[10],离散天下之子女,以博我一人之产业[11],曾不惨然[12]。曰:"我固为子孙创业也。"其既得之也,敲剥天下之骨髓,离散天下之子女,以奉我一人之淫乐,视为当然。曰:"此我产业之花息也[13]。"然则,为天下之大害者,君而已矣!向使无君[14],人各得自私也,人各得自利也。呜呼!岂设君之道固如是乎[15]?

古者天下之人爱戴其君,比之如父,拟之如天,诚不为过也。今也天下之人怨恶其君,视之如寇仇[16],名之为独夫[17],固其所也[18]。而小儒规规焉以君臣之义无所逃于天地之间[19],至桀、纣之暴,犹谓汤、武不当诛之,而妄传伯夷、叔齐无稽之事[20],乃兆人万姓崩溃之血肉[21],曾不异夫腐鼠[22]。岂天地之大,于兆人万姓之中,独私其一人一姓乎？是故武王，圣人也；孟子之言[23]，圣人之言也。后世之君，欲以如父如天之空名禁人之窥伺者[24]，皆不便于其言[25]，至废孟子而不立[26]，非导源于小儒乎？

虽然，使后之为君者果能保此产业，传之无穷，亦无怪乎其私之也。既以产业视之，人之欲得产业，谁不如我？摄缄縢，固扃鐍[27]，一人之智力，不能胜天下欲得之者之众。远者数世，近者及身；其血肉之崩溃[28]，在其子孙矣。昔人愿世世无生帝王家[29]，而毅宗之语公主，亦曰："若何为生我家[30]！"痛哉斯言！回思创业时，其欲得天下之心，有不废然摧沮者乎[31]？是故明乎为君之职分[32]，则唐虞之世[33]，人人能让，许由、务光非绝尘也[34]。不明乎为君之职分，则市井之间，人人可欲[35]，许由、务光所以旷后世而不闻也[36]。然君之职分难明，以俄顷淫乐[37]，不易无穷之悲，虽愚者亦明之矣！

〔1〕批评君主专制的文章古已有之，魏晋时期嵇康、阮籍就发表过抨击君权的言论。然而理论之系统、言辞之激烈，还当首推此文。这主要是由于作者生当明清易代之际，对君主专制的腐朽本质较前人看得更清楚，所以才能写出这样一篇火药味很浓的作品。文章以翔实的史料，严密有力的论证，阐述了把天下当作私产的祸害，并提出君主的职责在于服务天下，而不是鱼肉百姓，充分体现出作者进步的民本思想。当然，作者的本意并非要废除君主制，而只是希望君主明乎职分，以天下为公；以为这样就可以根治君主专制的弊病，而不是从宪政民主的角度去寻找解决的办法，所以说到底，只能是一种不切实际的空想。原君，推究设立

君主的原委。"原"为中国古代的一种议论文体,起于唐代。明代徐师曾《文体明辨序说》云:"自唐韩愈作五原(《原道》、《原性》、《原毁》、《原人》、《原鬼》),而后人因之。虽非古体,然其溯原于本始,致用于当今,则诚有不可少者。"

〔2〕有人者出:指有人出来成为君主。者,句中语助词。

〔3〕居:居其位,指居人君之位。

〔4〕量而不欲入者:考虑之后而不愿就君位。

〔5〕许由、务光:两位古代传说中的著名人物。《庄子·让王》:"尧以天下让许由,许由不受。"又云:"汤又让瞀(同务)光……乃负石自沉于庐水。"

〔6〕"初不"二句:指禹开始不愿就君位而最终无法脱身。《孟子·万章上》:"禹避舜之子于阳城,天下之民从之,若尧崩之后,不从尧之子而从舜也。"

〔7〕"亦犹"句:也同普通的人情一样。夫,语助词。

〔8〕"某业"二句:我所成就的家业,同老二相比,谁多呢?某,刘邦自称。仲,指刘邦的二哥。典出《史记·高祖本纪》:"高祖大朝诸侯、群臣,置酒未央殿。高祖奉玉卮,起为太上皇寿,曰:'始,大人常以臣无赖,不能治产业,不如仲力。今某之业所就,孰与仲多?'"

〔9〕"凡天下"二句:为了满足君主的一己之私而弄得天下到处不安宁。

〔10〕"屠毒"句:为了自己争夺帝位,使天下民众肝脑涂地。屠,宰割。毒,毒害。

〔11〕博:取。

〔12〕曾(zēng增):竟然。惨然:凄惨之状,此处指感到凄惨。

〔13〕花息:利息。

〔14〕向使:假如。

〔15〕"岂设"句:难道设立君主的道理本来就是这样的吗?

〔16〕视之如寇仇:视同强盗和仇敌。语出《孟子·离娄下》:"君之视臣如土芥,则臣视君如寇仇。"

〔17〕独夫:失去人心的君主。语出《书·泰誓下》:"独夫受,洪惟作威,乃汝世雠。"

〔18〕固其所也:本来应得的结果。

〔19〕"而小儒"句:意谓一般小儒死守儒家教义,认为君臣关系是无法变更,不能逃避的。小儒,眼光短浅的读书人,此处指宋明理学家。规规焉,拘谨死板。《二程全书·遗书》:"父子、君臣,天下之定理,无所逃于天地之间。"

〔20〕无稽之事:无从查考之事。据《史记·伯夷列传》记载,伯夷、叔齐是殷朝贵族孤竹君的两个儿子。武王伐纣,他们曾拦住马头极力劝阻,认为臣不应当伐君。殷亡后,耻食周粟,饿死在首阳山。因汉代以前的典籍并无上述记载,所以作者认为是后人编造的荒唐故事。

〔21〕兆人万姓:千千万万的老百姓。兆,百万。

〔22〕腐鼠:比喻不值得重视的轻贱之物。语出《庄子·秋水》:"于是鸱得腐鼠,鹓雏过之。"

〔23〕孟子之言:《孟子·梁惠王下》:"齐宣王问曰:'汤放桀,武王伐纣,有诸?'孟子对曰:'于传有之。'曰:'臣弑其君可乎?'曰:'贼仁者谓之贼,贼义者谓之残。残贼之人,谓之一夫。闻诛一夫纣矣,未闻弑君也。'"

〔24〕窥伺:指伺机夺取君位。

〔25〕不便于其言:指孟子的言论对自己不利。

〔26〕废孟子而不立:明太祖朱元璋见到《孟子·尽心下》有关"民为贵,社稷次之,君为轻"的言论后,下诏撤除孔庙中孟子配享的牌位,并删除书中含有"民贵君轻"思想的章节。见《明史·钱唐传》、清夏燮《明

通鉴》。

〔27〕"摄缄縢"二句：语出《庄子·胠箧》："将为胠箧探囊发匮之盗而为守备,则必摄缄縢,固扃鐍。"用绳捆紧,用锁锁牢。比喻加强防范。摄,紧收。缄,打结。縢(téng 疼),缠束。扃(jiōng 迥平声),关钮。鐍(jué 决),锁钥。

〔28〕血肉崩溃:指杀身之祸。

〔29〕"昔人"句：典出《资治通鉴·齐纪一》：顺帝升明三年(479),萧道成逼迫宋顺帝刘准下诏禅位,出宫时刘准"泣而弹指曰:'愿后身世世勿复生天王家！'宫中皆哭"。昔人,指前代君主。

〔30〕"而毅宗"二句：据《明史·公主列传》记载,当李自成率军攻入北京后,崇祯皇帝挥剑砍断女儿长平公主的手臂,说："汝何故生我家？"毅宗,即明朝崇祯皇帝,谥为毅宗。

〔31〕废然摧沮(jǔ 举)：灰心丧气的样子。

〔32〕职分(fèn 奋)：应尽的职责。

〔33〕唐虞之世：即尧舜之世。唐,尧的国号。虞,舜的国号。

〔34〕绝尘：超绝尘世,高出世人之上。

〔35〕人人可欲：指人人对君位产生欲望。

〔36〕旷后世而不闻：后世再也没有听说过。旷,空绝。

〔37〕俄顷淫乐：片刻的荒淫行乐。

怪说〔1〕

梨洲老人坐雪交亭中〔2〕,不知日之早晚,倦则出门行塍亩间〔3〕,已复就坐〔4〕,如是而日而月而岁,其所凭之几,双肘隐然〔5〕。庆吊吉凶之礼尽废。一女嫁城中,终年不与往来。一女三年在越[6]，涕泣求归宁[7]，闻之不答。莫不怪老人之不情也[8]。

老人曰："自北兵南下，悬书购余者二[9]，名捕者一[10]，守围城者一[11]，以谋反告讦者二三[12]，绝气沙墠者一昼夜[13]，其它连染逻哨之所及[14]，无岁无之，可谓濒于十死者矣。李斯将腰斩，顾谓其中子曰：'吾欲与若复牵黄犬俱出上蔡东门逐狡兔，岂可得乎[15]！'陆机临死叹曰：'华亭鹤唳，岂可复闻乎[16]！'吾死而不死[17]，则今日者，是复得牵黄犬出上蔡东门，复闻华亭鹤唳之日也。以李斯、陆机所不能得之日，吾得之，亦已幸矣；不自爱惜，而费之于庆吊吉凶之间，九原可作[18]，李斯、陆机其不以吾为怪乎！然则，公之默默而坐，施施而行[19]，吾方傲李斯、陆机以所不如，而又何怪哉！又何怪哉！"

[1] 在中国古代知识分子中，黄宗羲堪称铮铮铁汉。在国家有难，民族危亡之际，他能挺身而出，投笔从戎；抗清失败后，他则珍惜生命，壮心不已，自觉地承担起文化复兴的重任。《怪说》即是作者人生志向的一种艺术表白，字里行间洋溢着老骥伏枥的情怀和耿介坚韧的个性。司马迁发愤著书的精神在他身上得到了生动的体现。文章立意深刻，令人玩赏不已。全文围绕着"怪"字逐层深入，回环往复，通过典故的巧妙运用，在历史与现实之间形成一种强烈的对比，确实是一篇构思新颖的佳作。

[2] 梨洲老人：作者以号自称。雪交亭：作者家中的一个亭子。

[3] 塍（chéng 成）亩：田地。塍，田间的界路。

[4] 已复就坐：走完后又坐到书桌前。

〔5〕双肘隐然:指伏案时间太久,书桌上已经隐约留下了双肘的痕迹。

〔6〕越:指浙江绍兴。

〔7〕归宁:已嫁女子回娘家看望父母。语出《诗·周南·葛覃》:"害浣害否,归宁父母。"

〔8〕不情:不近人之常情。

〔9〕悬书:指悬赏捉拿。

〔10〕名捕:指名逮捕。

〔11〕守围城:困守在围城当中。

〔12〕告讦(jié结):告发别人的隐私。

〔13〕绝气沙墠(shàn善):昏死在沙地上。墠,平地。

〔14〕连染:指因事受牵连。逻哨:巡逻的哨兵。

〔15〕"李斯"四句:据《史记·李斯列传》记载,李斯在临刑前曾对一同受刑的儿子说:"我想再与你一道牵着黄狗到家乡去打猎,怎么可能实现呢?"腰斩,古代的极刑之一。上蔡,李斯的家乡,在今河南上蔡西南。

〔16〕"陆机"三句:据《晋书·陆机传》记载,西晋著名文学家陆机担任成都王司马颖的大都督期间,兵败被谗,为颖所杀。临刑前曾感慨说:"想再听一声家乡华亭鹤的叫声,怎么可能实现啊!"华亭,地名,今上海松江一带,为陆机的家乡,古时为鹤的栖居地。唳(lì力),鹤雁之类的鸟高亢地鸣叫。

〔17〕死而不死:应该死而没有死。

〔18〕九原可作:喻死者复生。《礼记·檀弓》:"赵文子与叔誉观乎九原。文子曰:'死者如可作也,吾谁与归?'"九原,春秋晋国卿大夫坟墓所在地。作,起来,复活。

〔19〕施(yí夷)施而行:缓步行走。唐柳宗元《始得西山宴游记》:"其隟也,施施而行,漫漫而游。"

彭士望

彭士望(1610—1683),字达生,号躬庵,一号树庐,江西南昌人。早年积极投身抗清,曾入史可法幕府。南明政权覆亡后,退而与魏禧讲学,反对当时虚而不实的学风,为"易堂九子"的重要人物。彭士望古文与"宁都三魏"齐名,滂沛奇肆,多郁郁不平之气。"诗文不依傍门户,勿假涂泽而意无不尽"(《清诗纪事初编》)。著有《耻躬堂文钞》十卷和《诗钞》十六卷。

九牛坝观觝戏记[1]

树庐叟负幽忧之疾于九牛坝茅斋之下[2]。戊午闰月除日[3],有为角觝之戏者,踵门告曰[4]:"其亦有以娱公。"叟笑而颔之[5]。因设场于溪树之下。密云未雨,风木泠然[6],阴而不燥。于是邻幼生周氏之族之宾之友戚[7],山者牧樵[8],耕者犁犊[9],行担簦者[10],水桴楫者[11],咸停释而聚观焉[12]。

初则累重案[13],一妇仰卧其上,竖双足承八岁儿,氏覆卧起[14],或鹄立合掌拜跪[15],又或两肩接足,儿之足亦仰竖,伸缩自如;间又一足承儿,儿拳曲如莲出水状。其下则二男子一妇一女童,与一老妇鸣金鼓,俚歌杂佛曲和之。良久乃下。又一妇登场，如前卧，竖承一案，旋转周四角，更反侧背面承之，儿复立案上，拜起如前仪。儿下，则又承一木槌，槌长尺有半，径半之[16]，两足圆转，或竖抛之而复承之。妇既罢，一男子登焉，足仍竖，承一梯可五级[17]，儿上至绝顶，复倒竖穿级而下。叟悯其劳，令暂息，饮之酒。

其人更移场他处，择草浅平坡地，去瓦石。乃接木为跻[18]，距地八尺许，一男子履其上，傅粉墨挥扇杂歌笑，阔步坦坦[19]，时或跳跃，后更舞大刀，回翔中节[20]。此戏吾乡暨江左时有之[21]，更有高丈馀者，但步不能舞。最后设软索，高丈许，长倍之，女童履焉。手持一竹竿，两头载石如持衡[22]，行至索尽处，辄倒步，或仰卧，或一足立，或偃行[23]，或负竿行如担，或时坠挂复跃起。下鼓歌和之，说白俱有名目，为时最久，可十许刻[24]。女下，妇索帕蒙双目为瞽者，番跃而登[25]，作盲状，东西探步，时跌若坠，复摇晃似战惧，久之乃已。仍持竿，石加重，盖其衡也。

方登场时，观者见其险，咸为之股栗[26]，毛发竖，目眩晕，惴惴惟恐其倾坠[27]。叟视场上人，皆暇整从容而静[28]，八岁儿亦斋栗如先辈主敬[29]，如入定僧[30]。此皆诚一之所至，而专用之于习。惨澹攻苦[31]，屡蹉跌而不迁[32]；审其机以应其势，以得其致力之所在，习之又久，乃至精熟，不失毫芒[33]，乃始出而行世。举天下之至险阻者皆为简易，夫曲艺则亦有然者矣！以是知至巧出于至平。盖以志凝其气，气动其天，非卤莽灭裂之所能效此[34]。其意庄生知之[35]，私其身不以用于天下[36]；仪、秦亦知之[37]，且习之，以人国戏[38]，私富贵，以自贼其身与名[39]。庄所称僚之弄丸[40]、庖丁之解牛[41]、伛偻之承蜩[42]、纪渻子之养鸡[43]，推之伯昏瞀人临千仞之蹊，足逡巡垂二分在外[44]；吕梁丈人出没于悬水三十仞，流沫四十里之间[45]，何莫非是。其神全也。叟又以视观者，久亦忘其为险，无异康庄大道中[46]，与之俱化。甚矣！习之能移人也。

其人为叟言：祖自河南来零陵[47]，传业者三世，徒百馀人。家有薄田，颇苦赋役，携其妇与妇之娣姒[48]，兄之子，提抱之婴孩，糊其口于四方，赢则以供田赋。所至江、浙、两粤、滇、黔、口外绝徼之地[49]，皆步担[50]，器具不外贷，谙草木之性，捃摭续食[51]，亦以哺其儿。叟视其人衣敝缊[52]，飘泊羁穷，陶然有自乐之色[53]。群居甚和适，男女五六岁即授技，老而休焉，皆有以自给。以道路为家，以戏为田，传授为世业。其肌体为寒暑风雨冰雪之所顽[54]，智意为跋涉艰远人情之所儆怵磨厉[55]。男妇老稚皆顽钝[56]，儇敏机利[57]，捷于猿猱，而其性旷然如麋鹿[58]。叟因之重有感矣。

先王之教，久矣夫不明不作[59]。其人恬自处于优笑巫觋之间，为夏仲御之所深疾[60]，然益知天地之大，物各遂其生成，稗稻并实，无偏颇也。彼固自以为戏，所游历几千万里，高明巨丽之家[61]，以迄三家一门之村市[62]，亦无不以戏视之，叟独以为有所用。身老矣，不能事洴澼絖，亦安所得以试其不龟手之药?托空言以记之〔63〕。固哉!王介甫谓"鸡鸣狗盗之出其门,士之所以不至"〔64〕。患不能致鸡鸣狗盗耳!吕惠卿辈之诡谩〔65〕,曾鸡鸣狗盗之不若〔66〕。鸡鸣狗盗之出其门,益足以致天下之奇士,而孟尝未足以知之〔67〕;信陵、燕昭知之〔68〕,所以收浆、博、屠者之用〔69〕,千金市死马之骨〔70〕,而遂以报齐怨。宋亦有张元、吴昊,虽韩、范不能用,以资西夏〔71〕。宁无复以叟为戏言也,悲夫!

〔1〕本文详细记述了民间杂技艺人的一场精彩表演,用写实的手法,将读者引入到一个异彩纷呈、扣人心弦的艺术情境之中。继之,作者进一步探讨了杂技艺人精湛技艺的形成过程,在夹叙夹议中不经意地揭示出"至巧出于至平"和"艰难困苦,玉汝于成"的人生哲理。在此基础上,文章借题发挥,多处运用历史典故,从正反两方面说明不拘一格启用人才的极端重要性,从而由一般的记事,巧妙地提升到政治与哲理的高度。牴(dǐ 底)戏,即角牴戏,亦作角抵戏。古时一种技艺表演,类似今日之摔跤。文中指杂技表演,因为汉代曾将杂技和各种乐舞统称为"角抵戏"。张衡《西京赋》即有"临迥望之广场,程角抵之妙戏"的记载。

〔2〕"树庐"句:作者自称居住在九牛坝的茅舍当中,内心承受着孤寂与忧伤。树庐叟,作者四十九岁时迁居草湖,依桂树结庐而居,自号树庐先生,晚年自称树庐叟。幽忧,过度忧劳。语出《庄子·让王》:"我适有幽忧之病,方且治之,未暇治天下也。"

〔3〕"戊午"句:即康熙十七年(1678)闰三月的最后一天。除日,每月的最后一天。

〔4〕踵(zhǒng 肿)门:走到门前。

〔5〕颔(hàn 汉)之:点头答应。

〔6〕泠(líng 伶)然:清凉的样子。
〔7〕"邻幼"句:邻居周幼生的族人、宾客与亲戚朋友。
〔8〕山者牧樵:在山上放牧、砍柴的人。
〔9〕耕者犁犊:赶着牛扶犁耕作的人。
〔10〕行担簦(dēng 登)者:打着伞行路的人。簦,古代一种有长柄的笠,类似于后世的伞。
〔11〕水桴(fú 浮)楫者:水上行船划桨的人。桴,木筏。楫,船桨。
〔12〕"咸停"句:全都停步释担,聚集到一块来观看。
〔13〕累重案:将几张桌子叠加在一块。
〔14〕氐:当为"反"字之误。
〔15〕鹄(hú 胡)立:形容像天鹅一样伸长脖子踮脚而立。鹄,天鹅。
〔16〕径半之:指木槌的直径是长度的一半,即七寸五分。
〔17〕可:大约。
〔18〕跻(qiāo 敲):指表演高跻时所用的木制器具。
〔19〕坦坦:泰然自若的样子。
〔20〕回翔中节:旋转起舞,动作合乎音乐节拍。
〔21〕吾乡暨江左:江西与江浙一带。
〔22〕如持衡:像拿着天平的支点一样保持两边的平衡。
〔23〕偃行:伏身而行。
〔24〕可十许刻:大约十刻左右时间。刻,古时用漏壶计时,一昼夜为一百刻。
〔25〕番跃而登:轮番跳上去。番,轮番。
〔26〕股栗:双腿发抖。
〔27〕惴(zhuì 坠)惴:恐惧不安的样子。
〔28〕暇整:"好整以暇"的省称。意谓从容安闲。
〔29〕"斋栗"句:敬畏小心犹如老前辈一样专诚虔敬。斋栗,敬畏

小心的样子。语出《书·大禹谟》:"(舜)祗载见瞽瞍,夔夔斋栗。"先辈,指朱熹之类的理学宗师。主敬,持守诚敬。语出《近思录·为学》:"君子主敬以直其内,守义以方其外。"

〔30〕如入定僧:像入定的和尚一样。入定,指僧人静坐,心定于一处,不生杂念,即进入禅定状态。

〔31〕惨澹攻苦:刻苦钻研,勤学苦练。

〔32〕蹉(cuō 搓)跌:失足跌倒,比喻出了差错。

〔33〕不失毫芒:不出一点差错。

〔34〕卤莽灭裂:做事轻率冒失。语出《庄子·则阳》:"长梧封人问子牢曰:'君为政焉勿卤莽,治民焉勿灭裂。'"卤莽,不用心。灭裂,轻薄冒失。

〔35〕庄生:即庄子,战国时期著名思想家,老庄学派的代表人物之一。

〔36〕私其身:偏爱自己的身体。

〔37〕仪、秦:即张仪和苏秦。战国时代的两位著名的纵横家。

〔38〕以人国戏:把他人的国家当作儿戏。

〔39〕贼:残害。

〔40〕僚之弄丸:典出《庄子·徐无鬼》:"市南宜僚弄丸而两家之难解。"熊宜僚为春秋时楚国勇士,有玩弄弹丸的绝技。

〔41〕庖丁之解牛:典出《庄子·养生主》:梁惠王的厨子宰牛技术十分高超,一把刀肢解了数千头牛,用了十九年,还像新的一样。庖丁,厨师。

〔42〕伛偻(gōu lóu 勾楼)承蜩:典出《庄子·达生》:"仲尼适楚,出于林中,见伛偻者承蜩,犹掇之也。"伛偻,驼背。承蜩,用竹竿捕蝉。

〔43〕纪渻(shěng 省)子养鸡:典出《庄子·达生》:纪渻子为周王养斗鸡,经过四十天,把鸡训练得犹如木鸡一样,别的鸡见之败走,不敢

相斗。

〔44〕"推之"二句:典出《庄子·田子方》:"无人遂登高山,履危石,临百仞之渊,背逡巡,足二分垂在外,揖御寇而进之。御寇伏地,汗流至踵。"无人,即伯昏瞀(mào 茂)人,相传为楚国隐士,子产之师。蹊,山间小径。逡(qūn 群平声)巡,倒退行走。

〔45〕"吕梁"二句:典出《庄子·达生》:"孔子观于吕梁,县水三十仞,流沫四十里,……见一丈夫游之。"吕梁,有多种解说,依文义似当指黄河上的龙门,在今山西西部。丈夫,男子。悬水,瀑布。流沫,流动的水泡。

〔46〕康庄:宽阔平坦,四通八达的道路。《尔雅·释宫》:"五达谓之康,六达谓之庄。"

〔47〕零陵:地名,今属湖南。

〔48〕娣姒(sì 寺):指妯娌。兄之妻为姒,弟之妻为娣。

〔49〕口外绝徼之地:指长城以北极边远的地区。口外,长城关口之外。泛指长城以北地区。徼(jiào 叫),边界。

〔50〕步担:徒步挑担而行。

〔51〕捃摭(jùn zhí 俊直)续食:摘取草木果实来补充食物。捃摭,摘取。续,延续,引申为补充。

〔52〕敝缊(yùn 运):破旧的棉袍。缊,旧絮。

〔53〕陶然:内心愉快的样子。

〔54〕顽:锻炼使之顽强。

〔55〕儆怵(chù 触):戒惧。

〔56〕顽钝:愚笨。此处指知识浅陋。

〔57〕儇(xuān 轩)敏机利:敏捷机灵。

〔58〕旷然:开朗自得的样子。

〔59〕"先王"二句:先王的教化已经很久没有得到宣扬,也不再推

行了。明,阐明。作,指推行。

〔60〕"其人"二句:夏仲御,即夏统,字仲御,晋代人。他认为招女巫表演歌舞杂技是一种伤风败俗的行为。事见《晋书·夏统传》。恬,安然。优笑,以乐舞戏谑表演为职业的人。巫觋,男女巫师的合称,男为"觋",女为"巫"。

〔61〕高明巨丽:高楼大厦,指富贵人家。高明指楼观,巨丽指画栋。

〔62〕门:一本作"衢",同"巷"。

〔63〕"不能"三句:典出《庄子·逍遥游》:"宋人有善为不龟手之药者,世世以洴澼絖为事。客闻之,请买其方百金。……得之以说吴王。越有难,吴王使之将。冬,与越人水战,大败越人。裂地而封之。"洴澼絖(píng pì kuàng 平辟矿),漂洗绵纱。龟(jūn 军),同"皲",皮肤开裂。空言,无用的话。

〔64〕"固哉"三句:引文出自王安石《读孟尝君传》。作者认为王安石批评孟尝君网罗鸡鸣狗盗之徒的言论十分浅陋。固,浅陋。王介甫,即王安石,江西临川人,北宋著名政治家。鸡鸣狗盗,指孟尝君门下收养的那些具有微小技能的食客。

〔65〕吕惠卿:字吉甫,福建晋江人。初追随王安石,附和新法。待王安石罢相后,吕惠卿继任参知政事,极力排斥王安石。最后被贬逐出京师而死。事见《宋史·奸臣传一》。谄谩(chǎn mán 产瞒),奉承欺骗。

〔66〕曾:竟然,乃。

〔67〕未足以知之:未完全了解其中的道理。

〔68〕信陵、燕昭:战国时魏国的贵族公子信陵君和燕昭王,皆以善养士著称。

〔69〕浆、博、屠者:指信陵君结交的隐士,包括卖酒浆的薛公、赌博的毛公、屠户朱亥。他们都曾为信陵君效劳。事见《史记·魏公子列传》。

〔70〕"千金"句：指燕昭王即位后欲求贤纳才，问计于郭隗。郭隗告以古人重金买千里马骨的故事。燕昭王听后尊郭隗为国师，于是各地人才齐集燕国，成就了一番事业。事见《战国策·燕策一》。

〔71〕"宋亦"三句：宋代的张元、吴昊均为陕西华县人，有纵横之才。他俩曾设法投奔韩琦和范仲淹，但不被所用，于是转而投靠西夏主赵元昊，为其谋主，侵扰宋边境达十馀年之久。事见洪迈《容斋三笔》卷十一。

方以智

方以智(1611—1671),桐城(今属安徽)人,字密之,号曼公,又号鹿起。崇祯十三年进士,官翰林院检讨。入清,南走广西,桂王亡,弃家为僧,名弘智,字无可,别号药地和尚。博览群书,精音韵,兼通天文、地理、历史、生物、医药、文学等。著书甚多,有《浮山文集》、《浮山此藏轩别集》。刘砥称其文"矢口肆笔,随物赋形,皆能究晰天人,综心变化"。陈仁锡称其文"言论古雅","及语当世之务,则又慷慨激烈,切于事情"。今人整理有《方以智全书》(侯外庐主编,上海古籍出版社1988年版)。

书晋贤传后[1]

尉氏、谯、沛诸贤[2],一时以下,往往自行至性[3],儒者谓流放矣[4]。然其可尚者[5],独以尝澹然于利禄也。效之者反是,且以自便,是岂能旷达者乎[6]?

今靡靡世人[7],欲其一旦以礼义严自裁省[8],有不拘畏而反者与[9]?文人才士,正当以怀旷达之意,可引之澹然于利禄。澹然于利禄,圣人许之矣[10]。澹泊者,学之舆也[11]。功名之士恒谓为小节[12],穷理之士又以为粗略:宜乎其自便耳。

士诚能以澹泊为本,则旷达与廉谨不相悖也。老庄之学,可取其退让以远祸[13],而不必流于刻深[14]。释氏之学,可取其虚化以不胶生死[15],而不可溺于福报之说[16]。长卿不慕官爵[17],延之不喜见贵人[18]。泽于文雅[19],度量固已远矣[20]。必曰分未及儒者[21],何其难天下之士耶?

坐木榻五十年[22],因树为屋[23],超然知几[24],犹谓其藏拙乎[25]?贵不如贱,富不如贫,此人已知生死矣[26]。嗟乎!富贵贫贱之间,君子当之,多所不免。危乎危乎,小节云乎哉,粗略云乎哉?夫奚为而能自行至性乎哉?

鹿起山人方以智书。

[1] 全文要点是强调"澹然于利禄",即不要出仕清廷。嵇、阮所处的魏、晋易代之时,和明、清易代很相似,所以方氏特别叮咛告诫:"富贵贫贱之间,君子当之,多所不免。危乎危乎!"

[2] 尉氏、谯、沛诸贤:阮籍,陈留尉氏(清为河南开封府尉氏县)人。嵇康,谯国铚(今安徽亳州)人。刘伶,沛国(今江苏徐州沛县)人。

[3] 至性:纯厚的性情。嵇康《与山巨源绝交书》称阮籍"至性过人"。

[4] 流放:放荡不守礼法。当时礼法之士(即儒生)疾之(阮籍)如仇。

[5] 可尚:可以尊崇。

[6] 旷达:心胸开阔,举止无检束。阮、嵇、刘即其典型。

[7] 靡靡:随大流。

[8] 裁省(xǐng 醒):约束警惕。

[9] 与:同"欤"。

43

〔10〕"澹然"二句:孔子尝曰:"不义而富且贵,于我如浮云。"(《论语·述而》)

〔11〕"澹泊"二句:诸葛亮《戒子书》曰:"非静无以成学。"静即澹泊宁静之意。舆,本指车箱,后泛指车。

〔12〕小节:细小的无关大体的不良行为。

〔13〕远(yuàn愿)祸:距离灾难很远。远,疏远,避开。

〔14〕刻深:严酷,苛刻。《史记·老子韩非列传》:"太史公曰:'韩子引绳墨,切事情,明是非,其极惨礉少恩,皆原于道德之意,而老子深远矣。'"

〔15〕胶:拘泥于。

〔16〕福报:佛家主张因果报应,认为今生修善,来生即得福报。

〔17〕长(zhǎng掌)卿:司马相如之字。《汉书》本传:"(相如)常称疾闲居,不慕官爵。"

〔18〕延之:颜延之。《南史》本传:长子竣贵重,权倾一朝。延之尝语竣曰:"平生不喜见贵人,今不幸见汝。"

〔19〕泽于文雅:司马相如、颜延之皆不慕富贵,而以文艺润泽其心身。

〔20〕度量:器量,见识。

〔21〕分(fèn份):素质,修养。

〔22〕坐木榻:《三国志·管宁传》注引《高士传》:"管宁自越海及归,常坐一木榻,积五十餘年,未尝箕股,其榻上当膝处皆穿。"

〔23〕因树为屋:《后汉书·申屠蟠传》:"乃绝迹于梁(国)砀(县)之间,因树为屋,自同佣人。"

〔24〕知几(jī机):预知事之几微。

〔25〕藏拙:掩其拙劣,不以示人。

〔26〕"贵不如贱"三句:《后汉书·逸民传·向长传》:"(长)潜隐

于家。读《易》至《损》《益》卦,喟然叹曰:'吾已知富不如贫,贵不如贱,但未知死何如生耳。'"

李 渔

李渔(1611—约1679),字笠鸿,一字谪凡,号笠翁,原籍浙江兰溪,生于江苏如皋。明代秀才,入清后未曾应试做官。一生主要从事戏剧创作,并组织戏班四处演出,积累了丰富的经验。著有《闲情偶寄》,内容多谈戏剧理论。戏剧代表作为《笠翁十种曲》。小说集有《连城璧》和《十二楼》。散文主要收录在《笠翁一家言文集》中。今人整理有《李渔全集》(浙江古籍出版社1992年版)。

制师尚书李邺园先生靖逆凯歌序[1]

八闽之叛[2],始于滇、黔,是人而知之矣。抚闽之功,由于奉命督师之康亲王[3],亦是人而知之矣。但闽藩初叛,王师未出之先,三衢扼两浙之咽喉[4],两浙又为沿江诸省会之门户;三衢失守,则两浙成墟;两浙成墟,则姑苏、建康之安危[5],非我辈愚民之所敢知者矣。矧浙东数郡之奸民[6],依草附木而为不逞者[7],每寨动以万计[8]。是时江、浙二省数百万生灵,惟于先生一人是赖[9]。使先生于闻警之日,稍迟片刻之行,则三衢、八婺非我有矣[10]。

然先生文臣也,始行之日,人尽忧之。谓韬钤非所素习[11],帷幄并无一人[12];轻敌固足招尤[13],徒忠亦难济事；不加熟筹而奋然以往，无乃得失相半乎？乃先生则大不然，固文臣而深于武，忠臣而熟于谋者也。一至西安[14]，即披坚执锐，为士卒先。士卒虽从，犹未敢遽信为实也[15]；谓不过张虚声以威贼，且坚麾下御侮之心耳；誓师争先，临敌不能不后矣。乃先生则又不然。贼恃火攻，炮声绵昼夜不绝[16]，守疆诸将士从无敢近贼营十舍者[17]，先生以单骑迩之[18]，炮中副车数四而不及身[19]，忠诚之所格也[20]。自是而将士幡然改目虚声为实事矣。文臣且然，矧武士乎？制文武者且然，矧为所制者乎[21]？原有灭贼之心者，既乐为不令之行；素无捐躯之勇者，亦摄于不怒之威[22]。靖逆奇功，实基于此。所辖将士，无不躬冒石矢[23]，以一当百。大小数十战，斩贼首以万纪。贼自是掘壕自守，无东向之心矣。先生原欲渡河长驱，直入闽界，因闻圣天子赫怒临轩[24]，亲誓禁旅[25]，而受命专征者，又出多智善谋之康亲王，知一出而燎原可灭，贼首不足竿矣[26]，遂励兵秣马以待。及王师至而贼胆愈寒，始则窥浙未能而图守，继则图守不得而请降。两浙苍生之得有今日者，上则圣天子之威灵，中则康亲王之谋略，等而下之，则邺园先生之忠而且毅，谅亦史笔之所乐书[27]，而天下口碑之所不能泯灭者也[28]。

杭城父老子弟闻八闽底定[29]，谓先生指日班师，凯歌虽奏于军中，而原其所自[30]，则出黔黎讴颂之口[31]；以予操觚一生[32]，稍娴声律[33]，而今且老矣，黄童骑竹[34]，白叟编蒲[35]，俟节旄旋省之日[36]，万口同声而唱于道路之间,亦燕贺升平之乐事也[37]。予不敢谢不敏[38],因序而歌之。

古云君明则臣良,虽曰美大臣之功,实为圣天子颂知人之哲耳[39]。古之能守者二人[40],皆由君上之能任:萧何之于关中[41],寇恂之于河内是也[42]。今之能守者亦有二臣:李邺园先生之于浙,蔡仁庵先生之于楚[43]。非古今四大金汤[44],而千百年后配享无辞之名宦乎[45]?虽野史不足流芬,亦董狐药笼中物也[46]。

〔1〕本文记载了浙江总督李之芳率兵平定耿精忠叛乱的有关史实。康熙年间,吴三桂、耿精忠、尚之信等藩王相继反叛,分裂国家,不但给社会造成新的动乱,而且也使久经战乱的人民蒙受巨大痛苦。李渔对此深表不满,于是在文中称赞清廷派兵平叛,盛赞李之芳临危受命,有勇有谋。作者的这种态度一方面显示出他不具备顾炎武等人的遗民情怀,另一方面也表明他具有维护国家统一的立场。作为一篇赠序文字,本文行文流畅,叙写生动,语言平易,用典自然贴切,充分显示出了李渔深厚的文学功底。李邺园,名之芳(1622—1694),号邺园,武定(今山东惠民)人。顺治进士,授金华府推官,擢左副都御史。耿精忠在福建叛乱,李之芳在浙江总督军务,与叛军作战。因平叛有功,升任吏部尚书、文华殿大学士。制师,也称"制军",总督的别称。靖逆,平定叛乱。凯歌,凯旋而歌。

〔2〕八闽之叛:指耿精忠在福建叛乱。八闽,福建省的别称。福建古为闽地,宋朝分为八个府、州、军;元朝分为八路,故有八闽之称。

〔3〕康亲王:名杰书,皇族,封多罗郡王,赐号康,称康亲王。耿精忠叛乱,主要由康亲王率兵平定。

〔4〕"三衢"句:衢州为扼守浙江的咽喉要地。三衢,指浙江衢州府(今衢州市),因境内有三衢山而得名。两浙,浙东、浙西的合称,泛指浙江全省。

〔5〕姑苏、建康:苏州与南京的古称。

〔6〕矧(shěn审):何况。

〔7〕"依草"句:指依附叛军的乱民。依草附木,比喻依附于人,不能自主。不逞,指犯法为非之人。

〔8〕动:往往,每每。

〔9〕"惟于"句:只依赖李之芳一人。先生,指李之芳。

〔10〕八婺(wù务):指婺州(今浙江金华)武义江、金华江流域各县。

〔11〕韬钤(qián前):古代兵书《六韬》、《玉钤》的合称,代指用兵谋略。

〔12〕帷幄:帐幕。多指军帐。

〔13〕招尤:招来怪罪。尤,责难、怪罪。

〔14〕西安:指浙江衢县,唐代称西安县。

〔15〕遽(jù巨)信为实:马上相信是事实。

〔16〕绵:连续。

〔17〕十舍:指十间房的距离。

〔18〕迩之:接近敌营。

〔19〕副车:跟随在主帅后面的战车。数四:犹"三四",表示数目不多。

〔20〕忠诚之所格:指忠诚感通上天。格,感通。语出《书·君奭》:"格于皇天。"

〔21〕"制文"二句:控制文武官员的统帅人物尚且如此奋勇向前,更何况被统帅的人呢。

〔22〕慑:通"慑",使畏惧。

〔23〕躬冒石矢:身冒弹石弓箭。

〔24〕赫怒临轩:指天子勃然震怒,在正殿外平台上任命出征将帅。赫怒,指天子震怒。语出《诗·大雅·皇矣》:"王赫斯怒。"临轩,古时帝王不坐正殿而在殿前平台接见臣属。王维《少年行》:"天子临轩赐侯印,将军佩出明光宫。"

〔25〕亲誓禁旅:亲自主持出征军队的誓师。禁旅,由朝廷直接掌控的军队。

〔26〕不足竿:无力抵抗。竿,揭竿抵抗。贾谊《过秦论》:"斩木为兵,揭竿为旗。"

〔27〕史笔:史家之笔,代指修史的人。

〔28〕口碑:比喻众人口头上的称颂。碑,指记载功德的石碑。语出《五灯会元》卷十七:"劝君不用镌顽石,路上行人口似碑。"

〔29〕底定:平定。

〔30〕原其所自:追溯事情的由来。

〔31〕黔黎:黔首、黎民的合称。代指百姓。

〔32〕操觚(gū 孤):持笔写作。觚,古代用来书写的木简。语出陆机《文赋》:"或操觚以率尔。"

〔33〕稍娴声律:略微懂得写作词曲的声律节拍。

〔34〕黄童骑竹:儿童骑竹马在路上迎接李之芳凯旋。黄童,黄发儿童。骑竹,指以竹为马,骑此游戏。典出《后汉书·郭伋传》:"始至行部,到西河美稷,有童儿数百,各骑竹马,于道次迎拜。"

〔35〕白叟编蒲:白发老翁写诗文歌颂李之芳的功德。编蒲,编蒲草以供书写,此指创作诗文。典出《汉书·路温舒传》:"父使牧羊,温舒取泽中蒲,截以为牒,编用写书。"

〔36〕节旄(máo 毛)旋省:举着旄旗凯旋回省城。节旄,天子赐给

的信物,用牦牛尾置于旗竿头。旋省,凯旋回省城杭州。

〔37〕燕贺:庆贺。

〔38〕谢不敏:以迟钝为由加以推辞。

〔39〕知人之哲:知人善任的贤智。

〔40〕守:守成,保守已经取得的功业成就。

〔41〕"萧何"句:指汉初丞相萧何留守关中助刘邦成就帝业。楚汉相争时,萧何以丞相身份留守关中,输送士卒粮草,支援前线,为刘邦最终战胜项羽,建立汉朝,立下了汗马功劳。

〔42〕"寇恂"句:指东汉任河内太守的寇恂为刘秀打下江山立有大功。寇恂,字子翼,北京昌平人。刘秀占有河内郡,寇恂任太守,负责转运军需,功勋卓著,被封为雍奴侯。河内,郡名。辖境相当于今河南黄河以北、京汉铁路以西地区。

〔43〕蔡仁庵:名毓荣(?—1699),字仁庵,汉军正白旗人。吴三桂反叛时,仁庵任绥远将军,率兵平定云贵,遂为云贵总督,官至户部右侍郎。《清史稿》有传。

〔44〕金汤:金城汤池的省称。比喻防守坚固的城池。此处代指上文提及的"能守"之臣。

〔45〕无辞之名臣:不以文辞传世的名臣。

〔46〕"虽野"二句:虽然私家编撰的史书不足以使人流芳百世,但亦是古代正史的一种补充。野史,私家编撰的史书,有别于官修正史。董狐,春秋时晋国史官,以秉笔直书著称。孔子曾称之为"古之良史"。药笼中物,比喻备用人才。语出《新唐书·元行冲传》:"(元行冲)尝谓仁杰曰:'下之事上,譬富家储积以自资也。脯腊膎胰,以供滋膳;参术芝桂,以防疾疢。门下充旨味者多矣,愿以小人备一药石可乎?'仁杰笑曰:'君正吾药笼中物,不可一日无也。'"

钱澄之

钱澄之(1612—1693),初名秉镫,字饮光,桐城人。明诸生。以经邦济世自负。入清后,课耕自给,自号田间老人。尝问《易》于黄道周,著《田间易学》十二卷。诗得白居易、陆游之神髓。黄山书社1998年始陆续出版校点本《钱澄之全集》。

寓武水为家塞庵阁学复贝勒书[1] 乙酉六月

伏惟贝勒元帅麾下:功高杖钺[2],位极分珪[3]。跃马而定中原,卷斾以收江左[4]。不遗一矢[5],直下三吴。威德所加,颂声布道。

忽承钧谕远颁[6],侑以礼币[7]。煌煌礼贤之盛典,俨然施诸亡国之孤臣,且欲召赴省会,面承尊旨。惶惧无端,席藁待命[8],敢摅鄙志,兼效微忱,上冒虎威,仰祈睿听[9]。

来谕云:大清取天下,取之于闯贼[10],非取之于本朝也[11]。诚哉斯言,某且据此以答明谕。

伏以本朝二百八十年之德泽,先帝十七载之忧勤,一朝不戒,遂使金堤溃于蚍蚁,天柱摧于蜻蛉。帝后同时,身殉庙社。古今惨异,薄海哀号[12]。为臣子者不能号召义旅[13],

沥血报仇[14],刳王莽之秽尸[15],啮侯景之腐骨[16]。而贵朝念先世之旧德,弃近日之小嫌,因蓟国之请援[17],间关延入[18],长驱京邑,涤荡逆氛。凡我臣民,谁不北望瞻呼,称仁诵义?谓贵国必随访求太子二王[19],继我正统[20],抚定人民,奠安城阙,而后成盟而退[21],永为邻好,则是贵朝再有造于我宗社也。载之史传,名美千秋。不谓贼去而遂奄为己有[22],使向之企踵者空悲失望[23],而称说者自悔失言也[24]。

《春秋》狄人灭卫[25],齐侯驱狄而存卫;吴师灭楚,秦伯破吴而兴楚[26]:君子义之[27]。未闻狄遁而齐遂有卫,吴败而秦遂据楚也。惜乎!贵朝以义始不以义终也。

譬如大盗入室,戕其主人[28],窃踞其第[29]。有干仆力恐不敌[30],求救于壮士。壮士毅然许为同仇[31],奋臂助斗。大盗授首[32],仇已报矣,而主人所有,尽归壮士,则是干仆有功而无功,壮士有义而无义也。

然犹有辞曰:"吾所取者,已非主人之有,直取诸盗也。主人之后,不可复觅,吾虽无义名,不得加以不义。"如今日来谕之所云是也。至于东南半壁[33],闯贼未尝有也。神宗之子孙,于先帝为同祖,兄终弟及[34],北废南兴,神器不容久虚[35],与邻讵宜请命[36]?擅立之罪[37],所据何典?日进之兵,所执何言?恐非古王者所以取天下之道也。而今者旌麾所指,开城以待,未有一旅敢抗戎行[38]。传闻贵朝仗义,闻南都失道[39],问罪贼臣,改建潞藩[40],比诸赵宋[41]。

黜昏立明,古容有之[42]。以是望风归附,冀贵朝之仍存我宗社[43],还我疆土也。此望既虚,能无愤叹!

窃观周、汉、唐、宋以来,历世既久,其后未有不再兴者[44]。人心天意,自古已然。天不可违,人不可逆。麾下上考往事[45],下察舆情[46],急宜以存亡继绝之义[47],力请于朝,画疆分国,以慰东南之思。即今天气炎暑,戎帐未堪久驻。地势沮洳[48],弓马非所骋长。思如向者控铁骑以凌波[49],遣偏师而略地[50],恐未易言也。是则区区之所欲效微忱于麾下者也。

至于某,谬以谫才[51],忝窃上第[52]。先帝察其朴谨[53],擢致政府[54]。一无展布,归老山林。今年七十一矣,一闻国变,分应从死[55],觍颜至今[56],宁望久活?文信公之矢志报国[57],力所不能;留梦炎之反面事人[58],义有不可。妻丧已殡,儿病垂亡,朝露馀生,惟视日晷[59]。倘因触讳之语,加以逆命之诛,则浩浩清流,惸惸白首[60],指汨罗以自誓[61],追鼎湖而非遥[62],固不用膏麾下之齐斧矣[63]。

谨布腹心,早晚惟命,不胜悚息之至[64]!

〔1〕武水:县名,在今山东聊城西。钱塞庵:不详其名与字。阁学:内阁学士之简称。贝勒:疑指清之和硕肃亲王豪格。乙酉为清顺治二年,豪格于元年冬奉命征山东抗清军,应在二年乃定济宁,破满家洞等义军据点,三年正月始奉命西征,则其招降钱塞庵当在二年。豪格原封和硕贝勒。此书可谓义正词严,使清方无辞以对。如此文字居然能刻于清

代,不遭毁板,真是奇迹。特别是第五段以齐桓存卫、秦哀兴楚与清之夺明天下相对比,更显得理直气壮。另外,第八段又举周、汉、唐、宋再兴为例以晓示贝勒,并且指出辽东铁骑不习水战以警告清帅,使其知难而退。都是写得很成功的地方。

〔2〕杖钺:《书·牧誓》:"王左杖黄钺。"周武王手持黄色大斧,表示威力。后用以比喻掌握兵权。

〔3〕分珪:珪,王侯所执长形玉版,上尖下方,以为信符。《史记·晋世家》:"成王与叔虞戏,削桐叶为珪以与叔虞,曰:'以此封若(汝)。'"

〔4〕卷斾(pèi 佩):斾,军旗。江左:长江下游以东地区,即今江苏省一带。

〔5〕遗(wèi 未):加。按:遗,钱氏读为平声,误。

〔6〕钧谕:钧,敬词,对尊者用之。钧本重量单位,三十斤为钧,故可引申为敬词。颁(bān 班):发下。

〔7〕侑(yòu 又):佐,加。

〔8〕席藁(gǎo 稿):用禾秆编成的席叫藁,坐卧藁上自等于罪人。是古人表示请罪的一种方式。

〔9〕睿(ruì 瑞):明智。

〔10〕闯贼:此对农民义军领袖李自成(名号为闯王)的诬称。

〔11〕本朝:指明朝。

〔12〕薄海:自京师直到四海边。薄,靠近。

〔13〕义旅:正义的军队。

〔14〕沥血报仇:滴血为誓,表示必报此仇。

〔15〕刴(tuán 团)王莽之秽尸:《汉书·王莽传》:商人杜吴杀莽,校尉公宾斩莽首,军人分裂莽尸,支节肌骨脔分。

〔16〕啮侯景之腐骨:《梁书·侯景传》:羊鲲杀景,送尸于王僧辩,

55

曝其尸于建康市,百姓争取屠脍啖食,焚骨扬灰。按:作者以王莽、侯景比李自成。

〔17〕蓟(jì记)国请援:指吴三桂向关外请求清国派兵来打李自成义军。

〔18〕间关:道路崎岖难行。

〔19〕太子二王:崇祯帝太子慈烺(lǎng朗)、定王慈炯、永王慈炤(zhāo昭)。李自成义军破京城后,崇祯帝自缢,太子与二王逃亡在外。

〔20〕正统:旧称一系相承、统一全国的封建王朝为正统。

〔21〕成盟:结成盟约。

〔22〕奄:通"掩",覆盖。

〔23〕企踵:踮起脚跟。

〔24〕称说:宣扬,歌颂。

〔25〕狄灭卫:《左传·闵公二年》载,冬十二月,狄人伐卫,卫师败绩,遂灭卫。卫人立戴公。齐桓公以车三百乘、甲士三千人戍守之。

〔26〕吴灭楚:《左传·定公四年》载,冬,吴伐楚,入郢。申包胥乞师于秦,秦哀公以兵车五百乘救楚,大败吴师。

〔27〕义之:认为齐桓公、秦哀公存卫兴楚的事合理。

〔28〕戕(qiāng枪):杀害。

〔29〕第:房屋。

〔30〕干仆:有办事才干的仆人。

〔31〕同仇:齐心合力去打击敌人。

〔32〕授首:被杀。

〔33〕东南半壁:崇祯帝自缢后,南方建立了几个小朝廷。最早是南京的宏光帝朱由崧,他是明神宗的亲孙。宏光王朝很快被清兵所灭,明臣又拥立鲁王朱以海在绍兴为监国。与此同时,又一部分明臣拥立唐王朱聿键称帝于福州,改元隆武。后相继被清兵所灭。

〔34〕兄终弟及:崇祯帝朱由检为兄,宏光帝朱由崧为弟。

〔35〕神器:指帝位。

〔36〕请命:请示。

〔37〕擅立:清人以南明政权未经向自己请示,擅自建立朝廷为非法。

〔38〕一旅:五百人。表示人少。戎行(háng航):军队。

〔39〕南都:指南京。

〔40〕潞藩:潞王朱常淓。当时传言清廷将改立潞王以代宏光帝,使明朝如宋高宗之偏安江左(临安)。

〔41〕诸:之于。

〔42〕容:或许。

〔43〕宗社:宗庙社稷。

〔44〕周、汉、唐、宋再兴:周幽王为犬戎所杀,西周灭,其子平王将京城由镐京迁到洛阳,是为东周。王莽篡汉,西汉亡,光武帝建立东汉王朝。唐玄宗为安禄山所逐,其子肃宗即位灵武,唐室复兴。北宋亡于金,而高宗即位于临安(今杭州),是为南宋。

〔45〕麾下:将旗之下。为对将帅之敬称。此指贝勒。

〔46〕舆情:民众的愿望。

〔47〕存亡继绝:使灭亡之国复存,断绝之嗣得续。

〔48〕沮洳(jù rù 巨入):地势低湿。

〔49〕铁骑(jì记):骑兵。凌波:在水上作战。此句言辽东铁骑不习水战。

〔50〕偏师:指全军的一部分,以别于主力。略地:攻占夺取敌方土地。

〔51〕谫(jiǎn剪):浅薄。

〔52〕忝(tiǎn舔):有愧于。上第:考试成绩列于优等。

〔53〕先帝:指崇祯帝。

〔54〕政府：唐、宋时称宰相治理政务的地方为政府。

〔55〕分(fèn 份)：本分。

〔56〕靦(miǎn 免)颜：厚着脸皮。

〔57〕文信公：文天祥，宋端宗时封信国公。矢：誓。

〔58〕留梦炎：《宋史·度宗纪》：景定五年十一月，命留梦炎兼侍读。咸淳元年正月，丞相贾似道请辞职，直学士院留梦炎疏留贾似道。十年正月，以留梦炎知潭州兼湖南安抚使。又《瀛国公纪》：咸淳十年八月，诏乞言于老臣留梦炎等六人。德祐元年六月，留梦炎入朝，宰相二人乞退，以留氏为右丞相兼枢密使，都督诸路兵。十月，以留氏为左丞相。十一月，留氏遁走。帝遣使召之还朝。元兵入平江，遣使令留氏还，不至。数日又召，仍不至。二年以留氏为江东西、湖南北宣抚大使。瀛国公降元后，留氏亦降。文天祥被执至燕，元世祖欲降之，不屈。降元之宋官十人欲请世祖释天祥为道士，留氏不可，曰："天祥出，复号召江南，置吾十人于何地？"事遂已。至元二十五年，命留氏往江南求人材，留氏时为尚书，以谢枋得荐。谢遗书于留氏严拒之。二十六年四月，谢至京，问瀛国公所在，再拜恸哭。已而病，留氏使医持药杂米饮进之，谢怒曰："吾欲死，汝乃欲生我耶？"弃之于地，终不食而死。

〔59〕日晷(guǐ 轨)：日影。

〔60〕悸(qióng 穷)悸：愁思貌。

〔61〕汨(mì 密)罗：水名。屈原忧国，怀石自沉于此。

〔62〕鼎湖：传说黄帝铸鼎于荆山下，鼎成，有龙垂胡髯迎黄帝上天。后世因名其处曰鼎湖。后因以指代皇帝死亡。此指崇祯帝。

〔63〕膏：油脂。此处作动词用，言己身为贝勒刀斧砍杀。齐(zī 资)斧：用于征伐之斧。齐又读斋，凡师出必斋戒入庙受此斧，故又曰斋斧。

〔64〕不胜(shēng 声)：不能担任。悚息：惶恐喘息。

归 庄

归庄(1613—1673),字玄恭,号恒轩,明亡后改名祚明,字尔礼,自称归藏、归妹、归乎来等,江苏昆山人。明代散文家归有光的曾孙,与顾炎武友善,有"归奇顾怪"之称。明亡参加昆山抗清斗争,失败后一度亡命为僧。后以教书为业,终身不仕。归庄善书画,诗文多反对清朝统治,宣扬民族气节之作。散文酣畅雄恣,感情强烈。所作多亡佚,现有今人编辑的《归庄集》印行于世(中华书局上海编辑所1962年版,上海古籍出版社1984年版)。

笔耕说[1]

吾家自先太仆卖文[2],先处士卖书画[3],以笔耕自给者累世矣[4]。遭乱家破[5],先处士见背[6],余饥窘困踣[7],濒死者数矣。比年来,余文章书画之名稍著,颇有来求者,赖以给饘粥[8]。客或病其滥。余曰:"诚然!顾不能无藉于此,欲不滥当若何?"客曰:"大人先生、学士大夫来求者应之,即屠沽儿有求[9],拒弗与,庶免于滥矣!"

余笑曰:"客过矣!天下有道,贤人在位,愚者在下;无道反是。故战国之贤豪,多隐于卖浆屠狗[10];东汉之高士,或托于侩牛赁舂[11]。今之所谓大人先生、学士大夫,子以为贤乎,愚乎? 果贤者也,知必不立于今日之朝,食今日之禄矣;今之屠沽儿,吾岂谓必有如古之贤豪高士出其中乎[12]! 顾不立今日之朝,不食今日之禄,以为犹此善于彼[13]。况余每见言兜离、状窃亭者[14],视之如犬豕,尝欲断其肢体,刳其肺肠[15],是余亦有屠者之心。既卖文、卖书画,凡服食器用,一切所需,无不取办于此,是余亦为沽者之事。吕望鼓刀为师尚父[16],百里奚、宁戚饭牛为齐秦相[17],余平生自待如此,又安敢概视今之屠沽儿[18],谓必无古之卖浆、屠狗、侩牛、赁舂之贤者出其中乎! 唯今世之所谓大人先生、学士大夫之中,则断断乎必无人也[19]。子若以余之卖文、卖书画不拒大人先生、学士大夫之请为滥,则诚然矣。顾以应屠沽儿之求为滥[20],不已傎乎[21]?"

客愕然久之,曰:"子之论诚高矣,虽然,世目子为狂生[22],乃今尤信[23]。"

〔1〕这是一篇内容独特,形式新颖的言志之作。文章采用主客对话的方式,以"笔耕"为话题,畅谈作者的思想志趣,字里行间渗透着一种愤世嫉俗之感和抑郁不平之气。掩卷之馀,一个保持民族气节,具有铮铮铁骨的"狂生"形象巍然屹立在读者心中。笔耕,以出卖文章字画为谋生手段。

〔2〕先太仆:指作者的曾祖父归有光,字熙甫,号震川,官至南京太仆寺丞,明代著名散文家。

〔3〕先处士:指作者的父亲归世昌,字文休。擅长书画篆刻,终身未仕。处士,指未出仕的文人。

〔4〕累世:接连几代。
〔5〕遭乱:指清兵南下,明朝灭亡。
〔6〕见背:指父母去世。背,离开。
〔7〕困踣(bó博):困苦潦倒。踣,仆倒。
〔8〕饘(zhān沾)粥:稠粥。文中代指衣食。
〔9〕屠沽儿:屠户和卖酒者之流。代指地位低贱的下层人士。
〔10〕"多隐"句:指战国时期的贤豪之士多隐于卖酒和屠狗之类的低贱行业之中。典出《史记·魏公子列传》:"侯生谓公子曰:'臣所过屠者朱亥,此子贤者,世莫能知,故隐于屠间耳。'……公子闻赵有处士毛公藏于博徒,薛公藏于卖浆家。公子欲见两人,两人自匿不肯见公子。"浆,指酒。
〔11〕"东汉"二句:东汉时代的志行高尚之士,多隐居于贩牛、舂米之类低贱的行当中。侩(kuài快)牛,居间介绍牛买卖。典出《后汉书·逸民传》,东汉的王君公,山东平原人,他与逢萌、徐房、李子云"相友善,并晓阴阳,怀德秽行。房与子云养徒各千人,君公遭乱独不去,侩牛自隐,时人谓之论曰:'避世墙东王君公。'"赁舂,受雇为人舂米。典出《后汉书·梁鸿传》:"居庑下,为人赁舂。"
〔12〕岂:犹言"其",表祈使。
〔13〕犹此善于彼:还是这些隐于低贱行业的高尚之士要胜过那些"大人先生、学士大夫"。
〔14〕"况余"句:何况我每当见到那些语言难懂,深目高鼻的异族人时。言兜离,异域语言难辨的样子。状窅亭,异域人深目高鼻的样子。语出《后汉书·董祀妻传》:"言兜离兮状窅停。"
〔15〕刳(kū哭):挖,剖。
〔16〕吕望鼓刀:指吕望未遇周文王之前,曾在朝歌鼓刀为屠。语出《离骚》:"吕望之鼓刀兮,遭周文而得举。"吕望,周初人,姜姓,吕氏,名

尚，俗称姜太公。相传受到周文王赏识，立为师，号太公望。武王即位，尊为师尚父。鼓刀，动刀作声，指宰杀牲畜。

〔17〕"百里"句：百里奚与宁戚在担任秦国和齐国的相之前，都有过喂牛的经历。百里奚，春秋时虞国人，被俘逃亡至楚，靠喂牛为生，秦穆公以五张羊皮赎之，委以国政，最终辅佐穆公成就霸业。宁戚，春秋时卫国人，饲牛于齐国东门之外，待桓公出，叩牛首而歌。桓公闻而异之，即授以显职。饭牛，喂牛。

〔18〕概视：一律看待。

〔19〕断断乎：绝对，一定。

〔20〕顾：反而。

〔21〕已傎（diān 颠）：太颠倒错乱。已，太。傎，颠倒。语出《穀梁传·僖公二十八年》："以为晋文公之行事，为已傎矣。"

〔22〕世目子：世人把你看作。

〔23〕乃今尤信：直到今天才更加相信。

《看牡丹诗》自序〔1〕

凡作事专心志、竭计虑、穷日夜而为之者，曰不遗馀力〔2〕，曰惟日不足〔3〕，若余之寻花是已。忆辛丑年〔4〕，自昆山而太仓〔5〕，而嘉定〔6〕，而南翔〔7〕，看牡丹三十五家，有文记之。乙巳〔8〕，寻牡丹于江阴，以无向导，废然而返。久闻洞庭山牡丹多品种〔9〕，今年三月，遂不远百六十里，涉太湖之波涛，二日而到山。结伴寻花，或舆或杖，僻远之地无不至；有初至不得入者，辄再三往，必得观而后已。

山中名花,大抵皆寓目[10],多生平所未见者。昼则坐卧花前,夜则沉醉花下,如是数日。兴尽则挂帆渡湖,至虎丘观花市而归[11],复遍历昆山城内外有花之所。浃辰之间[12],看花五十馀家,殆所至不遗馀力,惟日不足者,其可谓狂且癖矣!

客曰:"周濂溪谓[13]:'牡丹,花之富贵者也。'以子之贫贱,毋乃不宜?"余曰:"吾贫则无儋石矣[14],而性慷慨,喜豪放,无贫之气;贱为韦布矣[15],而轻世肆志,不事王侯,无贱之骨。安在与花不宜?"客又曰:"欧阳公[16],儒者也,以牡丹为花妖。子何好之甚?"余曰:"凡物之美者,皆能为妖,何独花也。溺其美而动其中,皆足以丧身。吾不得于世,借以娱目肆志而已,何妖之为!"惟诸诗皆信口率笔,以适一时之兴,无意求工,贻笑作者,吾无辞焉[17]。

〔1〕归庄散文之"奇",多体现为立意新颖,形式独特。本文名为诗序,实为咏物抒怀之小品。作者从"寻花"、"看花"、"评花"三个环节,铺叙自己对牡丹的痴迷之情与沉醉之态。乍一看来,归庄好似一位"牡丹花痴"。然而这一切均为铺垫之笔,作者所要强调的是,自己的爱花之举只不过是"不得于世,借以娱目肆志而已"。于是,作为明遗民的归庄内心那种难以排遣的亡国之痛很自然地感染了读者,使他们不由自主地萌生起一种"感时花溅泪"的悲情。在这里,牡丹之美与亡国之悲相反相成,由此实现了以乐景写哀情,"一倍增其哀"(王夫之语)的艺术效果。

〔2〕不遗馀力:把全部力量都使出来。语出《史记·平原君虞卿列传》:"秦不遗馀力矣,必且欲破赵军。"

〔3〕惟日不足:指担心时间不够而尽力为之。语出《书·泰誓》:"我闻吉人为善,惟日不足;凶人为不善,亦惟日不足。"

〔4〕辛丑年:顺治十八年(1661)。

〔5〕太仓:县名。在今江苏苏州东北部。

〔6〕嘉定:县名。在今上海市西北部。

〔7〕南翔:镇名。在今上海嘉定南。

〔8〕乙巳:康熙四年(1665)。

〔9〕洞庭山:一名"包山"。即今江苏苏州西南太湖中洞庭西山。

〔10〕寓目:过目,看到。

〔11〕虎丘:山名。在今江苏苏州西北,向有"吴中第一名胜"之称。

〔12〕浃(jiā夹)辰:古代以干支纪日,自子至亥一周十二日称"浃辰"。

〔13〕周濂溪:北宋哲学家周敦颐,字茂叔,人称濂溪先生。其《爱莲说》中有"牡丹,花之富贵者也"之语。

〔14〕儋石(dàn dàn 淡淡):古代容量单位。二石为儋。常形容米粟不多。《史记·淮阴侯列传》:"守儋石之禄者,阙卿相之位。"

〔15〕韦布:韦带布衣。古时指未仕或隐居在野者的粗陋之服。陆游《厌事》诗:"韦布何曾贱,茅茨本自宽。"

〔16〕欧阳公:即宋代文学家欧阳修。他作有一篇著名的《洛阳牡丹记》。

〔17〕无辞:指不推辞他人的讥笑。

顾炎武

顾炎武(1613—1682),初名绛,明亡后改名炎武,字宁人,别号亭林,昆山(今属江苏)人。年轻时即享有较高学术声望,曾入"复社",反对宦官擅权。清兵南下,顾炎武积极参加家乡的抗清斗争。明亡后,多次拒绝清廷对他笼络,专意从事著述。一生操行卓越,身处逆境而终老不悔,表现出了坚定的民族气节和不屈的斗争精神。在文学上反对摹拟、空泛、应酬之作,主张"文须有益于天下"(《日知录》)。其散文笔锋犀利,简明宏伟,多朴实悲壮之调。著有《天下郡国利病书》、《日知录》等。今人整理有《顾亭林诗文集》(中华书局1959年版),《顾亭林诗集汇注》(王蘧常辑注、吴丕绩标校,上海古籍出版社1983年版)。

与友人论学书[1]

比往来南北[2],颇承友朋推一日之长[3],问道于盲[4]。窃叹夫百馀年以来之为学者,往往言心言性[5],而茫乎不得其解也。

命与仁,夫子之所罕言也[6];性与天道,子贡之所未得闻也[7]。性命之理,著之《易传》[8],未尝数以语人[9]。其答问士也,则曰:"行己有耻[10]。"其为学,则曰:"好古敏求〔11〕。"其与门弟子言,举尧舜相传所谓"危微精一"之说〔12〕,一切不道,而但曰:"允执其中,四海困穷,天禄永终。"〔13〕呜呼!圣人之所以为学者,何其平易而可循也〔14〕。故曰:"下学而上达〔15〕。"颜子之几乎圣也〔16〕,犹曰:"博我以文〔17〕。"其告哀公也,明善之功,先之以博学〔18〕。自曾子而下〔19〕,笃实无若子夏〔20〕,而其言仁也,则曰:"博学而笃志,切问而近思。"〔21〕

今之君子则不然,聚宾客门人之学者数十百人,"譬诸草木,区以别矣"〔22〕,而一皆与之言心言性。舍"多学而识",以求一贯之方〔23〕;置四海之困穷不言,而终日讲危微精一之说,是必其道之高于夫子,而其门弟子之贤于子贡,祧东鲁而直接二帝之心传者也〔24〕!我弗敢知也。

《孟子》一书,言心言性亦谆谆矣〔25〕,乃至万章、公孙丑、陈代、陈臻、周霄、彭更之所问〔26〕,与孟子之所答者,常在乎出处〔27〕、去就、辞受、取与之间。以伊尹之元圣〔28〕,尧舜其君其民之盛德大功,而其本乃在乎千驷一介之不视不取〔29〕。伯夷、伊尹之不同于孔子也〔30〕,而其同者,则以"行一不义,杀一不辜,而得天下不为"〔31〕。是故性也、命也、天也,夫子之所罕言,而今之君子之所恒言也;出处、去就、辞受、取与之辨,孔子、孟子之所恒言,而今之君子所罕言也。谓忠与清之未至于仁〔32〕,而不知不忠与清而可以言仁者,未之有也。谓"不忮不求"之不足以尽道〔33〕,而不知终身于忮且求而可以言道者,未之有也。我弗敢知也。

愚所谓圣人之道者如之何？曰："博学于文[34]。"曰："行己有耻。"自一身以至于天下国家，皆学之事也；自子臣弟友以至出入、往来、辞受、取与之间，皆有耻之事也。"耻之于人大矣"[35]。不耻恶衣恶食[36]，而耻匹夫匹妇之不被其泽[37]。故曰："万物皆备于我矣，反身而诚[38]。"

呜呼！士而不先言耻，则为无本之人；非好古而多闻，则为空虚之学。以无本之人而讲空虚之学，吾见其日从事于圣人而去之弥远也。虽然，非愚之所敢言也，且以区区之见私诸同志而求起予[39]。

〔1〕本文是一篇书信体的学术论文，着重阐述了君子之学在于"博学于文"和"行己有耻"，极力反对文人空谈心性。尽管文章主要针对宋明理学务虚清谈的学风而发，但实际上也是对明朝亡国所作的一次历史总结。作者在《日知录》中曾经谈到："孰知今日之清谈有甚于前代者！……以明心见性之空言，代修己治人之实学。股肱惰而万事荒，爪牙亡而四国乱，神州荡覆，宗社丘墟。"此话恰好可以移来作为本文的注脚。必须指出，顾炎武对宋明理学的全盘否定，以至于把亡国的责任完全归咎于某种学风，显然有失偏颇，但文中所言还是大体切中其要害的。正是由于有了顾炎武等明末学者的深刻反思，所以一种师承汉学传统，以经世致用为主要内容的质朴学风才得以在清初重新振起。

〔2〕比往来南北：近来不断在大江南北走动。比，近来。

〔3〕推一日之长(zhǎng 掌)：指被朋友所敬重。长，指年龄稍大。语出《论语·先进》："子曰：'以吾一日长乎尔，毋吾以也。'"

〔4〕问道于盲：向盲人问路。比喻向无知的人求教。这里是作者自谦之辞。语出韩愈《答陈生书》："足下求速化之术，不于其人，乃以访

愈,是所谓借听于聋,求道于盲。"

〔5〕言心言性:指宋明理学家讲学的内容主要局限于空谈心性。

〔6〕"命与仁"二句:指孔子很少谈及"命"与"仁"的话题。语出《论语·子罕》:"子罕言利与命与仁。"

〔7〕"性与天道"二句:子贡很少听到孔子谈论天性与天道。语出《论语·公冶长》:"子贡曰:'夫子之文章,可得而闻也;夫子之言性与天道,不可得而闻也。'"

〔8〕"性命"二句:有关"性"与"命"的道理,已经写在《易传》当中。《易传》,儒家学者对《周易》所作的解释,共十篇,又称"十翼"。其中有的部分谈到了性命问题,如《说卦》:"昔者圣人之作《易》也,将以顺性命之理。"孔颖达疏曰:"性者,天生之质,若刚柔迟速之别;命者,人所禀受,若贵贱夭寿之属是也。"

〔9〕数(shuò硕)以语(yù玉)人:屡次告诉他人性命之理。

〔10〕行己有耻:指个人的立身行事要有廉耻。语出《论语·子路》:"子贡问曰:'何如斯可谓之士矣?'子曰:'行己有耻,使于四方,不辱君命,可谓士矣。'"

〔11〕好古敏求:喜爱古代的东西,勤勉地探求真理。敏,勤勉。语出《论语·述而》:"子曰:'我非生而知之者,好古敏以求之者也。'"

〔12〕"危微精一"之说:指《书·大禹谟》记载的下面这段话:"人心惟危,道心惟微,惟精惟一,允执厥中。"大意是说:人心是危险的,道心是微妙的,只能正心诚意地执守中正之道。宋明理学家将上述内容视为"十六字心传",奉为尧舜禹心心相传的精微之道。据清代学者考证,《大禹谟》并非《书》原有,属后人伪作。

〔13〕"允执其中"三句:意谓为政之道在于确守不偏不倚的原则,否则就会造成国人的困穷,并因此而失去上天的保佑。允,确实。天禄,上天给予的福分。语出《论语·尧曰》:"尧曰:'咨,尔舜,天之历数在尔

躬。允执其中,四海困穷,天禄永终。'"

〔14〕循:遵循,依照。

〔15〕下学而上达:指从小处学起,达到高深的地步。语出《论语·宪问》:"子曰:'不怨天,不尤人,下学而上达。知我者其天乎!'"

〔16〕"颜子"句:颜回接近于圣人。颜子,即颜回,孔子最得意的弟子。几乎,接近于。

〔17〕博我以文:用各种文献来丰富我的知识。博,广博,丰富。文,指各种文献。语出《论语·子罕》:"颜渊喟然叹曰:'……夫子循循然善诱人,博我以文,约我以礼,欲罢不能。'"

〔18〕"其告"三句:孔子告诫鲁哀公,明辨善恶,应以丰富学识为先。其,指孔子。哀公,春秋末年鲁国的君主,姓姬,名蒋。明善,明辨善恶。语出《礼记·中庸》:"哀公问政。子曰:'……诚身有道,不明乎善,不诚乎身矣。'"在谈到明善的步骤时则说:"博学之,审问之,慎思之,明辨之,笃行之。"五者当中,博学居首。

〔19〕曾子:孔子的贤弟子,名参,以孝著称。

〔20〕"笃实"句:在孔子的学生中,子夏的修养最厚实,他人无法相比。子夏,孔子的贤弟子,姓卜,名商,字子夏。

〔21〕"博学"二句:笃志,志向坚定。切问,恳切地提问。近思,考虑切实的问题。语出《论语·子张》:"子夏曰:'博学而笃志,切问而近思,仁在其中矣。'"

〔22〕"譬诸"二句:指学生情况不同,就像草木需要区别不同种类一样。语出《论语·子张》:"君子之道,孰先传焉,孰后倦焉,譬诸草木,区以别矣。"

〔23〕"舍多学"二句:舍,放弃。识(zhì 智),通"志",记住。一贯之方,用一种原理贯穿所学的东西。语出《论语·卫灵公》:"子曰:'赐也,女以予为多学而识之者与?'对曰:'然,非与?'曰:'非也,予一以贯

69

之。'"作者引用《论语》此段言论,意在说明首先必须"多学而识",然后才能像孔子那样一以贯之。

〔24〕"祧(tiāo佻)东鲁"句:撇开孔子,而直接上承尧舜的"十六字心传"。祧,迁出神主。东鲁,指孔子,因为孔子是鲁国人。祧东鲁,指不以孔子为始祖。按照宗法制的规定,只有始祖的神主不迁庙,故称为不祧之祖。二帝,指尧、舜。心传,指注解〔12〕提及的"十六字心传"。

〔25〕谆(zhūn准平声)谆:言之甚详,反复讲述。

〔26〕"乃至"句:万章、公孙丑、陈代、陈臻、周霄、彭更,均为孟子的学生。

〔27〕出处:出仕与家居。语出《易·系辞上》:"君子之道,或出或处。"

〔28〕伊尹之元圣:伊尹,商朝大臣,辅佐商汤王灭夏桀。元圣,大圣。语出《书·汤诰》:"聿求元圣,与之戮力。"

〔29〕"尧舜"二句:伊尹建立了使其君成为尧舜之君,使其民成为尧舜之民这样巨大的功德,其根本处也只在于事无巨细,不苟取与而已。千驷,一千辆四匹马拉的马车。介,通"芥",小草,比喻细小之物。典出《孟子·万章上》:"伊尹耕于有莘之野,而乐尧舜之道焉。非其义也,非其道也,禄之以天下弗顾也,系马千驷弗视也。非其义也,非其道也,一介不以与人,一介不以取诸人。"

〔30〕"伯夷"句:伯夷,商末孤竹君之子,因反对武王伐纣,义不食周粟,饿死在首阳山。《孟子·万章下》说:"伯夷,圣之清者也;伊尹,圣之任者也;柳下惠,圣之和者也;孔子,圣之时者也。"所以说伯夷、伊尹不同于孔子。

〔31〕"行一"三句:不会为了得天下而有一不义之举,而杀一无辜之人。语出《孟子·公孙丑上》。

〔32〕"谓忠"句:孔子认为楚国的令尹子文做官不计较升降得失,

可谓"忠";齐国大夫陈文子不居乱邦,可谓"清",但都还称不上"仁"。典出《论语·公冶长》:"子张问曰:'令尹子文三仕为令尹,无喜色;三已之,无愠色。旧令尹之政,必以告新令尹,何如?'子曰:'忠矣。'曰:'仁矣乎?'曰:'未知,焉得仁?''崔子弑齐君,陈文子有马十乘,弃而违之,至于他邦,则曰:"犹吾大夫崔子也。"违之。之一邦,则又曰:"犹吾大夫崔子也。"违之。何如?'子曰:'清矣。'曰:'仁矣乎?'曰:'未知,焉得仁?'"

〔33〕"谓不"句:孔子认为子路仅仅做到不嫉妒、不贪求还远远不够。忮(zhì至),嫉妒。典出《论语·子罕》:"子曰:'衣敝缊袍,与衣狐貉者立,而不耻者,其由也与?不忮不求,何用不臧?'子路终身诵之。子曰:'是道也,何足以臧?'"

〔34〕博学于文:犹"博我以文"。见注〔17〕。

〔35〕"耻之"句:羞耻对于人十分重要。语出《孟子·尽心上》。

〔36〕"不耻"句:不以贫贱为耻。语出《论语·里仁》:"士志于道,而耻恶衣恶食者,未足与议也。"

〔37〕"而耻"句:以老百姓不受其恩惠为耻。语出《孟子·万章上》:"(伊尹)思天下之民,匹夫匹妇有不被尧舜之泽者,若己推而内之沟中。"

〔38〕"万物"二句:语出《孟子·尽心上》:"万物皆备于我矣,反身而诚,乐莫大焉。"万物,一切事物。反身,反躬自问。诚,无愧,亦即"行己有耻"。作者借用此语以说明"行己有耻"的极端重要性。

〔39〕"且以"句:姑且以小小的见解说给志同道合的人听,希望以此求得启发和教诲。区区,小的样子。私,不公开。起予,启发我。语出《论语·八佾》:"子曰:'起予者商也。'"

复庵记[1]

旧中涓范君养民[2],以崇祯十七年夏[3],自京师徒步入华山为黄冠[4]。数年,始克结庐于西峰之左[5],名曰复庵。华下之贤士大夫多与之游;环山之人皆信而礼之[6]。而范君固非方士者流也[7]。幼而读书,好《楚辞》;诸子及经史多所涉猎。为东宫伴读[8]。方李自成之挟东宫二王以出也[9],范君知其必且西奔,于是弃其家走之关中[10],将尽厥职焉。乃东宫不知所之[11],而范君为黄冠矣。

太华之山[12],悬崖之巅,有松可荫,有地可蔬,有泉可汲,不税于官,不隶于宫观之籍[13]。华下之人或助之材,以创是庵而居之。有屋三楹[14],东向以迎日出。

余尝一宿其庵。开户而望,大河之东,雷首之山苍然突兀[15],伯夷、叔齐之所采薇而饿者,若揖让乎其间[16],固范君之所慕而为之者也[17]。自是而东,则汾之一曲[18],绵上之山出没于云烟之表[19],如将见之;介之推之从晋公子,既反国而隐焉[20],又范君之所有志而不遂者也[21]。又自是而东,太行、碣石之间[22],宫阙山陵之所在[23]。去之茫茫,而极望之不可见矣,相与泫然[24]!

作此记,留之山中。后之君子登斯山者,无忘范君之志也。

〔1〕这是一篇借物言情的佳作。明末太监范养民于明亡之后隐居华山,修建三间居室,名为"复庵"。顾炎武作为隐居华阴的明遗民,与范养民有着完全相同的心志,于是以"复庵"为题,写下了这篇感情沉郁,寄托遥深的感人文字。文章围绕复庵组织材料,先记其庵、其人、其山,再写作者亲宿复庵的所见、所思、所感,热情赞扬了范养民不忘故国的崇高气节,借此抒发内心强烈的爱国之情。本文最大的特点是笔端含情,字里行间处处渗透着一种深沉的亡国之痛,使人掩卷之馀,顿生一种悲凉慷慨之感。

〔2〕"旧中涓"句:明朝的太监范养民。旧,指已经灭亡的明朝。中涓,内侍太监,原意是指在宫中主持清洁扫除的人。涓,洁。

〔3〕崇祯十七年:公元1644年。该年三月,李自成攻入北京,崇祯帝自缢而亡。四月,吴三桂引清兵进山海关。五月,李自成退出北京,向山西一带转移。

〔4〕"自京师"句:范养民从北京步行到华山做道士。华山,在陕西华阴境内,古称西岳。黄冠,道士的装束,此处代指道士。

〔5〕克:能。

〔6〕礼之:尊敬范养民。

〔7〕方士:有方术的人。

〔8〕东宫伴读:陪伴太子读书。东宫,指太子,因太子居住东宫,故名。伴读,官名。

〔9〕"方李"句:当李自成挟持明思宗的三个儿子撤离北京之时。东宫,指太子朱慈烺。二王,指定王朱慈炯和永王朱慈炤。

〔10〕"范君"二句:范养民估计李自成一定会向西逃窜,于是丢下家业速行至陕西守候。且,将。走,速行。关中,指陕西一带。

〔11〕"乃东宫"句:竟不知太子所往何处。乃,竟。之,往。

〔12〕太华之山:即华山。华山西南有少华山,又名小华山,故华山

又称太华山。

〔13〕"不隶"句:不隶属于寺庙管理的范围。宫观(guàn 惯),指道士掌管的庙宇。籍,个人对某种组织的隶属关系。

〔14〕楹:一间房屋。

〔15〕"雷首"句:青色的首阳山高高耸立。雷首之山,即首阳山,在今山西永济南。上有夷齐墓,相传为伯夷、叔齐采薇绝食之地。苍然,山色青青的样子。突兀,山势高耸的样子。

〔16〕"若揖让"句:雷首山上的那些山峰好像在行揖让之礼,以示对伯夷、叔齐的尊敬。揖让,古代宾主相见拱手为礼。

〔17〕"固范君"句:伯夷、叔齐之举本来就是范养民所羡慕而且身体力行的。

〔18〕汾之一曲:汾河的一个拐弯处。文中指汾水的流经之地。汾,山西境内的一条河流。

〔19〕"绵上"句:指远处的介山时隐时现于云烟之外。绵上,古地名,在今山西介休南介山之下。绵上之山,即介山。

〔20〕"介之推"二句:典出《左传·僖公二十四年》:"晋侯赏从亡者,介之推不言禄,禄亦弗及……遂隐而死。晋侯求之不获,以绵上为之田。"介之推,陪同晋侯在外流亡之臣,姓介名推,之为语助词。反,通"返"。

〔21〕"又范君"句:指范养民弃家找太子,本也想像介之推陪同晋侯流亡一样,最终实现返国的目的,然而未能如愿。不遂,指愿望未能实现。

〔22〕太行、碣(jié 洁)石之间:指北京。北京位于太行以东,碣石以西。太行,即太行山,在山西与河北交界处。碣石,即碣石山,在河北昌黎境内。

〔23〕宫阙山陵:皇宫与陵墓。

〔24〕"去之"三句：指魂牵梦绕中的京畿之地由于离得太远，极目远眺，什么也望不见，只看到茫茫一片，未免使人潸然泪下。茫茫，模糊不清。泫（xuàn 眩）然，悲伤流泪的样子。

方孝标

方孝标(1617—1680),本名玄成,后避康熙玄烨讳,以字行。安徽桐城人。顺治进士,累官内弘文院侍读学士。坐事流宁古塔。后得释。入滇,受吴三桂翰林承旨职。三桂败,先迎降,得免死。著《滇黔纪闻》,戴名世著《南山集》,多采之。后名世被诛,孝标已死,剉骨。亲族坐死及流放者甚多。有《光启堂文集》(《续修四库全书》收录)。

王安石论[1]

王安石以新法佐宋神宗治天下,而是非相乘,卒至于乱。说者谓靖康[2]、建炎之祸[3],皆由所为,故追论之,若其奸有浮于章惇[4]、蔡京者[5]。嘻!此曲士之论也[6]。

《易》曰:"潜龙勿用。"子曰:"隐而未见,行而未成,是以君子弗用也。"[7]夫龙德喜用,而未成则不可用,盖用之必亢也[8]。安石之过,其用潜龙而亢者乎,然而不可谓非龙德也[9]。

说者曰:祖宗之法,不当变也。

夫祖宗之法,诚不当变。然宋之祖宗,与三代之君何如?以三代之法,不能无弊,而有忠、质、文之变[10],宋之祖宗,岂有万世不变之法哉？且庆历之初[11]，杜、范诸公已有欲变之者矣。后此又数十年，弊当更甚，当时如吕正献[12]、苏文忠辈[13]，亦尝欲变之矣。向使安石能待其学之既成，而后出图天下之事，视其可变者变之，不可变者因之。有功则己不尸[14]，无功则又集天下之公议，精思而熟讲之，安见变法之非至理哉？而惜其不能待，故无成也。呜呼！成败岂足论人哉！

说者又曰：志太高也。

夫以汉文帝、唐太宗为不足法，而望其君为尧舜，诚高矣。夫人臣事君而不举其最高者以为责，岂忠乎？且尧舜之政亦未尝不可行也。天地所留，方策所布[15]，神而明之，责在后人。向使诸君子不以天下为安石一人之天下，而虚衷和气，相与于成，尧舜岂不可复见哉？乃安石以躁成其愤，而诸君子亦以愤成其偏。安石诚有罪于诸君子，而诸君子亦不能告无过于安石也。

说者又曰：听用非人也。

夫以当世之元臣故老[16]、正士贤人，皆环向却立，而无一人之助，小人遂乘其孤而阴用之矣，岂安石之心哉？程子曰："新法之行，我辈有以激之。"洵定论也。

然则宜何等乎？

曰：安石有治天下之才，而未知治天下之道；虽有乱天下之迹，而实非乱天下之心。诸君子特以其据位之久，得君之专，而又意气高远，议论谲肆，虽竭天下之才智以攻之而不能摧,辩之而不能屈,故积其攻之辩之之气以出于正,而为元祐之诛求[17];又积其不能摧不能屈之气以出于邪,而为绍圣之报复[18]:宋之为宋遂不支矣。呜呼!此岂一人之罪哉?

吾尝见范增之事项籍,不用而愤惋以死,谓其弊在居家好奇计耳[19]。霍光之受大任也,不学无术[20],后世讥之。夫计与术,皆不得已而用之者也。人以为奇,我以为常,乃善耳。每计好奇,岂有成哉?至于成道,唯在无欺,而偶由于术。术者,亦必本乎学也。苟无其学,斯无其术。安石虽非不学之流,而实有好奇之志,故亦适成其无术耳。然则安石者,乃范增、霍光之等也,若章惇、蔡京,小人之尤,岂其伦哉?

吾不忍以安石之贤而见诬如此,故为一言。

〔1〕王安石(1021—1086):字介甫,号半山,抚州临川人。宋神宗时为参知政事,实行新法,兴农田、水利、青苗、均输、保甲、免役、市易、保马、方田诸法,为旧党所反对。后罢相。神宗死,太皇太后高氏临朝,司马光入相,尽罢新法。本文先提出曲士的谬论,然后加以反驳:一、安石之过,是用潜龙而亢。二、设为三问,先说明祖宗之法当变,而惜安石不能待。再说新法之败,由于安石躁,亦由于诸君子之偏。最后说君子不合作,安石只得用小人。三、提出自己的看法:宋之不支,由于元祐诛求,绍圣报复,非安石一人之过。安石之责,在好奇而致君无术。作者如此为王安石辩诬,许多观点给现当代史学家以有益的启发。

〔2〕靖康:宋钦宗年号。靖康之祸,指金兵攻陷汴京、徽、钦二帝被掳北行,北宋灭亡。

〔3〕建炎:宋高宗年号。建炎之祸,指徽、钦二帝被俘北行后,高宗先在南京(今河南商丘)即位,金兵进逼,走避东南,两河地区从此沦陷。

后高宗建都临安(今浙江杭州),对金一味求和,宠信秦桧,冤杀岳飞,最后向金称臣,尽弃淮河以北地,岁输银二十万两。

〔4〕浮:超过。章惇(dūn 敦),字子厚,福建浦城人。宋哲宗亲政后,用为尚书左仆射兼门下侍郎。尽复王安石新法,力排元祐党人(司马光等旧派)。《宋史》入《奸臣传》。

〔5〕蔡京:字元长,福建仙游人。宋徽宗时,因童贯援引,为尚书右仆射,后为太师。以恢复王安石新法为名,四次掌政,排斥异己,专以奢侈迎合帝意,广兴土木。金兵入侵,率全家南逃,被钦宗贬死。《宋史》入《奸臣传》。

〔6〕曲士:孤陋寡闻的人。

〔7〕"易曰"五句:见《易·乾》。此处"子曰"云云为《易·乾》"文言"。龙比贤人,在小人当政时,必须隐伏。

〔8〕亢:抵御。亦可解为"过高"。

〔9〕龙德:贤人的品德。

〔10〕忠、质、文之变:苏辙《周论》:"《传》曰:'夏之政尚忠,商之政尚质,周之政尚文。'"

〔11〕庆历:宋仁宗年号。当时宰相吕夷简等因循守旧,朝政不纲,危机四伏。范仲淹于庆历三年九月上《十事疏》,请求改革。在庆历三年十月到四年五月之间,逐渐施行,时称"新政"。同时富弼、韩琦、杜衍等大力支持。而由于整顿吏治,引起部分官僚反对,他们诬蔑范、韩等结成"朋党","欺罔擅权"。于是新政官员先后被贬,庆历新政全被推翻。

〔12〕吕正献:吕公著的谥号。公著,字晦叔,寿州人。官御史中丞,为欧阳修讲学之友。元祐元年为尚书右仆射,兼中书侍郎,与司马光同掌国政,务求一切持正,"推本先帝(指神宗)之意,凡欲革而未暇与革而未定者,一一举行之。民欢呼鼓舞,咸以为便。"(《宋史》本传)光疾危,以国事托之。独当国三年,辞位。

〔13〕苏文忠:苏轼的谥号。轼初出仕,即对财乏、民弱、官冗等政治弊端,写了大量策论,大声疾呼,要求改革。

〔14〕尸:居。自以为功。

〔15〕方策:同"方册"。方,版;策,简。版即简,古代书籍皆刻于竹木上。

〔16〕元臣:大臣。

〔17〕元祐之诛求:宋哲宗元祐年间,太皇太后高氏临朝,用司马光主政,尽废王安石新法。史称"元祐更化"。诛求,对新法吹毛求疵,必尽去之而后快。

〔18〕绍圣之报复:绍圣年间,哲宗亲政,用章惇、蔡京等,以复行新法为名,追夺司马光等赠谥,贬吕大防、刘挚、苏辙等官,逐范纯仁、苏轼、范祖禹、刘安世等。

〔19〕"吾尝"三句:《史记·项羽本纪》:"范增年七十,素居家,好奇计。"奇计,变幻莫测的计谋。

〔20〕"霍光"二句:《汉书·霍光传》:"赞曰:……然光不学无术,暗于大理,……"意谓霍光不学三皇五帝的正道,以致没有治国良法。

施闰章

施闰章(1618—1683),字尚白,一字屺云,号愚山,安徽宣城人。顺治六年(1649)进士。先后担任刑部主事、山东学政、翰林院侍读等官职。曾参与修《明史》,诗文俱佳。其诗与宋琬齐名,有"南施北宋"之称;散文的成就虽然不及诗歌,但也颇有特色。朱庭珍称其"文非专门,亦颇清雅","尤长记叙"(《筱园诗话》)。著有《学馀堂文集》二十八卷,《诗集》五十卷等。今人整理有《施愚山集》四册(黄山书社1992—1993年版)。

就亭记[1]

地有乐乎游观,事不烦乎人力,二者常难兼之;取之官舍,又在左右[2],则尤难。临江地故硗啬[3],官署坏陋,无陂台亭观之美。予至则构数楹为阁山草堂[4],言近乎阁皂也[5]。而登望无所,意常怏怏[6]。一日,积雪初霁,得轩侧高阜[7],引领南望[8],山青雪白,粲然可喜[9]。遂治其芜秽,作竹亭其上,列植花木,又视其屋角之障吾目者去之,命曰就亭[10],谓就其地而不劳也。

古之士大夫出官于外,类得引山水自娱[11]。然或偪处都会[12],讼狱烦嚣[13],舟车旁午[14],内外酬应不给[15],虽仆仆于陂台亭观之间[16]，日餍酒食[17]，进丝竹[18]，而胸中之丘壑盖已寡矣[19]。何者？形怠意烦，而神为之累也。

临之为郡[20]，越在江曲[21]，阒焉若穷山荒野[22]。予方憨其凋敝[23]，而其民亦安予之拙[24]，相与休息。俗俭讼简，宾客罕至，吏散则闭门，解衣槃礴移日[25]，山水之意未尝不落落焉在予胸中也[26]。顷岁军兴[27]，征求络绎[28]，去阁皂四十里，未能舍职事一往游。聊试登斯亭焉，悠然户庭[29]，凭陵雉堞[30]，厥位东南[31]，日月先至，碧嶂清流[32]，江帆汀鸟，烟雨之出没，桔柚之菁葱，莫不变气象[33]，穷妍巧，戛胸拂睫[34]，辐辏于栏槛之内[35]。盖若江山云物有悦我而昵就者[36]。

夫君子居则有宴息之所[37]，游必有高明之具[38]，将以宣气节情[39]，进于广大疏通之域[40]，非独游观云尔也。予窃有志，未之逮[41]，姑与客把酒咏歌，陶然以就醉焉[42]。

〔1〕这是一篇风格淡雅的山水小品。文章通过叙述修建"就亭"的经过和描绘"就亭"的山水景物，道出了作者向往和追求自然与人事和谐统一的思想情趣。文章反复申述"人事之清俭"和胸中有"丘壑"是寄情山水的重要条件，这既是作者真实的审美体验，同时也委婉地表达出作者希望在经历长期战乱之后，统治者能奉行一种休养生息的政策。文章布局平稳而有变化，叙议结合的手法使文章显得摇曳多姿。文字朴实简洁而又不失清远韵致，充分体现了施闰章"意静气朴"（魏禧《愚山先生集序》）的文章风格。就亭，施闰章于顺治十八年（1661）任江西参议，分守湖西道时，在驻地临江（今江西樟树境内）官舍修建的一个亭子。

〔2〕左右:指住所附近。

〔3〕地故硗(qiāo 敲)啬:土地本来就坚硬贫瘠,缺少收成。硗,土地瘠薄。啬,收成少。

〔4〕数楹:几间。

〔5〕阁皂:阁皂山,在今江西省樟树市境内,由山形如阁,山色如皂(黑)得名。

〔6〕怏怏:闷闷不乐。

〔7〕轩:堂前屋檐下的平台。

〔8〕引领南望:伸长脖子向南眺望。

〔9〕粲然可喜:景色鲜明令人喜爱。

〔10〕命:起名。

〔11〕类:大抵。

〔12〕偪:同"逼",临近。

〔13〕讼狱烦嚣:诉讼的案件烦杂。

〔14〕舟车旁(bàng 棒)午:来来往往的人很多。旁午,纵横交错,形容事物纷杂的样子。

〔15〕"内外"句:里里外外应酬太多,对付不过来。

〔16〕仆仆:忙碌劳顿的样子。

〔17〕餍(yàn 厌):吃饱。

〔18〕丝竹:代指音乐。

〔19〕"而胸中"句:心中大致已缺少欣赏山水的兴致。盖,大概。

〔20〕临之为郡:临江作为一个府。郡,府的别称。

〔21〕越在江曲:远在赣江的偏僻处。

〔22〕阒(qù 去)焉:寂静的样子。

〔23〕愍(mǐn 敏):怜悯。

〔24〕拙:指政务宽简。

83

〔25〕解衣槃礴(pán bó 盘伯)：形容举止随便，不受拘束。槃礴，伸开两腿而坐。语出《庄子·田子方》："宋元君将画图。众史皆至，受揖而立，舐笔和墨，在外者半。有一史后至者，儃儃然不趋，受揖不立，因之舍。公使人视之，则解衣槃礴臝。君曰：'可矣，是真画者也。'"移日：日影移动。指经过了一段时间。

〔26〕落落焉：清晰的样子。

〔27〕顷岁军兴：近年打仗。指清军攻打云南一带的南明桂王和东南沿海郑成功的军事行动。

〔28〕征求络绎：征调人员物资连续不断。

〔29〕悠然户庭：指在就亭门前悠闲漫步。

〔30〕凭陵雉堞(dié 叠)：站在高高的城墙上。凭陵，登高凭靠。雉堞，城上的女墙。

〔31〕厥位东南：指就亭位于官舍的东南面。厥，其。

〔32〕碧嶂清流：指绿色的阁皂山和清澈的赣江。

〔33〕变气象：景象变幻多样。

〔34〕戛(jiá 颊)胸拂睫：指景物打动人心。戛，触击。拂睫，掠过眼睫毛，形容吸引人的视线。

〔35〕辐辏(còu 凑)：聚集。

〔36〕昵(nì 匿)就：亲近。

〔37〕宴息之所：安居的场所。

〔38〕高明之具：美好的佐游器物。

〔39〕宣气节情：宣泄心中的郁积之气，调节喜怒哀乐之情。

〔40〕"进于"句：达到开朗舒畅的精神境界。

〔41〕未之逮：没有做到。逮，及，做到。

〔42〕陶然：快乐的样子。语出陶渊明《时运》诗："挥兹一觞，陶然自乐。"

侯方域

侯方域(1618—1654)，字朝宗，号雪苑，河南商丘人。明末复社成员，攻击阉党阮大铖、马士英，后投奔史可法。入清后，应顺治八年(1651)乡试，中副榜。文有奇气，与魏禧、汪琬齐名，称"国初三家"。宋荦《三家文抄序》称其文之佳者："奋迅驰骤，如雷电雨雹之至，飒然交下，可怖可愕，霎然而止，千里空碧。"有《壮悔堂文集》十卷传世。今人整理有《侯方域集校笺》(王树林校笺，中州古籍出版社1992年版)。

癸未去金陵日与阮光禄书[1]

仆窃闻君子之处己[2]，不欲自恕而苛责他人以非其道。今执事之于仆[3]，乃有不然者，愿为执事陈之。

执事，仆之父行也[4]。神宗之末[5]，与大人同朝[6]，相得甚欢[7]。其后乃有欲终事执事而不能者，执事当自追忆其故[8]，不必仆言之也。大人削官归[9]，仆时方少，每侍，未尝不念执事之才，而嗟惜者弥日[10]。及仆稍长，知读书，求友金陵，将戒途[11]，而大人送之曰："金陵有御史成公勇者[12]，虽于我为后进[13]，我常心重之。汝至，当以为师。又有老友方公孔炤[14]，汝当持刺拜于床下[15]。"语不及执事。及至金陵,则成公已得罪去[16],仅见方公,而其子以智者[17],仆之夙交也,以此晨夕过从。执事与方公,同为父行,理当谒。然而不敢者,执事当自追忆其故,不必仆言之也。今执事乃责仆与方公厚,而与执事薄。噫!亦过矣。

忽一日,有王将军过仆[18],甚恭。每一至,必邀仆为诗歌。既得之,必喜。而为仆贳酒奏伎[19],招游舫,携山屐[20],殷殷积旬不倦。仆初不解,既而疑,以问将军。将军乃屏人以告仆曰:"是皆阮光禄所愿纳交于君者也。光禄方为诸君所诟,愿更以道之君之友陈君定生、吴君次尾[21],庶稍湔乎[22]。"仆敛容谢之曰:"光禄身为贵卿,又不少佳宾客,足自娱,安用此二三书生为哉?仆道之两君,必重为两君所绝。若仆独私从光禄游,又窃恐无益光禄。辱相款八日,意良厚,然不得不绝矣。"凡此皆仆平心称量,自以为未甚太过,而执事顾含怒不已,仆诚无所逃罪矣。

昨夜方寝,而杨令君文聪叩门过仆曰[23]:"左将军兵且来[24],都人汹汹[25]。阮光禄飏言于清议堂云[26]:子与有旧,且应于内[27]。子盍行乎[28]?"仆乃知执事不独见怒,而且恨之,欲置之族灭而后快也。仆与左诚有旧,亦已奉熊尚书之教[29],驰书止之。其心事尚不可知。若其犯顺,则贼也;仆诚应于内,亦贼也。士君子稍知礼义,何至甘心作贼?万一有焉,此必日暮途穷,倒行而逆施[30],若昔日干儿义孙之徒[31],计无复之[32],容出于此,而仆岂其人耶?何执事文织之深也[33]!

窃怪执事愿交天下士,而展转蹉跎^[34],乃至嫁祸而灭人之族,亦甚违其本念。倘一旦追忆天下士所以相远之故,未必不悔,悔未必不改。果悔且改,静待之数年,心事未必不暴白。心事果暴白,天下士未必不接踵而至执事之门。仆果见天下士接踵而至执事之门,亦必且随属其后,长揖谢过,岂为晚乎?而奈何阴毒左计一至于此^[35]!

仆今已遭乱无家,扁舟短棹,措此身甚易。独惜执事忮机一动^[36],长伏草莽则已^[37],万一复得志,必至杀尽天下士,以酬其宿所不快^[38]。则是使天下士终不复至执事之门,而后世操简书以议执事者^[39],不能如仆之词微而义婉也。仆且去,可以不言,然恐执事不察,终谓仆于长者傲,故敢述其区区^[40]。不宣^[41]。

〔1〕崇祯十六年(1643),侯方域为了躲避阮大铖的迫害,不得不逃离南京,临行前写下了这封书信,义正辞严地揭露阮大铖的丑恶嘴脸。文章很有特色,行文委婉,却冷语刺骨;文中不少篇幅看似在漫不经心地述往事,实则处处切中对方的要害,完全当得上一篇讨阮檄文。癸未,即崇祯十六年。去金陵,离开南京。阮光禄,即阮大铖(约1587—1646),安徽安庆人,曾任光禄卿,后被废斥,闲居南京,拥立福王,官至兵部尚书,后降清。

〔2〕处己:对待自己,指立身行事。

〔3〕执事:本指侍从左右供使唤的人。书信中常用以尊称对方。

〔4〕父行(háng 航):父辈。

〔5〕神宗:明神宗朱翊钧(1573年至1620年在位)。

〔6〕大人:指作者的父亲侯恂(1590—1659),东林党人,曾任明朝

御史、兵部侍郎等职。

〔7〕相得甚欢:双方关系很好。阮大铖有才气,未投靠魏忠贤之前,深受侯恂爱重。

〔8〕其故:其中的原因。指阮大铖卖身投靠魏忠贤。

〔9〕大人削官归:明熹宗天启四年(1624),侯恂因反对阉党魏忠贤,被削官回归故里。

〔10〕嗟惜者弥日:终日叹惜阮大铖有才无德。

〔11〕戒途:准备启程。

〔12〕成公勇:成勇(? —1658),字仁有,安乐(今山东广饶)人。天启进士,崇祯时曾担任南京御史。

〔13〕后进:后辈。

〔14〕方公孔炤(zhào 照):方孔炤(1591—1655),字潜夫,号仁植,安徽桐城人。万历进士,官至湖广巡抚。

〔15〕刺:名帖。

〔16〕成公已得罪去:成勇因上疏劾奏杨嗣昌,被削籍谪戍宁波卫。

〔17〕以智:即方以智(1611—1671),详见本书作者小传。

〔18〕王将军:生平不详。过:拜访。

〔19〕贳(shì 市)酒奏伎:代为买酒,招歌妓娱乐。贳酒,赊酒。奏,招进。伎,同"妓"。

〔20〕山屐:爬山用的木屐。

〔21〕"愿更"句:希望借助作者说项来改变陈、吴二人对他的看法。更,改变。道,说项。陈定生,名贞慧(1604—1656),明末宜兴人。吴次尾,名应箕(1594—1645),贵池人。两人均为当时复社的著名人物。崇祯十一年(1638),他们曾联合多人,发表《留都防乱帖》,揭露阮大铖的丑恶。上文"为诸君所诟",即指此事。

〔22〕湔(jiān 煎):洗刷。

〔23〕杨令君文聪:杨文聪,字龙友,贵阳人。崇祯时任江宁知县,福王朝任兵部主事。令君,古时对县令的尊称。

〔24〕左将军:即左良玉(1599—1645),临清(今属山东)人。当时左良玉称军中缺粮,欲往南京就食,于是移师九江。

〔25〕汹汹:喧嚣不安。语出《晋书·宣帝纪》:"天下汹汹,人怀危惧。"

〔26〕"阮光禄"句:阮大铖在议事堂声言。飏(yáng 扬)言,同"扬言",声言。清议堂,内阁的议事堂。

〔27〕"子与"二句:你和他有旧交,将成为他的内应。有旧,有关系。左良玉曾因罪罢官,由于得到侯恂的赏识,命为战将,不到一年,升为总兵。

〔28〕盍:何不。

〔29〕熊尚书:即熊明遇,字良孺,江西进贤人。官至兵部尚书。著《格致草》。左良玉移兵九江时,熊明遇曾请侯恂写信劝谕,侯方域代父亲给左良玉去过一封书信。

〔30〕"此必"二句:指计穷力竭,作事违背常理。语出《史记·伍子胥列传》:"伍子胥曰:'为我谢申包胥曰:吾日暮途远,吾故倒行而逆施之。'"

〔31〕干儿义孙:指依附魏忠贤的人。《明史·魏忠贤传》:"其党欲借忠贤力倾诸正人,遂相率归忠贤,称义儿。"文中借以讽刺阮大铖。

〔32〕计无复之:即无计可施。

〔33〕文织:指舞文弄法,罗织罪名。

〔34〕展转:反复不定。蹉跎:失足,颠蹶。

〔35〕左计:错误的打算。

〔36〕忮(zhì 至)机:忌恨之心。

〔37〕长伏草莽:指长期不做官。《孟子·万章下》:"在野曰草莽

之臣。"

〔38〕宿所不快:平日所嫉恨的人。

〔39〕简书:古时用竹简记事,称简书。文中指史书。

〔40〕区区:微小。文中是谦言自己的上述看法。

〔41〕不宣:不尽。旧时书信末尾的常用语。

马伶传[1]

马伶者,金陵梨园部也[2]。金陵为明之留都,社稷百官皆在[3],而又当太平盛时,人易为乐,其士女之问桃叶渡、游雨花台者,趾相错也[4]。梨园以技鸣者[5],无虑数十辈[6],而其最著者二:曰兴化部,曰华林部。

一日,新安贾合两部为大会[7],遍征金陵之贵客文人,与夫妖姬静女[8],莫不毕集。列兴化于东肆[9],华林于西肆。两肆皆奏鸣凤,所谓椒山先生者[10]。迨半奏[11],引商刻羽[12],抗坠疾徐[13],并称善也。当两相国论河套[14],而西肆之为严嵩相国者曰李伶[15],东肆则马伶。坐客乃西顾而叹[16],或大呼命酒[17],或移坐更近之,首不复东。未几更进[18],则东肆不复能终曲[19]。询其故,盖马伶耻出李伶下,已易衣遁矣[20]。

马伶者,金陵之善歌者也。既去,而兴化部又不肯辄以易之,乃竟辍其技不奏[21],而华林部独著。

去后且三年而马伶归[22],遍告其故侣,请于新安贾曰:

"今日幸为开燕[23],招前日宾客,愿与华林部更奏鸣凤,奉一日欢。"既奏,已而论河套[24],马伶复为严嵩相国以出。李伶忽失声[25],匍匐前称弟子。兴化部是日遂凌出华林部远甚[26]。

其夜,华林部过马伶曰[27]:"子天下之善技也[28],然无以易李伶[29],李伶之为严相国至矣[30],子又安从授之而掩其上哉[31]?"马伶曰:"固然,天下无以易李伶,李伶即又不肯授我[32]。我闻今相国昆山顾秉谦者[33],严相国俦也[34]。我走京师,求为其门卒三年[35],日侍昆山相国于朝房[36],察其举止,聆其语言,久而得之,此吾之所为师也。"华林部相与罗拜而去[37]。

马伶,名锦,字云将,其先西域人[38],当时犹称马回回云。

侯方域曰:异哉!马伶之自得师也。夫其以李伶为绝技,无所干求[39],乃走事昆山,见昆山犹之见分宜也[40]。以分宜教分宜,安得不工哉[41]?呜呼!耻其技之不若,而去数千里,为卒三年,倘三年犹不得,即犹不归尔。其志如此,技之工又须问耶?

〔1〕这是一篇人物传记,传主是一位颇具传奇色彩的戏剧演员。文章着重叙述了马伶刻苦学艺的故事,情节曲折,精神感人。本文写作上主要有两大特色:一是中心突出,因事见理。马伶学艺的经历昭示世人,只要志向坚定,锲而不舍,就没有跨不过去的障碍。这种因事见理的写法与柳宗元的《郭橐驼传》一脉相承,可以视为作者学习"唐宋八大

家"的结果。二是巧寓褒贬于叙事之中。文章借传主之口,把当朝宰相顾秉谦比作奸相严嵩,贬斥之意不言自明。这种写法则与司马迁的《史记》有异曲同工之妙。马伶,即戏剧演员马锦,字云将,甘肃一带的回族人。伶,即"伶人",古代乐人之称,此处指戏剧演员。

〔2〕梨园部:剧团,戏班。梨园,原为唐玄宗时伶人学艺的场所,后世泛指演戏的处所为梨园,演戏的行业为梨园行。部,行业的组织。

〔3〕"金陵"二句:南京作为明朝的旧都,国家的设施和官制依旧保留。留都,古代迁都之后,常置官留守旧都,故称"留都"。明成祖迁都北京后,南京成为留都。

〔4〕趾相错:脚趾相互交错,形容人多。

〔5〕以技鸣:凭借演艺而获得声望。

〔6〕无虑:大约。

〔7〕新安贾(gǔ 古):新安郡的商人。新安,徽州府新安郡,古代名商辈出之地。贾,商人。

〔8〕妖姬静女:各种美艳的妇人和未出嫁的淑女。

〔9〕肆:指剧场。

〔10〕"两肆"二句:东西两剧场同时上演《鸣凤记》,演绎杨继盛的故事。鸣凤,即《鸣凤记》传奇。相传为明王世贞门客所作,反映杨继盛与严嵩斗争,最终被害惨死的事件。椒山先生,指杨继盛(1516—1555),字仲芳,号椒山,河北容城人。嘉靖进士。因直言弹劾大将军仇鸾和奸相严嵩被害。严嵩(1480—1567),字惟中,江西分宜人。弘治进士。官至谨身殿大学士,是著名的奸臣。

〔11〕迨半奏:等到演唱至一半。

〔12〕引商刻羽:严格按曲调演唱,演艺高超。引、刻,指发声演唱。商、羽,古代五音之名,代指曲调。语出宋玉《对楚王问》:"引商刻羽,杂以流徵,国中属而和者不过数人而已。是其曲弥高,其和弥寡。"

〔13〕抗坠疾徐:指演唱声音的高低快慢。

〔14〕"当两"句:当剧情演绎到两位相国争论是否收复失地时。两相国,指夏言和严嵩。当时夏言为华盖殿大学士,严嵩是谨身殿大学士。明朝不设宰相,大学士相当于此职,故称"两相国"。论河套,嘉靖二十五年(1546),陕西总督曾铣上书,主张收复河套,夏言赞成,严嵩反对,双方展开了激烈的论战。《鸣凤记》中有反映这段史实的剧情。河套,指内蒙古和宁夏境内贺兰山以东、狼山和大青山以南的黄河沿岸地区,因黄河在此形成一个大弯曲而得名。当时河套被鞑靼占据。

〔15〕李伶:姓李的戏剧演员,生平不详。

〔16〕叹:赞叹。

〔17〕大呼命酒:大声吩咐拿酒来,以示极度高兴。

〔18〕未几更进:不久继续往下演唱。

〔19〕终曲:演完。

〔20〕易衣:换下戏装,穿上便服。

〔21〕辍其技不奏:停止演出。

〔22〕且三年:将近三年。

〔23〕开燕:召开宴会。燕,通"宴"。

〔24〕已而:不久之后。

〔25〕失声:禁不住发出声音,脱口而出。

〔26〕凌出:超过。

〔27〕过:拜访。

〔28〕子:您。

〔29〕无以易李伶:没有办法替换李伶。指难以超越李伶的技艺。

〔30〕至:极至,好到极点。

〔31〕"子又"句:您又是从何处得到传授而超过李伶之上的呢?掩,盖住。

〔32〕即:则。

〔33〕顾秉谦:江苏昆山人,万历进士。天启年间先后担任过文渊阁大学士、建极殿大学士。依附魏忠贤,残害忠良,是与严嵩相似的奸臣。

〔34〕俦(chóu 仇):同类。

〔35〕门卒:门下的差役。

〔36〕朝房:泛指朝中的各种住所。

〔37〕罗拜:罗列而拜,以示敬意。

〔38〕其先:指马锦的祖先。

〔39〕干:求。

〔40〕"见昆山"句:看见顾秉谦就像是看见严嵩一样。语寓讥刺,指顾、严二人是一路货色,同为奸相。

〔41〕工:指演艺精湛。

王夫之

王夫之(1619—1692),字而农,号薑斋,湖南衡阳人。晚年隐居衡阳石船山,后人称之为船山先生。崇祯举人。明亡时,曾在衡山起兵抗清,兵败后退居肇庆,任南明桂王行人司行人。王夫之强调文学的社会作用和现实性,认为生活经历是创作的基础:"身之所历,目之所见,是铁门限。"(《薑斋诗话》)同时还主张文学重在创新,反对模拟和拘守成法。这些见解极大地丰富了清代的文学理论。其诗、文、词皆工。散文作品闪耀着战斗锋芒,文笔纵横捭阖,呈现出一种雄肆的气概。王夫之著述达一百多种,后人将其合编为《船山遗书》三百五十八卷。岳麓书社版《船山全书》共十六册(1996年出齐)。

船山记[1]

船山,山之岑有石如船[2],顽石也,而以之名。其冈童[3],其溪渴[4],其靳有之木不给于荣[5],其草瘫靡纷披而恒若凋[6],其田纵横相错而陇首不立[7],其沼凝浊以停而屡竭其濒[8],其前交蔽以绖送远之目[9],其右迤于平芜而不足以幽[10],其良禽过而不栖,其内趾之狞者与人肩摩而不忌[11],其农习视其塍垮之坍谬而不修[12],其俗旷百世而不知琴书之号。然而予之历溪山者十百,其足以栖神怡虑者往往不乏[13],顾于此阅寒暑者十有七[14],而将毕命焉[15],因曰:此吾山也!

古之所就,而不能概之于今[16];人之所欲,而不能信之于独[17]。居今之日,抱独之情,奚为而不可也[18]?古之人,其游也有选,其居也有选。古之所就,夫亦人之所欲也[19]。是故翔视乎方州[20],而尤佳者出[21];而局天之倾,踏地之坼[22],扶寸之土不能信为吾有,则虽欲选之而不得[23]。蠲其不欢[24],迎其不棘[25],江山之韶令与愉恬之志相若则相得[26];而固为棘人[27],地不足以括其不欢之隐[28],则虽欲选之而不能[29]。仰而无憾者则俯而无愁,是宜得林峦之美荫以旌之[30];而一坏之土,不足以荣吾所生[31];五石之炼,不足以崇吾所事[32]。栫以丛棘[33],履以繁霜,犹溢吾分也[34],则虽欲选之而不忍[35]。赏心有侣,咏志有知,望道而有与谋[36],怀贞而有与辅[37],相遥感者,必其可以步影沿流,长歌互答者也[38]。而茕茕者如斯矣[39],营营者如彼矣[40],春之晨,秋之夕,以户牖为丸泥而自封也[41],则虽欲选之而又奚以为[42]?

夫如是,船山者即吾山也,奚为而不可也!无可名之于四远[43],无可名之于来世,偶然谓之,歘然忘之[44],老且死,而船山者仍还其顽石。严之濑[45],司空之谷[46],林之湖山[47],天与之清美之风日,地与之丰洁之林泉,人与之流连之追慕[48],非吾可者[49],吾不得而似也。吾终于此而已矣!

辛未深秋记〔50〕。

〔1〕这是一篇借物言情的山水游记。文中所表达的无非是王夫之作为明遗民所独有的一种山河破碎之感和丧失精神家园之痛。诚如其《续哀雨诗四首》所言："丹枫到冷心元赤,黄菊虽晴命亦秋。"文章写法较为独特,先是极力铺陈船山的不起眼和毫无可人之处,然后从各个角度阐明自己选择此处栖身"毕命"的理由与无奈,亡国哀怨之情渗透在字里行间。认真品味此文,从中似乎可以感受到一种类似于伯夷、叔齐的情怀。所不同的是,伯夷、叔齐为义不食周粟,而王夫之则是愤而不居神州陆沉后的秀美山川。船山,又称石船山,因山形似船而得名。在今湖南衡阳西北曲兰。王夫之于明亡后隐居于此。今山下有其故居湘西草堂。

〔2〕岑:小而高的山。

〔3〕童:山上无草木。《释名·释长幼》:"山无草木亦曰童。"

〔4〕渴(jié杰):通"竭",水干涸。

〔5〕"其靳(jìn尽)"句:很少的几棵树木长得不茂盛。靳,吝惜,引申为少有。荣,茂盛。

〔6〕癯(qú渠)靡纷披:瘦倒散乱的样子。

〔7〕陇:通"垄",田埂。

〔8〕濒:同"滨",水边。

〔9〕"其前"句:山前有物挡住视线,无法极目远眺。絯(gāi该),拘束。送远之目,向远处眺望的目光。

〔10〕右:山的西面。迤(yǐ已):延伸。平芜:平旷的原野。幽:僻静。

〔11〕"其内"句:船山脚下有很多形状狰狞的怪石与人接触而难以顾忌。趾,山脚。不忌,指难以顾忌。肩摩,指与人接触。

97

〔12〕习视：熟视无睹。塍埒(chéng liè 成列)：田界。坍(tān 贪)：倒塌。谬：混乱。

〔13〕栖神怡虑：使思想安定，精神快乐。

〔14〕顾：反而。阅寒暑：指度过一年。

〔15〕毕命：过完一生。

〔16〕"古之"二句：古人的趋就之地（指山水秀美之地），无法为今人所系念。就，趋。概，系念，放在心上。

〔17〕信(shēn 申)：通"伸"，伸展。引申为强加。独，一个人，作者自指。

〔18〕"居今"三句：生活在今日，抱有独立不群之情，为什么不可以呢？

〔19〕"古之人"五句：古人的游玩和居住之地都经过精心选择，所以他们的趋就之处也正是人们所想要的。

〔20〕翔视乎方州：在九州大地上详细察看。翔，通"详"。方州，九州之域。

〔21〕尤佳者出：特别美好的山水被挑选出来。

〔22〕"局天"二句：语本《诗·小雅·正月》："谓天盖高，不敢不局；谓地盖厚，不敢不蹐。"指弯着腰，蹑着脚，小心翼翼地生活在天倾地裂的江山易代之际。局，弯曲。蹐(jí 急)，蹑着脚小步走。坼(chè 彻)，大地开裂。

〔23〕"扶寸"二句：亡国之后不再确实拥有一寸土地，即便想去挑选山水秀美之地也无法做到。扶寸，同"肤寸"。古代长度单位，一指为寸，一肤四寸。信，确实。

〔24〕蠲(juān 捐)：去掉。

〔25〕不棘：平和的心情。棘，通"急"。

〔26〕"江山"句：江山的美好只有与愉快恬静的心情相协调才得以

彰显。韶令,美好。若,顺。

〔27〕棘人:本指遭遇父母之丧的孝子,文中指内心哀伤之人。

〔28〕括:包容。

〔29〕不能:指内心有亡国之痛,即便江山秀美也无心去领略。

〔30〕"仰而"二句:只有内心没有遗憾和忧愁的人,才适宜得到山林之美以示表彰。旌,表彰。

〔31〕"而一坏"二句:由于内心有亡国之恨,所以即便拥有一山的林峦之美,也不足以使我感到丝毫的荣耀。坏(pēi胚),土丘。

〔32〕五石之炼:古代道士炼五石散,谓服之能长寿。崇:高。吾所事:自己所从事的反清复明及著述事业。

〔33〕栫(jiàn建)以丛棘:语出《左传·哀公八年》:"囚诸楼台,栫之以棘。"用荆棘堵塞与外界的交通。栫,用柴木壅塞。

〔34〕犹溢吾分:还超出了我的本分。意谓心有不安。

〔35〕不忍:指自己只能像楚囚一样过着与世隔绝和内心忧伤的生活,而不忍心去选择江山易主后的秀美风景之地。

〔36〕"望道"句:向往正道而有人共同出谋画策。

〔37〕"怀贞"句:怀抱忠贞之志而相互辅佐。

〔38〕长歌互答:指志同道合者之间相互唱和。

〔39〕茕(qióng穷)茕者如斯:指作者孤独无依。李密《陈情表》:"茕茕孑立,形影相吊。"

〔40〕营营者如彼:指世人往来不绝。《诗·小雅·青蝇》:"营营青蝇。"

〔41〕"以户"句:以门窗为封泥牢牢地把自己封闭在房子里。丸泥,一丸封泥。

〔42〕"则虽"句:意谓自己孤独一人,没有志同道合者可以唱和,只适合封闭在屋内,选择山川秀美之地还有什么必要呢?

〔43〕"无可"句：没有什么可以扬名于四方边远之地。

〔44〕歔（xū 需）然：迅速的样子。歔，同"欻"。

〔45〕严之濑（lài 赖）：指严光隐居的富春山七里滩。严，即严光，字子陵，浙江馀姚人，曾与东汉光武帝刘秀同学。刘秀即位后，他改名隐居。后被召到京师洛阳，任谏议大夫，不受，归隐七里滩。濑，本指从沙石上流过的激水，此处代指七里滩。

〔46〕司空之谷：指唐代司空图隐居的中条山王官谷。司空，即司空图（837—908），字表圣，山西永济人。咸通进士，官至中书舍人。

〔47〕林之湖山：指北宋诗人林逋隐居的西湖孤山。林，即林逋（968—1028），字君复，浙江杭州人。隐居西湖孤山，赏梅养鹤，终身不仕，也未娶妻，有"梅妻鹤子"之称，卒谥和靖先生。

〔48〕流连：指耽于游乐而忘归。

〔49〕非吾可者：不是我所认同的。

〔50〕辛未：公元1691年，即王夫之去世的前一年。

自题墓石[1]

有明遗臣行人王夫之[2]，字而农，葬于此。其左则其继配襄阳郑氏之所祔也[3]。自为铭曰：

抱刘越石之孤愤，而命无从致[4]；希张横渠之正学，而力不能企[5]。幸全归于兹丘[6]，固衔恤以永世[7]。

戊申纪元后三百年十有年月日[8]男勒石

墓石可不作[9],徇汝兄弟为之[10]。止此不可增损一字。行状原为请志铭而作[11],既有铭,不可赘[12]。若汝兄弟能老而好学,可不以誉我者毁我[13],数十年后,略记以示后人可耳,勿庸问世也[14]。背此者自昧其心[15]。

己巳九月朔书授颁

〔1〕这是一篇作者生前自撰的墓志铭,非常简略地概括了作者一生的抱负和遗憾。如果说反清复明的愿望终成泡影是王夫之无法释怀的遗憾,那么像张载那样著书立说却是他可以聊以自慰的抱负。此文虽著于作者晚年,但文风沉雄,语言豪壮,体现了王夫之散文的一贯特色。墓石,即墓前碑石。

〔2〕遗臣:前朝遗留下来的臣子。王夫之担任过南明桂王的行人之官,入清后不愿入仕,以明遗臣自居。

〔3〕祔(fù 付):合葬。

〔4〕"抱刘"二句:抱有刘琨同样的志向,希望能反清复明,然而命运使它无法实现。刘越石,即晋朝的刘琨(270—317),字越石,河北无极人。西晋末年担任大将军在北方坚持抗战,后被段匹䃅所害。所存诗歌仅三首,但慷慨激昂,抒写壮志未酬的悲愤感情。无从致,没有机会实现。

〔5〕"希张"二句:希望有张载那样纯正的学问,但能力有限,无法企及。张横渠,即宋代著名理学家张载(1020—1077),字子厚,陕西眉县横渠镇人,世称横渠先生。嘉祐进士,曾担任崇文院校书。后因病辞官,专意著书讲学,撰有《正蒙》《易说》等书。王夫之著有《张子正蒙注》,继承发挥了张载的学说。正学,纯正的学问。企,企及,赶上。

〔6〕"幸全"句:侥幸得以把完整的身体安葬在坟墓中。全归,指死

亡安葬时身体未受损坏。古人视"全归"为孝的表现。语出《礼记·祭义》:"父母全而生之,子全而归之,可谓孝矣。"

〔7〕衔恤:心含忧伤。指孝子心忧父母。语出《诗·小雅·蓼莪》:"出则衔恤,入则靡至。"

〔8〕"戊申"句:作者以明遗民自居,此"戊申"指明洪武戊申年(1368),其后"三百年十有年月日",当与本文末"己巳九月"相近,在康熙己巳年(1689)。

〔9〕墓石可不作:墓碑本来可以不立,也无须撰墓志铭。自此以下属墓志铭之外的附加文字,可以帮助读者更准确地了解王夫之撰文时的心迹。

〔10〕"徇汝"句:只是为了曲从你们兄弟的意愿才同意撰墓志铭。徇,曲从。

〔11〕行状:古代一种文体。是一种记述死者世系、籍贯、生卒年月和生平概况的文章。

〔12〕不可赘:指无须再请人写行状。赘,即赘述,多馀的叙述。

〔13〕"可不"句:指如实记载,不得有溢美之词,以免遭人诟病。

〔14〕问世:公开刊行。

〔15〕自昧其心:违背良心。

魏　禧

魏禧(1624—1681),字冰叔,一字叔子,号裕斋,江西宁都人。明末诸生,明亡后隐居家乡翠微峰,所居之地为勺庭,故人称"勺庭先生"。魏禧论文强调"积理"和"练识",主张在"至平至实之中",发前人之所无,著成"卓然自立于天下"的"奇文"。其散文多表彰民族节义之事,显示出强烈的民族意识。文章风格凌厉雄杰,慷慨刚劲,叙事简洁,议论精当,正所谓"踔厉森峭而指事精切"(宋荦《三家文抄序》)。魏禧在清初文坛上影响较大,人们把他和侯方域、汪琬并称为散文三大家。有《魏叔子集》传世。今人整理有《魏叔子文集》三册(中华书局2003年版)。

大铁椎传[1]

庚戌十一月[2],予自广陵归[3],与陈子灿同舟[4]。子灿年二十八,好武事,予授以左氏兵谋兵法[5],因问:"数游南北,逢异人乎?"子灿为述大铁椎,作《大铁椎传》。

大铁椎,不知何许人[6]。北平陈子灿省兄河南[7],与遇宋将军家。宋,怀庆青华镇人[8],工技击[9],七省好事者皆来学[10],人以其雄健,呼宋将军云。宋弟子高信之,亦怀庆人,多力善射,长子灿七岁,少同学,故尝与过宋将军。

时座上有健啖客[11]，貌甚寝[12]，右胁夹大铁椎，重四五十斤，饮食拱揖不暂去[13]。柄铁折叠环复[14]，如锁上练[15]，引之长丈许[16]。与人罕言语，语类楚声[17]。扣其乡及姓字，皆不答。既同寝，夜半，客曰："吾去矣！"言讫不见。子灿见窗户皆闭，惊问信之。信之曰："客初至，不冠不袜，以蓝手巾裹头，足缠白布，大铁椎外，一物无所持，而腰多白金[18]。吾与将军俱不敢问也。"子灿寐而醒，客则鼾睡炕上矣。

一日，辞宋将军曰："吾始闻汝名，以为豪[19]，然皆不足用。吾去矣！"将军强留之，乃曰："吾数击杀响马贼[20]，夺其物，故仇我。久居，祸且及汝。今夜半，方期我决斗某所[21]。"宋将军欣然曰："吾骑马挟矢以助战。"客曰："止！贼能且众，吾欲护汝，则不快吾意。"宋将军故自负[22]，且欲观客所为，力请客[23]。客不得已，与偕行。将至斗处，送将军登空堡上，曰："但观之，慎弗声，令贼知也。"

时鸡鸣月落，星光照旷野，百步见人。客驰下，吹觱篥数声[24]。顷之，贼二十馀骑四面集，步行负弓矢从者百许人。一贼提刀突奔客，客大呼挥椎，贼应声落马，马首裂。众贼环而进[25]，客奋椎左右击，人马仆地，杀三十许人。宋将军屏息观之，股栗欲堕[26]。忽闻客大呼曰："吾去矣。"尘滚滚东向驰去。后遂不复至。

魏禧论曰：子房得力士，椎秦皇帝博浪沙中[27]，大铁椎其人与？天生异人，必有所用之。予读陈同甫《中兴遗传》[28]，豪俊侠烈魁奇之士，泯泯然不见功名于世者又何多也[29]？岂天之生才不必为人用与？抑用之自有时与？子灿遇大铁椎为壬寅岁[30]，视其貌当年三十[31]，然则大铁椎今四十耳。子灿又尝见其写市物帖子[32]，甚工楷书也[33]。

〔1〕这是一篇颇具传奇色彩的人物传记。文章通过歌颂一位武艺超常，操行不凡的无名豪侠，抒发了作者向往救世英雄的悲情。本文作于康熙九年(1670)，其时清朝的统治已渐趋稳定，作为一个坚守民族气节的爱国文人，魏禧的复国之梦已变得越来越渺茫，于是只好寄希望于"大铁椎"这样的"天生异人"身上。从风格上看，本文最显著的特色是"奇"。这种奇既体现为传主身世的离奇和功力的神奇，也体现为文章结构布局和叙事手法的奇巧。这一切显然都受到过《史记》风格和手法的深刻影响。大铁椎，代指一位不知姓名的侠义英雄。椎(chuí 垂)，同"锤"。

〔2〕庚戌：康熙九年(1670)。魏禧当时四十七岁。

〔3〕广陵：今江苏扬州。

〔4〕陈子灿：魏禧之友，生平不详。

〔5〕"左氏"句：《左传》中的军事谋略和作战方法。左氏，即《春秋左氏传》，简称《左传》。书中有许多叙述战争的文字，包含有丰富的军事思想。

〔6〕何许：何处。许，处所。

〔7〕省(xǐng 醒)兄：看望兄长。

〔8〕怀庆：明朝的府名，在今河南沁阳一带。

〔9〕工技击：擅长武术格斗。

〔10〕好(hào 浩)事者：指那些喜爱武术格斗的人。

〔11〕健啖(dàn 旦)客：饭量很大的客人。啖，吃。

〔12〕貌甚寝：长相十分丑陋。

〔13〕拱揖：拱手作揖。古人见面时所行礼节。

〔14〕"柄铁"句：指大铁椎把柄上的铁链折叠盘绕。

〔15〕练：同"链"。

〔16〕引之：把铁链拉开。

〔17〕语类楚声：说话类似楚地（今湖南、湖北一带）口音。

〔18〕腰多白金：腰带中裹有很多银子。白金，指白银。

〔19〕豪：英雄豪杰。

〔20〕响马贼：拦路抢劫者。因抢劫时先放响箭而得名。

〔21〕期：约定。

〔22〕故自负：向来自恃其能。

〔23〕力请客：坚决要求客人同意他一同前往。

〔24〕觱篥（bì lì 毕力）：古代一种竹制管乐，声调凄厉。

〔25〕环而进：包围着前进。

〔26〕股栗欲堕：大腿发抖，好像要从马上掉下来。栗，战栗，发抖。

〔27〕"子房"二句：据《史记·留侯世家》记载，西汉张良，字子房，其先世为韩国人。秦灭韩后，张良用全部家产求人刺杀秦王。得力士，造铁椎重一百二十斤，乘秦始皇东游至博浪沙（今河南阳武境内）时，用铁椎击杀秦王，未中。

〔28〕"予读"句：我阅读陈亮的《中兴遗传》。陈同甫，南宋著名学者，名亮（1143—1194），字同甫，著有《龙川文集》。《中兴遗传》，书名，是陈亮为南宋忠臣、名将及豪侠之士所作的一部人物传记。

〔29〕泯泯然：消失、埋没的样子。

〔30〕壬寅岁：康熙元年（1662）。

〔31〕当年三十：年龄应当在三十岁。

〔32〕市物帖子：买物品的清单。

〔33〕甚工楷书：字体是十分工整的楷书。

复六松书[1]

死友一语[2],此仆十数年来最伤心事。每登高望远,辄怆然涕下,有子昂天地悠悠之叹[3]。吾辈德业相勖[4],无儿女态[5],然气谊所结[6],自有一段贯金石,射日月,齐生死,诚一专精,不可磨灭之处[7]。此在千百年后,犹得而想见之,况指顾数十年之间耶[8]!

仆于天性骨肉中,颇不可解[9]。外此则一腔热血,亦欲一用。非用于君,则用于友。悠悠泛泛,无所用之[10]。又安能禁宝剑沉埋之恨[11]?仆所以期待二三至友者,颇不以世人所谓,遂相足许[12]。

旅寓屏营[13],百感交集。聊因人来,为一及之。

〔1〕六松:指曾灿。曾灿,字青藜,宁都人,与魏禧等九人号"易堂九子"。筑有六松草堂。著有《六松草堂文集》等。此以六松称之。《清史稿》有传。这是一封回复给友人曾灿的短札。作者在文中表达了一种向往志同道合的朋友之情的强烈愿望。情感真挚,感人至深,正所谓"肝肠火热,胆魄金坚"(王文濡《续古文观止》)。"文章行文酣畅跌宕,亲切动情处,则'怆然涕下';激越昂扬处,则'贯金石,射日月';严正刚毅处,则'一腔热血,亦欲一用';感慨沉重之处,则难禁'宝剑沉埋之恨'。种种情理最后用一句'百感交集'收结归合在一处。在如此简短的信札当中,言情言理,高度结合,实为难得"(王彬主编《古代散文鉴赏辞典》)。

〔2〕死友一语:指六松来信中提到的"死友"之类的话语。死友,交

情深厚,可以生死相托,至死不相负的朋友。语出《后汉书·范式传》:范式与张劭为友,邵病笃,"同郡郅君章、殷子徵晨夜省视之。元伯(张劭)临尽叹曰:'恨不见吾死友!'子徵曰:'吾与君章尽心于子,是非死友,复欲谁求?'元伯曰:'若二子者,吾生友耳。山阳范巨卿(范式),所谓死友耳。'"

〔3〕"每登"数句:指作者每次登高望远,就会萌生一种类似于陈子昂的孤独悲伤之感。唐代诗人陈子昂有感于自己生不逢时,写下了千古名篇《登幽州台歌》:"前不见古人,后不见来者。念天地之悠悠,独怆然而涕下!"作者化用此典,主要表达找不到志同道合的朋友而萌生的孤独感。怆(chuàng 创去声)然,悲伤的样子。

〔4〕德业相勖(xù 续):用道德和学业来相互勉励。勖,勉励。

〔5〕儿女态:指青年男女分别时的悲戚状态。王勃《送杜少府之任蜀川》:"无为在歧路,儿女共沾巾。"

〔6〕气谊:义气与情谊。

〔7〕贯金石:形容朋友之情坚固。射日月:形容朋友之情美好,可以与日月辉映。齐生死:形容朋友之情牢固,生死不渝。

〔8〕指顾:一指手,一回头的时间,极言时间短暂。王勃《龙怀寺碑》:"蠖动螟飞,起雷霆于指顾。"

〔9〕"仆于"二句:作者自称天生执着于朋友之情谊。

〔10〕"悠悠"二句:作者称自己的满腔热血无缘为国家和朋友抛洒。

〔11〕宝剑沉埋:形容一腔热血无处抛洒,就像宝剑埋在泥土中一无所用一样。唐郭震《古剑篇》:"虽复尘埋无所用,犹能夜夜气冲天。"

〔12〕"仆所"三句:作者称自己不会按照世人的标准轻易结交至友。

〔13〕屏(bīng 冰)营:惶恐不安的样子。语出《国语·吴语》:"屏营彷徨于山林之中。"

汪琬

汪琬(1624—1690),字苕文,号钝庵,长洲(今江苏苏州)人。顺治十二年(1655)进士,曾任户部主事,刑部郎中等职。康熙十八年(1679),举博学鸿儒,授翰林院编修,参预修《明史》,后因病辞归。晚年隐居太湖尧峰山,时称尧峰先生。汪琬与侯方域、魏禧合称清初散文"三大家"。《清史稿》本传称他"为文原本六经,疏畅类南宋诸家,叙事有法。公卿志状皆争得琬文为重"。计东为汪琬所作《生圹志》则认为:"若其文章,溯宋而唐。明理卓绝,似李习之(翱);简洁有气,似柳子厚(宗元)。"著有《钝翁类稿》、《尧峰文抄》等。

江天一传[1]

江天一,字文石,徽州歙县人[2]。少丧父,事其母及抚弟天表,具有至性[3]。尝语人曰:"士不立品者,必无文章。"前明崇祯间,县令傅岩奇其才[4],每试辄拔置第一。年三十六,始得补诸生[5]。家贫屋败,躬畚土筑垣以居[6]。覆瓦不完,盛暑则暴酷日中[7]。雨至,淋漓蛇伏,或张敝盖自蔽[8]。家人且怨且叹[9],而天一挟书吟诵自若也[10]。

天一虽以文士知名,而深沉多智,尤为同郡金佥事公声所知[11]。当是时,徽人多盗[12],天一方佐佥事公,用军法团结乡人子弟,为守御计[13]。而会张献忠破武昌[14],总兵官左良玉东遁[15],麾下狼兵哗于途[16],所过焚掠。将抵徽,徽人震恐。佥事公谋往拒之,以委天一[17]。天一腰刀帓首[18],黑夜跨马,率壮士驰数十里,与狼兵鏖战祁门[19],斩馘大半[20],悉夺其马牛器械,徽赖以安。

顺治二年[21],夏五月,江南大乱,州县望风内附[22],而徽人独为明拒守[23]。六月,唐藩自立于福州[24],闻天一名,授监纪推官[25]。先是,天一言于佥事公曰:"徽为形胜之地[26],诸县皆有阻隘可恃,而绩溪一面当孔道[27],其地独平迤[28],是宜筑关于此,多用兵据之,以与他县相掎角[29]。"遂筑丛山关[30]。已而清师攻绩溪,天一日夜援兵登陴不少怠[31];间出逆战[32],所杀伤略相当。于是清师以少骑缀天一于绩溪[33],而别从新岭入[34];守岭者先溃[35],城遂陷。大帅购天一甚急[36]。天一知事不可为,遽归[37],属其母于天表[38],出门大呼:"我江天一也。"遂被执。有知天一者[39],欲释之。天一曰:"若以我畏死邪[40]?我不死,祸且族矣[41]。"遇佥事公于营门[42],公目之曰[43]:"文石,女有老母在,不可死。"笑谢曰[44]:"焉有与人共事而逃其难者乎?公幸勿为我母虑也[45]。"至江宁[46],总督者欲不问[47],天一昂首曰:"我为若计,若不如杀我;我不死,必复起兵。"遂牵诣通济门[48]。既至,大呼高皇帝者三[49],南向再拜讫[50],坐而受刑。观者无不叹息泣下。越数日,天表往收其尸,瘗之。而佥事公亦于是日死矣。

当狼兵之被杀也,凤阳督马士英怒[51],疏劾徽人杀官军状[52],将致金事公于死。天一为赍辨疏[53],诣阙上之[54]。复作《吁天说》[55],流涕诉诸贵人,其事始得白[56]。自兵兴以来,先后治乡兵三年,皆在金事公幕[57]。是时幕中诸侠客号知兵者以百数,而公独推重天一,凡内外机事悉取决焉[58]。其后竟与公同死,虽古义烈之士无以尚也[59]。

予得其始末于翁君汉津[60],遂为之传。

汪琬曰:方胜国之末[61],新安士大夫死忠者有汪公伟、凌公以驷与金事公三人[62],而天一独以诸生殉国。予闻天一游淮安[63],淮安民妇冯氏者刳肝活其姑[64],天人征诸名士作诗文表章之[65],欲疏于朝,不果。盖其人好奇尚气,类如此[66]。天一本名景,别自号石嫁樵夫,翁君汉津云。

〔1〕江天一(?—1645):号寒江子,歙县寒江人。是一位民间义士,德才兼备,曾从事过轰轰烈烈的抗清斗争,兵败后不屈而死。本文主要围绕忠、义、节、孝组织材料,多角度刻画了传主刚强不屈,有勇有谋的个性特征,以实现表彰忠烈的写作目的。文章布局灵活,叙事有法,顺叙、倒叙、插叙等各种手法交叉使用,使文章既显得结构严谨,又富于变化。写作手法与风格特点与柳宗元的《段太尉逸事状》颇为类似。

〔2〕徽州歙(shè社)县:古代徽州府歙县,即现在的安徽歙县。

〔3〕"事其"二句:侍奉母亲,抚养弟弟,具有一种十分孝顺的天性。

〔4〕傅岩:字野清,明末浙江义乌人。崇祯进士,曾担任歙县知县,官至监察御史。

〔5〕补诸生:考取秀才,入县学为生员。

〔6〕"躬畚"句:亲自用簸箕运土筑墙而住。躬,亲身。畚,簸箕一类的竹编器具。

〔7〕暴(pù瀑):曝晒。

〔8〕张敝盖:打开破伞。

〔9〕且怨且叹:一边抱怨,一边叹息。

〔10〕自若:毫不在意。

〔11〕"尤为"句:特别受到同郡金事官金声的赏识。金金(qiān牵)事公声,作金事官的金声。"公"为尊称。金声(1598—1645),字正希,明末休宁人。崇祯进士,选庶吉士。其后授御史、山东金事,南明福王时授左金都御史,皆未赴任。清军攻破南京后,金声在家乡组织义军抗清,兵败不屈而死,谥文毅。

〔12〕盗:指结伙抢劫。

〔13〕为守御计:做好防守的考虑。

〔14〕"而会"句:刚好逢上张献忠攻陷武昌。张献忠(1606—1646),明末农民起义军领袖,曾在成都成立大西国,后被清军击败,中箭身亡。破武昌,指张献忠于崇祯十六年(1627)五月攻陷武昌。

〔15〕左良玉东遁:指左良玉兵败武昌后向东逃窜。

〔16〕"麾(huī挥)下"句:指左良玉部下的士兵在向东逃窜途中哗变。麾下,部下。狼兵,指广西西部东兰、那地、南丹等地土司所辖的士兵。这些士兵来自当地的少数民族,俗称"狼人",以强悍善战,军纪涣散著称。据《明史·金声传》记载:"(崇祯)十六年,凤阳总督马士英遣使者李章玉征贵州兵讨贼,迂道掠江西,为乐平吏民所拒击。比抵徽州境,吏民以为贼,率众破走之。章玉讳激变,谓声及徽州推官吴翔凤主使,士英以闻。声两疏陈辨,帝察其无罪,不问。"可见狼兵属马士英部将李章玉所辖,而非左良玉。汪琬此文可能属讹传所致。

〔17〕以委天一:把抗拒狼兵的任务委托给江天一。

〔18〕腰刀帓(mò末)首:腰间挂刀,以巾裹头。帓,头巾。

〔19〕鏖(áo熬)战祁门:在安徽祁门展开激战。

〔20〕斩馘(guó国)大半:杀死一大半敌人。馘,原指杀敌而割下左耳计功。

〔21〕顺治二年:公元1645年。

〔22〕望风内附:指受到影响,相继归顺清廷。

〔23〕为明拒守:为明朝守土而抗拒清兵。南京沦陷后,当时的徽州知府秦祖襄与僚属逃遁,不知去向。推官温璜代行其职,召集民众与金声一道共同抗清。

〔24〕"唐藩"句:南京被清兵攻破后,明宗室唐王朱聿键在福京(今福建省福州市)即皇帝位,改元隆武。藩,古代分封之王所辖区域。

〔25〕推官:明代知府下属负责司法事务的官员。

〔26〕形胜之地:地理形势优越的地方。文中指地势险要,难攻易守。

〔27〕孔道:通道。

〔28〕平迤(yǐ已):平坦。迤,同"迆"。

〔29〕掎(jǐ挤)角:指前后夹击敌人。语出《左传·襄公十四年》:"譬如捕鹿,晋人角之,诸戎掎之。"角是抓住角,掎是拉住腿。

〔30〕丛山关:位于安徽绩溪县北的一处关隘。

〔31〕援兵登陴(pí皮):手持兵器登城守卫。陴,城上的女墙,代指城墙。

〔32〕间(jiàn建)出逆战:不时地出城迎战。

〔33〕缀:牵制。

〔34〕新岭:关隘名。在休宁县南约七十里处,地势险要,难攻易守。

〔35〕守岭者先溃:当时负责守卫新岭的官员是明朝过去的御史黄澍。由于他投降,导致新岭被清军首先攻破。溃,指守军溃散。

〔36〕购:悬赏缉拿。

〔37〕遽归:急忙返家。

〔38〕属(zhǔ 主):同"嘱",托付。

〔39〕知:指旧有交情。

〔40〕若:你。

〔41〕祸且族:将有灭族之祸。

〔42〕营门:清军的军营门口。

〔43〕目之:眼睛瞪着江天一。

〔44〕谢:回绝。

〔45〕幸勿:希望不要。

〔46〕江宁:南京。

〔47〕"总督"句:清军总督打算释放江天一,以诱其投降。总督者,担任总督的人。指洪承畴。详见《梅花岭记》的有关注释。不问,不问罪。

〔48〕牵诣通济门:拉往通济门刑场。通济门,南京城旧时的一座城门,在城南偏西处,秦淮河水由此入城。

〔49〕高皇帝:明太祖朱元璋谥高皇帝。

〔50〕南向再拜讫:向南跪拜两次完毕。南向,面朝南方,表示不归附北方的清廷。讫,完毕。

〔51〕马士英(约1591—1646):字瑶草,明末贵阳人。万历进士,崇祯时累官至右佥都御史、兵部侍郎。福王时任东阁大学士,加太子太保。是一个专权误国的奸臣。清军渡江后,逃往杭州,被杀身亡。马士英在崇祯朝一度担任过镇守凤阳府的总督。

〔52〕"疏劾"句:指马士英在给皇帝的奏章中控告徽州士民击杀官军的罪状。劾,揭发罪状。

〔53〕为赍(jī 机)辨疏:江天一为金声送交分辨罪状的奏章。

赍,送。

〔54〕诣阙上之:到皇帝的住所呈递奏章。阙,宫阙,代指皇帝的住所。

〔55〕吁(yù 遇)天:呼天诉冤屈。

〔56〕得白:得以辨明。

〔57〕幕:幕府,地方军政大员的官署。

〔58〕悉取决:完全听从(江天一的)决定。

〔59〕无以尚:无法超过。尚,同"上",超越。

〔60〕翁君汉津:据《太湖备考》,翁汉津为东山(今属江苏)人,曾任云南河西(今玉溪)县令。

〔61〕方胜国之末:指明朝末年。方,正当。胜国,被战胜之国,即前朝。语出《周礼·地官·媒氏》:"凡男女之阴讼,听之于胜国之社。"郑玄注:"胜国,亡国也。"

〔62〕"新安"句:新安郡为忠于故国而死的共有汪伟、凌骃(jiōng 炯平声)和金声三位士大夫。死忠,死于忠诚,即为故国尽忠而死。汪公伟,即汪伟,字叔度,明末休宁人。崇祯进士,曾担任过检讨和东宫讲官。李自成攻破北京时,汪伟自缢而死,谥文烈。凌骃,即凌骃,字龙翰,明末歙县人。崇祯进士。福王时授监察御史,巡察河南。清军南下时被俘,自缢而死。

〔63〕淮安:淮安府,府治在今江苏淮安。

〔64〕刲(kuī 亏)肝活其姑:割下自己身上的一片肝来为丈夫的母亲治病。刲,割。姑,古代称丈夫的母亲为姑,父亲为舅。

〔65〕表章:同"表彰",表扬。

〔66〕类:大抵。

姜宸英

姜宸英(1628—1699)，字西溟，号湛园，浙江慈溪人。康熙三十六年(1697)进士，时年七十，授翰林院编修，两年后因科场案牵连死于狱中。姜宸英深谙经史之学，为文善于通过史论阐发己见，文风宏博雅健，但叙事稍差。有《湛园文稿》、《苇间诗集》传世。江苏广陵古籍刻印社1983年影印有《姜先生全集》(二函二十册)。

奇零草序[1]

余得此于定海[2]，命谢子大周抄别本以归[3]。凡五七言近体若干首，今久失之矣，聊忆其大概，为之序以藏之。

呜呼！天地晦冥，风霾昼塞[4]，山河失序[5]，而沉星殒气于穷荒绝岛之间[6]，犹能时出其光焰，以为有目者之悲喜而幸睹，虽其掩抑于一时[7]，然要以俟之百世，虽欲使之终晦焉，不可得也。客为余言，公在行间[8]，无日不读书，所遗集近十馀种，为逻卒取去[9]，或有流落人间者。此集是甲辰以后[10]，将解散部伍，归隐于落迦山所作也[11]。公自督师，未尝受强藩节制[12]，及九江遁还[13]，渐有掣肘[14]，始邑邑不乐[15]。而其归隐于海南也[16]，自制一椑[17]，置寺中，实粮其中，俟粮且尽死。门有两猿守之，有警，猿必跳踯哀鸣。而间之至也[18],从后门入。虽被羁会城[19],远近人士,下及市井屠贩卖饼之儿,无不持纸素至羁所争求翰墨[20]。守卒利其金钱,喜为请乞。公随手挥洒应之,皆《正气歌》也[21],读之鲜不泣下者,独士大夫家或颇畏藏其书,以为不祥。不知君臣父子之性,根于人心,而征于事业,发于文章[22],虽历变患,逾不可磨灭。历观前代,沈约撰《宋书》,疑立《袁粲传》,齐武帝曰:"粲自是宋忠臣,何为不可?"[23]欧阳修不为周韩通立传,君子讥之[24]。元听湖南为宋忠臣李芾建祠[25],明长陵不罪藏方孝孺书者[26],此帝王盛德事。为人臣子处无讳之朝,宜思引君当道[27]。臣各为其主,凡一切胜国语言[28],不足避忌。

　　余欲稍掇拾公遗事,成传略一卷,以备惇史之求[29],犹惧搜访未遍,将日就放失也[30]。悲夫!

　　[1] 本文名为诗序,实为一篇民族英雄的赞歌。作者以作序为由,既高扬了《奇零草》不朽的价值,又大胆歌颂了张煌言的英雄气节。张煌言(1620—1664),字玄著,号苍水,明末举人。清兵南下后,他曾在浙东一带起兵抗清,失败后隐居舟山东南一小岛上,于康熙三年(1664)被俘遇害。《奇零草》为张煌言的诗集之一,集中作品反映了作者高尚的民族气节和强烈的爱国思想,在清朝初年被列为禁书。在此背景下,姜宸英敢于为该诗集作序并大唱赞歌,其胆识和节操同样令后人敬佩。文章感情强烈,引古论今,语言坦诚直率,具有一种陶冶情操,净化心灵的艺术魅力。

　　[2] 定海:县名,在今浙江宁波。

　　[3] 谢子大周:即谢大周,人名,生平不详。

〔4〕风霾(mái 埋):大风扬起的尘土。

〔5〕山河失序:指明朝灭亡,国土沦丧。

〔6〕沉星殒气:形容张煌言犹如一颗沉星殒落在荒岛。

〔7〕掩抑:被压制埋没。

〔8〕公在行间:指张煌言在军中。行间,犹"行伍间",即军中。

〔9〕逻卒:清军巡逻的士卒。

〔10〕甲辰:清康熙三年(1664)。姜宸英此说有误。据张煌言《奇零草·自序》所载,诗集编于壬寅年(1662),并非甲辰年。

〔11〕落迦山:浙江宁波舟山东南一小岛,为张煌言抗清失败后的隐居之处。

〔12〕强藩:实力强大的藩镇。文中指郑成功。

〔13〕九江遁还:清顺治十六年(1659),郑成功自金门率师北伐,张煌言为前锋,率兵从长江口溯游而上,拟挥师直取江西九江。后因郑成功在南京战败,撤军入海,张煌言后路被截断,部队溃散,不得不化装潜行回舟山。

〔14〕掣肘:指张煌言先行北伐中原的主张受到郑成功的限制。

〔15〕邑邑:同"悒悒",内心郁闷的样子。

〔16〕海南:此处指落迦山。

〔17〕椑(pì 辟):棺材。

〔18〕间(jiàn 建):指张煌言手下的间谍。

〔19〕会城:省会,指杭州。

〔20〕纸素:写字用的纸张和绢帛。

〔21〕正气歌:南宋爱国诗人文天祥的代表作。

〔22〕"不知"数句:指忠孝之性本于人心,在事业中得到证验,在文章中得到表现。君臣父子之性,即忠孝之性。征,证验。

〔23〕"沈约"五句:《南史》卷七十二:"武帝使太子家令沈约撰宋

书,疑立袁粲传,以审武帝。帝曰:'袁粲自是宋家忠臣。'"沈约,南朝著名文学家,历仕宋、齐二代,后助梁武帝登位,官至尚书令,为《宋书》作者。袁粲,字景倩,南朝宋顺帝时任中书监,忠于朝廷,打算在朝堂上谋杀企图自立为帝的萧道成,事败身死。齐武帝,即萧道成之子萧赜(zé 责)。

〔24〕"欧阳"二句:韩通,后周恭帝时任侍卫副都指挥使,宋太祖赵匡胤废周自立,韩通率军抵抗,兵败被害。欧阳修编撰《五代史》时,未给韩通立传,因此曾遭到苏轼讥讽。事见宋王楙《野老纪闻》、周密《齐东野语》。

〔25〕"元听"句:元朝听任湖南民众为宋朝忠臣李芾修建祠堂。李芾,字叔章,衡阳人。南宋湖南安抚使,元军攻破潭州(今湖南长沙)时殉职。祠在湖南衡阳石鼓山,今不存。

〔26〕"明长"句:明成祖诛杀方孝孺,但不对那些收藏方氏所著书籍的人加以治罪。长陵,指明成祖朱棣,长陵为其陵墓。方孝孺(1357—1402),字希直,浙江宁海人。明惠帝时任侍讲学士、《太祖实录》总裁。燕王(即明成祖)兵入京师后,方孝孺拒绝为成祖起草登极诏书,因此被杀。

〔27〕引君当道:指引君主走正当的道路。

〔28〕胜国:前朝。后一朝代灭亡前一朝代后,称前朝为胜国或胜朝。

〔29〕惇(dūn 敦)史:忠实公正的史书。

〔30〕日就放失:一天天趋向于散失。

朱彝尊

朱彝尊(1629—1709),字锡鬯(chàng 畅),号竹垞(chá 查),秀水(浙江嘉兴)人。康熙十八年(1679)举博学鸿词科,以布衣授翰林院检讨,入直南书房。后曾出典江南乡试,并于1692年归里,专事著述。朱彝尊博学多闻,天资聪慧,一生在诗、词、文创作及理论方面均有建树,为浙西词派开山祖。其古文为顾炎武、汪琬等清初诸家所推崇,多考据之作。文章风格雅致,语言简洁,与后来的桐城派大致相似。《清史稿》本传称:"当时王士禛工诗,汪琬工文,毛奇龄工考据,独彝尊兼有众长。"著有《曝书亭集》八十卷,《日下旧闻》四十二卷,《经义考》三百卷等。

池北书库记[1]

池北书库者,今少詹事新城王先生聚书之室也[2]。新城王氏,门望甲齐东[3],先世遗书不少矣,然兵火后散佚者半。先生自始仕迄今,目耕肘书[4],借观辄录其副[5]。每以月之朔望玩慈仁寺[6],日中集奉钱所入[7],悉以购书,盖三十年而书库尚未充也。

自唐以前,书多藏于官。刘歆之《七略》[8],郑默、荀勖之《中经》、《新簿》[9],其后四部[10]、《七录》[11],代有消长。民间所藏,赐书之外[12],无多焉尔。自雕本盛行而书籍易得[13],民间镂版[14],木贡大府者且十之九[15],由是官书反不若民间之多。古之拥万卷者,自诩比南面百城[16],今则操一囊金,入江浙之市,万卷可立致[17]。然自博览者观之,若无所睹也[18]。夫宋元雕本日就泯灭[19],幸而仅存于水火劫夺之馀[20],藉抄本流传。顾士之勤于抄写,百人之中,一二人而已。习举子业者[21],诵四子书[22],治一经[23],不过四五十卷,可立取科第。而贾人牟利,亦惟近乎举子业者是求[24],非是则不顾,至以覆酱、裹面、糊蚕箔[25]。古之人竭心力为之者,今人全不之惜,任其湮没,此士君子盡伤于心[26],而先生书库之设,藏之惟恐不亟也[27]。

彝尊经乱,先世之遗书莫有存者。及壮,糊口四方[28],经过都市,残编断帙,至典衣予直[29],积之二十年矣。以验藏书家目录,则仅有其十之二三焉,然未尝无出于藏书家目录之外者。譬之于海,九川四渎无不趋焉[30],而潢池瀸汋之水[31],聚而勿涸,鸟见之饮啄,鱼得之泳游,亦可自乐其乐,而忘其身世之穷焉[32]。

明年归矣,将寻先生之书库,借抄所未有者。奉先生之命,遂为先生记之。

〔1〕池北书库是清初文学家王士禛的藏书之所,位于新城(今山东桓台)王氏旧宅内。王士禛作为清初文坛领袖,喜欢并且也有条件买书、藏书。本文是朱彝尊为王氏藏书处所写的一篇杂记。文中涉及书库建

置、藏书情况的文字不多,而是重点议论藏书的意义。在作者眼中,真正有收藏价值的是那些"古之人竭心力为之"的典籍。这种书籍由于不能帮助举子"立取科第",因而不为世人所重,但却是中国传统文化的载体,值得人们为之"典衣予直"。文章风格雅致,语言简括而意味深长,且夹有考据文字。这些特点均与后来桐城派散文颇为相似,文学史家应对此予以足够的重视。

〔2〕少詹事:官名。詹事府的副长官。明清皆置詹事府,设詹事及少詹事,分别为三品、四品官,其下有左右春坊及司经局等,用备翰林官的升迁,并无实职。

〔3〕"门望"句:门望在齐东居第一。门望,门第、族望。甲,冠。齐东,泛指新城一带。

〔4〕目耕肘书:指读书与抄写。目耕,读书。古人以耕田比喻读书。肘书,抄写。

〔5〕副:指复本。同一书刊或文件等收藏不止一部时,第一部之外的称复本。

〔6〕玩慈仁寺:游逛慈仁寺。慈仁寺在今北京广安门内,又称"报国寺"。

〔7〕日中:一天之中。指整个白天。

〔8〕七略:中国第一部图书分类目录。西汉著名学者刘歆所撰。全书包括《辑略》、《六艺略》、《诸子略》、《诗赋略》、《兵书略》、《术数略》、《方技略》七部分。

〔9〕《中经》、《新簿》:中国古代的两部目录学著作。《隋书·经籍志》:"魏秘书郎郑默始制《中经》,秘书监荀勖又因《中经》,更著《新簿》,分为四部,总括群书。"

〔10〕四部:中国古代图书分类名称。在荀勖的《新簿》(即《中经新簿》)中,图书被分为甲、乙、丙、丁四部。到《隋书·经籍志》中,则改为

经、史、子、集,后世沿用至今。

〔11〕《七录》:中国古代目录学著作。南朝梁阮孝绪编撰,分古代图书为经典、记传、子兵、文集、术技、佛法、仙道,共七大类。

〔12〕赐书:指皇帝赏赐的书籍。

〔13〕雕本:雕版印制的图书。

〔14〕镂版:雕刻书版。

〔15〕天府:指皇家书库。

〔16〕"古之"二句:古代拥有万卷书籍的人,往往自我夸耀可与封疆大吏相比。诩(xǔ 许),夸耀。南面百城,面南而坐,统辖很多城池。语出《北史·李谧传》:"丈夫拥书万卷,何假南面百城?"

〔17〕立致:立刻得到。

〔18〕若无所睹:好像没看见似的。

〔19〕日就泯(mǐn 敏)灭:一天天走向消亡。

〔20〕劫夺:抢劫与掠夺。

〔21〕举子业:即"举业"。科举应试用的诗文。

〔22〕四子书:即《大学》、《中庸》、《论语》、《孟子》,又称"四书"。

〔23〕治一经:研习《易经》、《尚书》、《诗经》、《礼记》、《左传》中的一种。清代科举制度规定,考生可以从上列五经中任选一经应试。

〔24〕"亦惟"句:也只求近乎举子业者。指书商只乐意刻印与科举有关的书以获利。

〔25〕"至以"句:指科举类的图书多而无用,以至于人们只好把它用来盖酱罐,包面条,糊蚕箔。覆酱,犹"覆酱瓿(pǒu 抔上声)",比喻著作没有价值。语出《汉书·扬雄传下》:"吾恐后人用覆酱瓿也。"蚕箔,养蚕用的竹席。

〔26〕盡(xì 细)伤:伤痛。语出《书·酒诰》:"民罔不盡伤心。"

〔27〕亟:急迫。

〔28〕糊口四方:到各地找饭吃。语出《左传·隐公十一年》:"寡人有弟,不能和协,而使糊其口于四方。"

〔29〕典衣予直:抵押衣服以偿还书款。直,通"值",指书款。

〔30〕九川四渎(dú 读):泛指各种大的江河。九川,指九州中的九条大河。四渎:指长江、黄河、淮水、济水。渎,大河。《尔雅·释水》:"江、河、淮、济为四渎。四渎者,发源注海者也。"

〔31〕滮(biāo 标)池瀱汋(jì zhuó 记浊):泛指小水。滮池,古水名,亦作"冰池",在今西安西北。瀱汋,指时而有水,时而干涸的井。《尔雅·释水》:"井,一有水一无水为瀱汋。"

〔32〕"而忘"句:指置身小小的书房中可以忘却生活的烦恼。穷,困顿。

吕留良

吕留良(1629—1683),字用晦,号晚村,浙江石门人。生于明末,明亡后,誓不仕清室,行医为生。著述多鼓吹民族思想。郡守以隐逸荐,不就,遂削发为僧。死后,因曾静文字狱牵涉,全家被祸,著述全被毁。留良笃信朱子之理学,而民族气节凛然,曾有诗云:"谁教失脚下渔矶,心迹年年处处违。雅集图中衣帽改,党人碑里姓名非。苟全始信谈何易,饿死今知事最微。醒便行吟埋亦可,无惭尺布裹头归。"以"苟全性命于乱世"为难,以"饿死事小,失节事大"自励,感人至深。后人汇编刊刻有《吕晚村文集》(《续修四库全书》收录)等。

题钱湘灵和陶诗[1]

和陶始东坡[2],山谷称其出处不同,气味相似[3]。此山谷阿所好耳[4],气味那得似?

渊明有所不可者也,东坡无所不可者也:平生沾沾于升沉得丧之际[5],郁勃轮囷[6],孤愤忿恨[7],一变而为禅悦[8],为神仙方技[9],为任侠[10],为滑稽[11],为饮酒近妇人,为排闷纵横之说[12]。以无所不可为达[13],正有大不达者存也。其和陶也,游戏韵脚[14],亦无所不可中之一耳。后人沿而和焉,是又刻东坡之舟也[15]。

然吾得一人焉,为张北山[16]。北山当德佑以后[17],征书至门[18],遗民澜倒[19],如平仲、文海、幼清、子昂诸人[20],皆不能自立;独北山坚拒,以东海大布衣终其身,可谓得义熙之志矣[21]。和陶虽在东坡后,而有所不可,即居东坡前可也。自馀和者,皆非和陶,乃和苏耳。

虞山湘灵乍婴尘网,旋返自然,澡雪氛垢[22],快然可无遗憾,殆天所以成其和陶乎?宜不得比东坡之达也。读其诗,寄托高远,脱去缰索[23],其于古人固有旷世合节者矣。独其于有无不可之间,为陶乎,为苏乎?"认得渊明千古意,南山经雨更苍然。"此在湘灵自勘之[24],余固不能辨也。

[1] 作者以苏轼无所不可来和陶渊明有所不可对比,从而断定苏的和陶,只是"游戏韵脚",目的在于希望钱陆灿向张北山看齐,不要仕清。钱湘灵,钱陆灿(1612—1698)字湘灵,号圆沙,常熟人。顺治举人,教授常州、金陵间,从游者甚众。生平事迹见《国朝耆献类征》卷四二九、《国朝诗人征略》卷四。

[2] 和陶:苏轼在任扬州太守及晚年贬谪惠州、海南岛时,作了大量追和陶渊明诗的诗篇。迄至绍圣四年,共和陶诗一百另九首;后又和了十五首,共和一百二十四首。苏轼自云:"古之诗人,有拟古之作矣,未有追和古人者也。追和古人则始于吾。"(《追和陶渊明诗引》)陆游《老学庵笔记》:"东坡在岭南间,最喜陶渊明与柳子厚二集,谓之南迁二友。"苏轼《答程全父推官》亦云:"随行有《陶渊明集》,陶写伊郁,正赖此耳。"但其大量和陶诗,更多为"金刚怒目"式篇章,有深刻的社会内涵,而非"采菊东篱下"的闲适。

[3] "山谷"二句:黄庭坚(号山谷道人)《跋子瞻和陶诗》:"子瞻谪

岭南,时宰欲杀之。饱吃惠州饭,细和渊明诗。彭泽千载人,东坡百世士。出处虽不同,风味乃相似。"留良误作"气味"。

〔4〕阿(ē婀):徇私,偏袒。《孟子·公孙丑上》:"污不至阿其所好。"

〔5〕沾沾:自矜貌。

〔6〕郁勃:盛貌。轮囷(qūn逡):屈曲貌。

〔7〕孤愤:耿直孤行,愤世嫉俗。忿恨:怨恨。

〔8〕禅悦:耽好禅理,心神恬悦。

〔9〕方技:古指医、卜、星、相之术。

〔10〕任侠:打抱不平,负气仗义。

〔11〕滑(gǔ古)稽:本为俳谐意,今泛指令人发笑的语言、行动和事态。

〔12〕排闼:撞开门。纵横:审察时势,游说动人,如苏秦、张仪之流。

〔13〕达:通达事理,毫不拘泥。

〔14〕韵脚:诗句末尾押韵的字。

〔15〕刻舟:比喻拘泥成法,不讲实际。《吕氏春秋·察今》:"楚人有涉江者,其剑自舟中坠于水,遽刻其舟,曰:'是吾剑之所从坠。'舟止,从其所刻者入水求之。舟已行矣,而剑不行,求剑若此,不亦惑乎!"

〔16〕张北山:元赵孟頫《东维子文集》卷七《张北山和陶集序》云:"天台张北山著《和陶集》若干卷","北山,宋人也。宋革当天朝收用南士,趋者澜倒。征书至北山,北山独阖关弗起,自称东海大布衣终其身。嘻!正士之郑其有似义熙处士者欤!"吕文多源自该序。

〔17〕德佑:当作"德祐"(1275—1276)。宋恭帝年号。

〔18〕征书:征召的文书。此指元廷派程钜夫(1249—1318)到江南求贤时所征召之旨。

〔19〕澜倒:形容宋遗民纷纷应征,如大波浪之翻倒。

〔20〕平仲:应为仲平,许衡(1209—1281)之字。文海:程钜夫之字。幼清:吴澄(1249—1333)之字。子昂:赵孟頫(1254—1322)之字。以上四人皆由宋而仕元者。

〔21〕义熙:晋安帝年号。《南史·陶潜传》:"所著文章,皆题其年月。义熙以前,明书晋氏年号,自永初(宋武帝年号)以来,唯云甲子而已。"

〔22〕澡雪:洗涤使之洁净。氛垢:喧嚣的尘俗之气。

〔23〕纆(mò 墨)索:绳索。

〔24〕勘:核定。

屈大均

屈大均(1630—1696),明末番禺人。初名绍隆,字翁山。清兵入粤,曾参加抗清工作。明亡后,削发为僧。中年还俗,改名大均。擅诗文,为岭南三大家之一。其著作清初被查禁,直到嘉庆时,龚自珍作《夜读〈番禺集〉,书其尾》,还不敢明写《翁山诗略》、《诗外》、《文外》,只好杜撰一个《番禺集》。张远称其文"不拘拘于汉唐宋诸家,而理足词达"。屈氏自序其文,谓《文外》"最下,未能尽善,辄欲弃而不录",但"此非予之文,乃予之心所存"。并认为如求其文于尽善中,非其知己;能求其文于未尽善之中,才是他的知己。这是说他不是为文而文的。今整理有《屈大均全集》八册(人民文学出版社1996年版);《屈大均诗词编年笺校》(中山大学出版社2000年版)。

二史草堂记[1]

予也少遭变乱,屏绝宦情,盖隐于山中者十年,游于天下二十馀年。所见所闻,思以诗文一一载而传之。诗法少陵[2],文法所南[3],以寓其褒贬予夺之意[4]。而于所居草堂名曰二史,盖谓少陵以诗为史,所南以心为史云。

或有问焉,曰:少陵何为以诗为史也?

予曰:今夫诗者,史之正者也,史则诗之变者也[5]。诗之未亡,而一代之史在诗,诗既亡,而一代之史在《春秋》。孔子作《春秋》,所以继诗。少陵之诗,则思以羽翼乎《春秋》而反史之本者也[6],故曰以诗为史也。

然则所南以心为史,何如?

予曰:是不幸而不得笔之于书,而以纪之于心者也。笔于书,乱臣贼子惧焉[7];纪于心,忠臣孝子喜焉。夫使天下之人尽纪夫忠臣孝子之事于心,而圣人之道行矣,又安用书为?故其言曰:大宋不以有疆土而存,不以无疆土而亡,则其史亦不以有书而存、无书而亡可知矣。何者?其心在焉故也[8]。

嗟夫!君子处乱世,所患无心耳,心存则天下存,天下存则《春秋》亦因而存,不得见于今,必将见于后世,奚必褒忠诛逆,义正词严,尽见于声诗之间[9],以犯世之忌讳为乎?

然吾之志终愿为少陵,而不愿为所南也。少陵犹诗之达者也,所南则真诗之穷者也。不知天之意其终置予于穷耶,达耶,则亦惟听之而已。

〔1〕本文先说明何谓"二史",再以设问设答形式,说明史的美刺功能本由诗来发挥。周衰,采风之官废,于是"诗亡,然后《春秋》作"(《孟子·离娄下》),所以《春秋》就是代替诗的史。而杜诗称为诗史,道理相同。但是,宋亡后的现实,很多是不能用笔写的,只能记在心中。这就是郑所南心史的由来。接着表示赞成所南的做法。末段却又感叹如不能用诗反映现实,那经过一两代以后,子孙们岂不是要忘本而认贼作父吗?因此,他还得印出自己的《诗外》和《文外》。

〔2〕诗法少陵:少陵,汉宣帝许后之陵,在陕西长安县南。杜甫曾居此,自号少陵野老。杜诗有"诗史"之称,屈氏写诗学杜,以记下明末清初的史事。

〔3〕文法所南:宋郑思肖(1241—1318)字所南,福建连江人。刚介有志操,宋亡,隐居吴下,坐必南向,示不忘赵宋。撰《心史》七卷,多记宋亡杂事。旧无传本,明崇祯十一年,在苏州承天寺淘井时发现,铁函封缄,内题"大宋孤臣郑思肖百拜封"。明人张国维为之刻印流传。屈氏《文外》亦皆纪明末史事,故言"文法所南"。

〔4〕予(yǔ雨)夺:给予和剥夺,亦即赞许和贬斥。此孔子《春秋》笔法。

〔5〕正变:旧时说《诗》者以风诗、雅诗中反映文王、武王、周公、成王的教化者为正风、正雅。"至于王道衰,礼义废,政教失,国异政,家殊俗,而变风变雅作矣。"(《诗·大序》)

〔6〕羽翼:辅佐。

〔7〕"笔于书"二句:本《孟子·滕文公下》:"孔子成《春秋》,而乱臣贼子惧。"

〔8〕"大宋不以有疆土而存"六句:屈氏这段话脱胎于《庄子·田子方》:"楚王与凡君坐,少焉,楚王左右曰'凡亡'者三。凡君曰:'凡之亡也,不足以丧吾存。夫凡之亡不足以丧吾存,则楚之存不足以存存。由是观之,则凡未始亡而楚未始存也。'"不过屈氏更强调的是:只要人民心存故国,那一定可以推翻清朝,恢复明室。

〔9〕声诗:乐歌。

唐 甄

唐甄(1630—1704),初名大陶,字铸万,后改名甄,号圃亭,达州(今四川达县)人。顺治十四年(1657)举人,曾任山西长子县知县,仅十个月便罢官而归,从此不再做官,潜心著述。唐甄为文独抒己见,不肯袭古,尤以思想深刻见长。近人梁启超曾评价说:"铸万对于社会问题,亦有许多特见。《备孝篇》说爱子者当无分男女,爱之若一;《内伦篇》、《夫妇篇》说男女平等之理;《鲜君篇》、《抑尊篇》、《室语篇》力言君主专制政体之弊;《破祟篇》痛斥自杀之非;《大命篇》痛叹贫富不均之现象,谓天下之乱皆从此起;皆惊心动魄之言。"所著初名《衡书》,后改名《潜书》(中华书局1955年出版有整理本)。

室语[1]

唐子居于内[2],夜饮酒,己西向坐,妻东向坐,女安北向坐[3],妾坐于西北隅,执壶以酌,相与笑语。唐子食鱼而甘[4],问其妾曰:"是所市来者,必生鱼也[5]?"妾对曰:"非也。是鱼死未久,即市以来,又天寒,是以味鲜若此。"于是饮酒乐甚。忽焉拊几而叹[6]。其妻曰:"子饮酒乐矣,忽焉拊几而叹,其故何也?"唐子曰:"溺于俗者无远见,吾欲有言,未尝以语人,恐人之骇异吾言也[7]。今食是鱼而念及之,是以叹也。"妻曰："我，妇人也，不知大丈夫之事；然愿子试以语我。"

曰："大清有天下，仁矣。自秦以来，凡为帝王者皆贼也。"妻笑曰："何以谓之贼也？"曰："今也有负数匹布或担数斗粟而行于涂者[8]，或杀之而有其布粟，是贼乎，非贼乎？"曰："是贼矣。"

唐子曰："杀一人而取其匹布斗粟，犹谓之贼；杀天下之人而尽有其布粟之富，而反不谓之贼乎？三代以后[9]，有天下之善者莫如汉，然高帝屠城阳[10]，屠颍阳[11]，光武帝屠城三百[12]。使我而事高帝，当其屠城阳之时，必痛哭而去之矣；使我而事光武帝，当其屠一城之始，必痛哭而去之矣。吾不忍为之臣也。"

妻曰："当大乱之时，岂能不杀一人而定天下？"唐子曰："定乱岂能不杀乎？古之王者，有不得已而杀者二：有罪，不得不杀；临战，不得不杀。有罪而杀，尧舜之所不能免也；临战而杀，汤武之所不能免也。非是，奚以杀为[13]？若过里而墟其里[14]，过市而窜其市[15]，入城而屠其城，此何为者[16]？大将杀人，非大将杀之，天子实杀之；偏将杀人[17]，非偏将杀之，天子实杀之；卒伍杀人[18]，非卒伍杀之，天子实杀之；官吏杀人，非官吏杀之，天子实杀之。杀人者众手，实天子为之大手。天下既定，非攻非战，百姓死于兵与因兵而死者十五六。暴骨未收[19]，哭声未绝，目眦未干[20]，于是乃服衮冕[21]，乘法驾[22]，坐前殿，受朝贺，高宫室，广苑囷,以贵其妻妾,以肥其子孙,彼诚何心而忍享之[23]?若上帝使我治杀人之狱,我则有以处之矣[24]。匹夫无故而杀人,以其一身抵一人之死,斯足矣;有天下者无故而杀人,虽百其身不足以抵其杀一人之罪[25]。是何也?天子者,天下之慈母也,人所仰望以乳育者也[26],乃无故而杀之,其罪岂不重于匹夫?"

妻曰:"尧舜之为君何如者?"曰:"尧舜岂远于人哉?"乃举一箸指盘中之馀鱼曰:"此味甘乎?"曰:"甘。"曰:"今使子钓于池而得鱼,扬竿而脱,投地跳跃,乃按之椹上而割之[27],刳其腹[28],劂其甲[29],其尾犹摇,于是煎烹以进,子能食之乎?"妻曰:"吾不忍食也。"曰:"人之于鱼,不啻太山之于秋毫也[30],甘天下之味,亦类于一鱼之味耳。于鱼则不忍,于人则忍之;杀一鱼而甘一鱼之味则不忍,杀天下之人而甘天下之味则忍之,是岂人之本心哉[31]?尧舜之道,不失其本心而已矣。"

妾,微者也[32];女安,童而无知者也;闻唐子之言,亦皆悄然而悲[33],咨嗟欲泣[34],若不能自释焉[35]。

[1] 这是一篇抨击封建专制君主的檄文。文章提出的"凡为帝王者皆贼也"的论点,确实有振聋发聩之效。尽管在提出这一论点之前,作者预设了一个前提——"大清有天下,仁矣"。表面上把清代君主排除在抨击对象之外,但明眼人都看得十分清楚,这只是作者身处清代不得不说的敷衍之语。文章虽属火药味很浓的政论文,但采用的却是对话体,从而把十分敏感的政治话题置于家庭谈话的语境中去完成,可谓用

心良苦。当然,只要细加品味,读者还是可以清楚地发现,文章的思想观点和论证方法都明显受到先秦诸子,特别是《墨子·非攻上》《庄子·胠箧》《孟子·梁惠王上》的影响。室语,指家人之间的谈话。

〔2〕唐子:唐甄自称。

〔3〕女安:女儿名安。

〔4〕甘:指味道鲜美。

〔5〕"是所"二句:买来的一定是活鱼吗?。是,此,指鱼。市,买。生鱼,活鱼。

〔6〕拊几而叹:拍案叹息。

〔7〕骇异吾言:对我的言论感到惊骇、诧异。

〔8〕涂:道路,通"途"。

〔9〕三代:指夏、商、周。

〔10〕高帝屠城阳:《史记·高祖本纪》载,公元前208年,刘邦和项羽追秦将章邯至城阳,攻占城池后,尽屠城内军民。高帝,汉高祖刘邦。城阳,在今山东菏泽东北。

〔11〕屠颍阳:《史记·高祖本纪》载,公元209年四月,刘邦率军攻占颍阳,再次屠杀城内军民。颍阳,在今河南许昌境内。

〔12〕屠城三百:《后汉书·耿弇传》载,东汉光武帝刘秀在创建东汉王朝的过程中,仅其大将军耿弇就为他平郡四十六,屠城三百。

〔13〕奚以杀为:为什么杀人? 为,句末语助词。

〔14〕墟其里:使村落成为废墟。

〔15〕窜(cuàn篡)其市:驱逐市镇中的居民。窜,驱逐。

〔16〕此何为者:这是为什么呢?

〔17〕偏将:辅佐之将,副将。

〔18〕卒伍:古代军队建制,百人为卒,五人为伍。此处泛指士兵。

〔19〕暴(pù瀑)骨未收:指尸骨未收敛掩埋而暴露于荒野。

〔20〕眦(zì字):眼眶。

〔21〕衮:天子的礼服。冕:天子的礼帽。

〔22〕法驾:天子乘坐的车驾。

〔23〕"彼诚"句:他真的出于一种什么样的心理而忍心享受这一切呢？诚,真是,的确。

〔24〕有以处之:有办法对付他。

〔25〕百其身:使其身死一百次。《诗·秦风·黄鸟》:"如可赎兮,人百其身。"

〔26〕乳育:养育。

〔27〕椹(zhēn真):椹板,切菜用具。

〔28〕刳(kū哭):剖开。

〔29〕刷(xī西)其甲:刮去鱼鳞。刷,刮掉。

〔30〕"不啻(chì赤)"句:不只是泰山与秋毫的差别。不啻,不只。太山,即泰山。秋毫,鸟兽秋天新生的细毛。比喻极其细小。

〔31〕本心:本然之心,即心的先天禀赋。《孟子·告子上》:"此之谓失其本心。"

〔32〕微者:地位低微的人。

〔33〕悄然:忧愁的样子。

〔34〕咨嗟:叹息。

〔35〕"若不"句:好像无法把自己悲伤的心情扫除干净。释,消释,清除。

郑日奎

郑日奎(1674年前后在世),字次公,号静庵,江西贵溪人。顺治进士,先后担任过礼部、工部主事,礼部郎中。诗、文兼工,且能书、画。县志称其"喜为诗,得二李骨法。其古今文,排宕闳肆,驱策百氏"。有《静庵集》传世。

游钓台记[1]

钓台在浙东,汉严先生隐处也[2]。先生风节[3],辉映千古,予夙慕之。因忆富春、桐江诸山水[4],得藉先生以传[5],心奇甚,思得一游为快。顾是役也[6],奉檄北上[7],草草行道中耳,非游也。然以为游,则亦游矣。

舟发自常山[8],由衢抵严[9],凡三百馀里,山水皆有可观。第目之所及[10],未暇问名,颔之而已[11],惟诫舟子以过七里滩必予告[12]。越日[13],舟行万山中,忽睹云际双峰,崭然秀峙[14],觉有异,急呼舟子曰:"若非钓台耶[15]?"曰:"然矣!"舟稍近,迫视之,所谓两台,实两峰也。台称之者[16],后人为之也。台东西跱[17],相距可数百步[18],石铁色,陡起江干[19],数百仞不肯止[20]。巉岩傲睨[21],如高士并立,风致岸然[22]。崖际草木,亦作严冷状[23]。树多松,疏疏罗植[24],偃仰离奇各有态[25]。倒影水中,又有如游龙百馀,水流波动,势欲飞起。峰之下,先生祠堂在焉。意当日垂纶[26],应在是地,固无登峰求鱼之理也。故曰:峰也,而台称之者,后人为之也。

山既奇秀,境复幽蒨[27],欲舣舟一登[28],而舟子固持不可[29]。不能强,因致礼焉[30],遂行。于是足不及游而目游之。俯仰间,清风徐来,无名之香,四山飓至[31],则鼻游之。舟子谓滩水甚佳,试之良然,盖是即陆羽所品十九泉也[32],则舌游之。顷之,帆行峰转,瞻望弗及矣。返坐舟中,细择其峰峦起止[33],径路出没之态。惝恍间[34],如舍舟登陆,如披草寻磴[35],如振衣最高处[36],下瞰群山趋列[37],或秀静如文,或雄拔如武,大似云台诸将相[38],非不杰然卓立[39],觉视先生,悉在下风[40],盖神游之矣。思稍倦,隐几卧,而空濛滴沥之状[41],竟与魂魄往来,于是乎并以梦游。觉而日之夕矣。舟泊前渚[42],人稍定,呼舟子,劳以酒。细询之曰:"若尝登钓台乎?山之中景何若?其上更有异否?四际云物[43],何如奇也?"舟子具能答之,于是乎并以耳游。噫嘻!快矣哉,是游乎!

客或笑谓:"郑子足未出舟中一步[44],游于何有[45]?""嗟乎!客不闻乎?昔宗少文卧游五岳[46],孙兴公遥赋天台[47],皆未尝身历其地。余今所得,较诸二子,不多乎哉?故曰:以为游,则亦游矣!"客曰:"微子言,不及此[48];虽然,少文之画,兴公之文,盍处一焉,以谢山灵[49]?"余窃愧未之逮也[50],遂为之记。

〔1〕本文是一篇构思奇特,风格别致的游记佳作。作者通过对山水景物的描写,表达出对严子陵这位隐士的由衷赞美之情。文章之妙并不在于立意高深,而在于构思新颖奇特。古往今来,各式各样的山水游记大多记载作者的亲历亲见,而本文的作者却能在未登钓台的情况下,别出心裁地写出自己所谓的目游、鼻游、舌游、神游、梦游、耳游,给人以闻所未闻的新奇之感。至于本文在艺术风格方面的特色,近人王文濡在《续古文观止》中点评得较为得体:"文境开展绝大,议论即从群山发出,思雄笔健,自是先生本色。"钓台,位于浙江桐庐富春江边,又名富春山,有东西两座山峰,称东西二台,景色秀丽。相传为东汉严子陵隐居垂钓之处。

〔2〕严先生:即严光,本姓庄,因避汉明帝讳改作严。名光,又名遵,字子陵,浙江馀姚人。严光曾与光武帝刘秀同学,光武即位后,他隐居不出。刘秀慕其名气,曾封他为谏议大夫,但严光不肯就任,执意隐居在富春山,成为古代隐士的代表人物。其事见《后汉书·严光传》。

〔3〕风节:风度气节。

〔4〕桐江:钱塘江自建德县梅城至桐庐段的别称。两岸景色秀丽,为著名的游览胜地。

〔5〕藉:借。

〔6〕顾是役:但此趟差事。顾,但。役,任务,差事。

〔7〕檄(xí习):指官方文书。

〔8〕常山:浙江省常山县。

〔9〕衢:衢州府,常山县为衢州府所辖。严:严州府,桐庐县为严州府所辖。

139

〔10〕第:只是。

〔11〕颔(hàn汉)之而已:点头表示一般的赞许。语出《左传·襄公二十六年》:"逆于门者,颔之而已。"

〔12〕"惟诫"句:只告诫船夫在经过七里滩时一定要告诉我。舟子,船夫。《诗·邶风·匏有苦叶》:"招招舟子,人涉卬否。"七里滩,富春江上一段风景优美之处,长七里,为严光的隐居之地。

〔13〕越日:过了一天。

〔14〕崭然秀峙:突出而秀美地对峙着。崭然,突出的样子。

〔15〕若:那。

〔16〕台称之者:把它称作台。

〔17〕东西跱(zhì质):一东一西相互对峙。跱,同"峙"。

〔18〕可数百步:大约一百来步距离。可,大约。步,古代长度单位,旧制以营造尺(清代在营造工程中所用的尺)五尺为步。

〔19〕陡起江干:耸立在江岸边。干,涯岸,水边。

〔20〕"数百"句:高度超过数百仞。仞,古代长度单位,七八尺不等。不肯止,不止。

〔21〕巉(chán缠)岩傲睨(nì昵):高峻的岩石好像在傲然睨视。傲睨,形容倨傲,蔑视一切的样子。

〔22〕风致岸然:风度品格严峻高傲的样子。

〔23〕严冷状:庄重冷峻的样子。

〔24〕疏疏罗植:稀稀疏疏地排列种植。疏疏,稀疏的样子。罗,排列。

〔25〕"偃(yǎn掩)仰"句:高高低低,树根盘曲,姿态各异。离奇,树根盘曲的样子。

〔26〕意:料想。垂纶:垂钓。纶,钓丝。

〔27〕幽蒨(qiàn倩):僻静而草木茂盛。蒨,草盛的样子。

〔28〕舣(yǐ 以)舟:停船靠岸。

〔29〕固持不可:坚持不同意。

〔30〕致礼:对山水行礼,以示对严光的敬意。

〔31〕飓(jù 具)至:从各个方向随风飘来。飓,四方之风。

〔32〕"盖是"句:大概这就是陆羽所品尝的天下第十九泉吧!陆羽(约733—804),字鸿渐,一名疾,字季疵,唐代湖北天门人。上元(760—761)年间隐居苕溪,自称竟陵子、桑苎翁。性诙谐,闭门著书,不愿为官。以嗜茶著名,并对茶道很有研究,著有《茶经》三篇。其事见《新唐书·陆羽传》。

〔33〕细择:细细推究。择,当为"绎"字之误。

〔34〕惝恍(chǎnghuǎng 厂谎):迷迷糊糊,不清楚。

〔35〕披草寻磴(dèng 凳):拨开草丛,寻找石级。磴,山路上的石级。

〔36〕振衣最高处:在山顶上抖抖衣服。比喻清除尘世的污秽。左思《咏史》其五:"振衣千仞冈,濯足万里流。"

〔37〕趋列:行进中的队列。

〔38〕"大似"句:很像东汉时期那些画像被陈列在云台的中兴功臣。云台,东汉明帝时南宫中的一座高台。永平三年(公元60年),汉明帝思念中兴功臣,于是将邓禹、马成等二十八位功臣的画像陈列在南宫云台,称之为云台二十八将。事见《后汉书·朱景王杜马刘傅坚马列传》。

〔39〕杰然卓立:挺拔直立。

〔40〕悉在下风:指云台诸将相的品格全在严子陵之下,就像群山均在钓台之下。

〔41〕空濛滴沥:细雨迷茫,水珠下滴。

〔42〕渚(zhǔ 主):水中的小块陆地。

〔43〕四际云物：四边的景物。

〔44〕郑子：作者自称。

〔45〕游于何有：哪里谈得上游览呢？

〔46〕"昔宗"句：过去画家宗炳躺在家中游览五岳之山。宗少文，名炳（374—443），字少文，南朝南阳涅阳（今河南邓县东北）人。工书画，擅弹琴。出身士族，隐居不仕，好游山水。晚年曾将平生游历过的山水绘于室中，且感叹说："老疾俱至，名山恐难遍睹，唯澄怀观道，卧以游之。"（《南史·宗炳传》）五岳：东岳泰山，南岳衡山，西岳华山，北岳恒山，中岳嵩山。

〔47〕孙兴公：名绰（314—371），字兴公，东晋文学家，太原中都（今山西平遥西南）人。曾担任过永嘉太守，官至廷尉卿。《游天台山赋》是孙绰的代表作。他在该赋的自序中称："余所以驰神运思，昼咏宵兴，俯仰之间，若已再升者也。""遥赋天台"即指此而言。天台，即天台山，跨浙江天台、宁海、奉化等县。山上多石梁瀑布，有建于隋代的古刹国清寺，为佛教天台宗的发源地。

〔48〕"微子"二句：不是你这么说，想不到这点。微，非，不是。

〔49〕"盍（hé 何）处"二句：为何不用其中的一种来告慰山神呢？盍，何不。山灵，山神。

〔50〕"余窃"句：我私下感到惭愧，画不及宗炳，文不及孙绰。未之逮，即未逮之。逮，及。

醉书斋记[1]

于堂左洁一室[2]，为书斋。明窗素壁，泊如也[3]。设几二，一陈笔墨，一置香炉、茗碗之属。竹床一，坐以之；木榻一,卧以之。书架书筒各四[4],古今籍在焉。琴、磬、麈尾诸什物[5],亦杂置左右。

甫晨起[6],即科头拂案上尘[7],注水砚中,研墨及丹铅[8],饱饮墨以俟。随意抽书一帙,据坐批阅之。顷至会心处[9],则朱墨淋漓渍纸上,字大半为之隐。有时或歌或叹,或笑或泣,或怒骂,或闷欲绝[10],或大叫称快,或咄咄诧异[11],或卧而思,起而狂走。家人眴见者[12],悉骇愕,罔测所指[13],乃窃相议,俟稍定,始散去。婢子送酒茗来,都不省取[14]。或误触之,倾湿书册,辄怒而责,后乃不复持至。逾时或犹未食,无敢前请者。惟内子时映帘窥余[15],得间始进[16],曰:"日午矣,可以饭乎?"余应诺。内子出,复忘之矣。羹炙皆寒,更温以俟者数四。及就食,仍挟一册与俱,且啖且阅[17]。羹炙虽寒,或且味变,亦不觉也。至或误以双箸乱点所阅书,良久始悟非笔,而内子及婢辈罔不窃笑者。夜坐漏常午[18],顾僮侍[19],无人在侧。俄而鼾震左右,起视之,皆烂漫睡地上矣[20]。

客或访余者,刺已入[21],值余方校书,不遽见。客伺久,辄大怒诟,或索取原刺,余亦不知也。盖余性既严急,家中人启事不以时[22],即叱出,而事之紧缓不更问,以故仓卒不得白[23]。而家中盐米诸琐务,皆内子主之,颇有序。余是以无所顾虑,而嗜益僻。

他日忽自悔,谋立誓戒之,商于内子。内子笑曰:"君无效刘伶断饮法[24],只赚余酒脯[25],补五脏劳耶?吾亦惟坐

143

视君沉湎耳,不能赞成君谋。"余惝然久之[26],因思余于书,洵不异伶于酒[27],正恐旋誓且旋畔[28];且为文字饮,不犹愈于红裙耶[29]?遂笑应之曰:"如卿言,亦复佳,但为李白妇、太常妻不易耳[30]。"乃不复立戒,而采其语意,以名吾斋曰"醉书"。

〔1〕以书斋为题材的作品,古今常见,然而本文却在人们烂熟的题材上做出了一篇不寻常的文章。作者借记叙书斋得名的由来,为自己描绘出一幅书呆子的肖像漫画。主人公对书的种种痴迷之态,初看叫人忍俊不禁;释卷之馀,则令人肃然起敬。行文之妙,诚如王文濡《续古文观止》所评:"此文虽一时抒兴之作,而叙人叙物,书呆子种种不规不则之状,凡甚口人所不能演,名画手所不能绘者,一一能曲折达之。前后秩序,一丝不乱;实情实事,无一夸饰;使读之者或惊或笑,惟恐其尽。意到、神到、笔到,易时即不能为。此为奇人奇文。"

〔2〕洁一室:整理出一间干净的屋子。

〔3〕泊如:淡然无欲的样子。

〔4〕书筒(tǒng 桶):一种竹制的圆形藏书用的器具。

〔5〕麈(zhǔ 主)尾:拂尘。

〔6〕甫晨起:早晨刚起床。

〔7〕科头:不戴帽子。

〔8〕丹铅:古代作画或批书用的两种颜料,即朱砂与铅粉。

〔9〕会心处:心领神会之处。

〔10〕闷欲绝:郁闷得令人气绝。

〔11〕咄(duō 多)咄:表示惊诧。

〔12〕睍(jiàn 建):窥视。

〔13〕罔测所指:无法料测意旨所在。

〔14〕省(xǐng醒)取:记得去拿取。

〔15〕内子:称自己的妻子。

〔16〕间(jiàn建):指读书的间隙。

〔17〕啖(dàn旦):吃。

〔18〕漏常午:经常到午夜时分。漏,古时滴水记时的仪器。此处指时刻。

〔19〕顾僮侍:回头看那些侍奉自己的僮仆。

〔20〕烂漫:形容睡态天真自然的样子。杜甫《彭衙行》:"众雏烂漫睡,唤起沾盘餐。"

〔21〕刺:名片。

〔22〕启事:禀告事情。

〔23〕仓卒(cù促):同"仓猝",匆忙。

〔24〕刘伶断饮:刘伶戒酒。典出《晋书·刘伶传》:"伶,字伯伦,沛国人也……尝渴甚,求酒于其妻。妻捐酒毁器,涕泣谏曰:'君酒太过,非摄生之道,必宜断之。'伶曰:'善,吾不能自禁,惟当祝鬼神自誓耳,便可具酒肉。'妻从之。伶跪祝曰:'天生刘伶,以酒为名;一饮一斛,五斗解酲;妇儿之言,慎不可听。'仍引酒御肉,隗然复醉。"

〔25〕脯(fǔ甫):干肉。

〔26〕惝(tǎng倘)然:怅恨的样子。

〔27〕洵(xún旬):确实。

〔28〕畔:通"叛"。

〔29〕"且为"二句:意谓沉醉于书胜于沉迷于女色。红裙,代指女色。

〔30〕"但为"句:只是做李白或太常周泽的妻子十分不易。李白妇,李白的妻子许氏,为唐代故相许圉师的孙女。李白《赠内诗》云:"三百六十日,日日醉如泥。虽为李白妇,何异太常妻。"太常妻,指太常周泽

145

之妻。《后汉书·周泽传》:"常(太常,周泽所任之职)卧病斋宫。其妻哀泽老病,窥问所苦。泽大怒,以妻干犯斋禁,遂收送诏狱谢罪,当世疑其诡激。时人为之语曰:'生世不谐,作太常妻。一岁三百六十日,三百五十九日斋。'"

王士禛

王士禛(1634—1711),字贻上,号阮亭,又号渔洋山人,新城(今山东桓台)人。顺治十五年(1658)进士,出任扬州推官,后升礼部主事,官至刑部尚书。康熙四十三年(1704)罢官归里。士禛的文学成就以诗为主,力倡神韵说,主诗坛达数十年之久。《四库全书总目》谓其"以清新俊逸之才,范水模山,批风抹月,倡天下以'不著一字,尽得风流'之说,天下遂翕然应之"。散文创作以山水游记见长,富有诗歌韵味。著有《带经堂集》、《居易录》、《池北偶谈》等。今人整理有《渔洋精华录集释》(上海古籍出版社1999年版)。

红桥游记[1]

出镇淮门,循小秦淮折而北,陂岸起伏多态,竹木蓊郁[2],清流映带[3]。人家多因水为园亭树石,溪塘幽窈而明瑟[4],颇尽四时之美。拿小艇,循河西北行,林木尽处,有桥宛然如垂虹下饮于涧;又如丽人靓妆袨服[5],流照明镜中,所谓红桥也。

游人登平山堂[6],率至法海寺[7],舍舟而陆,径必出红桥下。桥四面皆人家荷塘,六七月间,菡萏作花[8],香闻数里;青帘白舫,络绎如织;良谓胜游矣。予数往来北郭[9],必过红桥,顾而乐之[10]。

  登桥四望,忽复徘徊感叹。当哀乐之交乘于中[11],往往不能自喻其故。王、谢冶城之语[12],景、晏牛山之悲[13],今之视昔,亦有怨耶！壬寅季夏之望[14],与箬庵、茶村、伯玑诸子[15],倚歌而和之。箬庵继成一章,予以属和。

  嗟乎！丝竹陶写,何必中年[16];山水清音,自成佳话[17]。予与诸子聚散不恒,良会未易遘[18],而红桥之名,或反因诸子而得传于后世,增怀古凭吊者之徘徊感叹如予今日,未可知也。

  [1] 王士禛是清代诗坛神韵派的领军人物,"不著一字,尽得风流"是他心中向往的艺术佳境。本文作为王士禛游记散文的代表作品,同样体现了其所崇尚的冲淡平和的艺术风格。文章首先用诗化的语言为读者营造了一个美妙如画的境界,然后笔锋一转,通过两个历史典故的引用,抒发出内心"哀乐交乘于中"的复杂感情。最后又从历史与现实的感慨中回到眼前,希望在自然山水和诗友酬唱中找到人生的价值。行文可谓一唱三叹,曲折有致。红桥,即今扬州西郊,横跨瘦西湖上的大虹桥。初建于明末,原为木桥,因桥上的红色栏杆得名。清乾隆时改为石拱桥,有如彩虹,故又名大虹桥。

  [2] 蓊(wěng 翁上声)郁:茂盛的样子。

  [3] 映带:指景物相互映衬,彼此关联。王羲之《兰亭集序》:"又有清流激湍,映带左右。"

  [4] 明瑟:洁净鲜明的样子。《水经注·济水》:"左右楸桐,负日俯仰。目对鱼鸟,水木明瑟。"

  [5] 靓(jìng 静)妆袨(xuàn 眩)服:指涂脂抹粉,盛装打扮。靓:以

脂粉为艳丽妆饰。袨服,盛装。《南史·循吏传序》:"都邑之盛,士女昌逸,歌声舞节,袨服华妆。"

〔6〕平山堂:扬州市郊著名的游览胜地,北宋欧阳修始建,清康熙时重修。

〔7〕率(shuài 帅):通常。

〔8〕菡萏(hàn dàn 汉旦)作花:荷花盛开。

〔9〕北郭:城北。郭,外城。

〔10〕顾:眷顾。

〔11〕交乘于中:一同出现在心中。

〔12〕"王、谢"句:指王羲之和谢安在南京冶城的一段对话。典出《世说新语·言语》:"王右军与谢太傅共登冶城(今南京朝天宫附近),谢悠然远想,有高世之志。王谓谢曰:'夏禹勤王,手足胼胝;文王旰食,日不暇给。今四郊多垒,宜人人自效;而虚谈废务,浮文妨要,恐非当今所宜。'谢答曰:'秦任商鞅,二世而亡,岂清言致患邪?'"

〔13〕"景、晏"句:指齐景公与晏婴在牛山(今山东淄博临淄南)感叹生命短促。典出《晏子春秋·内篇谏上》:"景公游于牛山,北临其国城而流涕曰:'若何滂滂去此而死乎?'艾孔、梁丘据皆从而泣。晏子独笑于旁。公刷涕而顾晏子曰:'寡人今日游悲,孔与据皆从寡人而涕泣,子之独笑,何也?'晏子对曰:'使贤者常守之,则太公、桓公将常守之矣,使勇者常守之,则庄公、灵公将常守之矣。数君者将守之,则吾君安得此位而立焉?以其迭处之,迭去之,至于君也,而独为之流涕,是不仁也。不仁之君见一,谄谀之臣见二,此臣之所以独窃笑也。'"

〔14〕壬寅季夏之望:康熙元年(1662)农历六月十五日。季夏,夏季的第三个月。望,每月十五日曰望。

〔15〕箨(tuò 拓)庵、茶村、伯玑(jī 几):王士禛任扬州推事时的文友。箨庵,即名士袁于令(1592—1670),原名韫玉,又名晋,字于令,号箨

庵。明末诸生,降清后任水部郎,累官至荆州知府。工诗文,有多种戏曲作品传世。茶村,即明朝遗民杜濬(1611—1687),字于皇,号茶村。入清后隐居金陵。诗文豪健,有《变雅堂集》传世。详见本书作者小传。伯玑,即明朝遗民陈元衡,生平不详。前两人传见《清史稿》。

〔16〕"丝竹"二句:意谓人生任何时候都可以用音乐来娱情养性,排除忧闷。典出《世说新语·言语第二》:"谢太傅语王右军曰:'中年伤于哀乐,与亲友别,辄作数日恶。'王曰:'年在桑榆,自然至此,正赖丝竹陶写,恒恐儿辈觉,损欣乐之趣。'"

〔17〕"山水"二句:用山水陶情,同样可以成就一段美谈。山水清音,指自然界的天籁之音。佳话,美谈。

〔18〕遘(gòu 够):遇,遭遇。

焦山题名记[1]

焦山有四快事:观返照吸江亭[2],青山落日,烟水苍茫中,居然米家父子笔意[3];晚望月孝然祠外,太虚一碧[4],长江万里,无复微云点缀,听晚梵声出松杪[5],悠然有遗世之想[6];晓起观海门日出,始从远林微露红晕,倏然跃起数千丈,映射江水,悉成明霞,演漾不定[7];《瘗鹤铭》在雷轰石下[8],惊涛骇浪,朝夕喷激,予来游于冬月,江水方落,乃得踏危石于潮汐汩没之中[9],披剔尽致[10],实天幸也[11]。

〔1〕阮亭之诗大体以清朗淡远为主,追求景外之韵,句外之味,且多"范水模山,批风抹月"(《四库全书总目》)之作。本篇虽属散文,却很

好地体现了上述特点,因此完全有理由把它视为一篇类似于散文诗的作品。文章仅用一百多字的篇幅,就把焦山名胜的迷人景致呈现于读者面前,生气流动,运墨婉转,堪称山水小品中的佳构。焦山,在江苏镇江东北的长江中,与金山对峙。

〔2〕返照:指夕阳回照。杜甫《返照》:"返照入江翻石壁,归云拥树失山村。"

〔3〕居然:确然。米家父子:即宋书画家米芾与其子米友仁,以画水墨山水著称。笔意:意趣。

〔4〕太虚一碧:指天空一片碧蓝。

〔5〕梵声:指寺庙中传出的钟声或诵经声。

〔6〕遗世:遗落世事,指超脱于现实之外。

〔7〕演漾:荡漾流动。

〔8〕《瘗(yì义)鹤铭》:古代著名石刻文字,相传为陶弘景所书,其时代和书者前人辩说纷纭,字势雄强秀逸。原刻在江苏镇江焦山西麓石壁上,宋以后被雷轰崩落长江中,至康熙五十二年(1713)由陈鹏年募工移置山上,乾隆二十二年移至焦山定慧寺。

〔9〕汩(gǔ古)没:沉沦,淹没。

〔10〕披剔尽致:指清除掉遮蔽物,将《瘗鹤铭》看得一清二楚。

〔11〕天幸:侥天所幸,非人力所致。

吴顺恪六奇别传[1]

海宁孝廉查伊璜继佐[2],崇祯中名士也。尝冬雪偶步门外,见一丐避庑下[3],貌殊异。呼问曰:"闻市中有铁丐者[4],汝是否?"曰:"是。"曰:"能饮乎?"曰:"能。"引入发醅[5],坐而对饮。查已酩酊[6],而丐殊无酒容。衣以絮衣[7],不谢径去。

明年,复遇之西湖放鹤亭下[8],露肘跣行[9],询其衣。曰:"入夏不须此,已付酒家矣。"曰:"曾读书识文字乎?"曰:"不读书识字,何至为丐?"查奇其言,为具汤沐而衣履之。询其氏里,曰:"吴姓,六奇名,东粤人。"问何以丐,曰:"少好博,尽败其产,故流转江湖。自念叩门乞食,昔贤不免[10]。仆何人,敢以为污?"查遽起捉其臂曰:"吴生海内奇士,我以酒徒目之,失吴生矣!"留与痛饮一月,厚资遣之。

六奇者,家世潮阳[11],祖为观察[12],以樗蒱故[13],遂为窭人[14]。既归粤,寄食充驿卒[15]。稔知关河阨塞形势[16]。会王师入粤[17],逻者执六奇[18]。六奇请得见大帅言事。既见,备陈诸郡形势。因请给游札数十通[19],散其土豪[20];所至郡县,壁垒皆下。帅上其功,十年中,累官至广东水陆师提督[21]。

孝廉家居,久不记忆前事。一旦有粤中牙将叩问请谒[22],致吴书问[23],以三千金为寿[24]。邀致入粤,水行三千里,供帐极盛[25]。度梅岭[26],已遣其子迎候道左[27]。所过,部下将吏皆负籣抱弩矢为前驱[28]。抵惠州,吴躬自出迎,导从杂沓[29],拟于侯王。至戟门[30],则蒲伏泥首[31]。登堂,北面长跪[32]。历叙往事,无所忌讳。入夜,置酒高会,身行酒炙[33]。歌舞妙丽,丝竹迭陈[34]。诸将递起为寿,质明始罢[35]。自是留止一载,装累巨万,复以三千金为寿,锦绮珠贝珊瑚犀象之属,不可訾计[36]。

查既归数年,值吴兴私史之狱[37],牵连及之。吴抗疏为之奏辩[38],获免于难。

初,查在惠州幕府。一日游后圃,圃有英石一峰[39],高二丈许,深赏异之。再往,已失此石。问之,则以巨舰载至吴中矣[40]。今石尚存查氏之家。

〔1〕追求传奇效果是王士禛人物传记的显著特色之一,其《书剑侠事》及本篇均体现了这一特色。本文的传主吴六奇从乞丐成为水陆师提督,其经历本身就充满传奇色彩;而名士查伊璜能识英雄于乞丐之中,更是令人称奇叫绝。经过作者的精心剪裁,这篇人物传记犹如一篇情节跌宕起伏的传奇小说,具有很强的可读性。从文风上看,本文颇类《史记》与《战国策》。只要细加品味,从中不难发现《魏公子列传》和《冯谖客孟尝君》的影子。吴六奇(1607—1665),字鉴伯,别字葛如,谥顺恪,官至广东水陆师提督。因尽力帮助清军平定广东有功,加封太子太保。有关吴六奇与查继佐之间的传奇交往,吴骞《拜经楼诗话》曾引继佐语予以否认。是否属实,不得而知。因此,本文不妨作为一篇传奇小说读之。

〔2〕查伊璜:名继佐(1601—1676),海宁(今属浙江)人。明崇祯年间举人。孝廉,举人的别称。

〔3〕庑(wǔ 武):堂下周围的廊屋。

〔4〕铁丐:性格刚强的乞丐。

〔5〕发醅(pēi 胚):打开酒坛。醅,未过滤的酒。

〔6〕酩酊(mǐng dǐng 明阳声顶):大醉的样子。

〔7〕絮衣:棉衣。

〔8〕放鹤亭:在杭州西湖孤山北,明嘉靖年间由钱塘令王釴所建。

〔9〕跣(xiǎn显)行:赤脚行走。

〔10〕"自念"二句:自己想到古代贤人都免不了有叩门乞食之举。昔贤,指陶渊明。陶渊明《乞食》云:"行行至斯里,叩门拙言辞。"

〔11〕潮阳:县名,在今广东汕头西南部。

〔12〕观察:清代对道员的尊称,相当于州一级行政长官。

〔13〕樗蒱(chū pú 出仆):也作"摴蒲"。古代博戏,后世为赌博的通称。

〔14〕窭(jù巨)人:贫寒之人。《诗·邶风·北门》:"终窭且贫,莫知我艰。"

〔15〕寄食:依托别人生活。此处指混饭吃。

〔16〕稔(rěn忍):熟悉。形势:指地形方面的高下平险之势。阨:通"隘"。阨塞,险要的地方。

〔17〕王师入粤:当时明桂王朱由榔称帝广东,清贝勒博洛派遣副总兵李成栋入粤扫荡。

〔18〕逻者:指清军的巡逻兵。

〔19〕游札:可以任意填写的空白官方文书。通,指首尾完整的文书。

〔20〕土豪:乡里的豪强、豪绅。

〔21〕提督:即提督军务总兵官的简称,为一省的高级武官。

〔22〕牙将:中下级军官。

〔23〕书问:信函。

〔24〕为寿:祝寿。

〔25〕供帐:陈设帷帐等用具以供行旅需要。

〔26〕梅岭:又名"大庾岭"。在今江西大余境内。

〔27〕道左:道路的左边。此处指下位。

〔28〕"部下"句:指吴六奇的部下全副武装为查继佐开道。䦅(lán

兰),古代盛放弩箭的器具。前驱,前导,先锋。

〔29〕导从杂沓:形容引路和随从人员很多。

〔30〕戟门:亦作"棘门"。古代宫门立戟,唐制三品以上官员才能在私门立戟。后世因此称显贵之家为"戟门"。

〔31〕蒲伏:同"匍匐"。泥首:叩首至地。

〔32〕北面:指执弟子礼。《汉书·于定国传》:"定国乃迎师学《春秋》,身执经,北面,备弟子礼。"

〔33〕身行酒炙:亲自为客人添酒夹菜。

〔34〕丝竹迭陈:不停地演奏音乐。

〔35〕质明:平明,天刚亮。

〔36〕訾(zī资)计:计量。

〔37〕吴兴私史之狱:指发生在清顺治、康熙年间的庄廷钺明史狱。浙江湖州人庄廷钺召集学人编辑《明书》,称努尔哈赤为建州都督,不书清帝年号,而书隆武、永历等南明年号。后被人告发,庄廷钺被戮尸,庄氏家属与刻印、买卖此书的有关人员,以及地方官吏多人受牵连,分别被处死刑或流放为奴,成为清代著名的文字狱之一。查伊璜也牵连此案,以先自首,加上吴六奇的斡旋,才得以幸免于难。吴兴,即浙江湖州。私史,私自修史。

〔38〕抗疏(shù树):指臣子对君命或廷议有所抵制,上疏极谏。

〔39〕英石:像玉一样的石头。

〔40〕吴中:指浙江海宁查伊璜的家乡。

邵长蘅

邵长蘅(1637—1704),一名衡,字子湘,号青门山人,江苏武进人。顺治诸生。一生主要致力于诗文创作,主张为文应多读书,忌俗避伪。现存文三百多篇,其中有不少是为那些明清易代之际的爱国志士和市井平民立传,记游之文也较有特色。有《青门全集》三十卷行世。

八大山人传[1]

八大山人者,故前明宗室,为诸生,世居南昌。弱冠遭变[2],弃家遁奉新山中[3],剃发为僧。不数年,竖拂称宗师[4]。

住山二十年,从学者尝百馀人。临川令胡君,亦尝闻其名,延之官舍[5]。年馀,意忽忽不自得[6],遂发狂疾,忽大笑,忽痛哭竟日[7]。一夕裂其浮屠服[8],焚之,走还会城[9]。独自徜徉市肆间,常戴布帽,曳长领袍,履穿踵决[10],拂袖翩跹行[11]。市中儿随观哗笑,人莫识也。其侄某识之,留止其家,久之疾良已[12]。

山人工书法,行楷学大令、鲁公[13],能自成家;狂草颇怪伟。亦喜画水墨芭蕉、怪石、花竹及芦雁、汀凫[14],倏然无画家町畦[15],人得之争藏弆以为重[16]。饮酒不能尽二升,然喜饮。贫士或市人、屠沽邀山人饮,辄往;往饮,辄醉。醉后墨渖淋漓[17],亦不甚爱惜。数往来城外僧舍,雏僧争媚之索画[18];至牵袂捉衿[19],山人不拒也。士友或馈遗之,亦不辞。然贵显人欲以数金易一石[20],不可得,或持绫绢至,直受之曰:"吾以作袜材。"以故贵显人求山人书画,乃反从贫士、山僧、屠沽儿购之。

一日,忽大书"哑"字署其门,自是对人不交一言,然善笑而喜饮益甚。或招之饮,则缩项抚掌,笑声哑哑然[21]。又喜为藏钩拇阵之戏[22],赌酒胜则笑哑哑,数负则拳胜者背,笑愈哑哑不可止,醉则往往歔欷泣下[23]。

予客南昌,雅慕山人[24],属北竺澹公期山人就寺相见[25],至日大风雨,予意山人必不出,顷之,澹公驰寸札曰:"山人侵早已至[26]。"予惊喜趣呼笋舆[27],冒雨行相见,握手熟视大笑。夜宿寺中剪烛谈,山人痒不自禁[28],辄作手语势,已乃索笔书几上相酬答[29],烛见跋不倦[30]。澹公语予,山人有诗数卷藏箧中,秘不令人见。予见山人题画及他题跋皆古雅,间杂以幽涩语不尽可解;见与澹公数札极有致,如晋人语也。山人面微赪[31],丰下而少髭[32]。初为僧,号雪个,后更号曰人屋、曰驴屋、曰书年、曰驴汉,最后号八大山人云。澹公,杭人,为灵岩继公高足,亦工书能诗,喜与文士交。

赞曰:世多知山人,然竟无知山人者[33]!山人胸次汩浡郁结[34]，别有不能自解之故，如巨石窒泉，如湿絮之遇火，无可如何，乃忽狂忽喑，隐约玩世[35]，而或者目之曰狂士、曰高人，浅之乎，知山人也！哀哉！予与山人宿寺中，夜漏下雨势益怒[36]，檐溜潺潺[37]，疾风撼窗扉，四面竹树怒号，如空山虎豹，声凄绝，几不成寐。假令山人遇方凤、谢翱、吴思齐辈[38]，又当相扶携恸哭至失声。愧予其非人也[39]！

〔1〕八大山人是清初著名画家朱耷晚年的自号。朱耷擅长水墨花鸟，对后世写意画影响深远。《清史稿》称："其书画题款'八大'二字每联缀，'山人'二字亦然，类'哭'类'笑'，意盖有在。"如何理解朱耷题款所含之意？本文无疑为后人指示了一条路径。作为一个浪迹山水的落榜失意书生，邵长蘅与明遗民朱耷有着大致相同的思想情感基础，所以能从对方怪诞的行为举止中读出其家国破败的内心隐痛和不肯卖身投靠的铮铮傲骨。

〔2〕弱冠遭变：指年轻时遭遇明朝灭亡的变故。弱冠，男子二十岁左右的年龄。

〔3〕奉新：县名，在今江西宜春。

〔4〕竖拂：手持拂尘。拂尘原是魏晋人清谈时手中的道具。文中为高僧的标志。

〔5〕延：延请。

〔6〕忽忽：心中空虚恍惚的样子。

〔7〕竟日：整天。

〔8〕浮屠服：指僧衣。浮屠，即佛陀，也可泛指佛教徒。

〔9〕会城：指省会城市南昌。

〔10〕履穿踵决：语本《庄子·让王》："捉衿而肘见，纳履而踵决。"

形容鞋子破烂,露出了脚跟。履,鞋子。踵决,露出脚跟。

〔11〕拂袖翩跹行:甩开袖子像跳舞一样轻快地行走。

〔12〕良:确实。已:止。指病痊愈。

〔13〕大令、鲁公:指古代著名书法家王献之和颜真卿。

〔14〕汀凫(fú 浮):水边陆地上的野鸭。

〔15〕"翛(xiāo 消)然"句:自由自在而不受画家规矩的约束。翛然,无拘无束,自由自在的样子。町畦(tīng qí 听其),本指田间的界路,也比喻界限规矩的约束。

〔16〕藏弆(jǔ 举):收藏。

〔17〕墨渖(shěn 审)淋漓:形容笔墨厚重酣畅的样子。

〔18〕嬲(niǎo 鸟):纠缠。

〔19〕牵袂捉衿:拉扯衣袖和衣襟。袂,袖子。

〔20〕数金易一石:用几两银子换一张水墨画。石,以怪石为题材的水墨画。

〔21〕哑(è 饿)哑:笑声。《易·震》:"笑言哑哑。"

〔22〕藏钩拇阵:民间流行的一种饮酒助兴的游戏。俗称"猜拳"。两人同时出拳伸指喊数,喊中两人伸指之和者胜,负者罚饮。

〔23〕欷歔(xī xū 吸须):叹息抽噎声。

〔24〕雅慕:向来仰慕。雅,素常,向来。

〔25〕北竺:北竺寺。在南昌城北。澹公:北竺寺方丈澹雪和尚,与朱耷相友善。属:嘱咐。期:约定。

〔26〕侵早:天刚亮。

〔27〕笋舆:竹篾编成的轿子。趣(cù 促):急促。

〔28〕痒不自禁:急于交流,犹如身体发痒而不能自忍。痒,犹"技痒"。

〔29〕已乃:随后竟然。

〔30〕烛见(xiàn 现)跋:蜡烛燃尽露出烛根。跋,通"茇",烛根。《礼记·曲礼上》:"烛不见跋。"

〔31〕赪(chēng 撑):赤色。

〔32〕丰下:面颊丰厚。

〔33〕"世多"二句:世上认识八大山人的人很多,然而其中竟没有一个真正了解他的人。

〔34〕沍浡(yù bō 玉波):形容内心情感忿激之状。

〔35〕隐约:犹言潜藏。《庄子·山木》:"虽饥渴隐约,犹且胥疏于江湖之上,而求食焉。"喑(yīn 音):哑。

〔36〕夜漏下:指午夜过后。漏,漏壶,古代计时之器。

〔37〕檐溜潺(chán 缠)潺:屋檐下传来阵阵雨声。溜,通"霤"(liù 六),屋檐下滴水处。

〔38〕"假令"句:倘若八大山人遇上了方凤之类的古代节义之士。方凤(1241—1322),元代浦阳(今浙江浦江)人,一名景山,字韶卿。宋亡不仕。谢翱(1249—1295),字皋羽,福建浦城人。曾追随文天祥抗元。文天祥死后,谢翱为之祭奠号泣。吴思齐,字子善,南宋浙江永康人。曾担任过嘉兴丞,因不满奸臣贾似道而隐居浦阳。以上三人结为至交。

〔39〕"愧予"句:这是作者的自谦之词。意谓自己无法与方凤等古代节义之士相比,不配成为八大山人的挚友。

夜游孤山记[1]

余至湖上,寓辋川四可楼已半月。辋川者,家学士兄戒庵别业也[2]。楼面孤山[3],暑甚未能往。七夕后五日[4],雨过微凉,环湖峰峦,皆空翠如新沐,望明月上东南最高峰,与波溶漾[5],湖碧天青,万象澄澈。

余游兴跃然,偕学士呼小艇,渡孤山麓,从一奚童[6],登放鹤亭[7],徘徊林处士墓下[8]。已舍艇取径沮洳间[9],至望湖亭,凭槛四眺,则湖图如镜,两高、南屏诸峰,回合如大环,盖亭适踞湖山之中,于月夜尤胜。亭废,今为龙王祠。西行过陆宣公祠[10],左右有居人数十家,灯火隐见林薄[11]。并湖行二里许[12],足小疲,坐西泠桥石栏。学士指点语余曰:"宋贾似道后乐园废址在今葛岭[13],又记称水竹院,在西泠桥南。左挟孤山,右带苏堤,当即此地。"

嗟呼!岚影湖光,今不异昔,而当时势焰之赫奕[14],妖冶歌舞亭榭之侈丽,今皆亡有,既已荡为寒烟矣。而举其姓名,三尺童子,犹欲唾之。而林逋一布衣,垂六百馀年,遗迹顾至今尚存[15],何耶?相与慨叹久之。

孤山来经僧舍六七,梵呗寂然[16],惟凤林寺间钟声寥寥也。作记以游之明日[17]。

〔1〕这是一篇游记小品,也可视为一篇优秀的文化散文。作者通过叙述杭州西湖孤山的胜景和文化遗存,委婉地表达出对自然山水的向往,对古代高士的仰慕和对卖国奸臣的鄙视。以不经意的方式,在慨叹世事兴衰之馀抒发出内心的冲淡简适之情。汪琬称邵氏游记小品风格近柳子厚,兼具归有光之情韵,且文势畅达,独成一格。这些特点在文中均有所体现,读者可细细把玩。

〔2〕戒庵别业:邵远平的别墅。邵远平,初名吴远,字戒三,号戒庵,仁和(今浙江杭州)人。康熙三年进士,官至少詹事。致仕后息影湖庄,

琴史自娱。著有《京邸集》《粤行集》及《戒三文存》。

〔3〕楼面孤山:指所居之楼面对着孤山。

〔4〕七夕:古代节日名。古代神话传说,每年农历七月初七的晚上,牛郎、织女将在天河相会。

〔5〕溶漾:水波浮动的样子。

〔6〕奚童:年少的奴仆。

〔7〕放鹤亭:位于西湖孤山,明嘉靖年间钱塘令王釴所建。

〔8〕林处士:即宋代的林逋(967—1028),字君复,钱塘(今浙江杭州)人。隐居西湖孤山,赏梅养鹤,终身不仕,也不婚娶,旧时称其"梅妻鹤子",卒谥和靖先生。

〔9〕沮洳(jù rù 巨入):低湿之地。《诗·魏风·汾沮洳》:"彼汾沮洳。"

〔10〕陆宣公:唐代著名政治家陆贽(754—805),字敬舆,浙江嘉兴人。大历进士,官至中书侍郎、同平章事。勇于指陈时弊,主张废除苛政。所作奏议,多用排偶,条理精密,文笔流畅。卒谥宣,著有《陆宣公奏议》。

〔11〕林薄:草木丛生之处。

〔12〕并:沿着。

〔13〕贾似道(1215—1275):宋朝奸臣,官至左丞相。蒙古兵南下,纳币请和,造致失误战机。

〔14〕赫奕:显耀盛大的样子。何晏《景福殿赋》:"赫奕章灼,若日月之丽天也。"

〔15〕顾:反而。

〔16〕梵呗(fàn bài 犯拜):佛教作法事时的赞叹歌咏之声。

〔17〕"作记"句:指此文写于游孤山后的第二天。

蒲松龄

　　蒲松龄(1640—1715),字留仙,号柳泉居士,山东淄川人。少有文名,为施闰章、王士禛等所赏识。屡试不第,七十一岁始成贡生。以教私塾为生。工诗文,其短篇小说集《聊斋志异》尤有名。王士禛称其文"古折奥峭",朱缃以华不注(山名,在济南市东北)比喻其文:"苍润特出,秀拔天半,而又不费支撑,天然夷旷,固已大奇;及细按之,则又精细透削,呈岚耸翠,非复人间有。"王敬铸称其文"简洁隽永"。今人整理有《蒲松龄全集》(盛伟编,学林出版社1998年版)。

急难[1]

　　急难为兄弟言也,而朋友亦有之。古人云:得一死友[2]。盖一日定交[3],则生死以之[4],劳何辞,怨何避焉?
　　友为五伦之一[5],平居可与共道德[6],缓急亦可与共患难[7]。其人在,我扶其困陀;其人不在,我扶其儿孙:此之谓石交[8]。
　　设华堂之上[9],沥血倾心[10],一旦风波四起[11],阒然尽散[12],坐视其颠危而漠不置念,五伦中亦何贵有朋友哉!
　　故古人择友,则两相关切,若酒肉饮博[13],相与往还,此党也[14],非友也[15]。

〔1〕急难(nàn 南去声):救人之难。语出《诗·小雅·常棣》:"脊令(鹡鸰)在原,兄弟急难。"《传》:"急难,言兄弟之相救于急难。"此文干脆利落,认为真正的朋友应该和亲兄弟一样可以共患难。如果只是酒肉朋友,那不是朋友,而是狐群狗党。

〔2〕死友:交情至死不变,可以托妻寄子的朋友。《后汉书·范式传》:少游太学为诸生,与汝南张劭为友。后劭寝疾笃,临殁,叹曰:"恨不见吾死友!"

〔3〕盖:句首语气词,有说明上文之义。定交:订立友谊。

〔4〕生死以之:以,犹"与",言与之同生共死。

〔5〕五伦:封建社会五种人际关系:君臣、父子、兄弟、夫妇、朋友。

〔6〕平居:平时。共道德:朋友之间以道德准则互相勉励规劝。

〔7〕缓急:危急之事。"缓急"是偏义复词,"缓"无实义。

〔8〕石交:犹言"金石交",亦作"硕交"。感情深厚牢不可破的友谊或友人。

〔9〕设:假设。华堂:堂皇华丽的大厅。

〔10〕沥血:滴血为誓。倾心:一心向往,十分爱慕。

〔11〕风波:比喻患难。

〔12〕哄(hōng 轰):众声嘈杂。

〔13〕博:赌钱。

〔14〕党:同伙做坏事的人,所谓"狐群狗党"。

〔15〕友:古称同志曰友。

上王司寇书〔1〕

尺书久梗〔2〕,但逢北来人,一讯兴居〔3〕。闻康强犹昔[4],惟重听渐与某等[5]。窃以为刺刺者不入于耳[6],则琐琐者不萦于怀[7],造物之废吾耳[8],正所以宁吾神,此非恶况也,不知以为然否?

蒙惠新著,如获拱璧[9]。连日披读,遂忘寝食。间有疑问,俟覆读后再请业耳[10]。

适有所闻[11],不得不妄为咨禀[12]:敝邑有积蠹康利贞[13],旧年为漕粮经承[14],欺官虐民,以肥私囊,遂使下邑贫民[15],皮骨皆空。当时啧有烦言[16],渠乃腰缠万贯[17],赴德不归[18]。昨忽扬扬而返[19],自鸣得意,云已得老先生荐书[20],明年复任经承矣。于是一县皆惊,市中往往偶语[21]。学中数人直欲登龙赴愬[22],某恐搅扰清况[23],故尼其行[24]。果系门下纪纲[25],请谕吴公别加青目[26],勿使复任漕政,则浮言息矣[27]。

〔1〕本文作于康熙四十九年(1710)。1709年,淄川漕粮经承康利贞杂派米价。蒲松龄为民请命,有与俞文翰《又投俞县公呈》一文。次年,赴郡为民请命,写有《求革蠹漕康利贞,呈投吴县公》。康厚赂罢官家居的王士禛、同邑进士谭再生,得复原职,全县皆惊。蒲松龄愤而致书王氏,又同张益公致书谭再生。康终于1710年四月被革职。王司寇,王士禛(1634—1711),山东新城人。官至刑部尚书(古称大司寇)。康熙四十三年因事夺官归里,四十九年诏复职,病居里。又见本书作者小传。作者素受知于王氏,但终嫌其有富贵气,自谓"农夫(自称)不惯与作缘(结交)"。而为了乡里不平之事,也会向王氏反映情况,加以制止。这也可以看出作者刚正的品格。

〔2〕尺书:书信。梗:阻塞。

〔3〕兴居:起来与休息。

〔4〕康强:康乐强健。

〔5〕重听:耳聋。某:作者自指。等:相同。

〔6〕窃:谦指自己,私下。刺(cì次)刺:多言貌。

〔7〕萦(yíng迎):牵挂。

〔8〕造物:创造万物,指上帝。

〔9〕拱璧:大璧。后以泛称珍贵之物。

〔10〕请业:向师长请教所学课业。此处是谦词,自居于门弟子之列。

〔11〕适:刚才。

〔12〕妄:非分、越轨。咨、禀:皆旧时公文之一体。咨用于平行,禀用于下对上。

〔13〕敝邑:古代称己国的谦词。此指作者家乡淄川县。积蠹(dù渡):多年毒害百姓的人。康利贞:康熙四十八年(1709)任淄川县漕粮经承,因贪污,引起民愤,于次年被革职。

〔14〕漕粮:清朝规定,赋税除地丁(土地、人口税)外,又于山东、河南、江苏、浙江、安徽、湖北、湖南、奉天等省征收米豆,漕运京师,称为漕粮。经承:清代各部院役吏的总称。有供事、儒士、经承三类。《清会典》十二《吏部》:"部院衙门之吏,以役分名,有堂吏、门吏、都吏、书吏、知印火房、狱典之别,统名曰经承。"

〔15〕下邑:小城市,谦词。

〔16〕啧有烦言:产生很多气愤的话。《左传·定公四年》:"会同难,啧有烦言,莫之治也。"

〔17〕渠:他(指康利贞)。腰缠万贯:南朝梁殷芸《殷芸小说》:"有客相从,各言所志。或愿为扬州刺史,或愿多赀财,或愿骑鹤上升。其一人曰:'腰缠十万贯,骑鹤上扬州。'"本谓幻想,此则指康利贞携多金外

出行贿。

〔18〕德:德县,在山东。

〔19〕扬扬:得意貌。

〔20〕老先生:指王士禛。老先生之称,明代用以称京官自内阁以至大小九卿,甚尊重,清初犹如此。荐书:推荐信。

〔21〕偶语:相对私语。

〔22〕学中:科举时,童生应岁试,录取入府县学肄业,称为进学。进学的童生称为秀才。此处的学中,即指府县学中。数人:几个秀才。登龙:即登龙门,本比喻得到达官名人的接待而提高身价,此则谓那几个秀才要到王士禛的家里去控告康利贞。愬:同"诉"。控告康的罪行。

〔23〕某:作者自称。清况:此表示敬称。谓王士禛过着高雅的生活。清,高洁。况,状况。

〔24〕尼(nǐ你):阻止。

〔25〕门下:指王士禛府中。纪纲:仆人。统领仆隶之人,后亦泛称仆人。《左传·僖公二十四年》:"秦伯送卫于晋三千人,实纪纲之仆。"

〔26〕吴公:负责漕粮工作的吴姓官员。青目:看重。《晋书·阮籍传》载,阮籍能为青白眼,常以青眼对所器重的人。后因以"青眼"称对人喜爱或器重。

〔27〕浮言:没有根据的话。

万斯同

万斯同(1638—1702),字季野,学者称为石园先生。鄞县(今属浙江)人。黄宗羲弟子。专意古学,博通诸史,尤熟于明代掌故。康熙中荐博学鸿词科,不就。后以布衣参加编修《明史》,不署衔,不受俸。《明史稿》五百卷皆其手定。薄诗古文辞无裨世用,置不为。然时人称其古文辞识力深健,不减欧、曾。且谓其文胜于诗。

读《洪武实录》[1]

高皇帝以神圣开基[2],其功烈固卓绝千古矣[3]。乃天下既定之后,其杀戮之惨一何甚也?当时功臣百职[4],鲜得保其首领者[5]。迨不为君用之法行[6],而士子畏仕途甚于窜坎[7]。盖自暴秦以后所绝无而仅有者。此非人之所敢谤,亦非人之所能掩也。

乃我观《洪武实录》,则此事一无见焉。纵曰为国讳恶,顾得为信史乎?

至于三十年间[8],荩臣硕士岂无嘉谋嘉猷足以垂之万祀者[9],乃亦无所纪载,而其他琐屑之事,如千、百夫长之祭文[10]、番僧土酋之方物[11],反累累不绝焉。是何暗于大而明于小,详于细而略于巨也?

洪武之史凡三修。其一在建文之世[12]，其一在永乐之初[13]，此则永乐中年胡广[14]、杨荣[15]、金幼孜所定也[16]。

吾意前此二书必有可观，而惜乎不及见也。若此书者，疏陋已甚，何足征新朝之事实哉？君子即不观可也。

〔1〕《洪武实录》一书现收入民国时代中央研究院历史语言研究所校印的《明实录》中，原名《大明太祖高皇帝实录》。万斯同此文首先指出明太祖的残暴同于秦始皇，而实录全部隐瞒；又指出其记载暗大明小详细略巨，结论是"不观可也"！封建王朝中有这样充满义愤与勇气的文章，太可贵了！

〔2〕高皇帝：朱元璋统一中国称帝，殁后谥为高皇帝。神圣：对皇帝的尊称。开基：开创基业。

〔3〕功烈：功劳，业绩。

〔4〕百职：百官。

〔5〕鲜（xiǎn显）：少。首领：头和颈。

〔6〕迨：等到。不为君用之法：《明史·刑法志》：明太祖作《大诰》，其目十条。第十条为"寰中士夫不为君用"，其罪至抄劄（又作"抄扎"，即搜查没收）。

〔7〕穽（jǐng井）坎：坑洞，陷阱。

〔8〕三十年：明太祖在位之年。《明史·太祖纪》："遗诏曰：'朕膺天命三十有一年。'"此举其成数。

〔9〕荩（jìn尽）臣：忠诚之臣。《诗·大雅·文王》："王之荩臣。"朱熹集传："荩，进也，言其忠爱之笃，进进无已也。"硕士：贤能之士。嘉谋嘉猷（yóu由）：好的计划。猷，谋划。万祀：万年。

〔10〕千夫长：古武官名。统率千人（或云统率二千五百人）。百夫

长:统率百人的卒长。

〔11〕番僧:明代指康、藏的喇嘛。《明会典》一二五《属番》:"洪武初,遣人招谕。又令各族举旧有官职者至京,授以国师……等官,俾因俗以治,自是番僧有封灌顶国师。"土酋:明朝对全国各少数民族地区委派该族首领为文武官员,统治该地区,称为土酋,子孙世袭。方物:土产。

〔12〕建文:明太祖之太子早卒,乃立太孙朱允炆为帝,年号为建文。

〔13〕永乐:明成祖朱棣篡其侄建文帝之位,年号为永乐。

〔14〕胡广(1370—1418):字光大,江西吉水人。建文时举进士第一,授翰林修撰,赐名靖。成祖篡位,广迎降,复名广。累官至文渊阁大学士,兼左春坊大学士。以醇谨见幸。卒谥文穆。

〔15〕杨荣:初名子荣(1371—1440),字勉仁,福建省建安府建安县人。建文进士,授编修。成祖选入文渊阁,为改名荣。荣有才智,凡事敏捷,最受帝知。仁宗立,累进谨身殿大学士,工部尚书。宣德中加太傅。正统中卒。

〔16〕金幼孜:名善(1367—1431),以字行,江西新淦人。建文进士,授户科给事中。永乐初,累迁谕德兼侍讲。洪熙初,官至礼部尚书。宣德时卒,谥文靖。

戴名世

戴名世(1653—1713),字田有,一字褐夫,号南山,别号忧庵,安徽桐城人。康熙四十八年(1709)进士,授翰林院编修。二年后左都御史赵申乔揭发其《南山集》中有"狂悖"之语,被捕入狱,并因此被处死,且牵连数百人,成为历史上一桩骇人听闻的文字狱。戴名世推崇唐宋散文,长于史传,亦喜作山水小品,属桐城派的奠基者之一。所著《南山集》被销毁后,遗文流传不绝。戴名世死后一百多年,其族人戴钧衡重新收集扩编《南山集》,于道光辛丑(1841)刊行。后有各种翻印本流行于世。今人整理有《戴名世集》、《戴名世遗文集》(王树民等编,中华书局1986年,2002年版)。

醉乡记[1]

昔余尝至一乡,辄颓然靡然,昏昏冥冥,天地为之易位[2],日月为之失明,目为之眩,心为之荒惑[3],体为之败乱。问之人:"是何乡也?"曰:"酣适之方[4],甘旨之尝[5],以倘以徉[6],是为醉乡。"

呜呼!是为醉乡也欤?古之人不余欺也。吾尝闻夫刘伶、阮籍之徒矣[7]。当是时,神州陆沉[8],中原鼎沸[9],而天下之人放纵恣肆,淋漓颠倒,相率入醉乡不已。而以吾所见,其间未尝有可乐者。或以为可以解忧云耳[10]。夫忧之可以解者,非真忧也。夫果有其忧焉,抑亦必不解也,况醉乡实不能解其忧也。然则入醉乡者,皆无有忧也。

呜呼! 自刘、阮以来,醉乡遍天下。醉乡有人,天下无人矣。昏昏然,冥冥然,颓堕委靡,入而不知出焉。其不入而迷者[11],岂无其人者欤?而荒惑败乱者,率指以为笑,则真醉乡之徒也已。

〔1〕这是一篇借题发挥性质的议论文。戴名世心中郁积着太多的块垒。这些块垒既来自个人的不幸,也来自民族的屈辱和世风不古。因此,作者想到了以醉乡之酒来浇心中的块垒。然而,戴名世心中的忧愁毕竟是一种包含家国之痛的"真忧",所以步入醉乡的他非但无法排忧,相反还增添了几分举世皆醉我独醒的苦痛。这与唐初王绩所撰《醉乡记》中出现的"淳寂"乐土可谓大异其趣,由此凸显了作者内心的忧愁之巨。从写作手法上看,虚实结合是本文的最大特点。文章通篇不离"醉乡",但处处都是在写社会现实;前者为虚,后者为实。作者正是通过这种虚实相生的手法,使文章既含蓄又尖锐地针砭了社会现实,可谓匠心独运。

〔2〕易位:指天地倒转。

〔3〕荒惑:迷惑不清醒。

〔4〕酣适之方:沉酣畅快之地。

〔5〕甘旨:甜美之食。

〔6〕以徜以徉:自由自在地往来。徜,同"徜"。

〔7〕刘伶、阮籍:晋代名士,皆以饮酒著称于世。《晋书·刘伶传》载刘伶"常乘鹿车,携一壶酒,使人荷锸而随之,谓曰:'死便埋我。'"《晋

书·阮籍传》载阮籍"本有济世志,属魏晋之际,天下多故,名士少有全者。籍由是不与世事,遂酣饮为常"。

〔8〕神州陆沉:指国家沦陷。语出《晋书·桓温传》:"遂使神州陆沉,百年丘墟,王夷甫诸人不得不任其责!"

〔9〕鼎沸:如鼎水沸腾,形容局势不安定。《三国志·蜀志·谯周传》:"既非秦末鼎沸之时,实有六国并据之势。"

〔10〕可以解忧:指酒可以解除忧愁。语本曹操《短歌行》:"何以解忧,惟有杜康。"

〔11〕不入而迷者:指作者之类的独醒之人。

与弟书[1]

吾家式微[2],而先人以盛德壮年奄弃[3]。我兄弟斩焉在衰绖之中[4],困穷转甚。内外之人见其如此,益用诟侮[5]。嗟呼!人情抑已甚矣,鬼神而又助之,则我兄弟尚能向人言语,且靦颜容足于天地之间耶[6]?夫服仁义、称先王,世俗所大怪,以为不祥[7]。余尝叹之,自今而观,而后知人言之不谬,而果不可为祥也。余生抱难成之志[8],负不羁之才[9],处穷极之遭[10],当败坏之世,而无数顷之田、一亩之宫以托其身,乃且以援经客游,乞食于异方[11]。岁得一镘两镘[12],不足具甘脆以养亲[13],而母子兄弟累月逾时,音问隔绝[14],私自生伤乃至此!弟又远客金陵[15],金陵自佳丽[16],弟自苦耳。丈夫雄心,穷而弥固[17],岂因一跌仆而忧伤憔悴[18],遂不复振耶?五经二十一史[19],今人视为土梗[20]，而天下几无读书者矣！宇宙间物，人尽取之；独读书一事，留遗我辈。此固人之所不能夺，而忌且怒焉固无伤者也[21]，可自弃耶？远地惓惓[22]，惟此而已。勉旃勉旃[23]，无怠无怠！

〔1〕戴名世出身于下层知识分子家庭，又生当江山易主之际，故文章多有牢骚怨忿之气。这封写给弟弟的书信，正是作者上述思想情感的真实流露。值得称颂的是，尽管生活困顿，但戴名世仍以读书种子自居，从而体现了一个封建士子自觉传承文化血脉的强烈责任感。文章虽属短札，但字里行间充斥着一种浩然正气，确实给人以"浩瀚纵横，雄浑悲壮"（萧穆《戴忧庵先生事略》）之感。

〔2〕式微：衰落。语出《诗·邶风·式微》："式微式微，胡不归？"

〔3〕奄弃：突然去世。

〔4〕"我兄"句：我们兄弟均在为父服丧之中。斩，即斩衰，指为父服三年丧。衰绖（cuī dié 崔叠），丧服。同"缞绖"。

〔5〕益用诟侮：更因此而欺辱。用，因此。

〔6〕觍（tiǎn 舔）颜：惭愧的样子。容足：立足。

〔7〕不祥：不善。

〔8〕生：平生。难成之志：难以实现的志向。

〔9〕不羁：不受约束，豪放。

〔10〕穷极之遭：极其困厄的处境。

〔11〕异方：他乡。

〔12〕锾（huán 环）：古代重量单位，六两为锾。

〔13〕甘脆：味美的食品。语出《战国策·韩策二》："聂政谢曰：'臣有老母，家贫客游，以为狗屠，可旦夕得甘脆以养亲。'"

〔14〕音问：音信。陶渊明《赠长沙公族祖》："款襟或辽，音问

其先。"

〔15〕金陵:江苏南京。

〔16〕佳丽:美好。崔国辅《题豫章馆》:"杨柳映春江,江南转佳丽。"

〔17〕穷而弥固:犹"穷当益坚",指处境越艰难,意志越坚定。《后汉书·马援传》:"丈夫为志,穷当益坚,老当益壮。"

〔18〕跌仆:摔倒,比喻人生受挫折。

〔19〕五经二十一史:泛指各种中国古代典籍。五经,指《诗》、《书》、《礼》、《易》、《春秋》等五部儒家经典。二十一史,明嘉靖时校刻史书,包括《史记》、《汉书》、《后汉书》、《三国志》、《晋书》、《宋书》、《南齐书》、《梁书》、《陈书》、《后魏书》、《北齐书》、《周书》、《隋书》、《南史》、《北史》、《新唐书》、《新五代史》、《宋史》、《辽史》、《金史》、《元史》等二十一部著作。

〔20〕土梗:土偶,泥塑的偶像。语出《庄子·田子方》:"吾所学者,直土梗耳。"

〔21〕"此固"二句:读书的权利本来就是他人无法剥夺的,至于因此而引起某些人的忌恨和恼怒,那也无妨。固,本来。无伤,无妨。

〔22〕惓(quán 拳)惓:同"拳拳",诚恳关爱之意。语出王充《论衡·明雩》:"区区惓惓,冀见答享。"

〔23〕勉旃(zhān 沾):指尽力读书。旃,之焉的合声。

纳兰性德

纳兰性德(1655—1685),本名成德,字容若。满洲正黄旗人。太傅明珠之子。康熙十二年进士。官至一等侍卫。博览群书,以贵公子延接文士,与陈维崧、姜宸英、顾贞观相友善。吴兆骞以科场案遣戍宁古塔,性德为斡旋,得赎归。其词最有名,有《饮水词》。上海古籍出版社1979年影印有《通志堂集》(二册)。

原诗[1]

世道江河[2],动成积习[3],风雅之道[4],而有高髻广额之忧[5]。十年前之诗人,皆唐之诗人也,必嗤点夫宋[6];近年来之诗人,皆宋之诗人也,必嗤点夫唐。万户同声,千车一辙。其始亦因一二聪明才智之士,深恶积习,欲阐新机[7],意见孤行,排众独出,而一时附和之家,吠声四起[8],善者为新丰之鸡犬[9],不善者为鲍老之衣冠[10]。向之意见孤行、排众独出者,又成积习矣。盖俗学无基,迎风欲仆,随踵而立,故其于诗也,如矮子观场[11],随人喜怒,而不知自有之面目,宁不悲哉?

有客问诗于予者,曰:学唐优乎,学宋优乎?

予曰:子无问唐也、宋也,亦问子之诗安在耳!《书》曰:

"诗言志"[12];虞挚曰[13]:"诗发乎情,止乎礼义",此为诗之本也,未闻有临摹仿效之习也。古诗称陶、谢[14],而陶自有陶之诗,谢自有谢之诗。唐诗称李、杜[15],而李自有李之诗,杜自有杜之诗。人必有好奇缒险、伐山通道之事[16],而后有谢诗。人必有北窗高卧、不肯折腰乡里小儿之意[17],而后有陶诗。人必有流离道路、每饭不忘君之心[18],而后有杜诗。人必有放浪江湖、骑鲸捉月之气[19],而后有李诗。

近时龙眠钱饮光以能诗称[20]。有人誉其诗为剑南[21],饮光怒。复誉之为香山[22],饮光愈怒。人知其意不慊[23],竟誉之为浣花[24],饮光更大怒曰:"我自为钱饮光之诗耳,何浣花为?"此虽狂言,然不可谓不知诗之理也。

客曰:然则诗可无师承乎[25]?

曰:何可无也?老杜不云乎:"别裁伪体亲风雅,转益多师是汝师。"[26]凡骚、雅以来,皆汝师也。今之为唐为宋者,皆伪体也。能别裁之,而勿为所误,则师承得矣。

作诗原[27]。

〔1〕此文先指出诗的新变有其必然性,但不可误入摹拟的歧途。接着说明诗的本原是言志抒情,不可以形式摹仿。再以钱饮光为例,说明应写出有本人真情实感的诗。最后指出必须别裁伪体,转益多师。原,推究,考查。

〔2〕世道:社会风气。江河:"江河日下"之省语。江河之水日向下游奔流,比喻事物或局势日趋衰败。

〔3〕积习:积久而成的习惯。

〔4〕风雅之道:诗歌创作。风雅,本指《诗》中的《国风》和《大雅》、《小雅》。后泛指诗文。

〔5〕高髻广额:《后汉书·马廖传》:"长安语曰:'城中好高髻,四方高一尺;城中好广眉,四方且半额。'"此喻指诗歌创作仿效、附和而无新机。

〔6〕嗤点:讥笑,指责。

〔7〕新机:新鲜的诗歌变化的迹象。

〔8〕吠声:王符《潜夫论·贤难》:"谚曰:'一犬吠形,百犬吠声。'"后以比喻没有主见,随声附和。

〔9〕新丰之鸡犬:《西京杂记》卷二:汉高祖之父徙长安,居深宫,悽怆不乐,因平生所好,皆屠贩少年,酤酒卖饼,斗鸡蹴鞠。今皆无此,故不乐。高祖乃作新丰,移诸故人实之,衢巷栋宇,皆仿旧制。士女老幼,相携路首,各知其室;放犬羊鸡鸭于通途,亦竞识其家,太上皇乃悦。此句言附和新兴诗派而善者,若新丰之鸡犬能识本源。

〔10〕鲍老之衣冠:鲍老,宋代戏剧滑稽脚色名。《后山诗话》记杨亿《傀儡诗》:"鲍老当筵笑郭郎,笑他舞袖太琅珰。若教鲍老当筵舞,转更琅珰舞袖长。"此喻指不善附和者,如鲍老着衣冠,绝不合身徒生滑稽可笑的效果。

〔11〕矮子观场:李贽《续焚书》二《圣教小引》:"余自幼读圣教不知圣教;尊孔子,不知孔子何自可尊。所谓矮子观场,随人说妍,和声而已。"

〔12〕"诗言志":见《书·尧典》:"诗言志,歌永言,声依永,律和声。"

〔13〕虞挚:应为挚虞,字仲洽,西晋长安人。武帝泰始中举贤良,累官至太常卿,后"洛京荒乱,盗窃纵横,人饥相食。虞素清贫,遂以馁卒"。挚虞的《文章流别论》论赋有云:"古之作诗者,发乎情,止乎礼义。"但《毛诗·大序》已云:"故变风发乎情,止乎礼义。"不知性德引文何以不从其朔。

〔14〕陶:陶潜(一作渊明)(365—427),字元亮,东晋末浔阳人。为田园诗之祖。谢:谢灵运(385—433),南朝宋阳夏人。好山水,诗以咏山水者居多。为山水诗之祖。

〔15〕李、杜:李白与杜甫,皆唐代(盛、中唐时期)大诗人。

〔16〕好奇缒(zhuì 坠)险、伐山通道:《宋书》、《南史》谢灵运传皆言其寻山涉岭,必造幽峻,尝自始宁南山伐木开径,直至临海,从者数百。缒,系在绳子上放下去。

〔17〕"北窗高卧"二句:《南史·陶潜传》戒子书云:"尝言五六月北窗下卧,遇凉风暂至,自谓是羲皇上人。"又为彭泽令时,"郡遣督邮至县,吏白应束带见之。潜叹曰:'我不能为五斗米折腰向乡里小人。'即日解印绶去职。"《晋书》本传亦记此事。

〔18〕每饭不忘君:苏轼《王定国诗集序》:"古今诗人众矣,而杜子美为首,岂非以其流落饥寒,终身不用,而一饭未尝忘君也欤?"

〔19〕骑鲸捉月:李白自称"海上骑鲸客"。王定保《唐摭言》:李白着宫锦袍,游采石江中,傲然自得,旁若无人,因醉入水中捉月而死。然宋人如《容斋随笔》、《二老堂杂志》皆驳此说。

〔20〕龙眠:山名。在安徽桐城西北。钱饮光(1612—1693):桐城人。原名秉镫,字饮光。后更名澄之。详见本书小传。

〔21〕剑南:陆游诗稿之名。

〔22〕香山:白居易晚年自号香山居士。

〔23〕不慊(qiè 切):不满意。

〔24〕浣花:成都西南有浣花里,杜甫曾于此建草堂名浣花草堂。

〔25〕师承:谓一脉相承的师法。

〔26〕"别裁"二句:见杜甫《戏为六绝句》之六。别裁,分别裁定,决定取舍。伪体,一味摹拟的形式主义的诗。

〔27〕诗原:诗的根本和来源。

方 苞

方苞(1668—1749),字凤九,号灵皋,晚号望溪,祖籍桐城(今属安徽)。康熙四十五年(1706)进士。康熙五十年(1711)因戴名世的《南山集》案被牵下狱。两年后出狱,被编入汉军旗,以奴隶身分入值南书房。清世宗即位,恢复原籍,累官至礼部侍郎。作为桐城派古文的创始人,方苞为文讲究"义法",提倡义理、考据、词章三者并重,同时讲求辞语的"雅洁"。这些主张稍后在刘大櫆、姚鼐等人的创作中得到了进一步的继承和发展,从而形成了桐城派这一个在清代影响最大的散文流派。著有《望溪先生文集》。今人整理有《方苞集》二册(上海古籍出版社1983年版)。

狱中杂记[1]

康熙五十一年三月[2],余在刑部狱[3],见死而由窦出者[4],日四三人。有洪洞令杜君者[5],作而言曰[6]:"此疫作也。今天时顺正[7],死者尚稀,往岁多至日十数人。"余叩所以。杜君曰:"是疾易传染,遘者虽戚属[8],不敢同卧起。而狱中为老监者四,监五室。禁卒居中央,牖其前以通明[9],屋极有窗以达气[10]。旁四室则无之,而系囚常二百馀。每薄暮下管键[11],矢溺皆闭其中[12],与饮食之气相薄[13]。又隆冬,贫者席地而卧,春气动,鲜不疫矣。狱中成法,质明启钥[14]。方夜中,生人与死者并踵顶而卧,无可旋避[15]。此所以染者众也。又可怪者,大盗积贼[16],杀人重囚,气杰旺[17],染此者十不一二,或随有瘳[18]。其骈死[19],皆轻系及牵连佐证法所不及者[20]。"余曰:"京师有京兆狱[21],有五城御史司坊[22],何故刑部系囚之多至此?"杜君曰:"迩年狱讼,情稍重,京兆、五城即不敢专决;又九门提督所访缉纠诘[23],皆归刑部;而十四司正副郎好事者[24],及书吏、狱官、禁卒,皆利系者之多[25],少有连,必多方钩致[26]。苟入狱,不问罪之有无,必械手足,置老监,俾困苦不可忍。然后导以取保,出居于外,量其家之所有以为剂[27],而官与吏剖分焉。中家以上皆竭资取保。其次求脱械居监外板屋,费亦数十金[28]。惟极贫无依,则械系不稍宽,为标准以警其馀[29]。或同系[30],情罪重者反而出外,而轻者、无罪者罹其毒。积忧愤,寝食违节[31],及病,又无医药,故往往至死。"……余同系朱翁、余生及在狱同官僧某[32],遘疫死,皆不应重罚。又某氏以不孝讼其子,左右邻械系入老监,号呼达旦。余感焉,以杜君言泛讯之[33],众言同,于是乎书。

凡死刑狱上[34],行刑者先俟于门外,使其党入索财物,名曰"斯罗"。富者就其戚属,贫则面语之。其极刑[35],曰:"顺我即先刺心,否则四肢解尽,心犹不死。"其绞缢,曰:"顺我,始缢即气绝;否则三缢加别械,然后得死。"惟大辟无可要[36]，然犹质其首[37]。用此，富者赂数十百金，贫亦罄衣装[38]，绝无有者则治之如所言。主缚者亦然[39]，不如所欲，缚时即先折筋骨。每岁大决[40]，勾者十四三[41]，留者十六七，皆缚至西市待命[42]。其伤于缚者，即幸留，病数月乃瘳，或竟成痼疾[43]。余尝就老胥而问焉："彼于刑者、缚者，非相仇也，期有得耳；果无有，终亦稍宽之，非仁术乎[44]？"曰："是立法以警其馀，且惩后也。不如此，则人有幸心[45]。"主桁扑者亦然[46]。余同逮以木讯者三人[47]，一人予二十金，骨微伤，病间月[48]；一人倍之，伤肤，兼旬愈[49]；一人六倍，即夕行步如平常。或叩之曰："罪人有无不均，既各有得，何必更以多寡为差[50]？"曰："无差，谁为多与者？"孟子曰："术不可不慎。"[51]信夫！

部中老胥，家藏伪章，文书下行直省[52]，多潜易之，增减要语，奉行者莫辨也。其上闻及移关诸部[53]，犹未敢然。功令：大盗未杀人，及他犯同谋多人者，止主谋一二人立决；馀经秋审，皆减等发配[54]。狱辞上，中有立决者，行刑人先俟于门外，命下，遂缚以出，不羁晷刻[55]。有某姓兄弟，以把持公仓，法应立决。狱具矣[56]，胥某谓曰："予我千金，吾生若[57]。"叩其术，曰："是无难，别具本章[58]，狱辞无易，取案末独自无亲戚者二人易汝名[59]，俟封奏时潜易之而已。"其同事者曰："是可欺死者，而不能欺主谳者[60]；倘复请之[61]，吾辈无生理矣[62]。"胥某笑曰："复请之，吾辈无生理，而主谳者亦各罢去[63]；彼不能以二人之命易其官，则吾辈终无死道也。"竟行之，案未二人立决。主者口呿舌挢[64]，终不敢诘。余在狱，犹见某姓，狱中人群指曰[65]："是以某某易其首者。"……

凡杀人，狱辞无谋、故者[66]，经秋审入矜疑[67]，即免死。吏因以巧法[68]。有郭四者，凡四杀人，复以矜疑减等，随遇赦。将出，日与其徒置酒酣歌达曙。或叩以往事，一一详述之，意色扬扬，若自矜诩[69]。噫！渫恶吏忍于鬻狱[70]，无责也；而道之不明，良吏亦多以脱人于死为功，而不求其情[71]，其枉民也亦甚矣哉！

奸民久于狱，与胥卒表里[72]，颇有奇羡[73]。山阴李姓以杀人系狱[74]，每岁致数百金。康熙四十八年以赦出[75]。居数月，漠然无所事。其乡人有杀人者，因代承之。盖以律非故杀，必久系，终无死法也。五十一年，复援赦减等谪戍[76]，叹曰："吾不得复入此矣！"故例[77]，谪戍者移顺天府羁候[78]，时方冬停遣，李具状求在狱候春发遣[79]，至再三，不得所请，怅然而出。

〔1〕方苞于康熙五十年（1711）因《南山集》案牵连，被捕下狱。先在江宁县狱，后押至京城，入刑部狱。在这里，作者亲眼目睹了刑部监狱的种种罪恶，于是在狱中写下了这篇类似于"新闻调查"的纪实散文。文章以众多触目惊心的案例揭示了清代司法制度的腐朽阴暗，从而让人们得以窥见康熙盛世下的重重黑幕。由于所写的内容均为作者亲见亲历，所以文章格外感人，至今读来仍使人唏嘘不已，感慨良多。就写作手法而言，方苞主要继承了我国史传文学秉笔直书的传统，少发议论，详叙

事实,寓论断于叙事之中。此外,本文所记头绪纷繁,但作者却组织得井井有条,真正做到了结构谨严,要言不烦。

〔2〕康熙五十一年:公元1712年。

〔3〕刑部狱:直接隶属于刑部的监狱。刑部,封建朝廷的最高司法机构。

〔4〕窦:洞。指监狱的墙洞。

〔5〕洪洞(tóng 同):县名,今属山西省。

〔6〕作而言:起身说话。

〔7〕天时顺正:气候正常。

〔8〕遘(gòu 够)者:得病的人。戚属,亲属。

〔9〕牖(yǒu 有)其前:在前面墙上开窗洞。

〔10〕屋极:屋顶。

〔11〕下管键:落锁。管键,门锁。

〔12〕矢溺(niào 尿):屎尿。矢,通"屎"。

〔13〕相薄:相互混杂。

〔14〕质明:黎明。

〔15〕旋避:回避。

〔16〕积贼:惯偷。

〔17〕气杰旺:气血特别旺盛。

〔18〕或随有瘳(chōu 抽):或者染病后随即就痊愈了。瘳,痊愈。

〔19〕骈(pián 偏阳平)死:接连死去。

〔20〕"皆轻系"句:都是因轻罪被囚以及被牵连、被捉来当证人的那些没有犯法的人。

〔21〕京兆狱:京城的监狱。京兆,指清朝包括国都在内的顺天府。

〔22〕五城御史司坊:即五城御史衙门的监狱。清朝京城设巡查御史,分管东、西、南、北、中五个地区,故称五城御史。

〔23〕九门提督:掌管京城九门(正阳、崇文、宣武、安定、德胜、东直、西直、朝阳、阜城)督查职务的武官,全名是提督九门步兵统领。纠诘:盘问。

〔24〕十四司正副郎:清初,刑部设十四司。每司长官正职叫郎中,副职叫员外郎,总称郎官。好(hào 耗)事者,指兜揽事情,制造是非的人。

〔25〕利系者之多:以多囚犯人取利。

〔26〕"少有连"二句:稍有牵连,就一定千方百计地捉人入狱。钩致,钩而致之,即千方百计把人关进监狱。

〔27〕"量其"句:估量犯人家中财产的多少,以决定勒索的数目。剂,指勒索的分量。

〔28〕数十金:几十两银子。

〔29〕标准:榜样。警:告戒。

〔30〕同系:同案犯。

〔31〕寝食违节:睡觉吃饭都不正常。

〔32〕同官:县名,在今陕西铜川。僧某,姓僧的某人,或某位僧人。

〔33〕泛讯:广泛询问。

〔34〕死刑狱上:判了死刑已经上奏的案件。狱,案件。上,上奏。

〔35〕极刑:指凌迟处死,即碎割全身。

〔36〕大辟:砍头。要(yāo 腰),要挟。

〔37〕质其首:以头颅作抵押,以勒索钱财。质,抵押。

〔38〕罄(qìng 庆)衣装:把衣物变卖干净。罄,尽。

〔39〕主缚者亦然:负责捆绑犯人的人也是如此。

〔40〕大决:古时秋季集中处决犯人。

〔41〕勾者十四三:姓名被勾画,决定立刻处死的,占判死罪的囚犯的十分之三四。秋决之前,刑部将死囚名单上报皇帝,请皇帝用朱笔勾

示。凡勾上的当年处决,未勾上的当年不杀,仍有遇赦活命的可能。

〔42〕西市:清朝京城的刑场,在今北京市宣武区菜市口一带。

〔43〕痼(gù 固)疾:终生无法治愈的病。

〔44〕仁术:善行,好心。语出《孟子·梁惠王上》:"无伤也,是乃仁术也。"

〔45〕幸心:侥幸心理。

〔46〕主梏(gù 固)扑者:主管给犯人上镣铐、打板子的狱卒。梏,木制手铐。扑,打。

〔47〕"余同逮"句:与我一同被逮捕,而用板子、夹棍审讯的有三人。木,指板子、夹棍之类的刑具。

〔48〕病间(jiàn 建)月:病了一个多月。间,隔。

〔49〕兼旬:二十天。兼,双倍。

〔50〕为差:分等级。

〔51〕术不可不慎:选择职业必须慎重。语出《孟子·公孙丑上》:"矢人岂不仁于函人哉?矢人惟恐不伤人,函人惟恐伤人,巫匠亦然,故术不可不慎也。"

〔52〕直省:直辖于中央政府的行省。

〔53〕"其上"句:那些上奏皇帝和送达各部的公文。移关,移文和关文,即平行各部的公文。

〔54〕减等发配:减刑充军。

〔55〕不羁晷(guǐ 轨)刻:一刻也不停留。羁,拖延。晷刻,时刻。

〔56〕狱具:罪案已经判决。

〔57〕吾生若:我让你活命。

〔58〕别具本章:另外准备一份奏章。

〔59〕案末:指同案犯中名字列在后面的从犯。

〔60〕主谳(yàn 艳)者:主审案件的官员。谳,审判定罪。

〔61〕倘复请之：倘若主审官发现问题，再上奏章请示皇帝。

〔62〕生理：活命的理由。

〔63〕罢去：罢免主审官的职务。下属作弊，长官有失察之罪。

〔64〕口呿（qū 趋）舌挢（jiǎo 皎）：张口结舌，形容人们惊骇的样子。呿，张口貌。挢，翘起，举起。

〔65〕群指：一同指着。

〔66〕谋、故：预谋杀人、故意杀人。

〔67〕入矜（jīn 今）疑：归入"矜疑"一类。矜疑，其情可怜，其罪可疑。矜，可怜。

〔68〕巧法：玩弄法令，即营私舞弊。

〔69〕若自矜诩（xǔ 许）：好像自鸣得意的样子。

〔70〕"渫（xiè 谢）恶"句：贪官污吏忍心贪赃枉法。渫，污。鬻（yù 玉）狱，出卖讼案，即借案件勒索钱财。

〔71〕"良吏"二句：好官吏也多以从死刑中救出人命为功绩，而不去追究案件实情。

〔72〕表里：指内外勾结。

〔73〕奇（jī 机）羡：赢馀。指勒索所得之财。《史记·货殖列传》："中国委输，时有奇羡。"

〔74〕山阴：县名，今浙江绍兴。

〔75〕康熙四十八年：公元 1709 年。

〔76〕谪戍：发配充军。

〔77〕故例：惯例。

〔78〕羁候：关押等候发配。

〔79〕"具状"句：写呈文请求留在狱中等到春天遣送。

左忠毅公逸事[1]

先君子尝言[2]：乡先辈左忠毅公视学京畿[3]，一日，风雪严寒，从数骑出，微行入古寺[4]。庑下一生伏案卧[5]，文方成草。公阅毕，即解貂覆生，为掩户。叩之寺僧[6]，则史公可法也[7]。及试，吏呼名至史公，公瞿然注视[8]；呈卷，即面署第一[9]。召入，使拜夫人，曰："吾诸儿碌碌[10]，他日继吾志事[11]，惟此生耳。"

及左公下厂狱[12]，史朝夕狱门外。逆阉防伺甚严[13]，虽家仆不得近。久之，闻左公被炮烙[14]，旦夕且死，持五十金，涕泣谋于禁卒，卒感焉。一日，使史更敝衣，草屦，背筐，手长镵[15]，为除不洁者，引入。微指左公处，则席地倚墙而坐，面额焦烂不可辨，左膝以下筋骨尽脱矣。史前跪，抱公膝而呜咽。公辨其声，而目不可开，乃奋臂以指拨眦[16]，目光如炬，怒曰："庸奴！此何地也，而汝来前！国家之事糜烂至此，老夫已矣，汝复轻身而昧大义，天下事谁可支柱者？不速去，无俟奸人构陷[17]，吾今即扑杀汝！"因摸地上刑械作投击势。史噤不敢发声，趋而出。后常流涕述其事以语人，曰："吾师肺肝，皆铁石所铸造也。"

崇祯末[18]，流贼张献忠出没蕲、黄、潜、桐间[19]，史公以凤庐道奉檄守御[20]。每有警，辄数月不就寝，使将士更休，而自坐幄幕外。择健卒十人，令二人蹲踞而背倚之，漏鼓移则番代[21]。每寒夜起立,振衣裳,甲上冰霜迸落,铿然有声。或劝以少休,公曰:"吾上恐负朝廷,下恐愧吾师也。"

史公治兵,往来桐城,必躬造左公第[22],候太公、太母起居[23],拜夫人于堂上。

余宗老涂山[24],左公甥也,与先君子善[25],谓狱中语乃亲得之于史公云[26]。

〔1〕这是一篇人物杂记,主要叙述左忠毅公具有知人的卓识和以身许国、不计个人生死荣辱的可贵品质,可谓感人至深。文章的写法也颇具特色,前两段主要从正面描写主人公的"慧眼识英雄"和在狱中的赤胆忠心,第三段则转而写史可法。看似离题,实际上表现了主人公的忠义精神在史可法身上的再生,正所谓其人虽死,精神永存!叙事手法之巧妙,在中国古代散文中实属罕见。此外,谋篇严密,剪裁得当,用语简洁传神,也是本文的成功所在。左忠毅公(1575—1625),名光斗,字遗直,明朝桐城(今属安徽)人。万历进士,累官左佥都御史。因弹劾宦官魏忠贤,被捕入狱,受酷刑而死。弘光帝时追谥为"忠毅"。逸事,又作佚事,散失而未流传的事迹。

〔2〕先君子:尊称自己死去的父亲。方苞的父亲名仲舒,字逸巢。

〔3〕视学京畿(jī 机):在京城辖区视察学务。明光宗泰昌元年(1620),左光斗以御史身份出任京都地区学政。

〔4〕微行:皇帝或官员穿平民衣服出行。

〔5〕庑(wǔ 五):厢房。

〔6〕叩之寺僧:向寺庙中的僧人询问。

〔7〕史公可法:即史可法,详见《梅花岭记》注释。

〔8〕瞿(jù 巨)然:惊视的样子。

〔9〕面署第一:当面批为第一名。

〔10〕碌碌:平庸无能的样子。

〔11〕志事:志向和事业。

〔12〕厂狱:明代特务机关东厂的监狱,由太监掌管。

〔13〕逆阉(yān 烟):叛逆的太监。文中指魏忠贤。

〔14〕炮(páo 袍)烙:古代一种酷刑,用烧红的铁炙烧犯人。

〔15〕长镵(chán 禅):一种类似于铁锹的曲柄掘土工具。

〔16〕眦(zì 字):眼眶。

〔17〕构陷:编造罪名加以陷害。

〔18〕崇祯:明思宗年号(1628—1644)。

〔19〕"流贼"句:张献忠领导的农民起义军在湖北与安徽交界地带流动作战。流贼,旧时对农民起义军的蔑称。张献忠(1606—1646),字秉忠,号敬轩,陕西定边人。农民起义军领袖,明末起兵抗明,由陕西、河南、湖南等地攻占四川,建大西国,称大西王。后被清兵所杀。蕲(qí 齐),蕲州府,在今湖北蕲春一带。黄,黄州府,在今湖北黄冈一带。潜,今安徽潜山。桐,今安徽桐城。

〔20〕凤庐道:凤阳府、庐州府的道员。明清两代分一省为若干道,道的长官俗称道员。

〔21〕"漏鼓"句:每过一更就轮换一次。漏鼓,军中报时的更鼓,每过一更,击鼓一次。番代,轮换代替。

〔22〕躬造:亲自造访。

〔23〕"候太公"句:向左光斗的父母请安。太公、太母,指祖父母,即左光斗的父母。

〔24〕宗老:同族的前辈。涂山,方苞的族祖方文,字尔止,号涂山,明遗民。

〔25〕善:交好。

〔26〕云:语助词。

李　绂

李绂(1673—1750),字巨来,号穆堂,江西临川人。康熙时成进士,授编修。累官工部右侍郎。乾隆初为户部侍郎。其论学大旨,谓朱熹道问学,陆九渊尊德性,不可偏废。文学欧阳修、曾巩。有《李穆堂诗文全集》百卷。

无怒轩记[1]

怒为七情之一[2],人所不能无。事固有宜怒者,《诗》云:"君子如怒,乱庶遄已"[3],是已。

顾情之发也,中节为难[4],而怒为甚。血气蔽之[5],克伐怨欲之私乘之[6],如川决防,如火燎原,其为祸也烈矣。

吾年踰四十[7],无涵养性情之学,无变化气质之功[8],因怒得过,旋悔旋犯,惧终于忿戾而已[9],因以"无怒"名轩[10]。

不必果无怒也。有怒之心,无怒之色;有怒之事,无怒之言:盖所怒未必中节也。心藏于中,可以徐悟,色则现于面矣;事未即行,犹可中止,言则不可追矣。

怒不可无,而曰无怒者,矫枉者必过其正[11],无怒,犹恐其过怒也。

轩无定在,吾所恒止之地,即以是牓之[12]。

〔1〕我国古代贤士大夫每以制怒自警。本文借谈"无怒"名轩的来由,阐述了宜怒亦当中节,当随时随地制怒的观点。

〔2〕七情:人的七种感情,表现为喜、怒、哀、惧、爱、恶、欲。见《礼记·礼运》。

〔3〕"《诗》云"三句:《诗·小雅·节南山·巧言》:"君子如怒,乱庶遄沮。君子如祉,乱庶遄已。"李绂所引微误。遄,速。

〔4〕中节:合乎法度,无过无不及。《礼记·中庸》:"喜怒哀乐之未发谓之中,发而皆中节谓之和。"

〔5〕血气:感情。蔽:蒙蔽。

〔6〕克伐怨欲:《论语·宪问》:"克、伐、怨、欲不行焉。"朱熹注:"克,好胜;伐,自矜;怨,忿恨;欲,贪欲。"乘(chéng 成):利用。

〔7〕踰:超过。

〔8〕气质:人的心理和生理等素质。

〔9〕忿戾:火气大,蛮不讲理。

〔10〕无怒:不要生气。轩,小室。

〔11〕"矫枉"句:把弯曲的东西扭直,结果又歪向了另一方。比喻纠正偏差,超过了应有的限度。《后汉书·张王种陈列传》李贤注引《孟子》:"矫枉过正。"《后汉书·仲长统传》:"逮至清世,则复入矫枉过正之检。"

〔12〕牓:通"榜",张贴。

祭友人文[1]

呜呼!吾闻谢公[2],风流卓荦[3],中年以往,犹伤哀乐,与亲知别,数日作恶[4]。今之视昔,恍然如昨,谁其知之,几原可作[5]。

若乃所亲,临于死生,风流云散,月落参横。[6]畴昔过从[7],茶碗酒铨[8],笑言謦咳[9],呼之欲应[10]。一别归来,重过旧庭,忽逢溘逝[11],其谁能宁?太上既远,吾辈钟情[12],酒垆之恸[13],千载冥冥。

呜呼君子,何为至此?君性沉静,阕于居起[14];君心仁慈,寿其可儗[15]?君情寅恭[16],亦寿之理;君年未艾[17],发仓仓耳[18]。凡此数者,皆不宜死,岂惟不宜,亦不可尔[19]。

君有父母,白发高堂;君有继室[20],甫相烝尝[21];君有弱息[22],双珠未光[23],长者就冠[24],弱始扶床[25]。绸缪风雨[26],织组文章[27],承先佑后[28],亦云皇皇[29],舍此而去,俾也可忘[30]?

凡君之哀,不惟聚散,况也良朋,如何永叹[31]!邈若山河,天空云幻[32],或者造物[33],有为非诞[34]。木忌再实[35],花无两绽[36],留兹馀庆,积家之善[37],将在佳儿,大酬所愿。诚哉是言,需之转盼[38]。

松楸焚香[39],宿草可奠[40]。以此释君,夜台无恨[41]。尚克有知[42],绥予椒荐[43]。

〔1〕本文是伤友人之逝的祭文。从回忆生时过从之乐,写到友人父母妻子,情文俱在。

〔2〕谢公:东晋谢安(320—385),字安石。为尚书仆射(yì 义),力

辅晋室。苻坚攻晋,安为征讨大都督,遣侄谢玄带兵大破坚于淝水。卒赠太傅。

〔3〕风流卓荦(luò 洛):仪表可观,风度出众。

〔4〕"中年"四句:《世说新语·言语》:"谢太傅语王右军曰:'中年伤于哀乐,与亲友别,辄作数日恶。'"恶,心情不快。

〔5〕九原:山名,在山西新绛北,是春秋时晋国卿大夫的墓地。《国语·晋八》:"赵文子与叔向游于九原,曰:'死者若可作也,吾谁与归?'"

〔6〕月落参(shēn 深)横:曹植《善哉行》:"月没参横。"形容夜深。此言友人之亡。

〔7〕畴昔:往日。过从:互相往来。

〔8〕铛(chēng 称):温酒之器。

〔9〕謦(qǐng 请)咳:(kài 开去声):比喻谈笑。《列子·黄帝》:"康王蹀足謦咳疾言。"

〔10〕应(yīng 英):答应。

〔11〕溘(kè 客)逝:忽然死去。

〔12〕"太上"二句:《世说新语·伤逝》:王戎丧儿,悲不自胜。人劝之,戎曰:"圣人忘情,最下不及情,情之所钟,正在我辈。"《晋书·王衍传》作王衍事,其辞微异,皆作"圣人忘情"。欧阳修《祭石曼卿文》:"有愧乎太上之忘情。"

〔13〕"酒垆"二句:《世说新语·伤逝》:王戎为尚书令,乘车经黄公酒垆过,顾谓后车客:昔与嵇康、阮籍共酣饮于此垆,"自嵇生夭,阮公亡以来,便为时所羁绁。今日视此虽近,邈若山河!"恸,痛哭。

〔14〕阕:谨慎。此句言此友人平时起居饮食都很谨慎,按理应能长寿。

〔15〕儗(nǐ 拟):同"擬"。寿其可儗,言其心仁慈,天必佑之,寿岂可量?

〔16〕寅恭:恭敬。

〔17〕艾:五十岁。

〔18〕仓:通"苍"。苍苍,鬓发斑白。

〔19〕尔:如此。

〔20〕继室:续娶之妻。

〔21〕甫:始。相(xiàng象):辅助。烝:冬祭。尝:秋祭。

〔22〕弱息:子女。

〔23〕双珠:比喻兄弟并佳。未光:言此兄弟尚幼,未露头角。

〔24〕长(zhǎng掌)者:年龄大的。冠(guàn惯):二十岁。

〔25〕扶床:年幼,身高刚及床。

〔26〕绸缪(móu谋):紧密缠绕。绸缪风雨,《诗·豳风·鸱鸮》:"迨天之未阴雨,彻彼桑土,绸缪牖户。"后以"未雨绸缪"比喻防患于未然。

〔27〕织组文章:比喻培养此幼小兄弟使之成材。

〔28〕承先佑后:指此亡友生有二子可以承先,尚望其亡灵阴佑后嗣。

〔29〕皇皇:盛大貌。

〔30〕俾也可忘:此句见《诗·邶风·日月》。意为使亡友忧念可以稍释。

〔31〕"况也"二句:《诗·小雅·鹿鸣·常棣》:"每有良朋,况也永叹。"每,虽。况,增加。意谓虽有良朋,看见我的苦难,也只是增加他们的长叹而已。李绂此句似以"况"为"何况"或"况且"解。

〔32〕天空云幻:言此友之殁,如天之空无一物,如云之变幻莫测。

〔33〕造物:造物主,即天。

〔34〕有为非诞:言上天使此友人溘逝,大概别有作用,并非虚妄。

〔35〕再实:一年结两次果实。

〔36〕绽(zhàn 站):花开。

〔37〕"馀庆"二句:《易·坤》:"积善之家,必有馀庆。"馀庆,馀福,谓泽及后人。

〔38〕需之转盼:等待两个孩子成材,只在转眼之间。

〔39〕松楸(qiū 秋):松树和楸树。古人多种此两种树于墓地,后遂用为墓地的代称。

〔40〕宿草:隔年的草。《礼记·檀弓上》:"朋友之墓,有宿草而不哭焉。"后以比喻朋友的墓地。

〔41〕夜台:坟墓。

〔42〕克:能。

〔43〕绥:安然接受。椒:椒实所浸的酒。荐:献。

谢济世

谢济世(1689—1756),字石霖,号梅庄,广西全州人。康熙五十一年(1712)进士。授检讨、转御史,补湖南粮道,改盐驿道。著有《西北域记》、《纂言内外篇》等书。今人整理有《梅庄杂著校注》(广西人民出版社2001年版)。

戆子记[1]

梅庄主人在翰林[2],佣仆三:一黠[3],一朴,一戆。

一日,同馆诸官小集[4]。酒酣,主人曰:"吾辈兴阑矣[5],安得歌者侑一觞乎[6]?"黠者应声曰:"有。"既又虑戆者有言,乃白主人,以他故遣之出,令朴者司阍[7],而自往召之。召未至,戆者已归,见二人抱琵琶到门,诧曰:"胡为来哉?"黠者曰:"奉主命。"戆者厉声曰:"吾自在门下十馀年,未尝见此辈出入,必醉命也。"挥拳逐去。客哄而散,主人愧之。

一夕,然烛酌酒校书[8]。天寒,瓶已罄[9],颜未酡[10]。黠者眴朴者再沽[11],遭戆者于道,夺瓶还谏曰:"今日二瓶,明日三瓶,有益无损也;多酤伤费[12],多饮伤生,有损无益也。"主人强颔之[13]。

既而改御史[14]。早朝，书童掌灯，倾油污朝衣。黠者顿足曰："不吉！"主人怒，命朴者行杖[15]。戆者止之，谏曰："仆尝闻主言，古人有羹污衣[16]，烛然须[17]，不动声色者。主能言不能行乎？"主人迁怒曰："尔欲沽直邪，市恩邪[18]？"应曰："恩自主出，仆何有焉？仆效愚忠，而主曰沽直。主今居言路[19]，异日跪御榻，与天子争是非；坐朝班，与大臣争献替[20]，弃印绶其若蹝[21]，甘迁谪以如归[22]，主亦沽直而为之乎？人亦谓主沽直而为之乎？"主人语塞，谢之而心颇衔之[23]。由是，黠者日夜伺其短，诱朴者共媒蘖[24]，劝主人逐之。会主人有罪下狱[25]，不果[26]。

未几，奉命戍边，出狱治装。黠者逃矣，朴者亦力求他去。戆者攘臂而前曰[27]："此吾主报国之时，即吾侪报主之时也[28]，仆愿往。"市马，造车，制穹庐[29]，备粱糗以从[30]。

于是主人喟然叹曰："吾向以为黠者有用，朴者可用也；乃今而知黠者有用而不可用，而戆者可用也；朴者可用而实无用，而戆者有用也。"养以为子，名曰"戆子"云。

[1] 这是一篇文质并茂，情理兼至的散文佳作。文章围绕"戆"字精心剪裁，大做文章，通过几件生动而具体的生活事例，活画出一个性格倔强、忠诚正直的仆人形象。尤具匠心的是，"戆子"形象实际上还是作者本人的"自画像"。在"戆子"身上，作者寄寓了自己真切的人生感受。正因为如此，所以文章才具有了一种打动人心的艺术魅力。诚如王文濡

《续古文观止》所言:"梅庄以劾田文镜遣戍,又以注释《大学》不宗程朱,坐怨望论死。虽得旨宽免,而仕途蹭蹬,屡踬屡起,皆坐一'戆'字,'戆子'特梅庄之小影耳。文特借此发挥,故言之痛切如是!"戆(gàng 杠去声),愚而刚直。

〔2〕梅庄主人:谢济世号梅庄,故自称梅庄主人。

〔3〕黠(xiá 侠):聪慧,狡猾。

〔4〕同馆:指翰林院的同事。

〔5〕阑(lán 兰):尽。

〔6〕侑(yòu 右)觞:劝酒。

〔7〕司阍:看门。

〔8〕然:通"燃"。

〔9〕磬(qìng 庆):空。

〔10〕酡(tuó 驮):饮酒脸红。

〔11〕眴(shùn 顺):以目示意。

〔12〕多酤(gū 孤)伤费:多买酒破费钱财。酤,通"沽",买酒。

〔13〕强颔(qiǎng hàn 抢汉)之:勉强点头同意。

〔14〕改御史:雍正四年(1726),谢济世由翰林院检讨改任御史。

〔15〕行杖:执行杖刑,即用大荆条或大竹板抽打人的臀部、腿部或背部。

〔16〕羹污衣:肉汤溅污衣服。典出《后汉书·刘宽传》:"侍婢奉肉羹,翻污朝衣,婢遽收之。宽神色不异,乃徐言曰:'羹烂汝手?'其性度如此。"

〔17〕烛然须:蜡烛烧胡须。然,通"燃"。典出《宋名臣言行录》:"韩魏公帅定州时,夜作书,令侍兵持烛。侍兵旁视,烛燃公须。公以袖麾之,作书如故。"

〔18〕"尔欲"二句:你是想借此博得正直的名声,还是想收买人心?

市,买。

〔19〕居言路:指身居谏官之职。

〔20〕献替:"献可替否"的省称。指诤言进谏。语出《后汉书·胡广传》:"臣闻君以兼览博照为德,臣以献可替否为忠。"

〔21〕"弃印"句:弃官如弃敝屣。印,官印。绶,承受印环的带子。蹝(xǐ 洗),同"屣",犹"敝屣",破鞋子。

〔22〕"甘迁"句:甘于贬谪,视贬官如归家之乐。

〔23〕"谢之"句:表面上认错,内心却颇为怀恨。谢,道歉,认错。衔,怀恨。

〔24〕媒糵(niè 涅):比喻挑拨是非,陷人于罪。媒,酒母。糵,酒曲。语出《汉书·司马迁传》:"今举事壹不当,而全躯保妻子之臣,随而媒蘖其短。"颜师古注曰:"蘖如曲糵之糵。"

〔25〕有罪下狱:谢济世上奏揭发河南巡抚田文镜的不法之状,以此触怒雍正皇帝而下狱,后被发配戍边。

〔26〕不果:未能实现。

〔27〕攘臂:捋袖伸臂,振奋或发怒的样子。

〔28〕吾侪(chái 柴):我辈。

〔29〕穹庐:游牧民族居住的毡帐。

〔30〕粱糗(qiǔ 囚上声):干粮。

郑　燮

　　郑燮(1693—1765),字克柔,号板桥,兴化(今属江苏)人。乾隆元年(1736)进士。先后担任山东范县、潍县知县达十二年之久,为官有政声,因请赈触忤上司而辞官。晚年居扬州,以卖画为生,擅画兰、竹、石,为"扬州八怪"之一。郑燮为文主张直抒胸臆,反对模拟古人和形式主义文风,提倡诗文应"自出己意"、"文必切于日用"。其十六封家书形式的散文无论谈学问或是谈家中琐事,皆真挚自然,朴实流畅,给人以亲切平易之感。有《郑板桥集》传世。卞孝萱整理有《郑板桥全集》(齐鲁书社 1985 年版)。

范县署中寄舍弟墨第四书[1]

　　十月二十六日得家书,知新置田获秋稼五百斛[2],甚喜。而今而后,堪为农夫以没世矣。要须制碓[3],制磨,制筛罗、簸箕,制大小扫帚,制升斗斛。家中妇女,率诸婢妾,皆令习舂揄蹂簸之事[4],便是一种靠田园长子孙气象[5]。天寒冰冻时,穷亲戚朋友到门,先泡一大碗炒米送手中,佐以酱姜一小碟,最是暖老温贫之具[6]。暇日咽碎米饼,煮糊涂粥,双手捧碗,缩颈而啜之[7],霜晨雪早[8],得此周身俱暖。嗟乎!嗟乎!吾其长为农夫以没世乎[9]!

我想天地间第一等人只有农夫,而士为四民之末[10]。农夫上者种地百亩,其次七八十亩,其次五六十亩,皆苦其身,勤其力,耕种收获,以养天下之人。使天下无农夫,举世皆饿死矣。我辈读书人,入则孝,出则弟,守先待后[11],得志泽加于民,不得志修身见于世[12],所以又高于农夫一等。今则不然,一捧书本,便想中举、中进士、作官,如何攫取金钱,造大房屋,置多田产。起手便错走了路头,后来越做越坏,总没有个好结果。其不能发达者,乡里作恶,小头锐面[13],更不可当[14]。夫束修自好者岂无其人[15],经济自期、抗怀千古者亦所在多有[16]。而好人为坏人所累,遂令我辈开不得口;一开口,人便笑曰:"汝辈书生总是会说,他日居官便不如此说了。"所以忍气吞声,只得挨人笑骂。工人制器利用,贾人搬有运无[17],皆有便民之处。而士独于民大不便,无怪乎居四民之末也!且求居四民之末,而亦不可得也。

　　愚兄平生最重农夫。新招佃地人[18],必须待之以礼。彼称我为主人,我称彼为客户。主客原是对待之义[19],我何贵而彼何贱乎?要体貌他[20],要怜悯他;有所借贷,要周全他;不能偿还,要宽让他。尝笑唐人《七夕》诗[21],咏牛郎织女,皆作会别可怜之语,殊失命名本旨[22]。织女,衣之源也;牵牛,食之本也。在天星为最贵,天顾重之,而人反不重乎?其务本勤民[23],呈象昭昭可鉴矣[24]。吾邑妇人不能织绸织布[25],然而主中馈[26],习针线,犹不失为勤谨。近日颇有听鼓儿词[27],以斗叶为戏者[28],风俗荡轶[29],亟宜戒之。

　　吾家业地虽有三百亩[30],总是典产[31],不可久恃。将来须买田二百亩,予兄弟二人各得百亩足矣,亦古者一夫受田百亩之义也[32]。若再求多,便是占人产业,莫大罪过。天下无田无业者多矣,我独何人,贪求无厌,穷民将何所措足乎[33]?或曰:"世上连阡越陌[34],数百顷有馀者,子将奈何[35]?"应之曰:"他自做他家事,我自做我家事。世道盛则一德遵王[36],风俗偷则不同为恶[37],亦板桥之家法也[38]。"哥哥字。

〔1〕本文是郑板桥乾隆九年(1744)任范县知县时,写给弟弟的一封书信。文章主旨是尊重农民,轻视那些唯利是图的士人。作为一个科举出身的封建官吏,郑板桥能对民生疾苦了然于心,并对身处社会最底层的农夫投以关注和同情的目光,实在难能可贵。尤为感人的是,作者对农夫的同情和尊重是真切而发自内心的,不但要求自己身体力行,而且反复叮嘱家人从细小处做起。这对当今不少"父母官"来说,实在是一个难得的榜样。作为一封家信,本文的行文平易自然,清新流畅。无论叙事写景,或是议论抒情,皆信笔由之,娓娓道来,且带有不少口语,通俗易懂,给人耳目一新之感。署,官署。墨,即郑板桥的弟弟郑墨。

〔2〕斛(hú 胡):量器名,亦为古代容量单位。古以十斗为一斛,南宋末改为五斗一斛。

〔3〕碓(duì 对):一种舂米谷用的装置。

〔4〕舂揄(yóu 由)蹂簸:泛指收割庄稼后场上的各种农事活动。舂,用杵在臼中捣谷去壳。揄,往臼中放谷物或从臼中取米。蹂,通

"揉",用手搓米,使之精纯。簸,用簸箕扬去糠皮。语出《诗·大雅·生民》:"或舂或揄,或簸或蹂。"

〔5〕长子孙:养育子孙。

〔6〕暖老温贫:使年老和贫困之人感到温暖。

〔7〕啜(chuò辍):喝。

〔8〕霜晨雪早:指下霜下雪的冬日早晨。

〔9〕"吾其"句:语出杨恽《报孙会宗书》:"窃自思念,过已大矣,行已亏矣,长为农夫以没世矣。"

〔10〕四民:指士、农、工、商。语出《汉书·食货志上》:"士农工商,四民有业。"

〔11〕"入则孝"三句:读书人应孝敬父母、顺从兄长,继承和传播前代圣王的学说。语出《孟子·滕文公下》:"入则孝,出则悌,守先王之道,以待后之学者。"

〔12〕"得志"二句:居官时不忘为民造福,为民时则修养道德作世人的表率。见(xiàn献),通"现"。语出《孟子·尽心上》:"古之人,得志泽加于民,不得志修身见于世;穷则独善其身,达则兼善天下。"

〔13〕小头锐面:同"小头锐下"。本用于观面相,以为此种人"断敢行也。"见唐赵蕤《长短经》卷一《察相》。此指无恶不作,善于钻营。

〔14〕当:抵抗。

〔15〕束修自好(hào耗):约束自己,知道自爱。

〔16〕"经济"句:以治理国家要求自己的立志高尚者也到处都有。经济,经世济民。抗怀千古,指立志高尚,以古人自比。所在,到处。

〔17〕搬有运无:指商人从事货物流通。

〔18〕佃(diàn店)地人:佃户,旧时租地耕种的农民。

〔19〕对待:两方并峙。

〔20〕体貌:以礼待人。语出《汉书·贾谊传》:"所以体貌大臣,而

厉其节也。"

〔21〕"尝笑"三句:唐人多有以七夕为题材的诗篇,如白居易《七夕》云:"几许欢情与离恨,年年并在此宵中。"即写"会别可怜"。

〔22〕命名本旨:取名的本意。

〔23〕务本勤民:使民勤奋地从事农业生产。

〔24〕"呈象"句:指天所呈现的现象,含意明白,清楚可见。

〔25〕紬:同"绸"。

〔26〕主中馈(kuì 愧):在家主持饮食之事。

〔27〕鼓儿词:又称鼓子词,一种有说有唱,以唱为主的曲艺。

〔28〕斗叶:玩纸牌。叶,叶子,即纸牌。

〔29〕荡轶:放荡无拘束。

〔30〕业地:耕种的土地。

〔31〕典产:支付典价而占有的土地。到一定时间,原主可以备价赎回。

〔32〕一夫受田百亩:相传古代实行井田制,一个成年男子可耕种一百亩田地。语本《孟子·万章下》:"耕者之所获,一夫百亩。"

〔33〕措足:立足。

〔34〕连阡越陌:形容田地多。阡陌,田间的小路,南北方向曰阡,东西方向曰陌。

〔35〕子将奈何:您将怎么办?

〔36〕一德遵王:上下同心,遵守王法。

〔37〕偷:浇薄、败坏。

〔38〕家法:治家的原则。

胡天游

胡天游(1696—1758)，一名骙，一度改姓方，字云持，又字稚威，山阴(今浙江绍兴)人。少有异才，于书无所不窥。雍正己酉(1729)副贡，乾隆丙辰(1736)举博学鸿词，补试因病作罢；己巳(1749)举经学，又因病作罢。后客死于山西。胡天游为骈文高手，齐召南《石笥山房集序》称赞其文说："磊落擅奇气，下笔惊人，矫挺纵横，不屑屑蹈常袭故，雄气瑰伟，足与古作者角力。"著有《石笥山房集》二十二卷。

命说[1]

仆居京师，或爱仆者曰："东肆有工[2]，能以命辨人吉凶短长，指贵禄约穷，若鉴鉴状；吏决狱，了莫遁而成勿易也[3]。"他日又至，曰："尝试卜乎？王公贵人，四方来者，咸往请，蕲得一言[4]，子何乐自失？"

仆告之曰："若知所谓命乎？始生而然，以为人之约穷贵禄也。古称圣贤，犹不免焉。本乎天，生乎地，物之数以万，莫不有造化定吉凶。本生而断之，土凝而坏之[5]，为屋、为舟车、为樽、为薪、为瓦、为盂、为恶器[6]，彼匠与陶适然成之[7]。方其未始形，过者审焉，能预得其为屋、为舟车、为樽、为薪、为瓦与盂若恶器耶？命之于人之视物[8]，吾又何以得其贵禄约穷者耶？且命，人为之耶？果天为之耶？假人为之，憎约穷，奔贵禄，均其力所至，工奚分焉？必天为之，其幽眇微远，度终不可得测[9]。昔者孔子有说矣，其《系辞》曰：'乐天知命，故不忧。'[10]弥子瑕能致卫卿，孔子曰：'有命。'[11]孔子明其不可测，故常罕言[12]，奚计约穷贵禄之适来者耶[13]？微论终不可测[14]。假工诚神，得其贵禄诺者，必喜以愉；得其约穷斥者，必愁以悲，其不能更吾悲愁以为喜愉也。假犹能更吾悲愁，以为化乎喜愉，诚未肯祈工术，易孔子说[15]。若然，予何卜为？

"三代始盛，士修其躬[16]，治其家，贤能授官，升才于朝[17]，氓农勤功[18]，商工贾服其世[19]，罔或闻是说者[20]。自夫贤不必贵，不肖不必贱，智不必亨[21]，愚庸不必困，术夫瞽师因得持其妄幸而乘之，以诞骛于世[22]。苟少明其陋[23]，虽诚不必学于孔子，犹将断断无所疑惑[24]。惟妇人竖子，臧获贾贩悦贵禄[25]，惧约穷，谓术夫瞽师足以命己也，鬼神尊其言[26]，群相告其名[27]，夫何怪而责焉？妇人竖子，非能知有孔子者也；臧获贾贩之无愈于妇人竖子也。士衣冠称名[28]，非孔子书不得进，苟言不由孔子，于道也群罪为畔[29]。孔子进以礼，退以义[30]。独攘攘乎悦贵禄而惧约穷[31]，吾又安禁术夫瞽师之言之不尚孔子耶[32]？"

〔1〕本文主要对算命者的欺骗伎俩予以揭露和鞭挞,以期唤醒蒙昧受骗之众,进而遏止算命歪风的盛行。作为一篇议论文,《命说》的新颖之处主要在于用道家常的方式引出论题,避免了空洞呆板的理论说教,从而调动起读者的阅读兴趣。为了使文章更加形象生动,作者还成功地运用了打比方的论证方式,将深邃的哲理寓于生动的叙述之中,直接继承了战国之文"深于比兴"的艺术传统。不过,文章在驳斥算命之说时极力主张"乐天安命",反复强调命运不可知,多少给人一种消极颓废之感。

〔2〕工:擅长算命的人。

〔3〕"若鉴鉴状"三句:指算命特准,就像照镜子那样一目了然,无处遁形;也像法官判案,一经出口就无法改变。其中"了莫遁"是承接"鉴鉴状"而言,"成勿易"则是上承"吏决狱"而来。若鉴鉴状:像照镜子一样准确无误。前一"鉴"作动词,犹"照";后一"鉴"作名词,犹"镜"。

〔4〕蕲(qí 齐):通"祈",求。

〔5〕土凝而坏(pī 批):使泥土固结而成坏。坏,同"坯",未经烧炼的陶器。

〔6〕恶器:装粪便的器皿。

〔7〕适然:偶然。

〔8〕"命之"句:人的命运在出生伊始,就像人们看待未成形的器物一样,毫无确定性可言。

〔9〕度(duó 夺):推测。

〔10〕"昔者"四句:《易·系辞传上》:"旁行而不流,乐天知命,故不忧。"系辞,指《系辞传》上下。《十翼》中的两篇,相传为孔子所作赞《易》之文。乐天知命,意谓乐从天道的安排,知守性命的分限。

〔11〕"弥子瑕"三句:《孟子·万章上》:"弥子瑕谓子路曰:'孔子主我,卫卿可得也。'子路以告,孔子曰:'有命。'"弥子瑕,春秋时卫灵公

的宠臣。有命,指一切听从命运安排。

〔12〕"孔子"二句:《论语·子罕》:"子罕言利与命与仁。"罕言,很少谈论。

〔13〕"奚计"句:怎么会去考虑贫穷富贵的偶然到来呢？计,考虑。适,偶然。

〔14〕微论:犹"无论",更不用说。微,无。

〔15〕"假犹"四句:假定算命先生真的很神奇,能够把我的悲愁化为喜愉,那么我也确实不会同意因此而去改变孔子关于命运的说法。

〔16〕躬:身。

〔17〕升才于朝:任命有才之士到朝廷做官。

〔18〕氓(méng 盟)农勤功:农夫勤于耕作之事。氓,居住在郊野之民。功,通"工",事。

〔19〕服其世:指世世代代从事某种职业。

〔20〕"罔或"句:没有人听说过算命的说法。罔,无。

〔21〕亨:通。指仕途通达。

〔22〕以诞鬻于世:向世人兜售荒诞之说。鬻(yù 遇),售卖。

〔23〕少明其陋:稍稍明白其浅陋。

〔24〕断断:绝对,一定。

〔25〕臧获:奴婢。《方言》:"海岱之间,骂奴曰臧,骂婢曰获。"

〔26〕鬼神尊其言:像尊敬鬼神一样对待算命先生的话语。

〔27〕群相告其名:众人相互转告算命者的神奇之名。

〔28〕衣冠称名:指年轻未行冠礼之时。士为衣冠之族,未行冠礼时称名,行冠礼后则称字。这也就是《礼记·曲礼》所说的"幼名冠字"。

〔29〕"苟言"二句:如果言论不遵从孔子,那就是叛道之罪。畔,通"叛"。

〔30〕"孔子"二句:语出《孟子·万章上》:"孔子进以礼,退以义,得

之不得曰有命。"

〔31〕攘攘:犹"熙熙攘攘"。形容人多而喧闹纷杂的样子。《史记·货殖列传》:"天下熙熙,皆为利来;天下攘攘,皆为利往。"

〔32〕尚孔子:在孔子之上。尚,上。

杭世骏

杭世骏(1696—1773),字大宗,号堇浦,仁和(今浙江杭州)人。雍正举人。乾隆初,召试鸿博,授编修。改御史,条上四事,有"朝廷用人宜泯满汉之见"语,下吏议,拟死,寻放还。主讲粤秀、安定两书院最久。汪沆称其文,"以六经为之根,贯穿群史,出入百家,以掇撷其精腴。而高朗卓铄,衷于性情。胸之所蕴,笔舌间皆克倾泻之。故其节亮,其气华,其辞宏肆而奥博"。王瞿称其文"才力雄独,而郁积渊邃,若曾潭灵湖,不长输远逝,势且不止"。著有《道古堂全集》。

王佩箴刊《不自弃文》跋[1]

此文不见于朱子本集[2],其言则醇乎儒者之言也[3]。吾友树南王先生录于座右,日庄诵以为庭训[4]。既弃养[5],哲嗣佩箴等奉行无敢失队[6],刊布以永其传。

弃之时义大矣[7]!有美质而不知力学[8],是弃其天也[9]。有世泽而不知培植[10],是弃其祖也。推广言之,原伯鲁之子亡于不说学[11],楚越椒亡于傲狠[12],晋栾黡、郑伯有亡于汏侈[13],郤至亡于骤称其伐[14],杨食我亡于党恶[15],栾、高亡于嗜酒而好内[16],而其原皆由自弃于礼法始[17]。

《春秋》一书每以保家为兢兢[18],此先儒所以反覆譬喻,而吾友所以服膺终身[19],至老而不释也。

佩箴兄弟憬然思先德而贻后嗣[20],弗替引之[21],王氏之兴也,岂有既乎[22]?

〔1〕本文是作者题于《不自弃文》的跋,交代了该文刊布的来由,进而列举史实说明自弃于礼法者必致败亡的道理。

〔2〕此文:《不自弃文》,今收在《四库全书存目丛书》集十九《朱子文集大全类编》258页。

〔3〕醇(chún 纯):精纯不杂。通"纯"。儒者:信奉孔、孟学说的人。这种人主张以仁、义为本,先修身,然后齐家治国平天下。

〔4〕庄诵:严肃地朗读。庭训:父亲对儿子的教训。《论语·季氏》有记孔鲤"趋而过庭"而孔子教导之事。

〔5〕弃养:父母死亡。儿子应奉养双亲,故谓父母死亡为弃养。

〔6〕哲嗣:旧称他人之子为哲嗣,言其聪明有才。失队:出现差错。队同"坠"。

〔7〕时义:本《易》卦用语,谓卦所展示的特定的"时"及其时所蕴含的深刻意义。此引申为适应时代而产生的价值意义。

〔8〕美质:优越的素质,如聪明,记忆力强,等等。力学:刻苦学习。

〔9〕天:天赋的优越素质。

〔10〕世泽:祖先的恩惠,主要指权势、财产、地位等。

〔11〕"原伯鲁"句:《左传》昭公十八年传:秋,葬曹平公。鲁之参加葬礼者见周大夫原伯鲁,与之言,不说学。归以语闵子马。闵子马断言:"不学将落,原氏其亡乎!"至昭公二十九年三月,周室以原伯鲁之子为乱党而杀之。说,同"悦"。

〔12〕"楚越椒"句:《左传》文公九年传:楚越椒聘于鲁,执币傲。鲁

人谓:"是必灭若敖氏之宗。"至宣公四年,越椒为令尹,将攻楚王,王与战,大败之,遂灭若敖氏。

〔13〕晋栾魇(yǎn 演):《左传》襄公十四年,秦景公问奔秦之晋大夫士鞅:晋大夫谁先亡? 答以栾氏。然栾魇虽极汰虐,以其父恩德在人,犹可以免;魇死,其子栾盈必受其祸。至襄公二十一年,晋灭栾氏。郑伯有:《左传》襄公二十七年,晋大夫叔向谓郑大夫伯有"已侈"(过于奢侈),不到五年必被杀。至襄公三十年,郑卿子皮谓:"伯有汰侈,故不免。"郑人杀死伯有于羊肆。

〔14〕"郤(xì 细)至"句:《左传·成公十六年》,郤至献捷于周,与单(shàn 善)襄公语,"骤称其伐"(屡夸己功),单子以为必亡。次年,郤至等为晋厉公所杀。

〔15〕杨食我:《左传·昭公二十八年》:"夏六月,晋杀祁盈及杨食我。食我,祁盈之党也,而助乱,故杀之,遂灭祁氏、羊舌氏。"

〔16〕"栾、高"句:《左传·昭公十年》:齐国栾施、高强皆嗜酒,信内(悦妇人言)。陈、鲍两家伐之,栾、高败而奔鲁,陈、鲍分其室。

〔17〕礼法:礼仪法度。

〔18〕《春秋》:编年体史书,相传孔子据鲁史修订而成。但本文所称《春秋》,实指《左传》。《左传》襄公二十七年:晋赵孟称郑印段:"善哉,保家之主也!"又三十一年:"保族宜家。"春秋时,"家"指卿大夫的采地食邑。兢兢:小心戒慎貌。

〔19〕服膺:牢记在胸中,衷心信服。

〔20〕憬(jǐng 景):觉悟貌。先德:祖先的德行。

〔21〕替引:替,废弃;引,延长。《诗·小雅·楚茨》:"子子孙孙,勿替引之。"

〔22〕既:尽。

刘大櫆

刘大櫆（1698—1779），字才甫，一字耕南，号海峰，安徽桐城人。一生科场失意，晚年官黟县教谕。作为桐城派的重要作家，刘大櫆的古文集秦汉及唐宋八大家之长，喜学庄子，尤力追韩愈。姚鼐称其"文与诗并极其力，能包括古人之异体，熔以成其体，雄豪奥秘，麏斥出之，岂非其才之绝今古者哉！"（《刘海峰先生传》）有《海峰先生文集》十卷传世。

无斋记[1]

天下之物，无则无忧，而有则有患。人之患，莫大乎有身[2]，而有室家即次之。今夫无目，何爱于天下之色？无耳，何爱于天下之声？无鼻无口，何爱于天下之臭味[3]？无心思，则任天下之理乱[4]、是非、得失，吾无与其间[5]，而吾事毕矣。

横目二足之民[6]，瞀然不知无之足乐[7]，而以有之为贵。有食矣，而又欲其精；有衣矣，而又欲其华；有宫室矣，而又欲其壮丽。明童艳女之侍于前，吹笙击筑之陈于后，而既已有之，则又不足以厌其心志也[8]。有家矣，而又欲有国；有国矣，而又欲有天下；有天下矣，而又欲九夷八蛮之无不宾贡〔9〕；九夷八蛮无不宾贡矣，则又欲长生久视〔10〕，历万祀而不老〔11〕。以此推之，人之歆羡于富贵佚游而欲其有之也〔12〕，岂有终穷乎？古之诗人，心知其意，故为之歌曰："隰有苌楚，猗傩其枝。夭之沃沃，乐子之无知〔13〕。"夫不自明其一身之苦，而第以苌楚之无知为乐。其意虽若可悲，而其立言则亦既善矣。

余性颛而愚〔14〕，于外物之可乐不知其为乐，而天亦遂若顺从其意。凡人世之所有者，我皆不得而有之。上之不得有驰驱万里之功，下之不得有声色自奉之美，年已五十馀而未有子息〔15〕。所有者惟此身耳。呜呼！其亦幸而所有之惟此身也，使其于此身之外而更有所有，则吾之苦其将何极矣〔16〕！其亦不幸而犹有此身也，使其并此身而无之，则吾之乐其又将何极矣！

旅居无事，左图右史〔17〕，萧然而自足。啼饥之声不闻于耳，号寒之状不接于目，自以为无知，而因以为可乐，于是以"无"名其斋云。

〔1〕这是一篇颇具特色的明志述怀之作。刘大櫆科场失意，终生潦倒，垂垂老矣，仍孑然一身，心中的牢骚与愤慨，自然在所难免，于是借名斋之事，畅而抒之。本为一介儒生，刘大櫆在文中却对老庄的出世学说津津乐道，这实际上正反映出他内心的痛苦与无奈。当然，这种痛苦与无奈并非仅仅来自个人的穷愁潦倒，而更多的是针对于上层统治者的贪得无厌。就艺术风格而言，庄周《至乐》之激忿，韩愈《送穷文》之新奇，本文可谓兼而有之。至于用语简洁，吐词明快，则体现了桐城派散文

的某些特点。无斋,刘大櫆自己的书斋,以"无"为名。

〔2〕"人之患"二句:人生没有比拥有身体更大的祸患。语本《老子·十三章》:"吾所以有大患者,为吾有身;及吾无身,吾有何患?"

〔3〕臭(xiù 秀)味:气味。

〔4〕理乱:治乱。

〔5〕与(yù 遇):参与。

〔6〕横目二足之民:代指人类。语出《庄子·天地》:"夫子无意于横目之民乎?"

〔7〕瞀(mào 冒)然:愚昧的样子。

〔8〕厌:满足。

〔9〕九夷八蛮:泛指各少数部族。语出《书·旅獒》:"通道于九夷八蛮。"宾贡,称臣纳贡。

〔10〕长生久视:长生不老。语出《老子·五十九章》:"是谓深根固柢,长生久视之道。"

〔11〕祀:年。

〔12〕歆羡:羡慕。语出《诗·大雅·皇矣》:"帝谓文王,无然畔援,无然歆羡。"佚游:游荡无度。语出《论语·季氏》:"乐骄乐,乐佚游,乐宴乐,损矣。"

〔13〕"隰(xí 席)有苌(cháng 常)楚"四句:《诗·桧风·隰有苌楚》的第一章。诗歌以羡慕苌楚没有知觉,不受乱世烦扰而枝叶茂盛起兴,反喻人有知觉而多烦恼。正如朱熹《诗集传》所言:"政烦赋重,人不堪其苦,叹其不如草木之无知而无忧也。"隰,低湿之地。苌楚,藤科植物,果实似桃,今称羊桃。猗傩(ē nuó 婀娜),轻轻摇动的样子。夭,嫩美。沃沃,枝叶茂盛的样子。乐,喜,诗中指羡慕。子,指苌楚。无知,没有知觉。

〔14〕颛(zhuān 专):愚昧。

〔15〕子息:子孙后代。

〔16〕何极:没有尽头。

〔17〕左图右史:形容身旁堆满图书,以书为伴。语出《新唐书·杨绾传》:"独处一室,左图右史。"

游万柳堂记[1]

昔之人贵极富溢[2],则往往为别馆以自娱[3],穷极土木之工而无所爱惜。既成,则不得久居其中,偶一至焉而已,有终身不得至者焉。而人之得久居其中者,力又不足以为之。夫贤公卿勤劳王事[4],固将不暇于此;而卑庸者类欲以此震耀其乡里之愚[5]。

临朐相国冯公[6],其在廷时无可訾[7],亦无可称,而有园在都城之东南隅。其广三十亩,无杂树,随地势之高下,尽植以柳,而榜其堂曰"万柳之堂"[8]。短墙之外,骑行者可望而见其中。径曲而深,因其洼以为池,而累其土以成山;池旁皆蒹葭,云水萧疏可爱[9]。

雍正之初,予始至京师,则好游者咸为余言此地之胜。一至,犹稍有亭榭。再至,则向之飞梁架于水上者[10],今欹卧于水中矣[11]。三至,则凡其所植柳,斩焉无一株之存[12]。

人世富贵之光荣,其与时升降,盖略与此园等。然则士苟有以自得[13],宜其不外慕乎富贵。彼身在富贵之中者,方殷忧之不暇[14],又何必朘民之膏以为苑囿哉[15]!

〔1〕本文貌似游记,实为一篇寓意深刻的哲理小品。作者通过记叙一座园林别墅的兴废,借题发挥,告诉人们,富贵荣华只是过眼烟云:"其与时升降,盖略与此园等。"既然如此,倘若读书人能进入仕途为官的话,大可不必为营建自己的安乐窝而去搜括民脂民膏,而应该"勤劳王事",为国分忧,为民造福。本文言简意赅,主旨鲜明;以议论方式开篇结尾,前后照应,浑然一体;中间的记叙部分则简笔勾勒,惜墨如金。这些地方均体现出刘大櫆散文创作的高超之处,值得人们格外留意。万柳堂,康熙年间大学士刑部尚书冯溥修建的一座园林别墅,位于今北京广渠门内南侧。

〔2〕贵极富溢:富贵到极点。

〔3〕别馆:犹"别墅"。指本宅外另置的园林建筑游息处所。

〔4〕王事:指政务。

〔5〕愚:即"愚夫愚妇"的省称。指普通民众。

〔6〕冯公:即冯溥(1609—1691),字孔博,号易斋。益都(今属山东)人,顺治进士,官至刑部尚书、文华殿大学士。

〔7〕訾(zǐ紫):毁谤非议。

〔8〕榜:在匾额上题字。

〔9〕萧疏:稀稀落落。

〔10〕飞梁:架空的高桥。

〔11〕欹(qī七)卧:倾覆。

〔12〕斩焉:断绝。

〔13〕自得:指内心自足。《礼记·中庸》:"君子无入而不自得焉。"

〔14〕殷忧:深沉的忧虑。阮籍《咏怀》:"感物怀殷忧,悄悄令心悲。"

〔15〕朘(juān捐)民之膏:搜括民脂民膏。朘,减少,剥削。《汉书·董仲舒传》:"民日削月朘,浸以大穷。"

全祖望

全祖望(1705—1755),字绍衣,一字谢山,鄞县(今属浙江)人。乾隆元年(1736)进士,选翰林院庶吉士。因得罪当道,不受重视,于是返归故里,专事著述,并先后主讲于浙江蕺山书院和广东端溪书院。全祖望学问广博,为人正直,平生尤好网罗文献,表彰忠义,写下了不少优秀的传记散文。撰著颇丰,诗文合编为《鲒埼亭集》。今人整理有《全祖望集汇校集注》三册(朱铸禹汇校集注,上海古籍出版社2002年版)。

梅花岭记[1]

顺治二年乙酉四月[2],江都围急[3]。督相史忠烈公知势不可为[4],集诸将而语之曰:"吾誓与城为殉[5],然仓皇中不可落于敌人之手以死,谁为我临期成此大节者[6]?"副将军史德威慨然任之[7]。忠烈喜曰:"吾尚未有子,汝当以同姓为吾后[8]。吾上书太夫人,谱汝诸孙中[9]。"

二十五日,城陷,忠烈拔刀自裁。诸将果争前抱持之。忠烈大呼德威,德威流涕,不能执刃,遂为诸将所拥而行。至小东门,大兵如林而至[10]。马副使鸣騄、任太守民育及诸将刘都督肇基等皆死[11]。忠烈乃瞠目曰:"我史阁部也[12]。"被执至南门，和硕豫亲王以先生呼之[13]，劝之降。忠烈大骂而死。初，忠烈遗言："我死当葬梅花岭上。"至是，德威求公之骨不可得，乃以衣冠葬之。

或曰："城之破也，有亲见忠烈青衣乌帽，乘白马，出天宁门投江死者，未尝殒于城中也。"自有是言，大江南北遂谓忠烈未死。已而英、霍山师大起[14]，皆托忠烈之名，仿佛陈涉之称项燕[15]。吴中孙公兆奎以起兵不克[16]，执至白下[17]。经略洪承畴与之有旧[18]，问曰："先生在兵间，审知故扬州阁部史公果死耶[19]，抑未死耶？"孙公答曰："经略从北来，审知故松山殉难督师洪公果死耶，抑未死耶？"承畴大恚[20]，急呼麾下驱出斩之。呜呼！神仙诡诞之说，谓颜太师以兵解[21]，文少保亦以悟大光明法蝉脱[22]，实未尝死。不知忠义者圣贤家法[23]，其气浩然[24]，长留天地之间，何必出世入世之面目[25]！神仙之说，所谓为蛇画足[26]。即如忠烈遗骸，不可问矣。百年而后，予登岭上，与客述忠烈遗言，无不泪下如雨，想见当日围城光景，此即忠烈之面目宛然可遇，是不必问其果解脱否也，而况冒其未死之名者哉[27]？

墓旁有丹徒钱烈女之冢[28]，亦以乙酉在扬，凡五死而得。绝时告其父母火之，无留骨秽地。扬人葬之于此。江右王猷定[29]，关中黄遵岩[30]，粤东屈大均[31]，为作传铭哀辞。

顾尚有未尽表章者[32]。予闻忠烈兄弟，自翰林可程下[33]，尚有数人。其后皆来江都省墓。适英、霍山师败，捕得冒称忠烈者,大将发至江都,令史氏男女来认之。忠烈之第八弟已亡,其大人年少有色,守节,亦出视之。大将艳其色,欲强娶之。夫人自裁而死。时以其出于大将之所逼也,莫敢为之表章者。呜呼!忠烈尝恨可程在北,当易姓之间[34],不能仗节[35],出疏纠之[36]。岂知身后乃有弟妇以女子而踵兄公之馀烈乎[37]!梅花如雪,芳香不染。异日有作忠烈祠者,副使诸公谅在从祀之列[38];当另为别室以祀夫人,附以烈女一辈也。

〔1〕本文貌似游记,实为人物传记。全祖望生活在清王朝统治稳固的时期,但内心仍涌动着强烈的民族意识。他仰慕史可法之类的民族志士,却又不便公开歌颂,于是只好通过客观地追述史可法等人宁死不屈的英烈事迹,来寄寓自己的敬仰之情。文章简练,条理清楚。记叙与议论相辅相成,使文义更加突出,作者的褒贬态度也更加鲜明。特别是篇末两段补叙,看似赘笔,实则从多侧面烘托主题,可谓匠心独运。梅花岭,地名,在今江苏扬州广储门外。《嘉庆重修一统志·扬州府》:"明万历中,州守吴秀浚河积土而成,因树以梅,故名。"明末抗清将领史可法的衣冠冢在此。

〔2〕顺治二年乙酉:公元1645年,此年为农历乙酉年。

〔3〕江都围急:清豫亲王多铎率兵包围江都,形势紧急。江都,即今江苏扬州。

〔4〕督相史忠烈公:即史可法(1602—1645),字宪之,明代祥符(今河南开封)人。崇祯进士。顺治元年(1644),明弘光帝朱由崧命史可法督师扬州。扬州城破,被俘拒降而死。死后福王赠给他"忠烈"的谥号。由于史可法是以兵部尚书、大学士名义在扬州督师,而明代大学士相当

于宰相职位,故称督相。

〔5〕与城为殉(xùn讯):即以身殉城。

〔6〕成此大节:指帮助他以死殉城,以成全其节义。

〔7〕史德威:山西平阳(今山西临汾)人,时任守卫扬州的副总兵官。

〔8〕"汝当"句:你应当以同姓的关系作我的儿子。后,后代。

〔9〕"谱汝"句:把你的名字写入我家的家谱,列入我母亲的孙儿辈中。

〔10〕大兵:指围扬州城的清兵。

〔11〕"马副使"句:当时的按察副使马鸣騄,知府任民育,都督刘肇基均已殉职。马鸣騄,陕西襄城人,时任按察副使。任民育,山东济宁人,时任扬州知府。扬州城破时,任民育着官服端坐大堂上,被清兵杀死,全家男女跳井自杀。刘肇基,辽东人,时任五军都督府都督。扬州城破后,率部巷战而死。

〔12〕阁部:明朝大学士入阁,史可法以大学士兼管兵部,故称阁部。

〔13〕和硕豫亲王:即多铎(1614—1649),清太祖努尔哈赤的第十五子。和硕,满语,意为"旗"或"部落"。清代亲王、公主往往冠以"和硕"二字。

〔14〕英、霍山师:指英山(县名,在今湖北省东部)、霍山(县名,在今安徽省西部)的抗清义军。

〔15〕"仿佛"句:好像当年陈涉起义时假托项燕的名义。典出《史记·陈涉世家》:"陈胜曰:'……项燕为楚将,数有功,爱士卒,楚人怜之,或以为死,或以为亡。今诚以吾众诈自称公子扶苏、项燕为天下唱,宜多应者。'"

〔16〕孙公兆奎:即孙兆奎,字君昌,吴中(今江苏吴县)人。曾与吴日星合兵抗清,兵败被俘。

〔17〕白下:故址在今南京市金川门外,亦为南京的别称。

〔18〕"经略"句:洪承畴与孙兆奎过去有交往。经略,官名,明代战时设立此职,权在总督之上,清初仍沿袭其制。洪承畴(1593—1665),字彦演,号亨九,晋江(今属福建)人。明万历进士,崇祯末任蓟辽总督,与清兵战于松山(今辽宁锦县南),兵败降清,任七省经略。当时曾有洪承畴战死的传说,崇祯帝信以为真,曾哭祭过他。

〔19〕审知:确切地知道。

〔20〕大恚(huì 惠):十分愤怒。

〔21〕颜太师以兵解:颜真卿借兵刃解脱躯壳而成仙。颜真卿(709—785),唐德宗时官至太子太师,后为叛将李希烈所杀。相传颜死后,其仆人曾在洛阳同德寺见他"衣长白衫"端坐佛殿之上。因此"时人皆称鲁公(颜真卿曾被封为鲁郡公)尸解得道焉"(《太平广记》卷三十二)。兵解,古代方士认为学道者死于兵刃,是借此解脱躯壳而成仙。

〔22〕"文少保"句:文天祥也因为悟得佛法而解脱成仙。文少保,即文天祥(1236—1283),南宋民族英雄,封信国公,加少保衔。大光明法,指佛法。文天祥在狱中有诗云:"谁知真患难,忽遇大光明。"并解释说:"遇异人指示以大光明正法,于是死生脱然若遣矣。"(《文山先生全集·指南录》)后人因此附会说文天祥遇仙人授佛法,超脱了死生。蝉脱,蝉脱皮,比喻人解脱躯壳成仙。

〔23〕圣贤家法:以古代圣贤作为自己的道德准则。

〔24〕其气浩然:语本《孟子·公孙丑上》:"我善养吾浩然之气。"指精神气魄正大光明。

〔25〕"何必"句:为忠义而死,精神长存,不必过问其形骸是否存在,更不必作为成仙成佛来看待。面目,看待、对待。

〔26〕为蛇画足:义同成语"画蛇添足"。

〔27〕"而况"句:更何况假托史可法未死之名之类的做法。意思是

说这样做毫无必要。

〔28〕丹徒:县名,在今江苏镇江。钱烈女,名淑贤,清兵破扬州时壮烈殉城,轰动一时。冢,钱淑贤之墓,位于史可法的衣冠冢旁。

〔29〕江右:指江西省。王猷定(1599—约1661),字于一,号轸石,江西南昌人,明遗民,著有《四照堂文集》。

〔30〕关中:地名,在今陕西西安一带。黄遵岩,生平不详。

〔31〕粤东:指广东省。屈大均(1630—1696),字介子,号翁山,明亡后曾出家为僧。有《翁山文外》等。

〔32〕表章:表扬。章,同"彰"。

〔33〕可程:史可法的弟弟,崇祯十六年(1643)进士,升为翰林院庶吉士。曾投降李自成。

〔34〕易姓:改朝换代。

〔35〕仗节:保守节操。

〔36〕出疏纠之:上疏给明弘光帝,要求对可程的举动加以纠弹。

〔37〕兄公:妻子对丈夫兄长的称呼。语出《尔雅·释亲》:"夫之兄为兄公。"

〔38〕副使诸公:指上文提及的马鸣騄、任民育等人。谅,料想。从祀,陪祭。

彭端淑

彭端淑(约1699—约1779),字乐斋,丹棱(今四川洪雅)人。雍正十一年(1733)进士,曾任吏部郎中、顺天乡试同考官等职,后辞官家居,主讲四川锦江书院,名重一时。《国朝先正事略》卷四十四称"其诗质实厚重,不为鞶帨之习,文亦如之"。著有《白鹤堂诗文集》。

为学一首示子侄[1]

天下事有难易乎?为之,则难者亦易矣;不为,则易者亦难矣。人之为学有难易乎?学之,则难者亦易矣;不学,则易者亦难矣。吾资之昏不逮人也,吾材之庸不逮人也[2];旦旦而学之,久而不怠焉,迄乎成,而亦不知其昏与庸也[3]。吾资之聪倍人也[4],吾材之敏倍人也;屏弃而不用,其与昏与庸无以异也[5]。圣人之道,卒于鲁也传之[6]。然则昏、庸、聪、敏之用,岂有常哉[7]?

蜀之鄙有二僧[8],其一贫,其一富。贫者语于富者曰[9]:"吾欲之南海,何如[10]?"富者曰:"子何恃而往[11]?"曰:"吾一瓶一钵足矣[12]。"富者曰:"吾数年来欲买舟而下,犹未能也,子何恃而往?"越明年[13],贫者自南海还,以告富者,富者有惭色。西蜀之去南海,不知几千里也,僧之富者不能至,而贫者至之。人之立志,顾不如蜀鄙之僧哉[14]!

是故聪与敏,可恃而不可恃也[15];自恃其聪与敏而不学者,自败者也。昏与庸,可限而不可限也;不自限其昏与庸而力学不倦者,自力者也[16]。

[1] 本文是一篇劝勉勤学苦读的文章。此类立意前人多有论及,然彭端淑此文却历来受选家青睐。其中主要原因在于蕴义深刻,文风平易;多重对比,深入浅出;尤其是蜀中二僧之喻,更是为文章增添了几分形象性和寓意,使读者怵然为戒,回味无穷。

[2] "吾资"二句:我的天资愚钝不及别人聪明,我的才能平庸不及别人能力强。昏,愚钝。逮(dài 代),及,到,赶上。

[3] "旦旦"四句:只要天天学习,长久不懈,直至成功,也就不觉得愚钝和平庸了。怠,懈怠。迄(qì 气),至。乎,于。

[4] 倍人:加倍于人,指超过别人许多。

[5] 无以异:没有什么区别。

[6] "圣人"二句:孔子的学说,最终还是由天资愚钝的曾参继承下来。圣人,指孔子。鲁,迟钝。此处代指孔子的弟子曾参。典出《论语·先进》:"参也鲁。"

[7] 常:固定不变。

[8] 蜀之鄙:四川省的偏僻之地。

[9] 语(yù 遇):告诉。

[10] "吾欲"二句:我想到南海去,怎么样?之,前往。南海,浙江定海的普陀山,为我国古代佛教胜地之一。

[11] 何恃:凭借什么。

[12] 瓶、钵:僧人盛食物的两种用具,化缘乞食时所用。

〔13〕越明年:到了第二年。

〔14〕"顾不如"句:反而不如四川偏僻之地的穷僧人吗？顾,反而。

〔15〕可恃而不可恃:可以依靠又不可以依靠。意谓天资聪明是做出成就的重要条件,但不是决定因素。

〔16〕自力者:指自我努力、自求上进的人。

袁 枚

袁枚(1716—1797),字子才,号简斋,又号随园老人,钱塘(今浙江杭州)人。乾隆四年(1739)进士,历任江宁(今江苏南京)等地知县。年四十即辞官告归,于江宁小仓山筑随园,以诗文会友,极山水之乐。袁枚为人通脱,率性而行,曾自谓"孔郑门前不掉头,程朱席上懒勾留"。袁枚著述颇丰,论诗主张抒写性情,创"性灵说",影响极大。其诗与蒋士铨、赵翼齐名,被称为"江右三大家"。其文章也自视甚高,以为可以超过号称"清初三大家"的侯方域、魏禧、汪琬。袁枚自称为文"喜于议论"。今观其集,议论之文确实不少,无论是论学、论史,皆不苟成见;议论文之外,也有偏于叙事抒情者。著有《小仓山房诗文集》(今有周本淳标校本,上海古籍出版社1988年版)、《随园诗话》等。今人整理有《袁枚全集》八册(王英志主编,江苏古籍出版社1993年版)。

黄生借书说[1]

黄生允修借书[2],随园主人授以书而告之曰[3]:"书非借不能读也。子不闻藏书者乎?七略四库[4],天子之书,然天子读书有几?汗牛塞屋[5],富贵家之书,然富贵人读书者有几?其他祖父积、子孙弃者无论焉[6]。非独书为然,天下物皆然[7]。非夫人之物而强假焉[8],必虑人逼取而惴惴焉摩玩之不已[9],曰今日存,明日去,吾不得而见之矣。若业为吾所有[10],必高束焉[11],庋藏焉[12],曰姑俟异日观云尔[13]。"

余幼好书,家贫难致[14]。有张氏藏书甚富,往借不与,归而形诸梦,其切如是[15]。故有所览,辄省记[16]。通籍后[17],俸去书来,落落大满[18],素蟫灰丝[19],时蒙卷轴[20],然后叹借者之用心专,而少时之岁月为可惜也。

今黄生贫类予[21],其借书亦类予,惟予之公书[22],与张氏之吝书,若不相类[23]。然则予固不幸而遇张氏乎,生固幸而遇予乎？知幸与不幸,则其读书也必专,而其归书也必速。为一说,使与书俱[24]。

〔1〕本文以黄生借书发端,阐明读书与借书的关系,以时不待人勉励青少年专心攻读,中心题旨为"书非借不能读也"。文章的特点在于现身说法,对照比较,题旨鲜明,坦率自然。"说"是古代的一种文体,虽与"论"相近,但重在说明某个事理,篇幅较短,行文也更随意。

〔2〕黄生允修:生平事迹不详。

〔3〕随园主人:袁枚自号。

〔4〕七略四库:代指古代天子收藏的图书。七略,为汉代刘向、刘歆父子所撰,包括集略、六艺略、诸子略、诗赋略、兵书略、方技略、术数略七部分,为我国古代目录学之祖,原书不存。四库,犹"四部",晋代学者荀勖在《中经新簿》中将图书分为甲乙丙丁即经子史集四部之后,历代相沿。至清代编修四部之书,定名为《四库全书》。

〔5〕汗牛塞屋:即汗牛充栋,指书籍多得堆满屋子,运书的牛马累

得出汗。典出柳宗元《陆文通先生墓志》:"其为书,处则充栋宇,出则汗牛马。"

〔6〕无论:更不必说。

〔7〕"非独"二句:不只是书如此,天下万物都是这样。然,这样。

〔8〕强假:勉强借取。

〔9〕"必虑人"句:一定会担心别人来索还所借之物,所以观赏玩弄不止。惴惴,忧惧的样子。摩玩,观赏把玩。

〔10〕业:已经。

〔11〕高束:束之高阁,指深藏起来。

〔12〕庋(guǐ 轨)藏:收藏。

〔13〕"曰姑"句:说还是姑且等到他日再来观赏吧。云尔,语气词。

〔14〕难致:难以得到。

〔15〕其切如是:指借书的心情如此急迫。切,迫切。

〔16〕省(xǐng 醒)记:指记诵于心。

〔17〕通籍:指初入仕为官,其中"籍"为古代官吏的登记名册。

〔18〕落落大满:指书籍堆积成山的样子。落落,形容很高的样子。孙绰《游天台山赋》:"荫落落之长松。"吕延济注:"落落,松高貌。"

〔19〕素蟫(yín 银,又读 tán 谈)灰丝:白色的蛀虫、灰色的蛛丝。蟫,书中蛀虫。灰丝,灰色的蛛丝。

〔20〕时蒙卷轴:时常覆盖在书籍上。卷轴,古代书籍装轴卷藏,故称书籍为卷轴。

〔21〕类予:与我类似。

〔22〕公书:将书籍公之于众,让人借阅。

〔23〕若不相类:好像不相同。若,好像,委婉之词。

〔24〕使与书俱:将此文与黄生所借之书放在一块(交给黄生)。俱,在一起。

祭妹文[1]

乾隆丁亥冬[2]，葬三妹素文于上元之羊山[3]，而奠以文曰[4]：

呜呼！汝生于浙而葬于斯，离吾乡七百里矣。当时虽觭梦幻想[5]，宁知此为归骨所耶[6]？

汝以一念之贞，遇人仳离[7]，致孤危托落[8]，虽命之所存，天实为之[9]；然而累汝至此者，未尝非予之过也。予幼从先生授经[10]，汝差肩而坐[11]，爱听古人节义事；一旦长成，遽躬蹈之[12]。呜呼！使汝不识诗书，或未必艰贞若是[13]。

予捉蟋蟀，汝奋臂出其间[14]；岁寒虫僵，同临其穴[15]。今予殓汝葬汝，而当日之情形憬然赴目[16]。予九岁憩书斋，汝梳双髻，披单缣来[17]，温《缁衣》一章[18]。适先生奓户入[19]，闻两童子音琅琅然，不觉莞尔[20]，连呼则则[21]，此七月望日事也[22]。汝在九原[23]，当分明记之。予弱冠粤行[24]，汝掎裳悲恸[25]。逾三年，予披宫锦还家[26]，汝从东厢扶案出[27]，一家瞠视而笑[28]，不知语从何起，大概说长安登科[29]，函使报信迟早云尔[30]。凡此琐琐[31]，虽为陈迹，然我一日未死，则一日不能忘。旧事填膺[32]，思之凄梗[33]，如影历历[34]，逼取便逝[35]。悔当时不将嫛婗情状[36]，罗缕纪存[37]。然而汝已不在人间，则虽年光倒流，儿时可再,而亦无与为证印者矣[38]。

汝之义绝高氏而归也[39],堂上阿奶仗汝扶持[40],家中文墨眎汝办治[41]。尝谓女流中最少明经义、谙雅故者[42],汝嫂非不婉嬺[43],而于此微缺然[44]。故自汝归后,虽为汝悲,实为予喜。予又长汝四岁,或人间长者先亡,可将身后托汝,而不谓汝之先予以去也[45]。前年予病,汝终宵刺探[46],减一分则喜,增一分则忧。后虽小差[47],犹尚殗殜[48],无所娱遣[49]。汝来床前,为说稗官野史可喜可愕之事[50],聊资一欢[51]。呜呼!今而后吾将再病,教从何处呼汝耶?

汝之疾也,予信医言无害[52],远吊扬州[53]。汝又虑戚吾心[54],阻人走报[55]。及至绵惙已极[56],阿奶问:"望兄归否?"强应曰:"诺。"已予先一日梦汝来诀[57],心知不祥,飞舟渡江。果予以未时还家[58],汝以辰时气绝[59]。四支犹温[60],一目未瞑[61],盖犹忍死待予也[62]。呜呼痛哉!早知诀汝,则予岂肯远游?即游,亦尚有几许心中言要汝知闻,共汝筹画也[63]。而今已矣[64]!除吾死外,当无见期。吾又不知何日死,可以见汝;而死后之有知无知与得见不得见,又卒难明也[65]。然则抱此无涯之憾[66],天乎人乎,而竟已乎[67]!

汝之诗,吾已付梓[68];汝之女,吾已代嫁;汝之生平,吾已作传[69];惟汝之窀穸尚未谋耳[70]。先茔在杭[71],江广河深,势难归葬,故请母命而宁汝于斯[72],便祭扫也。其旁葬汝女阿印,其下两冢,一为阿爷侍者朱氏[73],一为阿兄侍者陶氏[74]。羊山旷渺[75],南望原隰[76],西望栖霞[77],风雨晨昏[78],羁魂有伴[79],当不孤寂。所怜者,吾自戊寅年读汝哭侄诗后[80],至今无男[81];两女牙牙[82],生汝死后,才周晬耳[83]。予虽亲在未敢言老[84],而齿危发秃[85],暗里自知,知在人间尚复几日!阿品远官河南[86],亦无子女,九族无可继者[87]。汝死我葬,我死谁埋?汝倘有灵,可能告我[88]?

呜呼!身前既不可想,身后又不可知;哭汝既不闻汝言,奠汝又不见汝食。纸灰飞扬,朔风野大[89],阿兄归矣,犹屡屡回头望汝也。呜呼哀哉!呜呼哀哉!

〔1〕这是作者为死去的三妹袁素文所写的一篇祭文。袁素文,名机,字素文,曾与袁枚的四妹袁杼、堂妹袁棠共称为"随园三妹"。素文出生之前,其父母即与高氏指腹为婚。高氏之子成人后是个市井无赖,高氏为此曾提议废除婚约,但素文囿于封建礼教,执意不肯。婚后,素文备受凌辱,终因不堪虐待返回娘家。一生郁郁悲伤,年仅四十岁便离开了人世。林语堂曾称此文:"惟袁子才之祭妹则断断非袁妹不可。"由此可见作者在文中表达出了一种感人至深的兄妹之爱。与韩愈的《祭十二郎文》相似,情真意切,哀婉酸楚是本文最显著的特色。从艺术手法上看,文章叙事、抒情、描写三者紧密结合,互为表里,同样给读者留下了深刻印象。

〔2〕乾隆丁亥:清乾隆三十二年(1767)。

〔3〕上元之羊山:地名,在今江苏南京东。

〔4〕奠以文:以文祭奠。

〔5〕 觭(jī机)梦：做梦。觭，通"掎"，得。

〔6〕 "宁知"句：哪里想到这是归葬尸骨的地方啊！宁知，岂知。

〔7〕 遇人仳(pǐ匹)离：嫁的男人不好，遭到丈夫遗弃。遇人，即"遇人之不淑"的省略，指嫁错了人。仳离，别离，指女子遭遗弃而离开夫家。典出《诗·王风·中谷有蓷》："有女仳离，条其啸矣。条其啸矣，遇人之不淑矣。"

〔8〕 托落：孤独失意。

〔9〕 "虽命"二句：虽然是命中注定，上天造成的。实，语助词。天实为之，语出《诗·邶风·北门》："已焉哉，天实为之，谓之何哉！"

〔10〕 授经：指听先生讲授经书。

〔11〕 差(cī疵)肩：并肩。

〔12〕 遽(jù巨)：竟然。躬：亲身。蹈：实践。之：指所受经书上的言论。

〔13〕 "使汝"二句：假如你不懂诗书礼教，或许不一定会坚守贞节到这种地步。使，假如。艰贞，坚贞。若是，像这样。

〔14〕 奋臂出其间：张开双臂出现在捉虫的地方。

〔15〕 同临其穴：一同来到埋葬蟋蟀的洞穴边。

〔16〕 憬(jǐng景)然赴目：清楚地出现在眼前。憬然，清晰的样子。

〔17〕 单縑(jiān兼)：细绢缝制的单衫。縑，古代一种双丝的细绢。

〔18〕 《缁(zī资)衣》：《诗·郑风》中的篇名。

〔19〕 奓(zhà乍)户：开门。

〔20〕 莞(wǎn宛)尔：微笑的样子。

〔21〕 则则：象声词，指赞叹之声。

〔22〕 望日：农历每月十五日。

〔23〕 九原：指墓地，犹"九泉"。语出《礼记·檀弓下》："赵文子与叔誉观乎九原。"郑玄注："晋卿大夫之墓地在九原。"

〔24〕弱冠粤行:指袁枚二十一岁时由广东前往广西桂林看望叔父袁鸿。弱冠,古时男子二十岁加冠,表示成年,因此时身体尚弱,故称"弱冠",后用作青少年的通称。

〔25〕掎(jǐ挤)裳:牵引着衣裳。

〔26〕披宫锦:指考中进士。唐代进士及第后,皇上赐披锦袍,后世因此称进士及第为"披宫锦"。

〔27〕案:古代一种狭长的桌子。

〔28〕瞠(chēng撑)视:瞪大眼睛打量。

〔29〕长安登科:指在北京考中进士。长安,指北京。

〔30〕函使:送信的使者。云尔:语助词,犹"如此等等"。

〔31〕琐琐:指琐碎之事。

〔32〕填膺:填满心胸。

〔33〕凄梗:因悲伤而心头堵塞。

〔34〕历历:形容清晰可见。

〔35〕逼取便逝:指近前捕捉,则转而消逝。

〔36〕婴婗(yī ní 医尼):婴儿。此处指孩提时期。

〔37〕罗缕:一条条细致罗列。纪存:记录保存。

〔38〕证印:查验证明。

〔39〕义绝高氏:指严正地断绝与高家的婚事。

〔40〕阿奶:指袁枚的母亲章氏。

〔41〕眱(chì赤):目不正视。此处"眱"疑为"眹"字之误。眹(shùn顺),同"眴",以目示意。

〔42〕明经义:明白儒家经书的义理。谙(ān安)雅故,熟悉过去的文章典故。谙,熟悉。

〔43〕婉嫕(yì义):柔顺。

〔44〕微缺:稍有欠缺。

〔45〕不谓:犹"不意",没想到。

〔46〕刺探:探问。

〔47〕小差(chài 拆去声):病情略有好转。差,同"瘥",指病愈。

〔48〕痷䐈(yè dié 夜叠):病情不重,尚需疗养。

〔49〕无所娱遣:没有什么娱乐消遣。

〔50〕稗(bài 拜)官野史:泛指小说、杂录和非正式的史书。稗官,小官。语出《汉书·艺文志》:"小说家者流,盖出于稗官。"愕,惊异。

〔51〕聊资一欢:姑且提供一时的欢乐。资,提供。

〔52〕无害:指病情不重,没有危险。

〔53〕吊:指凭吊、探访古迹。

〔54〕虑戚吾心:怕我心中担忧。戚,忧愁。

〔55〕阻人走报:阻拦别人跑来报信。

〔56〕绵惙(chuò 辍):病势危重,仅一息尚存。

〔57〕诀:永别。

〔58〕未时:古人以十二地支记录一天二十四小时。未时约为下午一时至三时。

〔59〕辰时:约上午七时至九时。

〔60〕四支:犹"四肢"。支,通"肢"。

〔61〕瞑:闭目。

〔62〕忍死待予:在忍受着死亡等待我归来。

〔63〕筹画:商量。

〔64〕已矣:完了。

〔65〕卒:终于。

〔66〕无涯之憾:无穷的遗憾。涯,边际。

〔67〕而竟已乎:而今终究这样完结了。

〔68〕付梓(zǐ 子):付印。梓,古代刻印书的版子。

〔69〕作传:写成传记。袁枚作有《女弟素文传》。

〔70〕窀穸(zhūn xī 肫夕):墓穴。

〔71〕先茔(yíng 迎)在杭:祖先的坟墓在杭州。

〔72〕宁汝于斯:让你在这儿安息。宁,安息。

〔73〕阿爷侍者:指作者父亲袁滨之妾。侍者,指妾。

〔74〕阿兄:作者自称,相对死者而言。

〔75〕旷渺:空旷辽阔。

〔76〕原隰(xí 席):平原和低湿之地。隰,低湿之地。

〔77〕栖霞:山名,又称摄山,在今南京东。

〔78〕晨昏:早晨和黄昏。

〔79〕羁魂:羁留他乡的灵魂。

〔80〕"吾自"句:指袁枚于乾隆戊寅年(1758)丧子,素文曾作诗哭吊亡侄。

〔81〕至今无男:袁枚写《祭妹文》时仍未有儿子。直到两年后才由妾钟氏生下一男孩,名阿迟。

〔82〕牙牙:犹"呀呀",幼儿初学说话时发出的声音。

〔83〕周晬(zuì 最):周岁。

〔84〕"予虽"句:我虽说母亲尚在,不敢自称年老。当时袁枚五十一岁。

〔85〕齿危发秃:牙齿动摇,头发脱落。

〔86〕阿品:袁枚的堂弟,名树,字东芗,时任河南正阳县令。

〔87〕九族:古人称高祖、曾祖、祖父、父亲、自身、儿子、孙子、曾孙、玄孙九代为九族。

〔88〕可能:能否。

〔89〕朔风野大:北风广漠而猛烈。朔,北方。

237

答人求娶妾[1]

足下托仆访美[2],而首载一条[3],拳拳于弓鞋之大小[4]。甚矣,足下非真好色者也[5]！凡有真好者,必有独得之见,不肯随声附和。从古诗书所载美人多矣,未有称及脚者[6]。《宋书》称男子履方[7],女子履圆;《唐史》称杨妃罗袜[8];韩冬郎诗"方寸肤圆光致致"[9],皆不缠足之明证。李后主使窅娘裹足,作新月之形[10],相传为缠足之滥觞。然后主亡国之君,矫揉造作,何足为典要[11]？今人每入花丛[12],不仰观云鬟[13],先俯察裙下[14],亦可谓小人之下达者矣[15]。不知眉目发肤,先天也[16];故咏美人者,以此为贵。弓鞋大小,后天也;刖之可使断[17],而何难于缠之使小乎？或云足不小则身不娉婷[18],此言尤误也。夫女之所以娉婷者,为其领如蝤蛴[19],腰如约素故耳[20],非谓其站立不稳也。倘弓鞋三寸,而缩颈粗腰[21],可能望其凌波微步[22],姗姗来迟否[23]？仆常过河南,入两陕[24],见乞丐之妻,担水之妇,其脚无不纤小平正,峭如菱角者[25]。使足下见之,其皆认作西施、毛嫱而纳之后房乎[26]？庄子曰:"下士不可语于道者,囿于习也。"[27]今之习尚[28],固有火化其父母之骸以为孝者,遂有裹小其女之脚以为慈者,败俗伤风,事同一例[29]。足下作诗文,多皮傅而不能深入[30];好色又随俗而无能主裁[31]。鄙意饮食男女之间[32],最易观人之真识见,故即一小事,而敢以逆耳之言进[33]。

〔1〕文章表现了袁枚率性而行,不苟陈见的品格和崇尚天然的美学品味。在女子缠足成为普遍社会风尚的清代,袁枚敢于公开加以反对,无疑显现出了一种难能可贵的勇气和明睿。尽管袁枚是从审美的角度反对女子缠足,而且似乎对纳妾这一陋习津津乐道,但客观上还是起着反对戕害女性的社会效果。这是阅读本文时必须加以重视的。

〔2〕访美:指寻找美女为妾。

〔3〕首载一条:头一条。指最重要的一条。

〔4〕"拳拳"句:指热衷于缠足女子鞋的大小。拳拳,犹"惓惓",热衷。弓鞋,缠足女子的脚背弯曲如弓,故称其所穿之鞋为"弓鞋"。

〔5〕好色:喜爱美色。

〔6〕称及脚者:提及脚之大小的。

〔7〕男子履方:男子穿方形的鞋。履,鞋。语出《宋书·礼志》。

〔8〕杨妃罗袜:唐代杨贵妃穿丝织的袜子。典出《太真外传》:"妃子死之日,马嵬媪得锦鞴(yào要)袜一只,每遇过客,一玩百钱。"

〔9〕韩冬郎:唐末诗人韩偓(844—923),字致尧(一作致光),小字冬郎,龙纪进士,官至兵部侍郎、翰林承旨。其早年诗多写艳情,词藻华丽,有"香奁体"之称。所引诗名为《屐子》。

〔10〕"李后"二句:南唐李后主让其嫔妃窅娘裹足,使足弯曲如新月形状。《辍耕录》卷十"缠足"条引《道山新闻》:"李后主宫嫔窅娘纤丽善舞",后主"令窅娘以帛绕脚,令纤小,屈上作新月状"。

〔11〕典要:准则。语出《易·系辞下》:"不可为典要,唯变所适。"

〔12〕花丛:指美女群中。

〔13〕云鬟:犹"云髻",形容女子发髻浓密卷曲如天上的云彩。语出杜甫《月夜》诗:"香雾云鬟湿,清辉玉臂寒。"

〔14〕俯察裙下:指低头观察足之大小。

〔15〕下达:语出《论语·宪问》:"君子上达,小人下达。"邢昺疏曰:"本为上,谓德义也;末为下,谓财利也。"原指追逐财利。此处指弃本逐末。

〔16〕先天:指与生俱来的。

〔17〕刖(yuè 越):古代一种砍断脚的酷刑。

〔18〕娉(pīng 平阴平)婷:形容女子姿态美好的样子。

〔19〕领如蝤蛴(qiú qí 求其):形容女子脖子白而细长。领,脖子。蝤蛴,天牛的幼虫。语出《诗·卫风·硕人》:"领如蝤蛴,齿如瓠犀。"

〔20〕腰如约素:形容女子腰身苗条。约,束缚。素,白而细的丝织品。语出曹植《洛神赋》:"肩若削成,腰如约素。"

〔21〕缩颈粗腰:指腰粗脖子短。

〔22〕凌波微步:指在水波上细步行走。语出《洛神赋》:"凌波微步,罗袜生尘。"

〔23〕姗姗来迟:形容女子从容缓步的样子。语出《汉书·孝武夫人传》:"上思念李夫人不已……悲感为作诗曰:'立而望之,偏何姗姗其来迟?'"

〔24〕两陕:指陕东、陕西。古地名,在今河南、陕西境内。

〔25〕峭如菱角:形容女子缠足后脚背严重弯曲的样子。

〔26〕西施、毛嫱:古时两位著名的美女。

〔27〕囿(yòu 又)于习:拘泥于习俗。引文见《庄子·秋水》。原文为:"曲士不可以语于道者,束于教也。"

〔28〕习尚:习俗与风尚。

〔29〕事同一例:指事例相同,没有区别。

〔30〕皮傅:指仅凭一知半解,附会其说。语出《后汉书·张衡传》:"河洛六艺,篇录已定,后人皮傅,无所容篡。"

〔31〕主裁:主见与裁断。

〔32〕饮食男女:指食欲与性欲。语出《礼记·礼运》:"饮食男女,人之大欲存焉。"

〔33〕逆耳:不顺耳,不中听。语出《史记·留侯世家》:"且忠言逆耳利于行,毒药苦口利于病。"

王鸣盛

王鸣盛(1722—1797),字凤喈,号礼堂,又号西庄,江苏嘉定(今上海嘉定)人。乾隆进士,累官内阁学士,兼礼部侍郎。左迁光禄寺卿。告归,居苏州三十年,键户读书,绝不与当事交接。古文负重名。其门人张焘称为以文人而兼经师。又一门人萧芝称其"淡于声华而浓于德业,廉于干进而贪于文章,勇于学术而怯于权门,密于穷经而疏于逐利"。但《啸亭杂录》则讥其贪鄙,至谓其"仕宦后,秦诿楚诿,多所干没"。不知孰是。著《十七史商榷》(今有商务印书馆1959年版、四川人民出版社1957年版、中国书店1984年影印本)。

西庄课耕图记[1]

自予居嘉定县城之西[2],溯娄江而上[3],过太仓州城而又西[4],入支港曰吴塘。行数里得小地,名曰鹤泺[5],明王奉常时敏之别墅曰西田者在焉[6],吴祭酒伟业尝为赋诗者也[7]。而予有庄在其旁。奉常居州城中,以墅在其所居之西,故名。予庄距予居愈益西矣,是宜名西,而又欲稍自别于奉常之名,忆杜子美有"西庄王给事"之语,盖谓摩诘辋川也[8],遂假以名之。予与摩诘无一似者也,特取其姓之偶合焉云耳。

始予妇翁李君干实有此庄[9],割以畀予[10]。而予游四方久,藉束脩所入[11],又自买其旁田数十亩。继又结茅屋数椽为课耕处[12]。环庄左右,荒寂特甚:一望数十里,皆平芜乱水[13],溟濛迷漫,惟夹岸多柽柳[14],其北隐隐可见虞山而已[15]。村落三四[16],烟火索然[17]。田既窊下[18],雨潦则与江通[19]。民力耕不能自给,多以绩麻为业[20]。或言宜罱港中泥以筑圩岸[21],岸高则可以扞水,港深则可以泄水,收当倍[22]。而居民皆瘠苦[23],莫能办者。

夫以予之拙,然使得屏绝人事[24],一其心力,督庄户用筑圩法,芟刈荒秽而疾耕焉[25],庶几不至饥而死。[26]顾方蒙恩[27],滥厕朝列[28],别庄且数年矣,庄其愈弗治乎[29]?于是属画工作图[30],暇辄观之,以舒予之思焉。

嘻!四民之业不能以相兼[31]。顾予于为士之道[32],曾未尽其毫末,而自少簸弄笔墨,习为无用之空言,遂不能自耕,而恫然欲课人之耕[33],兹予所以愧也。

且彼富人田连阡陌[34],暇而行田[35],指挥佣奴,千百为群。以予庄絜之[36],不啻如太仓之稊米[37]。顾已不能自耕,而恫然欲课人之耕,兹予所以重有愧也[38]。

〔1〕本文由"西庄"取名之由写起,写到庄田窊下而民穷不能筑堤,作者自愧不能济世,更自愧无财力足以自济。

〔2〕嘉定:县名,本江苏崑山县地,宋宁宗嘉定十年析置,以年号为县名。清属太仓州。

〔3〕娄江:又名下江,在江苏吴县东,源出太湖,东北流经苏州、崑

山、太仓等地,又东入长江。

〔4〕太仓:属江苏,三国吴称东仓,元置海运仓于此,明弘治十年置太仓州,清因之。

〔5〕泺(pō 坡):通"泊",湖泊。

〔6〕王时敏(1592—1680):字逊之,号烟客,太仓人。崇祯初,官至太常寺少卿(太常,旧称奉常)。明亡,不出。善画山水,为清初画坛领袖。有《西田集》。

〔7〕"吴祭酒"句:康熙时,吴伟业任国子监祭酒。其诗集卷一有《西田招隐诗四首》,题下自注:"西田,王烟客奉常别墅。"

〔8〕摩诘:王维之字。以诗画名盛开元、天宝间。有别墅在蓝田辋川。

〔9〕妇翁:岳父。实:副词。实有,谓是有此庄。

〔10〕畀(bì 必):给予。

〔11〕束脩:也作"束修"。十条干肉。《论语·述而》:"自行束脩以上,吾未尝无诲焉。"故后称致送教师的酬金为束脩。

〔12〕课耕:考查督促雇农的耕作情况。

〔13〕平芜:杂草繁茂的原野。

〔14〕柽(chēng 撑)柳:落叶小乔木,供观赏,枝叶可入药。

〔15〕虞山:在今江苏常熟西北。

〔16〕村落:乡人聚居之处。

〔17〕索然:寂寞。

〔18〕窳(yǔ 雨)下:田的土质恶劣,地势又很低。

〔19〕雨潦(lào 烙):雨水很大。潦,同"涝"。

〔20〕绩麻:析麻搓接成线。

〔21〕罱(lǎn 览):捞泥。

〔22〕收当倍:收成该比原先增加一倍。

〔23〕瘠苦:极其贫苦。

〔24〕屏(bǐng秉)绝:彻底排除。

〔25〕芟刈(shān yì 山义):割除。疾耕:辛勤耕作。

〔26〕庶几(jī机):也许可以。表示希望或推测之词。

〔27〕顾:但是。蒙恩:受到皇上的恩惠。

〔28〕滥厕朝列:名不副实,混身在朝廷的文武官员队伍内。这里是作者自谦之词。厕,厕身,一作"侧身",置身。

〔29〕治:整理。

〔30〕属:同"嘱"。

〔31〕"四民之业"句:即社会必须分工。《孟子·滕文公上》:"百工之事,固不可耕且为也。""然则治天下,独可耕且为欤?"四民,士、农、工、商。

〔32〕为士之道:《论语·泰伯》:"士不可以不弘毅,任重而道远。仁以为己任,不亦重乎?死而后已,不亦远乎?"仁,仁民爱物,具体内容就是修身、齐家、治国、平天下,使人民都能安居乐业,共享太平之福。

〔33〕悁(xiàn限)然:愤然,一股劲地。

〔34〕阡陌:田界,南北曰阡,东西曰陌。

〔35〕行田:巡视田间。

〔36〕絜(xié协):比较。

〔37〕不啻(chì赤):无异于。太仓:京城储粮的大仓。稊(tí提)米:草名,结实如小米。

〔38〕重(chóng虫):再。

纪　昀

纪昀(yún 匀)(1724—1805),字晓岚,河间(今属河北)人。乾隆十九年进士,官至礼部尚书、协办大学士。乾隆间修四库全书,昀任总纂,著录各书皆撰提要,冠于卷首。卒谥文达。其门人称其文"无意求工而机趣环生,总由成竹在胸,故能挥洒如意,所谓风行水上、自成文章也"。阮元称其文:"体物披文,不袭时俗。"今有《纪晓岚诗文集》(广陵古籍刻印社1997年影印本)。

再与朝鲜洪耳溪书[1]

昀拜启耳溪先生阁下:晋人有言[2]:"非惟能言人不得,并索解人亦不得。"文章契合[3],自古难矣。今于海外得先生之文,昀读之,虽不甚解,而似有所解。俯读先生来书,亦似以昀为粗能解者。是昀能略知先生,先生又能深知昀也。迢迢溟渤[4],封域各殊[5],岂非天假之缘欤[6]?别期在迩,后会无期,此日不向先生一言,又何日能倾倒情愫耶[7]?

尝谓文章一道[8],旁门至多[9],旁门自以为正脉者尤多[10]。其在当时,旁门自恐其不胜,必多方以争之。守正脉者大都孤直淡泊之士,声气必不如其广[11],作用必不如其巧[12],故旁门恒胜,正脉恒微。自宋以来,两派遂如阴阳昼夜之并行,不能绝一。先生生于海隅[13],独挺然追古作者,岂非豪杰之士,不汩于流俗[14],不惑于异学者哉[15]?

然韦布寒儒闭门学古[16],各尊所闻而已[17];有主持文柄之责者[18],则当为振兴斯道计。先生身为国相[19],又为儒宗[20],愿谨持此义,以导东国之学者[21]。登高之呼,必皆响应[22],久而互相传习,使文章正脉别存一支于沧海之外,岂非盛事欤[23]?

若夫风云月露之词[24],脂粉绮罗之句[25],知先生必不尚[26]。至于摹拟诘屈以为古奥[27],如历下之颓波[28];挦撦典籍以炫博洽[29],如云间之末派[30],皆自称古学,实皆伪体,所谓金玉其外而败絮其中者也,尤愿先生勿崇奖之[31],则先生有功于海东大矣[32]。

敢抒所知,希为采择。临楮缕缕[33],不尽欲言。

〔1〕本文是作者写给朝鲜人洪耳溪的一封信。其中称赞洪氏能不惑于异学,并希望洪氏保存文章正脉于朝鲜,还劝戒洪氏勿为伪体所惑。作者学富识高,所指出的正伪两体,对我们今天也有指导意义。

〔2〕晋人有言:《世说新语·文学》:"谢安年少时,请阮光禄(裕)道《白马论》,为论以示谢。于时谢不即解阮语,重相咨尽。阮乃叹曰:'非但能言人不可得,正索解人亦不可得。'"与本文所引稍异。

〔3〕契合:融洽,相符。

〔4〕溟渤:溟海和渤海。泛指大海。

〔5〕封域:疆界,领地。

〔6〕假:借。

〔7〕倾倒:畅所欲言。情愫:本心。

〔8〕文章一道：文章的规律，包括事理、方法和技艺。

〔9〕旁门：犹言"邪门"。

〔10〕正脉：正统。

〔11〕声气：指朋友间意气相合，消息相通。

〔12〕作用：犹言"手段"。

〔13〕海隅：边侧之地。

〔14〕汩（gǔ古）：扰乱。流俗：流行的习俗。多含贬义。

〔15〕异学：犹言"邪说"。

〔16〕韦布：韦带（柔皮所制革带）布衣。贫贱者所服。

〔17〕各尊所闻：各人重视从本师所听到的话。《大戴礼·曾子疾病》："君子尊其所闻，则高明矣。"

〔18〕文柄：考选文士的职权。

〔19〕国相（xiàng象）：指洪耳溪担任朝鲜国的相国。

〔20〕儒宗：儒士的宗师（受人尊崇堪为师表的大学者）。

〔21〕东国：指朝鲜，它位于我国之东。

〔22〕响应：回声相应。比喻群众迅速表示赞同。

〔23〕盛事：大事，美事。

〔24〕风云月露：一般自然景色，无关国计民生。

〔25〕脂粉绮罗：妇女的化妆品和漂亮的衣服。指代艳情。

〔26〕尚：尊崇。

〔27〕诘屈：文义深奥。

〔28〕"如历下"句：明代李攀龙（1514—1570），字于鳞，号沧溟，历城（古称历下）人。嘉靖二十三年进士。谓文自西京（西汉），诗自天宝以下，皆无足观。承李梦阳、何景明等前七子的遗说，主张复古。与谢榛、梁有誉、宗臣、王世贞、徐中行、吴国伦号称"后七子"。其诗文以摹拟先秦及汉人为能，文章诘屈聱牙，不堪卒读。颓波，比喻衰败的风气。

〔29〕挦撦（xún chě 旬扯）：剥取。特指写作中割裂文义、剽窃词句。

典籍:典册(记载典章制度的主要书籍)、书籍的统称。博洽:知识广博。

〔30〕"如云间"句:明代陈子龙(1608—1647),字人中、卧子,又字懋中,号轶符、大樽,松江华亭人。崇祯十年进士,南明弘光朝任兵科给事中。清兵破南京,在松江起兵,事败,又结太湖兵抗清,事泄被捕,乘隙投水死。是云间派的代表人物。此派的文学主张,黄保真等《中国文学理论史》(四)、王运熙等《中国文学批评史新编》(下册)俱有专章述评,可参阅。纪昀所言是其末派的流弊。末派,文学流派发展到最后阶段时所产生的不良风习。云间,江苏松江的古称。

〔31〕崇奖:大加称誉。

〔32〕海东:指朝鲜。

〔33〕楮(chǔ 楚):纸的代称,因楮木之皮可制纸。缕缕:详尽。

汪 缙

汪缙(1725—1792),字大绅,吴县人。乾隆贡生。壮岁负经世志,喜谈宋陈亮(同甫)之为人。而屡困于乡举,后遂不复应科举,卒年六十八。自为传云:"先生讲学,不朱不王;先生著书,不孟不庄;先生吟诗,不宋不唐;先生为人,不猥不狂;先生处世,不圆不方。"工古文,覃思奥赜。彭绍升称其文"嘘气成云",言如神龙之变化莫测也。王鸣盛谓读其文,"十洲三岛悉在藩溷间矣"。汪元亮谓其文"都从自性中流出,一洗揣摩依傍之习"。著《汪子文录》十卷。

记袁简斋语[1]

予慕简斋袁先生久矣[2]!往年至金陵[3],寓一僻巷。偶走向街头,遇宝山友谓予曰:[4]"君寓何所?袁先生遣生徒遍觅君,了无踪影[5]。"予遂发兴[6],造随园访先生[7]。自此时时聚会于秦淮湖上[8],笑语炽然[9],无间歇也[10]。

宝山友持袁先生诗册示予,予以为大得杨诚斋之魂[11]。宝山友不服,以为卑视先生诗也,告之先生。先生曰:"搔著吾痒处[12]。"

予又与宝山友论北地诗大不容易[13],予学之数年,仅得一两联耳。宝山友不以为然。忽先生来,举予栖霞诗云[14]:"'云埋大壑封秦树,雷劈阴崖失禹碑。[15]'此空同子之魂也[16]。"

先生胸次高妙如诚斋[17],其肝胆如北地,宜其能赏我趣也。

先生喜为阔论惊人[18],眼空万古[19],予辄以一把沙撒在先生眼里[20],先生辄笑而容之,甚矣先生之不可测也!因得句云:"雄辩高谈万古空,文心一点海山通[21]。妙将北地须眉气,贯入诚斋肺腑中。"

〔1〕汪元亮曾指出作者为文"往往杂以游戏三昧,若不经意然。然试细意玩味之,戏论处婆心涌现,与庄语同矣。"本文正可印证这点。这是由于作者熟于理学和佛教的两种语录,所以能写出这样充满情趣的文章。仅就此而论,他的文章也是和袁枚文心相通的。

〔2〕慕:思慕,向往。简斋袁先生:即袁枚,简斋为其号。本书有传。

〔3〕金陵:即南京。战国楚威王置金陵邑,秦曰秣陵,三国吴曰建业,晋曰建康,明称南京。

〔4〕宝山:县名。今属上海市。清雍正二年置县。

〔5〕了:完全。

〔6〕发兴(xìng性):引起兴致。

〔7〕造:到,往。

〔8〕秦淮湖:水名,俗称秦淮河。流经金陵(今南京市)城中,北入长江。历代为著名游览胜地。

〔9〕炽然:热烈。

〔10〕间(jiàn建)歇:停顿,不相连续。

〔11〕杨诚斋:杨万里(1127—1206),字廷秀,号诚斋,江西吉水人。

绍兴二十四年进士。累官至秘书监。遇事敢言,忤孝宗意,故不得大用。其诗平易自然,清新活泼,当时称为杨诚斋体。与陆游、范成大、尤袤并称"南宋四大家"。魂:事物的精神实质。诗魂,即某一家诗的精神实质。

〔12〕搔着痒处:犹言说到点子上。

〔13〕北地:李梦阳(1473—1530),字献吉,号空同子,庆阳(汉为郁致县,属北地郡)人。弘治七年进士。武宗时曾代尚书韩文起草奏疏,弹劾刘瑾,下狱免归。瑾诛,始起,官江西提学副使。以事夺职,家居。工诗文,尤长七古,主张说实话,记实事,抒真情。反对明初台阁体浮华的文风,倡言"文必秦汉,诗必盛唐"。与何景明等号称"前七子"。其末流至以模拟剽窃为能。

〔14〕栖霞:山名,位于南京东北,每岁深秋,山林幽谷的枫树,一片鲜红,故名。

〔15〕"云埋"二句:大雨将临,黑云把幽深山谷全部遮盖,连古老的树木也看不见了;霹雳燥雷把山北的崖石劈掉很大一块,以致崖石上刻的峋嵝碑也消失了。

〔16〕此空同子之魂:上二句为七律的一联,主要是气势阔大,描写大雨中电闪雷鸣的景象非常形象,使读者如身临其境。另外,声调也响亮。这正是盛唐诗的特点,也是李梦阳诗作的特点。

〔17〕胸次:胸中。

〔18〕阔论:惊世骇俗的话。

〔19〕眼空万古:无视一切历史人物。

〔20〕辄(zhé哲):总是。沙撒眼里:沙撒在眼里,就无法睁眼看,不可能目空一切了。

〔21〕"文心"句:创作诗文时,着重构思。袁枚能"思接千载,视通万里"(陆机《文赋》),通过眼前景物,写出自己的真性情,引起读者的共鸣。

蒋士铨

蒋士铨(1725—1785),字心馀,又字苕生,号清容,又号藏园,晚号定甫,清朝铅山(今属江西)人。乾隆二十二年(1757)进士,曾任翰林院编修,后任御史。其诗文俱佳,尤精南北曲,作有杂剧和传奇十六种,其中《临川梦》等九种合称《藏园九种曲》。其诗歌创作与袁枚、赵翼合称"江右三大家"。其散文具有细腻秀雅、凄楚动人的特色。清末学者廖炳奎在《忠雅堂古文跋》中评价说:"窃常论之,文气之奇,莫如魏叔子;文气之正,莫如方灵皋;参奇正之间,莫如悻子居。此外恃考据以矜博者有之矣,侈雕绘以夸工者有之矣。若行以劲气,出以深情,而又雅正有法,不能不为先生首屈一指。"有《忠雅堂全集》传世。今人整理有《忠雅堂集校笺》(邵海清校,李梦生笺,上海古籍出版社1993年版)。

鸣机夜课图记[1]

吾母姓钟氏[2],名令嘉,字守箴,出南昌名族[3],行九[4]。幼与诸兄从先祖滋生公读书,十八归先府君[5]。时府君年四十馀,任侠好客,乐施与[6],散数千金,囊箧萧然[7]。宾从辄满座,吾母脱簪珥[8],治酒浆,盘罍间未尝有俭色[9]。越二载[10],生铨,家益落[11],历困苦穷乏人所不能堪者[12],吾母怡然无愁蹙状[13],戚党人争贤之[14]。府君由是计复游燕赵间[15],而归吾母及铨,寄食外祖家。

铨四龄,母日授四子书数句[16]。苦儿幼不能执笔,乃镂竹枝为丝断之[17],诘屈作波磔点画[18],合而成字,抱铨坐膝上教之。既识,即拆去。日训十字[19],明日令铨持竹丝合所识字,无误乃已。至六龄,始令执笔学书[20]。

先外祖家素不润[21],历年饥大凶[22],益窘乏。时铨及小奴衣服冠履皆出于母[23]。母工纂绣组织[24],凡所为女红[25],令小奴携于市,人辄争购之。以是,铨及小奴无褴褛状[26]。

先外祖长身白髯[27],喜饮酒,酒酣辄大声吟所作诗,令吾母指其疵[28]。母每指一字,先外祖则满引一觥[29];数指之后[30],乃陶然捋须大笑[31],举觞自呼曰:"不意阿丈乃有此女[32]!"既而摩铨顶曰:"好儿子[33],尔他日何以报尔母?"铨稚,不能答,投母怀,泪泫泫下[34]。母亦抱儿而悲。檐风几烛[35],若愀然助人以哀者[36]。

记母教铨时,组绣绩纺之具毕陈左右[37],膝置书,令铨坐膝下读之。母手任操作,口授句读[38],咿唔之声与轧轧相间[39]。儿怠,则少加夏楚[40],旋复持儿泣曰[41]:"儿及此不学,我何以见汝父?"至夜分寒甚[42],母坐于床,拥被覆双足,解衣以胸温儿背,共铨朗诵之。读倦,睡母怀。俄而母摇铨曰[43]:"可以醒矣。"铨张目视母面,泪方纵横落,铨亦泣。少间[44],复令读,鸡鸣卧焉。诸姨尝谓母曰:"妹一儿也,何苦乃尔[45]?"对曰:"子众可矣,儿一不肖[46],妹何托焉?"

庚戌[47],外祖母病且笃[48],母侍之,凡汤药饮食,必亲尝之而后进,历四十昼夜无倦容。外祖母濒危[49],泣曰:"女本弱[50],今劳瘁过诸兄,惫矣[51]。他日婿归,为言我死无恨[52],恨不见女子成立[53],其善诱之[54]!"语讫而卒[55]。母哀毁骨立[56],水浆不入口者七日。闾党姻娅[57],一时咸以孝女称,至今弗衰也。

铨九龄,母授以《礼记》、《周易》、《毛诗》[58],皆成诵。暇更录唐宋人诗,教之为吟哦声[59]。母与铨皆弱而多病。铨每病,母即抱铨行一室中,未尝寝;少痊,辄指壁间诗歌,教儿低吟之以为戏。母有病,铨则坐枕侧不去。母视铨,辄无言而悲,铨亦凄楚依恋之。尝问曰:"母有忧乎?"曰:"然[60]。""然则何以解忧?"曰:"儿能背诵所读书,斯解也[61]。"铨诵声琅琅然[62],与药鼎沸声相乱[63],母微笑曰:"病少差矣[64]。"由是母有病,铨即持书诵于侧,而病辄能愈。

十岁,父归。越一载,复携母及铨,偕游燕、秦、赵、魏、齐、梁、吴、楚间[65]。先府君苟有过,母必正色婉言规[66]。或怒不听,则屏息[67],俟怒少解[68],复力争之,听而后止。先府君每决大狱[69],母辄携儿立席前[70],曰:"幸以此儿为念[71]!"府君数颔之[72]。先府君在客邸[73],督铨学甚急,稍息,即怒而弃之[74],数日不及一言[75]。吾母垂涕扑之[76]，令跪读至熟乃已，未尝倦也。铨故不能荒于嬉[77]，而母教由是益以严。

又十载归，卜居于鄱阳[78]，铨年且二十。明年娶妇张氏，母女视之[79]，训以纺绩织纴事，一如教儿时。铨生二十有二年，未尝去母前[80]。以应童子试[81]，归铅山，母略无离别可怜之色。旋补弟子员[82]。明年丁卯[83]，食廪饩[84]。秋，荐于乡[85]，归拜母，母色喜。依膝下廿日，遂北行。母念儿辄有诗，未一寄也。

明年落第，九月归。十二月，先府君即世[86]，母哭而濒死者十馀次。自为文祭之，凡百馀言，朴婉沉痛，闻者无亲疏老幼，皆呜咽失声。时行年四十有三也[87]。

己巳[88]，有南昌老画师游鄱阳，八十馀，白发垂耳，能图人状貌，铨延之为母写小像[89]。因以位置景物请于母[90]，且问母何以行乐，当图之以为娱。母愀然曰："呜呼！自为蒋氏妇，尝以不及奉舅姑盘匜为恨[91]，而处忧患哀恸间数十年[92]，凡哭母，哭父，哭儿，哭女夭折[93]，今且哭夫矣[94]。未亡人欠一死耳[95]，何乐为[96]？"铨跪曰："虽然，母志有乐得未致者[97]，请寄斯图也，可乎？"母曰："苟吾儿及新妇能习于勤，不亦可乎？鸣机夜课，老妇之愿足矣，乐何有焉[98]？"铨于是退而语画士[99]，乃图秋夜之景：虚堂四敞[100]，一灯荧荧[101]，高梧萧疏[102]，影落檐际；堂中列一机，画吾母坐而织之。妇执纺车坐母侧；檐底横列一几，剪烛自照，凭画栏而读者，则铨也；阶下假山一，砌花盆兰[103]，婀娜相倚[104]，动摇于微风凉月中；其童子蹲树根，捕促织为戏[105]，及垂短发，持羽扇，煮茶石上者，则奴子阿同、小婢阿昭也。图成，母视之而欢。

　　铨谨按吾母生平勤劳[106]，为之略[107]，以进求诸大人先生之立言而与人为善者[108]。

　　〔1〕本文作于1749年，主要记载了蒋士铨的母亲钟令嘉辛勤育儿、温柔贤慧的种种美德。作者在文中通过精心剪裁，力图把钟令嘉塑造成一个完美无瑕的贤良妇女的典范。由于文章的主旨是颂扬母德，所以从结构和内容方面看，通篇以时间为纲写母亲的行事。母亲的一生行事很多，势必在取材上有所选择，选择的标准是突出一个"贤"字。在具体的描写过程中，作者处处描画具体生动的生活场景，不作过多的抽象说明，行文简洁流畅，值得后人品味。就文章风格而言，则模仿欧阳修之迹宛然，本文与《泷冈阡表》有异曲同工之妙。也许正是看到了二者的相似之处，所以廖炳奎才大胆断言："继庐陵而起者，舍先生其谁与归！"（《忠雅堂文集跋》）鸣机，使织布机响，指正在织布。课，即课读，指钟令嘉教蒋士铨读书。鸣机夜课图是以蒋士铨母亲为主体的一幅行乐图。在旧时代，自写小像，或请人为自己画的小像，习惯上都称为行乐图。内容大多以琴棋书画、饮酒赋诗为主。

　　〔2〕钟氏：晚号甘荼老人，著有《柴车倦游集》。

　　〔3〕名族：有名望的家族。

　　〔4〕行（háng航）九：排行第九。令嘉是滋生公最小的女儿。

　　〔5〕归先府君：出嫁给作者的父亲。归，出嫁。先府君，作者对自己去世父亲的尊称。蒋士铨的父亲名坚，字非磷，号适园，精于刑律之学，著有《律断》等书。

　　〔6〕乐施与：喜欢施舍财物给别人。

〔7〕囊箧(qiè 切)萧然：指把财物都用光了。囊，口袋。箧，小箱子。萧然，稀少的样子。

〔8〕簪珥(ěr 耳)：发簪、耳环之类的饰物。

〔9〕"盘罍(léi 雷)"句：指在置办招待客人的酒宴方面从不显露出小气的样子。盘罍，盘子酒杯等器物，代指酒菜。俭色，不丰足的样子。

〔10〕越二载：过了两年。

〔11〕益落：更加衰落穷困。

〔12〕堪：忍受。

〔13〕怡(yí 夷)然：快乐的样子。愁蹙状：愁眉苦脸的样子。蹙(cù 促)，通"蹙"，皱眉头。

〔14〕戚党：亲戚和乡邻。贤之：以她为贤，赞扬她贤惠。

〔15〕计：计划。燕(yān 烟)赵：战国时的燕国和赵国，后代指河北、山西一带。

〔16〕四子书：即"四书"。宋朱熹将《论语》、《孟子》、《大学》、《中庸》合称为"四书"，为后世科举考试的必读书目，也称"四子书"。

〔17〕镂(lòu 漏)：刻削。

〔18〕诘屈：弯曲。波磔(zhé 折)点画：指汉字书写的笔画，波为撇，磔为捺，画为横。

〔19〕日训十字：每天教十个生字。

〔20〕学书：学习写字。

〔21〕素不润：向来不富裕。素，向来。

〔22〕大凶：大灾荒。

〔23〕小奴：年岁小的仆人。冠履：帽子和鞋子。

〔24〕工：擅长。纂：编织。组：织带。织：织布。

〔25〕女红(gōng 工)：妇女所作针线活。红，同"工"。

〔26〕褴褛(lán lǚ 蓝屡)：衣服破烂。

〔27〕长身白髯(rán然):身高须白。髯,生在两颊上的胡须。

〔28〕疵(cī词阴平):缺点、毛病。

〔29〕满引一觥(gōng工):满满地举起一杯酒(喝尽)。觥,古代的一种酒器。

〔30〕数(shuò硕)指之后:几次指出瑕疵之后。

〔31〕陶然:快活的样子。

〔32〕"不意"句:想不到老夫竟有这样的女儿。

〔33〕儿子:孩子。

〔34〕涔(cén岑)涔:连续下流的样子。

〔35〕檐(yán沿)风几烛:指从屋檐下吹进的风使桌上的烛光摇动。几,小桌。

〔36〕愀(qiǎo巧)然:悲愁的样子。

〔37〕毕陈左右:一起摆放在身边。

〔38〕句读(dòu逗):文句的停顿之处。

〔39〕咿唔(yī wú伊无):读书的声音。轧轧:纺车的声音。相间(jiàn建):相互交替。

〔40〕夏(jiǎ贾)楚:古代学校的体罚用具。夏,通"榎",即榎木。楚,荆条。

〔41〕旋复持儿:不一会又抱起儿子。旋,不久,随即。

〔42〕夜分:半夜。

〔43〕俄:俄顷,不久。

〔44〕少间:稍微过了一会儿。

〔45〕何苦乃尔:何必这样呢。

〔46〕不肖(xiào效):不好,不成材。

〔47〕庚戌:指雍正八年(1730)。

〔48〕病且笃:病很重。且,将近。笃,病重。

259

〔49〕濒(bīn 宾)危:临近死亡的时刻。

〔50〕女:同"汝",你。

〔51〕惫(bèi 备):疲乏。

〔52〕恨:遗憾。

〔53〕女子成立:你的儿子成名立身。女,通"汝"。

〔54〕其善诱之:还是好好教导他吧。其,表希冀的语气助词。诱,教导。

〔55〕语讫(qì 气)而卒:说完话就去世了。

〔56〕哀毁骨立:指因哀伤过度损毁身体而十分消瘦的样子。典出《后汉书·韦彪传》:"孝行纯至,父母卒,哀毁三年,不出庐寝。服竟,羸瘠骨立异形,医疗数年乃起。"

〔57〕闾党姻娅(yà 压):同乡与亲戚。姻,儿女亲家之间的称呼。娅,姐妹之夫相互间的称谓。

〔58〕《礼记》、《周易》、《毛诗》:中国古代儒家的三部重要经典。

〔59〕吟哦:吟诵,低声诵读。

〔60〕然:是这样。

〔61〕斯解:这样才能解除忧愁。

〔62〕琅(láng 郎)琅:形容读书之声清脆响亮。

〔63〕药鼎:煎药的锅。相乱:搅合在一起。

〔64〕少差(chài 拆去声):稍微好转。差,同"瘥",病愈。

〔65〕秦、魏、齐、梁、吴、楚:均为春秋战国时的国名,后指陕西、山西、河南、山东、江苏、湖北、湖南等地。

〔66〕婉言规:委婉规劝。

〔67〕屏息:不出声息。

〔68〕俟怒少解:等到怒气稍微减退。

〔69〕决大狱:审理事关人命的重大案件。

〔70〕席：座位。

〔71〕幸以此儿为念：希望你时刻想到这个孩子。言下之意是劝丈夫认真办案，不要冤枉好人，以免日后孩子遭报应。幸，希望。

〔72〕颔(hàn汉)之：点头表示赞同。

〔73〕客邸：旅居在外的住宅。

〔74〕弃：不理睬。

〔75〕不及一言：不说一句话。

〔76〕扑：打。

〔77〕荒于嬉：因玩乐而荒废学业。

〔78〕卜居于鄱阳：在鄱阳找到了新住宅。鄱阳，地名，在今江西波阳。卜居，择地居住。

〔79〕女视之：把她当作女儿看待。

〔80〕去母前：离开母亲跟前。

〔81〕童子试：科举时代一种级别最低的考试。投考者为童生，录取后为诸生。

〔82〕补弟子员：诸生取入县学，称补弟子员，也就是指考中了秀才。

〔83〕丁卯：乾隆十二年(1747)。

〔84〕食廪饩(lǐn xì 凛细)：秀才参加科岁考，成绩优良，即可补廪膳生，可以得到官府补贴的膳食费。廪饩，官府发给秀才的膳食津贴。

〔85〕荐于乡：指乡试中举，此处是沿袭汉朝"举孝廉"的说法。

〔86〕即世：去世。

〔87〕行年：年岁。行，经历。

〔88〕己巳：乾隆十四年(1749)。

〔89〕延之：请他。

〔90〕位置景物：指画中的背景与摆设。

〔91〕"尝以"句：常因未赶上侍奉公婆而遗憾。舅姑，指丈夫的父

母。盘、匜(yí姨),古代两种盥洗时盛水的器具。

〔92〕恸(tòng痛):悲痛。

〔93〕夭折:未成年而死。

〔94〕且:甚且。

〔95〕未亡人:旧时代妇女丧夫后的自称。

〔96〕何乐为:有什么可乐的呢?为,语气助词。

〔97〕"母志"句:母亲希望得到的快乐现在尚未实现的。致,得到。

〔98〕乐何有焉:哪里有什么别的快乐呢?

〔99〕语(yù遇)画士:告诉画师。

〔100〕虚堂四敞:空的堂屋,四面敞开。

〔101〕荧(yíng莹)荧:灯光微弱的样子。

〔102〕高梧萧疏:高高的梧桐树枝条稀疏。

〔103〕砌花盆兰:台阶上的花和盆中的兰草。砌,指台阶。

〔104〕婀娜(ē nuó 婀挪):轻盈美丽的样子。

〔105〕促织:蟋蟀。

〔106〕按:根据。

〔107〕略:事略,指简单的传记。

〔108〕"以进"句:进而求取各位鼓励人们为善的有声望的人写文章予以表彰。诸,之于。大人先生,指有地位有声望的人。立言,著书立说。与人为善,指善意帮助或帮助人进步。语出《孟子·公孙丑上》:"故君子莫大乎与人为善。"

龚一足传[1]

龚夔,字一足,别字四指,南昌中洲人。事母至孝,性狷介[2],寡嗜好善。摘书、史奇险语及《庄》、《老》、《淮南》书作经义[3],以是困童子试[4],五十年不售[5]。善行草书,常与八大山人游[6],然书必键户[7],不多作,人争重之。生平不苟取,交好或有厚遗[8],亦不谢。岁授徒得金[9],悉封遗母氏,私箧萧然也[10]。尤不喜近俗人。在酒座,辄闭目,连举数觥,喉中隐隐作声去。益不谐于时[11],终身不娶妻。言及妇人,则大笑。或以绝祀责[12],乃愀然曰:"死以兄子继,足矣。"六十馀,授徒某家。夜忽起,聚诗文为薪,煮苦茗啜之。趺坐木榻上[13],泣诵《蓼莪》诗[14],凡数篇,遂殁。

[1] 本文是蒋士铨短篇人物传记的代表作。文章用不足二百字的篇幅,叙述了清代私塾先生龚夔困于童子试五十年的传奇经历,用惜墨如金的笔法刻画出人物孤傲狷介,待母至孝的独特个性。人物形象生动传神,呼之欲出,堪称短篇人物传记中不可多得的上品。龚一足,名夔,字一足,清初南昌人,以私塾为业。

[2] 狷(juàn倦)介:拘谨守分,洁身自好。语出《国语·晋语二》:"小心狷介,不敢行也。"

[3] "摘书"句:摘录古书中的奇特险怪的语句及《庄子》、《老子》、《淮南子》中的内容来解释儒家经典的含义。

[4] 困童子试:指考不中秀才。

[5] 不售:卖不出,指不受考官欣赏。

[6] 八大山人:即清代的朱耷,字雪个,号八大山人。明宁王朱权后裔,为清初著名的书画家,擅水墨画,工草书,传世作品甚多。

[7] 书必键户:进行书法创作时一定插上门闩。键,门闩。

[8] 厚遗(wèi谓):厚重的赠与。

〔9〕金:指教书所得酬金。

〔10〕私箧萧然:指个人没有积蓄。

〔11〕不谐于时:与时代不合拍。

〔12〕绝祀:断绝祭祀,指没有子孙后代。

〔13〕趺(fū 夫)坐:古代一种盘腿端坐的姿势,左脚放在右腿上,右脚放在左腿上。

〔14〕蓼莪(lù é 路俄):《诗·小雅》篇名。诗中表达了一位苦于行役,不得赡养父母的孝子的怨恨之情。蓼莪,一种植物,俗称"抱娘蒿"。

钱大昕

　　钱大昕(xīn 辛)(1728—1804),字晓征,号辛楣,又号竹汀。嘉定人。乾隆十九年进士,选庶吉士,擢侍讲学士,迁少詹事。历充四省乡试考官,提督广东学政。以丁忧归,后不复出。为清代著名朴学家。段玉裁称其文:"中有所见,随意抒写,而皆经史之精液。其理明,故语无鹘突;其气和,故貌不矜张;其书味深,故条鬯(chàng 畅)而无好尽之失,法古而无摹仿之痕,辨论而无哫(jiào 叫)嚣攘袂之习。淳古澹泊,非必求工,非必不求工,而知言者必以为工。"著有《潜研堂文集》、《十驾斋养新录》。今人整理有《嘉定钱大昕全集》(陈文和主编,江苏古籍出版社1997年版)。

记先大父逸事[1]

　　先大父性不妄语[2]。年六十九时,恩诏赐高年七十以上粟帛[3],乡人多增年以邀上赐。或以白先大父[4],先大父正色曰[5]:"寿命由天,人可欺,天可欺乎?欺天而罔上[6],吾不为也。"大昕儿时识此语不忘[7]。比岁国家举大庆典[8],天子加恩老儒:各省应乡试终场士子年及八十以上者[9],大吏以名闻[10],辄降旨特赐举人。闻有私增年一纪以应诏者[11]。因忆先大父遗言书之[12]。

先大父尝举《管子》语以教子弟曰[13]:"釜鼓满则人概之,人满则天概之。[14]"又举《淮南子》语[15]:"唯不求利者为无害,唯不求福者为无祸。[16]"

有客举王子安滕王阁诗序[17]:"兰亭已矣[18],梓泽丘墟"二句[19],对属似乎不伦[20]。先大父曰:"'已矣',叠韵也[21];'丘墟',双声也[22]。叠韵双声,自相为对。古人排偶之文[23],精严如此。庾子山《哀江南赋》[24]:'陆士衡闻而抚掌[25],是所甘心;张平子见而陋之[26],固其宜矣。'以'甘心'对'抚掌',以'宜矣'对'陋之',亦一联之中虚实自相为对也。[27]"

先大父年逾八十,读书不辍。或云:"先生老矣,盍少休乎[28]?"答曰:"一日不读书便俗。"

[1] 此为随笔,记其祖父四件事。第一件:不欺天罔上;第二件:戒满,不求利与福;第三件:读书有创见;第四件:老犹读书不辍。这是钱氏的家教,也是钱大昕本人的缩影。至于文笔简练,犹其馀事。

[2] 先大父:已去世的祖父。性不妄语:天生本性从不说荒诞无稽的话。

[3] 恩诏:皇帝降恩的诏书。粟:粮食的总称。帛:丝织物的总称。

[4] 白:禀报,陈述。

[5] 正色:表情端庄严肃。

[6] 罔上:欺骗上司。

[7] 识(zhì 志):记住。通"志"。

[8] 比岁:连年。

[9] 乡试:科举时代,每三年,各省集士子于省城,朝廷选派正、副主

考官,试四书、五经、策问、八股文等,称为乡试。中式者称举人。终场:科举时代考试分数场,最后一场为终场。

〔10〕大吏:各省督、抚等大官。以名闻:把符合条件者的姓名报上朝廷。

〔11〕一纪:十二年为一纪。

〔12〕遗言:去世前留下的话。

〔13〕《管子》:旧题战国齐管仲撰,近代学者多认为战国、秦、汉时人假托之作。本文所引语见《管子·枢言》。

〔14〕"釜鼓"二句:釜(fǔ斧),古量器名,约合今四升八合。鼓,亦古量器名,三十斤为钧,四钧为石,四石为鼓。概,刮平。"人满则天概之",原谓人的寿命到了一定的年限,就会死亡。本文则引申为凡事不可过度,要永不自满。

〔15〕《淮南子》:汉淮南王刘安等所撰。本文所引语见《淮南子·诠言训》。

〔16〕"唯不"二句:此道家思想,所谓"不为福先","不为祸始"。钱大昕的祖父生活在封建君主高度集权的时代,臣民动辄得咎,因此萌生这种消极思想。钱大昕所以特加记载,自然也是出于明哲保身的人生观。与此相对的,是从春秋郑子产的"苟利国家,生死以之",到诸葛亮的"成败利钝,非所计也。鞠躬尽瘁,死而后已",到林则徐的"苟利国家生死以,敢因祸福避趋之"。这才是正确的思想。

〔17〕王子安:王勃(650—676),字子安,绛州龙门人。咸亨二年,王勃省父过南昌,参加洪州牧阎伯屿在滕王阁上举行的宴会,当场写出《滕王阁序》。

〔18〕兰亭:在会稽郡山阴县(今浙江绍兴)。东晋王羲之等曾在此举行宴会。

〔19〕梓泽:西晋石崇所建金谷园,别名梓泽。丘墟:废墟。

〔20〕对属(zhǔ 主):格律诗和骈文中两句缀成对偶。不伦:不类。不像样,不合适。

〔21〕叠韵:两字韵母相同,如"小巧"。

〔22〕双声:两字声母相同,如"玲珑"。

〔23〕排偶:一连几句相连,互相对偶。

〔24〕庾子山:庾信(513—581),字子山,北周南阳新野人。初仕南朝梁,出使西魏,被留不放还。西魏亡,仕北周。常有乡土之思,因作《哀江南赋》。

〔25〕"陆士衡"句:陆机(261—303),字士衡,吴郡吴人。《晋书·左思传》:初,陆机入洛,欲为《三都赋》,闻思作之,抚掌而笑,与弟云书曰:"此间有伧父,欲作《三都赋》,须其成,当以覆酒瓮耳。"及思赋出,机绝叹伏,以为不能加,遂辍笔。

〔26〕"张平子"句:《后汉书·张衡传》:衡,字平子,南阳(今河南南阳一带)人。《艺文类聚》卷六十一:张衡《西京赋》曰:昔班固作《两都赋》,"张平子薄而陋之,故更造(再作《西京赋》)焉"。

〔27〕虚实自相为对:"宜矣"对"陋之"为虚,"甘心"对"抚掌"为实。

〔28〕盍(hé 何):何不。

弈喻[1]

予观弈于友人所[2],一客数败[3]。嗤其失算[4],辄欲易置之[5],以为不逮己也[6]。顷之[7],客请与予对局[8],予颇易之[9]。甫下数子[10],客已得先手。局将半,予思益苦,而客之智尚有馀。竟局数之[11],客胜予十三子,予赧甚[12],不能出一言。后有招予观弈者,终日默坐而已。

今之学者读古人书,多訾古人之失[13];与今人居[14],亦乐称人失。人固不能无失,然试易地以处,平心而度之[15],吾果无一失乎?吾能知人之失,而不能见吾之失;吾能指人之小失,而不能见吾之大失。吾求吾失且不暇[16],何暇论人哉!

弈之优劣有定也,一著之失,人皆见之,虽护前者不能讳也[17]。理之所在,各是其所是[18],各非其所非[19],世无孔子,谁能定是非之真?然则人之失者,未必非得也;吾之无失者,未必非大失也。而彼此相嗤,无有已时[20],曾观弈者之不若已。[21]

〔1〕题目已说明是以下棋的事为比喻。作者由从观客弈到与客对弈的亲身经历,体会到知人得失易,知己得失难,警醒世人当求诸己失。弈(yì 艺),下棋。

〔2〕所:处。

〔3〕数(shuò 硕):屡次,多次。

〔4〕失算:计算错误。

〔5〕易置之:把客人下的棋子改放。

〔6〕不逮(dài 代):比不上。

〔7〕顷(qǐng 请)之:一会儿。

〔8〕对局:两人对面下棋。局,棋盘。

〔9〕易之:轻视他。

〔10〕甫:刚刚。

〔11〕竟局数(shǔ 属)之:下完一盘,数数双方的棋子。

〔12〕赧(nǎn 南上声):因惭愧而面赤。

〔13〕訾(zǐ 子):指责。

〔14〕居:相处。

〔15〕度(duó 夺):揣测,考虑。

〔16〕暇(xiá 侠):空闲。

〔17〕护前:坚持原先所说,绝不认错。讳:隐瞒。

〔18〕是其所是:赞成他所赞成的意见。

〔19〕非:反对。

〔20〕已时:停止的时候。

〔21〕"曾观"句:"曾不若观弈者已"的倒装。竟比不上旁观下棋的人了。

姚　鼐

姚鼐(1732—1815)，字姬传，一字梦谷，世称惜抱先生，安徽桐城人。早年随伯父姚范学经，后又从桐城派古文家刘大櫆学古文。乾隆二十八年(1763)进士，入翰林院，官至刑部郎中，《四库全书》纂修官。后辞官主讲钟山、紫阳等书院长达四十年。姚鼐是桐城派古文的主要理论家和作家，主张义理、考据、辞章三者并重，"神、理、气、味、格、律、声、色"不可偏废。他的散文以"醇正严谨"著称，通常写得清通自然，简洁明快。著有《惜抱轩诗文集》(今有刘季高整理本，上海古籍出版社1992年版)。

登泰山记[1]

泰山之阳[2]，汶水西流[3]；其阴，济水东流[4]。阳谷皆入汶[5]，阴谷皆入济。当其南北分者[6]，古长城也。最高日观峰[7]，在长城南十五里。

余以乾隆三十九年十二月[8]，自京师乘风雪[9]，历齐河、长清[10]，穿泰山西北谷，越长城之限[11]，至于泰安。是月丁未[12]，与知府朱孝纯子颖由南麓登[13]。四十五里，道皆砌石为磴[14]，其级七千有余。泰山正南面有三谷，中谷绕泰安城下，郦道元所谓环水也[15]。余始循以入[16]，道少半[17]，越中岭，复循西谷，遂至其巅。古时登山，循东谷入，道有天门[18]。东谷者，古谓之天门溪水，余所不至也。今所经中岭及山巅崖限当道者[19]，世皆谓之天门云。道中迷雾冰滑，磴几不可登。及既上，苍山负雪[20]，明烛天南[21]。望晚日照城郭，汶水、徂徕如画[22]，而半山居雾若带然[23]。

戊申晦五鼓[24]，与子颖坐日观亭待日出[25]，大风扬积雪击面。亭东自足下皆云漫[26]。稍见云中白若樗蒱数十立者[27]，山也。极天[28]，云一线异色，须臾成五采[29]，日上[30]，正赤如丹[31]，下有红光，动摇承之[32]。或曰：此东海也。回视日观以西峰，或得日或否，绛皓驳色[33]，而皆若偻[34]。

亭西有岱祠[35]，又有碧霞元君祠[36]。皇帝行宫在碧霞元君祠东[37]。是日，观道中石刻，自唐显庆以来[38]，其远古刻尽漫失[39]。僻不当道者，皆不及往。

山多石，少土。石苍黑色，多平方，少圜[40]。少杂树，多松，生石罅[41]，皆平顶。冰雪，无瀑水，无鸟兽音迹。至日观数里内无树，而雪与人膝齐。

桐城姚鼐记。

〔1〕本文是姚鼐的代表作之一，较能体现桐城派散文的特色：首先，文章结构严谨，取舍得法。全文以时间和途程次序为线索组织材料，清晰简洁，观日出一段浓墨重彩，其他部分则简笔带过。其次，描写生动形象，用字准确精炼。如写"晚日照城郭"、"坐日观亭待日出"等，都做到了穷形尽状，历历如见。第三，体现出了求实、考古的精神。姚鼐提倡

"义理、考据、辞章"三者并重。本文即是这种古文理论的一次具体实践。文中交待"古长城"、"郦道元所谓环水",以及关于泰山石刻的状况等都是考据的表现。此种文字的出现,不仅体现出了一种求实的精神,而且为文章增添了几分古朴的韵味。

〔2〕阳:山之南、水之北为阳,反之则称阴。

〔3〕汶(wèn 问)水:即大汶河。发源于山东莱芜东北的原山,向西南流经泰安。

〔4〕济水:发源于河南济源的王屋山,东流至山东入海。下游已为黄河所占。

〔5〕阳谷:指泰山南面山谷中的水。

〔6〕"当其"句:在阳谷与阴谷的分界之处。

〔7〕日观峰:在山顶东岩,为泰山观日出处。

〔8〕乾隆三十九年:即1774年。因其时已届农历年底,公历实际已是1775年。

〔9〕京师:指清朝都城北京。乘风雪:冒风雪。

〔10〕齐河、长清:均为县名,今属山东。

〔11〕限:阻隔。

〔12〕丁未:指农历十二月二十八日。

〔13〕朱孝纯:字子颖,山东历城(今山东济南)人,乾隆进士,时任泰安知府。朱孝纯与姚鼐同为刘大櫆的弟子。

〔14〕磴(dèng 凳):石台阶。

〔15〕郦道元(466或472?—527):字善长,北魏范阳(今河北涿州)人,《水经注》的作者。书中有"又合环水,水出泰山南溪"的记载。

〔16〕循以入:沿着山谷行进。

〔17〕道少半:走了道路的一半少一点。

〔18〕天门:泰山天门共有三处,即一天门、中天门、南天门。

〔19〕崖限当道者:挡住去路的崖壁。

〔20〕苍山负雪:青山上覆盖着冰雪。苍,青色。负,山上盖着雪,好像山把雪背负起来一样。

〔21〕明烛天南:明亮地照耀着南面的天空。烛,照耀。

〔22〕徂徕(cú lái 殂来):山名,在泰安城东南四十里。

〔23〕"半山"句:停留在半山腰的云雾像一条带子似的。

〔24〕"戊申"句:农历十二月二十九日的黎明时分。晦,农历每月的最后一日。五鼓,五更,即黎明之前。古时城中有鼓楼,于此时击鼓报晓。

〔25〕日观亭:泰山日观峰上所筑一小亭,为观泰山日出的最佳处。

〔26〕云漫:云雾弥漫。

〔27〕樗蒱(chū pú 出仆):古时一种博戏用具,共五子,木制,长形,两头尖锐,立起来很像山峰,又称"五木"。古人常以"五木"形容山势,如《水经注·㵐水》:"累石山在北,亦谓之五木山。山方尖如五木状。"

〔28〕极天:天的尽头,天边。

〔29〕须臾:片刻。

〔30〕日上:太阳升起。

〔31〕正赤如丹:旭日纯红犹如朱砂。丹,朱砂。

〔32〕"下有"二句:太阳下有红光,摇晃着捧着旭日。承,捧托。

〔33〕绛皓驳色:红白两色相杂。绛,大红。皓,白色。驳,杂。

〔34〕若偻(lǚ 屡):好像弯腰曲背的样子。日观峰以西诸峰较低,故言若偻。

〔35〕岱祠:祭祀泰山之神东岳大帝的东岳庙。

〔36〕碧霞元君:女神名,传说为东岳大帝之女。宋真宗始建祠祀之。

〔37〕皇帝行宫:此处指乾隆皇帝祭祀泰山之神时所住的临时宫室。

〔38〕显庆：唐高宗李治的年号(656—661)。

〔39〕漫失：磨灭缺失。

〔40〕圜：同"圆"。

〔41〕石罅(xià 下)：石缝。

复鲁絜非书[1]

桐城姚鼐顿首，絜非先生足下。相知恨少，晚遇先生。接其人[2]，知为君子矣。读其文，非君子不能也。往与程鱼门、周书昌尝论古今才士[3]，惟为古文者最少。苟为之，必杰士也，况为之专且善如先生乎！辱书引义谦而见推过当[4]，非所敢任。鼐自幼迄衰，获侍贤人长者为师友，剽取见闻[5]，加臆度为说，非真知文能为文也，奚辱命之哉[6]？盖虚怀乐取者，君子之心；而诵所得以正于君子[7]，亦鄙陋之志也[8]。

鼐闻天地之道，阴阳刚柔而已。文者，天地之精英，而阴阳刚柔之发也[9]。惟圣人之言[10]，统二气之会而弗偏[11]，然而《易》、《诗》、《书》、《论语》所载，亦间有可以刚柔分矣[12]。值其时其人，告语之体各有宜也[13]。自诸子而降，其为文无弗有偏者。其得于阳与刚之美者，则其文如霆，如电，如长风之出谷，如崇山峻崖，如决大川[14]，如奔骐骥[15]；其光也，如杲日[16]，如火，如金镠铁[17]；其于人也，如冯高视远[18]，如君而朝万众，如鼓万勇士而战之[19]。其得于阴与柔之美者,则其文如升初日,如清风,如云,如霞,如烟,如幽林曲涧,如沦如漾[20],如珠玉之辉,如鸿鹄之鸣而入寥廓[21];其于人也,漻乎其如叹[22],邈乎其如有思[23],暖乎其如喜,愀乎其如悲[24]。观其文,讽其音[25],则为文者之性情形状举以殊焉[26]。且夫阴阳刚柔,其本二端,造物者糅而气有多寡进绌[27],则品次亿万[28],以至于不可穷,万物生焉。故曰:一阴一阳之为道[29]。夫文之多变,亦若是已。糅而偏胜可也,偏胜之极,一有一绝无,与夫刚不足为刚,柔不足为柔者,皆不可以言文[30]。今夫野人孺子闻乐[31],以为声歌弦管之会尔[32];苟善乐者闻之,则五音十二律[33],必有一当,接于耳而分矣[34]。夫论文者,岂异于是乎[35]?宋朝欧阳、曾公之文[36],其才皆偏于柔之美者也。欧公能取异己者之长而时济之[37];曾公能避所短而不犯[38]。观先生之文,殆近于二公焉[39]。抑人之学文,其功力所能至者,陈理义必明当[40],布置、取舍、繁简、廉肉不失法[41],吐辞雅驯[42],不芜而已[43]。古今至此者,盖不数数得[44],然尚非文之至;文之至者通乎神明,人力不及施也[45]。先生以为然乎?

惠寄之文,刻本固当见与[46],抄本谨封还。然抄本不能胜刻者。诸体中书疏赠序为上,记事之文次之,论辨又次之。鼐亦窃识数语于其间[47],未必当也。《梅崖集》果有逾人处[48],恨不识其人。郎君令甥[49],皆美才未易量[50],听所好恣为之[51],勿拘其途可也。于所寄文,辄妄评说,勿罪勿罪。秋暑惟体中安否？千万自爱。七月朔日[52]。

〔1〕这是一篇书信体的文论名篇，主要阐明了文学风格上的阴阳刚柔之说，是姚鼐论文的精义所在，也是桐城派古文家在文学风格理论方面的扛鼎之作。文章采用了虚实结合，夹叙夹议的写法。文中既有抽象的论述，又有具体的描写；既有理论的概括，又有生动的说明。如文章在阐述阳刚阴柔之美时，便运用了一连串形象贴切的比喻，大大增强了文章的感性美。此外，严肃认真的学理探究与自然亲切的叙述方式相结合，无形中增添了文章的可读性。这种写法明显受到过唐代古文家韩愈等人的影响，但又给人后来居上之感。鲁絜非，名九皋，字絜非，新城（今江西黎川）人。乾隆三十六年（1771）进士，授山西夏县知县。曾追随姚鼐学古文，有《山木集》四卷传世。

〔2〕接其人：指与絜非接触、交往。

〔3〕程鱼门、周书昌：均为清代学者。程鱼门（1718—1784），名晋芳，字鱼门，乾隆朝进士，官编修，安徽歙县人，有《蕺园诗文集》传世。周书昌（1730—1791），名永年，字书昌，山东济南人。乾隆朝进士，官编修。学识渊博，不存稿，也不著书。

〔4〕"辱书"句：指鲁絜非在信中对自己评价谦虚而对姚鼐推崇有加。辱书，指屈辱自己寄来书札。这是古人回信时常用的客套话。

〔5〕剽取：截取。

〔6〕奚辱命之哉：如何值得屈辱你特别看重呢？指絜非寄文给姚鼐评改。

〔7〕所得：指所作之文。

〔8〕鄙陋：姚鼐对自己的谦称。

〔9〕"文者"三句：文章是天地间的精英和阴阳刚柔之气的体现。以刚柔论文，始于刘勰，如"刚柔以立本，变通以趋时"（《文心雕龙·镕

裁》)。

〔10〕圣人:指孔子。

〔11〕二气:指阴阳之气。

〔12〕间(jiàn建)有:夹杂有。

〔13〕"值其"二句:指面对不同时间的不同对象,孔子文章的体裁风格也各有不同。

〔14〕决大川:大河冲破堤岸。

〔15〕奔骐骥:骏马奔驰。

〔16〕杲(gǎo稿)日:明亮的太阳。

〔17〕镠(liú流):纯美的黄金,又称紫磨金。

〔18〕冯(píng平):凭借。冯,通"凭"。

〔19〕鼓:击鼓使进。

〔20〕如沦如漾:像水面摇动泛起的微波。

〔21〕寥廓:指空阔的天空。

〔22〕漻(liáo聊)乎:空虚的样子。语出《韩非子·主道》:"寂乎其无位而处,漻乎莫得其所。"

〔23〕邈乎:悠远的样子。

〔24〕愀乎:忧伤的样子。

〔25〕讽:诵读。

〔26〕举以殊:完全不同。

〔27〕糅:混杂。进绌(chù畜):进退。绌,通"黜"。

〔28〕品次亿万:形容种类繁多。品次,品种等级。

〔29〕"一阴"句:指阴阳对立转化,变化无穷,这就是自然规律。道,天道,自然规律。语出《易·系辞传上》:"一阴一阳之谓道。"

〔30〕言文:品评文章。

〔31〕野人:乡野之人。

〔32〕声歌弦管之会:指各种声乐与器乐的聚合。

〔33〕五音十二律:古代音乐术语。五音为宫、商、角、徵(zhǐ 止)、羽;十二律指黄钟、太蔟、姑洗、蕤(ruí 瑞 阳平)宾、夷则、无射(yì 义)、林钟、南吕、应钟、大吕、夹钟、仲吕。

〔34〕分:指分辨出音调。

〔35〕异于是:与音乐不同。是,此,指音乐。

〔36〕欧阳、曾公:指"唐宋八大家"中的欧阳修和曾巩,宋代两位江西籍的著名古文家。

〔37〕"欧公"句:欧阳修经常吸取不同的人的长处来弥补自己缺乏阳刚之美的不足。

〔38〕"曾公"句:曾巩能够避己所短,不去写那些阳刚之美的文字。

〔39〕殆近于二公:大致接近于欧阳修和曾巩。指兼有二者的长处。殆,大概,大致。

〔40〕明当:明白恰当。

〔41〕廉肉:古代音乐术语,指音调清淡或丰腴。语出《礼记·乐记》:"使其曲直繁瘠廉肉节奏,足以感动人之善心而已矣。"

〔42〕雅驯(xùn 训):指文辞善于修饰。语出《史记·五帝纪赞》:"而百家言黄帝,其文不雅驯,荐绅先生难言之。"

〔43〕芜:指文辞杂乱。

〔44〕数(shuò 硕)数:经常。

〔45〕"文之至者"二句:指最好的文章与作者先天禀赋有关,而非后天的努力所能做到。

〔46〕见与:给予我。

〔47〕识(zhì 志):通"志",记载。

〔48〕《梅崖集》:清代古文家朱仕琇的文集。朱仕琇(1715—1780),字斐瞻,建宁(今属福建)人。乾隆朝进士,曾担任夏津知县,福

宁府教授,后主讲鳌峰书院。

〔49〕令甥:指鲁絜非的外甥陈用光。陈用光(1768—1835),字硕士,新城(今江西黎川)人。嘉庆朝进士,由编修官至礼部侍郎。为姚鼐的学生,有《太乙舟文集》八卷传世。

〔50〕未易量(liáng 良):难以估量。

〔51〕"听所"句:顺其所好任凭其自我发展。听,顺从。恣,任凭。

〔52〕朔日:农历每月的第一日。

翁方纲

翁方纲(1733—1818),字正三,号覃溪,直隶大兴(今属北京)人。乾隆进士,官至内阁学士。金石、谱录、书画、词章之学,皆能抉摘精审。书法尤冠绝一时,海内求书碑版者多归之。其人思想正统(正如其名与字),而下列两文却颇显得别出心裁,犹存古道。著有《复初斋诗文集》等。今人整理有《翁方纲题跋手札集录》(广西师范大学出版社2002年版)。

赵子昂论[1]

出处大节[2],人之本也[3],艺文其末也[4]。赵子昂之仕元[5],人皆讥之,而其书人皆习之。说者以为此自二义[6],不相妨也。吾则欲合而论之者。

君子之论人也,择其要者,权其重轻,则可以尚论古人耳[7]。夫以出处之节与艺文之末,择而权之,孰重孰轻乎?则必曰出处为重为要矣。然而吾欲合观者何也?

以出处言,则宋之王孙也,不当出仕,夫人而知之矣[8]。即以其诗集言之,身在京师[9],每怀退隐,其本志也[10],而究不能掩其出山之行迹[11]。以其学言之,既承敖继公礼经之学[12],又知疑《尚书》古文[13],而究不能掩其画箕子以自解释[14]，则其艺文更安足论？

然而世皆奉赵书为模楷则非一日矣。即以董思白目短吴兴[15]，而世或以文人相轻[16]，不能遽伸董而抑赵[17]，则究竟品赵子昂者[18]，取其书以薄其人耶？

吾则谓子昂出处之大者，人既皆知之，又莫能以此全蔽之[19]，则何若以人所最取重之书法论之[20]。而其书之侧媚取妍[21]，实非书之正格[22]。吾每见赵书之侧锋者[23]，笑曰："奸佞体也[24]！"俾后来学者专趋圆熟流便以悦人目而渐失古法[25]，此所为害于学术人心者大矣[26]！此较之但执出处以概其生平者[27]，孰为切中哉？

吾则又有说焉。子昂大楷多侧媚，而小楷尚有存《黄庭》之遗意者[28]，行书则实有渊深浑厚可入晋人室者[29]。专取其书法之深厚以概其馀，则子昂之真品出矣[30]。上而米书，下而董书，皆极神秀[31]，皆有习气[32]，以子昂之深厚例之[33]，则可以仰窥晋法。其有功于学者，视米、董为更优。

而无如世人转不知此义，乃于其有关学问之深者忽焉不察，而断断焉徒议其出处[34]。正是好立虚名而不求实得者。是论古者之弊耳，与子昂何有哉！

〔1〕作者是书法家，所以对赵孟頫的全面评价，与众不同，单独从书法来判断，指出其大楷侧媚，大害于学术人心，而小楷尤其行书则有功于学者。这比徒讥出处而重书法确更深刻，也很辩证。

〔2〕出处大节：出仕与退隐是关系到一个士人的重大品质的。

〔3〕本:立身处世的根本原则。

〔4〕艺文:艺术技巧,如书画的造诣。义指古文、诗、词等的创作。末:非根本的、不重要的事物。

〔5〕赵子昂:名孟頫(fú 府),字子昂,号松雪道人。宋太祖子秦王德芳之后,因赐第湖州,故为湖州人。宋亡后,降元,元世祖尝使赋诗讥留梦炎(在宋为状元,位至丞相,降元,且力主杀文天祥),赵诗竟云:"往事已非那可说,且将忠直报皇元。"世祖看出他意在向己表忠,十分叹赏。赵累官至翰林学士承旨。赵诗书画皆自成家。书称赵体,画变南宋画院风格,开元代画风。

〔6〕二义:人品与书法是两件事。

〔7〕尚论:追论。尚,通"上"。

〔8〕夫(fú 扶)人:泛指众人。

〔9〕京师:帝都,首都。

〔10〕本志:原来的志愿。

〔11〕出山:出仕。

〔12〕敖继公:字君善,长乐人。家于吴兴(湖州旧名)。邃通经术。入元,擢进士,授信州教授,命下而卒。有《仪礼集说》。礼经:指《仪礼》。

〔13〕疑《尚书》古文:宋吴棫已疑古文《尚书》为伪作,孟頫著《尚书注》,亦疑《尚书》古文之伪。至清阎若璩乃作《古文尚书疏证》,确证其伪。

〔14〕画箕子:孔子谓殷有三仁:微子、箕子、比干。箕子为商纣诸父,封国于箕,故称箕子。纣暴虐,箕子谏不听,乃披发佯狂而为奴,纣囚之。周武王灭商,释箕子之囚,与之归镐京,为武王作《洪范》,陈述天地之大法。孟頫盖以箕子归周为自己降元解嘲。

〔15〕董思白:董其昌,字玄宰,号香光,又号思白,松江华亭人。万

历十七年进士,累官至南京礼部尚书。工诗文,尤精书画。书法初学宋米芾,后能自成一家。画则集宋、元诸家之长,潇洒生动。目短:看得很低。杜甫《壮游》:"目短曹刘墙。"吴兴:指代赵孟頫。

〔16〕文人相轻:文人之间互相轻视。语出曹丕《典论·论文》。

〔17〕遽(jù巨):立刻。伸:支持。抑:贬低。

〔18〕品:评论,衡量。

〔19〕蔽:遮盖。本文此处解为"否定"。

〔20〕何若:何如。

〔21〕侧媚:以不正当手段讨好别人。此处谓赵之书法如荡妇之搔首弄姿。取妍:使观者赞赏其美丽。

〔22〕正格:标准的规格。

〔23〕侧锋:书法运笔时其笔势不端正,从而表现出一种流宕的美。

〔24〕奸佞体:以人品比喻书法。

〔25〕俾:使。

〔26〕所为:所以,因此。

〔27〕概:概括。

〔28〕《黄庭》:指《黄庭经》,法帖名。传为王羲之所书,宋黄伯思断为南朝宋、齐人所书。遗意:遗留下来的古意。

〔29〕行书:书法的一体。笔势介于楷书与草书之间。始于汉末。入……室:比喻学问技艺的成就达到精深阶段。

〔30〕真品:表现作者真正品格的作品。

〔31〕神秀:神奇秀美。

〔32〕习气:犹习惯。带贬义,谓米芾及董其昌的书法,虽极神奇,但仍受宋、明时习俗(指书法界流行的风尚)的影响,不合晋法。

〔33〕例:对比。

〔34〕断断焉:坚决地。徒:只是。

送姚姬川郎中归桐城序[1]

姬川郎中与方纲[2],昔同馆[3],今同修四库书[4]。一旦以养亲去[5],方纲将受言之恐后[6],而敢于有言者?

窃见姬川之归,不难在读书,而难在取友[7];不难在善述[8],而难在往复辨证[9];不难在江海英异之士造门请益[10],而难在得失毫厘悉如姬川意中所欲言[11]。姬川自此将日闻甘言[12],不复闻药言[13];更将渐习之久[14],而其于人也,亦自不发药言矣。此势所以必至者也。

夫所谓药者,必有其方。如方纲者,待药于君者也,安能为君作药言乎?吾友有钱子者,其人仁义人也。其于学行文章[15],深得人意中所欲言,愿姬川之闻其药言也[16]。君之门有孔生者[17],其人英异人也[18]。其于学行文章,乐受人之言,愿姬川之发其药言也。

〔1〕一般送别文章的写法,多是赞扬对方,而此文却毫不假借,直言相劝。先说不敢赠言;再说姚归故里后,既不能闻药言,亦不能发药言;最后介绍两人:一能发药言,愿姚受之,一能受药言,愿姚海之。

〔2〕姚姬川:姚鼐(nài 奈),字姬传(本文作"姬川"),乾隆二十八年进士。四库开馆,任纂修官,年馀归。主讲江南、紫阳、钟山书院,前后四十年。以其书斋名惜抱轩,学者称惜抱先生。郎中:清代六部皆置郎中,为各司之长。姚鼐曾任刑部郎中,即于此时告归。

〔3〕馆:翰林院。

〔4〕四库书：即《四库全书》。清乾隆三十七年开馆纂修，十年始成。分经史子集四部，所以称为四库。

〔5〕养亲：奉养父母。

〔6〕受言：接受他人的批评。

〔7〕取友：交朋友。

〔8〕善述：张载《正蒙·乾称篇第十七》："知化则善述其事。"善于传承先人的事功。翁氏此处似指姚对圣贤义蕴的叙述。

〔9〕往复辨证：与朋友反复讨论。

〔10〕造门请益：登门求教。

〔11〕得失毫厘：与朋友讨论问题时，对于对方的正确与错误，坦白指出，毫不含糊和迁就。

〔12〕甘言：谄媚奉承的话。

〔13〕药言：规诲劝诫的话。

〔14〕渐(jiān兼)习：积久成为习惯。

〔15〕学行(xìng幸)：学问与品行。

〔16〕愿：希望。

〔17〕君之门：您(指姚氏)的门下弟子中。

〔18〕英异：德才出众。

李调元

李调元(1734—1802),字雨村,号墨庄,四川绵州人。乾隆二十八年进士,累官至直隶通永道。以事罢官,遣发伊犁,寻以母老赎归。聪敏好学,自经史百家以及稗官野乘,无不博览。所为诗文,天才横逸,不假修饰。藏书数万卷。辑自汉迄明蜀人著述,汇刊之,名曰《函海》,多至二百馀种。其文集自序云:"杜门已久,亦不知何者为名人,干谒既在所禁,求诹亦觉赧颜,……故不如自序之为得也。"著有《童山文集》、《童山诗集》等。

左擗子传[1]

左擗子[2],罗江人也。姓罗,忘其名,以左手食,以左手书,故人称为左擗子。世居南村。幼习举子业[3],屡试辄蹶[4],遂绝意进取。喜星学[5],然绝不为人谈祸福。家酷贫[6],茅屋数椽[7],才蔽风雨,而足不履户[8]。好睡,坐卧一榻,无帐幔。堆书满几[9],烟尘坌入[10],而吟咏自若[11],有举人世事就问之者[12],不应;再问,则作鼾齁声矣[13]。客去,朗吟如故。人以为哦诗也,问之其子,则曰:"有口吟,无笔吟也[14]。"如是者五十年,今年已八十馀矣。

余归田后访之[15],门巷萧然[16],豆棚瓜架中,仅一小屋,而家人父子俱欣欣有自得之意[17]。入户,见睡榻上未醒,因屏立门外以俟[18]。须臾[19],从被出其头,蓬首垢面[20],则须发犹未白。问其子曰:"何客?"以余对,始徐徐起,张目曰:"子非某乎?归来好,归来好。"复睡。再问,遂不对[21],因辞出。其子绕户种桑,为乞六百株而去[22]。

赞曰[23]:左撇子者,其陈抟之流欤[24]?日以睡为事,而举天下之大[25],荣华富贵之事,无一足当其心者[26],此必有所见,非徒睡也。然观其精神焕发,迥异槁项黄馘者[27],殆有道之士欤[28]!至闻其"归来好"二语,又似深明乎术理而不肯以轻泄者[29],倘所谓隐君子[30],是欤,非欤?

〔1〕先简介左撇子的生平,着重写他的好睡。这极有深意,潜台词是天下暗无天日,所以日夜都睡。接着写自己罢官后相访,只听到一句"归来好"。最后通过"赞",说明无道之世,仕不如隐。这自然是把自己和他对比,从而得出这样的结论。

〔2〕左撇(pì 辟)子:即今所谓"左撇(piě)子"。

〔3〕举子业:科举时代专为应试的学业。

〔4〕蹶:颠仆。引申为挫败。

〔5〕星学:星命学。术数家认为人的命运常同星宿的位置、运行有关,故把人的生年月日时,配以天干地支,成为八字,按天星运数,附会人事,推算人的命运。

〔6〕酷(kù 库)贫:极端贫穷。

〔7〕数椽:房屋几间。

〔8〕履:踏,踩。

〔9〕几:小桌子。

〔10〕坌(bèn 笨)入:一齐涌入。

〔11〕咏吟:歌唱。咏:曼声长吟。自若:像原来的样子。

〔12〕就问:到他榻边询问。

〔13〕鼾齁(hān hōu 酣后阴平):睡熟时呼吸作响声。

〔14〕无笔吟:不留底稿。

〔15〕归田:辞官还乡。

〔16〕萧然:冷落,凄清。

〔17〕自得:自有所得。《孟子·离娄下》:"君子深造之以道,欲其自得之也。"此处谓罗家全家人都能安贫乐道。

〔18〕屏(bǐng 秉):抑制呼吸不敢出声。形容恭谨的神态。俟:等候。

〔19〕须臾(yú 于):一会儿。

〔20〕蓬首垢面:发乱如蓬,满面肮脏。

〔21〕不对:不答。

〔22〕乞(qì 气):给与。

〔23〕赞:称颂,赞美,史书在叙述人事后加以评论,往往用"赞"。后遂成为文体的一种,但义兼美恶,或赞颂,或讽刺。

〔24〕陈抟(tuán 团):字图南,真源(今河南鹿邑)人。五代后唐时曾举进士不第。先后隐居武当山、华山,自号扶摇子。宋太宗赐号希夷先生。

〔25〕举天下:整个世界。

〔26〕足当其心:值得放在他心里(加以考虑)。

〔27〕迥(jiǒng 炯)异:远远不同于。槁项黄馘(xù 序):干枯的脖子,黄瘦的面容。

〔28〕有道:有道德与才艺。

〔29〕术理：术，术数。用阴阳五行生剋制化的数理，来推断人事吉凶，如占候、卜筮、星命等。

〔30〕隐君子：隐居不仕的有德才的士人。

崔 述

崔述(1740—1816),字武承,号东壁,直隶大名(今河北大名)人。乾隆二十七年(1762)举人,后屡试不第,先后担任过福建罗源、上杭知县。一生主要致力于考证古籍,著述达三十四种,其中尤以《考信录》最为著名。作为一名敢于疑古的学者,崔述的散文时出新意,善用典故,往往给人耳目一新的感觉。今人整理有《崔东壁遗书》(顾颉刚编订,上海古籍出版社1983年版)。

冉氏烹狗记[1]

县人冉氏,有狗而猛。遇行人,辄搏噬之,往往为所伤。伤则主人躬诣谢罪[2],出财救疗之。如是者数矣。冉氏以是颇患苦狗;然以其猛也,未忍杀,故置之。

刘位东谓余曰[3]:"余尝夜归,去家门里许[4]。群狗狺狺吠[5],冉氏狗亦迎面吠焉。余以柳枝横扫之,群狗皆远立,独冉氏狗竟前欲相搏,几伤者数矣[6]。余且斗且行[7],过冉氏门而东,且数十武[8],狗乃止。当是时,身惫甚,幸狗渐远,憩道旁,良久始去,狗犹望而吠也。既归,念此良狗也。藉令有仇盗夜往劫之[9],狗拒门而噬,虽数人,能入咫尺地哉!闻冉氏颇患苦此狗[10],旦若遇之于市,必嘱之使勿杀。

此狗累千金不可得也[11]。居数日,冉氏之邻至。问其狗,曰:'烹之矣。'惊而诘其故,曰:'日者冉氏有盗[12],主人觉之,呼二子起,操械共逐之,盗惊而遁。主人疑狗之不吠也,呼之不应,遍索之无有也。将寝,闻卧床下若有微息者,烛之则狗也[13]。卷屈蹲伏[14],不敢少转侧,垂头闭目,若惟恐人之闻其声息者。主人问:嘻!吾向之隐忍而不之杀者[15],为其有仓卒一旦之用也[16],恶知其搏行人则勇,而见盗则怯乎哉!以是故,遂烹之也。'"

嗟乎!天下之勇于搏人而怯于见贼者,岂独此狗也哉?今夫市井无赖之徒,平居使气[17],暴横闾里间[18];或窜名县胥[19],或寄身营卒[20],侮文弱,凌良懦[21],人皆遥避之。怒则呼其群,持械圜斫之[22],一方莫敢谁何[23],若壮士然。一旦有小劫盗,使之持兵仗[24],入府廨[25],防守不下百数十人。忽厩马夜惊,以为贼至,手颤颤,拔刀不能出鞘;幸而出,犹震震相击有声[26]。发火器[27],再四皆不然[28]。闻将出戍地[29],去贼尚数百里,距家仅一二舍[30],辄号泣别父母妻子,恐不复相见,其震惧如此。故曰:勇于私斗而怯于公战,又奚独怪于狗而烹之?嘻,过矣[31]!

虽然,畜猫者,欲其捕鼠也;畜狗者,欲其防盗也。苟其职之不举[32],斯固无所用矣,况益之以噬人,庸可留乎[33]?石勒欲杀石虎[34],其母曰:"快牛为犊,多能破车,汝小忍之。"其后石氏之宗,卒灭于虎。贪牛之快而不顾车之破,尚不可;况徒破车而牛实不快乎[35]?然而妇人之仁[36],今古同然。由是言之,冉氏之智,过人远矣[37]。

人之材有所长,则必有所短,惟君子则不然。钟毓与参佐射[38],魏舒常为画筹[39]。后遇朋人不足,以舒满数[40]。发无不中,举坐愕然。俞大猷与人言[41],恂恂若儒生[42],及提桴鼓[43],立军门,勇气百倍,战无不克者。若此者,固不可多得也。其次醇谨而不足有为者[44],其次跅弛而可以集事者[45]。若但能害人而不足济事,则狗而已矣。虽然,吾又尝闻某氏有狗,竟夜不吠[46];吠则主人知有盗至。是狗亦有过人者。然则搏噬行人而不御贼,虽在狗亦下焉者矣。

〔1〕这是一篇寓言性质的议论散文。作者借"冉氏烹狗"事件,深刻而尖锐地抨击了那些"勇于私斗而怯于公战"的市井无赖。这在政治黑暗、民风不古的乾、嘉年间,尤具社会批判性。与一般的议论散文不同,作者在阐释见解、发表观点时,除了直接的议论,还夹杂有不少生动的描写。尤其是大量典故的灵活运用,更使文章显得曲折有致;而辛辣嘲讽的语言,则使文章的杀伤力大大加强。

〔2〕躬诣(yì义)谢罪:亲自到被狗咬伤者家中去道歉。躬,亲自。诣,前往。

〔3〕刘位东:人名,崔述的朋友。生平不详。

〔4〕里许:一里左右。

〔5〕狺(yín吟)狺:狗叫的声音。

〔6〕几伤者数:多次差一点被咬伤。

〔7〕且斗且行:一边走一边与狗搏斗。

〔8〕武:古以六尺为步,半步为武。

〔9〕藉令:即使。

〔10〕患苦此狗:以这条狗为祸害和拖累。

〔11〕累千金:数千金,指价值昂贵。

〔12〕日者:往日,前些日子。

〔13〕烛之:点灯照见。

〔14〕卷(quán 拳)屈:弯曲。

〔15〕向:从前。隐忍:克制忍耐。

〔16〕仓卒(cù 促):匆忙。卒,同"猝"。一旦:一时。

〔17〕平居使气:平时意气用事。

〔18〕暴横闾里间:在地方上横行霸道。

〔19〕县胥:县衙门中的小官吏。

〔20〕营卒:军营中的士卒。

〔21〕凌良懦:欺压善良与胆小的人。

〔22〕圜斫(huán zhuó 环浊):围着砍杀。圜,通"环"。

〔23〕莫敢谁何:没有人敢于过问。谁何,过问,干预。

〔24〕兵仗:兵器。

〔25〕府廨(xiè 卸):官府办事的地方。

〔26〕震震:形容由于手颤抖而致使刀与鞘碰击发出的声音。

〔27〕火器:古代火药兵器的简称。

〔28〕"再四"句:多次点不着火药兵器。然,通"燃",点着。

〔29〕戍地:戍守的边地。

〔30〕舍:古代三十里为一舍。

〔31〕过:错。指烹狗之举不当。

〔32〕职之不举:不能履行职责。

〔33〕庸:岂,难道。

〔34〕石勒:字世龙,上党武乡(今山西榆社北)人。羯族,父祖皆部落小帅。公元319年自称赵王,建立政权,史称后赵。石虎:字季龙,石勒之侄。石勒死后,石虎废石勒之子自立为赵王。公元334至349年在位。在位时穷兵黩武,民不聊生。身死不久,后赵即亡。

〔35〕徒:徒然,白白地。

〔36〕妇人之仁:指处事姑息优柔,不识大体。典出《史记·淮阴侯列传》:"项王见人恭敬慈爱,言语呕呕,人有疾病,涕泣分食饮,至使人有功当封爵者,印刓敝,忍不能予,此所谓妇人之仁也。"

〔37〕过人远矣:指见识远远超过常人。

〔38〕钟毓(yù玉):字稚叔,三国时魏颖川平社(今河南许昌)人,钟繇(yóu由)之子。官至徐州都督,荆州诸军事,以机敏善言著称。参佐:僚属。

〔39〕魏舒:字阳元,三国魏任城(今山东济宁)人。晋朝时官至司徒。画筹:筹划。

〔40〕满数:凑足人数。

〔41〕俞大猷(yóu由):字志辅,福建晋江人。官至右都督,是明代与戚继光齐名的抗倭将领。著有《正气堂集》、《剑经》。

〔42〕恂(xún循)恂:谦恭谨慎的样子。

〔43〕桴(fú浮)鼓:战鼓。

〔44〕醇谨:淳朴小心。

〔45〕跅(tuò拓)弛:放纵不羁。语出《汉书·武帝纪》:"夫泛驾之马,跅弛之士,亦在御之而已。"

〔46〕竟夜不吠:整个晚上都不吠叫。

汪　中

汪中(1745—1794),字容甫,江苏江都(今属扬州市)人。乾隆拔贡生。家贫,事母至孝。以母老竟不朝考,绝意仕进。治经宗汉学,最服膺顾炎武、戴震等六人。治古文不取韩欧,以汉魏六朝为则。不信宋人理学,以不得意,往往激烈骂坐,人目为狂。王念孙称"其为文,则合汉魏晋宋作者而铸成一家之言,渊雅醇茂,无意摩放,而神与之合,盖宋以后无此作手矣。……盖其贯穿于经史诸子之书,而流衍于豪素,揆厥所元,抑亦醖酿者厚矣。"台湾文哲研究所2000年出版有合《述学》、《汪容甫先生遗诗》、《汪容甫文笺》(古直笺)三书而成的《汪中集》。

自序[1]

昔刘孝标自序平生[2],以为比迹敬通[3],三同四异。后世诵其言而悲之[4]。

尝综平原之遗轨[5],喻我生之靡乐[6]。异同之故,犹可言焉。

夫亮节慷慨[7],率性而行[8],博极群书[9],文藻秀出[10],斯惟天至[11],非由人力。虽情符曩哲[12],未足多矜[13]。余玄发未艾[14],野性难驯,麋鹿同游[15],不嫌摈斥[16],商瞿生子[17],一经可遗[18]。凡此四科[19],无劳列举。

孝标婴年失怙[20],藐是流离[21],托足桑门[22],栖寻刘宝[23];余幼罹穷罚[24],多能鄙事[25],赁舂牧豕[26],一饱无时:此一同也。

孝标悍妻在室,家道辙坏[27];余受诈兴公[28],勃豀累岁[29],里烦言于乞火[30],家构衅于蒸梨[31],蹀躞东西,终成沟水[32]:此二同也。

孝标自少至长,戚戚无欢[33];余久历艰屯[34],生人道尽[35],春朝秋夕,登山临水,极目伤心,非悲则恨:此三同也。

孝标夙婴羸疾[36],虑损天年[37];余药裹关心[38],负薪永旷[39],鳏鱼嗟其不瞑[40],桐枝惟馀半生[41],鬼伯在门[42],四序非我[43]:此四同也。

孝标生自将家[44],期功以上参朝列者,十有馀人[45],兄典方州[46],馀光在壁[47];余衰宗零替[48],顾景无俦[49],白屋藜羹[50],馈而不祭[51]:此一异也。

孝标倦游梁楚[52],两事英王[53],作赋章华之宫[54],置酒睢阳之苑[55],白璧黄金,尊为上客[56],虽车耳未生[57],而长裾屡曳[58];余簪笔佣书[59],倡优同畜[60],百里之长[61],再命之士[62],苞苴礼绝[63],问讯不通:此二异也。

孝标高蹈东阳[64],端居遗世[65],鸿冥蝉蜕[66],物外

297

天全;余卑栖尘俗,降志辱身[67],乞食饿鸥之馀[68],寄命东陵之上[69],生重义轻[70],望实交陨[71]:此三异也。

孝标身沦道显[72],籍甚当时[73],高斋学士之选[74],安成类苑之编[75],国门可县[76],都人争写[77];余著书五车[78],数穷覆瓿[79],长卿恨不同时[80],子云见知后世[81],昔闻其语,今无其事:此四异也。

孝标履道贞吉[82],不平世议[83];余天谗司命[84],赤口烧城[85],笑齿啼颜,尽成罪状,跬步才蹈[86],荆棘已生:此五异也。

嗟乎!敬通穷矣,孝标比之,则加酷焉;余于孝标,抑又不逮[87]。是知九渊之下[88],尚有天衢[89];秋荼之甘,或云如荠[90]。我辰安在[91],实命不同[92]。劳者自歌[93],非求倾听。目瞑意倦[94],聊复书之[95]。

〔1〕通过和刘峻的对比,可以看出汪中穷苦的一生:自幼穷困,婚姻不幸,终身悲苦,疾病缠身,家族衰微,佣书为生,降才辱身,世无知己,受尽毁谤。在乾隆盛世,学人如汪中,诗人如黄景仁(仲则),都是终身潦倒,郁郁以没。也就因此,形成一种狂傲的性格,藉以取得心理的平衡。

〔2〕刘孝标自序:《梁书·刘峻传》:"字孝标,平原(郡)平原(县,今属山东)人。……峻又尝为《自序》,其略曰:'余自比冯敬通,而有同之者三,异之者四。何则?敬通雄才冠世,志刚金石;余虽不及之,而节亮慷慨,此一同也。敬通值中兴明君,而终不试用;余逢命世英主,亦摈斥当年,此二同也。敬通有忌妻,至于身操井臼;余有悍室,亦令家道轗轲,此三同也。敬通当更始之世,手握兵符,跃马食肉;余自少迄长,戚戚

无欢,此一异也。敬通有一子仲文,官成名立;余祸同伯道,永无血胤,此二异也。敬通膂力方刚,老而益壮;余有犬马之疾,溘死无时,此三异也。敬通虽芝残蕙焚,终填沟壑,而为名贤所慕,其风流郁烈芬芳,久而弥盛;余声尘寂漠,世不吾知,魂魄一去,将同秋草,此四异也。……'"

〔3〕比迹:齐步,并驾,把两人生平事迹进行对比。敬通:即冯敬通,即冯衍,字敬通,京兆杜陵人。东汉辞赋家。曾投靠刘玄,后降光武,不被重用,潦倒以终。其事见《后汉书·冯衍传》。

〔4〕诵:朗读。

〔5〕综:概括。平原:指刘峻。遗轨:遗留下来的生平事迹。

〔6〕喻:说明。靡乐:没有快乐。

〔7〕亮节:高尚的节操。

〔8〕率性而行:依循本性而行动。

〔9〕博极群书:广泛阅读了各种书籍。

〔10〕文藻秀出:文采出众。

〔11〕天至:自然优越的条件。

〔12〕情符曩(nǎng 曩上声)哲:曩,以往,从前。我的情况符合从前的才士(指刘峻)。

〔13〕矜:夸耀。

〔14〕玄:黑。艾:《礼记·曲礼》:"五十曰艾。"艾草颜色苍白,像五十岁老人的头发颜色。

〔15〕麋鹿同游:麋鹿,兽名,俗称"四不像"。刘峻《广绝交论》:"欢与麋鹿同群。"

〔16〕摈(bìn 膑)斥:排斥,弃绝。

〔17〕商瞿生子:《孔子家语·七十二弟子解》:孔子的学生商瞿,三十八岁还没生儿子,孔子要他的母亲别担心,说:"瞿过四十,当有五丈夫(子)。"后来果然。

〔18〕一经可遗(wèi 卫):《汉书·韦贤传》:"遗子黄金满籝(yíng 赢),不如一经。"汪中的儿子汪喜孙,字孟慈,六岁时,汪中开始教他读《急就篇》、《管子·弟子职》。七岁时,教他读郑玄《易》注、卫包未改本《尚书》、顾炎武《诗本音》、《仪礼·丧服》等。九岁时,汪中去世。后来喜孙中了嘉庆丁卯举人,官至河南怀庆府知府,有惠政。博览群籍,于文字声音训诂,尤所究心。有《且住庵诗文稿》。

〔19〕四科:四类。

〔20〕婴年:幼年。失怙(hù 户):父亡曰失怙。《诗·小雅·蓼莪》:"无父何怙?"

〔21〕藐是:《左传·僖公九年》:"以是藐诸孤。"是,此。藐,弱小。流离:流浪,离散。

〔22〕托足:立足,安身。桑门:僧。梵文,"沙门"的异译。按:汪中似误"桑门"为佛寺。

〔23〕栖寻:游憩。刘宝:《南史·刘峻传》:南朝宋明帝泰始初,魏克青州,峻八岁,为人掠为奴至中山。中山富人刘宝悯峻,以束帛赎之。魏人徙之代都,贫不能自活,与母并出家为尼、僧,旋又还俗。

〔24〕罹(lí 离):遭遇。穷罚:极严重的处罚。

〔25〕多能鄙事:会做很多卑贱的事。汪中少时帮过书店卖书。

〔26〕赁舂(chōng 冲):受雇为人舂米。牧豕:放猪。"赁舂"用后汉公沙穆与梁鸿的典故,"牧豕"用前汉公孙宏、后汉承宫的典故,这些都是"鄙事",并非汪中也做过这些活。

〔27〕家道:管理家庭的方法。轞轲:亦作"坎坷",不平貌。比喻家道不顺。

〔28〕受诈兴公:《世说新语·假谲》:王虔之(小名阿智)很愚顽,长大了,没有人将女嫁他。孙绰(字兴公)有一女,很乖僻,嫁不出去。孙便到王家,见到阿智,就说:"这一定合适。"便向王家说愿将女嫁给他。

王家很高兴。没想成婚后,女的愚顽都快超过阿智了,这才知道兴公的奸诈。

〔29〕勃豀:争斗。《庄子·外物》:"室无空虚,则妇姑勃豀。"累岁:连年。

〔30〕烦言:气愤的话。乞火:《汉书·蒯通传》:"里妇与里之诸母相善也。里妇夜亡肉,姑以为盗,怒而逐之。妇晨去,过所善诸母,语以事而谢之。里母曰:'女安行,我今令而家追女矣。'即束缊请火于亡肉家,曰:'昨暮夜,犬得肉,争斗相杀,请火治之。'亡肉家遽追呼其妇。"后喻指为人排解纠纷。

〔31〕构衅(xìn信):结怨。蒸梨:《孔子家语·七十二弟子解》:曾参对后娘很孝顺,因为妻子"藜烝不熟"就把她休弃了。藜,今名灰藋菜,是一种野菜。汪中误为梨。

〔32〕"蹀躞(dié xiè 蝶泄)"二句:言与妻分手。卓文君《白头吟》:"今日斗酒会,明旦沟水头。蹀躞御沟上,沟水东西流。"蹀躞,小步貌。

〔33〕戚戚:忧惧。

〔34〕艰屯:艰难困苦。

〔35〕生人道尽:活人的乐趣一点也没有了。

〔36〕夙婴:早年就患了。羸(léi雷)疾:类似风痹的病。

〔37〕虑损天年:担心丧失自然的寿数。

〔38〕药裹:装药的袋子。

〔39〕负薪:士自称有疾曰负薪。《礼记·曲礼下》:"某有负薪之忧。"此言己体弱不能负薪以养老母。

〔40〕"鳏(guān关)鱼"句:鱼目常不闭,因以比喻人愁苦而张目不眠。

〔41〕"桐枝"句:语出枚乘《七发》。此以桐枝比己之病体。

〔42〕鬼伯:阎王。

〔43〕"四序"句:春、夏、秋、冬,由于患病,没有一天是快乐的。

〔44〕将(jiàng 降)家:将帅之家。

〔45〕"期功"二句:这里用服丧来表示亲属关系的远近,言刘孝标关系亲密的亲属有十馀人在朝廷做官。期(jī 机)功,古代丧服的名称。期,服丧一年。功分大小,大功服丧九月,小功服丧五月。朝(cháo 嘲)列:官吏在朝廷排班时的位次。

〔46〕典:掌管。方州:地方州郡。刘峻之兄孝庆,齐末为兖州刺史。见《南史·刘怀珍传》。

〔47〕馀光在壁:犹言全家沾光。

〔48〕衰宗:衰败的宗族。零替:人丁稀少。通"陵替"。

〔49〕景:同"影"。俦:同辈,伴侣。

〔50〕白屋:茅屋。藜羹:用嫩藜煮成的羹。指粗劣的食物。

〔51〕馈而不祭:藜羹太粗劣不洁,只能自己吃,不能用以祭神。

〔52〕倦游:指仕宦不如意而思退休。梁楚:汉梁孝王筑梁苑(在今河南开封东南),司马相如、枚乘、邹阳等皆从之游。楚,战国时,楚相春申君养士,门客三千。按:刘峻于齐明帝时,曾应豫州刺史萧遥欣之邀,为府刑狱,礼遇甚厚,但遥欣旋卒,久不调。至梁天监时,安成王萧秀迁荆州,引峻为户曹参军,使篡《类苑》,未及成,又以疾去。所谓"倦游梁楚"指此。

〔53〕两事英王:李详指出:只一事荆州刺史安成王萧秀为户曹参军,无两事(见《李审言文集·汪容甫文笺·自序》284 页)。

〔54〕"作赋"句:东汉边让作《章华台赋》。见《后汉书·文苑·边让传》。章华台,春秋时楚灵王造。此指刘峻游楚。

〔55〕"置酒"句:睢(suī 虽)阳城,汉时属梁国。文帝封少子武为梁王,筑东苑三百馀里,广睢阳城七十里。(见《史记·梁孝王世家》、《水经注·睢水篇》)此指刘峻游梁。

〔56〕上客:尊贵的客人。

〔57〕车耳:前端横木上的曲钩,形似人耳,故称车耳。扬雄《太玄经》五《积》:"君子积善,至于车耳。测曰:君子积善,至于蕃也。"范望注:"积善成名,故车生耳。"言刘峻虽尚未积善成名。

〔58〕长裾:邹阳《上吴王书》:"饰固陋之心,则何王之门不可曳长裾乎?"裾,外衣的大襟。言刘峻已屡奔走于权贵之门。

〔59〕簪笔:插笔于冠,以备记事。佣书:受雇为人钞书。

〔60〕倡优同畜:《汉书·严助传》:汉武帝很亲近东方朔、司马相如等文人,但"俳优畜之",即把他们看成以乐舞作谐戏的艺人,只是逗自己开开心而已,并不在政治上加以重用。

〔61〕百里之长:即县长。

〔62〕再命之士:《周礼·大宗伯》:"再命受服。"注:"受祭衣服为上士。"

〔63〕苞苴(jū居):原意是包裹,《礼记·少仪》"苞苴"郑玄注:"谓编束萑苇以裹鱼肉也。"赠人礼物,必加包裹,因称礼物为苞苴。

〔64〕高蹈:远避。谓隐居。东阳:郡名,治所在长山县(即今浙江金华)。刘峻晚年曾隐居东阳郡金华山。

〔65〕端居:平时。

〔66〕鸿冥:大雁飞入远空,猎人找不着。蝉蜕:比喻解脱。

〔67〕降(jiàng酱)志辱身:贬抑志气,辱没身分。

〔68〕"乞食"句:饿鸱之馀,指腐鼠被鸱吃剩的部分。见《庄子·秋水》。汪中自叹乞食于鸱。

〔69〕"寄命"句:《庄子·骈拇》:"盗跖死利于东陵之上。"汪中自悲苟活于险地。

〔70〕生重义轻:《孟子·告子上》:"生亦我所欲也,义亦我所欲也;二者不可得兼,舍生而取义者也。"汪中谓己宁愿苟且偷生。(按:此激

愤之词,并非事实。)

〔71〕望实交陨:名誉和实利都丧失了。

〔72〕身沦道显:《梁书》本传:齐高祖招文学之士,不次擢用。"峻率性而动,不能随众沉浮,高祖颇嫌之,故不仕用。峻乃著《辨命论》以自伤。终隐居于东阳紫岩山。此所谓"身沦"。然"居东阳,吴、会人士多从其学"。卒后,门人谥曰玄靖先生。此所谓"道显"。

〔73〕籍甚:名声盛大。

〔74〕高斋学士:《南史·庾肩吾传》:晋安王在雍州,以肩吾与刘孝威、江伯瑶、孔敬通、申子悦、徐防、徐摘、王囿、孔铄、鲍至等十人抄撰众籍,号高斋学士。李详以为刘峻不在其列,汪中误记。

〔75〕"安成"句:见前注〔52〕。

〔76〕国门可县:《史记·吕不韦传》:不韦使其门客撰成《吕氏春秋》,悬于咸阳市城门,有能增减一字者,予千金。县,通"悬"。

〔77〕都人争写:《晋书·左思传》:左思写出《三都赋》,豪门富家竞相传抄,洛阳因而纸贵。

〔78〕著书五本:《庄子·天下》:"惠施多方,其书五车。"古代的书由竹、木简刻成,体积笨重,由车载动。后人以喻博学,此处则表示著书很多。

〔79〕数(shù 树)穷:犹"数奇(jī 机)",命运不顺当。覆瓿(bù 部):《汉书·扬雄传》:刘歆说扬雄作的《太玄》,没有人懂,"吾恐后人用覆酱瓿也"。瓿,古代用以装酒或水的容器名。

〔80〕长(zhǎng 掌)卿恨不同时:汉武帝非常欣赏《子虚赋》,说:"朕独不得与此人同时哉!"狗监杨得意告诉他是司马相如作的,武帝惊喜,乃召相如。见《史记·司马相如列传》。

〔81〕子云见知后世:韩愈《与冯宿论文书》:"昔扬子云著《太玄》,人皆笑之。子云曰:世不我知,无害也,后世复有扬子云,必好之矣。"

〔82〕履道贞吉:《易·履·九二》:"履道坦坦,幽人贞吉。"履行正道,隐士止吉。

〔83〕不干世议:不曾受到世人的非议。

〔84〕天谗:星名。见《隋书·天文志》。但隋志以为"天谗"星"主巫医"。司命,星名,"主灾咎"。见《史记·天官书》《索隐》云:"斗魁戴匡六星……四曰司命。"汪文则解为天谗星主宰了他的命运,一生被小人谗害。

〔85〕赤口烧城:李详指出应为"赤舌烧城",《太玄经·干》:"次八,赤舌烧城。"范望注:"兑为口舌,八为木,木生火,火中之舌,故赤也。赤舌所败,若火烧城。"比喻谗言为害极其严重。按:元陈元靓《岁时广记》:一《钉赤口》云:"《陈氏手记》:今日端午日多写赤口字贴壁上,以竹钉钉其口中,云断口舌。不知起自何代。"唐卢仝《月蚀诗》:"鸟为居停主人不觉察,贪向何人家,行赤口毒舌?"宋吴自牧《梦粱录》卷三《五月》、元周密《武林旧事》卷三《端午》,皆记"赤口白舌"云云,可见"赤口"之说由来已久,惟"赤舌烧城"之"赤舌"写为"赤口",自是汪中偶误。

〔86〕跬(kuǐ 亏上声):半步。

〔87〕不逮:言己又不及刘峻,身世更穷困。

〔88〕九渊:水的最深处。

〔89〕天衢:天路。比喻高处。此两句谓穷困者中,尚分高低,如冯敬通、刘峻,比自己就好得多了。

〔90〕"秋荼(tú 图)"二句:荼至秋则花叶繁密,故古人以喻刑法苛细。此处则只取"荼"。《诗·邶风·谷风》:"谁谓荼苦,其甘如荠。"汪文意谓以己与冯、刘对比,他们俩"如荠",己则如荼之苦。

〔91〕我辰安在:我的时运在哪里?《诗·小雅·小弁》:"天之生我,我辰安在?"

〔92〕实命不同:命运和别人不一样。《诗·召南·小星》:"实命不同。"

〔93〕劳者自歌:《公羊传·宣公十五年》:"什一行而颂声作矣。"注:"饥者歌其食,劳者歌其事。"汪中谓己作此《自序》,如农人的唱山歌,自唱自听。

〔94〕目瞑(míng 明):目力昏花。

〔95〕聊复:姑且。

洪亮吉

洪亮吉(1746—1809),字稚存,号北江,江苏阳湖(今常州)人。乾隆五十五年进士,授编修。督学贵州,教士以通经学古为先。嘉庆时,上疏批评时政,谪戍伊犁,旋赦还,自号更生居士。于书无所不窥,尤精舆地学。诗文有奇气,少与黄仲则齐名,称"洪黄"。仲则客死汾州,千里奔其丧,世称为当代范巨卿(东汉人范式,字巨卿,素服奔好友张劭之丧)。其后沉研经史,与孙星衍并称"孙洪"。袁枚称其"善为汉魏六朝之文,每一篇出,世争传之……至其文辞之渊雅,气质之深厚,世皆能知之"。有《洪北江全集》。今人整理有《洪亮吉集》五册(刘德权点校,中华书局2002年版)。

治平篇[1]

人未有不乐为治平之民者也[2],人未有不乐为治平既久之民者也。

治平至百馀年,可谓久矣。然言其户口,则视三十年以前增五倍焉,视六十年以前增十倍焉,视百年、百数十年以前不啻增二十倍焉[3]。

试以一家计之:高、曾之时[4],有屋十间,有田一顷[5]。身一人[6],娶妇后,不过二人。以二人居屋十间,食田一顷,宽然有馀矣。

以一人生三计之,至子之世,而父子四人。各娶妇,即有八人。八人即不能无佣作之助[7],是不下十人矣。以十人而居屋十间,食田一顷,吾知其居仅仅足,食亦仅仅足也。

子又生孙,孙又娶妇,其间衰老者或有代谢[8],然已不下二十馀人。以二十馀人而居屋十间,食田一顷,即量腹而食[9],度足而居[10],吾知其必不敷矣[11]。

又自此而曾焉[12],自此而玄焉[13],视高、曾时,口已不下五、六十倍。是高、曾时为一户者,至曾、玄时,不分至十户不止。其间有户口消落之家,即有丁男繁衍之族[14],势亦足以相敌[15]。

或者曰:高、曾之时,隙地未尽辟[16],闲廛未尽居也[17]。然亦不过增一倍而止矣,或增三倍、五倍而止矣,而户口则增至十倍、二十倍。是田与屋之数常处其不足,而户与口之数常处其有馀也。又况有兼并之家,一人据百人之屋,一户占百户之田,何怪乎遭风雨霜露、饥寒颠踣而死者之比比乎[18]?

曰:天地有法乎?

曰:水旱疾疫,即天地调剂之法也[19]。然民之遭水旱疾疫而不幸者[20],不过十之一二矣。

曰:君相有法乎[21]?

曰:使野无闲田,民无剩力。疆土之新辟者,移种民以居之[22]。赋税之繁重者,酌今昔而减之[23]。禁其浮靡[24],

抑其兼并[25]。遇有水旱疾疫,则开仓廪悉府库以赈之[26]。如是而已。是亦君相调剂之法也。

要之[27],治平之久,天地不能不生人,而天地之所以养人者[28],原不过此数也。治平之久,君相亦不能使人不生,而君相之所以为民计者[29],亦不过前此数法也。

然一家之中,有子弟十人,其不率教者常有一二[30];又况天下之广,其游惰不事者[31],何能一一遵上之约束乎?

一人之居,以供十人已不足,何况供百人乎?一人之食,以供十人已不足,何况供百人乎?

此吾所以为治平之民虑也[32]。

〔1〕这是一篇人口论。它比十八世纪末英国的马尔萨斯人口论的问世约早三十年。文章平易,却具有强大的说服力。直到今天,我国的计划生育政策的产生,既是客观现实的需要,也接受了中外人口论的影响。这个问题是世界性的。由此可以看出,洪亮吉不是迂腐的儒生,而是十八世纪杰出的思想家。

〔2〕治平:国家太平安定。

〔3〕不啻:不止。

〔4〕高、曾(zēng 增):高祖、曾祖。

〔5〕顷:一百亩。

〔6〕身:本身,本人。

〔7〕佣作:受雇为人劳作。

〔8〕代谢:衰老的凋谢,新生的取代。

〔9〕量腹而食:吃饭时自加节制,适可而止。

〔10〕度(duó 夺)足而居:度量脚的大小而住着。意谓许多人挤在

一个狭小空间生活。

〔11〕不敷:不够。

〔12〕曾(céng 层):曾孙。按:亦可读"曾(zēng 增)孙"。

〔13〕玄:玄孙,曾孙之子。

〔14〕丁男:成年男子。繁衍:人口繁殖。

〔15〕相敌:相等,相当。

〔16〕隙地:空闲的田。

〔17〕闲廛(chán 缠):古称一家所居的房地为廛。闲廛,没人住的空屋。

〔18〕颠踣(bó 搏):跌倒。比比:频频,屡屡。

〔19〕调剂:调整人数与生活资料的配给数,使之相适应。

〔20〕不幸:此指死亡。

〔21〕君相(xiàng 象):君主和宰相。

〔22〕种民:佃民,无田的农民。

〔23〕酌:考虑。

〔24〕浮靡:虚浮奢侈。

〔25〕抑:制止。

〔26〕仓廪(lǐn 凛):粮仓。悉府库:全部散发官府库房中的财物。赈:救济。

〔27〕要之:总而言之。

〔28〕所以养人:所以,以所,用它。用它来养活人民的。

〔29〕计:想办法。

〔30〕率教:遵从教导。

〔31〕不事:不工作,不干活。

〔32〕所以:为什么……的缘故。

出关与毕侍郎笺[1]

自渡风陵[2],易车而骑[3],朝发蒲坂[4],夕宿盐池[5]。阴云蔽亏,时雨凌厉[6]。自河以东[7],与关内稍异[8];土逼若巷[9],途危入栈[10]。原林黯惨,疑披谷口之雾[11];衢歌哀怨[12],恍聆山阳之笛[13]。

日在西隅,始展黄君仲则殡于运城西寺[14]。见其遗棺七尺,枕书满箧[15]。抚其吟案[16],则阿婆之遗笺尚存[17];披其缥帷[18],则城东之小史既去[19]。盖相如病肺[20],经月而难痊;昌谷呕心[21],临终而始悔者也。犹复丹铅狼藉[22],几案纷披。手不能书,画之以指。此则杜鹃欲化,犹振哀音[23];鸷鸟将亡,冀留劲羽[24]。遗弃一世之务,留连身后之名者焉。

伏念明公生则为营薄宦[25],死则为恤衰亲[26],复发德音[27],欲梓遗集[28]。一士之身[29],玉成终始[30]。闻之者动容[31],受之者沦髓[32]。冀其游岱之魂[33],感恩而西顾[34];返洛之旅[35],衔酸而东指。又况龚生竟夭,尚有故人[36];元伯虽亡,不无死友[37]。他日传公风义[38],勉其遗孤,风兹来禩[39],亦盛事也。

今谨上其诗及乐府[40],共四大册。

此君平生与亮吉雅故[41],惟持论不同[42]。尝戏谓亮吉曰:"予不幸早死,集经君订定,必乖余之旨趣矣[43]!"省其遗言[44]，为之堕泪。今不敢辄加朱墨[45]，皆封送阁下[46]，暨与述庵廉使[47]、东有侍读共删定之[48]。即其所就[49]，已有足传，方乎古人[50]，无愧作者。惟稿草皆其手写，别无副本[51]，梓后尚望付其遗孤，以为手泽耳[52]。

亮吉。十九日已抵潼关[53]，马上率启[54]，不宣[55]。

[1] 毕侍郎：毕沅(1730—1797)，字纕蘅，号秋帆，又号灵岩山人，江南镇洋人。乾隆二十五年进士，官至湖广总督。以好士知名，学人如钱大昕、洪亮吉、黄仲则等先后在其幕中。侍郎，官名，正二品，为尚书的副职，同为各部的堂官。清制：凡督、抚皆加侍郎衔。此笺前三段夹骈夹散，悲痛之情流于写景之中，第五段全用散体，更见深情。洪氏本工骈文，加以石交情谊极深，故泪随笔下，数百年后，犹能想象当时奔丧之惨状。

[2] 风陵：即风陵渡，在山西永济南，黄河北岸。

[3] 易：换。骑(jì寄)：备有鞍辔的马。

[4] 蒲坂：地名。故城在山西永济。

[5] 盐池：地名，即解池。在今山西运城。

[6] 时雨：应时之雨。凌厉：雨势猛烈。

[7] 河：黄河。

[8] 关内：指函谷关以内。

[9] 逼：狭窄。

[10] 栈：在山岩上架木为路。

[11] 谷口：地名。即寒门，故地在今陕西礼泉东北。

[12] 衢歌：四通八达的大路上听到行路人的歌声。

[13] 山阳笛：《晋书·向秀传》：向秀与嵇康、吕安友善，嵇、吕为司马昭所杀，向秀经其山阳旧居，闻邻人笛声，感怀亡友，作《思旧赋》。

〔14〕展:省视。殡:停柩。运城:地名。今属山西省。

〔15〕枕书:藏在枕匣中的书。常指珍本、秘本。篋:小箱。

〔16〕吟案:书桌。

〔17〕阿䗉(mí迷):称母。李商隐《李贺小传》:李贺每出游,从一小僮,背一破囊,得句即写投囊中。暮归,母使婢倾其囊,见所书多,每曰:"是儿要当呕出心乃已耳!"本句化用此事。

〔18〕缌帷:灵帐。

〔19〕小史:侍僮。

〔20〕相如病肺:《史记》、《汉书》、《西京杂记》皆言相如病消渴(即今糖尿病),然唐陆龟蒙《谢友人惠人参诗》已云:"殷勤润取相如肺,封禅书成动帝心",故洪亮吉亦沿其误。

〔21〕昌谷呕心:见注〔17〕。昌谷,李贺的故里。在今河南宜阳。

〔22〕丹铅:丹砂和铅粉,古人多用以校勘文字。狼藉:散乱不整貌。

〔23〕"杜鹃"二句:古人诗文每以杜鹃啼血比喻人之将死,发出哀音。欲化,将死。

〔24〕"鸷鸟"二句:言猛禽垂死,尚欲留下劲羽。以上两联(共四句)是比喻黄仲则弥留时还希望知友如毕沅、洪亮吉等能出版他的诗集。

〔25〕明公:对权贵长官的尊称。此称毕沅。为营薄宦:《清史稿·文苑二·黄景仁传》:"陕西巡抚毕沅奇其才,厚赀之,援例为县丞(犹今之副县长),铨有日矣,为债家所迫,抱病逾太行,道卒。"

〔26〕为恤衰亲:王昶《黄仲则墓志铭》:"及殁,(巡抚毕公)赠赗者又良厚。"衰亲,指仲则老母。

〔27〕德音:善言。对别人言辞的敬称。

〔28〕梓:印刷刻版。因制版以梓木为上,故称。

〔29〕一士:指仲则。仲则始终未入仕,故称"士"(读书人)。

〔30〕玉成:爱而使有成就。

〔31〕动容:内心感动,表现在面容上。

〔32〕沦髓:渗透骨髓。比喻感恩深重。

〔33〕冀:希望。游岱之魂:古人称死为魂游泰山。魏晋以来,道家传说人死魂皆归泰山,以泰山神东岳大帝为地下之主。参阅《后汉书·乌桓传》"如中国人死者魂神归岱山也"。注引晋人张华《博物志》、宋人李思聪《洞玄集》二。

〔34〕西顾:仲则魂在山东,毕沅在陕西,故云。

〔35〕返洛:刘孝标《广绝交论》:"瞑目东粤,归骸洛浦。"旐(zhào照):魂幡。

〔36〕"龚生"二句:龚胜,字君宾,彭城人。哀帝时,征为谏议大夫,数上书论朝政。后出为勃海太守。王莽秉政,归隐乡里,莽数遣使征之,拜上卿,不受,语门人曰:"旦暮入地,岂以一身事二姓!"绝食十四日死。有老父来吊,哭甚哀,既而曰:"嗟乎!薰以香自烧,膏以明自销。龚生竟夭天年,非吾徒也。"遂趋而出,莫知其谁。事见《汉书》七二《王贡两龚鲍传》。

〔37〕"元伯"二句:见蒲松龄《急难》注〔2〕。

〔38〕风义:风概高义。

〔39〕风(fēng奉)兹来禩:感化后世的人。禩,同"祀"。

〔40〕乐府:诗体的一种。此指仲则仿乐府古题而作的古诗。

〔41〕雅故:早年缔交为好友。

〔42〕持论:此指对诗歌的认识。

〔43〕乖:背离。旨趣:宗旨,意义。

〔44〕省(xǐng醒):察看,思索。

〔45〕朱墨:用朱笔和墨笔分别批注或编撰书籍。

〔46〕阁下:对人的敬称。

〔47〕暨:及,和。述庵:王昶(1725—1806),字德甫,号兰泉,晚号

述庵,江苏青浦(今上海青浦)人。乾隆十九年进士,官至刑部侍郎。廉使:清制:提刑按察司,省称廉使。

〔48〕冬有:严长明(1731—1787),字冬友(此作冬有),江宁人。乾隆时以诸生献赋行在,召试赐举人。累官内阁侍读。侍读:官名。工作是给帝王讲学。清制:翰林院、内阁,并有侍读学士及侍读。

〔49〕即:就,按。就:成就。

〔50〕方:比。

〔51〕副本:书稿的复制本,对正本而言。

〔52〕手泽:手汗。出《礼记·玉藻》。后通称先人的遗墨、遗物为手泽。

〔53〕潼关:关名,以潼水而名。西逼华山,南临商岭,北距黄河,东接桃林,为陕西、山西、河南三省要冲。

〔54〕率:粗率,不恭谨。

〔55〕不宣:宣,布。不宣,不能展示所欲言。

铁 保

铁保(1752—1824),姓觉罗,后改栋鄂,字冶亭,号梅庵,满洲正黄旗人。乾隆三十七年(1772)进士。由吏部郎中改翰林侍讲学士。嘉庆时历官山东巡抚,两江总督,吏部尚书。曾多次获罪被遣戍。道光年间以三品卿衔致仕。铁保诗名早成,与百龄、法式善并称"三才子"。著有《惟清斋全集》、《淮上题襟集》等。

徕宁果木记[1]

昆仑踞西域之胜[2],世传为仙人出入之所[3],嘉树珍果,萃于其地。徕宁地近昆仑,得其馀气,多暖而少寒,以故果木之盛甲于天下。桃、杏、葡萄、梨、枣、苹婆[4]、林檎[5]、樱桃,俱极香美,无论矣[6]。桑椹大可径寸[7],色白如玉,味甘如蜜。冰苹婆尤为异品,形如内地苹婆,而莹然无滓[8],表里照彻如水晶,味香烈而极甘,别域无此种。又有所谓瓯桲者[9],似山东木梨而大,香如木瓜[10],以蜜渍之,甘酸如山查而香过之[11],真异种也。

呜呼!以此珍果,如生于中土[12],移入神京[13],必能贡明堂[14],飨清庙[15],供上方之馔[16],擅华林之春[17];其次亦得为卿士大夫所共尝,文人学士所争赏。乃生于穷荒回纥之地[18],食之者不知其味,嗅之者不闻其香,甚且珍品与羊胛同烹[19],名园与马枥为伍,物之不得其地,至此已极,不大可痛惜乎哉!

或曰:"八埏之外[20],人蠢而物灵,山川清淑之气多钟于草木[21],以补人之不足。"是说也,余姑存而不论云[22]。

[1] 铁保曾于嘉庆十四年(1809)被流放新疆乌鲁木齐戍边,西域的风光物产不但足以引起他的好奇,而且也难免触发其人生喟叹。本文主题表面上为"物之不得其地"之感慨,实则为人之不得其用之感伤。徕宁果木的遭遇实际上正是世间人才错位的生动写照。由此,这篇以果木为题材的咏物之文也就自然地带有了丰厚的人生哲理。从写作手法上看,这是一种典型的"借题发挥",无论主旨与风格,均与柳宗元的《永州八记》有异曲同工之妙。徕(lái 来)宁,遗址在今新疆西部的疏勒县境内,以盛产果木著名。清乾隆二十七年(1762),于喀什噶尔旧城西北二里许兴建新城。三十六年(1771),清高宗赐名徕宁城。后商业兴隆,居然一都会。道光六年(1826)大半毁于战火。

[2] 昆仑:山名,在今新疆、西藏、青海境内。

[3] "世传"句:历来传说昆仑山是神仙出入的场所。晋张华《博物志》引《河图括地象》:"昆仑山广万里,高万一千里。神物之所生,圣人仙人之所集也。"

[4] 苹婆:又名凤眼果,梧桐科,果实卵形。

[5] 林檎(qín 琴):一名"沙果",又名"花红"。一种味甘酸的水果。

[6] 无论:用不着说,不用说。

[7] 桑椹(shèn 甚):桑树的果实。

[8] 莹然无滓(zǐ 子):光亮透明而无渣子。莹然,形容光亮透明的

样子。

〔9〕瓯桲(bó 搏):即"榅(wēn 温)桲"。一种形状像梨,果实黄绿色的果树。

〔10〕木瓜:一种药用植物。果实有浓烈的香气,但味涩,只可入药。

〔11〕山查(zhā 扎):即"山楂"。一种味酸甜,助消化的果实。

〔12〕中土:中国或中原地区。文中指后者。

〔13〕神京:京城。

〔14〕明堂:古代帝王举行重大祭祀典礼的场所。

〔15〕清庙:犹"太庙"。指帝王的宗庙。

〔16〕上方之馔(zhuàn 撰):指祭祀用的供品。上方,本指仙、佛所居的天界,此处代指帝王祖先神灵所在之处。

〔17〕擅华林之春:种植在华林园,独占园中春色。华林,园林名,初名"芳林园"。三国时魏文帝曹丕始建于河南洛阳。

〔18〕回纥(hé 河):中国古代民族名,唐以后散住在新疆一带。

〔19〕羊胛(jiǎ 甲):羊的肩胛。

〔20〕八埏(yán 延):地之八方(东、西、南、北、东北、东南、西北、西南)的边际。埏,地之边际。

〔21〕钟:聚集。

〔22〕存而不论:保留着不加推究和讨论。意思是说"人蠢物灵"的说法不值得讨论。

王聋子、郭风子二医人传[1]

聋子王姓,名之政,字九峰,江南镇江人。幼习儒,博通典籍。年三十馀遭子丧,耳闭不听,又为行医者误投凉剂,竟至不通音响[2]，遂自号"聋子"云。聋子因耳疾，不求仕进，遂弃儒学医，深通岐黄之术[3]，声名大振。所至求医者，肩摩毂击[4]，络绎不绝，多奇效。寻常家居，每旦病者踵门[5]，无虑百十人[6]。于中堂设师座一，旁列及门四人。每一病诊后，属门生辈书方[7]，口讲指画，应接不暇。又素不计资[8]，听其家自给；遇贫乏者，多施药以济之，以故求者益夥[9]。聋子不耐烦扰，遂就扬州盐政之聘[10]，岁千八百金[11]。鹾商有请者多不就[12]，曰："吾不能以低颜仰富翁面，自贱吾术也。"性复磊落，慷慨有丈夫气。与余交最密，每赴江宁[13]，相依必数月，有赠多不受。嗣闻余获罪，有乌垒之行[14]，一日，夜襆被至清江[15]，依依不能舍，泪随语下，复亲送余眷属十馀程[16]，过山东界始回，其古道待人如此[17]。至其医术之神，决死生于数月之前，奇应如响[18]。吴菘圃河帅暑月感热症[19]，投以清凉之剂，不效，淹淹就毙[20]。聋子以附子理中汤治之[21]，一剂而愈。谈韬华观察略无病形[22]，聋子诊其脉，决以六月必死，不爽月日[23]。其他立起沉疴[24]，随手奏效，不能殚述[25]。子二人，长官东河通判[26]，次未仕，俱不能世其家学[27]，惜哉！

风子姓郭，字兴时，浙江人。余见时年已七十馀，今又三十馀年，约百岁外人也。以医豪于京师[28]，自王公大夫以及庶民之家，无不延请。多能治奇疾。不可思议，亦坐是诽谤者不少[29]，风子不以为意也。其称风子奈何？风子性不羁，好作诙谐语，以忤世人。每与搢绅先生接[30]，多傲岸不为礼,又往往肆口谩骂,或使人骂以为快。主人知其性,亦听之不较也。然与余数十年从[31],不作戏语,正襟危坐,议论风生[32],皆息息与古人之道合[33],且有发前人所未发者。以是知风子风于口而不风于心,风于可风之人而适当其可。是嘻笑怒骂,无非文章,泾渭分而界限自明也。余家有病,日或两三至,从不受谢[34]。问其故,笑曰:"余每日一出门,即获十数千文,间遇盐政关部诸家[35],每索必数百。伊等毫无功于国家而坐拥厚资[36],所得不过奸商恶仆鱼肉百姓之脂膏,分而用之,不遭造物之忌[37]。若公等清曹薄俸[38],竭锱铢之利以贶医人[39],受之亦不安也。"其言之阔达如此[40]。年近百岁,步屧如飞[41],声震人耳。畜雏姬数人,神明不衰[42]。或疑有导引采补之术[43],秘不示人。呜呼!其亦有道之士欤?

论曰:医,仁术也[44]。必有过人之识,活人之心,始能投其所向,无不如志。二子者,一隐于聋,一托于风。其超绝群伦之概,或视齹商为粪土,或戏公卿如草芥,俱于医发之。使其得志行道[45],必有大过人者。医之道通于相[46],吾为二子幸,吾为二子悲矣[47]!

〔1〕如果说《徕宁果木记》与柳宗元的《永州八记》风格相近,则本文颇类于《种树郭橐驼传》。所不同的是,前者主要以传主不平常的种树技艺移至为官治民之理,从而委婉地表达出一种要求革除苛政,让人们安居乐业的政治愿望;后者则借两位妙手神医的经历,巧妙地表达出自己对王公富贾的不齿,并借以宣扬一种高尚的人格。就人物形象的生

动性而言,本文也可以直追《种树郭橐驼传》。掩卷之馀,王聋子和郭风子两位岐黄高士的形象,给人呼之欲出之感。风,通"疯"。

〔2〕音响:指声音。

〔3〕岐黄之术:医术。岐,岐伯。黄,黄帝。相传岐伯和黄帝为医家之祖,《内经》即以两人问答的体裁写成。后世因以"岐黄"为中医学的代名词。

〔4〕肩摩毂(gǔ 古)击:形容行人车马来往拥挤。语出《战国策·齐策一》:"临淄之途,车毂击,人肩摩。"毂,代指车轮。

〔5〕踵门:上门。

〔6〕无虑:大都,大约。

〔7〕属(zhǔ 主):通"嘱",嘱咐。

〔8〕素不计资:向来不计较酬金。

〔9〕夥(huǒ 伙):多。

〔10〕盐政:官名。清初以都察院御使巡视盐政。

〔11〕千八百金:一千八百两白银。

〔12〕鹾(cuó 痤)商:盐商。

〔13〕江宁:江苏南京。

〔14〕"嗣闻"二句:后来听说我因事遭朝廷惩处,被发配至新疆。嗣,后来,乌垒之行,指铁保于嘉庆十四年(1809)任两江总督时,因山阳知县王伸汉鸩杀李毓昌案受牵连,被发配到新疆乌鲁木齐。乌垒,古城名。故址在今新疆轮台东小野云沟附近。此处代指乌鲁木齐。

〔15〕"夜襆(fú 扶)"句:连夜整理行装来到清江送别。襆被,用袱子包好衣被,意为整理行装。清江,即清江浦,在今江苏淮安。

〔16〕程:指一日的行程。

〔17〕古道:指古代所崇尚的节操风义。

〔18〕奇应如响:形容诊断非常奇特灵验,就像回声一样准确。

321

〔19〕吴菘圃:吴璥,字式如,号菘圃,钱塘(今浙江杭州)人,曾任河东河道总督、江南河道总督,习河务,常奉使出勘河。累官吏部侍郎。道光初,卒。详见《清史稿》本传。热症:中医学名词。指人体感受温邪、暑气而引起的病症。

〔20〕淹淹:犹"恹恹"。气力微弱的样子。

〔21〕附子理中汤:一种中药方剂。

〔22〕略无病形:没有任何生病的症状。

〔23〕不爽:不出差错。

〔24〕立起沉疴:立刻治好久治不愈的病。

〔25〕殚述:叙述彻底。

〔26〕"长官"句:长子担任东河通判。东河通判,官名,为东河总督的属官。

〔27〕世其家学:继承家学。

〔28〕豪于京师:在京城很有威望。

〔29〕坐:由于,为着。

〔30〕搢绅:旧时官宦的装束,代指官宦。

〔31〕从:犹"过从"。指相互交往。

〔32〕风生:比喻言谈活跃。

〔33〕息息:本指气息出入相续。此处指相互联系密切。

〔34〕受谢:指接受酬金。

〔35〕"间遇"句:偶尔遇到有钱的盐政官员家庭求诊。

〔36〕坐拥厚资:白白地占有大量钱财。

〔37〕造物之忌:指上天的忌恨。造物,指天。古时以为万物是天造的,故称天为"造物"。

〔38〕清曹:清廉的官吏。

〔39〕贶(kuàng 况):赐与。

〔40〕阔达:大度而无所拘束。

〔41〕步屟如飞:形容脚力强健,走路快步如飞。屟,疑为"履"字之误。

〔42〕神明:指人的精神。

〔43〕导引采补:古代道家的两种养生方法。导引,这是一种以意气结合、身心合一的方式进行练功行气的养生方法。采补,古代一种以采阴补阳为内容的房中术。

〔44〕仁术:合于仁道的技术。

〔45〕得志行道:指在官场上有所作为。

〔46〕"医之"句:指为医之道与为相之道二者相通。

〔47〕"吾为"二句:我既为二位先生感到庆幸,又为二位先生感到悲哀。言下之意是说,两位有超绝群伦之概的人只能在医术上有所作为,而无缘在仕途上有所作为。

阮　元

阮元(1754—1849)，字伯元，号云台，江苏仪征人。乾隆五十四年进士，嘉庆、道光年间，历任户、兵、工部侍郎，浙、闽、赣诸省巡抚，两广、云、贵总督，体仁阁大学士。历官所至，以提倡学术为己任。在浙设诂经精舍，在粤立学海堂，作育人才甚众。不过他认为"今人所便单行之文极其奥折奔放者，乃古之笔，非古之文也"(《揅经室集》续集卷三《文韵说》)。所以他叫儿辈编文集，认为"赋及骈体有韵之作"，才是"古人所谓文"(《揅经室集·自序》)。今人整理有《揅经室集》上下册(邓经元点校，中华书局1993年版)。

记任昭才[1]

任昭才，鄞人[2]，善泅海[3]。余抚浙，[4]治水师时募用之[5]。

昭才入海底，能数时之久，行数十里之远。尝言海水十馀丈以上有浪撼人，再下则水不动，湛然而明[6]；冬日甚温。海底之沙，平净无淤[7]，亦无他异。浙海有珊瑚[8]，但不若南海之坚，在海底视之甚鲜，采之出水则嫩萎无色。鱼不一类，过泅者之旁，不相骇而去。惟大鱼能吞人，当避之。大鱼之来，其呼吸动及数里之水，水动，知有大鱼来矣，宜急避之。

余所获安南大铜炮[9],重二千馀斤,甚精壮,甚爱重之。兵船载炮,尝遭飓沉于温州[10]。三盘海底,深二十丈,不可起。余命昭才往图之[11]。

昭才用八船,分为二番[12],一番四船空其中,一番四船满载碎石。自引八巨绳入海底,系沉船之四隅[13],以四绳末系四石船为一番。系既定,乃掇其石入第二番之空船,是石船变为空船,浮起者数尺矣。复以二番四绳之末系二番之石船,系既定,复掇石入第一番空船,是浮起者又数尺矣。如此数十番,数日之久,船与炮毕升于水面矣[14]。

余命昭才入水师,食兵饷[15],擢为武弁[16]。以病卒于官。

[1] 此记人之文,一切围绕着任昭才的水性来写。全文重点在第三、四段,通过打捞海底大铜炮的过程,充分说明实践出真知、卑贱者最聪明的道理。

[2] 鄞(yín银):县名。清属浙江省宁波府。

[3] 泅(qiú囚):游水。

[4] 抚浙:在浙江做巡抚。

[5] 水师:水兵,水军。募:招募。

[6] 湛(zhàn站):澄清。

[7] 淤:水底沉积的污泥。

[8] 珊瑚:热带海中的腔肠动物,骨骼相连,形如树枝,故又名珊瑚树。

[9] 安南:旧国名,即今越南。阮元时为中国藩属。

[10] 飓(jù具):发于海洋上的暴风。温州:地名。属浙江省。

〔11〕图之:设法把大炮打捞起来。

〔12〕二番:轮番代替。

〔13〕隅:角。

〔14〕毕:全部。

〔15〕兵饷:饷,军粮。后泛指军队的俸给。

〔16〕擢:选拔。武弁(biàn 变):军官。

郝懿行

郝懿行(1757—1825),字恂九,号兰皋,山东栖霞人。嘉庆四年进士,官户部主事。二十五年,补江南司主事。道光三年卒,年六十九。平生肆力著述,每夜四更始安息,如此者四十年。其妻王照圆,博涉经史,每与懿行持论不合,辄争辩竟日。当时著书家有"高邮王父子,栖霞郝夫妇"之目。懿行所作杂文,出入汉魏晋宋之间。杂记数帙,旁征稗说,间采时事,皆意主劝戒。其学术著作《尔雅义疏》(中国书店1982年影印本,上海古籍出版社1983年影印本),造诣高于邵晋涵之《尔雅正义》。

田光福[1]

田光福者,文登人[2],在都佣水为生[3],其同业人谓之"钩担生活"[4]。

所居与王府近[5],府中人皆知为田水佣也。适供水诣府门[6],闻乳妪言[7]:王体违和[8],诸医奏方皆无验[9],势颇危急。福晋令募能医者[10],重酬之,而乳妪以田闻。福晋便令依方处药,病良已[11]。王召田至,将重酬,而田辞。王问所欲,因曰:"吾属尔御医院[12],欲之否?"田唯唯[13]。因下所司[14],以田为属。

院中人为本无学术轻之[15],田亦自恶[16],乃从师受学焉。院中故多书,众医或不能遍读,田乃发愤,不数年,院书读几遍[17]。初来不甚识字,后遂多所淹贯[18],自院长以下咸共推敬矣[19]。

嘉庆初年,川楚犹未平[20],时额大经略以疾闻[21]。戎事方棘[22],上特简高医往视之[23],而众以田对,乃诏乘驿达军所[24]。比至而疾果瘳[25]。时经略奏陈,欲留田佐幕府[26],而田力辞,于是复随驿使还都[27]。他日,人或叩以坚不肯留意,田曰:"吾在军中,闻鼓鼙声而心悸[28],如陈不占欲坠车失箸耳[29]!"闻者皆大笑。

田还,既晋秩[30],橐中装且数千金矣[31],因出赀于禁城中置药室[32],谓所知曰[33]:"以是为营菟裘,吾将老焉[34]。"未几,竟以疾终。

余以嘉庆己未、庚申间尝见田[35],逡逡如鄙人[36],乃知不肯留军所者,非畏鼓鼙声,正畏富贵福泽娓娓欲逼人耳[37]!吾固疑荀卿《非相》之言非笃论也[38]。

[1] 田光福原靠挑水为生,偶因治好一位亲王的病,竟被引进为太医。他难能可贵的有两点:一是钻研了御医院几乎全部的医书,从而使自己的医术十分高明;二是不贪重酬,拒绝富贵,甘心在淡泊中度过一生。这的确是一种大智慧,不是一般庸人所能理解的,值得我们深思。

[2] 文登:县名。今属山东省。

[3] 都:帝都,此指北京。佣水:为别人家挑水赚钱为生。

[4] 同业:同行。

〔5〕王府:亲王、郡王的府邸。

〔6〕适:恰好。诣(yì义):到达,进入。

〔7〕乳媪(yù玉):奶妈。

〔8〕违和:因失调和而致病。

〔9〕奏:进。

〔10〕福晋:满语妻子。清代制度,亲王、世子、郡王之正室的名称。

〔11〕病良已:病确实好了。

〔12〕属(zhǔ主):同"嘱",托付。御医院:专为皇帝及其眷属治病的医疗机构。

〔13〕唯(wěi尾)唯:恭敬顺从的应答词。

〔14〕所司:太医院主管官吏。

〔15〕学术:此处指医学理论和治疗技术。

〔16〕恧(nù女去声):惭愧。

〔17〕读几(jī机)遍:几乎读遍了。

〔18〕淹贯:渊博而贯通。

〔19〕推敬:推许尊重。

〔20〕川楚:四川和湖北。当时川鄂陕边区广大农民、手工业者以白莲教的组织形式发动了大规模的起义。历时九载,才被镇压下去。

〔21〕额大经略:额勒登保,满洲正黄旗人,姓瓜尔佳氏。此时任经略大臣。以疾闻:把生病情形写奏疏报告皇帝。

〔22〕戎事:战争,军事。棘:通"急",危急。

〔23〕简:选择。

〔24〕驿:传递官方文书的马、车。

〔25〕比(bì壁):及,等到。瘳(chōu抽):病愈。

〔26〕幕府:将帅在外的营帐。军旅无固定住所,以帐幕为府署,故称幕府。

〔27〕驿使:驿站传送文书的人。

〔28〕鼓鼙(pí 皮):乐器,大鼓和小鼓,进军时以励战士。心悸:惊惧,心跳。

〔29〕"如陈不占"句:崔杼弑齐庄公,陈不占闻难,将赴之,餐则失匕,上车失轼(车箱前扶手横木)。御者曰:"怯如是,去有益乎?"不占曰:"死君,义也;无勇,私也。不以私害公。"遂往。闻战斗之声,恐骇而死。见《新序·义勇》。

〔30〕晋秩:提升官职或品级。

〔31〕橐(tuó 驮)中装:指珠玉之类的宝物。《史记·陆贾传》:"(南越王尉)赐陆生橐中装直千金。"

〔32〕赀(zī 资):财货。通"资"。禁城:宫城,即紫禁城。

〔33〕所知:知己,好友。

〔34〕"以是"二句:田光福说:"把这个(药室)作为我经营的菟裘官邸,我准备就这样过完一辈子。"语本《左传·隐公十一年》:"使营菟裘,吾将老焉。"菟裘,地名。春秋时鲁邑,今在山东泗水北。

〔35〕以:在。尝:曾经。

〔36〕逡(qūn 群阴平)逡:退让。应作"恂(xún 寻)恂",《汉书·李广传赞》:"李将军恂恂如鄙人。"恂恂,恭顺貌。鄙人,边鄙之人,犹今言乡下人。

〔37〕福泽:福气如水,源源不绝。娓娓:应作"亹(wěi 尾)亹",行进貌。

〔38〕荀卿:荀况,战国赵人。学者尊之,称为荀卿。今传《荀子》三十二篇。《非相》:见《荀子》第五篇。荀子认为:"相形不如论心,论心不如择术。"田光福尽管"逡逡如鄙人",然而他不贪富贵,而能发愤成材,选择医术来谋生。笃论:确当的评论。

恽　敬

恽敬(1757—1817),字子居,号简堂,阳湖(今江苏常熟)人。乾隆举人。先后担任过浙江富阳、江西新喻(新余)、瑞金知县,官至南昌同知。为人耿直廉洁,不随俗俯仰。好学,通经史与诸子百家,议论多有新见。擅长古文,与张惠言等人共同创立阳湖派。为文主要效法经史与诸子,风格自然奔放,而不像桐城派那样过于讲求义法、格律。《清史稿·文苑传》称他:"其文盖出于韩非、李斯,与苏洵为近。"有《大云山房集》传世。今人整理有《大云山房全集》(台湾中华书局 1983 年版)。

谢南冈小传[1]

谢南冈,名枝崙,瑞金县学生[2]。贫甚,不能治生[3]。又喜与人忤[4],人亦避去,常非笑之[5]。性独善诗[6]。所居老屋数间,土垣皆颓倚[7],时闭门,过者闻苦吟声而已。会督学使者按部[8],斥其诗,置四等,非笑者益大哗[9]。南冈遂盲,盲三十馀年而卒,年八十三。

论曰:敬于嘉庆十一年自南昌回县[10]。十二月甲戌朔[11],大风寒。越一日乙亥,早起,自扫除蠹书[12],一册堕于架,取视之,则南冈诗也,有郎官为之序[13]。序言秽腐,已掷去;既念诗未知如何[14],复取视之,高邃古涩[15],包孕深远[16]。询其居,则近在城南,而南冈已于朔日死矣[17]。南冈遇之穷不待言[18],顾以余之好事[19],为卑官于南冈所籍已二年[20],南冈不能自通以死[21],必死后而始知之,何以责居庙堂拥麾节者不知天下士耶[22]？古之人居下则自修而不求有闻[23],居上则切切然恐士之失所[24],有以也夫[25]!

[1] 本文是一篇人物传记。传主谢南冈是江西瑞金一位郁郁不得志的穷秀才。谢南冈死后,作为知县的恽敬偶然从一册诗作中发现其人品和诗品的高古不凡,于是深自惋惜谢南冈的怀才不遇,自责未能及时发现人才。文章的结构非常独特,用来记载传主生平的文字极其简略,仅一百字上下,而较多的笔墨则用来写自己的感慨,从而突出了为官者重在发现人才的主题。立意正大,态度真诚。行文特点类似于司马迁的《史记·伯夷叔齐列传》。

[2] 县学生:即县学生员的简称,俗称秀才。

[3] 治生:从事某种职业以维持生计。

[4] 忤(wǔ午):冲突,不和。

[5] 非笑:指责和讥笑。

[6] 性独善诗:天性只会做诗。独,只。

[7] 土垣:土墙。颓倚,歪歪倒倒。

[8] "会督学"句:正赶上学政来本地主持考试。会,正赶上。督学使者,清代提督学政(掌管一省教育、考试的官员)的别称。按,通"案",考察。部,指所属区域。

[9] 益大哗:更加大声嘲讽。

〔10〕嘉庆十一年:公元1806年。南昌:当时的省城,即现在的江西南昌。

〔11〕甲戌朔:农历十二月初一。用干支纪日,那天为甲戌,朔指农历每月的第一天。

〔12〕蠹书:被蠹虫咬坏的书。

〔13〕郎官:在京城六部中的某部担任郎中或员外郎的官员。

〔14〕既:不久之后。

〔15〕高邃古涩(sè 色):文辞深奥难读。

〔16〕包孕深远:含意深远。

〔17〕朔日:指上文所说的"十二月甲戌朔日"。

〔18〕不待言:无须多说。

〔19〕顾:只是。好(hào 号)事,喜欢管别人的事。

〔20〕所籍:籍贯所在之地,指江西瑞金。

〔21〕自通:自己登门求见作自我介绍。

〔22〕"何以"句:怎么能去指责那些掌握大权的朝内外官员不去发现天下人才呢?居庙堂,指在朝廷做大官的人。拥麾(huī 挥)节,指在朝外掌握实权的大臣。麾,指挥军队的旗子。节,即符节,使臣的凭证。

〔23〕居下:指身居下位作平民。有闻,有名望。

〔24〕切切然:迫切的样子。失所,不在其位。

〔25〕有以:即"有所以"的省称,指有原因。

曾 燠

曾燠(1760—1831)，字庶蕃，号宾谷，江西南城人。乾隆四十六年进士，选庶吉士，改户部主事。累官两淮盐运使，开题襟馆于扬州，与宾客赋诗为乐。后以贵州巡抚乞养归，卒。吴蕭称其"深于《选》学，所作擅六朝唐初之盛"。此指其四六之文。曾燠文在《赏雨茅屋外集》，大多骈体。

伤逝铭[1]

正月向晦[2]，东风不暄[3]，檐瓦雪飘，庭树烟湿。于时匣弦冻折，邻笛悲闻[4]，恶耗频惊[5]，知交继逝[6]。呜呼哀哉！

追曩昔之宴游[7]，寻平生于响像[8]，十年之内，四海几人？[9]一别如雨[10]，重欢无日。何风流之顿尽[11]，嗟造化之若兹[12]。

思夫白驹过隙[13]，黄鸡催晨[14]，世何弗新[15]，古谁无死？乃若樗以不材而寿[16]，桂因可食而伐[17]，颜回年短于盗跖[18]，孔子恸深于伯牛[19]，吾欲问天，谁为辨命[20]？

况知己之难得，恒旷世而一逢[21]。庄子休之寝说，时无惠施[22];管夷吾之举哀,交惟鲍叔[23]。郢人既往,匠石废斤[24];钟子云亡,牙生罢操[25]。

如吾友某某者,昔尝一日相思,千里命驾[26],朝泛剡溪之雪[27],夜占颍水之星[28]。修兰亭之禊事,非无管弦[29];过梓泽之名园[30],亦多吟咏。今则山河已邈,人琴并亡[31]。将申鸡酒之情[32],时方羁绁[33];欲引虎贲而坐,孰是典型[34]?

呜呼!玉树长埋,情何能已[35];栋梁乍折,哀更可知[36]。遂援毫而写心,谅同气之感目[37]。

铭曰[38]:庾信有言:"君子先危[39]。"援今证古,天道可知[40]。彩云轻散[41],明月易亏[42]。地下修文,必取颜、卜[43];天上作记,亦闻昌谷[44]。以彼当世,不膺显荣[45],何独死后,见重神明?神明能用,而不能生。松茂柏悦,芝焚蕙叹[46],每诵遗文,心神悽惋。往时伐木,和我歌吟[47];今兹扫径,无君足音[48]。

〔1〕此文深受陆机《叹逝赋》、庾信《思旧铭》两文的影响,抒发了对知交凋零难再得的感伤情怀。

〔2〕晦:农历每月的最后一日。

〔3〕暄:温,暖。

〔4〕"匣弦"二句:化用庾信《思旧铭》:"匣中弦绝,邻人笛悲。"匣弦冻折,小箱中所装的琴,琴弦也被冻断。邻笛,见洪亮吉《出关与毕侍郎笺》注〔13〕。

〔5〕耗:音信,消息。

〔6〕知交:相知之友。

〔7〕曩(nǎng囊上声)昔:从前。

〔8〕响像:声响与影像。出佛典。《大般若波罗蜜多经》卷十一:"譬如幻事,梦境响像阳焰光影。"唐薛戎《游烂柯山》诗:"响像如天近,窥临与世遥。"

〔9〕"十年"二句:仅仅经过十年,四海之内,知交尚馀几人?

〔10〕别如雨:言分别如落雨般迅速。三国魏王粲《赠蔡子笃》诗:"风流云散,一别如雨。"

〔11〕风流顿尽:见注〔10〕。风流,有才华、有风度的人物。

〔12〕造化:创造万物的神。

〔13〕夫(fú服):语气词。白驹过隙:比喻光阴迅速。白驹,日影。隙,壁隙。《庄子·知北游》:"人生天地之间,若白驹之过隙,忽然而已。"

〔14〕黄鸡催晨:白居易《醉歌》:"谁道使君不解歌,听唱黄鸡与白日。黄鸡催晓丑时鸣,白日催年酉前没。"

〔15〕世何弗新:三十年为一世。旧的一世总被新的一世取代着。

〔16〕樗(chū出)以不材而寿:《庄子·逍遥游》:樗树无用,匠者不顾,因而终其天年,不至夭于斤斧。

〔17〕桂因可食而伐:《庄子·人间世》:"桂可食,故伐之。"

〔18〕颜回:孔子最器重的学生,但短命而死。盗跖(zhí直):春秋末期一位叛逆正统的人,儒者以为大盗,却获高寿。

〔19〕伯牛:孔子弟子冉耕的字。伯牛得恶疾,孔子去看他,说:"斯人也而有斯疾也!"连说两句,非常痛心。

〔20〕辨命:辨别有无命运问题。

〔21〕旷世:时间长久。

〔22〕"庄子休"二句:本《淮南子·修务训》:"惠施死而庄子寝说

言,见世莫可为语者也。"庄子休,即庄周。"子休"二字反切为"周"。寝说,停止辩论。时无惠施,《庄子·徐无鬼》:庄周经过惠施之墓,顾谓从者:"郢人在鼻端抹上一点白粉,像苍蝇翅膀那样小,让匠石用斧头把鼻端的白粉砍掉。匠石挥动斧头,漫不经心地砍掉了它,白粉完全砍去而鼻子却不受伤。郢人站在那里一点也不失常态。宋元君听说这事,把匠石找来,说:'请你试着为我表演一下。'匠石说:'我曾经砍掉郢人的鼻端白粉,但他已经死去很久了。'自从惠施死后,我没有施展技术的对象了,我没有谈话的人了。"

〔23〕"管夷吾"二句:《史记·管晏列传》:管仲(夷吾)说:"生我者父母,知我者鲍子也。"此处说管仲伤心,因为一世之大,知己只有鲍叔一人。

〔24〕"郢人"二句:见注〔22〕。斤,斧头。

〔25〕"钟子"二句:钟子期,春秋楚人,精于音律。伯牙鼓琴,志在高山流水,子期听而知之。子期死,伯牙谓世无知音者,终身不复鼓琴。见《吕氏春秋·本味》。

〔26〕"昔尝"二句:语本《世说新语·简傲篇》:"嵇康与吕安善,每一相思,千里命驾。"

〔27〕"朝泛"句:晋王徽之(子猷)居山阴,夜雪初霁,月色清朗,忽忆戴逵(安道)。戴时在剡,即便夜乘小船诣之,经宿方至,造门不前而返。人问其故,王曰:"吾本乘兴而行,兴尽而返,何必见戴?"见《世说新语·任诞》。本为夜泛,此云朝泛,似误。此句言访友,以友拟于戴逵。

〔28〕"夜占"句:《世说新语·德行》:"于时太史奏:'真人东行。'"刘孝标注引檀道鸾《续晋阳秋》:"陈仲子从诸子侄造荀父子,于时德星聚,太史奏:'五百里贤人聚。'"《太平御览》卷三八四《人事部·智上》引《汉杂事》:"陈寔,字仲子,汉末太史家占星,有德星见,当有英才贤德同游者。书下诸郡县问,颍川郡上事:其日有陈太丘父子四人俱共会社。

337

小儿季方御,大儿元方从,抱孙子长文;此是也。"此以友拟于陈寔。句谓盼友来。

〔29〕"修兰亭"二句:王羲之《临河叙》:"暮春之初,会于会稽山阴之兰亭,修禊事也。"古代民俗农历三月上旬的巳日,到水边嬉游采兰,以驱除不祥,称为修禊。王羲之文又云:"虽无丝竹管弦之盛,……"

〔30〕"过梓泽"句:《晋书·石崇传》:"崇有别馆在河阳之金谷,一名梓泽。"

〔31〕"人琴"句:《世说新语·伤逝》:王子猷、子敬俱病笃,而子敬先亡。子猷来奔丧,便径入,坐灵床上,取子敬琴弹。弦不调,掷地云:"子敬子敬,人琴俱亡!"

〔32〕鸡酒:《后汉书·徐稚传》:稚尝为太尉黄琼所辟,不就。及琼卒归葬,稚乃负粮徒步到江夏吊之,设鸡酒薄祭,哭毕而去,不告姓名。

〔33〕羁绁:络系犬马的用具。此处言时方有随从之役。

〔34〕"欲引"二句:《后汉书·孔融传》:融与蔡邕素善,邕为王允所杀,有虎贲士貌类于邕,融每酒酣,引与同坐,曰:"虽无老成人,且有典型。"

〔35〕"玉树"二句:《世说新语·伤逝》:庾亮亡,何充临葬云:"埋玉树著土中,使人情何能已!"

〔36〕"栋梁"二句:典出《晋书·卫玠传》:玠死,"谢鲲哭之恸,人问曰:'子有何恤而致斯哀?'答曰:'栋梁折矣,不觉哀耳。'"

〔37〕同气:本指兄弟,此指良友。任昉《为齐明帝让宣城郡公表》:"世祖武皇帝,情等布衣,寄深同气。"

〔38〕铭:文体名。附于正文后的韵语。

〔39〕"庾信"二句:《庾子山集》卷十二《思旧铭》:"骎骎霜露,君子先危。"

〔40〕天道:自然的规律。江淹《恨赋》:"人生到此,天道宁论!"

〔41〕彩云轻散:化自唐白居易《简简吟》诗:"大都好物不坚牢,彩云易散琉璃脆。"

〔42〕明月易亏:化自唐张渐《朗月行》诗:"合比月华满,分同月易亏。"唐越溪杨女《春日》诗:"明月易亏轮,好花难恋春。"

〔43〕"地下"二句:《太平御览》卷八八三王隐《晋书》:苏韶卒,其鬼与从弟苏节言:"颜渊、卜商今见(现)在为(地下)修文郎。"

〔44〕"天上"二句:李商隐《李贺小传》:"长吉将死时,忽昼见一绯衣人……笑曰:'帝成白玉楼,立召君为记,……'少之,长吉气绝。"

〔45〕膺显荣:受到显达荣耀。

〔46〕"松茂"二句:《文选》陆机《叹逝赋》:"信松茂而柏悦,嗟芝焚而蕙叹。"此处言原望某友能如松柏之茂,乃竟如芝蕙之芟夷。

〔47〕"伐木"二句:《诗·小雅·伐木》:"伐木丁(zhēng 争)争,鸟鸣嘤嘤。……嘤其鸣矣,求其友声。"此言昔时与某友互相唱和。

〔48〕"扫径"二句:杜甫《客至》:"花径不曾缘客扫,蓬门今始为君开。"

张惠言

张惠言(1761—1802)，字皋文，江苏武进人。嘉庆四年进士，官翰林院编修。古文学韩愈、欧阳修，与恽敬同为阳湖派之领袖。《易》专治汉虞翻说，《礼》主郑玄说。论者称为孤经绝学。故《清史稿》、《清史列传》皆列之于《儒林》而不入《文苑》。但曾国藩称其文："空明澄澈，不以博奥自高。"又称其说经之文："文词温润，亦无考证辨驳之风。"阮元称其"以经术为古文"，又称其文"不遁于虚无，不溺于华藻，不伤于支离"。词主"意内言外"，编《词选》，创常州词派。今人整理有《茗柯文编》(黄立新校点，上海古籍出版社1984年版)。

送张文在分发甘肃序[1]

古之所谓良有司者，[2]，不待其莅政治民也[3]，观其所以汲汲者[4]，则其于守也可知矣[5]。是故有躁进之心[6]，则必有趋势之术[7]；有患贫之心[8]，则必有冒货之渐[9]。虽有特达之才[10]，廉耻之念，其入于势利也，犹鞯之在项[11]，幂之在目[12]，而以旋于磨[13]，虽欲自拔其足，其势固不得已[14]。

呜呼！今之有志于吏道者鲜矣[15]。今各省自州县至丞尉[16]，谒吏部而出者[17]，岁数百馀人。其人皆有司牧之责[18],其间亦有知名义识廉耻者[19]。然吾观其所以进争尺寸之捷[20],较出入之势,进退之械[21],则未有不求熟者。及其选而得官,则哗然曰:某地善,某地恶。得之者忻戚色然[22]。问其所以为善恶者,则非政之险易也,非民之淳浇也[23],曰:某地官富;曰:某地官贫。呜呼!士未莅官,未治民,而所汲汲者如此,古之良有司其终不可见乎!

　　海盐张文在[24],强毅慷慨,喜任侠[25],然敦为孝弟[26]。少举于有司[27],困不遂[28],走京师[29],供事国史馆[30],积若干年,以勤能[31],例得府经历[32]。又几年,史馆移选人入吏部[33],文在例得与[34],而主者抑之[35],不得选。今年秋,以赀入[36],请试用[37],分发得甘肃。甘肃地边塞[38],民穷官贫,自长吏以下[39],不能具舆马[40]。士大夫宦者,视为畏区。而文在以磊落才[41],抱负奇气[42],浮沉为吏十馀年[43],更偃蹇摧困[44],始得一官,而当远绝西徼[45],家又甚贫,虽相知者皆为文在不乐。而文在处之晏然[46],且曰:"吾闻甘肃,民朴而政简,长官无奔走[47],宾客无徭役[48],此真吾所乐者。"君子于是知文在之贤,其不躁进也,其不患贫也,其有守也。他日莅政治民,其为良有司也无惑焉!

　　于其行也,序以送之。

　　[1] 张文在历经摧困,始得边地一官,而处之晏然,于是作者赞叹为良有司。全文前后呼应,把一个风尘小吏的坚强而有操守的品质刻画得非常生动。

〔2〕良有司:好官。古代设官分职,事有专司,故曰有司。

〔3〕莅政:到职任事。

〔4〕汲汲:急切追求。

〔5〕守:节操。

〔6〕躁进:急于进取。

〔7〕趋势之术:趋附权势的方法。

〔8〕患贫:忧虑自己贫穷。

〔9〕冒货之渐:贪求财物的由少而多。

〔10〕特达:特殊,突出。

〔11〕靮(dí笛):马缰。项:颈的后部。

〔12〕幂(mì密):蒙住眼睛的布。

〔13〕旋于磨:在磨盘周围旋转。

〔14〕不得已:不能停住。

〔15〕吏道:为官之道。鲜(xiǎn显):少。

〔16〕丞尉:县丞、县尉。

〔17〕吏部:旧官制六部之一。主管官吏的选任铨叙勋阶等事。

〔18〕司牧:以牛羊喻民,称官吏为负责放牧的人。

〔19〕名义:名誉和道德。

〔20〕争尺寸之捷:比同事走快几步。

〔21〕较出入之势,进退之械:考虑奔走权门的形势,在进退上用机心。

〔22〕忻(xīn辛)戚色然:或高兴,或忧愁,都表现在脸色上。

〔23〕淳浇:敦厚和浮薄。

〔24〕海盐:县名,今属浙江省。清属嘉兴府。

〔25〕任侠:打抱不平,负气仗义。

〔26〕敦为孝弟:对父母特别孝顺,对兄弟特别友爱。

〔27〕少(shào 哨)举于有司：年轻时为有司所选拔。

〔28〕困不遂：长期被压，很不得志。

〔29〕走京师：跑到北京去。

〔30〕国史馆：纂修国史的官署。

〔31〕勤能：勤劳而能干。此考核评语。

〔32〕府经历：官名。《清史稿·职官志》："府……其属：经历司经历，正八品。"

〔33〕选人：候选的官员。

〔34〕例得与(yù 玉)：按照规定，张文在能够参预。

〔35〕主者：主管人。

〔36〕以赀(zī 资)入：赀，财物。以赀入，即捐官。《清会典·事例》七六《吏部除授捐纳候选》："候补候选改入捐班人员，其官阶班次业经更易，仍俟该员赴选文结或注册呈结到部后，扣限铨选。"

〔37〕试用：在正式任用前先试用。

〔38〕地边塞(sài 赛)：(甘肃)地处边界险要之处。

〔39〕长(zhǎng 掌)吏：吏秩之尊者。此指甘肃巡抚。

〔40〕舆(yú 鱼)马：车马。

〔41〕磊落才：俊伟之才。

〔42〕奇气：雄伟的志愿。

〔43〕浮汨(gǔ 古)：沉浮。吏：小吏。

〔44〕偃蹇：困顿。

〔45〕西徼(jiào 叫)：西方的边界。

〔46〕晏然：安逸。

〔47〕长官无奔走：长官方面我不需要去逢迎。

〔48〕宾客无徭役：一般过境客人也不需要派人去服劳役。

焦 循

焦循(1763—1820),字理堂,江苏甘泉(今扬州)人。嘉庆六年举人。世传《易》学。既壮,深研经术,与阮元齐名。兼工天文算术。家居不仕,专心著作,著书数百卷。最爱柳宗元文,习之不倦,以为唐宋以来一人而已。循之治学,能发前人所未发,如谓《左传》称君君无道、称臣臣之罪,杜预畅衍其辞,即因预为司马懿女婿,目见成济弑君之事,将以为司马氏饰罪,即用以为己饰。而万斯大、惠士奇、顾栋高等未能摘奸发覆。因作《左氏春秋传杜氏集解补疏》。另著《剧说》、《花部农谭》等戏曲理论专著。有《雕菰楼集》二十四卷。

申戴[1]

王惕甫未定稿载上元戴衍善述戴东原临终之言曰[2]:"生平读书,绝不复记,到此方知义理之学[3],可以养心[4]。"因引以为排斥古学之证[5]。

江都焦循曰[6]:非也。凡人嗜好所在,精气注之[7],游魂虽变[8],而灵必属此[9],况临殁之际哉!

余丁卯春三月[10],病剧[11],昏卧七日,他事不复知,惟《周易·杂卦》一篇,往来胸中,明白了析,曲折毕著[12]。平日用力之浅深,嗜好之诚伪[13],于此时验之。平日所习而临终昧昧忘之者[14],必其事平日本未尝精气注之也。

东原生平所著书,惟《孟子字义疏证》三卷、《原善》三卷,最为精善,知其讲求于是者[15],必深有所得,故临殁时往来于心。则其所谓"义理之学可以养心"者,即东原自得之义理,非讲学家《西铭》、"太极"之义理也[16]。

余尝究东原说经之书[17],如毛、郑诗补注等篇[18],皆未卒业[19],则非精神之专注,宜其不复记也。

吾见以货利起家者[20],病革时[21],口惟言田舍事不已,精神所注在田舍也。有奔走场屋而未利者[22],临殁无所知,喉中太息于鼎甲某某可羡[23],精神所注在科第也[24]。吾于东原临殁之言,知其生平所得力而精魄所属专在《孟子字义疏证》一书[25],其他读书不记者,本非所自得也。

是故浅深真伪,非人所能知也,己则知之。己亦不自知也,临殁则自知之。浮慕于学古之名而托于经[26],非不研究六书[27],争制度文物之是非[28],往往不待临殁而已忘矣。

夫东原,世所共仰之通人也[29],而其所自得者,惟《孟子字义疏证》、《原善》。所知觉不昧于昏瞀之中者[30],徒恃此戋戋也[31]。噫嘻,危矣!

[1] 本文说明戴震平生养心的义理之学,是他自得之义理。文中以自身体验之事、平日所见事例以及戴震的经历层层论证,说理透辟有力。申,表明,申述。

〔2〕王惕甫:王芑孙(1755—1817),字念丰,号惕甫,一号铁夫。江苏长洲人。乾隆举人,官华亭教谕。性简傲,客游公卿间,不肯阿谀,人以为狂。诗风清劲,与法式善、张问陶辈相唱和。书仿刘墉,尤负重名。有《渊雅堂诗文集》。未定稿:作者自己没有最后确定的文稿。上元:县名。地在今江苏南京。戴衍善:戴祖启(1725—1783)子。戴东原:戴震(1724—1777),字东原,安徽休宁人。乾隆举人。少时师从婺源江永。深通天文、历算、史地、音韵、训诂、考据等学。四库馆开,荐充纂修。旋赐同进士出身,授庶吉士。性介特,无嗜好,唯喜读书。馆中诸人有奇文疑义,皆就谘访。以积劳致疾卒于官。一生著作甚多,其中《孟子字义疏证》最有名于世。此处所记其临终之言,原载戴祖启《答衍善问经学书》,见《皇朝经世文编》卷二。

〔3〕义理之学:指宋以来之理学,又称道学。

〔4〕养心:儒家主张修养本心,不为物欲所坏。

〔5〕古学:训诂考据之学。

〔6〕江都:扬州。

〔7〕精气:人之元气。实指精神高度集中。

〔8〕游魂:《易·系辞》上:"精气为物,游魂为变,是故知鬼神之情状。"游魂,游荡的鬼魂。

〔9〕灵:阴之精气。

〔10〕丁卯:嘉庆十二年(1870)。

〔11〕病剧:病得很重。

〔12〕毕著:完全明显。

〔13〕诚伪:真假。

〔14〕习:熟悉。昧昧:模糊。

〔15〕讲求:讲习研究。

〔16〕讲学家:招收生徒讲授理学的道学家。《西铭》:书篇名,宋理

学家张载撰。此篇撮拾经传中有关天道伦理之说,主张知化穷神,存心养性,以为天人一体,大君(指皇帝)乃天地之宗子,民为同胞,物为同类。张氏理学宗旨,略具于此。太极:原始混沌之气。北宋理学家周敦颐著《太极图说》。南宋理学家朱熹以为太极即理;总天地万物之理,便是太极。

〔17〕说经:讲解阐释儒家经籍。

〔18〕毛、郑诗补注:毛,毛公,汉初传授《诗经》的学者。有大小毛公。大毛公为鲁人毛亨,小毛公为赵人毛苌。郑,郑玄(127—200),字康成,东汉高密人。遍注五经,《诗》有《毛诗笺》。戴震在《诗》经方面,著有《诗经二南补注》二卷,《毛郑诗考》四卷。

〔19〕卒业:完成工作。

〔20〕货利:货,金玉布帛之总称。经营这些货物以获得利润,称为货利。但本文则指乡间田地和房舍的经营求利。起家:发家致富。

〔21〕病革(jí 急):病危。革,急,通"亟"。

〔22〕场屋:科举考试的地方。未利:没有考中。

〔23〕太息:出声长叹。鼎甲:科举殿试名列一甲的三人,即状元、榜眼、探花的总称。

〔24〕科第:根据科条,规定次第等级。后多以指科举登第。

〔25〕精魄:旧说依附人体而又能独立存在的精神。属(zhǔ 主):专注。

〔26〕浮慕:表面上羡慕。学古:研究训诂考据之学。经:十三经。

〔27〕六书:汉代儒生分析小篆的形、音、义而归纳出来的六种造字条例:象形、指事、形声、会意、转注、假借。

〔28〕制度文物:法令礼俗总称制度,文物则包括礼乐典章制度。

〔29〕通人:学识渊博的人。

〔30〕昏瞀(mào 茂):神志不清。

〔31〕 戋戋(jiān 兼)：少貌。

书《鲒埼亭集》后[1]

全谢山太史得恶疾[2]，就医于扬州。虽与马氏交[3]，而为之延医治药，日视疾不少间者[4]，江都朱自天也。朱是时家中落[5]，而为太史费不资[6]，百计求已其疾[7]，奔走忧劳，不啻骨肉[8]。太史临归，泣谢曰："吾死有知，当投君家作儿孙以报耳！"因相传自天之孙介福为谢山后身。虽里巷不经之言[9]，然足以知朱之相待者厚也。

太史门人董氏作年谱[10]，称在扬寓马氏之畲经堂[11]，而朱事不一字及之。岂太史归未尝言之耶？抑言之而年谱讳其事耶[12]？

元和惠征士栋尝病于扬州[13]，需参[14]，莫措[15]。汪对琴比部慨然独持赠[16]，费千金。惠病起，以所撰《后汉书训纂》酬之。今鹭亭冯先生所刻《后汉书补注》[17]，即此本也。此事世亦鲜知之者[18]。

朱名重庆，性简傲，好作诗，时称东城狂士。

〔1〕全文介绍两位著名学者鲜为人知的佚事，一个是全祖望受朱自天厚待而年谱却不提朱氏的事，另一个是惠栋将书稿酬汪棣以报德的事，两相对比，意在教诫世人不可忘恩负义。

〔2〕全谢山：全祖望(1705—1755)，字绍衣，一字谢山，浙江鄞县

人。乾隆元年进士,选庶吉士,散馆以知县用,遂不复出。曾主讲蕺山、端溪书院。为人负气伉俗,有风节。学问渊博,尤长史学,以网罗文献表章忠义为事。保存南明史料甚多。曾补辑黄宗羲《宋元学案》,编成百卷。又曾七校《水经注》,三笺《困学纪闻》。所著诗文有《鲒埼亭集》八卷,外编五十卷,诗集十卷。太史:翰林。恶疾:痛苦难治的病,如哑、聋、瞎、癞、秃、跛、驼背、性病等。

〔3〕马氏:指马曰琯、曰璐两兄弟。曰琯(1688—1755),字秋玉,号嶰谷,江苏江都人。乾隆初举鸿博不就。嗜学好结客。与弟曰璐同以诗名。家有丛书楼。藏书甲东南。其园亭曰小玲珑山馆,曰街南老屋,四方名士多主其中,结邗江吟社,觞咏无虚日。有《沙河逸老集》。马曰璐(1701—1761),字佩兮,号半槎,国子生。与曰琯并荐鸿博,不就,名重一时。诗笔清削,有《南斋集》。

〔4〕不少间(jiàn 建):不会隔一天才来。

〔5〕中落:中途衰落。

〔6〕不赀:应作"不訾"或"不赀",意为数量很大,不能以资财计算。

〔7〕已:治好。

〔8〕不啻:无异于。

〔9〕里巷:百姓聚居处。不经:缺乏根据,不合情理。

〔10〕董氏作年谱:全祖望的门人董秉纯所作年谱,见《续修四库全书》第1428册。

〔11〕畲(shē 奢)经:比喻儒家经籍为农田而垦种之。

〔12〕抑:还是。讳:隐瞒。

〔13〕元和:旧县名。清置,与长洲、吴县并为苏州府治。1912年并入吴县。惠征士栋:惠栋(1697—1758),字定宇,号松崖,江苏吴县人。元和县生员。家贫,课徒自给。乾隆中大臣荐经明行修,索所著书,未及进呈,罢归。栋熟洽诸经,尤邃于《易》。钱大昕谓较诸前儒,当在何休、

服虔之间,马融、赵岐辈不及。但一味推崇汉儒旧说,不问是非,是其缺点。征士,不就朝廷征聘之士。

〔14〕参(shēn深):人参。

〔15〕莫措:无法筹办。

〔16〕汪对琴:汪棣,字铧(wěi伟)怀,号对琴,江苏仪征人。廪监生。官刑部员外郎。蓄异书,好宾客。有《持雅堂集》。比部,刑部司官的通称。

〔17〕鹭亭冯先生:指冯集梧,号鹭亭,桐乡人。《续修四库全书》第270册《后汉书补注》二十四卷,即冯氏所刻。序之三为冯作,自述馆扬州时,交宝山李賫生,得其手录惠栋《后汉书补注》,因付之梓。时为嘉庆甲子(九年,1804年)六月。

〔18〕此事世亦鲜(xiǎn显)知之者:焦氏写此文时,殆未见冯刻《后汉书补注》,故有是言。实则序之二李保泰(賫生)所作,已备言其详:"(定宇)先生中年后,在扬日多,客卢都转署中最久。仪征汪对琴比部好古嗜学,尤倾心于先生。先生尝病旅次,为亲视药饵,危而复安,所费殆及千金,不以告也。先生心感其意,因举是书稿本、缮本,尽诒比部,遂不自有。比部惩郭象盗(向)秀(庄子注)之非,什袭珍护,屡欲梓而绌于力。其后家益落,同里陈氏喜聚书,比部因以缮本付之,而自留稿本。陈氏亦未及刻,比部每向余言,意殊怅怅。比部既亡,余从其令子假得稿,俱出先生手书,件系条举,粘纸累累,殊费寻绎。先是焦孝廉循从稿本抄录一通,余复假之焦,互相雠校。而陈氏子为余郡学生,因缘借得缮本,虽比部令子亦未之见。……余既手自写录,……因备述其详,并录于稿本后而返之汪君,以无忘比部惓惓之古谊。"

陈用光

陈用光(1768—1835),字硕士,一字实思,江西新城人。嘉庆六年进士,由编修官至礼部左侍郎。尝督福建、浙江学政。道光十五年卒。用光文学桐城,故为其师姚鼐置祭田。以学行为时人所重。有《太乙舟文集》。祁寯藻序其文集,谓"不规规于韩、欧之貌,而真气所薄,其文皆有关乎世教"。又谓"其气善,其语质"。梅曾亮序其文:"为古文,学得于桐城姚姬传先生,扶植理道,宽博朴雅,不为刻深毛挚之状。"

习勤书屋记[1]

余少时,尝喜诵韩太傅婴所云[2]:"昨日何生[3]?今日何成[4]?必念归厚[5],必念治生[6],日慎一日,完如金城[7]。《诗》曰[8]:'夙兴夜寐[9],无忝尔所生[10]。'"其言盖日尝三复之[11]。

余今年六十有五矣[12],昨日今日之所考[13],以日计之,盖积日得二万四千九百日矣。其念之入也[14],惕惕以乘时而并日[15];其念之出也[16],悠悠以玩时而愒日[17]。积念与积日较,铢两不能符积日之盈数[18]。既以之自愧[19],又尝举厉人生子祝勿类我之言[20],以戒诸子。

今兰第以"懒云"名其斋[21],与吾少时意大异,余滋惧焉[22],爰易之以"习勤"。[23]

夫勤念归厚而德崇,勤念治生则事立。厚于己而必忠,厚于人而必恕[24]。不忠不恕之念,可不勤于自省乎[25]?治生非逐利也,今之士不能为农,则当师其作劳之意,以易其纨袴之习[26]。勤则善心生[27],玩愒其必惩[28]。

杜子美"云在意迟"之语[29],昔人谓其近道[30],兰第之意,其亦有取于此。然慕恬淡而不事事,则颓然自放而智慧不生,有义理当前,而视之而不见,听之而弗闻者矣。《大学》所以言正心,而以心不在为戒也[31]。故懒不可以为名也。

余惧兰第误于所趋,故嘱祁婿书扁[32],作此记以示之。

〔1〕本文重点分析为何须勤于"念归厚"、"念治生",并认为懒则智慧不生,义理不顾。此文立意深,措辞峭,不易理解,必须掌握说理部分的脉络。

〔2〕韩太傅婴:韩婴,燕人,汉文帝时为博士,景帝时为常山王刘舜太傅。《史记》、《汉书》列于《儒林传》。"所云"以下九句:见《韩诗外传》卷八。

〔3〕昨日何生:从前父母是怎样生我育我的?

〔4〕今日何成:现在我有了什么成就可以报答亲恩?

〔5〕必念归厚:《论语·学而》:"慎终追远,民德归厚矣。"在上位者,父母亡,办后事必俭必哀,祭祖时必诚必敬。如此,则下民受感化,其品德亦必归于敦厚。

〔6〕必念治生:有恒产者才有恒心,所以必须经营家业,解决生计。

〔7〕日慎一日：一天比一天小心。完如金城：保全自己的身家，使它完固得像铜墙铁壁一样。二句本白《人公金匮》："敬胜怠则吉，义胜欲则昌，日慎一日，寿终无殃。"（《后汉书·光武帝本纪下》注引）"道自微而生，祸自微而成，慎终与始，完如金城。"（唐马总《意林》卷一引）

〔8〕《诗》：此指《诗·小雅·小宛》。

〔9〕夙兴夜寐：早起晚睡。此言努力工作。

〔10〕忝(tiǎn 舔)：污辱。所生：指父母。

〔11〕三复：多次研究。

〔12〕有：同"又"。

〔13〕考：考虑。

〔14〕念之入：即念及归厚、治生二事。

〔15〕惕惕：忧惧。乘(chéng 成)时并日：抓紧时间。

〔16〕念之出：忘记了归厚、治生二事。

〔17〕悠悠：同"悠忽"，轻忽，放荡。常指消磨岁月。玩时愒(kài 开去声)日：贪图安逸，虚度岁月。《左传·昭公元年》："玩岁而愒日。"愒，荒废。

〔18〕铢两：本指极轻微之量，此作重量解。盈数：满数，指前二万四千九百日。

〔19〕以之：因此。

〔20〕尝：曾经。厉人生子祝勿类我：《庄子·天地》："厉之人夜半生其子，遽取火而视之，汲汲然唯恐其似己也。"厉，丑陋。汲汲然，急切地。

〔21〕兰第：作者的第三个儿子，官至山西泽州府知府。

〔22〕滋惧：更怕。

〔23〕爰：于是。易：换。

〔24〕厚于己而必忠，厚于人而必恕：曾参曾说："夫子之道，忠恕而

已矣。"尽己所能之谓忠,推己及人之谓恕。厚于己即要求自己对人要尽其所能去帮助,对事要尽其所能去完成。厚于人是指己所不欲,勿施于人。

〔25〕自省(xǐng 醒):自己反省。

〔26〕纨袴(wán kù 玩裤):细绢织成的裤。指代富贵人家的子弟,含鄙薄意。

〔27〕勤则善心生:此敬姜告其子公甫文伯之言。见《国语·鲁语》。

〔28〕惩:惩罚,警戒。

〔29〕云在意迟:杜甫《江亭》:"水流心不竞,云在意俱迟。"

〔30〕近道:仇兆鳌《杜诗详注》卷十《江亭》下列举各家评语,可参看。

〔31〕心不在:《大学》:"心不在焉,视而不见,听而不闻,食而不知其味。"

〔32〕祁婿:祁寯藻(1793—1866),字叔颖,又字淳甫,后改实甫,号春圃,晚号观斋。嘉庆进士。咸丰时官至体仁阁大学士。同治间以大学士衔为礼部尚书。在枢廷数十年,荐贤甚众。卒端文端。有《馒龁亭集》。作者《太乙舟文集》前二序皆祁氏作,自称"受业婿祁寯藻";吴德旋撰林则徐书作者神道碑铭,列举女七人,及七婿名,祁氏所娶盖作者之第五女。扁:亦作"匾",扁额。

李兆洛

　　李兆洛(1769—1841)，字申耆，晚号养一老人，弟子称养一子，武进(今江苏常州)人。嘉庆十年(1805)进士，授编修，出官安徽凤台知县。在任七年，以父忧去任，遂不出。主讲江阴书院近二十年，育才甚多，有循吏良师之誉。兆洛工诗与古文，平生所作诗文甚多。其文界于骈散之间，为阳湖文家巨擘。曾选《骈体文钞》以标宗旨，隐然与姚鼐《古文辞类纂》分庭抗礼。有《养一斋文集》二十卷和《诗集》四卷传世。

菜根香室题壁[1]

　　菜根香扁额者[2]，前巡抚某公之所署也[3]，在使院之后[4]。屋五楹而翼以三楹之轩[5]。地纵可百武[6]，广二百武。后引小沟，傍沟积土为阜[7]，案演膏润[8]，可树可蔬[9]。

　　嘉庆十九年[10]，余始受事[11]，遍阅廨舍[12]，至焉，则蒿长于人，芜秽杂积。沟既填淤，雨则潦溢上阶[13]，屋岌岌欲圮[14]。盖废而不治者久矣。惜其若斯也，乃修除之[15]。浚沟使深，量高下之度，节以闸。潴为曲池[16]，以其土增小阜之高而纡回之。稍去菑翳[17]，益树梧、竹、桃、柳数百，杂花数千[18]。皆于治事之暇,率宾从从容啜茗[19],指挥童奴,洒扫饬治[20]。屋不增旧,径不更蹊[21];役不及民,虑不劳己;无费财,无旷事[22]。盖三年于兹,殆日以为课[23]。无所为作[24],故亦无所为成。若继此以往,即多历年所[25],此课亦竟无止时。

每一偃仰[26],见草木茂悦[27],禽鸟下上,阒然如在岩谷[28],觉清虚之气来与心会。回忆接人应事,时以杂沓失之者[29],于此相较,不啻如梦方醒[30],所以每乐之而不厌也[31]。而又念一树一石,一花一草,其措置之向背[32],生机之衰旺,阴阳燥湿之宜否,但随其自然而以意消息之[33],勿骤更而数变[34],勿朝祝而暮抚[35],则引以岁月[36],皆有可观[37]。所谓不见其长,日有所增,往往如此。虽然,前之人之废而不治者,其所治盖别有在也。而予乃役役于耳目之间也耶[38]!若夫古之人所云[39],养树得养人术,则其功尤大,又非予之所敢几也[40]。余滋惧矣[41]。

己卯闰月[42],拜移抚粤东之命[43]。濒行,识于壁[44]。

[1] 本文是李兆洛担任凤台县令时所写的一篇山水小品。文章主要叙述作者为官闲暇之时修整园林的经过,重在阐释由此产生的人生感悟。尽管李兆洛为官政绩卓著,但从文中可以看出,此时的作者似乎对从政已失去兴趣,对山水自然则情有独钟。李兆洛此文,语言清新,与唐代柳宗元的《永州八记》风格相近。菜根香,指以吃苦为乐。语出《小学集注·敬身》:"汪信民尝言,人咬得菜根,则百事可做。"

[2] 扁额:同"匾额"。厅堂或亭榭上的题字横额。

〔3〕巡抚:清代省级地方政府的长官。署:题写。

〔4〕使院:古代官员非正规的办公场所。

〔5〕"五楹"句:指菜根香室有五间正房,外加三间有窗的长廊。楹,计算房屋的单位,一间为一楹,一说一列为一楹。翼,指侧屋。轩,有窗的长廊。

〔6〕纵可百武:长大约三百尺。可,大约。武,古代六尺为步,半步为武。

〔7〕阜:土山。

〔8〕案演:同"案衍",指土山低下处。

〔9〕可树可蔬:可以种植树木或蔬菜。

〔10〕嘉庆十九年:公元1814年。

〔11〕受事:指接受任命为凤台县令。

〔12〕廨(xiè谢)舍:古代官吏办公用的房舍。

〔13〕潦(lǎo老):雨后地面积水。

〔14〕岌岌欲圮(pǐ匹):摇摇欲坠。岌岌,危险的样子。圮,坍塌。

〔15〕修除:修理。

〔16〕潴(zhū朱)为曲池:积水为池。潴,蓄水。

〔17〕菑翳(zī yì 字义):枯死的树木。

〔18〕杂花:各种各样的花卉。

〔19〕宾从:宾客与随从。啜茗:品茶。

〔20〕饬治:整治。

〔21〕径不更(gēng耕)蹊:不改变原来的路径。

〔22〕旷事:荒废公事。

〔23〕殆日以为课:大概每天都把它列为必做的事情。

〔24〕所为:同"所谓"。

〔25〕年所:年数。

〔26〕偃(yǎn 掩)仰：安居。语出《诗·小雅·北山》："或栖迟偃仰，或王事鞅掌。"

〔27〕茂悦：茂盛喜人。

〔28〕阒(qù 去)然：寂静无声的样子。

〔29〕杂沓：众多杂乱的样子。

〔30〕不啻(chì 赤)：不只。

〔31〕不厌：不满足。

〔32〕向背：正面和背面，指不同的场所。

〔33〕消息：生灭盛衰。

〔34〕骤更而数变：屡次变更。

〔35〕朝祝而暮抚：早晨祝祷，晚上抚摸。指过分关心。

〔36〕引以岁月：给予一定时间。引，延长。

〔37〕可观：有值得观赏的景象。

〔38〕役役：奔走钻营。

〔39〕古之人：指柳宗元。柳宗元在《种树郭橐驼传》中说："不亦善乎！吾问养树，得养人术。"

〔40〕几(jì 寄)：通"冀"，期盼。

〔41〕滋惧：滋长了几分戒惧。

〔42〕己卯：公元1819年。

〔43〕"拜移"句：指接受朝廷使命前去安抚广东民众。粤东，广东的别称。

〔44〕识(zhì 志)：通"志"，记。

盛大士

盛大士(1771—1839),字子履,号逸云,又号兰畦山人。江苏太仓人。嘉庆举人,道光六年,年近五十,始得一官,为山阳(今江苏淮安,汉为射阳县,晋为山阳县,为淮安府治所)教谕。平生博于群籍,尤长于史学。为人貌和而性峻,与俗士遇,去之惟恐若浼。而与郭麐、彭兆荪诸人游。晚年顿丧爱子,更无生趣,至作《悔生居士自祭文》以祈死。其论己文,谓:"窃不自量,欲以空文垂后,而文无当于立言,言不足以载道,不知后之人有能略其文而哀其志者乎?有能因其志以求其文者乎?"

澹然居记[1]

嘉庆己卯[2],余来射阳[3],时值岁暮,寒威逼人。兴寐不定,置书于窗。雪消短檐,杂以泥淖[4];笼灯于牖[5],风撼败壁。倏复黯惨:离离之蒿[6],积于屋角;谷谷之鼠[7],跳于床头。盖学舍倾圮[8],历数十年,编椔不成[9],牵萝孰补[10]?埋讲席于春芜[11],鞠经帷于秋草[12]。甚或毁瓦画墁[13],僮仆求食[14];析梂折榱[15],樵苏代爨[16]。此则先生充隐[17],帷馀仲蔚之蒿蓬[18];弟子习仪,无异叔孙之绵蕝也[19]。

幸有隙地数弓[20]，坳堂十笏[21]。古树合抱，春荣不雕[22]；杂花无名，秋晚愈艳。径路幽阻，修息惟宜[23]。余乃资分鹤俸[24]，泥留鸿爪[25]，于一枝巢之西偏[26]，别构三楹[27]。时有郡明经许君爱山[28]，鸠工度材[29]，审曲面势[30]，布置规画，有条不紊。经始于辛巳孟秋[31]，阅数十日而落成[32]。容膝之室[33]，略足徘徊；及肩之墙，自绝尘垢。

许君请所以名是居者[34]。

窃惟凿坏逊迹[35]，期颐志于邱樊[36]；织帘诵书[37]，出清歌于金石。荣进之心既颓[38]，澄澹之怀益远。况乐琴书以啸傲，道在葆真[39]；绝冠盖之逢迎[40]，官能耐冷[41]。是宜抱芬芷[42]，怀琬瑜[43]，慎交游，息奔竞[44]。练味玄澹[45]，游神虚穆[46]。因材之训无斁[47]，待叩之钟必应[48]。良辰握简[49]，轻风吹带草之香[50]；清夜停琴，细雨数檐花之落[51]。帘波皱绿，研云流黛。远寺青涵，平岚绛浅[52]。比邻鹅鸭，奚嫌近市之嚣；止棘鹡鸰[53]，即是忘忧之馆[54]。爰居爰处[55]，瘏宿瘏歌[56]。盖蓬荜之乐[57]，藉之以宅身[58]；轮奂之饰[59]，无取乎眩目也。

新居既筑，颜曰澹然[60]，爰纪年月[61]，以示来者。

〔1〕这是一篇骈散兼具、以骈为主的文章。作者至射阳为官，因学舍倾圮，由许君规划而自费造小屋。叙述中透露出凄凉而又恬静自乐的心境。作者在《蕴愫阁别集自序》中表示："欲追汉京之风规，驰建安之气质，则必托兴高远，游心玄穆。"这对我们欣赏此文，颇有启发。

〔2〕己卯:嘉庆二十四年(1819)。

〔3〕射阳:县名。故地在今江苏淮安东南。

〔4〕淖(nào闹):烂泥。

〔5〕牖(yǒu友):窗户。

〔6〕离离:分披繁茂貌。蒿(hāo好阴平):野草名,艾类。

〔7〕谷谷:象声词,鼠叫。段成式《酉阳杂俎》续集二《支诺皋》中:"有鼠数百,谷谷作声。"

〔8〕学舍:学校。倾圮(pǐ匹):坍塌。

〔9〕编枳:用枳木编成篱。按:枳叶多刺。

〔10〕牵萝:杜甫《佳人》:"侍婢卖珠回,牵萝补茅屋。"

〔11〕讲席:讲学者的席位,讲坛。芜:丛生的草。

〔12〕鞠:高貌。此句言经帷被高高的秋草所遮蔽。经帷:古人讲论经籍的厅堂上悬挂的帷幕。

〔13〕毁瓦画墁(màn曼):《孟子·滕文公下》:"有人于此,毁瓦画墁。"毁瓦,把屋上的瓦毁坏。画墁,在新粉刷的墙壁上乱画。

〔14〕僮仆求食:射阳学舍中的差役,为了糊口,只好拆砖卖瓦。

〔15〕桷(jué决):方形的椽子。榱(cuī摧):椽子,放在檩上架屋瓦的木条。

〔16〕樵苏代爨:打柴割草,以充燃料。《史记·淮阴侯列传》:"樵苏后爨,师不宿饱。"爨(cuàn窜),炊。以上二句言学舍的差役拆下屋子的椽条,当作柴草来烧饭。

〔17〕充隐:冒充隐逸之士。

〔18〕仲蔚:张仲蔚,后汉扶风人。少即隐身不仕,所居蓬蒿没人。晋皇甫谧《高士传·张仲蔚》:"常居穷素,所处蓬蒿没人。"

〔19〕"弟子"二句:《史记·叔孙通传》:"与其弟子为绵蕞,野外习之。"叔孙通为汉高祖创定朝仪,在野外画地为宫,引绳为绵,立表为蕞

（一作蕝），用以习仪。

〔20〕弓：丈量地亩的工具和计算单位。五尺为一弓。

〔21〕坳（āo凹）堂：堂屋的低洼处。十笏（hù户）：本唐释道世《法苑珠林·感通篇》："于大唐显庆年中，敕使卫长史王玄策至毗舍离，经维摩之故宅，以笏量基，止有十笏，遂称方丈室。"笏，长形手板，多用玉、竹片等制成。后人用"十笏"形容小面积的建筑物。

〔22〕雕：通"凋"。

〔23〕修息惟宜：沿着小路散步固然合宜，随地休息也可以。

〔24〕鹤俸：唐宋时期称官俸为鹤俸或鹤料，士人自喻为清闲高雅的鹤。

〔25〕鸿爪：比喻往事遗留的痕迹。苏轼《和子由渑池怀旧》："人生到处知何似？应似飞鸿踏雪泥。泥上偶然留指爪，鸿飞那复计东西。"

〔26〕一枝巢：《庄子·逍遥游》："鹪鹩巢于深林，不过一枝。"西偏：西边。

〔27〕楹：量词。屋一间为一楹。一说一列为一楹。

〔28〕郡（jùn峻）：郡为府之别名，下辖数县。明经：唐代科举制度中科目之一，清代用作对贡生的敬称。

〔29〕鸠工：聚集工匠。度（duó夺）材：测量木料长短巨细。

〔30〕审曲面势：审察地形或器物曲直及阴阳面背之势。

〔31〕经始：开始营建。辛巳：道光元年（1821）。孟秋：农历七月。

〔32〕阅：总，合。落成：居室建成。

〔33〕容膝：指立脚之地。

〔34〕所以：用什么。

〔35〕凿坏（péi陪）：扬雄《解嘲》："（故士）或凿坏以遁。"注："鲁君闻颜阖贤，欲以为相，使者往聘，因凿后垣而亡。坏，壁也。"

〔36〕颐志：涵养高尚的志趣、情操。邱樊：山林。多指隐居的地方。

〔37〕"织帘"句:《南齐书·沈骥士传》:"骥士少好学,家贫,织帘诵书,手不息。"

〔38〕荣进:荣耀地升官。

〔39〕葆真:保全本性。

〔40〕冠盖:官吏的服饰和车子。借指官吏。

〔41〕耐冷:教谕为冷官。

〔42〕芬芷:香草。比喻高尚的品质。

〔43〕琬瑜:美玉。比喻人的美德。

〔44〕奔竞:奔走竞争。多指追求名利。

〔45〕练味玄澹:把意趣提练成静默的程度。

〔46〕游神虚穆:把意识修养到虚无和平的境界。

〔47〕因材:根据不同的资质。朱熹《论语集注》《先进》"从我于陈蔡者章":"孔子教人,各因其材。"无斁(yì义):不厌弃。

〔48〕待叩之钟:《礼记·学记》:"善待问者如撞钟,叩之以小者则小鸣,叩之以大者则大鸣。"

〔49〕简:简编,即书本。

〔50〕带草:书带草的简称。一名秀墩草、阶沿草,根如连珠名麦冬。《三齐记略》:"郑康成居不其(jī基)城南山中教授,山下草如薤叶,长尺馀,人号康成书带草。"

〔51〕"细雨"句:杜甫《醉时歌》:"灯前细雨檐花落。"

〔52〕平岚:平远的雾气。

〔53〕止棘鹪鹩:鹪鹩站在枣树上。

〔54〕忘忧之馆:晋葛洪《西京杂记》卷四:"梁孝王游于忘忧之馆,集诸游士各使为赋。枚乘为《柳赋》,其辞曰:'忘忧之馆,垂条之木。……蜩螗厉响,蜘蛛吐丝。……'"路乔如为《鹤赋》,公孙诡为《文鹿赋》,俱写动物助兴,使人忘忧。此上句"止棘鹪鹩",作者以之可助忘

363

忧,立意同于诸赋。

〔55〕爰居爰处:见《诗·邶风·击鼓》。在此居处。

〔56〕寤宿寤歌:清醒地躺在床上唱着歌。"独寐寤宿、独寐寤歌"的省称,言独自休息,独自唱歌。本出自《诗·卫风·考槃》:"考槃在阿,硕人之薖。五竹独寐寤歌,永矢弗过。""考槃在陆,硕人之轴,独寐寤宿,永矢弗告。"

〔57〕蓬荜:蓬户荜门,穷人所居。

〔58〕宅身:本身居在。

〔59〕轮奂:高大华美。

〔60〕澹然:恬静。

〔61〕爰:于是。

陈寿祺

陈寿祺(1771—1834),字恭甫,号左海,福建闽县人。嘉庆乙未四年(1799)进士。历官翰林院编修。年四十,弃官养母。主讲鳌峰书院。有《左海全集》。阮元称其文"沉着结实,无一毫浮虚之习。洵为近今大家,不第闽省所罕也"。许宗彦称:"近时兼词章、经术而有之,且各极其精者惟阁下。深细古茂,实逾于竹垞、董浦两君。"高澍然谓其文"气格高者近习之、子固,时摩韩垒,次不失为刘原父、虞道园、方希直;其考据之文络以真气,亦高出全绍衣、钱竹汀诸君子"。

答张亨甫书[1]

亨甫足下:

今年得都下两书,并示近作,知足下交游道广[2],名噪京师。然借赀求官不成[3],秋试又不得志[4],旅居骯髒[5],倦而思归。噫!亦困矣。

诵《娄光堂》诗[6],壮其才,未尝不哀其志,而悲其遇之穷。至与朝鲜从事言别[7],从事失声长号[8],而足下长歌当泣[9],使仆览之[10],亦潸然欲涕[11]。又怪以足下之才,奚让鸡林之诵乐天[12],新罗之师茂挺[13],而不能争得失于一夫之目[14],忘毁誉于一时之口,抑独何也?

於戏！[15]自古抑塞磊落之士[16]，率皆跅弛不羁[17]，偏激自遂[18]，与时龃龉而不可相合[19]。求如郑次都之厚君章[20]，牛僧孺之护牧之[21]，岂易得哉？

　　虽然，敬通废黜[22]，时不偶也；台卿屯阨，命不辰也[23]，亨甫自视所遭，类之否乎？梦得蹭蹬，伤躁进也[24]；飞卿落魄，坐轻狂也[25]。亨甫自视所性[26]，类之否乎？茂秦见摈，竞时名也[27]；对山颓唐，亏素节也[28]。亨甫自视所操，类之否乎？

　　嗟乎！世途之峨，峨于孟门[29]；人心之巇[30]，巇于焦原[31]。虎尾春冰[32]，朝夕惕厉[33]，犹惧矢来无乡[34]，莫之或避，而况放言高论[35]、侈心盛气以触之[36]，其不速谤也几希[37]！

　　嗟乎亨甫，不平勿鸣[38]。绳己易暗[39]，责人则明。人知闭其闼[40]，莫知闭其情。子怨人之媒蘖[41]，人亦畏子之唇舌。巨阙豪曹[42]，太刚则折；垂棘悬藜[43]，在泥则涅[44]。骤骐一蹶[45]，不如跛鳖[46]。鸡彝有罍[47]，不盛醴浆[48]：是故君子必慎其所处也。

　　嗟乎亨甫，子齿鼎盛[49]，如木华滋[50]。下帷发愤[51]，归有馀师[52]。三年南北，意与岁驰[53]。脊令陨涕[54]，乌鸟怀饥[55]。子不出而逐名缰[56]，割利幅[57]，天下孰与子曳輢[58]？往者不可谏，来者犹可追[59]。吾为子赋鸣皋之歌[60]，咏小山之词[61]。宁为泽雉之饮啄山梁[62]，毋为黄鹄之浮游四海也[63]。

〔1〕张亨甫:张际亮(1799—1843),字亨甫,福建建宁人。幼颖异,作者主鳌峰书院讲席,极器重之。道光举人。少负气节,有狂名。著述甚多。历游天下山川,穷探奇胜。与姚莹交最厚,莹以事逮刑部狱,偕至京师,周旋患难。及莹事白,际亮狂喜,日轰饮,竟以醉死。莹为助槥而归。本文由写亨甫有才而不遇,写到盼望亨甫反省,并希望他慎其所处。可谓动之以情,晓之以理。六、七两段用韵,其馀多骈偶,词藻绮丽,最能显示作者文章特色:阮元所谓"文章雅似齐梁",朱士彦所谓"绮丽醇厚"。

〔2〕交游道广:由"太丘道广"化来,意谓交友很多,带有贬义。《后汉书·许劭传》载,颍川陈寔,东汉时曾为太丘长,很有名望,交游甚广。许劭到颍川,不去拜访陈寔,说:"太丘道广,广则难周……故不造也。"

〔3〕借赀求官:捐官。

〔4〕秋试:清代乡试在农历八月,即仲秋,故称秋试。

〔5〕骯髒(kǎng zǎng 康上声脏上声):刚直倔强貌。

〔6〕《娄光堂》诗:张际亮的一部诗集。

〔7〕从事:官名。

〔8〕长号(háo 豪):大哭。

〔9〕长歌当(dàng 荡)泣:用高声长吟送别诗篇来代替哭泣。

〔10〕仆:作者自称。

〔11〕潸(shān 山)然:涕泪流貌。

〔12〕"鸡林"句:《旧唐书·白居易传》:元稹为居易集序曰:"又鸡林贾人求市(居易诗篇)颇切,自云:'本国宰相每以一金换一篇,其伪者,宰相辄能辨别之。'自篇章已来,未有如是流传之广者。"按:鸡林国即新罗国。

〔13〕"新罗"句:《旧唐书·萧颖士传》:颖士字茂挺。"是时外夷亦知颖士之名,新罗使入朝,言国人愿得萧夫子为师。其名动华夷若此。"

〔14〕一夫:指试官。鄙薄意。

〔15〕於戏(wū hū 乌乎):同"呜呼"。

〔16〕抑塞磊落:仕途上挫折失意,仍然气象雄伟。

〔17〕率(shuài 帅):大概。跅(tuò 唾)弛:放荡不守礼法。羁(jī 机):拘束。

〔18〕自遂:由自己的意。

〔19〕龃龉(jǔ yǔ 举语):齿参差不齐,比喻抵触,不合。

〔20〕"郑次都"句:郑敬,字次都。郅恽,字君章。《后汉书·郅恽传》:恽上书王莽,劝其还政于汉,自就臣位。莽怒,囚之。会赦得出,乃与同郡郑敬南遁苍梧。后恽为太守欧阳歙功曹,以直言得罪,敬为解说,且招恽同隐。

〔21〕"牛僧孺"句:《唐才子传·杜牧传》:牛僧孺为淮南节度使,牧为之掌书记。牧好歌舞,恣心游赏,牛收街吏报杜书记平安帖子至盈箧。

〔22〕"敬通"句:见汪中《自序》注〔2〕。

〔23〕"台卿"句:《后汉书·赵岐传》:岐初名嘉,字台卿,后改名岐,字邠卿。仕州郡,以廉直疾恶见惮。为皮氏长,时河东太守为中常侍左悺兄,以耻疾宦官西归。又与兄同得罪中常侍唐衡,避祸变姓名,卖饼北海市,后藏孙嵩复壁中数年,作《厄屯歌》二十三章。衡死,因赦乃出。年九十馀卒,著《孟子章句》。不辰,不得其时。

〔24〕"梦得"句:刘禹锡,字梦得,登贞元进士弘词二科,官监察御史,以参与王叔文革新朝政,坐贬朗州司马。久之召还,又以作玄都观诗,语涉讥愤,出为播州刺史,易连州,又徙夔州。蹭蹬(deng 等轻声),本指海水近陆水势渐弱之貌,诗文中常以譬喻人的困顿失意。躁进,急于进取,多指热中于功名仕宦。此旧史常用以诬刘禹锡者。

〔25〕"飞卿"句:温庭筠,字飞卿,工词章。旧史谓其薄于行,废弃终身。

〔26〕所性:所获得的本性。指上述的"躁进"、"轻狂"。

〔27〕"茂秦"二句:谢榛,字茂秦。与李攀龙、王世贞等结诗社,榛为长,攀龙次之。及攀龙名大炽,榛颇相责,攀龙遂致函绝交。世贞等助攀龙,力相排挤,削其名于七子之列。见《明史》本传。

〔28〕"对山"二句:康海(1475—1540),字德涵,号对山,武功人。正德初,刘瑾乱政。以海同乡,慕其才,欲招致之,海不肯往。会李梦阳下狱,书片纸招海曰:"对山救我。"海乃谒瑾,瑾大喜,为倒屣迎。海因设诡辞说之,瑾意解,明日释梦阳。逾年,瑾败,海坐党,落职。见《明史》本传。

〔29〕"世途"二句:本唐苏涣《变律》(养蚕为素丝):"世路险孟门,吾徒当勉旃。"巇(xī西),险峻。孟门,山名,在今山西吉县西,绵亘黄河两岸。

〔30〕臲(niè涅):动摇不定。

〔31〕焦原:山名。在山东莒县南。《尸子》下:"莒国有石焦原,广寻长五百步,临万仞之谿。"

〔32〕虎尾春冰:《书·君牙》:"心之忧危,若蹈虎尾,涉于春冰。"比喻处境极其危险。

〔33〕朝夕惕厉:形容终日勤奋谨慎,不稍懈怠。即朝乾夕惕。本《易·乾》:"君子终日乾乾,夕惕若厉。无咎。"

〔34〕矢来无乡:不知从哪个方向射来的箭。乡,同"向"。

〔35〕放言:放肆地说,毫无顾忌。

〔36〕佟心:放纵其心。

〔37〕速谤:招致毁谤。几(jī机)希:无几,很少。

〔38〕不平勿鸣:韩愈《送孟东野序》:"大凡物不得其平则鸣。"此处却劝张亨甫不平勿鸣。

〔39〕绳:称赞。

〔40〕闼(tà 踏):宫中小门。

〔41〕媒孽:媒,酒娘;孽,通"糵",麹。媒糵,醞酿。比喻构陷诬害,酿成其罪。

〔42〕巨阙豪曹:皆春秋时代越王勾践的宝剑。

〔43〕垂棘:春秋时代晋国产美玉之地。见《左传·僖公二年》"垂棘之璧"注。后借以称美玉。悬藜:美玉名。《战国策》秦三作"悬黎",《史记·范雎传》作"县藜"。

〔44〕涅(niè 聂):黑。

〔45〕騄駬:良马名。周穆王八骏之一。又作"騄耳"、"绿耳"。

〔46〕跛牂(zāng 脏):跛足的母羊。

〔47〕鸡彝:古祭祀所用的酒尊。璺(wèn 问):器皿的裂纹。

〔48〕盛(chéng 成):以器受物。醴(lǐ 礼):甜酒。

〔49〕齿:人的年龄。鼎盛:正当兴盛之时。年轻的时候。

〔50〕如木华滋:像树木一样茂盛。

〔51〕下帷:闭门苦读。帷,室内悬挂的幕。《汉书·董仲舒传》:"下帷讲诵,弟子传,以久次相授业,或莫见其面。"后常用作闭门读书的代辞。

〔52〕归有馀师:《孟子·告子下》:"子归而求之,有馀师。"

〔53〕意与岁驰:此从诸葛亮《戒子书》"年与时驰,意与岁去"化出,含意在"遂成枯落,悲叹穷庐,亦复何及也?"

〔54〕脊令陨涕:脊令,见蒲松龄《急难》注〔1〕,此言张际亮的兄弟为他的穷困潦倒而流泪。

〔55〕乌鸟怀饥:乌鸟,指儿女奉养父母。《北史·邢峦传》:"若朝廷未欲经略,臣使为无事,乞归侍养,微展乌鸟。"此言张际亮久不归家,不能奉养父母。

〔56〕逐名缰:追求功名。缰,系马绳。功名对人的本性是一种束缚

的工具。

〔57〕割利幅:夺取利益。利幅,用《左传·襄公二十八年》:"夫民生厚而用利,于是乎正德以幅之,使无黜嫚,谓之幅利。利过则为败,吾不敢贪多,所谓幅也。"利益有一定范围,称为利幅。

〔58〕曳觭(jī机):两兽以角相斗貌。

〔59〕"往者"二句:见《论语·微子》。

〔60〕鸣皋之歌:李白《鸣皋歌送岑征君》、《鸣皋歌奉饯从翁清归五崖山居》,皆招隐之诗。

〔61〕小山之词:洪兴祖《楚辞补注》卷十二《招隐士》:淮南小山所作。

〔62〕泽雉:鸟名。《庄子·养生主》:"泽雉十步一啄,百步一饮,不蕲畜乎樊中。"山梁:山间岩石架成的桥梁。《论语·乡党》:"山梁雌雉,时哉时哉!"后遂以"山梁"为雉的代词。

〔63〕"毋为"句:劝其不要学黄鹄,应当归隐。《战国策·楚策四》:"夫雀其小者也,黄鹄因是以。游于江海,淹乎大沼……不知夫射者,方将修其卢,治其矰缴,将加己乎百仞之上。"黄鹄,天鹅。

陈文述

陈文述(1771—1843),字退庵,号云伯,浙江钱塘(今杭州)人。嘉庆五年举人,官江苏江都县知县。以诗名,工西昆体,博雅壮丽,极似吴伟业。晚年敛华就实,一变错采镂金之习,归于雅正。宰江都,多惠政,开伊娄河故道,免渡江风涛之苦,民感之,名曰陈公河。又监浚仪征运河。道光三年夏,江水为灾,拯救更力。熟习河防、海运、盐政诸利弊,著为议,大吏间采以设施。其师英和为其《颐道堂文集》作序云:"(云伯)诗文之美,见重都下。人亦恬退简静,无放言高论之习,盖非特以才见者。""读其文章,骈散各体,皆有可观。论事之作,尤切实明畅,可见诸行事。"列举其佐浙抚阮元静夷氛;首言海运可行,终见施用;佐两河帅幕,两河帅言近日明习河务,所见远大,无如之者。因称为"盖桓宽、贾让之伦,不当仅以文人才士目之也"。著有《颐道堂文钞》十三卷,《诗选》三十卷,《外集》十三卷等。

孙莲水传[1]

君讳韶[2],字九成,莲水,其别字也[3]。世为江宁上元县人[4]。为博士弟子[5],以诗见赏于钱塘袁大令枚[6],因师事之。

大令之侨寓金陵也[7],当东南孔道[8],所居有池馆林木之胜[9]，又负海内文望[10]，宾客往来文谦无虚日[11]。又其时承平日久[12]，海内殷富[13]，名公巨卿咸倾襟礼士[14]。大令以诗文提唱后进[15]，江左少年驰骛声誉者[16]，咸奉贽称随园弟子[17]。白屋寒畯[18]，丐大令书遨游公卿间以资举火者[19]，岁常数十人。及大令之没也，或叛而去之，加诋讥焉[20]。

君秉性淳笃[21]，不乐征逐[22]，方大令盛时，不假一贵游书以通声气[23]。及其没也，闻人有毁大令者，必力争，面发赤。往返穷诘[24]，不伸其说不止。

余之识君也，在己未冬[25]，同客阮中丞武林节署[26]。同人知君护大令也甚[27]，故于君前摘訾大令诗文[28]，观君断断之状[29]，以为笑乐。而君之争也如故。

君之客武林也，与余交最善，论诗尤乐于下问[30]。每成一篇，哦吟竟日，改至数十次，不惬意不止。及余客京师，君去江右[31]，犹数千里邮诗相商榷[32]。余所识海内诗人，未有虚怀若君者也[33]。

观君之于余，知其于大令也，盖出于中心之诚而非外饰也。师友之间，可谓始终不欺者矣！

以某年卒于江右中丞幕中，归葬金陵。所著《春雨楼诗》行于世。子一，博士弟子。

〔1〕作为袁枚的学生，孙韶不因世人对其师的毁誉所转移，恒护其师。作者为文，已不同当时学者之文，他的遣词造句，十分平易，而传主淳笃之状，跃跃欲出。这种文章最可针砭浇薄的习俗。

〔2〕讳:在人死后书其名,名前称"讳",以示尊敬。

〔3〕别字:另外的字。按:古者字以释名,如名韶,字九成,用《书·益稷》:"箫韶九成,凤凰来仪",而别字就与名无关了。

〔4〕江宁上元:江宁府上元县。即今江苏南京。

〔5〕博士弟子:生员,俗称"秀才"。

〔6〕见赏:被(某人)所赏识。钱塘:袁枚原籍为杭州。大令:古时对县令的称呼。袁枚曾任江宁知县。

〔7〕侨寓:寄居他乡。金陵:南京。

〔8〕孔道:大路。

〔9〕所居:指小仓山的随园。

〔10〕文望:以能文章为海内所尊仰。

〔11〕文讌:文酒之会。讌,同"宴"。

〔12〕承平:经历几代皇帝,天下仍然太平。

〔13〕殷富:殷实富足。

〔14〕倾襟:推诚相待。礼士:对读书人以礼相待。

〔15〕提唱:同"提倡"。发起诗会,提携后进。后进:后辈。

〔16〕江左:长江下游以东地区,即今江苏一带。少年:青年男子。驰骛:奔走,追求。《离骚》:"急驰骛以追逐兮。"声誉:名誉。

〔17〕奉贽:奉献送给尊长的礼品。

〔18〕白屋:用茅草覆盖的屋。古代平民的住宅。寒畯(jùn 俊):出身农家而有才能的人。

〔19〕丐:求得。书:信件。遨游:奔走周旋。资:依靠。举火:点火做饭。

〔20〕诋讥:毁谤嘲笑。

〔21〕君:指孙韶。秉性:持心。淳笃:质朴忠厚。

〔22〕征逐:招呼追随,指朋友间来往密切。

〔23〕贵游:无官职的王公贵族。声气:信息。

〔24〕穷诘:追根寻源地问。

〔25〕己未:嘉庆四年(1799)。

〔26〕客:旅居。此指为幕僚。阮中丞:阮元,时为浙江巡抚。武林:杭州。节署:《周礼·地官·掌书》:"守邦国者用玉节。"各省巡抚等于古代诸侯,故称其办公衙门为节署。

〔27〕同人:同事。

〔28〕摘訾:挑出某句或几句诗加以指责。

〔29〕斯(yín 吟)斯:争辩。

〔30〕下问:此作者自谦语。下问,以能问于不能,以多问于寡,以上问于下。

〔31〕去:古义皆为"离开"、"距离"。此作"往"解,已同现代汉语。

〔32〕商榷(què 却):商量,讨论。

〔33〕虚怀:虚心。

陆继辂

陆继辂（1772—1834），字祁孙，一字修平，江苏阳湖（今常州）人。嘉庆五年举人，官合肥县训导，甚得时誉。后选江西贵溪县，三年，以病乞休。卒年六十一。时阳湖派古文与桐城相抗，继辂能拔戟自成一队。著有《崇百药斋文集》等。

筼谷图记[1]

人情于所不易致之物，则其爱之也逾笃[2]。若夫竹之为物，似非甚难致者。然少陵自言[3]："生平栖息地，必种数竿竹[4]。"究之足茧万里[5]，曾无一日科头缓带[6]，徙倚于新篁丛篠之间[7]，为可悲也。

吾所见竹之多，无过钱塘之云栖[8]。后入都[9]，百物具陈，独求数竿竹不可得。使以云栖之竹，分万一于京师[10]，虽瑶林璃树[11]，何以过焉？然王公邸第[12]，间有移植[13]，卒不能向荣，而云栖之竹，又几几乎以多而不见贵[14]。吾不知竹之性，其终向荣于不见贵之地以为乐耶，抑支离憔悴于沙砾之土，以少见珍之为愈也[15]？

吾友查子伯葵酷好竹，而家于海宁[16]，去钱塘一日程[17],致竹易易。其为此图,固非若少陵以空言遣兴也。吾又不知竹之性,宁与伯葵习而相忘耶[18],抑姑与伯葵别[19],俾不得见而致思焉之为尤惓惓也[20]?竹不能言,还于伯葵质之矣[21]。

〔1〕赟(yún云)谷:本文是作者为友人查伯葵作的图记。伯葵,查揆(1770—1834)字,号梅史,海宁人。著有《菽原堂集》、《赟谷诗文钞》。《寄心庵诗话》谓"伯葵刺史起于初白、声山后,是继家学,为诗清绵宛丽,固自独成一家"。赟谷,或为查氏园林。以文中"京师"云云,称竹"姑与伯葵别",似查揆去乡赴京为官,临行作图以寄寓告别赟谷之情,并请陆氏为记。此记先言杜甫爱竹而无法隐居;次以云栖之多竹与京师之无竹相比,以喻士人之宜隐居,却以疑问句出之,使读者深思;末段点题,说出作记由来,又以疑问句出之,隐讽查伯葵置身争权夺利的京师,不应忘记像竹子那样的高洁品质。文章短小,却十分婉约,因而意味深长。

〔2〕逾笃:更加厉害。

〔3〕少陵:杜甫之号。

〔4〕"生平"二句:杜甫《客堂》:"平生栖息地,必种数竿竹。"栖息,居住。

〔5〕足茧:足板因摩擦而生的硬皮。此指行走。

〔6〕曾:竟。科头缓带:结发不戴帽,缓束衣带。形容从容、安舒。

〔7〕徙倚:留连徘徊。篁:竹。筱(xiǎo小):小竹。

〔8〕钱塘:县名,属浙江省。云栖:在杭州五云山之西的山坞中,沿坞石径幽窄,翠竹成荫。

〔9〕都:首都,指北京。

〔10〕万一:万分之一。京师:首都。地大曰京,人众曰师。

〔11〕瑶林璚(qióng 琼)树：瑶，美玉。璚，赤玉。句指即使是美玉化成林也不及竹林。

〔12〕邸第：王侯府第。

〔13〕间(jiàn 建)：间或。

〔14〕几(jī 机)几乎：几，近。乎，于。见贵：被重视。

〔15〕"吾不知"四句：此以竹比人(士人)：是喜欢在权贵轻蔑的目光中不断往上爬呢，还是宁愿安贫乐道而受人们的尊重呢？性，本性。支离，衰弱。

〔16〕海宁：县名。在浙江，钱塘江流经其侧。

〔17〕去：距离。

〔18〕习而相忘：互相了解，淡然相处。

〔19〕姑：暂且。

〔20〕俾：使。惓(quán 拳)惓：恳切貌。

〔21〕还：副词。再：复。质：询问。

记顾眉生画象[1]

相传柳如是劝钱谦益死难甚力[2]，钱不能用[3]；而龚端毅之复仕[4]，乃以顾眉生故。

然方望溪记黄石斋逸事则云[5]：李自成破京师，顾要其夫同死[6]，夫不从。望溪谨于文[7]，其言必有所征信[8]。是眉生无愧柳氏，而横被恶名[9]，可哀也！

虽然，眉生既深明大义，不克成端毅之美[10]，则必愿为端毅分谤[11]，而不忍独求白于后世[12]，以益彰其过[13]，其心可推而知也。

柳如是画像多见于诗文家歌咏题赞,而眉生无闻焉。顷来庐州[14],偶得之,辄为表其微如此[15]。

士君子身处不幸[16],甘心自毁其名而无怨者,呜呼!又可胜悼哉[17]?

〔1〕顾眉生:即顾媚,字眉生。龚鼎孳妾,号横波夫人。本明末秦淮名妓,与李香君、柳如是等齐名。此文由俗人的传说写起,然后点出顾实与柳同,把顾提高到士君子的地位,特加歌颂。全文十分冷峻,指出钱谦益、龚鼎孳之类的所谓士大夫,在大节上表现为"妾妇之行"(孟子语),还不如几个不幸的弱女子有气节。

〔2〕柳如是:钱谦益妾。初为吴江名妓,字蘼芜。本姓杨名爱,后改名。工词翰,归谦益,相得甚欢,有河东君之名,构绛云楼居之,酬唱无虚日。明亡,劝谦益殉国,不能从。事见清顾苓《河东君传》。后谦益死,如是以家难自杀。钱谦益:见本书小传。死难:为国难而死。甚力:坚决要求。

〔3〕用:听从。

〔4〕龚端毅:名鼎孳(1615—1673),字孝升,号芝麓。合肥人。明崇祯进士,授兵科给事中。李自成入据北京,受职为直指使。顺治入关,迎降,以原官起用。康熙间官至礼部尚书。卒谥端毅。著有《定山堂集》等。

〔5〕方望溪:方苞(1668—1749),字灵皋,号望溪,康熙进士。官至礼部侍郎。为桐城派代表作家。详见本书小传。黄石斋:黄道周(1585—1646),字幼玄,一字螭若,号石斋。福建漳浦人。天启进士。崇祯初官右中允。以文章风节高天下。严冷方刚,公卿多畏而忌之。福王时官礼部尚书。南都亡,唐王以为武英殿大学士。率师至婺源,与清兵

遇,兵败,不屈死,谥忠烈。著有《石斋集》等。逸事:散失的事。

〔6〕要(yāo腰):邀约。

〔7〕谨于文:为文谨慎,不记无根据的事。

〔8〕征信:考核证实。

〔9〕横(hèng衡去声)被恶名:意外地遭到坏名声。

〔10〕不克:不能。

〔11〕分谤:同受他人指责。

〔12〕白:昭雪。

〔13〕益彰:更加显示。

〔14〕庐州:府名。治所在今安徽合肥。

〔15〕辄(zhé辙):就。表其微:表白她的隐秘的事情。

〔16〕士君子:旧时代指称有节操有学问的人。

〔17〕胜(shēng声):尽。

记恽子居语[1]

子居之葬也,其弟子宽征铭于余[2]。余以子居生平抱负既已见诸文辞[3],其为令善治狱,又自有决事四卷[4],故皆未之及,而第述吴城罢官一事[5]。后人参观之[6],可以知君矣。

其明年,吴仲伦复为君著行状[7],颇采取余文,而他事加详焉。

因忆君官新喻时[8],尝为大府所契[9],从容语君曰[10]:"吾与君文字交[11],质疑辩难[12],何所不可?然孔子与下大夫言侃侃,与上大夫言訚訚[13],此不足为君法耶[14]?"子居起立应曰:"孔子所与言之上大夫,季孙氏也[15],其人小人,不能容君子,故圣人不得不稍逊其辞[16]。使遇伊[17]、傅[18]、周[19]、召[20],必不然矣。某不敢以待季孙者待阁下[21]。"大府无以难[22]。

子居言论隽永多类此[23]。笔记之以示仲伦,宜可补入状中,亦使世之骄谄者两知所警也[24]。

〔1〕恽子居:恽敬(1757—1817),字子居。生平详见本书小传。为人负气,矜尚名节,所至辄与上官忤。上官以其才高,每优容之,而忌者或衔次骨。其文得力于韩非、李斯,与苏洵相上下,近法家言;叙事似班固、陈寿。而敬自谓其文自司马迁而下无北面。学者尊为阳湖派。作者借为恽敬作铭文,重点记叙了恽敬反驳新喻知府的事,旨在戒骄谄。文章虽短,却非常生动地写出了恽敬的机敏和刚直。通过末段,更显现出作者的淑世情怀。

〔2〕征铭:请求写作墓志铭。

〔3〕抱负:理想,志愿。见诸:见之于。文辞:指恽敬平生所作诗文。

〔4〕决事:判断讼事。恽敬有《子居决事》四卷。

〔5〕第:但,只是。吴城罢官:恽敬最后署吴城同知,为奸民诬告家人得赃,遂以失察被劾。士大夫之贤者皆惋惜之。

〔6〕参观:参考观察。

〔7〕吴仲伦:吴德旋(1767—1840),字仲伦,江苏宜兴人。诸生。与姚鼐在师友之间。名位虽不显,同时如恽敬、陆继辂等皆拱手推重。道光二十年卒,年七十四。著《初月楼文钞》十卷、《续钞》八卷、《诗钞》四卷等。行状:文体名。记述死者生平德行事业之文。

〔8〕官新喻时:江西新喻县,在清代时,吏士素横,恽敬来为知县,惩创之,人疑为治过猛。已而进其士之秀异者,与之讲论文艺。判断讼事不威吓罪犯,完全根据事实。士民怀德畏威,风俗大变。

〔9〕大府:高级官府。清代也称总督、巡抚为大府。此处指知府。契:意趣投合。

〔10〕语(yù 玉):告诉。

〔11〕文字交:以诗文相交往。

〔12〕质疑:心有所疑,向人请教。辩难:辩析疑难。

〔13〕"孔子"二句:《论语·乡党》:"朝,与下大夫言,侃侃如也;与上大夫言,訚訚如也。"侃侃,刚直貌。訚(yín 吟)訚,和悦貌。

〔14〕不足:不值得。法:效法。

〔15〕季孙氏:春秋时鲁桓公之子季友的后裔,自鲁文公以后,季孙行父、季孙宿等世为大夫,专国政,权势日重,公室日卑。鲁昭公兴兵伐之,不胜,出奔于齐。其后家臣阳虎擅权,季氏始衰。此处恽敬所言季孙氏,指季孙意如(死后谥平子),即逐鲁昭公流亡国外者。

〔16〕稍逊其辞:把话说得比较谦逊些。

〔17〕伊:伊尹,名挚,是商汤妻子陪嫁的奴隶,后佐汤伐夏桀,被尊为阿衡(宰相)。汤死后,孙太甲立,破坏商汤法制,伊尹把他放逐到桐宫。三年,太甲悔过,乃迎之复位。

〔18〕傅:傅说(yuè 悦),殷相。曾版筑于傅岩之野,武丁访得,举以为相,使殷中兴。

〔19〕周:周公姬旦,周文王子,辅佐其兄武王灭纣,建立周王朝。封于鲁。武王死,成王年幼,周公摄政。管叔、蔡叔挟殷纣王之子武庚叛乱,周公东征平定。七年,建成周雒邑。周代礼乐制度相传皆周公所制定。

〔20〕召(shào 哨):召公姬奭,周的支族,武王之臣(《白虎通·王者

不臣》谓为文王之子)。因封地在召,故称召公或召伯。武王灭纣后,封召公于北燕。成王时,与周公分陕而治。

〔21〕阁下:对人的敬称。古代三公开阁,知府比古之侯伯,亦有阁,故称阁下,犹言不敢直告知府,托阁下之侍从代为禀告。

〔22〕难(nàn 南去声):诘责。

〔23〕隽(juàn 倦)永:言论富有意味引人入胜。

〔24〕骄谄者:骄指居上位者,谄指下级官员。

包世臣

包世臣(1775—1855),字慎伯,号倦翁,又自署白门倦游阁外史、小倦游阁外史,安徽泾县人。嘉庆十三年(1808)中举,此后多次考进士不中,以大挑试用江西新喻县令,年馀,即被弹劾免职。包世臣毕生致力于经世之学,并勤于实际考察,曾先后担任过东南大吏陶澍、裕谦等人的幕客。包世臣论文也贯穿经世之旨,与桐城派的主张大异其趣,提出"事无大小,苟能明其始卒,究其义类,皆足以成至文,固不必悉本忠孝,攸关家国"(《与杨季子论文书》)。其散文大都关切时务政事,姚柬之评价说:"少事谨严,老弥健肆,一洗数百年门户依傍之陋。"(《书安吴四种后》)著有《安吴四种》三十六卷,《小倦游阁文稿》两卷。黄山书社1991年始陆续推出《包世臣全集》。

小倦游阁记[1]

嘉庆丙寅[2],予寓扬州观巷天顺园之后楼,得溧阳史氏所藏北宋枣版阁帖十卷[3],条别其真伪[4],以襄阳所刊定本校之[5],不符者,右军、大令各一帖[6],而襄阳之说为精。襄阳在维扬倦游阁成此书[7],予故自署其所居曰小倦游阁。

史言长卿故倦游,其人才足依[8]。说者谓:倦,习也。习于游,故能长其才。然近世人事游者辄使才尽[9],何耶?

盖古之游也有道[10],遇山川则究其形胜厄塞[11],遇平原则究其饶确与谷木之所宜[12],遇城邑则究其阴阳流泉而验人心之厚薄、生计之攻苦[13],遇农夫野老则究其作力之法、勤惰之效,遇舟子则究水道之原委[14],遇步卒则究道里之险易迂速与水泉之甘苦羡耗[15],而以古人之已事推测其变通之故所[16];又有贤大夫讲贯切磋以增益其所不及[17],故游愈习则见闻愈广,研究愈精,而足长才也。今之游者则不能。贫则谋在稻粱[18],富则娱于声色。其善者乃能于中途流连风物,咏怀胜迹;所至则又与友朋事谈燕逐酒食[19]。此非惟才易尽也,而又长恶习。

予自嘉庆丙辰出游[20],以至于今,廿有七年矣[21]。少小记诵,荒落殆尽,而心智益拙,志意颓放[22],不复能自检束而犹日冒此倦游之名也。其可惧也夫,其可愧也夫!

〔1〕这是一篇自题寓所的小品文。文章除了简单交待寓所得名的由来之外,大部分篇幅用来谈论"游"与"才"的关系,极力主张在游历中增长经世致用之才,以弥补书本知识的不足。实际上,这也可视为包世臣二十七年游学经历的人生总结。由此可见,包氏做学问的路子与顾炎武十分接近,都是务实学而弃清谈。就文章的风格而言,本文较好地体现了包世臣"老弥健肆"的特点。在不足五百字的篇幅中,一连用了六个排比句,给人以气势雄健之感。

〔2〕嘉庆丙寅:公元1806年。

〔3〕阁帖:即"淳化阁帖"的省称。汇刻丛帖。十卷。淳化三年(992),宋太宗出秘阁所藏历代法书,命侍书学士王著编次,标明为"法帖",摹刻在枣木板上,拓赐大臣。由于王著采择未精,故夹杂部分伪迹,

或误标作者,但古人法书,赖此以存。

〔4〕条别:逐条鉴别。

〔5〕襄阳:北宋书画家米芾,字元章,号襄阳漫士。擅书画,精鉴别。行、草书得力于王献之,用笔俊迈豪放,与蔡襄、苏轼、黄庭坚合称"宋四家"。

〔6〕右军、大令:东晋书法家王羲之与王献之。王羲之,字逸少,官至右军将军、会稽内史,人称王右军。王献之,王羲之第七子,官至中书令,人称王大令。

〔7〕维扬:江苏扬州。

〔8〕"史言"二句:语出《史记·司马相如列传》:"长卿故倦游,虽贫,其人材足依也。"《史记集解》引郭璞语曰:"厌游宦也。"据此可以看出,下文对"倦游"的解释似不符合《史记》原意。

〔9〕事游者:从事游览的人。

〔10〕有道:有正确的方法。

〔11〕形胜厄塞:地理形势优越与险要之地。形胜,地理形势优越。语出《荀子·强国》:"其固塞险,形势便,山林川谷美,天材之利多,是形胜也。"厄塞:险要之地。语出《史记·萧相国世家》:"汉王所以具知天下厄塞。"

〔12〕饶确:丰饶与瘠薄。

〔13〕攻苦:劳苦。

〔14〕舟子:船夫。

〔15〕羡耗:多寡。

〔16〕已事:前事。《汉书·贾谊传》:"夫三代所以长久者,其已事可知也。"

〔17〕讲贯:犹"讲习"。相互讨论学习。

〔18〕谋在稻粱:犹"稻粱谋"。原指禽鸟寻觅食物,后用以比喻人

谋求衣食。

〔19〕事谈燕：从事谈心与宴饮。燕，通"宴"，宴饮。

〔20〕丙辰：公元1796年。

〔21〕廿有七年：二十七年。

〔22〕颓放：颓废放达。指意志消沉，行为放纵。

刘逢禄

刘逢禄(1775—1829),字申受,武进(今属江苏)人。外祖庄存与、舅庄述祖,并以经术名世,逢禄尽传其学。嘉庆十九年进士,改翰林院庶吉士,散馆授礼部主事。道光四年,补仪制司主事。在礼部十二年,恒以经义决疑事,为众所钦服。精于《公羊春秋》,务通大义,不专章句。创通条例,贯串群经,为清代言今文学者之冠。逢禄于词章由六朝以跻两汉,洞悉其源流正变,故所著述,随物赋形,无体不备。著有《刘礼部集》(有道光十年,光绪十八年刻本)等。

岁暮怀人诗小序[1]

昔鲁多君子,宓贱择乎里仁[2];能自得师[3],子舆友先乡国[4]。岂非近取反求[5],固中智要术与[6]?

余年及无闻[7],不殖将落[8]。回忆二三十年乡党诸君子[10],亡有臣质之痛[11],存增离索之惧者[12],则有其人焉。

敦行孝友[13],厉志贞白[14],吾不如庄传永[15];思通造化[16],学究皇坟[17],吾不如庄珍艺[18];精研《易》、《礼》,时雨润物[19],吾不如张皋文[20];文采斐然[21],左宜右有[22],吾不如孙渊如[23];议论激扬[24],聪敏特达[25],

吾不如恽子居[26]；博综今古[27]，若无若虚[28]，吾不如李申耆[29]；与物无忤[30]，泛应曲当[31]，吾不如陆邵闻[32]；学有矩矱[33]，词动魂魄[34]，吾不如董晋卿[35]；数穷天地[36]，进未见止[37]，吾不如董方立[38]；心通仓籀[39]，笔勒金石[40]，吾不如吴山子[41]。

岁暮怀人，思乡感旧，辄成五言古诗若干首。独寐晤歌[42]，聊以自厉[43]。至若四方之士心所景行者[44]，良多其人[45]，然天下之善，非一曲之见[46]，所敢品量也[47]。

〔1〕全文重点在第三段。这段的句式并非作者首创，而是其来有自。首先我们会想到顾炎武的《广师说》，陈康祺《郎潜纪闻·初笔》卷八《顾阎李诸公之执谦》且列举顾炎武、阎若璩、李邺嗣、杭世骏自称某方面不如某人之语。平步青《霞外攟屑》卷七上《广师》，引东坡《志林》记三国魏陈登（字元龙）语"吾敬"云云，以为顾炎武之《广师》实仿陈登，且引及刘逢禄此文，以为仿顾。今人刘衍文《寄庐杂笔》156页谓平步青还不明白最早的出处，以为《史记》的《高祖本纪》"夫运筹策帷帐之中，决胜于千里之外，吾不如子房。镇国家，抚百姓，给馈饷，不绝粮道，吾不如萧何。连百万之军，战必胜，攻必取，吾不如韩信。"始为初创。按：《后汉书·陈蕃传》："'不愆不忘，率由旧章'，臣不如太常胡广。齐七政，训五典，臣不如议郎王畅。聪明亮达，文武兼姿，臣不如弛刑徒李膺。"此亦顾炎武所仿。清代学者之文，往往如此，这也是清文的一种特色。全文先以宓子贱、曾参两例说明取友乡里之事由来已久。次说存亡之乡里诸友中有可师者。三段列举十人，或以德行，或以政事，而更多的是学术上的造诣，都值得自己虚心学习。此段极见真正的学者总是谦虚的，决不会像文人们那样相轻（所以顾炎武在《日知录》中总指出"文人

无行"，"凡人一自命为文人，便无足观"）。末段结束全文，也和顾氏的相同。顾是"至于达而在位，其可称述者，亦多有之，然非布衣之所得议也"；刘文则是"至若四方之士心所景行者，良多其人，然天下之善，非一曲之见所敢品量也"。

〔2〕"昔鲁"二句：《论语·公冶长》："子谓子贱：君子哉若人！鲁无君子者，斯焉取斯？"子贱，孔子弟子，姓宓（fú 服），名不齐。又《论语·里仁》："里仁为美，择不处仁、焉得知？"此二句言正因鲁多君子，故宓贱择邻里之仁人而学之，于是亦为君子。作者借以比喻自己一贯向乡党诸君子学习。

〔3〕能自得师：伪古文尚书《仲虺之诰》："能自得师者王。"

〔4〕子舆：曾参字子舆。友先乡国：古代交通不便，朋友交往，多在家乡一带。如曾子称颜渊为"吾友"，见《论语·泰伯》。

〔5〕近取：就近取友。反求：《孟子·告子下》："子归而求之，有馀师。"意谓游学外地的人，回到家乡，可以找到很多老师。

〔6〕中智：中等才智的人。要术：主要的方法。与：同"欤"。

〔7〕无闻：《论语·子罕》："四十五十而无闻焉。"

〔8〕不殖将落：譬如树木，不好好地培植，它就会枯落。

〔10〕乡党：乡里。

〔11〕"亡有"句：死了的好友，使我感质亡之痛。质亡，见《庄子·徐无鬼》。

〔12〕离索："离群索居"之省。《礼记·檀弓上》："吾离群索居亦已久矣！"

〔13〕敦行（xìng 姓）：注重品行。孝友：孝顺父母，友爱兄弟。

〔14〕厉志：激励自己的志气。贞白：正直清廉。

〔15〕庄传永：庄曾仪（1769—1807），一作曾诒，字传永（一作传云），号心厓。阳湖人。太学生。篆书学《碧落碑》，真行学赵孟頫，书

画、碑帖、篆刻皆工。辑《词约》四卷。挚友陆继辂为作《庄传永墓碣铭》（见《崇百药斋集》）。刘逢禄《刘礼部集》卷十《岁暮怀人诗小序》云："回忆二三十年，乡党诸君子，亡有臣质之痛，存增离索之惧者，则有其人焉。敦行孝友，厉志贞白，吾不如庄传永。"

〔16〕思通造化：犹云"学究天人"。

〔17〕皇坟：传说三皇的《三坟书》。

〔18〕庄珍艺：庄述祖（1750—1816），字葆琛，书斋名珍艺宧（yí仪）。江苏武进人。乾隆四十五年进士。知潍县，辞官养亲十六年。嘉庆二十一年卒，年六十七。著《五经小学述》、《五经疑义》等，凡数百卷。见《清史稿·儒林传》。

〔19〕时雨润物：应时之雨润泽庄稼。

〔20〕张皋文：张惠言（1761—1802），字皋文，武进人。嘉庆四年进士，官翰林院编修。七年卒，年四十二。擅长古文，学韩愈、欧阳修。与恽敬同为阳湖派之首。经学尤深《易》、《礼》。于《易》著《周易郑氏义》三卷，《周易荀氏九家义》一卷，《周易郑荀义》三卷，《易义别录》十四卷，《易纬略义》三卷，《易图条辨》二卷。于《礼》著《仪礼图》六卷，《读仪礼记》二卷，皆特精审。

〔21〕文采：文辞，才华。斐然：五色相错。

〔22〕左宜右有：《诗·小雅·裳裳者华》："左之左之，君子宜之；右之右之，君子有之。"后因以"左宜右有"称人才德兼备，处事咸宜。

〔23〕孙渊如：孙星衍（1753—1818），字渊如，号季逑，江苏阳湖人。乾隆五十二年进士，授编修。和珅知其名，欲一见，卒不往。改刑部主事，历官山东督粮道。引疾归，屡主钟山书院。深究经史文字音训之学，旁及诸子百家，皆心通其义。文在六朝汉魏间，与同里洪亮吉齐名。著有《孙渊如诗文集》等。

〔24〕激扬：激动振奋。

〔25〕特达:独出于众。

〔26〕恽子居:见本书小传。

〔27〕博综:学问广博,又能融会贯通。

〔28〕若无若虚:曾参称颜回:"有若无,实若虚。"见《论语·泰伯》。

〔29〕李申耆:李兆洛(1769—1841),字申耆,阳湖人。嘉庆十年进士,官安徽凤台知县。在县七年,辖境大治。旋以父忧归,遂不出。主江阴书院讲席几二十年,成就人才甚众。长于舆地之学。尝病当世治古文者,知宗唐宋不知宗两汉,以为宗两汉,宜自骈体文入,因辑《骈体文钞》。

〔30〕与物无忤:和一切人都合得来。

〔31〕泛应曲当(dàng 档):广泛接待人和事,不管如何曲折繁琐,都能办理妥当。

〔32〕陆邵闻:陆耀遹(yù 玉)(1759—1821),字绍闻,号劭文(本文作邵闻),武进人。贡生。道光元年,官阜宁县教谕。之任百日,卒。工诗,尤长尺牍。撰有《金石续编》二十一卷。

〔33〕矩矱(huò 或):规则法度。《离骚》:"曰勉升降以上下兮,求矩矱之所同。"

〔34〕词动魂魄:文词震撼读者的心灵。

〔35〕董晋卿:董士锡,字晋卿,一字埙甫,武进人。嘉庆副贡生,候选直隶州州判。少从其舅张惠言学,承其指授,于虞仲翔《易》义最深。兼通壬遁之学(奇门遁甲之术)。诗词赋俱工,古文尤精妙。著有《齐物论斋集》。

〔36〕数穷天地:天文历数及数理之学,研极精微。

〔37〕进未见止:《论语·子罕》:"惜乎!吾见其进也,未见其止也。"

〔38〕董方立:董祐诚(1791—1823),字方立,阳湖人。嘉庆二十三年举人。工为汉魏六朝之文,继而肆力于历数、数理、舆地、名物之学,著

《三统术衍补》一卷、《割圜连比例术图解》三卷、《斜弧三边求角补术》一卷等。以治学太劳,精力耗竭,道光三年卒,年仅三十三。

〔39〕仓籀(zhòu 昼):古字书有李斯所作《仓颉篇》,周宣王太史所作《史籀篇》。

〔40〕勒:雕刻。金石:金指钟鼎之类,石指碑碣之类。古人常于日用器物上镌刻文字;又颂功纪事寓戒,亦多铭于金石。金石文字学至清代大盛,成为专门之学。

〔41〕吴山子:吴育,字山子,吴江人。不事科举,工篆书,博学多闻。与方履籛交最笃,履籛宦游所至,皆相依。履籛没,客游四方,不知所终。有《私艾斋文集》。

〔42〕晤歌:《诗·陈风·东门之池》:"可与晤歌。"晤歌,对唱。

〔43〕自厉:鼓励自己。

〔44〕景行:仰慕其高尚德行。

〔45〕良多:确实有很多。

〔46〕一曲之见:片面的看法。

〔47〕品量:评论。

胡承珙

胡承珙(gǒng 巩)(1776—1832),字景孟,号墨庄,安徽泾县人。嘉庆十年(1805)进士,改翰林院庶吉士,散馆授编修。累官至台湾兵备道。究心经术,《清史稿》入《儒林传》。著有《求是堂文集》,胡培翚为作序,谓其"文凡三变:初时熟精《文选》,习为骈体文,有六朝初唐风格。其后为考据之文,下笔滔滔,文称其意。又其后学愈邃,文亦日进,所作序、记、传、铭,骎骎乎韩、欧轨度。"

得树亭记[1]

得树亭者,家损斋孝廉君所以自名其别墅也[2]。

君晚岁设教乡间[3],多所成就[4]。予时年幼,不获进而请益[5]。洎与其中子玉樵大令游[6],乃频频至此亭憩焉[7]。

始予与玉樵总角定交[8],相切劘为诗文[9],后先成进士,仕宦南北,又相继归田[10]。方庶几如昌黎所云[11]:"不在东阡在北陌,可杖履来往者"[12],而玉樵忽焉长逝,化为异物[13]。则过斯亭也,又不胜向秀山阳之感矣[14]!

今玉樵从子子墨茂才复葺而新之[15],仍其旧名[16],属予书额[17],且为之记。因忆宋卢秉云:"亭沼如爵位,林木似名节。"蒋希鲁深有味乎其言[18]。子墨既葺斯亭,当更封殖此树[19],益励于学,以无队其先之志业[20]。

至如予者,俯仰五十年中,及见君家三世,交游之谊[21],或欣或戚[22],而予亦已老矣!然异日者倘来亭上,尚能誉嘉树而赋《角弓》之诗焉[23]。

〔1〕全文紧紧围绕"树"来谈,重点在介绍卢秉那几句话,希望子墨不必重视爵位,而应砥砺名节。从损斋老人到玉镌,再到子墨,三世的志业其实就是以树(名节)自励,能如此,就算"得树"了。

〔2〕家损斋:与作者同族的胡某,别号损斋。孝廉:举人的古称。乾隆癸卯(1783)举于乡。

〔3〕设教:清代私塾,低级的叫蒙馆,高级的叫经馆。"设教"出于《孟子·滕文公上》"设为庠序学校以教之"。此处指损斋教经馆学生。乡间:乡里。

〔4〕成就:考中秀才、举人以至进士。胡损斋学生如朱理(1761—1819)后成为著名疆臣,传见《国朝耆献类征初编》卷一九四。

〔5〕请益:向人请教。

〔6〕洎(jì 既):及。中(zhòng 仲)子:仲子,次子。玉镌(jiāo 骄):胡世琦,字玉镌。嘉庆甲戌(1814)中礼部试,改翰林院庶吉士,知县费县,后历摄平原、即墨、沂水,寻补曹县。归田后,化其乡里。著《小尔雅疏证》、《三家诗辑》等。大令:对县令的敬称。游:交游,来往。

〔7〕憩(qì 气):休息。

〔8〕总角交:古代男女未成年时,束发为两结,形状如角,故称总角。后借指童时。总角交,即幼年时的朋友。

〔9〕切劘(mó 磨):琢磨,切磋。

〔10〕归田:辞官还乡。

〔11〕昌黎:韩愈。

〔12〕"不在"二句:出自韩愈《正议大夫尚书左丞孔公墓志铭》,在本文中是说两人归田后,扶着拐杖,随意散步,互相来往。阡陌,田界。南北为阡,东西叫陌。

〔13〕异物:指死亡的人。

〔14〕不胜(shēng声):不尽。向秀山阳之感:指思旧之情。向秀(227?—272?)经过好友嵇康旧居,感而作《思旧赋》。

〔15〕从(zòng纵)子:侄。茂才:即秀才。汉代避光武帝刘秀的讳,称茂才。后代文人喜用古语,所以如此写。

〔16〕仍:仍旧用。

〔17〕属:通"嘱"。额:悬在门屏上的牌、匾。

〔18〕"因忆"四句:《宋史·卢秉传》:"秉字仲甫,湖州德清人。未冠(guàn贯),有隽誉。尝谒蒋堂,坐池亭,堂曰:'亭沼粗适,恨林木未就尔。'秉曰:'亭沼如爵位,时来或有之;林木非培植根株弗成,大似士大夫立名节也。'堂赏味其言,曰:'吾子必为佳器。'"蒋希鲁,蒋堂(980—1054),字希鲁,宜兴人。真宗时,累迁枢密直学士。仁宗时,以礼部侍郎致仕卒。堂清修纯饬,遇事不屈。延誉后进,至老不倦。

〔19〕封殖:栽培,种植。

〔20〕队:通"坠"。志业:志向和事业。

〔21〕谊:交情。

〔22〕戚:悲哀。

〔23〕"誉嘉树"句:《左传》昭公二年:晋侯使韩宣子来聘,昭公享之。既享,宴于季氏。有嘉树焉,宣子誉之。季武子曰:"宿(武子名)敢不封殖此树,以无忘《角弓》"。按:《角弓》,《诗·小雅》篇名。《诗序》谓为刺幽王好谗佞不亲九族而作。见《角弓序》。

管　同

管同(1780—1831),字异之,号育斋,上元(今江苏南京)人。道光五年(1825)举人,一生未入仕,只在同学安徽巡抚邓廷桢幕中教过书。作为姚鼐的得意门生,管同平生致力于经学和古文创作,是桐城派散文的重要传人,诗文成就俱佳。方宗诚在《管异之先生传》中称他:"以文名家,雄深浩达,简严精邃,曲当乎法度。其诗缔情隶事,创意造言,论者以为得苏(轼)黄(庭坚)之朗峻。"有《因寄轩集》传世。

登扫叶楼记[1]

自予归江宁[2],爱其山川奇胜,闲尝与客登石头[3],历钟阜[4],泛舟于后湖[5]。南极芙蓉、天阙诸峰,而北攀燕子矶[6],以俯观江流之猛壮。以为江宁奇胜,尽于是矣。或有邀予登览者,辄厌倦,思舍是而他游。而四望有扫叶楼[7],去吾家不一里,乃未始一至焉。辛酉秋[8],金坛王中子访予于家[9],语及,因相携以往。是楼起于岑山之巅[10],土石秀洁而旁多大树。山风西来,落木齐下,堆黄叠青[11],艳若绮绣。及其上登,则近接城市,远挹江岛[12],烟村云舍[13],沙鸟风帆,幽旷瑰奇,毕呈于几席[14]。虽乡之所谓奇胜[15],何以加此?

凡人之情,骛远而遗近。盖远则其至必难,视之先重[16],虽无得而不暇知矣。近则其至必易,视之先轻,虽有得而亦不暇知矣。予之见,每自谓差远流俗[17],顾不知奇境即在半里外[18],至厌倦思欲远游,则其生平行事之类乎是者,可胜计哉!虽然,得王君而予不终误矣,此古人所以贵益友与[19]?

〔1〕这是一篇记游散文。先记游,后述怀;前者以写景为主,后者以议论见长。文章的主旨不在表现扫叶楼的奇胜,而重在抒发"骛远而遗近"的感叹。如果说王安石的《游褒禅山记》意在"贵远",强调"志、力、物"三者结合,才能致远;那么本文则意在"贵近",提醒人们必须克服轻"易"重"难"的心理,注意去发现身边的美。两篇文章遥相呼应,构成了哲理类游记散文的一对姊妹篇。全文先叙后议,结构完整,语言清新,落笔自然,体现了桐城派散文的某些特点。

〔2〕江宁:今江苏南京。

〔3〕石头:即"石头城"的简称,故址在今南京市清凉山。

〔4〕钟阜:即南京钟山。

〔5〕后湖:南京城内的玄武湖。

〔6〕燕子矶(jī机):南京城东郊一座临江的小山峰。

〔7〕四望:山名,在今南京西北。

〔8〕辛酉:公元1801年。

〔9〕金坛:县名,在今江苏常州。王中子:人名,生平不详。

〔10〕岑山:小而高的山。

〔11〕堆黄叠青:形容秋天山上的树叶满目青黄。

〔12〕挹:牵引,指连接。

〔13〕烟村云舍:指山中的村舍隐于烟云之中。

〔14〕毕呈于几席:全部呈现在眼前。几,小桌子。

〔15〕乡:先前。

〔16〕视之先重:先就把它看得很重。

〔17〕差(chā 插)远流俗:较为远离世俗。差,略。

〔18〕顾:反而,却。

〔19〕益友:有益的朋友。语出《晏子春秋·杂篇下》:"圣贤之君,皆有益友,无偷乐之臣。"与:通"欤",语助词。

张 澍

张澍(1776—1847),字时霖,一字伯瀹,号介侯,又号介白。甘肃武威人。嘉庆四年(1799)进士。官贵州省玉屏知县,后又令江西之永新。治事简易而持法严,好责善于长官。论文不分偶散,振笔直书,辄十数纸,雄深雅健,时罕俪者。于经学、史学、金石学皆有研究,一生著述甚丰,生前即刊行三十二种。钱仪吉序其文:"予观古之作者,函雅故,通古今,得其源者,若建瓴输水,方圆曲折,惟变所适,而皆出一情,(骈散)何足分也。然非通识绝人,造诣渊奥,即此秘已睹,欲强兼之,亦弗能以为,盖必有复古之才如君,而后可及焉。"

吊徐孺子文[1]

南昌进贤门外望仙寺东里许,有东汉徐征君稚墓[2]。旧碑剥落[3],即白社地也。暇日来访,作文以吊之。其辞曰:

夫何见几之独明[4],避宦竖之纵横[5]。伏丘园以养晦[6],同申屠之销声[7]。蒲轮征而不起[8],友李赘以陶声[9]。信南州之高士[10],实心迹之双清[11]。

不孤高以绝俗[12],负筥枡而刍束[13]。虽茅容其能言[14],难挽驾而回躅[15]。乐陈蕃之好贤[16],凭漆几以款曲[17]。慨中原之戎马[18],乃被褐以怀玉[19]。何郭泰之皇皇,支大厦以一木[20]?

嗟乎!党人尽兮汉鼎移[21],征君没兮宿草悲[22]。将军之头颅莫葬[23],掾史之面目群疑[24]。黄巾起而飞海水[25],黑山来而掩朝曦[26]。玉石兮俱碎[26],栋梁兮咸披[27]。然后知逃名世外,散发湖湄。不希荐章于狗监[28],可并德量于牛医[29]。

乱曰[30]:嘉禾之年谁种松?长沙徐熙植虬龙[31]。永安之岁谁刊碑?南阳谢景纪风规[32]。不寻市卒梅仙宅[33],长忆先生湖水白[34]。

〔1〕本文为吊徐稚之辞。徐稚(97—168),字孺子,东汉豫章南昌人,人举荐而终不为官,号"南州高士"。《后汉书》有传。全文正符合作者论文宗旨:"青与赤谓之文,赤与白谓之章,言色泽也。徒法言正论而无色泽,类于语录,何以为文?"又曰:"文须气清,气清虽满纸光怪,不失为清。骈体散行一也,俗人歧视之,傎矣。"

〔2〕徐稚墓:《嘉庆重修一统志·南昌府·陵墓·徐稚墓》:在南昌县南。《水经注》:赣水历白社西有徐孺子墓。《通志》:墓在南昌进贤门外望仙寺东。按:今墓在南昌市南湖北孺子亭公园中。征君:不就朝廷征聘之士曰征士,其敬称曰征君。

〔3〕旧碑:据《通志》:墓前有石刻隶书"汉南州高士徐孺子之墓"。

〔4〕见几(jī机):事前明察事物的细微变化。

〔5〕宦竖:对宦官(太监)的鄙称。纵横:肆意横行,无所忌惮。

〔6〕丘园:丘墟,园圃。多指隐居的地方。养晦:隐居待时。

〔7〕申屠:申屠蟠,字子龙,东汉外黄人。九岁丧父,家贫,佣为漆

工。为郭泰、蔡邕等所重。郡守召为主簿,不就。隐居治学,博贯五经,兼治图纬。以汉室衰落,乃绝迹于梁砀之间。中平六年,董卓废立,荀爽、陈纪等皆被迫随从,蟠独得免。《后汉书》有传。销声:隐匿形迹。

〔8〕蒲轮:用蒲草裹轮,使车不震动。古时征聘贤士时用之,以示礼敬。

〔9〕李贽(zhuì 坠):当作"李赘",与徐穉、陈脩等为友。《太平御览》卷七百九《服用部十一》引《会稽典录》曰:"陈脩,字奉先,为豫章太守。厅事荐编绝不改,以郡风俗不整,常卷坐席。惟徐穉、李赘数诣问,乃待以殊礼。"(又见谢承《会稽先贤传》)

〔10〕南州:泛指南方地区,此指南昌。高士:志趣高尚的人,多指隐士。

〔11〕心迹双清:存心与行事,都非常高尚纯洁。杜甫《屏迹》之一:"心迹喜双清。"

〔12〕孤高:情志高超,决不随波逐流。绝俗:超出世俗之上。

〔13〕负笈幷:《后汉书》本传:"稚尝为太尉黄琼所辟,不就。及琼卒归葬,稚乃负粮徒步到江夏赴之,设鸡酒薄祭,哭毕而去,不告姓名。"负笈幷,本自《风俗通·愆礼》:"负笈幷涉。"为"负笈徒步"之讹写。刍束:《后汉书》本传:"(郭)林宗有母忧,稚往吊之,置生刍一束于庐前而去。众怪,不知其故。林宗曰:'此必南州高士徐孺子也。《诗》不云乎:"生刍一束,其人如玉。"吾无德以堪之。'"

〔14〕"茅容"句:《后汉书》本传:徐稚吊黄琼丧,"哭毕而去,不告姓名。时会者四方名士郭林宗等数十人,闻之,疑其稚也,乃选能言语生茅容轻骑追之。"茅容,《后汉书》附《郭泰传》中:"字季伟,陈留人也。年四十馀,耕于野,时与等辈避雨树下,众皆夷踞相对,容独危坐愈恭。林宗行见之而奇其异,遂与共言,因请寓宿。旦日,容杀鸡为馔,林宗谓为己设,既而以供其母,自以草蔬与客同饭。林宗起拜之曰:'卿贤乎哉!'因

劝令学,卒以成德。"

〔15〕"难挽驾"句:《后汉书》徐稚传:茅容追之,"及于途,容为设饭,共言稼穑之事。临诀去,谓容曰:'为我谢郭林宗:大树将颠,非一绳所维,何为栖栖不遑宁处?'"躅(zhuó浊),足迹。

〔16〕"陈蕃"句:《后汉书》本传:"时陈蕃为太守,……在郡不接宾客,唯稚来特设一榻,去则县(悬)之。"

〔17〕漆几:黑色的小桌子。款曲:诉说衷情委曲。

〔18〕中原:指黄河中下游地区,或整个黄河流域。戎马:本指军马,借指战争。

〔19〕被褐(pīhè披贺)怀玉:穿粗布衣而怀抱着美玉,比喻人有美德,深藏不露。词本《老子》七十章。

〔20〕"何郭泰"二句:事见注〔15〕。泰字林宗。隋王通《文中子·事君》:"大厦将颠,非一木所支也。"皇皇,同"惶惶"。心神不安的样子。《礼记·檀弓下》:"皇皇焉有如求而弗得。"

〔21〕党人:同道结合的人。《后汉书·灵帝纪》:建宁二年:"制诏州郡大举钩党,于是天下豪杰,及儒学行义者,一切结为党人。"参看同书《党锢传》。汉鼎:九鼎为传国重器,亦王朝国运之象征。故鼎移即王朝覆灭之意。

〔22〕宿草:隔年的草。比喻墓地。

〔23〕"将军"句:《后汉书·何进传》:大将军何进欲尽诛宦官,宦官张让等先杀何进,中黄门以进头掷与尚书,诬为谋反。

〔24〕"掾(yuàn院)史"句:范滂、张俭为代表的党人,横被宦官杀戮,滂为郡功曹,俭为郡东部督邮,皆掾史(分曹治事的属吏)之类。夏馥未出仕,然以声名为宦官所惮,遂与范滂、张俭等俱被诬陷,诏下州郡,捕为党魁。及俭等亡命,祸及万家,馥乃剪须变形,为冶家佣(矿山雇工),形貌毁瘁,人无识者。其弟静追之于涅阳市中,遇之不识,闻其语

403

声,乃觉而拜之。馥避不与语,静追随至客舍,共宿。夜中密呼静曰:"吾以守道疾恶,故为权宦所陷。……弟奈何载物相求,是以祸见追也!"明旦,别去。(《后汉书·党锢传》)按:《党锢传》前论曰:灵帝中平元年,黄巾起,朝廷恐党人与黄巾合谋,乃大赦党人。然"其后黄巾遂盛,朝野崩离,纲纪文章(典章制度)荡然矣!"

〔25〕黄巾:《后汉书·灵帝纪》:"中平元年春二月,巨鹿人张角自称'黄天',其部帅有三十六方,皆著黄巾,同日反叛。"飞海水:谓四海不靖,国家不宁。出扬雄《太玄》六《剧》。

〔26〕黑山:《后汉书·灵帝纪》:"中平二年,税天下田,亩十钱。黑山贼张牛角等十馀辈并起,所在寇钞。"

〔26〕"玉石"句:比喻不分好坏,同归于尽。语出《书·胤征》:"火炎昆冈,玉石俱焚。"

〔27〕栋梁:房屋的大梁。比喻能为国任重的人才。披:裂开,折断。

〔28〕荐章:推荐人才的奏章。狗监:汉代掌管皇帝猎犬的官。《史记·司马相如传》:"蜀人杨得意为狗监,侍上。上读《子虚赋》而善之,曰:'朕独不得与此人同时哉!'得意曰:'臣邑人司马相如自言为此赋。'上惊,乃召问相如。"

〔29〕德量:德行的度量。牛医:应为"牛医儿"。《后汉书·黄宪传》:宪字叔度,汝南慎阳人。世贫贱,父为牛医。德行为诸名士所共尊,郭林宗谓其德量,"汪汪若千顷陂,澄之不清,淆之不浊,不可量也。"按:徐稚与黄宪等同传,故曰"可并德量"。

〔30〕乱:辞赋篇末总括全篇要旨的话。

〔31〕"嘉禾"二句:嘉禾,三国吴孙权(大帝)的年号。公元232—238年。豫章郡太守徐熙于徐稚之墓隧种松。熙,长沙郡人。虬龙,比喻松树。

〔32〕"永安"二句:永安,三国吴孙休(景帝)的年号,公元258—263

年。谢景,宛人,字叔发。官豫章太守,在郡有治绩,吏民称之。尝于徐稚墓侧立碑。风规,风教,规范。

〔33〕市卒梅仙宅:《汉书·梅福传》:福字子真,九江寿春人。为郡文学,补南昌尉。王莽专政,福弃妻子,去九江,人传以为仙。后有人见之于会稽,变姓名,为吴市门卒。梅福宅在南昌县。《寰宇记》:在州东北三里,西接开元观,东西墨池书堂,馀址犹存。

〔34〕"长忆"句:徐稚宅在南昌县南。《水经注》:赣水北历南塘,塘之东有孺子宅,际湖南小洲上。《寰宇记》:在州东北三里梅福宅东。

钱仪吉

钱仪吉（1783—1850），字蔼人，号衎石，一号心壶，浙江嘉兴人。嘉庆十三年进士，由庶吉士改主事，累迁至工科给事中，寻罢归。主讲广东学海堂、河南大梁书院，凡数十年。有《衎石斋纪事稿》十卷，《续稿》十卷等。戚嗣曾序其文集云："知文者皆谓远绍东京，近接北宋。而吾谓衎石好学深思，又从政日久，识高而心静，达于事理之原，通于性情之故。其见于文也，或正容庄论，使人懔然以肃，盖有得于古之诰诫者；开心异语，使人悠然以思，盖有得于古之讽谕者。假事以托意，循末而见本，有以感人心而裨世教。乃若前代《弇州四部》铺陈事实，徒以多为贵而已，又曷足比哉！"

书嵇文恭公逸事[1]

士大夫用心于一艺以求称于世者[2]，果何为也哉[3]？不称则忧其不工[4]，称之而名声彰闻[5]，卒为有力者挟持[6]，丧其所守而从之[7]，而身名随以败裂[8]。自古魁儒才哲以此被清议者众矣[9]，予甚惜之。

岂名之为害若是耶，将所以用心者先失其本耶[10]？诚以为名也，抑奈何轻重之不察而自溺也耶[11]？

诸城窦亥金都之被谤于洪更生也，谓尝书扇称门生于和珅，小岘秦氏既辨其诬矣[12]。命都督浙学有清誉[13]，发贪吏之重敛，几罹身祸[14]，浙之士民戴其德。厥后乙卯主会试[15]，且大为和珅所龃龉[16]，其非党附也明甚。

然当是时，南山岩岩[17]，声势之暴横，固指恶于天下矣[18]。身为大臣，不能锄而去之，彼介其属以相浼[19]，必屈吾意以供其一瞬之适也[20]，何居[21]？虽不书可也[22]。

吾尝闻无锡嵇公与和珅同在政府[23]，一日，乞书楹帖[24]。公受其纸归，乃召翰林甲乙数人者饮于堂[25]。童子彭寿请曰[26]："研墨已得矣[27]。"公叱之曰："吾方有客，尔何言！"客请其故，而曰："吾侪正乐观公之用笔以为法也[28]。"公遂欣然对客书之。甫半[29]，而彭寿覆其墨。公起诟让之[30]，客为请乃已。明日谢和珅曰[31]："徒败公佳纸[32]。"公所以委曲为是者[33]，亦以称谓故[34]。而甲乙数人者皆其门下士，使亲见之言于和珅以为信也。

吾方与之朝夕一堂议政事，使其相水火[35]，必有所激而偾事者矣[36]。去之既无其力[37]，徒怒之何益也[38]？而卒归于不丧所守，公其有柔嘉之则者与[39]！

彭寿之覆墨，公所教也。客去[40]，乃劳之以酒肉云[41]。

[1] 本文先论工一艺而为有力者挟持以致丧所守者多，以为名声与节操宜审其轻重。继之论窦光鼐其人，然后重点写了嵇璜巧与和珅周旋，以"柔嘉之则"自全之事。全文既有告诫，又含讽谕，其正容庄论与开心戛语实交融为一。

〔2〕士大夫:古称居官有职位的人,后代泛指包括官吏在内的文人、学者。一艺:一种才艺、技能,如棋、琴、书、画皆是。称:赞美。

〔3〕果:究竟,到底。

〔4〕工:精巧。

〔5〕彰闻:名声显著,尽人皆知。

〔6〕卒:结果,终于。为(wèi位):被。有力者:有权势的大官。挟持:迫使服从。

〔7〕丧:丧失。所守:节操。

〔8〕身名:名誉。

〔9〕魁儒:大儒。被:受到。清议:公正的评论。古时指乡里或学校中对官吏的批评。顾炎武《日知录·清议》:"两汉以来,犹循此制,乡举里选,必先考其生平,一玷清议,终身不齿。"

〔10〕所以用心:考虑问题。

〔11〕轻重:指名声与节操二者孰轻孰重。自溺:堕落。

〔12〕"诸城窦金都"三句:秦瀛《小岘山人诗文集》中文集卷五《都察院左都御史窦公墓志铭》"又记"中:"公自浙江学政,以左都御史召还。一日,富阳董公手执公所书金字扇,大学士和珅见而语董公曰:'写金字善用金,无如窦东皋者。'遂取一扇,属董公代乞公书。余适趋过,董公曰:'秦君固善东皋先生者,盍属之?'因以属余请于公。公书就,授余还之。书款称致斋相国,自称门生某,盖遵旧例。致斋,和珅号也。又一日,和珅召见,出语余曰:'子见东皋,告以有御制文,命其制序,散值后即来领。'是日,公随诣和珅宅领归,谨撰序文,越日进呈。公没后,编修洪亮吉上书言事,以前在上书房,尝被公指斥,附劾公交结和珅,书扇称师相,自称门生。其诬公实甚。此事关系公生平大节,不可以不辨。"秦瀛(1743—1821),字凌沧,一字小岘,晚号遂庵,无锡人。乾隆举人。嘉庆官至刑部右侍郎。以病归。金都,全称为都察院金都御史。此指窦光鼐

(1720—1795),字元调,号东皋,诸城(今属山东)人。乾隆十年进士,由编修累官左都御史。充上书房总师傅。立朝五十年,风节挺劲,无所阿附。高宗深重之。历督河南、浙江学政,所取皆知名士。乾隆六十年,充会试正考官,榜发,首归安王以铻,次王以衔,兄弟联名高第。大学士和珅素嫉光鼐,言于上,谓光鼐为浙江学政,事有私。上命解任听部议,及廷试,和珅为读卷官,以衔复以第一人及第,事乃解。洪更生,洪亮吉之号。嘉庆时,洪上书批评时政,谪戍伊犁,不久赦还,改号更生居士。和珅(shēn 申),满洲正红旗人,姓钮祜禄氏,字致斋。乾隆末官大学士,为高宗所宠任。弄权黩货,吏治大坏,酿成川楚教民之祸。嘉庆中为王念孙等纠参,夺职下狱,赐自尽,籍其家。

〔13〕清誉:高洁的名誉。

〔14〕几(jī 机)罹:几乎受到。

〔15〕厥后:其后。乙卯:乾隆六十年。

〔16〕齮齕(yǐ hé 以河):侧齿咬,引申为毁伤。

〔17〕南山岩岩:南山,终南山。《诗·小雅·节南山》:"节彼南山,维石岩岩。"岩岩,高峻貌。按:此以比和珅。

〔18〕指恶:恶行为众人所指责。

〔19〕彼:指和珅。介:联系,接洽。其属:他(和珅)同类的人。浼(měi 美):请托。

〔20〕适:满足。

〔21〕何居(jī 机):为什么。居,语助词。

〔22〕虽:即使。

〔23〕无锡:县名,属江苏常州府。嵇公:嵇璜(1711—1794),字尚佐,一字黼庭,晚号拙修。雍正间,以大臣子弟一体会试,登进士。乾隆间,历南河东河河道总督,兼兵部尚书。官至文渊阁大学士。卒谥文恭。政府:宰相治理政务的处所。

〔24〕楹帖：对联。

〔25〕翰林：清代翰林院属官：侍读学士、侍讲学士、侍读、侍讲、修撰、编修、检讨、庶吉士，通称翰林。甲乙：不写出具体姓名，以数目代替。

〔26〕童子：书童。

〔27〕"研墨"句：墨汁已经磨好了。

〔28〕吾侪：我们。

〔29〕甫半：才写到一半。

〔30〕诟让：辱骂。

〔31〕谢：道歉。

〔32〕"徒败"句"：徒然弄坏了您的好纸。

〔33〕委曲：展转曲折。

〔34〕称谓：称呼。上下落款。

〔35〕水火：比喻势不两立，互不相容。

〔36〕偾（fèn 奋）事：败坏政事。

〔37〕去之：铲除他（指和珅）。

〔38〕徒怒之：只是使他恼怒。

〔39〕柔嘉之则：《诗·大雅·烝民》："仲山甫之德，柔嘉维则。"柔，柔和；嘉，美善；维，有；则，法度，原则。与：同"欤"。

〔40〕客去：客人们离开了。

〔41〕劳（lào 涝）：慰劳。

刘 开

刘开(1784—1824),字明东,又字方来,号孟涂,桐城(今属安徽)人。少贫,喜读书。十四岁后跟随姚鼐学古文,与方东树、梅曾亮、管同并为姚鼐高足。虽有文才,然屡试不售。张舜徽《清人文集别录》称刘开:"为文气积势盛,纵横排宕,在姚门诸子中,最为雄健矣。所为骈文,亦沉博绝丽,自成一体。"著有《孟涂诗文集》。

问说[1]

君子之学必好问。问与学,相辅而行者也。非学无以致疑[2],非问无以广识[3]。好学而不勤问,非真能好学者也。理明矣,而或不达于事;识其大矣,而或不知其细;舍问,其奚决焉?贤于己者,问焉以破其疑,所谓"就有道而正"也[4];不如己者,问焉以求一得[5],所谓"以能问于不能,以多问于寡"也[6];等于己者,问焉以资切磋[7],所谓交相问难,审问而明辨之也[8]。《书》不云乎:"好问则裕[9]。"《孟子》论"求放心",而并称曰"学问之道"[10],学即继以问也。子思言"尊德性",而归于"道问学"[11],问且先于学也。

古之人虚中乐善[12],不择事而问焉,取其有益于身而已。是故狂夫之言,圣人择之[13];刍荛之微,先民询之[14]。

舜以天子而询于匹夫[15]，以大知而察及迩言[16]，非苟为谦，诚取善之弘也。

三代而下[17]，有学而无问。朋友之交，至于劝善规过足矣[18]。其以义理相咨访[19]，孜孜焉唯进修是急[20]，未之多见也，况流俗乎？是己而非人[21]，俗之同病。学有未达，强以为知；理有未安，妄以臆度。如是，则终身几无可问之事。贤于己者，忌之而不愿问焉；不如己者，轻之而不屑问焉；等于己者，狎之而不甘问焉。如是，则天下几无可问之人。人不足服矣，事无可疑矣，此唯师心自用耳[22]。夫自用，其小者也。自知其陋而谨护其失[23]，宁使学终不进，不欲虚以下人，此为害于心术者大，而蹈之者常十之八九。不然，则所问非所学焉，询天下之异文鄙事以快言论[24]；甚且心之所已明者，问之人以试其能。事之至难解者，问之人以穷其短[25]。而非是者，虽有切于身心性命之事[26]，可以收取善之益[27]，求一屈己焉而不可得也[28]。

嗟乎！学之所以不能几于古者[29]，非此之由乎[30]？且夫不好问者，由心不能虚也；心之不虚，由好学之不诚也。亦非不潜心专力之故，其学非古人之学，其好亦非古人之好也。不能问，宜也。

"智者千虑，必有一失"。圣人所不知，未必不为愚人之所知也；愚人之所能，未必非圣人之所不能也。理无专在[31]，而学无止境也。然则问可少耶？《周礼》，外朝以询万民[32]，国之政事尚问及庶人[33]。是故贵可以问贱，贤可以问不肖,而老可以问幼,唯道之所成而已矣[34]。孔文子不耻下问,夫子贤之[35]。古人以问为美德,而并不见其有可耻也。后之君子,反争以问为耻。然则古人所深耻者,后世且行之而不以为耻者多矣,悲乎!

〔1〕本文多角度地论述了学问中"问"的重要性。唐代的韩愈在《师说》中提出:"无贵无贱,无长无少,道之所存,师之所存也。"刘开此文则强调:"贵可以问贱,贤可以问不肖,而老可以问幼,唯道之所成而已矣。"二者遥相呼应,从不同的侧面阐释了求学应当虚心勤问的道理。刘开是桐城派古文的重要传人,而本篇又着意模仿韩愈的《师说》,所以文章写得古朴酣畅,说理明白透彻,善用对比和排比手法,尤其是对古代典籍的引用,更是做到了信手拈来,极其熟练。这些都比较鲜明地体现出了桐城派散文的特点。问说,关于求学应当勤问的论说。

〔2〕致疑:得出疑问。

〔3〕广识:增长见识。

〔4〕就有道而正:向掌握了真理的人求教以纠正谬误。语出《论语·学而》:"子曰:君子食无求饱,居无求安,敏于事而慎于言,就有道而正焉,可谓好学也已。"

〔5〕一得:一点点所得。语出《史记·淮阴侯列传》:"智者千虑,必有一失;愚者千虑,必有一得。"

〔6〕"以能"二句:有才能的人向没有才能的人请教,知识多的人向知识少的人请教。语出《论语·泰伯》:"曾子曰:以能问于不能,以多问于寡;有若无,实若虚;犯而不校。昔者吾友尝从事于斯矣。"

〔7〕以资切磋:借以共同探讨。语出《诗·卫风·淇奥》:"有匪君子,如切如磋,如琢如磨。"

〔8〕审问而明辨:详细询问,认真辨别。语出《礼记·中庸》:"博学

之,审问之,慎思之,明辨之,笃行之。"

〔9〕好问则裕:喜欢求教就能使自己知识丰富。语出《书·仲虺之诰》:"好问则裕,自用则小。"

〔10〕"孟子论"二句:语出《孟子·告子上》:"学问之道无他,求其放心而已矣。"求放心,找回放失了的善良的本心。

〔11〕"子思"二句:语出《礼记·中庸》:"故君子尊德性而道问学。"子思谈论重视品德修养问题时,最终归结为好问勤学。子思,孔子的孙子孔伋,传说他是《中庸》的作者。

〔12〕虚中乐善:虚心采纳善言善行。中,心中。

〔13〕"是故"二句:因此对于狂夫之言,孔子也能听取。典出《论语·微子》:"楚狂接舆歌而过孔子曰:'凤兮凤兮,何德之衰!往者不可谏,来者犹可追。已而已而,今之从政者殆而。'孔子下,欲与之言。趋而辟之,不得与之言。"

〔14〕"刍荛(chú ráo 除饶)"二句:典出《诗·大雅·板》:"先民有言,询于刍荛。"古圣先王曾向割草砍柴的人请教。刍荛,割草砍柴的人。先民,指古圣先王。

〔15〕匹夫:指平民百姓。

〔16〕"以大知"句:典出《礼记·中庸》:"舜其大知也与?舜好问而好察迩言。"大知,大智,知通"智"。迩言,浅近的言论。

〔17〕三代:夏、商、周。

〔18〕"朋友"二句:朋友之间的交往,能够做到鼓励做好事,规劝不做坏事,就很不错了。

〔19〕咨访:询问,请教。

〔20〕"孜孜"句:急切地进德修业。孜孜,勤勉的样子。进修,进德修业。语本《易·乾·文言》:"君子进德修业。忠信,所以进德也;修辞立其诚,所以居业也。"

〔21〕是己而非人:以己为是,以人为非。

〔22〕师心自用:自以为是,固执己见。师心,以己心为师,不愿向他人请教。

〔23〕谨护其失:严密地掩盖自己的短处。

〔24〕异文鄙事:奇字僻典和琐屑的事物。快言论,以言论取乐。

〔25〕穷其短:追问人家所不会的事物。

〔26〕"虽有"句:即使有与品德修养密切相关的事情。性命,代指人与生俱来的善性。

〔27〕取善之益:指得到教诲的好处。

〔28〕屈己:压低自己,指向他人请教。

〔29〕几(jī 机)于古:接近于古人。

〔30〕此之由:由此,因为这。

〔31〕理无专在:真理不可能永远在谁一边。

〔32〕"外朝"句:语出《周礼·秋官·小司寇》:"小司寇之职,掌外朝之政,以致万民而询焉。"朝堂之外向万民请教。

〔33〕庶人:平民百姓。

〔34〕道之所成:在学术和道德修养方面有所成就。

〔35〕"孔文子"二句:典出《论语·公冶长》:"子贡问曰:'孔文子何以谓之文也?'子曰:'敏而好学,不耻下问,是以谓之文也。'"孔文子,春秋时卫国大夫孔圉,其谥号为"文"。

路　德

路德(1784—1851),字闰生,陕西盩厔(今陕西周至)人。嘉庆十四年进士,改翰林院庶吉士,散馆授户部主事。十八年,考补军机章京。以母老,不复仕。历主关中、宏道、象峰、对峰各书院,门下先后著籍弟子千数百人。著有《柽华馆全集》十二卷。其门人阎敬铭称其"怀抱峻洁,遗弃荣利,言学言理,切近踏实,一无门户标榜。志行道力,读是集者可窥其旨,讵才人文士可同日语哉!"

墨子论[1]

余方读《墨子》,有客排闼入[2],坐良久[3],见几上书[4],取视之,曰:"《墨子》也,读何为?"

余曰:"将用之。"

客曰:"用之文乎?"

余曰:"作文用之,日用间吾亦用之[5]。"

客诧曰:"吾以子为儒者也[6],今乃为墨者乎[7]?"

余曰:"吾之用墨,非有慕于墨也,亦非援墨而入儒也[8]。吾悲夫世之命为儒者,大率皆杨子之徒也[9]。

"服儒服,诵儒书,其处乡里也,赡身家而已,视亲族之饥寒,朋友之患难,漠然若秦越也[10]。问其故,曰:'吾不如此,将损吾财,劳吾力,不如置之。'及其一行作吏也[11],保禄位而已[12],视闾阎之疾苦[13],愚夫妇之冤抑,漠然若秦越也。问其故,曰:'吾不如此,将殚吾心[14],困吾智,且危吾官,不如置之。'呜呼!此即杨子不拔一毛之意也。

"墨子则不然:不累于俗,不苟于人,不忮于众,沐风栉雨,日夜不休[15]。其说行于衰周之末,一时若苦获、己齿、邓陵子之属俱诵《墨经》[16];厥后宋钘、尹文闻其风而悦之[17]。彼时人心风俗犹未若后世之薄也,是以墨子之说得行乎其间。

"但其为人太多,其自为太少,其道大觳,其行难为[18]。孟子恶其贼道[19],故力距之[20]。其言曰:'能言距杨墨者,圣人之徒也。'

"孟子虽并称杨、墨,其实距墨易,距杨难。何也?

"墨子之道,爱人济物之道也[21],惟有心于民物者能为之[22],其他赡身家保禄位之人,虽劝勉之,亦断乎不为。杨子之道,自私自利之道也。自私自利,人情类然,末俗尤甚,不必归杨[23],而所为动与杨合,是即杨子之徒也。

"孟子纵不距墨,后世亦断无墨者;孟子虽竭力距杨,亦但能使杨子之说不行于天下,而不能使万世自私自利之人不生于天下。归杨者可距,不归杨而动与杨合者不可胜距[24]。

"使孟子生于今日,遇有墨子其人者,必且嘉叹之,奖励之,以为爱人济物者劝[25];且使自私自利者愧前日之所为,而翻然有志于民物,必不以贼道之说斥之矣。

"孟子所言,儒道也。儒道爱人[26],墨子则兼爱[27];儒道利天下[28],墨子则摩顶放踵而为之[29]。爱人,仁也,兼则过矣;利天下,仁也,摩顶放踵则过矣。墨子盖以儒道为未足,而思有以胜之,所谓贤者之过也[30]。

"其道非儒[31],其意则不背于儒。朋友死,无所归,曰:'于我殡[32]。'斯言也,儒者言之,墨子亦能言之,杨子必不敢言矣;天下之饥犹己饥,天下之溺犹己溺[33]。斯心也,儒者有之,墨子亦尝有之,杨子必不能有矣;无求生以害仁,有杀身以成仁[34]。斯事也,儒者为之,墨子亦能为之,杨子必不肯为矣。

"从墨子之道,则富拯贫,贵庇贱,强扶弱,智诲愚。民康物阜[35],勤素成风[36]。禁攻寝兵[37],狱讼衰息。虽毁礼乐,薄祭葬[38],准以儒道[39],不能无乖[40],要不害为治世[41]。

"从杨子之道,将使富者生,贫者死,贱者悲,贵者喜,强者智者务为自全[42],弱者愚者举不得免[43]。臣不忠其事,子不竭其力,兄弟不同其心。虽人人服儒服,诵儒书,而生理固已灭矣[44],尚何人心风俗之有哉!

"吾之用墨,非敢叛孟子也,诚欲力矫夫杨子之徒之所为也[45]。"

客曰:"子之用心,真儒者也。不自居于儒,而假道于墨[46],独不虑儒者讥乎?且儒墨并举,两相比较,谓非援儒入墨,其谁信之?"

余曰:"子何过誉我哉[47]?儒者寡过[48],吾之过多矣;儒者不近名[49],吾之名心未能克也[50],吾何敢自居哉?若杨子所为,则吾断断不忍。子谓吾假道于墨,不犹愈于假道于儒而归宿于杨者乎?谓吾援儒入墨,不犹愈于冒儒之名以取杨之实者乎?今之士大夫何人非儒,问真儒有几人哉[51]?吾阅人多矣,未尝见一墨者也,杨子之徒遍天下矣!"

〔1〕本文以对话体的形式表达了作者的见解:墨子与儒者有一致的地方,故孟子曾以墨化杨朱之徒,即"假道于墨";而今世无真儒,无墨者,皆杨子之徒。

〔2〕排闼(tà 踏):推门。

〔3〕良久:很久。

〔4〕几:小桌子。

〔5〕日用:日常生活的应用。

〔6〕儒者:信奉孔、孟修齐治平学说的读书人。

〔7〕墨者:墨家的学者和门徒。

〔8〕援墨入儒:把墨家学说引进到儒家学说中。

〔9〕杨子:杨朱,战国时魏人,字子居。又称杨子、阳子或阳生。后于墨翟,前于孟轲。其学说重在爱己,不以物累,不拔一毛以利天下。与墨家的"兼爱"学说相反,同为孟子斥为异端。其学说散见于《孟子》、《庄子》、《荀子》、《韩非子》中。《列子》有《杨朱篇》,但不尽可信。

〔10〕秦越:春秋时代的秦、越两国,秦在西北,越在东南,相去极远。故言疏远者常以秦越作比喻。

〔11〕一行作吏:一经作官。

〔12〕禄位:指官职。

〔13〕闾阎:本指里巷的门,借指里巷,亦借指平民。疾苦:人民的痛苦。

〔14〕瘅:病。通"瘅"。

〔15〕"墨子则不然"七句:语出《庄子·天下》:"不累于俗,不饰于物,不苟于人,不忮于众,愿天下之安宁以活民命,人我之养毕足而止,以此白心,古之道术有在于是者。""昔禹之湮洪水……沐甚雨,栉疾风,……使后世之墨者,多以裘褐为衣,以跂蹻为服,日夜不休,以自苦为极。""苟",应作"苛",苛求。不忮于众,不违反人情。

〔16〕"一时"句:苦获、已齿、邓陵子,皆南方之墨者。《墨经》,《墨子》卷十有《经上》、《经下》两篇。事见《庄子·天下》。

〔17〕"宋铏"句:宋铏、尹文听到这种风尚很喜欢它。事见《庄子·天下》。厥后,其后。

〔18〕"其为人"四句:语出《庄子·天下》:"其生也勤,其死也薄,其道大觳;使人忧,使人悲,其行难为也,恐其不可以为圣人之道,反天下之心,天下不堪。""其为人太多,其自为太少。"觳(què 却),苛刻。其行难为,他的主张实行起来很困难。

〔19〕贼道:危害真理。

〔20〕距:抵制。

〔21〕济物:助人。

〔22〕民物:人与物。

〔23〕归杨:归附杨朱一派。

〔24〕不可胜(shēng 声)距:不可能全部加以抵制。

〔25〕劝:鼓励。

〔26〕儒道爱人:《孟子·离娄下》:"仁者爱人。"

〔27〕兼爱:爱无差(cī 此阴平)等,不分厚薄亲疏。《墨子》有《兼爱》上、中、下三篇。

〔28〕儒道利天下:儒家学说主张自修身以至平天下(使天下太平)。

〔29〕摩顶放踵:从头顶到脚跟都磨伤了。《孟子·尽心上》:"墨子兼爱,摩顶放踵,利天下为之。"

〔30〕贤者之过:《礼记·中庸》:"贤者过之。"聪明的人超过(中庸)的限度。

〔31〕非儒:(墨子)反对儒家学说。

〔32〕"朋友死"四句:见《论语·乡党》。朋友死了,没人管。孔子说:"由我来负责丧事。"

〔33〕"天下之饥"二句:《孟子·离娄下》:"禹思天下有溺者,由己溺之也;稷思天下有饥者,由己饥之也。"由,同"犹",好像。

〔34〕"无求生"二句:《论语·卫灵公》:"志士仁人,无求生以害仁,有杀身以成仁。"

〔35〕民康物阜:人民安乐,物产富足。

〔36〕勤素:勤俭。

〔37〕禁攻寝兵:《庄子·天下》:"见侮不辱,救民之斗,禁攻寝兵,救世之战。"寝兵,停息干戈。

〔38〕"毁礼乐"二句:俱见《庄子·天下》。

〔39〕准以儒道:以儒家学说为准则。

〔40〕乖:背离。

〔41〕治世:太平安定的时代。

〔42〕自全:保全自己。

〔43〕举:全。

〔44〕生理:谋生之道。

〔45〕矫:纠正。

〔46〕假道:借用其法。

〔47〕过誉:过分称赞。

〔48〕寡过:《论语·宪问》:"夫子欲寡其过而未能也。"寡,减少。

〔49〕近名:追求名誉。

〔50〕名心:好名之心。克:消除。

〔51〕真儒:真正名副其实的儒生。

潘德舆

潘德舆(1785—1839),字彦辅,一字四农,江苏山阳(今淮安)人。道光八年举人。十五年大挑知县,分发安徽,未赴卒,年五十五。以为挽回世运莫切于文章,其用在有刚直之气,以起人心之痼疾,而振作一时之顽懦鄙薄。故其为文,入幽出显,沉痛吐露。著有《养一斋集》十六卷,《养一斋诗话》十卷。河督东昌杨以增读其遗集,叹曰:"此今之大贤也!二百年来以利禄为学,欺世而盗名者殆不乏人。先生知其流失将无底止,而思有以解其症结,使反而求诸本原之地,岂非大贤乎?"

震峰老人传[1]

邑之寿者,震峰老人为之冠[2]。震峰者,里中薛翁字也。翁名乘时[3],武学生[4],年九十一矣,视其面,如六十许人。里人曰:"翁杜门习静,不与外事[5],其寿固宜。"翁闻之,笑谢而已。

翁终岁无一日废书,九经正史[6],百家杂技[7],诗赋方外[8],无不读。有难字[9],忘齿下问[10],答者颠顸[11],则历检积册[12],必尽释乃已。早起钞撮校雠[13],夜披衣坐绎疑义[14]。子姓熟谏[15],则曰:"书者,吾冬之炉、夏之扇也。"夏秋间滞下十馀日[16],书犹不去手[17]。

年跻上寿[18],垂帘燕坐[19],头颈必中[20],肩背必竦直[21],手足坚定无妄动。客至,衣冠祗饰[22],趋送揖拜如习礼少年[23]。无狂喜盛怒,市井无赖语一世未出口。生计委子孙[24],寒风败屋,神采煨然[25]。

余每谒翁,退必喟然曰[26]:"庄生云:养形之人,为寿而已矣[27]。翁非其人也。余所见文士,轻惰僄弃[28],遭长者不屑一挥[29],持大言压其坐人[30],多矣,翁何其恭也?昔孔子射于矍相之圃,有好学不倦、好礼不变、旄期称道不乱者,乃延入[31]。翁其射此鹄者欤[32]!先王六艺之教,根心术,达性命[33],克寿之符[34],不在导引习静,决矣。荀子曰:'食饮衣服,居处动静,由礼则和节,不由礼则触陷生疾[35]。'善夫[36]!"

〔1〕本文为薛乘时作传,专写其长寿及长寿的原因。作者最后认为长寿非由养形,纯由读书好礼所致。如此作结,既呼应第一段里人之言,又深进一层说明其寿高的真正原因。

〔2〕冠(guàn 贯):超出众人,位居第一。

〔3〕乘:读 chéng 成。

〔4〕武学生:清代设立武学,招收生员,学习军事。各府、州、县的武学都附于儒学,习骑射,并教以《武经七书》、《百将传》等。

〔5〕与(yù 玉):参与。

〔6〕九经:儒家奉为经典的九种古籍。名目不一,最早见于《汉书·艺文志》:《易》、《书》、《诗》、《礼》、《乐》、《春秋》、《论语》、《孝经》、小学(文字学)。正史:乾隆四年,规定从《史记》到《明史》共二十四种史

籍为正史。

〔7〕百家:指先秦诸子。杂技:各种游戏技艺的总称。

〔8〕方外:世外,谓超然于世俗礼教之外。语出《庄子·大宗师》:"彼游方之外者也。"这里是指佛、道两家的经典。

〔9〕难字:费解的字。

〔10〕忘齿:忘记自己的年龄。下问:向年龄小辈份低的请教。

〔11〕颟顸(mān hān 满阴平憨):含胡,说不清楚。

〔12〕积册:堆积得很高的书本。

〔13〕钞撮:钞写和提要。校雠:核对书本,纠正错误。

〔14〕绎:寻求,推究。

〔15〕子姓:子孙。熟谏:多方劝阻。

〔16〕滞下:大便不畅。

〔17〕不去手:不离手。

〔18〕跻(jī 机):登。上寿:高龄。《庄子·盗跖》:"人上寿百岁。"王充《论衡·正说》:"上寿九十。"嵇康《养生论》:"上寿百二十。"

〔19〕燕坐:闲坐。

〔20〕中:不偏不歪。

〔21〕竦直:端直。

〔22〕祗(zhī 支)饰:整饬。

〔23〕习礼少年:刚刚学习趋送揖拜的青年人。

〔24〕生计:谋生之计。委:付托。

〔25〕神采:人的精神,风采。煖然:疑为"焕然",红光满面。

〔26〕喟(kuì 愧)然:叹声。

〔27〕"庄生"三句:《庄子·刻意》:"吹呴(xǔ 许)呼吸,吐故纳新,熊经鸟申,为寿而已矣。此导引之士,养形之人,彭祖寿考者之所好也。"

〔28〕僄(piào 票)弃:《荀子·修身》:"怠慢僄弃,则炤之以祸灾。"

僄弃,自暴自弃。

〔29〕长(zhǎng涨)者:年长父兄之称。

〔30〕大言:夸大的话。坐人:同坐的一伙人。坐,亦作"座"。

〔31〕"昔孔子"三句:《礼记·射义》:"孔子射于矍(jué决)相之圃,盖观者如堵墙。射至于司马,使子路执弓矢出延射曰:……序点又扬觯(zhì至)而语曰:'好学不倦,好礼不变,旄期称道不乱者,不在此位也。'盖廑(jǐn仅)有存者。"旄,通"耄"(mào冒),八十、九十曰耄。期,期颐,百岁。称道不乱,讲述道理时,头脑清晰,毫不混乱。不在之"不",句首助词,无义。廑,同"仅"。仅有存者,留下的人不多。

〔32〕鹄(gǔ古):箭靶的中心。《礼记·射义》:"故射者各射己之鹄。"

〔33〕"先王"三句:古先哲王以六艺教人,使它们生根于人的思想里,从而通达到人的性格和命运。六艺,礼、乐、射、御、书、数。心术,思想和心计,正确或错误的思想导引出来的处世方法。性命,据《易·乾》"各正性命"孔颖达疏:性,天生之本质,如刚直、柔和、缓慢、急躁的不同。命,人所受于天者,如贵、贱、寿、夭之类。

〔34〕符:征兆,事先显示的迹象。

〔35〕"荀子"五句:见《荀子·修身》。和节,和谐,协调。触,感冒风湿。陷,沉沦重病中。

〔36〕善夫(fú服):说得多好啊!

黄本骥

黄本骥,字仲良,号虎痴,湖南宁乡人。道光元年(1821)举人,官黔阳教谕。淹通经史,尤癖爱金石,有痴名。尝聚秦汉以来金石文字数百种,及古琴、刀布等,名其居曰三长(zhàng 仗)物斋。著有《三长物斋丛书》。林润东序其文,谓其"持论正大,一衷至道,而又不欲拾人唾馀,每一落笔,必有自出机轴处"。王金策亦称"湖湘名士言博赡者,以虎痴为首。……而其所沉浸薰染于周秦两汉蠹金残石间者,悉郁为醇懿渊穆光怪陆离不可掩遏之气,而沛然汩然一发之于文与诗。"

嘉善徐君兴黔西橡茧说[1]

朝廷设官,凡以为民也[2]。或以利小而不必为,或以官卑而不能为,故设官虽众,而有益于民者卒少[3]。然利之大者,往往由纤细而兴,官之尊者,或不能久于其任,欲兴一利,民难遍喻,以致旋兴而旋废。不若利小则用力不劳,推而行之,易于久远;官卑则身与民近,指而导之,易于率从[4]。要非具大本领负大经济者[5],不能感孚甚速而流誉于无穷也[6]。

若嘉善徐君兴橡茧之利于黔之正安[7],是真有益于民者也。君之阶[8],一吏目耳[9]。由吏目而上,正从之阶凡十数级[10],孰不欲为民兴无穷之利？然利未兴,而害辄随之。即使无害,亦且流弊百出,阻挠万端。非利之不可兴也,盖所兴之利,非切中民要[11]。以好名之心,干违道之誉[12],故其利善创而不善因[13],而其名亦可暂而不可久。

橡茧之利,因其土宜橡,故教民种橡；因橡之宜于蚕也,故教民饲蚕。而衣被之利[14],遂及四方。使必泥前人九州之土皆可蚕桑之说[15],谓茨充治桂阳[16],课民种桑,黔西之土独不可桑乎？是犹强民所难[17],而非因民之利而利之也。

且橡之为类,见于经典者[18],曰栩[19],曰栎[20],曰柞[21],曰杼[22],皆是物也[23]。其材可为薪炭,其芽可代茗饮[24],其实可供染皂之用[25],可疗肠胃之疾,可充俭岁之粮[26],独未闻其叶可以饲蚕。自徐君兴一利而百利具焉,岂仅遵义橡蚕得与吴越桑丝比价乎[27]？宜其庆流后裔[28],占籍于黔[29]、楚[30]、浙三省者,皆科名鼎盛[31]。而黔人之食其利者,于百馀年后,犹尸而祝之[32]。既私祀于社[33],复专请于朝,专祀名宦[34],以报其功。是非具大本领,负大经济,其能因一时兴利而能成不朽之令名乎[35]？

君名阶平,字荀令,生平行事,具新化邓君显鹤所撰神道碑铭[36],不具述[37]。

〔1〕本文赞颂了徐君能切中民要而为民兴利,不教民种桑而种橡。文章写得很浅显,而意味深,特别对现在所谓"形象工程"、"政绩工程"

种种坑民害民者有极大的教育意义。

〔2〕凡:完全是。

〔3〕卒:终于。

〔4〕率从:遵循,服从。

〔5〕要:总之。经济:经国济民之才。

〔6〕感孚:感动对方获得其信任。流誉:流传好名声。

〔7〕嘉善:县名。属浙江省。橡:栎树的果实。茧:蚕成蛹期前吐丝所做的壳。蚕茧是缫丝以织物的原料。黔(qián前):贵州省的简称。正安:县名。属贵州省遵义府。

〔8〕阶:官阶。

〔9〕吏目:官名。清代于各州置吏目,掌管缉捕、守狱及文书等。

〔10〕正从:官有九品,皆有正有从。正,正职;从,副职。

〔11〕民要:人民最需要的。

〔12〕干:求。

〔13〕创:创始。因:继承。

〔14〕衣(yì义)被:犹言给人衣服穿,比喻加惠于人。

〔15〕泥(nì昵):拘泥。九州:中国古代将国土划分为九个州。说法不一,如《书·禹贡》称为冀、豫、雍、扬、兖、徐、梁、青、荆。

〔16〕茨充:字子河,宛人。举孝廉。汉光武帝建武中拜桂阳太守,教民种植桑柘麻纻之类,劝令养蚕织屦,民得利益。

〔17〕强(qiǎng抢):强迫。

〔18〕经典:旧指作为典范的经书。

〔19〕栩(xǔ许):木名。柞树。《诗·唐风·鸨羽》:"肃肃鸨羽,集于苞栩。"

〔20〕栎(lì立):木名。又名械、栩。《诗·秦风·晨风》:"山有苞栎,隰有六驳。"

〔21〕柞(zuò 作):木名。即柞栎。《诗·大雅·緜》:"柞棫拔矣,行道兑矣。"柞栎即栩。

〔22〕杼(zhù 住):木名。即柞树。《尔雅·释木》:"栩,杼。"注:"柞树。"

〔23〕是物:这种植物。

〔24〕茗(míng 名)饮:茶。

〔25〕染皂:黑色染料。

〔26〕俭岁:歉收的年成。

〔27〕吴越:今江苏与浙江。比价:同等价格。

〔28〕庆:幸福。

〔29〕占籍:自外地迁至新地,成为有户籍的当地居民。

〔30〕楚:今湖北省。

〔31〕科名:科举考试中经乡试、会试录取之称。鼎盛:昌盛。

〔32〕尸祝:立尸(代表鬼神受享祭的人)而祝祷之,表示崇敬。

〔33〕社:祭土神的庙。

〔34〕名宦:古代方志有"名宦"一栏,记载本地历史上有名的官吏。

〔35〕令名:美名。

〔36〕新化:县名。清代属湖南省宝庆府。邓显鹤(1777—1851):字子立,号湘皋,新化人。嘉庆九年举人。官宁乡训导。一意表章先哲。著述甚多。有《南村草堂诗钞》二十四卷,《文钞》二十卷,等。神道碑铭:立在墓道上的碑,上记死者生平功德,最后加上铭文(概述死者功德的韵语)。

〔37〕具述:全部叙述。

姚　莹

姚莹(1785—1852),字石甫,安徽桐城人。嘉庆十三年(1808)进士。历官至台湾道,加按察使衔。英人来犯,莹击败之,进阶二品。和议成,被诬为冒功欺罔,逮问,下刑部狱,旋被释,以知州用。文宗即位,命为湖北盐法道,升广西按察使。后署湖南按察使,卒于官。著有《中复堂全集》。方东树称其文"明秀英伟",汪廷珍称其文"心平论笃,兼汉宋之长而通其邮;气盛言宜,得马韩之神而无其迹。"李兆洛称其"陈事由其几(jī机)深,尚论该乎通变。"《清史列传》称其"文章善持论,指陈时事利害,慷慨深切,异乎世以苶弱枯涩为学桐城者。"

桂警轩记[1]

县署敬思堂之西偏有轩[2],钱塘袁君颜之曰双桂[3]。庭有二桂,故名也。

桂之华常以秋[4],秋或再华,盛者三而止。春夏秋冬各一华者,俗言四季桂也;月一华者,俗言月桂也。然皆有歇时,即盛亦旬日,歇乃复华。

闽地气暖,华不以常候[5]。余来平和之冬,廨内桃与梅、桂同时大盛[6],不足异也。独二桂自闰六月至于今正月,繁华未常歇[7]。老吏窃异之[8],以为数十年未有,殆其瑞乎[9]?相率而请易名以宠之[10]。

余谓物忌太盛,英华既竭则衰[11],此恒理也[12],愚人乃或指为祥瑞,遂侈大之[13],以为感应之美[14]。夫物理之感应岂必尽无,要必有盛德异政乃足当之[15]。否则妖[16],盖以警夫贪残昏暴者,使知改勉耳。

余不德,治此八月矣,殚心竭虑[17],夙兴夜寐[18],以求士民之安而不得[19]。虽免贪残昏暴之讥,要未足言感应,奚瑞之有哉[20]!意者嘉桂示异以警之也[21],敢不益戒慎以自厉[22]?乃更颜曰桂警[23],且夕处此,可以鉴观云尔[24]。

嘉庆二十年上元日[25],桐城姚莹记。

〔1〕此文为作者中进士后初仕为福建平和县知县时所作。桂花开落有常,然县署双桂八月长开,吏役要改题匾名以志庆,而作者却改题匾名以自警。此文显示出作者力戒贪残昏暴、力求盛德异政的愿望。衡以其毕生事迹,完全不负所言(他在湖南按察使任上,是以积劳卒于官的)。

〔2〕轩:小室。颜之:为此轩题写匾额。

〔3〕钱塘:县名。清代为浙江省治,杭州府亦治此。

〔4〕华(huā花):花,开花。

〔5〕常候:通常固定的时节。

〔6〕廨(xiè谢):官舍。

〔7〕繁华:繁盛的花朵。

〔8〕老吏:衙署中年老的差(chāi拆)役。

〔9〕瑞:祥瑞。古人迷信,常常附会自然界出现的某种现象,认为是吉祥之兆。

〔10〕相率:相从。易名:改换匾额上"双桂"两字,另选佳名。宠:表示对它的敬爱喜庆。

〔11〕英华:花木的精华。

〔12〕恒理:常理。

〔13〕侈大:夸张。

〔14〕感应:封建迷信以为人有善行,天即赐福;人有恶德,天即降惩。此处指吏役们认为双桂花开八个月而不谢,是姚莹善政的感召。

〔15〕要:总之。

〔16〕妖:怪异邪恶的事物。

〔17〕殚心竭虑:竭尽心力,思考谋划。

〔18〕夙兴夜寐:早起晚睡。

〔19〕士民:读书人和普通老百姓。

〔20〕奚:何。

〔21〕意者:猜测。者,助词无义。

〔22〕益:更加。戒慎:警戒、小心。自厉:鞭策自己。

〔23〕更(gēng耕)颜:改题。

〔24〕鉴观:仔细观察,时时警惕。云尔:句末助词,等于"如此而已"。

〔25〕上元日:农历正月十五日。

十幸斋记[1]

十幸斋者,幸翁自名其室也[2]。翁生六十五年矣,生平幸得于天者十事，以名其室而为之辞焉。

人生有托，使在荒裔绝域或僻陋之乡[3]，则蠢然没世已耳[4]，翁生桐城文物之邦[5]，其幸一也。

通邑百族[6]，编氓微姓多矣[7]，而生于麻溪姚氏，代有名贤，学问、文章、道义、宦绩，渊源有自[8]。其幸二也。

不好为制举之文[9]，然一再童试[10]，遂入郡庠[11]；一试于乡而得举[12]；一试礼部而成进士[13]。其幸三也。

时年方少，使竟出仕，其于国事吏治民生未之有学，贻误必多。而放归八年，周历世事，然后为吏，且空乏其室，拂乱所为，得以动心忍性[14]。其幸四也。

其性拙直，其行孤危[15]，所至士民好之，而扼于上官长吏[16]，宜将困踬以终矣[17]。天子明诏大臣露章荐贤[18]，遂以县令为江督陶公[19]、苏抚林公以其名上[20]。陶公称之曰："精勤卓练[21]，有守有为[22]。"林公称之曰："学问优长[23]。所至于山川形势，民情利弊，无不悉心讲求，故能洞悉物情，遇事确有把握。前在闽省，闻其历著政声。自到江南，历试河工[24]、漕务[25]，词讼听断，皆能办理裕如[26]。武进士民至今畏而爱之[27]。"其在台湾也，闽抚刘公称之曰[28]："经济根于学问[29]，正直而能通达，讨逆平叛[30]，功绩昭著，洵海外之保障[31]。"此三公贤者，先后荐之，天子用之，天下信之。其幸五也。

台湾之狱[32]，江广闽粤四省大帅为夷所慑[33]，弹章相继[34]，或且为书遍布京师曰："不杀镇道，无以谢夷而坚和约。"然而朝野之情殊不谓然，论救之章相继。圣主亦念其劳，为之昭雪[35]。其幸六也。

生长中国，于异域地形风土，多所茫昧。一再出关[36]，西至喀木[37]，殊方情事[38]，瞭然可征[39]。其幸七也。

既受殊恩[40]，方在迁谪[41]，断无引退之理[42]。乃或荐之边徼[43]，或沮使勿行[44]，遂得全身而退[45]。其幸八也。

贫士以禄为养[46]，去官不能家食[47]，则有诸公为之推挽[48]，不使途穷[49]。其幸九也。

有妻偕老[50]，和敬无违[51]。有子虽少[52]，诗礼自好，和厚端良，免不肖之忧[53]。其幸十也。

此十者，所不能求之于人、不可必之于天者也[54]。冥冥之中[55]，一若有笃好阴相于翁而维持成全之者[56]，乌能不夙夜耿耿于心哉[57]！

孔子曰："罔之生也幸而免[58]。"翁生虽非罔，而几不能免者数矣[59]，卒皆能免[60]，岂非幸哉？

惟其幸也，是可惧也。黄帝曰："战战栗栗，日甚一日。"[61]翁生六十五年，盖无一日不在战栗中矣，孟子所谓"生于忧患"也[62]。以幸名斋，益自箴焉[63]，无堕晚节[64]，殆终免乎[65]！

以语其友[66]，友曰："信如子言[67]，请识之[68]，以告世之知天者[69]。"

〔1〕本记细叙了十幸斋得名的来由。此文重点在"六幸"、"七幸"。

"六幸"详述陶、林、刘三公的评语,正可显示自己大半生仕途的业绩,从而说明自己是尽人事以俟天命,可见所谓天幸实为人谋。而"七幸"写四省两大帅的弹劾,某些小人的攻击,仍旧无法造成冤案,终于在朝野论救之下,获得昭雪。归根到底,自己之所以"十幸",主要是由于自己充分利用了外在的种种有利条件,尽量发挥自己的主观努力所造成的。

〔2〕幸翁:作者自号。

〔3〕荒裔绝域:边远地区。

〔4〕没世:活一辈子。

〔5〕文物:礼乐典章制度的总称。

〔6〕通邑:交通发达的县。

〔7〕编氓:编入户籍的普通人民。微姓:细小的家族。

〔8〕"而生于麻溪"四句:作者《东溟文集》卷五《桐城麻溪姚氏登科记》谓自明景泰元年(1450)至清嘉庆十六年(1812),共三百六十二年,登科者四十四人,成进士者二十,登仕者百数,有贤良之褒,无贪酷之吏。渊源:事物的本源。

〔9〕制举:科举制度,由皇帝亲自在殿廷诏试。

〔10〕童试:童子在县城考试,中了就是生员(俗称"秀才")。

〔11〕郡庠:府学。

〔12〕乡试:科举时代,每三年,各省集士子于省城,朝廷选派正、副主考官,试四书、五经、策问、八股文等,谓之乡试。中式者称举人。

〔13〕礼部试:又称会试。乡试中式的举人,次年进京会试,中式者称进士。

〔14〕"空乏"三句:《孟子·告子下》:"天之将降大任于斯人也,必先……空乏其身,行拂乱其所为,所以动心忍性,增益其所不能。"空乏,贫穷。拂乱,干扰。动心忍性,提高思想认识,养成坚强性格。

〔15〕行(xìng性):行为。孤危:独立而危殆。

〔16〕扼:压制。

〔17〕困踬:窘迫受挫。

〔18〕明诏:公开下圣旨命令。露章:公开上奏疏。

〔19〕江督陶公:两江总督陶澍(1779—1839),字云汀,湖南安化人。嘉庆七年(1802)进士。道光间历任安徽、江苏巡抚,至两江总督。政绩卓著,士民爱戴。谥文毅。今人整理有《陶澍集》。

〔20〕苏抚林公:江苏巡抚林则徐(1785—1850),字少穆,福建侯官人。嘉庆十六年(1811)进士,道光十二年(1832)升江苏巡抚,十八年任湖广总督。今人整理有《林则徐全集》六卷十册(海峡文艺出版社2002年版)。

〔21〕精勤:专心勤奋。卓练:才力出众,办事练达。

〔22〕有守有为:《书·洪范》:"凡厥庶民,有猷、有为、有守,汝则念之。"有为,有作为;有守,有操守。

〔23〕优长:优异。

〔24〕河工:疏治黄河工程。

〔25〕漕务:办理水路运粮到京城的事务。

〔26〕裕如:从从容容,毫不费力。如,助词无义。

〔27〕武进:县名。属江苏省常州府。

〔28〕闽抚刘公:福建巡抚刘鸿翱(1779—1849),字次白,山东潍县人,嘉庆进士。《清史稿·疆臣年表七》道光二十年(1840)十二月刘鸿翱任福建巡抚,至二十五年二月免。但《清史稿》无刘鸿翱传。著有《绿野斋集钞》。

〔29〕经济:经邦济民之才。根于:植根在。

〔30〕讨逆平叛:道光十年(1830),姚莹任台湾道。"二十一年秋,英兵两犯鸡笼海口,次年正月,又犯大安港。莹设方略,与总兵达洪阿督兵连却之,大有斩获,收前所失宁波、厦门炮械甚多。敌构奸民煽乱,海

寇亦窃发,皆即捕戮,一方屹然。诏嘉奖,加二品衔,予云骑尉世职。"事见《清史稿》卷三八四《姚莹传》。

〔31〕洵:实在,确实。

〔32〕台湾之狱:《清史稿》本传:"及江宁议款求息事(按:即第一个不平等的《南京条约》,当时称《江宁条约》),遂有台湾镇(按:指总兵达洪阿)道(按:指台湾道姚莹)冒功之狱。故事,台湾以悬隔海外,加兵备道按察使衔,得与镇臣专奏事。鸡笼、大安之捷,飞章入告,总督怡良心不平。英兵留驻鼓浪屿,前获俘欲解内廷,势不能达,奏请便宜诛之,以绝后患,已报可,怡良仍令解省。莹与达洪阿谋曰:'大府意欲市德,藉以退鼓浪屿之兵。兵不可退,徒示弱,不如杀之!'怡良愈怒,诸帅并忌之。款议既成,交还敌俘,以妄杀被劾,逮问。莹与达洪阿约,义不与俘虏质,即自引咎。宣宗心知台湾功,入狱六日,特旨以同知直隶州知州发往四川效用,至则复为总督宝兴所忌。"

〔33〕大帅:清代总督综管一省或二、三省的军事和政治,例兼兵部尚书衔,故称大帅。慑:威胁。

〔34〕弹章:弹劾官吏的章疏。

〔35〕昭雪:洗清冤诬。

〔36〕一再出关:《清史稿》本传:"会西藏两呼图克图相争,(总督宝兴)檄往平之。莹谓:'夷人难以德化。失职下僚,孑身往,徒损国威。'不听。及至乍雅,果不得要领而返。总督劾其畏难规避,责再往。事竣,补蓬州。在州二年,引疾归。"

〔37〕喀木:西藏四部之一,又称"康"。

〔38〕殊方:异域。

〔39〕征:验证。

〔40〕殊恩:皇帝所施异常恩惠。

〔41〕迁谪:贬官远地。

〔42〕引退:自请辞职。

〔43〕边徼(jiào 叫):边境。

〔44〕沮(jǔ 举):阻止。

〔45〕全身:保全生命。

〔46〕禄:官吏的俸禄,犹今之工资。养:赡养全家老小。

〔47〕去官:免除官职。家食:不做官领俸,自谋生计。

〔48〕推挽:前拉后推,比喻推荐扶助。

〔49〕途穷:无路可走。

〔50〕偕老:共同生活到老,专指夫妻。

〔51〕无违:《孟子·滕文公下》:"女子之嫁也,母命之,往送之门,戒之曰:'往之女(汝)家,必敬必戒,无违夫子!'"

〔52〕有子:《清史稿》本传:"子浚昌,能继家学。曾国藩以名家子留佐幕,官江西安福、湖北竹山知县。工诗,有《五瑞堂集》。"

〔53〕不肖:不似父之德才。

〔54〕必之于天:要求天一定要做到。

〔55〕冥冥:指有意志的天(神)在高远而暗昧之处。

〔56〕一若:完全像。笃好(hào 浩):厚爱。阴相(xiàng 向):(神)在暗中帮助。

〔57〕乌能:怎么能够。夙夜:从早到晚。耿耿于心:心中不安。

〔58〕"罔之"句:《论语·雍也》:"罔之生也幸而免。"邢昺疏:"罔,诬罔也。"欺骗,虚妄。

〔59〕数(shuò 硕):多次。

〔60〕卒:最后,结果,终于。

〔61〕"黄帝"三句:《淮南子·人间训》尧戒:"战战栗栗,日谨一日。人莫踬于山,而踬于垤。"

〔62〕生于忧患:《孟子·告子下》:"然后知生于忧患而死于安

乐也。"

〔63〕益:更加。箴:告诫。

〔64〕晚节:晚年节操。

〔65〕殆:大概。

〔66〕语(yù 玉):告诉。

〔67〕信:确实。

〔68〕识(zhì 志):记住。

〔69〕知天:了解自然规律。

仆者陈忠传[1]

陈忠,吴人[2],前明探花赠詹事陈文庄公仆也[3]。性嗜酒,遇饮辄醉,而勤练任事,智力过人。幼时,文庄读书,从旁窃窥,口作咿唔声,遂教之读,资不慧而勤苦过学人[4],夏月毒汗被体[5],蚊嚼肤[6],不少倦也。

熹宗朝[7],公始通籍[8]。时政出委鬼[9],朝士多候其门[10]。公既名节自持,而忠亦不屑与豪仆伍[11]。愈饮酒,酒后,则取向所读书随意吟览,或击柱长啸,或拊几痛哭,公亦不之禁。

会朝廷赐忠贤铁券[12],公当草制[13],踌躇未有所定。

夜分,秉烛危坐[14]。忠突至公前,左持壶,右握利刃。公骇,叱之。

忠曰:"主无怒,奴欲请死于主耳[15]!"

色稍定[16]，睨公笑曰[17]："主以魏公何如人也[18]？"

曰："阉也[19]。"

曰："主自视何人也？"

公未应，忠投地大哭，哭已，取壶中酒倾满自酌，慷慨谓公曰："奴少事主泊今日[20]，主遇奴厚。主读千古书，出处进退宜卓然[21]。奴不知魏公何如人，窃见气焰之高[22]，后必倾灭[23]。主今日草制，明日加秩[24]，便为魏公私人[25]。魏公一旦败，主自视何如人也？主遇奴厚，奴不忍见主之败，请死主前报主。"言讫[26]，涕泗交颐下[27]，遽操刀欲自刭[28]。

公大悟，起握其手曰："止，止！吾从汝！吾不草制，吾不草制！"

忠乃喜，叩头，遂饮尽一壶酒。

公喟然叹曰："仁锡男子也，而智出臧获下哉[29]！使忠不以戒仁锡，仁锡不听忠言，千秋万载后谓仁锡何如人也？生我者父母，成我者忠也[30]！今而后请弟畜汝[31]。"

忠辞不获，其后竟与诸陈齿焉[32]。

公以忤旨放归[33]。每宴集宾客，必推忠于己上[34]，而述其言不置口云[35]。

论曰：余从曾祖母[36]，陈文庄公后也[37]。尝过其庐，怀宗御笔在焉[38]，未尝不往复叹息，想见其为人。

忠之事，识者两贤之。士苟耽慕荣利，则逆耳之言必不可入。非忠无以成文庄，非文庄无以纳忠，而世之奴颜婢膝不畏清议者良可愧矣[39]！

〔1〕本文为陈仁锡的仆人陈忠立传，重点写了陈忠力劝陈仁锡不要为魏忠贤草制的事。作者歌颂正义的热情，远非一般迂腐儒生所可企及。而文笔之妙，也从对人物的神态和语言的描摹上充分展现出来。

〔2〕吴：吴县（今江苏苏州）。

〔3〕前明：作者生于清朝，故称明朝为"前明"。探花：科举制度，殿试一甲第三名为探花。赠：朝廷以新官衔追封已故官员。詹事：官名。主管太子宫中内外事务。陈文庄公：《明史》卷二八八《陈仁锡传》：陈仁锡，字明卿，长洲人。年十九，举万历二十五年乡试。天启二年以殿试第三人授翰林编修。寻值经筵，典诰敕。魏忠贤冒边功，矫旨锡上公爵，给世券。仁锡当视草，持不可。其党以威劫之，毅然曰："世自有视草者，何必我！"忠贤闻之怒。不数日，里人孙文豸以诵《步天歌》见捕，坐妖言锻炼成狱，词连仁锡，罪将不测。有密救者，得削籍归。崇祯改元，诏复故官。旋进右中允，署国子司业事，再直经筵。进右谕德，乞假归。越三年，即家起南京国子祭酒，甫拜命，得疾卒。福王时，赠詹事，谥文庄。

〔4〕学人：学生。

〔5〕毒汗：猛烈的汗水。

〔6〕蚊噆（zǎn 暂上声）肤：《庄子·天运》："蚊虻噆肤，则通昔不寐矣。"噆，叮。

〔7〕熹宗：明朝第十五位皇帝。名由校，改元天启。不问朝政，政权完全交付以魏忠贤为首的阉党，以致天下大乱。

〔8〕通籍：指进士初及第。

〔9〕委鬼：吴伟业《绥寇纪略》卷十二："万历末年有道士歌于市曰：'委鬼当头坐，茄花遍地生。'北人读'客'为'楷'，'茄'又转音，魏（忠

贤)客(氏)之兆也。"另见《明史》卷三十《五行志》三。

〔10〕朝士:朝廷的官史。

〔11〕豪仆:豪家的仆人。

〔12〕会:恰遇。铁券:帝王颁赐功臣授以世代享受某种特权的铁契。分左右两份,左颁功臣,右藏内府。如功臣或其后代犯罪,则取券合勘,推念其功,予以赦减。以铁为之,便于长久保存。

〔13〕草制:草拟制书(皇帝诏令中的一种)。

〔14〕秉烛:持烛。危坐:端坐。

〔15〕请死:请允许我死。

〔16〕色稍定:陈公惊骇的面容渐渐平静下来。

〔17〕睨(nì 昵):陈忠斜视。

〔18〕魏公:指魏忠贤。时魏忠贤称"厂臣"而不名,势张甚,外间皆称"魏公"。

〔19〕阉(yān 淹):太监。

〔20〕洎(jì 记):及,到达。

〔21〕卓然:特异貌。

〔22〕气焰:火始燃烧之势。比喻人的气概和声势。

〔23〕倾灭:崩溃灭亡。

〔24〕加秩:升官。

〔25〕私人:有权势者门下的走狗。

〔26〕讫:完。

〔27〕涕泗:眼泪和鼻涕。交颐:纵横满腮。

〔28〕剚(zì 自):刺。

〔29〕臧获:奴婢的贱称。

〔30〕成:成全,使我成为正人。

〔31〕弟畜:把别人当弟弟看待。

〔32〕齿:次列,论叔侄或兄弟排行。

〔33〕放归:被罢官还乡。

〔34〕推于己上:将某人的席位置于自己之上。

〔35〕不置口:不停口。云:句尾助词,无义。

〔36〕从(zòng纵):同一宗族次于至亲者。

〔37〕后:直系后裔。

〔38〕怀宗:明崇祯帝自缢后,南明弘光朝所上谥号。

〔39〕清议:公正的评论。见钱仪吉《书嵇文恭公逸事》注〔9〕。

梅曾亮

梅曾亮(1786—1856),字伯言,上元(今江苏南京)人。道光二年(1822)进士,官户部郎中,晚年主讲于扬州书院。梅曾亮年轻时喜作骈文,后师事姚鼐,颇受赏识,成为桐城派后期的重要作家。为文兼学秦汉,稍变桐城义法。《清史稿·文苑传》称他:"义法本桐城,稍参以异己者之长,选声练色,务穷极笔势。"有《柏枧山房文集》传世。

韩非论[1]

太史公谓韩非引绳墨、切事情,悲其为《说难》而不能自脱[2]。嗟夫!非之为《说难》,非之所以死也。

今人君无贤智愚不肖,莫不欲制人而不制于人,测物而不为物所测[3]。然卒为揣摩智士之所中[4],而不能脱其要领者[5],彼士也阴用其术而主不知,故因势而抵其巇[6]。使知有人焉玩吾于股掌之上而吾莫之遁[7],虽无信臣左右之谗[8],其不能一日容之也决矣[9]。且古今著书立说之士,多出于功成之后者。不然则无意于世[10],以潜其身。今非方皇皇焉入世之网罗[11],独举世主所忌讳者纵言之而使吾畏[12],亦可谓不善藏其用者矣[13]!不然,非之术固士阴挟以结主取济者〔14〕。非独以发其覆而为祸首〔15〕,岂不悲哉!

吾观老子之书,以柔为刚,以予为取〔16〕,处万物所不胜,而视天下不婴儿处女若〔17〕,宜有难免于雄猜之世者〔18〕。然则老子之不知所终〔19〕,其已智及此哉〔20〕!

〔1〕这是一篇风格独特的议论文,借历史人物的命运来阐发作者的政治见解。梅曾亮生活的嘉庆、道光年间,封建君主专制的弊端日益显现。当时的文人要么远离官场,要么老老实实做王权的工具,否则,难免重蹈韩非的覆辙。这或许正是梅氏创作此文的用意所在。从手法上看,本文也较有特色。全文不到四百字,却多角度地剖析出韩非的必死之因,所论极得要领,且曲折赴题,行文有气势,用典自然得体。这些都不同程度地体现出了桐城散文的某些共同特点。韩非,战国末年法家学派的代表人物,与李斯同为荀子的学生,后为李斯所谗,死于秦国狱中。

〔2〕"太史公"二句:司马迁在《史记·老庄申韩列传》中认为韩非推行法度,切中事物的要害,悲叹其写下了《说难》,而自己却无法解脱。太史公,《史记》作者司马迁。绳墨,木匠画直线用的工具,比喻法度或规矩。《说难》,《韩非子》中的篇名,主要阐述游说王侯应注意的事项。

〔3〕测:猜度,推想。

〔4〕揣摩智士:善于揣度的聪明之士。中(zhòng重),指猜中意图。

〔5〕要(yāo腰)领:要通"腰";领,脖子。比喻主旨、纲领或事物的关键。语出《韩非子·说疑》:"虽身死家破,要领不属,手足异处,不难为也。"

〔6〕抵其巇(xī西):攻击其漏洞。抵,击。巇,罅隙。语本柳宗元《乞巧文》:"变情徇势,射利抵巇。"

〔7〕"使知"句:假如知道有人轻易操纵自己而无法逃遁的话。股

掌,比喻极易操纵。语出《国语·吴语》:"大夫种勇而善谋,玩吴国于股掌之上,以得其志。"

〔8〕信臣:信任之臣。

〔9〕决:一定,不可改变。

〔10〕无意于世:指对官场不感兴趣。

〔11〕"今非"句:现在韩非正热衷于官场。方,正。皇皇,同"惶惶",内心不安的样子。语出《礼记·檀弓上》:"皇皇如有望而弗至。"

〔12〕"独举"句:独独列举君主忌讳之事任意谈论,致使君主感到畏惧。纵言,漫谈。吾,代指君主。

〔13〕藏其用:指不显露其具体效用。语出《易·系辞传上》:"显诸仁,藏诸用。"

〔14〕"非之术"句:士本来可以暗中用韩非那套办法结交君主、取得事业上的成功。固,本来。取济,取得成功。

〔15〕发其覆:揭开覆蔽。典出《庄子·田子方》:"微夫子之发吾覆也,吾不知天地之大全也。"

〔16〕"以柔"二句:语出《老子·三十六章》:"将欲夺之,必固与之……柔弱胜刚强。"

〔17〕不婴儿处女若:不像婴儿处女那样无知无欲。宾语前置句。婴儿,形容人始生时无知的样子。语出《老子·二十章》:"我独泊兮其未兆,如婴儿之未孩。"处女,指未嫁之女,比喻对官场没有欲望的人。

〔18〕雄猜:有雄心而多猜忌,多指暴君。

〔19〕不知所终:不知到最后去了哪里。语出《史记·老庄申韩列传》:"老子乃著书上下篇,言道德之意五千馀言而去,莫知其所终。"

〔20〕"其已"句:指老子已经预见到陪伴暴君的凶险。智,通"知",知晓。

447

钵山馀霞阁记[1]

江宁城，山得其半[2]。便于人而适于野者[3]，惟西城钵山，吾友陶子静偕群弟读书所也[4]。因山之高下为屋，而阁于其岭[5]，曰"馀霞"，因所见而名之也。

俯视，花木皆环拱升降，草径曲折可念[6]，行人若飞鸟度柯叶上[7]。西面城[8]，淮水萦之[9]。江自西而东，青黄分明，界画天地。又若大圆镜，平置林表，莫愁湖也[10]。其东南万屋沉沉[11]，炊烟如人立，各有所企[12]；微风绕之，左引右抱[13]，绵绵缙缙[14]；上浮市声，近寂而远闻[15]。

甲戌春[16]，子静觞同人于其上[17]。众景毕见[18]，高言愈张[19]。子静曰："文章之事，如山出云，江河之下水；非凿石而引之，决版而导之者也，故善为文者有所待[20]。"曾亮曰："文在天地，如云物烟景焉；一俯仰之间，而遁乎万里之外，故善为文者，无失其机[21]。"管君异之曰[22]："陶子之论高矣。后说者，如斯阁亦有当焉[23]。"遂书，为之记。

[1] 这是一篇风格独特的游记散文。文章之妙，不仅体现在写景状物，如在目前，更在于立意新颖，不拘常法。作者匠心独具地借助自然景物来阐发文学创作的感受和见解，从而使得抽象的理论见解变得形象可感。这种写法，在以往的游记类散文中显然是不多见的。钵山，山名，在今江苏南京西面。

〔2〕山得其半:山占据了南京城面积的一半。城西北有卢龙山,东北为钟山。

〔3〕适于野:适合于在郊野居住。

〔4〕陶子静:梅曾亮之友,生平不详。

〔5〕阁于其岭:在山顶上修造楼阁。

〔6〕可念:可爱。语出韩愈《殿中少监马君墓志》:"姆抱幼子立侧,眉目如画,发漆黑,肌肉玉雪可念。"

〔7〕"行人"句:山下的行人小得像树枝上飞过的鸟一样。柯叶,枝叶。

〔8〕西面城:山的西边对着南京城。

〔9〕淮水:即秦淮河。源出江苏溧水,流经南京城,入长江。

〔10〕莫愁湖:在今南京城内,相传为古代女子卢莫愁旧居。

〔11〕万屋沉沉:指山下的各种房屋显得很深沉的样子。

〔12〕"炊烟"二句:炊烟像站立着的人在张望一样。企,踮起脚跟,引伸为仰望、盼望的意思。

〔13〕左引右挹:互相牵引。

〔14〕绵绵缗(mín 民)缗:连络不绝的样子。

〔15〕"上浮"二句:炊烟之上飘动着街市上传来的喧哗嘈杂之声,近处寂静,远处的声音则隐约可闻。

〔16〕甲戌:公元 1814 年。

〔17〕觞同人:设宴款待朋友。同人,犹"同仁",志趣相投或共事的人。

〔18〕众景毕见(xiàn 现):各种景致全都显露出来。见,通"现"。

〔19〕高言愈张:各自发表见解高明的言论。张,伸展,引申为畅谈。

〔20〕有所待:有所等待。指写文章要善于等待,蕴蓄成熟,方可下笔。

〔21〕无失其机:不要错失时机。指写文章时要善于捕捉灵感,灵感来无定时,稍纵即逝,切不可错过时机。

〔22〕管君异之:即管同,字异之,与梅曾亮同为桐城派后期重要作家。详见本书小传。

〔23〕"后说"二句:指梅曾亮论文的见解更适合于馀霞阁的情况。后说者,指梅曾亮的论文之言。

朱骏声

朱骏声(1789—1858),字丰艺,号允倩,江苏吴县人。嘉庆二十三年(1818)举人,官黟县训导。咸丰元年(1851),以截取知县入都,进呈所著《说文通训定声》,文宗披览,嘉其赅洽,赏国子监博士衔。旋迁扬州府学教授,引疾未之官。作者少曾师钱大昕,故其《传经室文集》多考证之文。然其他文,如刘承幹所言:"所谓'事出于沈思、义归乎翰藻'者,亦皆错华比彩,铿锵可诵,则又非专治考证之儒所能兼逮矣。"

记剑侠[1]

古者剑侠[2],吾未见其人也,然纪籍所载[3],班班可考[4]。以余所闻某观察事[5],庶几近之[6]。

初,观察颇廉介[7],淡嗜欲[8]。每公退[9],辄诣旁舍读书[10],一童子执役事[11]。漏三下[12],始就内寝[13]。日以为常。

会中秋节近[14],制府某需馈献甚亟[15],不则中伤之[16]。遂枉法得白金五百[17],置书篋中[18]。

时秋高夜静,月色横窗。观察执卷咿唔[19],神少倦。忽飘风入户,神骨皆竦[20]。有满妆处子[21],饰墨纱幪头[22]，衣粉红绡衣[23]，当案而立[24]。观察故读书[25]，习知前古怪异事[26]，亦不惊愕，惟呼外厢童子[27]，童子方呓呓作梦语[28]。

遂迫视之[29]，则处子后复有一人，赤发深目，须磔如猬[30]。直前谓观察曰："公得枉法金，盍寿余[31]？"观察未应，而处子手中出白丸，摩弄荡决[32]，光若匹练[33]。观察惧，发箧示之，尽携置大袖中。狞须人谓观察曰[34]："吾辈游人间世，杀人不濡缕[35]。以公廉正，未敢遽犯[36]。然不义之物[37]，非公橐中所宜有[38]，故来取之。"言已，挟处子升屋，一纵即逝。

观察悟，遂移疾归[39]，稍稍言于人[40]。

论曰：异哉！剑侠之为也。微观察廉直素著[41]，其能免于匕首乎[42]？虽然，制府有黩货名[43]，而不过问焉，岂《春秋》责备贤者之义与[44]？又闻制府后以墨败[45]，而观察获保清誉[46]，则取偿于侠者厚矣[47]。呜呼！此其所以为侠也。

〔1〕此文全是小说家言，盖《聊斋志异》之类，然朴学家为此等文，亦可征一时风尚。二剑侠来索不义之财二段描写颇传神。

〔2〕剑侠：精于剑术的侠士。

〔3〕纪籍：记载史事的书籍。

〔4〕班班：明显。

〔5〕观察：清代道员的俗称。

〔6〕庶几(jī机)：差不多。

〔7〕廉介:清廉不苟取。

〔8〕嗜欲:嗜好和欲望。

〔9〕公退:今言下班。

〔10〕诣(yì 义):往,到。旁舍:附近的房舍。

〔11〕执役事:在旁照顾,听候差遣。

〔12〕漏:古计时器。引申为时刻。三下:漏壶之箭往上移至晚上三更时,即半夜十一点到凌晨一点时。

〔13〕内寝:内室,睡眠休息的地方。

〔14〕会:恰好,适逢。

〔15〕制府:总督。馈(kuì 愧)献:给上司送礼。亟:紧急。

〔16〕不(fǒu 否):同"否"。中(zhòng 众)伤:阴谋诬陷别人。

〔17〕枉法:官吏受贿曲断。白金:银。

〔18〕书箧(qiè 窃):小书箱。

〔19〕咿唔(yī wú 依无):读书声。

〔20〕神骨皆竦:内心极其震惊。

〔21〕满妆:满清的服饰。处子:处女。

〔22〕幞头:包头软巾。有四根带子,两根系在脑后往下垂。两根反系头上,使它曲折附在头顶。

〔23〕绡衣:用生纱织成的薄纱或薄绢做成的衣服。

〔24〕案:桌子。

〔25〕故:原本。

〔26〕习知:熟知。

〔27〕外厢:正房两侧的房子。

〔28〕呓呓:说梦话声。

〔29〕迫:逼近。

〔30〕须磔(zhé 哲)如蝟:胡须张开,像刺猬一样。

〔31〕盍:何不。寿:用它来祝我长寿。

〔32〕荡决:摇动。

〔33〕匹练:一匹白绢。

〔34〕狞须:胡须狰狞。

〔35〕濡缕:沾湿一根丝线。形容沾湿范围极小。《史记·刺客列传》:"得赵人徐夫人匕首,取之百金,使工以药焠之,以试人,血濡缕,人无不立死者。"

〔36〕遽:仓猝。

〔37〕不义:不合理。

〔38〕橐(tuó 驮):盛物的大袋子。

〔39〕移疾:作书称病。多为官吏要求退休的委婉托辞。

〔40〕稍稍:渐渐。

〔41〕微:非。素著:一向著名。

〔42〕匕首:短剑。

〔43〕黩货:贪污纳贿。

〔44〕《春秋》责备贤者:《新唐书·太宗纪赞》:"《春秋》之法,常责备于贤者。"责备,以尽善尽美苛求于人。此处言剑侠不问制府之黩货,而不许某观察取不义之物,是要求观察(贤者)坚守廉介之操。与:同"欤"。

〔45〕以墨败:因为贪污而撤职查办。

〔46〕清誉:清廉的名誉。

〔47〕侠:见义勇为,打抱不平。

袁 翼

袁翼(1789—1863),字谷廉,江苏宝山县人。道光二年(1822)举人。以知县需次江西,历署峡江、安福、会昌、浮梁、广丰、弋阳诸县事,能以实心行实政。三十年补大庾县,邑大治。咸丰七年(1857),调玉山令。八年,以同知直隶州知州补用,以疾去。以诗名,文亦雅饬。有《邃怀堂文集》。其骈文尤富艳,且一切应酬之文,概从删弃,可见其文品之高。

书《俄罗斯行程录》后[1]

读张文端《俄罗斯行程录》[2],谓归化城北百馀里入祁连山,石峰叠翠,溪谷幽深。踰甸城后数里,平皋蜿蜒,野花丛杂,相传元世帝后潜厝此山[3]。文端使节所经[4],未及搜证,余信其事之必有也。

历观创业之君,必修护前朝陵寝。渺怀弓剑[5],守五户之民[6];申禁采樵[7],设二时之祀[8]。非第尊崇前代,亦以讽厉将来[9]。

乃世祖纵杨连真伽发宋会稽攒宫[10],裂裳毁冕[11],断首折髑[12]。摸金雁于三泉[13],褫珠襦于诸后[14]。

夫赤眉扣隆准之陵[15],临洮凿光武之窆[16]。不过盗贼无知,珍宝是攫。彼西番之俗[17],以火葬为荼毗[18],截骷髅为觯篹[19]。凶恶性成,又何足怪。

世祖以神武之姿,混一区夏[20]。既无汉高流连无忌之心[21],复无金主盗发辽陵之禁[22]。假手妖僧[23],仇及枯骨。嗟乎! 声哀杜宇[24],弃半壁之残山[25];树黑冬青[26],瘗六函之遗蜕[27]。此义士所以裂眦出血[28]、野祭招魂者也[29]。

然而天道好还[30],公愤未泄,元氏无永固之金瓯[31],后世有必开之题凑[32]。用是祸鉴效尤[33],必传家法[34],七十二疑冢[35],袭孟德之故智也[36]。万里不毛之地[37],百年丧乱之馀,不封不树[38],沙障烟埋,岂复上腾金虎之精[39],下燎牧羊之火哉[40]!

按明代用师漠北[41],文忠一至庆州[42],成祖五次榆柳[43],去甸城二千里而遥。土木之变[44],八堡皆破[45],迄明之代,车辙罕通。而欲考订舆图[46],周窥隧穴[47],以补史家之缺,不能无望今之官其地者也。

〔1〕本文由读张鹏翮书引起,对元世祖纵僧发掘宋陵进行了斥责。结尾认为漠北舆图尚需考订,以补史家之缺。这样宕开一笔,回应《俄罗斯行程录》,更显得文章馀味悠然。

〔2〕张文端:《清史稿·张鹏翮传》:字运青(1649—1725),四川遂宁人。康熙九年(1670)进士。任兵部督捕副理事官时,从内大臣索额图等勘定俄罗斯界,归著《俄罗斯行程录》。雍正初,拜武英殿大学士,时称贤相。三年,卒,谥文端。

〔3〕"谓归化"七句:《俄罗斯行程录》:"五月初二日起行,十八日次归化城北,蒙古语库库河屯也。城周围可三里。五月十九日入城,观甸城碑记,其略云云。二十一日行九里,入祁连山,有土城废址,疑即碑所云甸城也。远望石峰叠翠,入其中则平阜蜿蜒,相传元世帝后俱潜厝此山而不立陵墓。"归化城,明代,蒙古西土默特部长谙达驻牧地有城曰库库和屯。隆庆年间,明封谙达为顺义王,名其城曰归化城。在今内蒙古呼和浩特市。祁连山,古祁连山有南北之分,此指北祁连,即今新疆之天山。甸城,在丰州(今呼和浩特东)。其历史沿革见元李文焕《丰州平治甸城山谷道路碑记》。厝(cuò措),停柩待葬。

〔4〕使节:使者的信节。

〔5〕弓剑:传说黄帝骑龙仙去,小臣攀附欲上,致堕帝弓;又黄帝葬桥山,山崩,棺空,仅存剑、鞋。见《史记·封禅书》及《五帝纪》"黄帝崩"《正义》。

〔6〕五户:《汉书·高帝纪》:诏曰:"秦皇帝、楚隐王、魏安釐(xī西)王、齐愍王、赵悼襄王皆绝亡(无)后。其与秦始皇帝守冢二十家,楚、魏、齐各十家,赵及魏公子无忌各五家,令视其冢。"

〔7〕禁采樵:《战国策·齐策四》:"昔者秦攻齐,令曰:有敢去柳下季垄五十步而樵采者,死不赦。"《宋史·真宗纪》:诏州县,申前代帝王陵寝樵采之禁。

〔8〕二时祀:《文献通考》卷一百三《祀先代帝王贤士》:宋太祖乾德四年,诏曰:历代帝王祀典,因循旷坠,兹用惕然。其太昊、女娲、炎帝、黄帝、颛顼、高辛、唐尧、虞舜、夏禹、成汤、周文王、武王、汉高祖、后汉世祖、唐高祖、太宗十六帝,各给守陵五户,蠲其地役,长使春秋奉祀。

〔9〕讽厉:委婉地勉励。

〔10〕世祖:元世祖,名忽必烈。为元朝开国皇帝。杨连真伽:元朝西藏僧人,世祖时为江南释教总统。发掘南宋在钱塘、绍兴一带的帝后

大臣坟墓一百零一所,盗取殉葬珍宝无数。后犯罪被籍没,计金一千七百两、银六千八百两、钞十一万六千二百锭、田二万三千亩。当时发掘南宋诸陵后,以诸帝后遗骨埋在杭州故宫,上筑浮图(塔)以镇压之,名曰"镇南"。截宋理宗的头盖骨作尿盆。会(kuài 快)稽:即浙江绍兴。欑(cuán 窜阳平)宫:帝王殁后临时停柩之所。

〔11〕裂裳毁冕:语出《左传·昭公九年》。此处谓番僧等掘宋陵时,撕坏诸帝后的衣裳和冠冕。

〔12〕折髃(yú 于):折断尸体的肩前骨。

〔13〕金雁:《初学记》引《三辅故事》:秦始皇葬骊山,以金银为凫雁。三泉:《史记·秦始皇纪》:始皇即位便修建陵墓,"穿三泉"。颜师古注:"三重之泉,言至水也。"

〔14〕褫珠襦于诸后:杜珏《纪闻》:"至正中,西僧杨琏真伽利宋诸陵宝物,因倡妖言惑主,尽发欑宫之在会稽者,断残支体,攫珠襦玉匣,焚其胔,弃草莽间。"周密《癸辛杂志》:"乙酉,杨髡发陵。先发宁宗、理宗、度宗、杨后四陵,劫取宝玉极多,独理宗之陵所藏尤厚。理宗之尸如生,其下皆藉以锦,锦之下则承以竹丝细簟。一小厮攫取,掷地有声,视之,乃金丝所成也。或谓含珠有夜明者,遂倒悬其尸树间,沥取水银。如此三日夜,竟失其首。至十一月复发掘徽、钦、高、孝、光五帝陵,孟、韦、吴、谢四后陵。徽、钦二陵皆空无一物,徽陵有朽木一段,钦陵有木灯檠一枚而已。高宗之陵,骨发尽化,略无寸骸,止有锡器数件,端砚一只。孝宗陵亦蜕化无馀,止有顶骨小片,内有玉瓶炉一副及古铜鬲一只。若光、宁诸后,俨然如生,金钱以万计,皆为尸气所蚀如铜铁,以故诸僧弃而不取,往往为村民所得,间有得猫睛金刚石异宝者。独一村翁于孟后陵得一髻,其发长六尺馀,其色绀碧,髻根有短金钗,遂取以归。"褫(chǐ 耻),剥夺。珠襦,帝王贵族的殓服。以小珠制成襦(短袄),像铠(古代战士护身的铁甲)状,用金线连缝。诸后,古代天子皆称后。此指南宋诸帝及其皇后。

〔15〕赤眉:《后汉书·刘盆子传》:"琅琊人樊崇起兵于莒,王莽遣廉丹、王匡击之。崇等欲战,恐其众与莽兵乱,乃皆朱其眉以相识别,由是号曰赤眉。赤眉贪财物,发掘诸陵,取其宝货,遂污辱吕后尸。"挏(hú胡):发掘。隆准:《史记·高祖纪》:"高祖为人,隆准而龙颜。"准,鼻子。后即以"隆准"指代汉高祖。

〔16〕临洮凿光武之窆:《后汉书·董卓传》:"卓字仲颖,陇西临洮人也。使吕布发诸帝陵及公卿以下冢墓,取其珍宝。"窆(biǎn 扁),坟墓。

〔17〕西番:《方舆纪要》:"西番即唐吐蕃,在河州卫西南,本西羌种,至元中,复郡县其地,以番僧领之。大抵在陕西境者为朵甘诸番,在四川境者为乌思藏诸番。"

〔18〕火葬:《南史·扶南国传》:"国俗,死者有四葬:水葬则投之江流,火葬则焚为灰烬,土葬则瘗埋之,鸟葬则弃之中野。"荼毗:《翻译名义》:"天竺第九祖入灭,众以旃檀香油屠维真体。屠维,即荼毗,焚烧也。"亦作荼毗。

〔19〕骷髅为觱篥:《乐府杂录》:"觱篥,龟兹乐,本名悲栗,以竹为管,以芦为首,其声悲栗,有类于笳也。"徐兰《归化城杂咏诗》自注:"西番乐器,胻骨为之。"胻(tīng 听),腨(shuàn 涮)骨,脚肚骨。

〔20〕混一:统一。区夏:诸夏之地,指中国。

〔21〕流连:恋念。无忌:信陵君之名。

〔22〕盗发辽陵之禁:《金史·太宗纪》:天会二年二月诏:有盗发辽诸陵者,罪死。

〔23〕假手:借别人的手来达到自己的目的。

〔24〕声哀杜宇:李时珍《本草纲目》:"杜宇鸣必北向,其声哀。"

〔25〕半壁:半边。南宋尽弃淮河以北之地与金,偏安东南。残山:汪珂玉《珊瑚网》:"马远画多残山剩水,不过南渡偏安风景耳!"

〔26〕树黑冬青:陶宗仪《辍耕录》:"唐珏字玉潜,山阴人。岁戊寅

459

十二月十有二日,有总统江南浮屠杨琏真珈,率徒役顿萧山,发赵氏诸陵寝,至断残支体,攫珠襦玉匣,焚其骴,弃骨草莽间。唐时年二十二岁,痛愤,亟贷家具,执券行贷,乃具酒醴,市羊豕,邀里中少年轰饮。唐惨然具告,愿取遗骸共瘗之。众谢曰:'诺。'乃斫文木为匦,复黄绢为囊,各署其表曰某陵、某陵,遣之蓻地以藏,为文而告。唐又于宋常朝殿掘冬青树植于两函土堆上。有《梦中》诗四首,其一曰:'一抔自筑珠邱土,双匣亲传竺国经。只有春风知此意,年年杜宇哭冬青。'"

〔27〕瘗(yì义):埋葬。六函:明钱士升《南宋书·唐珏传》:"吾不忍陵寝之暴(曝),已造石函六,刻纪年一字为号,欲随号收瘗之。"

〔28〕义士:《南宋书·唐珏传》:"汴人袁俊招为子师,曰:'先生义士哉,豫让不及也。'为买田宅居之。"裂眦:形容极其愤怒的神态。眦,眼眶。

〔29〕野祭:《左传》僖公二十二年:"平王之东迁也,辛有适伊川,见披发而祭于野者。"

〔30〕天道好(hào号)还:自然规律是善恶到头终有报。

〔31〕元氏:元朝。金瓯:比喻国家疆土的完固。

〔32〕题凑:古代贵族死后,椁(外棺)室用厚木累积而成,木头皆内向,称题凑。

〔33〕用是:因此。祸鉴效尤:鉴于南宋帝后被开棺曝尸之祸,元朝诸帝深恐元亡后新王朝会学样来发掘自己的陵墓。

〔34〕家法:此指元朝世代相传对帝后的安葬方法。

〔35〕七十二疑冢:疑冢,为防人盗掘而造的假墓。陶宗仪《辍耕录》卷二六:"曹操疑冢七十二,在漳河上。"

〔36〕袭故智:继承老办法。

〔37〕不毛:土地贫瘠,五谷不生。

〔38〕不封不树:聚土为坟叫封,植树为标志叫树。此古代士以上的

葬礼。庶人则不封不树(见《王制》)。但《史记·匈奴传》:"其送死,有棺椁金银衣裘,而无封树丧服。"因此,元朝帝后无陵墓,系遵循其塞外礼俗。证以孙承泽《春明梦馀录》可知。孙书云:"元人无陵,遇大丧,棺用楠木二片,凿空其中类人形小大,合为棺,置遗体其中,送至直北园寝之所深埋之,用万马蹴平,候草青方已,使同平坡,不可复识。"

〔39〕金虎之精:《唐文粹》二三吕温《凌烟阁勋臣赞·刘夔公弘基》:"夔公峥嵘,金虎之精。"

〔40〕牧羊之火:《汉书·刘向传》:项羽焚秦宫室后,"牧儿亡羊,羊入其凿,牧者持火照求羊,失火烧其藏椁"。

〔41〕漠北:古代泛称蒙古高原大沙漠以北地区。

〔42〕文忠一至庆州:《明史·李文忠传》:"(洪武三年),与大将军分道北征,以十万人出野狐岭,至兴和,降其守将。……次开平,降平章上都罕等。……兼程趋应昌,……出精骑穷追(元嗣君)至北庆州而还。"庆州,今辽宁巴林右旗西北西拉木伦河旁。蒙古名插汉城。

〔43〕成祖五次榆柳:《读史方舆纪要》:永乐八年(1407),亲征蒙古馀裔,至斡难河以北。十二年,北征瓦剌,追败之于土剌河。二十年,复征蒙古,获其辎重于杀胡原,乃移师征兀良哈,大破之于屈裂河。二十一年,复征蒙古。明年,复北征,至答兰纳木河,不见虏而归。榆柳,即榆林塞,故址在今内蒙古准格尔旗。

〔44〕土木之变:土木,即土木堡,在河北怀来县西。明英宗正统十四年(1449)率师击瓦剌,兵败,被虏于此。

〔45〕八堡:《通鉴纲目》三编《质实》:八驿:东曰凉渟、泥河、赛峰、黄崖四驿,接大宁古北口;西曰桓州、威虏、度安、显宁四驿,接独石。

〔46〕舆图:地图。《史记·三王世家》司马贞索隐:"天地有负载之德,故谓天为盖,谓地为舆。"

〔47〕隧穴:地道和岩洞。

龚自珍

龚自珍(1792—1841),字瑟人;更名易简,字伯定;又更名巩祚,号定庵,浙江仁和人。嘉庆二十三年(1818)举人。二十五年为内阁中书。道光九年(1829)进士。先后为宗人府主事、礼部主事等。后辞官南归,道光二十一年,讲学于江苏丹阳之云阳书院,八月十二日暴疾卒。龚氏为著名的启蒙思想家、诗人与古文家,精通经学、文字学与史地学。魏源于其殁后辑有《定庵文录》十二卷、《文集》三卷、《续集》四卷。今人整理有《龚自珍全集》(上海人民出版社1975年版,上海古籍出版社1999年版)。《清史列传》本传称:"所为文独造深峻。论者谓桐城之文如泰山主峰,不可亵视;自珍文如徂徕、新甫,相与揖让俯仰于百里之间,不自屈抑,盖一代文字之雄云。"此桐城派借以自重,非确论也。张祖廉称其"奇气郁蟠,才思横溢,根柢百氏,发为文章"(《定庵先生年谱外纪》)。魏源称其"文字奥洞阐,自成宇宙"(《定庵文录序》),则得其实。盖汪中、龚自珍、章炳麟皆文学汉魏者,唐宋八家犹所羞道,况桐城乎?至章氏《钱塘吊龚魏二生赋》,语多贬词。此则今古文学派不同,又一为劝豫,一为排满,故持论略偏矣。

乙丙之际箸议第七[1]

夏之既夷[2],豫假夫商所以兴[3],夏不假六百年矣乎[4]？商之既夷，豫假夫周所以兴[5]，商不假八百年矣乎？无八百年不移之天下，天下有万亿年不夷之道[6]。然而十年而夷，五十年而夷，则以拘一祖之法[7]，惮千夫之议[8]，听其自陊[9]，以俟踵兴者之改图尔[10]。

一祖之法无不敝[11]，千夫之议无不靡[12]，与其赠来者以劲改革[13]，孰若自改革？抑思我祖所以兴[14]，岂非革前代之敝耶？前代所以兴，又非革前代之敝耶？何莽然其不一姓也[15]？天何必不乐一姓耶？鬼何必不享一姓耶[16]？

奋之，奋之[17]！将败则豫师来姓，又将败则豫师来姓。《易》曰："穷则变，变则通，通则久[18]。"非为黄帝以来六七姓括言之也[19]，为一姓劝豫也[20]。

〔1〕乙：乙亥，嘉庆二十年（1815）。丙：丙子，嘉庆二十一年（1816）。龚氏在这两年间写了一系列政治论文，或称"箸议"，或称"塾议"，都是针对现实提出自己的看法。归纳之，大体有三：一，三代以下皆以不能豫先改革而亡。二，能自改革，则天与鬼享（实即人归）。三，穷而能变（自改革），则长治久安。

〔2〕夏：上古朝代名。三代之首。我国有文字与文物可以印证的第一个朝代。夏禹之子后启所建立的奴隶制国家。共传十三代，十六王，约六百年，传到夏桀，暴虐无道，为商汤所灭。夷：衰败。

〔3〕豫：同"预"。预先。假：借用。夫（fú 服）：那。商：三代的第二个朝代。商汤灭夏桀后所建立的又一个奴隶制国家。共传十七代，三十一王（夏、商皆有兄终弟及与父子相继现象）。约六百年。纣王无道，为周武王所灭。所以兴：用什么方法而强盛。

〔4〕假：借到。

〔5〕周:三代的最后一个朝代。共传三十四王,八百馀年,为秦所灭。

〔6〕道:治理天下(国家)的原则,以及由此派生的具体方法。

〔7〕拘:固执,拘守。一祖:自汉以后,凡创业之君皆称祖,继体守成之君则称宗。各朝顽固派总是以"祖宗成法不可变"来反对改革。

〔8〕惮:害怕。千夫:很多的人。

〔9〕陊(duò 跥):堕落,毁坏。

〔10〕踵兴者:接着前代的脚后跟而起来的。改图:改变治理天下的方法。尔:而已。

〔11〕法无不敝:祖宗即使有良法美意,而积久弊生,必须随时更张,及时改革。

〔12〕靡:所向披靡。民众(千夫)反对敝政的意见是可以摧毁一切阻力的。

〔13〕劲:猛烈的(新政权要用武力推翻旧政权)。

〔14〕抑:转折连词,同"然"。

〔15〕莽然:野草茂密貌。比喻众多。

〔16〕鬼享一姓:《左传·僖公十年》:"神不歆非类,民不祀非族。"封建宗法社会的人,想象天神地祇,尤其自己的祖宗,只会享受有直接血缘关系的子孙的祭祀。

〔17〕奋之:努力振作。

〔18〕"《易》曰"四句:见《易·系辞下》。穷,无路可走。变,另辟新路。久,长治久安。

〔19〕黄帝:传说为中华民族的始祖。六七姓:传说中,黄帝以下为颛顼、帝喾、尧、舜等。"非为"句:不是为了包括黄帝以来六七姓说的。按:传说中这些帝王都是禅让的,所以无须"劝豫"。汤、武以下以征诛得天下,所以要"劝豫"。

〔20〕一姓:此暗指清王朝。

乙丙之际箸议第九[1]

吾闻深于《春秋》者[2],其论史也,曰:书契以降[3],世有三等;三等之世,皆观其才[4]。才之差[5]:治世为一等,乱世为一等,衰世别为一等。

衰世者,文类治世[6],名类治世[7],声音笑貌类治世。黑白杂而五色可废也[8],似治世之太素[9];宫羽淆而五声可铄也[10],似治世之希声[11];道路荒而畔岸隳也[12],似治世之荡荡便便[13];人心混混而无口过也[14],似治世之不议[15]。

左无才相[16],右无才史[17],阃无才将[18],庠序无才士[19],陇无才民[20],廛无才工[21],衢无才商[22];抑巷无才偷[23],市无才驵[24],薮泽无才盗[25]。则非但尟君子也[26],抑小人甚尟。

当彼其世也,而才士与才民出,则百不才督之[27],缚之,以至于戮之。戮之非刀,非锯,非水火。文亦戮之,名亦戮之,声音笑貌亦戮之。戮之权不告于君,不告于大夫,不宣于司市[28],君大夫亦不任受。其法亦不及要领[29],徒戮其心。戮其能忧心,能愤心,能思虑心,能作为心,能有廉耻心,能无渣滓心。又非一日而戮之,乃以渐,或三岁而戮之,十年而戮之,百年而戮之。

才者自度将见戮[30],则蚤夜号以求治[31];求治而不得,悖悍者则蚤夜号以求乱[32]。夫悖且悍,且睊然眴然以思世之一便己[33],才不可问矣,罴之伦慭有辞矣[34]。然而起视其世,乱亦竟不远矣。

是故智者受三千年史氏之书,则能以良史之忧忧天下[35]:忧不才而庸[36],如其忧才而悖[37];忧不才而众怜,如其忧才而众畏。履霜之屩[38],寒于坚冰;未雨之鸟,戚于飘摇[39];痹痨之疾[40],殆于痈疽[41];将萎之华[42],惨于槁木。三代神圣[43],不忍薄谲士勇夫而厚豢驽羸[44],探世变也[45],圣之至也[46]。

〔1〕本文把社会的状况区分为三等,即:治世、乱世和衰世,认为衰世一切都貌似治世,进而指出衰世最严重的问题是没有人才,分析衰世无才的原因是统治者禁锢思想,长期实行愚民政策。才士才民必将被迫叛逆。并断定通过历史的教训,可以知道,不改变现状,衰世必然很快成为乱世。衰世,是鲁迅说的沉默的时代,才士才民必将在沉默中爆发,而粉饰太平的统治者则必将在叛逆的烈火中灭亡。中外古今的历史在不断地重复着这一教训。

〔2〕深于《春秋》:此指今文经学的公羊学派之说。其释《春秋》,就孔子生平而推,分为三世:所见世、所闻世、所传闻世。康有为据此推演出据乱世、升平世、太平世。龚氏则分为治世、乱世和衰世。龚氏属于今文经学派。

〔3〕书契:伏羲氏造书契,故此指伏羲之世。

〔4〕其才:各世的人才。

〔5〕才之差(cī 此阴平):人才的等级。

〔6〕文类治世：衰世的礼乐制度类似治世（太平盛世）。

〔7〕名：文字。

〔8〕五色：青、黄、赤、白、黑。

〔9〕太素：朴素。

〔10〕宫羽：宫、商、角、徵（zhǐ 指）、羽为五声。淆：混乱。铄：销熔。

〔11〕希声：极微细的声音。《老子》："大音希声。"

〔12〕畔岸：边际。隳（huī 挥）：毁坏。

〔13〕荡荡：宽广。便（pián 骈）便：丰满。

〔14〕混混：蒙昧。口过：言语的过失。

〔15〕不议：《论语·季氏》："天下有道，则庶人不议。"

〔16〕左：人向南坐则东为左，古人以左为尊。相（xiàng 向）：宰相。

〔17〕右史：古代右史记言。《礼记·玉藻》："（王、诸侯）言则右史书之。"

〔18〕阃（kǔn 捆）：郭门。《史记·张释之冯唐列传》："阃以内者，寡人制之，阃以外者，将军制之。"引申为国门。将（jiàng 降）：将军。

〔19〕庠序：古代地方所设的学校，与帝王的辟雍、诸侯的泮宫等大学相对而言。

〔20〕陇（lǒng 垄）：田埂。

〔21〕廛（chán 缠）：公家所建供商人存储货物的房舍。

〔22〕衢（qú 渠）：四通八达的道路。

〔23〕抑：甚至。

〔24〕驵（zǎng 脏上声）：即"驵侩"，说合牧畜交易的人，后泛指市场经纪人。

〔25〕薮（sǒu 擞）泽：大泽。

〔26〕尠（xiǎn 显）：少。

〔27〕督：察视，督率。

467

〔28〕司市:官名。《周礼》:地官之属有司市,主管市场的治教政刑,量度禁令。

〔29〕要(yāo 腰)领:要同"腰"。古代罪重腰斩,稍轻则砍首。

〔30〕度(duó 夺):揣测。

〔31〕蚤:同"早"。号(háo 毫):大声疾呼。

〔32〕悖悍:叛乱横蛮。

〔33〕睊(juàn 倦):侧目相视,表示忿恨的神态。眮(tóng 同):瞋目顾视。一便已:让自己得一次利。

〔34〕曏:同"向"。从前。伦:类。聝(guó 国):喧扰。有辞:有话要说了。《左传·成公二年》:鞌之战,齐宾媚人言于晋人曰:"不然,寡君之命使臣,则有辞矣。"

〔35〕良史:《左传·宣公二年》:"董狐,古之良史也,书法不隐。"

〔36〕不才而庸:不才而庸者易在高位。王充《论衡·答佞》:"庸庸之主,无高才之人也。"故曰:"白璧难为容,庸庸多厚福。"

〔37〕才而悖:有才而居下位,必有悖心。故北宋之张元、吴昊、姚嗣宗皆有纵横才,而韩琦、范仲淹不能用,元与昊乃走西夏,夏人以为谋主,连兵十馀年,西方疲敝,皆此二人为之。

〔38〕履霜:《易·坤》:"履霜坚冰至。"比喻防微杜渐。屩(jué 决):草鞋。

〔39〕"未雨"二句:《诗·豳风·鸱鸮》:"迨天之未阴雨,绸缪牖户。"意为防患未然。戚,忧。飘摇,动摇。

〔40〕痹痨:痹,风、寒、湿等侵犯肌体,引起关节或肌肉疼痛、肿大和麻木的病状。痨,积劳损削的病。

〔41〕痈疽:恶疮名。比喻大的隐患。

〔42〕华:花。

〔43〕三代神圣:夏、商、周三代的圣帝明王。

〔44〕薄:轻视,薄待。谲(jué决)士:即奸雄。厚豢驽赢:厚养德薄能鲜的人。驽,能力低下的马。赢,老。驽赢,比喻庸才。

〔45〕探:寻求。世变:时代事物盛衰变化的规律。

〔46〕圣:无事不通。

明良论二〔1〕

士皆知有耻,则国家永无耻矣;士不知耻,为国之大耻。历览近代之士,自其敷奏之日〔2〕,始进之年〔3〕,而耻已存者寡矣！官益久,则气愈偷〔4〕;望愈崇〔5〕,则谄愈固;地益近〔6〕,则媚亦益工。至身为三公〔7〕,为六卿〔8〕,非不崇高也,而其于古者大臣巍然岸然师傅自处之风〔9〕,匪但目未睹〔10〕,耳未闻,梦寐亦未之及〔11〕。臣节之盛〔12〕,扫地尽矣〔13〕。非由他,由于无以作朝廷之气故也〔14〕。

何以作之气？曰:以教之耻为先。《礼·中庸》篇曰:"敬大臣则不眩〔15〕。"郭隗说燕王曰〔16〕:"帝者与师处,王者与友处,伯者与臣处,亡者与役处。凭几其杖〔17〕,顾盼指使〔18〕,则徒隶之人至〔19〕。恣睢奋击〔20〕,呴籍叱咄〔21〕,则厮役之人至〔22〕。"贾谊谏汉文帝曰:"主上之遇大臣如遇犬马,彼将犬马自为也。如遇官徒,彼将官徒自为也〔23〕。"凡兹三训,炳若日星,皆圣哲之危言〔24〕,古今之至诫也〔25〕。

尝见明初逸史〔26〕,明太祖训臣之语曰:"汝曹辄称尧、舜主〔27〕,主苟非圣,何敢谀为圣〔28〕？主已圣矣,臣愿已遂矣,当加之以吁咈[29],自居皋、契之义[30]。朝见而尧舜之,夕见而尧舜之,为尧舜者,岂不亦厌于听闻乎?"又曰:"幸而朕非尧舜耳,朕为尧舜,乌有汝曹之皋、夔、稷[31]、契哉?其不为共工、骧兜[32],为尧舜之所流放者几希[33]!"此真英主之言也[34]。坐而论道,谓之三公[35]。唐、宋盛时,大臣讲官[36],不辍赐坐、赐茶之举[37],从容乎便殿之下,因得讲论古道[38],儒硕兴起[39]。及其季也[40],朝见长跪[41]、夕见长跪之馀,无此事矣。不知此制何为而辍,而殿陛之仪[42],渐相悬以相绝也[43]?

农工之人、肩荷背负之子则无耻[44],则辱其身而已;富而无耻者,辱其家而已;士无耻,则名之曰辱国;卿大夫无耻,名之曰辱社稷[45]。由庶人贵而为士[46],由士贵而为小官,为大官,则由始辱其身家,以延及于辱社稷也。厥灾下达上[47],象似火[48]。大臣无耻,凡百士大夫法则之[49],以及士庶人法则之,则是有三数辱社稷者[50],而令合天下之人,举辱国以辱其家[51],辱其身,混混沄沄而无所底[52],厥咎上达下,象似水。上若下胥水火之中也[53],则何以国[54]?

窃窥今政要之官[55],知车马、服饰、言词捷给而已[56],外此非所知也。清暇之官[57],知作书法、赓诗而已[58],外此非所问也。堂陛之言[59],探喜怒以为之节[60],蒙色笑[61],获燕闲之赏[62],则扬扬然以喜,出夸其门生、妻子。小不霁[63],则头抢地而出[64],别求夫可以受眷之法[65],

彼其心岂真敬畏哉？问以大臣应如是乎，则其可耻之言曰：我辈只能如是而已。至其用心又可得而言。务车马、捷给者，不甚读书，曰：我早晚值公所，已贤矣，已劳矣。作书、赋诗者，稍读书，莫知大义，以为苟安其位一日，则一日荣；疾病归田里，又以科名长其子孙[66]，志愿毕矣。且愿其子孙世世以退缩为老成，国事我家何知焉？嗟乎哉！如是而封疆万万之一有缓急[67]，则纷纷鸠燕逝而已[68]，伏栋下求俱压焉者鲜矣[69]。

昨者，上谕至[70]，引卧薪尝胆事自况比[71]。其闻之而肃然动于中欤，抑弗敢知；其竟憪然无所动于中欤[72]，抑更弗敢知。然尝遍览人臣之家，有缓急之举，主人忧之，至戚忧之[73]，仆妾之不可去者忧之[74]，至其家求寄食焉之寓公[75]，旅进而旅豢焉之仆从[76]，伺主人喜怒之狎客[77]，试召而诘之[78]，则岂有为主人分一夕之愁苦者哉？

故曰：厉之以礼出乎上[79]，报之以节出乎下。非礼无以劝节[80]，非礼非节无以全耻[81]。古名世才起[82]，不易吾言矣[83]。

〔1〕此文痛心疾首地批评当朝臣民的种种无耻之行，以为当务之急是厉之以礼节。文中虽然句句骂全国臣民无耻，而矛头所指，实在皇帝。大小臣工之无耻，全由皇帝不能礼敬下臣，反而养之如徒隶，畜之如犬马。以如此无耻之臣民，而欲其与国家共患难，岂非梦想。题曰《明良论》，含意极深。《书·益稷》：皋陶作歌曰："元首明哉，股肱良哉，庶事康哉！"股肱，大臣也；大臣无耻，如股肱麻木不仁，其所以然，正由元首不

明(皇帝昏庸)啊!

〔2〕敷奏:在皇帝面前陈述自己治国的意见。

〔3〕始进:开始进用。

〔4〕偷:怠惰。

〔5〕望:名声。

〔6〕地益近:官位和皇帝越接近。

〔7〕三公:古代中央三种最高官衔的合称。明清沿周制,以太师、太傅、太保为三公,惟只用作大臣的最高荣衔。此指清代的内阁大学士。

〔8〕六卿:《周礼》把执政大臣分为六官,亦称六卿:冢宰、司徒、宗伯、司马、司寇、司空。此指清代的六部长官(尚书、侍郎)。

〔9〕岸然:严肃貌。师傅自处:以皇帝的师傅自待。

〔10〕匪:不。

〔11〕梦寐:睡梦。

〔12〕臣节:人臣的操守。盛:坚强。

〔13〕扫地:破坏无馀。

〔14〕作:振兴。气:正气。

〔15〕敬大臣则不眩:《中庸》第二十章此句,朱熹注:"不眩,谓不迷于事。敬大臣则信任专,而小臣不得以间之,故临事而不眩也。"

〔16〕郭隗(wěi 韦)说燕王:《战国策·燕一》:燕昭王问郭隗以报齐仇之策,隗对以云云。按:同为贤人,君主师事之则可成帝业,如汤之于伊尹,文、武之于太公。君主以贤人为友,则可成王业,刘备之于诸葛亮,即其例。君主以贤人为臣,亦可成霸业,如齐桓之于管仲。如亡国之君则以贤人为仆役,毫不尊重,贤人自然远走高飞,决不会为之效忠。

〔17〕凭几其杖:"其"应作"据"。靠着几案,拄着拐杖。

〔18〕顾盼指使:不正眼看,随意指挥。按:凭几据杖,顾盼指使,是主人对仆役的骄倨姿态。

〔19〕徒隶:服劳役的罪犯,服贱役的人。

〔20〕恣睢(zì suī 字虽):狂妄凶暴貌。奋击:粗暴打击。

〔21〕呴(hǒu 吼):同"吼"。籍:同"藉",凌辱。叱咄:大声斥责。

〔22〕厮役:供人驱使的奴仆。按:徒隶、厮役,龚氏引文与原文不同,可参看原书。

〔23〕贾谊谏汉文帝语:见《汉书·贾谊传》载《陈政事疏》。犬马自为:以犬马自处。官徒:属于公家的服劳役的人。

〔24〕危言:直言。

〔25〕至诫:最深刻的告诫。

〔26〕逸史:正史以外的历史记载。

〔27〕汝曹:你们。辄称尧舜主:(你们)动不动就歌颂我是尧舜那样圣明的天子。

〔28〕谀:谄媚,用不实之词奉承人。

〔29〕吁咈:象声词。表示不满或不同意。《书·尧典》:"帝曰:'吁,咈哉!'"

〔30〕皋:皋陶(yáo 姚),也作"咎繇",虞舜之臣,掌刑狱。契(xiè 谢):亦虞舜之臣,助禹治水有功,封为司徒。是商朝的先祖。

〔31〕夔、稷:夔,亦虞舜之臣,为乐正(乐官之长)。稷,后稷,为舜的农官,名弃,封于邰,是周的先祖。

〔32〕共(gōng 公)工、驩(huān 欢)兜:皆唐尧的大臣,和三苗、鲧并称四凶。

〔33〕为尧舜所流放:尧流放共工于幽州,舜逐驩兜于崇山。几(jī 机)希:很少。

〔34〕英主:英明的君主。

〔35〕"坐而论道"二句:《北堂书钞·职官部》引《五经正义》:"古周礼说天子立三公,曰太师、太傅、太保,无官属,与王同职,故曰坐而论

473

道,谓之王公。"《周礼·冬官·考工记》:"坐而论道,谓之王公。"指无固定职守、专门陪侍皇帝议论政事的大臣。

〔36〕大臣讲官:皇帝为讲习经史,特设御前讲席,宋代始称经筵,由讲官轮流讲读。清制,经筵讲官,为大臣兼衔,于仲秋、仲春之日进讲。

〔37〕辍:停止。赐坐、赐茶:臣在君前,只能肃立,有事须启白,则跪奏。若赐坐赐茶,则恩出格外。讲官得此礼遇,是表示皇帝尊师重道。

〔38〕古道:前古治国平天下之道。

〔39〕儒硕:名儒硕德(硕亦大)。

〔40〕季:末世。

〔41〕长跪:直身而跪。

〔42〕殿陛:陛,殿的台阶。皇帝坐殿上,奏事之臣跪陛下。仪:礼节制度。

〔43〕悬:距离遥远。绝:断绝。指君臣隔绝。

〔44〕荷(hè贺):担。负:背。

〔45〕社稷:土、谷之神。在农业社会是国家政权的标志。

〔46〕庶人:众人,平民。

〔47〕厥灾:其灾难。

〔48〕象似火:形象如火,从下往上烧。

〔49〕法则:模仿。以无耻大臣为榜样去学习。

〔50〕三数:三个左右。

〔51〕举:皆,都。

〔52〕混混汜汜:《春秋繁露·山川颂篇》:"水则源泉混混汜汜,昼夜不竭,既似力者。"混混,浑浊,混乱。汜汜,水流浩荡貌。底:止。

〔53〕若:与,及。胥:皆。

〔54〕国:成为国家。

〔55〕政要:担任政府要职。

〔56〕言词捷给:应对敏捷,口若悬河。

〔57〕清暇之官:指翰林院一班文学侍从之臣。

〔58〕赓诗:皇帝作了诗,文学侍从们纷纷步韵敬和。

〔59〕堂陛之言:大臣在殿堂上和皇帝谈话。

〔60〕"探喜怒"句:探测皇帝的喜怒作为自己奏对的准则。

〔61〕色笑:皇帝和悦的容貌。

〔62〕燕闲之赏:燕,同"宴"。清帝常召文臣入宫中赏花钓鱼,以诗唱和,即燕闲之赏。

〔63〕小不霁:皇帝脸色稍为不高兴。

〔64〕头抢地:头撞地,即赶快向皇帝磕头。

〔65〕受眷:受到皇帝宠爱。

〔66〕科名:科举的名目,如唐代有进士、学究等科。长(zhǎng掌):使尊贵。

〔67〕封疆:国家的疆界。缓急:偏义复词,"缓"无实义。危急之事。

〔68〕鸠燕逝:犹云作鸟兽散。

〔69〕"伏栋下"句:伏于栋下,甘于为屋舍所压的人太少了。栋,屋中的正梁。后以指代屋。意谓能为国家扶危救难的人太少了。俱压,《左传·襄公三十一年》:"栋折榱崩,侨(子产名)将压焉。"鲜(xiǎn显),少。

〔70〕上谕:皇帝的指示。清制,凡宣布官吏升降及对臣民有所通告,皆用上谕的形式。

〔71〕卧薪尝胆:越王勾践为吴王夫差所败,备受屈辱,思报吴仇,置胆于座,饮食尝之,终灭吴国,夫差自杀。见《史记·越王勾践世家》。卧薪事于史无据。况比:况即比。嘉庆帝以勾践自比。

〔72〕憺然:安然。

〔73〕至戚：关系最近的亲戚。

〔74〕去：离开。

〔75〕寓公：寄居人家的官员身分的人。

〔76〕旅进：与众人同进，毫无特殊表现。旅豢（huàn 换）：同一般仆人那样养着。

〔77〕狎客：亲昵接近常共嬉游宴饮的人。

〔78〕诘：责问。

〔79〕厉：勉励，鼓励。

〔80〕劝节：鼓励人臣的操守。

〔81〕全耻：保全知耻之心。

〔82〕名世：闻名于当世。

〔83〕不易：不会改变。

己亥六月重过扬州记〔1〕

居礼曹〔2〕，客有过者曰〔3〕："卿知今日之扬州乎〔4〕？读鲍照《芜城赋》〔5〕，则遇之矣。"余悲其言。

明年〔6〕，乞假南游，抵扬州，属有告籴谋〔7〕，舍舟而馆〔8〕。既宿，循馆之东墙，步游得小桥，俯溪，溪声喧〔9〕。过桥，遇女墙齧可登者〔10〕，登之，扬州三十里，首尾屈折高下见〔11〕。晓雨沐屋〔12〕，瓦鳞鳞然〔13〕，无零甓断甓〔14〕，心已疑礼曹过客言不实矣。

入市，求熟肉，市声欢；得肉，馆人以酒一瓶〔15〕、虾一筐馈。醉而歌，歌宋、元长短言乐府〔16〕，俯窗呜呜〔17〕，惊对岸女夜起，乃止。

客有请吊蜀冈者[18]，舟甚捷，帘幕皆文绣，疑舟窗蠡彀也[19]，审视[20]，玻璃五色具。舟人时时指两岸曰：某园故址也，某家酒肆故址也。约八九处，其实独倚虹园圮无存[21]。曩所信宿之西园[22]，门在，题榜在[23]，尚可识。其可登临者尚八九处[24]。阜有桂[25]，水有芙蕖、菱芡[26]，是居扬州城外西北隅[27]，最高秀。南览江[28]，北览淮[29]，江、淮数十州县治[30]，无如此治华也[31]。忆京师言[32]，知有极不然者。

归馆，郡之士皆知余至[33]，则大欢[34]。有以经义请质难者[35]，有发史事见问者[36]，有就询京师近事者[37]，有呈所业若文[38]、若诗、若笔[39]、若长短言[40]、若杂著、若丛书[41]，乞为序[42]、为题辞者[43]，有状其先世事行乞为铭者[44]，有求书册子、书扇者，填委塞户牖[45]，居然嘉庆中故态[46]。谁得曰今非承平时耶[47]？

惟窗外船过，夜无笙琶声[48]；即有之，声不能彻旦[49]。然而女子有以栀子华发为贽求书者[50]，爰以书画环瑱互通问[51]，凡三人[52]，凄馨哀艳之气，缭绕于桥亭艦舫间，虽澹定[53]，是夕魂摇摇不自持。余既信信[54]，挐流风，捕馀韵[55]，乌睹所谓风号雨啸[56]、鼯狖悲[57]、鬼神泣者？

嘉庆末[58]，尝于此和友人宋翔凤侧艳诗[59]。闻宋君病，存亡弗可知；又问其所谓赋诗者[60]，不可见，引为恨。卧而思之，余齿垂五十矣[61]，今昔之慨，自然之运，古之美人名士富贵寿考者几人哉[62]？此岂关扬州之盛衰,而独置感慨于江介也哉[63]！

抑予赋侧艳则老矣[64]；甄综人物[65]，蒐辑文献[66]，仍以自任[67]，固未老也[68]。天地有四时[69]，莫病于酷暑[70]，而莫善于初秋,澄汰其繁缛淫蒸[71]，而与之为萧疏澹荡,泠然瑟然[72]，而不遽使人有苍莽寥泬之悲者[73]，初秋也。今扬州,其初秋也欤？予之身世[74]，虽乞籴[75]，自信不遽死,其尚犹丁初秋也欤[76]？作《己亥六月重过扬州记》。

〔1〕己亥:道光十九年(1839)，龚氏四十八岁。作者本在京任礼部主客司主事,但因"冷署闲曹,俸入本薄,性既豪迈,嗜奇好客,境遂大困,又才高动触时忌,"父已过七十,叔父又任礼部堂上官,例当回避,乃乞养归。(《定庵先生年谱》)五月十二日,抵扬州。此文具体地写出了乱世来临前夕衰世形似治世的情状。文章摇曳多姿,一唱三叹,使人读之,有惘惘不尽之致。

〔2〕礼曹:礼部各司。此指礼部主客司。

〔3〕过:经过主客司来相访。

〔4〕卿:对爵位较低者或平辈表示亲昵,可称卿。

〔5〕鲍照(412？—466):南朝宋东海人,字明远。工诗文。临海王刘子顼镇荆州,使为前军参军。江陵乱,死于乱军中。芜城:即广陵城,故城在今江苏江都。南朝宋竟陵王刘诞据广陵反,兵败死,城邑荒芜。鲍照作《芜城赋》讽之。

〔6〕明年:道光十九年(1839)。

〔7〕属(zhǔ主):适值,恰好。告籴(dí敌):请求买进食粮。

〔8〕馆:住进旅馆。

〔9〕溪声喧:溪中水声喧哗。

〔10〕女墙:城墙上呈凹凸形的小墙。陧(niè聂):缺口。

〔11〕见(xiàn现):同"现",显露。

〔12〕沐:冲洗。

〔13〕鳞鳞:屋瓦像鱼鳞一样整齐。

〔14〕甃(zhòu昼):井壁。甓(pì 辟):砖。

〔15〕馆人:旅馆的主人。

〔16〕长短言乐府:即词。

〔17〕呜呜:象声词。歌呼声。

〔18〕蜀冈:山名。在江苏扬州市区西北。相传地脉通蜀,故名。《芜城赋》称为"崑冈"。

〔19〕蠃(luó罗):通"螺"。螺。殼(kū哭):物的外皮。

〔20〕审视:细看。

〔21〕倚虹园:元人崔伯亨的私家园林,清初归洪姓。(《扬州画舫录·虹桥录上》)圮(pǐ匹):毁灭。

〔22〕曩(nǎng 囊上声):从前。信宿:连宿两夜。西园:在蜀冈法净寺西,为扬州名园,以泉水闻名。

〔23〕题榜:书写的扁额。

〔24〕登临:登山临水。

〔25〕阜:土山,丘陵。

〔26〕芙蕖:荷花。

〔27〕是:此。指西园。隅:角。

〔28〕江:长江。

〔29〕淮:淮河。

〔30〕州县治:州城,县城。

〔31〕此治:指扬州城。华:繁华。

〔32〕京师言:即过礼曹客所言。

〔33〕郡:指扬州府。

〔34〕大欢:非常高兴。

〔35〕经义:十三经的经文意义。质难(nàn 南去声):请教并辩论。

〔36〕见问:相问。

〔37〕就询:到我住所询问。

〔38〕所业:所从事的。若:或。文:有韵之文,如骈文。

〔39〕笔:无韵之文,即散文。

〔40〕长短言:词。

〔41〕丛书:汇刻各类书籍于一编,或集一人各类著作为一集的,都叫丛书。明、清刊刻丛书之风最盛。

〔42〕序:评介作品内容的文字,置于作品前者称序。

〔43〕题辞:评介书籍的文字,与序、跋近似。

〔44〕状:叙述。事行(xìng 幸):事实和行为。铭:称述死者功德,使传扬于后世,多用韵语,刻于碑上。

〔45〕填委:堆积。户牖(yǒu 友):门窗。

〔46〕嘉庆中故态:嘉庆二十五年(1820)春龚氏初至扬州。诗集此年有《过扬州》、《逆旅题壁,次周伯恬原韵》、《广陵舟中为伯恬书扇》。故态,原状。

〔47〕得:能。承平:连续太平。

〔48〕笙:管乐器名。琶:琵琶。

〔49〕彻旦:直到天亮。

〔50〕栀子:常绿灌木,仲夏开白花,甚芳香。华发:刘盼遂、郭预衡《中国历代散文选》及《明清散文精选》注此,皆以为当作"华鬘",可从。华鬘,古印度人的装饰物。穿花成串,悬于身上,或作头饰。男女皆可

用。龚氏精研佛典,故扬州女子有以栀子华鬘相赠者。从下文看,三女子似皆非良家。赘:初见尊长时所送礼物。求书:请求龚氏给她写字,如对联、条幅之类。

〔51〕爰:于是。环瑱(tián 田):玉片制的耳环。通问:互相问候。

〔52〕凡:共。

〔53〕澹定:恬静,安定。

〔54〕信信:连宿四夜。

〔55〕拏(ná 拿):与下"捕"同。流风:与下"馀韵"同。拏流风,捕馀韵,即指上述与三女子互相通问以致魂不自持事,亦即所谓承平故态。所以下文紧接着说,眼前的扬州哪里是芜城呢?

〔56〕乌睹:何曾看见。所谓:《芜城赋》所描绘的。风号雨啸:《芜城赋》作"风嗥雨啸"。

〔57〕鼯狖(wú yòu 无又):鼯鼠和长尾猿。《赋》为"阶斗麏鼯"。

〔58〕嘉庆末:指嘉庆二十五年。

〔59〕宋翔凤(1776—1860):字于庭,长洲人。嘉庆举人,官知州。精研经学。龚氏甚重其人,壬午(道光二年)有《投宋于庭翔凤》诗,《己亥杂诗》又有"奉怀宋于庭丈作"一绝,将其誉为"奇材朴学"。侧艳诗:文词艳丽而流于轻佻,多为赠妓之作,不等于今之爱情诗。

〔60〕所谓赋诗者:"谓"应作"为"。为之作诗者,宋于庭为其所眷妓而作之侧艳诗。

〔61〕余齿:我的年龄。垂:将近。

〔62〕耊:老。

〔63〕江介:江岸。指沿江一带。介,犹界。屈原《九章·哀郢》:"哀州土之平乐兮,悲江介之遗风。"

〔64〕抑:然。

〔65〕甄综:综合分析,鉴别品评。

〔66〕蒐(sōu 搜)辑:搜求资料加以编辑。蒐,聚集。文献:文,指有关典章制度的文字资料;献,指多闻熟悉掌故的人。朱熹注《论语》:"文,典籍也;献,贤也。"

〔67〕自任:自己承担。

〔68〕固:本来。

〔69〕四时:四季:春、夏、秋、冬。

〔70〕病:困,苦。

〔71〕澄汰:清洗。繁缛:酷暑时一切衣物和应酬都使人厌倦。淫蒸:长期湿热。

〔72〕泠然:清凉。瑟然:风声。

〔73〕遽:很快。苍(cǎng 沧上声)莽寥泬(xuè 血):空阔无边、旷荡虚静。此深秋之状,人每易生悲感。

〔74〕身世:人生的经历、遭遇。

〔75〕乞籴:向人借粮。

〔76〕丁:当。

魏　源

魏源(1794—1857)，字默深，湖南邵阳(今湖南隆回)人。道光二十五年(1845)进士。官至高邮知州。曾从刘逢禄学《公羊春秋》。与龚自珍齐名，时称"龚魏"。两人都是今文学家，同主"通经致用"。鸦片战争时，在两江总督裕谦幕府，参与浙东抗英战役。痛愤时事，著《圣武记》。后又编撰《海国图志》，提出"师夷长技以制夷"的口号。建议制造枪炮、轮船和其他"有益民用"的机器工业产品，加强海防，抵抗外国侵略。要求改革漕运、盐法，减轻赋税，兼顾商人利益。强调"变古愈尽，便民愈甚"(《默觚》)。协助江苏布政使贺长龄编成《皇朝经世文编》。能诗文。黄象离谓龚自珍文"深入而不欲显出"，魏源文则"深入而显出"，"其为独辟町畦，空所依傍，一也"。今人合其诗文杂著为《魏源集》刊行(中华书局1976年版)，又整理有《魏源全集》二十册(岳麓书社2005年版)。

《海国图志》叙[1]

《海国图志》六十卷[2]。何所据？一据前两广总督林尚书所译西夷之《四洲志》[3]，再据历代史志及明以来岛志及近日夷图夷语[4]，钩稽贯串[5]，创榛辟莽[6]，前驱先路[7]。大都东南洋、西南洋增于原书者十之八[8]，大、小西洋、北洋、外大西洋增于原书者十之六[9]。又图以经之[10]，表以纬之[11]，博参群议以发挥之[12]。

何以异于昔人海图之书[13]？曰：彼皆以中土人谈西洋，此则以西洋人谈西洋也。

是书何以作？曰：为以夷攻夷而作[14]，为以夷款夷而作[15]，为师夷长技以制夷而作[16]。

《易》曰[17]："爱恶相攻而吉凶生[18]，远近相取而悔吝生[19]，情伪相感而利害生[20]。"故同一御敌[21]，而知其形与不知其形[22]，利害相百焉[23]；同一款敌[24]，而知其情与不知其情[25]，利害相百焉。古之驭外夷者，诹以敌形[26]，形同几席[27]；诹以敌情，情同寝馈[28]。

然则执此书即可驭外夷乎[29]？曰：唯唯，否否[30]，此兵机也[31]，非兵本也[32]；有形之兵也[33]，非无形之兵也[34]。明臣有言[35]："欲平海上之倭患，先平人心之积患[36]。"人心之积患如之何？非水，非火，非刃，非金，非沿海之奸民，非吸烟贩烟之莠民。故君子读《云汉》、《车攻》[37]，先于《常武》、《江汉》[38]，而知二《雅》诗人之所发愤[39]；玩卦爻内外消息[40]，而知大《易》作者之所忧患。愤与忧[41]，天道所以倾否而之泰也[42]，人心所以违寐而之觉也[43]，人才所以隔虚而之实也[44]。

昔准噶尔跳踉于康熙[45]、雍正之两朝，而电扫于乾隆之中叶[46]。夷烟流毒[47]，罪万准夷[48]；吾皇仁勤[49]，上符列祖。天时人事，倚伏相乘[50]。何患攘剔之无期[51]，何患奋武之无会[52]？此凡有血气者所宜愤悱[53]，凡有耳目心知者所宜讲画也[54]。去伪去饰[55]，去畏难，去养痈[56]，去营窟[57]，则人心之寐患祛其一[58]；以实事程实功[59]，以实功程实事。艾三年而蓄之[60]，网临渊而结之[61]，毋冯河[62]，毋画饼[63]，则人材之虚患祛其二。寐患去而天日昌，虚患去而风雷行。《传》曰："孰荒于门，孰治于田？四海既均，越裳是臣[64]。"

叙《海国图志》。

〔1〕本文是作者为自己编撰的《海国图志》所写的序。文中既介绍了《海国图志》的内容，也讲了其编撰的目的，即"师夷长技以制夷"。对于国家富强的问题，作者虽未能提到体制高度来考虑，却已明确指出朝野上下同心同德的重要性。从改良到制度革新，其实只有一步之遥，是逻辑推论的必然，因为只有真正民主，上下才会一心。

〔2〕六十卷：作者《古微堂外集》卷三《海国图志·序》后附言："原刻仅五十卷，嗣增补为六十卷，道光二十七载增为百卷，重刻于扬州，仍其原叙，不复追改。"

〔3〕林尚书：林则徐（1785—1850），曾受命钦差大臣，加兵部尚书衔。林则徐在广州，命人将英人慕瑞所撰《地理全志》译为中文，改名《四洲志》。四洲，指亚、欧、美、非。夷，清代对欧、美人的蔑称。

〔4〕历代史志：《史记》的《大宛（yuān 怨）》等列传，《汉书》的《匈奴》、《西南夷》、《西域》等列传，《周书》的《异域》列传，隋、唐书的东夷、西戎、南蛮、北狄等传。明以来岛志：指正史外的记载中外交通的著作，如宋人赵汝适（kuò 括）的《诸蕃志》，元人汪大渊的《岛夷志略》，明人马欢的《瀛涯胜览》，费信的《星槎胜览》之类。近日夷图夷语：指西方传进

的世界地图及分国地图,以及外文著作。

〔5〕钩稽:探索考察。

〔6〕创(chuāng窗)榛阚莽:砍光铲净杂乱丛生的草木,开辟出一条新路。比喻《海国图志》的编撰。

〔7〕前驱先路:为研究世界史地的工作者打先锋。

〔8〕大都:大概。东南洋:东太平洋、南太平洋沿岸和海岛(包括日本及东南亚)各国。西南洋:印度洋沿海各国,包括印度、伊朗、阿拉伯半岛各国。

〔9〕大西洋:欧洲各国。小西洋:非洲各国。北洋:俄罗斯及北欧各国。外大西洋:南、北美洲各国。

〔10〕图以经之:以地图为经(纵的排列)。

〔11〕表以纬之:以介绍各国情况的表格为纬(横的排列)。

〔12〕博参:广泛参考。群议:各种记载和评论。发挥:进一步加以阐发。

〔13〕海图之书:指介绍世界地理等的图书。

〔14〕以夷攻夷:学会制造并使用外国人的科技来抵抗他们的侵略。

〔15〕以夷款夷:用国际法之类知识和外国人办外交。

〔16〕师:学习。长技:擅长的技术,先进的科技知识。制:制服,使对方不敢任意妄为。

〔17〕《易》曰:下引三句见《易·系辞下》。

〔18〕"爱恶"句:人与人相爱则吉,相恶则凶。爱与恶,皆指人与人的不同交接。攻,交接。

〔19〕"远近"句:人与人的关系是疏远还是亲近?过则生悔,不及则生吝。要不悔不吝,必须取不太亲也不太疏的态度。取,指抱的态度。

〔20〕"情伪"句:人与人之间,以诚相见,则利;以伪相欺,则害。情,真(先秦典籍"情"皆训"实",亦即"真")。

〔21〕御敌:在军事上抵御敌方的进攻。

〔22〕形:敌人用兵的形势。

〔23〕利害相百:知其形则利,不知其形则害。利与害距离以百倍计。

〔24〕款敌:和外国进行和平外交(包括停战议和)。

〔25〕情:对方各方面的真实情形。

〔26〕诹(zōu 邹):询问。

〔27〕形同几席:如在小桌子旁和坐席上交谈那样清楚。

〔28〕情同寝馈:如对寝食那样熟悉。

〔29〕驭:控制。

〔30〕唯(wěi 伟)唯否否:应答词,顺应而不表示可否。《史记·太史公自序》:"太史公曰:唯唯否否。"

〔31〕兵机:用兵的机宜。

〔32〕兵本:战争胜败的根本(决定性的因素)。

〔33〕有形之兵:《海国图志》所介绍的各国情形,是具体的形象。

〔34〕无形之兵:决定战争胜败的,军事器械、军事技术、粮饷、交通工具、通信设备,它们的先进与否,当然有很大的作用,但起决定作用的,是官兵一致、军民一心。

〔35〕明臣:明朝大臣,或谓王阳明(1472—1529),名守仁,主张"致良知",是明代心学的最有影响的思想家。

〔36〕积患:长期养成的惧倭心理。

〔37〕《云汉》:为《诗·大雅》中的一首诗。《毛序》:"《云汉》,仍叔美宣王也。宣王承厉王之烈,内有拨乱之志,遇灾而惧,侧身修行,欲销去之。天下喜于王化复行,百姓见忧,故作是诗也。"《车攻》:《诗·小雅》中的一首。《毛序》:"《车攻》,宣王复古也。宣王能内修政事,外攘夷狄,复文武之境土;修车马,备器械,复会诸侯于东都,因田猎而选师

徒焉。"

〔38〕《常武》：《诗·大雅》中的一首。《毛序》："《常武》，召穆公美宣王也。有常德以立武事，因以为戒然。"后世学者多认为是赞美宣王平定徐国叛乱的诗。《江汉》：《诗·大雅》中的一首。《毛序》："《江汉》，尹吉甫美宣王也。能兴衰拨乱，命召公平淮夷。"按：魏源以为作《云汉》等四首诗的诗人，他们虽都歌颂周宣王，但更主要的是歌颂他勤修内政，而歌颂武功的倒摆在次要位置。因为前者是决定胜利的因素。

〔39〕二《雅》：《大雅》和《小雅》。发愤：此用《史记·太史公自序》："《诗》三百篇，大抵贤圣发愤之所为作也。"其实《云汉》等诗是抒发喜悦之情，而不是积愤。

〔40〕玩：研究。卦爻：《易》中纪形的符号，由阴阳爻相配而成，古人用以占吉凶。内外：《易·系辞下》："爻象动乎内，吉凶见乎外。"消息：《易·丰卦·象传》："日中则昃，月盈则食。天地盈虚，与时消息。"消，消失；息，生息。

〔41〕愤与忧：魏源认为只有全国上下，万众一心，充满忧患意识，发愤图强，才能抵御外侮。

〔42〕天道：自然的规律。倾否（pǐ 匹）而之泰：否，卦名，坤下乾上，表示天地不交，上下隔阂，闭塞不通之象。泰，也是卦名，乾下坤上，为上下交通之象。全国万众一心，就能摆脱否运，走向好运。

〔43〕违寐而之觉：脱离睡眠状态，走向醒悟。

〔44〕隔虚而之实：抛弃空谈，走向务实。

〔45〕准噶尔：清代卫拉特蒙古四部之一。上层贵族噶尔丹等勾结沙俄，制造分裂，攻掠喀尔喀蒙古，侵袭青海、西藏等，清朝为平息叛乱，自康熙二十九年（1690）至乾隆二十二年（1757），多次用兵，始将其平定。跳踉（liáng 良）：跳跃。后用以比喻跋扈的情状。

〔46〕电扫：迅速扫除。中叶：中世。

〔47〕夷烟:指英国强行输入中国的鸦片烟。

〔48〕罪万准夷:(英帝国主义侵略军的)罪恶万倍于准噶尔叛乱分子。

〔49〕吾皇:指道光帝。

〔50〕倚伏:《老子》第五十八章:"祸兮福所倚,福兮祸所伏。"相乘(chéng 成):互相战胜。

〔51〕攘剔:排斥铲除。

〔52〕奋武:张扬国威。

〔53〕愤悱:列强的侵略使中国朝野上下长期憋着怒气。《论语·述而》:"不愤不启,不悱不发。"

〔54〕心知:知,同"智"。心智,知觉。讲画:讲求、筹算御敌之法。

〔55〕去:抛弃。

〔56〕养痈:生了痈疽,怕痛不割,终成大患。比喻姑息误事。

〔57〕营窟:经营一己安身之地。如贪官移居国外。

〔58〕痳患:不觉悟的害处。祛:除去。

〔59〕程:考核,衡量。

〔60〕艾三年而蓄之:《孟子·离娄上》:"今之欲王者,犹七年之病求三年之艾也。苟为不蓄,终身不得。"艾是针灸用的艾叶,叶子越干越好。比喻御敌之事要早作准备。

〔61〕网临渊而结之:《汉书·董仲舒传》:"古人有言曰:'临渊羡鱼,不如退而结网。'"比喻准备还来得及。

〔62〕冯(píng 凭)河:《诗·小雅·小旻》:"不敢冯河。"冯河,徒步过河。比喻冒险蛮干。

〔63〕画饼:《三国志·魏·卢毓传》:"名如画地作饼,不可啖也。"比喻徒有虚名,毫无实用。

〔64〕"《传》曰"五句:《韩昌黎诗系年集释》卷十一《越裳操》,共十

489

五句,此引其最后四句。孰荒于门,谁在朝廷悬法之所办理政务?孰治于田,谁在田里辛勤耕作?均,和。越裳,古南海国名。相传周公辅成王,致太平,越裳氏以三象重译而献白雉。是,助词,无义。

沈　垚

沈垚(1798—1840),字敦三,号子敦,湖州府乌程县(今浙江湖州)人。道光十四年(1834)优贡生。性沉默,笃精汉学,足不越关塞,而好指画绝域山川。入京师,馆翰林院编修徐松(星伯)家,两人皆好治舆地学,而松数称垚此学之精。户部右侍郎程恩泽读《西游记》,拟为一文疏通前人跋所未尽,及见垚所著《西游记金山以东释》,叹曰:"地学如此,遐荒万里,犹目验矣。我辈粗材,未足语于是也。"道光二十年,应京兆试,落第后病,十一月十七日殁于京师,年四十三岁。沈曾植序其《落帆楼文集》谓道光之季,文场之风不正,"士以学问自负者,恒闻风而逆加摈弃,其名士而擅议论者尤干时忌。……先生博学倾群公,讥切时病,洞见症结,其不遇岂足异哉"。

记汤侍郎告门生语[1]

萧山汤侍郎金钊以理学名海内[2]。震泽张生洲[3],侍郎主江南乡试所取士也[4],为人守正不阿[5],依侍郎于京邸[6]。会试不第[7],侍郎谓之曰:"君不能随时[8],外人皆与君不合,即有授经之席[9],我亦不荐。夫以君之不合时宜[10],将安所容身哉?惟我爱才能容君耳,君可留教我子。"

未几,又谓之曰:"我儿本习举业[11],自君入我门,颇看理学书。少年人当专意进取[12],一有先儒迂阔之见横梗于胸中[13],则进取望绝矣。夫理学之说,可以为名,而不可行也。君不知变通[14],亦已自误;以教我儿,又将误我儿矣!我留君课儿为举业,不为理学,君宜体此意[15]。"

归安陈洪谟闻之曰[16]:"侍郎此言非天下之福[17]。"

论曰:侍郎之言,所谓"大人患失而惑"者非欤[18]?若绳以《隋书·五行志》之例[19],当以为"言不从"之戒矣[20]。

侍郎室中壁障楹联尽英和相国手书[21]。一门下士趋谒[22],曰:"英相公书可谓精绝!"侍郎因指示佳处。其人曰:"相公书诚佳,然公何以悬之若是其多也?窃谓悬一联犹可乎?"

〔1〕这是一篇绝妙的讽刺小品,阅罢令人如读《儒林外史》。起写汤侍郎为理学名臣,张洲寄食汤家。次写汤责张不随时,已露伪道学面目。又通过汤责张的另一番话,彻底揭出伪道学的本质。议论之处先借陈君之口指责汤的伪道学的恶果亦记自己的评论,句挟冰霜,严于斧钺。文章本已写完,大约过了一段时间,又得到一条新材料,于是补写一段,从一件小事彻底揭露那位汤侍郎的丑恶灵魂:原来理学名臣是这样的趋炎附势,以持禄固宠。通观全文,小人物(张洲、陈洪谟和那门下士)倒有大人格。

〔2〕萧山:县名。清代属浙江绍兴府。汤金钊:《清史列传》、《清史稿》皆有传,前书更详,而《中国人名大辞典》所述最妙,恰好与沈垚此文对看,兹录之:"汤金钊,萧山人,字敦甫,一字勖兹。嘉庆进士。道光间

官至协办大学士、吏部尚书。坐事镌四级,授光禄卿。其学以治经为务,主敬为本,不立门户,不争异同。大约本明道敬义夹持,而兼有取于良知兼慎独之说,以刻意励行为宗。卒谥文端。"《清史稿》本传称:"金钊自为翰林,布衣脱粟,后常不改。当官廉察,负一时清望。"在《论》中又称"汤金钊正色立朝,清节(卓)著,虽以直言被摈,宣宗终鉴其忠诚,易名曰'端',允无愧焉。"著《寸知室存稿》。理学:指宋明儒家哲学思想。也称性理学、道学。道学家的特征是正心诚意,不欺暗室,着重做到表里如一。但历史上多次出现的却是假道学。

〔3〕震泽:县名。本吴江县地。清雍正二年(1724)析置震泽县,属江苏苏州府。张生洲:姓张的书生,名洲。

〔4〕主:主持。

〔5〕守正不阿:笃守正道,不曲意迎合他人。

〔6〕京邸:指汤侍郎在北京的寓宅。

〔7〕不第:没有考取进士。

〔8〕随时:顺应时势,随大流。

〔9〕授经之席:教导少年及儿童读四书五经的工作岗位。

〔10〕不合时宜:不合当时的潮流。

〔11〕举业:举子业。指科举时代专为应试的学业,主要是学作八股文和试帖诗。

〔12〕进取:通过科举考试取得功名,从而登上仕途。

〔13〕先儒:此处专指宋明理学家,如宋的周(敦颐)、程(颐、颢)、张(载)、朱(熹),明的王守仁。迂阔之见:不切实情的理论。

〔14〕变通:不讲原则,随机应变。

〔15〕体:领悟,体察。

〔16〕归安:县名。清代为浙江湖州府治。

〔17〕"侍郎"句:清王朝以程朱理学为官方哲学,企图以此禁锢士

人的思想,使大家都恪守纲常名教,忠君孝亲,决不犯上作乱。而汤侍郎却公然说:理学之说,可以为名,而不可行。这自然是大大危害思想统治的事。

〔18〕大人患失而惑:《左传·昭公十八年》:闵子马曰:"大人患失而惑。"患失,患失位。惑,不明理。沈垚此处谓汤侍郎患失官位,故成为假道学,这是由于他不明理,所以不能实践孔孟之道。

〔19〕绳:衡量。

〔20〕言不从:《隋书·五行志上》"木沴金":"刘向曰:'失众心,令不行,言不从,以乱金气也。'……朝纲紊乱,令不行,言不从之咎也。"按:《论语·子路》:"其身正,不令而行;其身不正,虽令不从。"刘向等所言,正是发挥孔子之意。而沈垚此处则指责汤侍郎一类假道学,言行不一,欺世盗名,必将导致天下大乱。

〔21〕壁障:墙上的条幅或横幅。楹联:屋柱上的对联。英和(1771—1840):满洲正白旗人,姓索绰络氏,字定圃,号煦斋。少有异才,和珅欲纳为婿,不可。乾隆间成进士,殿试恐为和珅所中,乃变易字体得免。仁宗即位,首言开捐之弊,有永停捐例之诏,吏治一变。道光间请行海运。数主试,尤风雅爱才。官至吏部尚书、协办大学士。有《恩福堂诗钞》等。相国:清代大学士等于前代的宰相,故有此称。

〔22〕门下士:此指汤侍郎的弟子。趋谒:恭敬地前来进见。

记小皮受挞〔1〕

小皮者,皮姓,名福,礼部左侍郎新城陈公故仆也〔2〕。其父先事公,故公家人皆呼福为小皮。

道光十四年秋九月,公取垚充浙江优贡生〔3〕,且命载后车入都[4]。时上以史评代公为浙江学政[5]，而命公留杭州谳狱[6]。

公以能文章[7]、扶植寒士名海内，宾客户外屦常满。小皮性敏，以事公久，亦学为诗，公辄取而改正之。小皮又乐山水游，于什伯侪偶中[8]，洒然出尘物也[9]。公遇闲暇时，辄与客围棋，客或不至，则呼小皮侍弈。

垚将从公北上，谒公于行馆[10]。公出图籍属题[11]，小皮捧卷拂几，侍立循谨甚[12]，时渊乎若有所思[13]。

明年，公事竣入京[14]，小皮则荐事史学政[15]。

史略无学术[16]，不接士大夫，而纵其弟往来民间不禁。惟又吝且躁，数以米盐琐屑挞责其仆[17]。小皮性温雅[18]，尤史所不喜，鞭扑殆无虚日。

小皮故好佛，又屡遭箠笞[19]，不胜痛楚[20]，遂长斋不肉食，欲削发为僧于西湖。

尝泣曰[21]："奴不才，受陈大夫恩厚[22]，大夫怜奴有母，故不令从而北，荐事学政。而所遇如此，命也，又奚敢怨[23]？"闻者怜之。

沈垚曰：今之公卿率庸猥鄙啬[24]，概置天下大小事不问，惟孳孳焉庇私人、殖货财是务[25]。士之能读书者，居则无所得食，转死沟壑[26]；出而幸见赏公卿[27]，亦不过颐指使之[28]，犬马畜之，而旋以千秋之报责之[29]。故居者出者皆无以自立。能为寒士地者[30]，仅见一新城陈公，而公又不可作矣[31]！天丧斯文[32]，风雅道尽[33]，不独士能读书者无地自容,即奴仆之有性情者亦必遭摧折。时运如斯[34],可哀也已!

〔1〕本文先后记叙了仆人皮福侍陈用光而得善待、侍史学政而被挞的经历,最后引发了作者的感慨。此为全文重点,通过它,可以看出末世公卿与才士的紧张关系。最后一笔绾合到小皮,使文章结构完整。

〔2〕陈公:陈用光,字硕士,新城(今江西黎川)人。生平详本书作者小传。

〔3〕优贡生:清制,各省学政三年任满,根据府、州、县教官上报,会同总督、巡抚,从在县生员中选取文行俱优的人,由学政考定保送,大省六人,中省四人,小省二人,叫优贡。发榜中式者入京朝考,一等任知县,二等任教职,三等任训导,三等以下的罢归。

〔4〕后车:副车,侍从之车。

〔5〕上:指清宣宗(道光帝)。史评:人名,不详。学政:清代提督学政的简称。掌各省学校生员考课升降的情况。

〔6〕谳(yàn验):议罪。

〔7〕能文章:陈用光师从姚鼐,能为桐城派古文。

〔8〕什伯佔偶:许多奴仆辈。

〔9〕洒然:潇洒地。出尘物:超出流俗的人物。

〔10〕行馆:旅馆,宾馆。

〔11〕图籍:图画和书籍。属:同"嘱"。

〔12〕循谨:遵守规矩,小心谨慎。

〔13〕渊乎:深沉地。

〔14〕事竣:谳狱的公事办完了。

〔15〕荐事:由陈公推荐,让小皮服事史评。

〔16〕略无学术:一点儿也没有学问和办事才能。

〔17〕数(shuò 硕)：屡屡。

〔18〕温雅：性情温顺，谈吐文雅。

〔19〕箠笞：棍打鞭抽。

〔20〕不胜(shēng 声)：受不住。

〔21〕尝：曾经。

〔22〕陈大夫：指陈用光。

〔23〕奚：何。

〔24〕率(shuài 帅)：大概，一般。庸猥鄙啬：平庸、卑贱、鄙陋、吝啬。

〔25〕孳(zī 咨)孳：勤勉不懈。庇私人：庇护亲信。殖货财：孳生钱财。惟……是务：此句式略同"惟公马首是瞻"，不过"瞻"是及物动词，而"务"是副词，修饰"庇"、"殖"两动词。此句可还原为"惟务庇私人、殖货财"。

〔26〕转死：离乡背井，死在路上。沟壑：山沟。

〔27〕见赏：被赏识。

〔28〕颐指：以面颊表情示意指使人。

〔29〕旋：很快地。千秋之报：长期的报恩。责：要求。

〔30〕能为寒士地：能给贫寒读书人觅得容身之地。

〔31〕作：起来(时陈用光已殁)。

〔32〕斯文：指读书人。

〔33〕风雅：风流儒雅。道尽：传统已经断绝。

〔34〕时运：时代的运数。

汪士铎

汪士铎(1802—1889),字振庵,别字梅村,江宁(今江苏南京)人。家贫,十二岁为旧衣铺学徒,后又改习糕饼业,终以性不习,乃食贫苦读。道光二十年(1840)举人。胡林翼为其座主,深契之,抚鄂时,聘入幕府。初至即与胡坚约不受辟署,然咨商政务,于时局多所裨益。曾国藩称其志节如严君平、陶渊明。旋归金陵,隐居以终。有《汪梅村先生集》。其学主要在山川郡国典章制度,将达经术于政治,雅不欲以文章震惊流俗。"其文章则镕冶周秦汉魏,旁及六代,符采鸿曜,宫征锵悦。"(洪汝奎序)然士铎自评其著作,则"笔记为上,诗次之,词又次之,而文最下。"其论文则曰:"文以记政事,讲道德,载人物为质,徒文,虽工无益也。"(文集卷五《说作文》)

记江乐峰大令事[1]

同乡江乐峰世玉,以傲上为胡文忠公所劾[2],谓其恃才使气也[3]。经唐义渠训方中丞开复知县[4],严渭春树森中丞委署黄安县事[5]。

壬戌十二月中旬始抵任[6],其钱漕一切规费已为前任一网而尽[7]。江自筹薪水理县事,誓不取民间分文。其明年二月,部议不准[8],撤任,江怡然就道。然自初莅任至交谢,已亏欠库款千零十金[9]。

盖江自正月八日襆被携二役[10],一负案卷[11],皆历任令尹所未结者[12];一持笔砚诸物。遍历四乡[13],怀干糒[14],或市饼饵[15],与二役共食,杯茗不扰于民[16]。至则查阅团练[17],勉以忠义,奖其勇者以花红布帛[18],而策励其馀[19]。讫事[20],即就各乡为了积案。江本治刑名家[21],断事若神,明通公正。一时皆云:"不费一文,而了数十年难判之案者,二百年所未见也。"

二月中,豫省捻匪陈大喜阑入楚境[22],白崔杨朝林方守麻城[23],兵败,贼益张[24],分扰各县。时江已去任[25],新令某闻风大骇,闭城不敢出。江方未出境,即率诸练勇堵御,三战皆捷,斩首八百级[26],而勇只伤十馀人,贼遁去。新令大惭,遂禀江欠库款数目。

其民闻之[27],曰:"此吾慈父母也,其欠项皆战费、练费也,可以此累之乎?"其县分四十八社[28],社出银二十五金为之偿,尚馀百九十金以为赆[29]。江受而转输之公[30],为修理圣庙费[31]。黄安人益感之[32]。

严中丞行部闻之[33],叹曰:"古闻是语,今乃有是事乎?"即檄江长营务[34]。其民闻之,走相送者至罢市[35],五十里中,花爆、彩红、茶、酒相续。江不能舆[36],亦步行,数日方出境,而民皆垂泣相别。

噫!"斯民也,三代之所以直道而行也[37]",于此见之。

〔1〕此文最大特点是纪实。从开头就可看出其人其事的真实性。

而对江在短暂仕途(大约两个月)中的所行所为,完全让事实来说话。它说明封建社会确实也有好官,但关键是这样的人总很难得志。江乐峰,名世玉,字乐峰。生平不详。大令:即县令。

〔2〕胡文忠公:胡林翼(1812—1861),湖南益阳人。字贶生,号润芝。道光进士。累擢湖北巡抚。时太平军势盛,胡创厘金,通盐运,改漕章,增多收入,以固守武昌,成为各省战事之根据。治军务明纪律,尤加意将才,尝曰:"兵之嚣者无不疲,将之贪者无不怯。"又曰:"才者无求于天下,天下当自求之。"世以为知言。后卒于军,谥文忠。后人辑有《胡文忠公遗集》。按:胡为作者座主,且有知遇恩,然此文一开篇即责胡之劾江,毫不假借,于此可觇汪氏之人品。劾:检举弹劾他人的罪过。

〔3〕恃才使气:自负其才,意气用事。

〔4〕唐训方(1809—1876):字义渠,湖南常宁人。道光举人。咸丰间从曾国藩领水师,嗣改入陆军,转战湖北、江西、安徽各省。官至安徽巡抚。拒太平军于庐州,破捻军于灵壁,与僧格林沁共平叛苗,颇有功。坐事降官,后官直隶布政使。著有《常宁诗文存》、《唐中丞遗集》等。开复:官员因事降职或革职,后仍复其原官或原衔。

〔5〕严树森:字渭春,四川新繁人。道光举人。咸丰间由知县累迁河南巡抚。败陈玉成,肃清豫省边界。同治间调湖北巡抚。石达开及捻军相继攻楚,树森派兵迎战,屡胜。光绪间终广西巡抚。树森直果敢言,任事不避艰险。初起,洁身自好,胡林翼极爱重之;后任疆圻,颇纳贿赂,晚节不终,论者惜之。黄安:县名。清属湖北黄州府。

〔6〕壬戌:同治元年(1862)。

〔7〕钱漕:钱,钱粮,即田赋。漕,漕粮,清制:山东、河南、江苏、浙江、安徽、湖北、湖南、奉天等省,除地丁(土地、人口税)外,尚须缴纳米豆,漕运京师,称为漕粮。规费:旧时官府在征收田赋和漕粮时,很多陋规,额外加重民间的负担,成为官吏敛财的公开手段。

〔8〕部议：吏部审核。

〔9〕千零十金：一千零十两纹银。

〔10〕襆被：以包袱裹束衣被。

〔11〕案卷：官署中分类存档的文件。一案一卷，故称案卷。

〔12〕令尹：县官别名。秦汉以来，一县之长叫县令，元代叫县尹，因而也合称令尹。未结：还没有判决。

〔13〕四乡：县城四周稍远的地方。

〔14〕糒（bèi 被）：干饭。

〔15〕饼饵：用水和面粉蒸熟的叫饼，用水和米粉蒸熟的叫饵。

〔16〕茗：晚采的茶叶。文中指茶水。

〔17〕团练：就地选取丁壮，加以军事训练，这种乡兵（正规军以外的）称为团练。当时为了抵抗太平军，各地绅士多招募乡兵进行军训。如曾国藩为首的湘军，李鸿章为首的淮军，其前身即团练。

〔18〕花红：旧时风俗，插金花，披红绸是表示喜庆的意思，名为"花红"，因此在喜庆时赏给仆役的钱物，也叫"花红"。又引申为凡是犒赏及奖金也称"花红"。

〔19〕策励：督促勉励。

〔20〕讫事：办完了事。

〔21〕刑名：专门研究法律条例的学理。

〔22〕豫：河南省的简称。陈大喜（1832—1865）：字泰和，汝宁平舆（今河南平舆）人。领导豫捻五六年间转战豫、皖、鄂、鲁、冀五省，配合了太平天国、皖捻的反清斗争。阑入：擅自闯入。楚：湖北省的简称。

〔23〕白雀：地名，清代有河南白雀（今河南光山县白雀镇）、湖州白雀（今浙江湖州市白雀乡）。当为杨朝林籍贯。杨朝林：据《天国志·张宗禹牛洛红任柱李允张五孩列传》，杨朝林为清朝总兵，曾与僧格林沁等协力挫败张宗禹等部捻军。麻城：县名。清属湖北黄州府。

〔24〕张:势力更强大。

〔25〕去任:离开了黄安县知县的职位。

〔26〕级:秦制:战争中斩敌之首,一首赐爵一级,谓之首级。

〔27〕其民:指黄安县的民众。

〔28〕社:地方基层行政单位。此似等于今之乡。

〔29〕赆:以财物赠行者。

〔30〕输:赠送。

〔31〕圣庙:孔子庙。

〔32〕益:更。

〔33〕行部:巡视部属,考察刑政。

〔34〕檄:用官文书征召。长(zhǎng掌)营务:主管军营的庶务。

〔35〕走相送:跑去欢送。

〔36〕江不能舆:由于欢送的人拥挤,江知县没法坐轿子走。

〔37〕"斯民"二句:见《论语·卫灵公》。意谓黄安县这样的民众,是和夏、商、周的民众一样,明辨善恶,毫无私心地表现出对江知县的热爱。

鲁一同

鲁一同(1805—1863),字通甫,山阳(今江苏淮安)籍,世居安东(今江苏涟水),后移家清河(今江苏淮阴)。道光十五年(1835)举人。曾连试不第,乃研精为文。毛岳生见其文,谓七百年来文患于柔,惟此为能得刚之美。周天爵督漕时见之,曰:"此天下大材也,岂直文章哉!"曾国藩尤相敬异。一同无尺寸之柄,而忧伤时世之艰危,于田赋、兵戎诸大政,河道变迁,地形险要,以及中外大势,无不究其端委,而得其关键。罕有遇合,则一发之于文章。为文务切世情,其言曰:"文章事业,皆以静俭为根本。"又曰:"行不蹈道则非经,道不宗经则非道。"时以为至言。尝论天下之患,在治事之官少,治官之官多。时亦以为名言。著有《通甫类稿》、《通甫诗存》等。

致宥函[1]

士君子不轻为尊贵人作文[2],非徒远权势[3],厉风节[4],为吾辈之文必不足悦势要,虽勉为之,疏直野朴之气岂有合哉?其不必一也。

古人赠言[5],不过数语,后世序述[6],率累千言[7],介祝之章[8],变益加厉[9],繁缛无节,直秽笔耳[10]!今欲远宗古谊,则寂寥寡欢,沿流增波,无以相胜[11]。其不必二矣。

《传》曰[12]:"祝史正词。"[13]盖虽颂祷之章,必有敦勉之指。若用此于今之大人长者,往而见憎[14]。其不必三矣。

夫文,情之精者也。今之作者先苦无情,假手之文[15],尤隔秦越[16]。于是多陈官阀[17],涂泽芳菲[18]。结体等于碑铭[19],选言近于词赋[20]。今将一切芟薙[21],胸臆之间[22],又无他语,直须阁笔[23],达以空函。

若以人世酬酢[24],理不得辞,便如曩旨云云[25],以无情之文,应无情之事,不亦可乎?

必欲使仆代斲者[26],将肆其狂直[27],为足下得罪于当途[28],将安所用之?

〔1〕宥函,姓孔,名继镣,宥函其字。直隶大兴籍,山东曲阜人。道光十六年(1836)进士,官刑部主事。《通甫类稿》卷三《孔宥函诗序》言孔弃官归养十馀年后,又从军奋战东南。《通甫诗存》卷四《宥函殉难江浦,遥哭以诗》二首,其一有云:"白刃起帐下,骇兒摧行辀,百万沙虫中,齿发将焉求。"其二有云:"秋风吹金陵,鏖兵历阳城,旄头属军垒,凶门降妖星,……飞矢著丁宁。……齏肝惨已甚,拔舌血犹腥。"则死状甚惨。此文殆孔改官南河,与鲁里居相近时所作。作者行文层层递进,极言不能代作应酬文字以献与贵人,可以看出鲁一同的人品多么高洁。

〔2〕士君子:有道德的读书人。不轻:不轻易。作文:作应酬文字,歌颂功德。

〔3〕远(yuàn愿):远离。

〔4〕厉:激勉。风节:风骨,气节。

〔5〕赠言:用正言相勉励。

〔6〕序述:唐、宋以来,送别赠言之文也称序,如韩愈《送孟东野序》、柳宗元《送薛存义序》。述即述赞,史论的一种,全篇用韵。唐人司马贞作《史记索隐》,于《史记》每篇纪、传、世家、书、表之末,皆有述赞。

〔7〕率累:大概积聚。千言:上千个字。

〔8〕介祝:祝人大寿。

〔9〕加厉:事物变化得比原状更严重。

〔10〕秽笔:浊恶的文字。

〔11〕无以相胜:没法能超过那些秽笔。

〔12〕传:《左传》。

〔13〕祝史正词:《左传·桓公六年》:"祝史正辞,信也。"祝史,主持祭祀祈祷之官。正辞,不虚称君美。

〔14〕见憎:被大人长者厌恶。

〔15〕假手:由别人代作。

〔16〕秦越:秦,今陕西一带;越,今浙江部分。比喻相距遥远。

〔17〕官阀:官阶门第。

〔18〕涂泽芳菲:犹今言涂脂抹粉。

〔19〕结体:文章的结构和体裁。碑铭:神道碑、墓志铭。

〔20〕选言:遣词造句。

〔21〕芟薙(shān tì 山替):割除。

〔22〕胸膈:胸腔和膈膜。此言胸中。

〔23〕直须:只有。阁:搁下。

〔24〕酬酢(zuò 作):宴会上,主向客人敬酒叫献,客还敬叫酢,主再回敬叫酬。

〔25〕曩旨:先前您说的意见。云云:如此如此。

〔26〕代斲:代作他人分内之事。语出《老子》七十四章:"夫代司杀

者杀,是谓代大匠斲,夫代大匠斲者,希有不伤其手矣。"此言代孔作应酬贵人之文。

〔27〕肆:任意写。狂直:疏狂直率。

〔28〕当途:当权的人。

书张秀[1]

张秀者,沭阳小吏也[2]。

沭诸生王某以墓地与邑豪讼[3],词引秀[4]。

豪尝决水冲塚墓数百所[5],惧,行千金啗秀[6],不可;倍之,不可。豪贿诸官[7],反坐王生[8],锻炼几成狱[9],王不能堪,昏仆阶下[10]。

官引问秀,秀曰:"决河者实某,非王生。"

官张目叱秀,秀曰:"实某,非王生。"

箠楚杂下[11],晕绝良久。既苏[12],垂头久不语。

王生顾曰[13]:"张秀,汝之为某至矣[14],盍诬服乎[15]?"

秀笑曰:"秀不爱千金之利,关三木[16],筋骨刲断[17],至死不忍诬君者,以有天耳!君何德于秀[18],而曰相为?"因大呼:"实某实某[19]!"

狱得不具[20],人皆称秀长者[21]。

而其后颇通贿赂,扰公事。

或曰:"秀变。"

鲁子曰：嗟乎！此其所以为秀也[22]。天下大县吏役常千人，小者不卜数百。此人皆无食于官，复不少受人财物，有饿死耳！且夫却千金之贿[23]，冒万死以直冤狱[24]，此士君子所难；鬻期会[25]，通关节[26]，取微利以活妻子，乃吏之常。今舍所难责所常，不已慎乎[27]？士有束身自爱[28]、然不能为秀之为者多矣，奈何责秀？

[1] 此文讲述了沭阳小吏张秀，由早期的清正廉吏到后来"通贿赂，扰公事"的蜕变过程。此文特点在于写法异乎常轨。从第一到第九段写张秀拒重赂、冒万死以直冤狱，其言其行真可惊天地而泣鬼神。如果文章就此结束，那就是遵循常轨之作，然而从十到十一段却写张秀变了。这已使读者顿感意外。这时作者出来发一番议论，使读者不能不首肯。这番合情合理的议论启示我们："衣食足然后礼义兴"；否则英雄豪杰也必将"无恒产者无恒心"。

[2] 沭阳：县名。今属江苏省。小吏：各衙门的房吏、书办，无俸禄而供事于官。

[3] 诸生：俗称秀才。明清两代称已入学的生员。邑豪：县里的恶霸地主。

[4] 词引秀：争讼双方在对质时提到张秀可作证人。

[5] 决水：掘开堤坝放水。

[6] 啗：以利诱人。

[7] 诸：之于。

[8] 反坐：诬告别人，被讯明治罪。此处是县官受了邑豪的贿，反而说王生诬告邑豪。

[9] 锻炼：罗织罪名。几：几乎。成狱：结案。

〔10〕昏仆:被拷打得昏死在地。

〔11〕箠(chuí 锤)楚:指杖刑。箠,杖;楚,荆木。

〔12〕苏:昏死后醒转来。

〔13〕顾:转头看。

〔14〕为某至矣:帮我说话已经仁至义尽了。

〔15〕盍:何不。诬服:无辜服罪。

〔16〕关三木:加在犯人颈、手、足上的刑具,叫三木。关,贯穿。

〔17〕捌断:折断。

〔18〕德:恩惠。

〔19〕实某实某:破堤的确实是邑豪,确实是邑豪。

〔20〕不具:不曾构成。

〔21〕长(zhǎng 掌)者:谨厚的人。

〔22〕此其所以为秀也:这就是张秀成为张秀的缘故。

〔23〕且夫(fú 服):副词,表示进一步分析。却:拒绝。

〔24〕直冤狱:使冤狱得以平反。

〔25〕鬻(yù 玉):出卖。期会:规定的期限。

〔26〕关节:通贿请托。

〔27〕不已傎(diān 掂)乎:不太颠倒了吗?

〔28〕束身:约束自己。

拟论姚莹功罪状[1]

臣闻齐有黔夫,燕祭北门[2];楚杀得臣,晋人相贺[3];赵用李牧,秦不加兵[4]。列服之君[5],犹有爪牙之佐[6]。爰及后代[7],守边之士,魏尚、郅都、班超、梁瑾之伦[8],皆威信千里[9],坐摧强寇。用之则边境安,舍之则戎心启[10]。故延寿不赏,汉臣寒心[11];道济见杀,宋疆日蹙[12]。何者?忠孝勇猛之士,敌人所构忌[13],谗间所由横生[14],徒以纤芥之间[15],疑似之衅[16],卒维吏议[17],使折冲奇士旋踵及身[18],为世深戒,诚可痛也!

窃见前台湾道姚莹[19],忠勤文武,守边数年,横塞夷虏之冲[20]。虏尝三犯之,摧败夺气以去[21]。军兴以来[22],南维广闽,北连江浙,失地丧师者骈肩望于道[23]。台湾地广不过一大郡,卒不过千人,其所摧陷[24],足以暴白于天下矣[25]。

往者和议初成[26],佥谓可恃[27]。厦门旋覆,浙东再蹒[28]。准今视昔[29],和之不可信可见于此矣。今信逆虏反复之说,轻折捐命之臣[30],摧败士气,为夷复仇。

夷自定海以来,小入覆军,大入夺城,焚杀淫掠,动以万计。就如逆虏失风被剿,送死东陲[31],亦足雪数年之深耻,偿士卒之冤痛。

奉命守土,惟敌是求[32]。皇上天容地载,沛大恩于上[33];诸臣守义[34],死节于下[35]。以守则固[36],以和则久。国体事机[37],亦无损缺。臣见其功,未见其罪。

窃料夷人张其凶暴[38],咆哮中国,深入腹地[39],得而不有[40],非有余力而不肯施,技止此也[41]。使边将皆如莹等出万死不一顾返之计,纵不百全,胜负之理,亦当相较,或未易量。

今怵其诡说[42],变易有功之臣[43]。莹等一去[44],海外孤危[45]。后有来者[46],避畏吏议,孰敢击贼?边吏解体[47],辱军之将有所饰其耻,率相委以去[48]。东南之祸未有艾也[49]。

且国家诛诸将以委城[50],而罪莹以敢战。进退之义,臣未得其中[51]。谓宜湔雪莹罪[52],激厉有功,以劝来者[53]。

谨状[54]。

〔1〕状:文体的一种。向上级陈述事实的文书。此文是替姚莹进行申辩的一封文书,重点说明不可使功臣含冤负屈,并直责朝廷赏罚失宜。此种文字最可见鲁一同的风骨,它其实反映了当时的中国人民的心声。文字凝练,而气势磅礴,充分表现出一种阳刚之气,使后代读者也热血沸腾。特别是第六段,下笔极有分寸,"纵不百全",胜负"或未易量",可见其冷静思考态度。姚莹,见本书小传。

〔2〕"齐有"二句:《史记·田敬仲完世家》:齐威王二十四年,与梁惠王言国之宝,曰:"吾吏有黔夫者,使守徐州,则燕人祭北门,赵人祭西门。"齐以得黔夫一人,而令燕赵服,此言得人之重要。

〔3〕"楚杀"二句:《左传·僖公二十八年》:晋、楚城濮之战,楚师败,主帅子玉(成得臣字)自杀,晋文公闻之,喜形于色,曰:"莫余毒也已。"

〔4〕"赵用"二句:《史记·廉颇蔺相如列传》:赵悼襄王七年,以李牧为大将军,大破秦军,封李牧为武安君。居三年,秦攻赵,李牧又击破秦军。

〔5〕列服:列国。王畿(京师区域)以外的地方叫服。

〔6〕爪牙:比喻武臣。

〔7〕爰:句首助词。

〔8〕魏尚:槐里(今陕西兴平东南)人。汉文帝时为云中太守,其军市租,尽以给士卒。出私俸钱,五日一杀牛,以享军吏,匈奴不敢近云中塞。郅都:河东大阳(今山西平陆)人。汉景帝时为中郎将,拜济南太守,迁中尉,后拜雁门太守。班超(32—102):字仲升,安陵(今陕西咸阳)人。家贫,佣书养母。尝投笔叹曰:"大丈夫当效傅介子、张骞立功异域,以取封侯,安能久事笔砚间乎!"汉明帝、章帝时出征西域,历官军司马、将军长史、西域都护,安集五十馀国,封定远侯。梁瑾:为"梁慬"之讹写。《后汉书·班梁列传》载其事迹。慬(?—112),北地弋居(今甘肃宁县南)人。平龟兹,破羌人,定河西四郡,败匈奴,降单于,升度辽将军。伦:类。

〔9〕信:同"伸"。

〔10〕戎心启:敌国的侵略野心就会产生。

〔11〕"延寿"二句:《汉书》卷七十甘延寿、陈汤列传:汉元帝时,延寿为郎中谏大夫,使西域,与副校尉陈汤共斩郅支单于。延寿封义成侯,汤赐爵关内侯。成帝时,汤以罪徙边。议郎耿育为汤讼冤曰:"延寿、汤为圣汉扬钩深致远之威,雪国家累年之耻,讨绝域不羁之君,系万里难制之虏,岂有比哉!先帝嘉之,仍下明诏,宣著其功,……独丞相匡衡排而不予,封延寿、汤数百户,此功臣战士所以失望也!"

〔12〕"道济"二句:檀道济(?—436),南朝宋高平金乡(今山东金乡)人。从宋武帝平京邑,累迁太尉参军。文帝即位,拜征南大将军、江州刺史。督师伐魏,三十馀战多捷。进司空,镇寻阳。道济立功前朝,威名甚重,朝廷疑畏之。文帝疾笃,彭城王义康召入朝,收而诛之。道济被捕,怒目如炬,脱帻投地曰:"乃坏汝万里长城!"魏人闻之,喜曰:"道济死,吴子不足惮矣!"

〔13〕构忌:设计陷害,忌惮。

〔14〕谗间(jiàn建):用诬枉的话进行离间。横生:凭空出现。

〔15〕纤芥:细微。

〔16〕疑似:是非难辨。衅(xìn信):隙。

〔17〕卒:终于。继(guà卦):触犯。吏议:处分官吏,议定其罪。

〔18〕折冲:使敌方战车后撤,即击退敌军。冲,战车的一种。旋踵:转足之间。形容迅速。及身:灾祸施加到身上。

〔19〕"窃见"句:姚莹于道光十八年(1838)出任台湾兵备道。在鸦片战争中与台湾总兵达洪阿一起,愤而抗英。道,清代省以下府以上一级的官员,俗称道台,也称观察。

〔20〕横塞:纵横堵塞。夷舻之冲:英国海军的战舰。

〔21〕"虏尝"二句:英国军舰于1841年8月、9月,次年正月三次侵犯台湾,均被击败。夺气,慑于声威,丧失胆气。

〔22〕军兴:指此次中英战争的发生。1840年6月,英国侵略者恃其军事力量,发动鸦片战争,先后攻占舟山、虎门、厦门、宁波、吴淞、镇江等地,并霸占香港。下文云"厦门旋覆,浙东再蹶",即纪其史实。

〔23〕骈肩:肩并肩,形容人多拥挤。

〔24〕摧陷:挫折破败。

〔25〕暴(pù瀑)白:显示。

〔26〕和议:指中英《南京条约》。时在1842年8月29日。

〔27〕金:都。

〔28〕"厦门"二句:1840年7月初,英军炮击厦门港,8月26日攻陷厦门。7月4日,英舰队闯入浙江舟山群岛定海水域,10月1日,攻陷定海。10日陷镇海。13日陷宁波。

〔29〕准:比照,依据。

〔30〕捐命之臣:奋不顾身的臣子(指姚莹)。

〔31〕东陲:指台湾。按:1841年9月30日,英运输舰驶入基隆港,炮轰二沙湾炮台,被我守军开炮还击,击毙白人十名,"里夷"(印度兵)二十三名,俘获印兵一百三十三名,捞获大炮十馀门,此为初捷。1842年3月5日,三桅英舰三艘在大安港外洋游弋。11日,英二桅帆船安因号被我渔轮诱入土地公港,触礁搁浅,我伏兵乘势发炮攻击,击毙英军数十名,生俘白人十八名,红人一名,黑人三十名,广东汉奸五名,夺获大炮十一门,此为再捷。两次共俘英军二百馀名,经兵备道姚莹审讯后,奏请就地正法,清宣宗(道光帝)立即核准。除夷目九名及汉奸两名暂行,及囚禁中病死三十六名外,其馀一百三十九名一律处死。此即此文"逆虏失风被剿,送死东陲"的实况。

〔32〕惟敌是求:惟求敌(只希望尽量歼灭敌人)。

〔33〕沛:广施(恩惠)。

〔34〕守义:恪尽臣责。

〔35〕死节:为坚守节义而死。

〔36〕以守则固:用这种死节心态来防守,那是坚不可摧的。

〔37〕国体:国家的体面。事机:事情的机会,时机。

〔38〕夷人:此指英国侵略者。张:尽量施展。

〔39〕腹地:内地。

〔40〕得而不有:攻陷了却不能长期占领。

〔41〕技:本领,力量。

〔42〕怵(chù处):恐惧。诡说:不符合事实的话。当时美国全权公使璞鼎查胡说姚莹所杀英俘"实系遭风难夷",是贪赏冒功。

〔43〕变易:把功臣说成罪臣。

〔44〕一去:一离开。

〔45〕"海外"句:台湾一岛孤悬海外,十分危险。

〔46〕来者:指姚莹的继任者。

513

〔47〕解(jiě 姐)体:人心涣散。

〔48〕率:都。相委:互相推卸责任。

〔49〕艾:尽,停止。

〔50〕诛:处罚。委城:抛弃所守城市。

〔51〕中:正理。

〔52〕湔(jiān 兼)雪:洗雪。莹罪:当时在璞鼎查等威胁之下,清廷竟追问姚莹等"欺君冒功之罪",派闽督怡良到台湾将他们革职逮问。

〔53〕劝:勉励。

〔54〕状:动词,犹"告白"。

郑 珍

郑珍(1806—1864),字子尹,贵州遵义人。道光十七年(1837)举人,选荔波县训导。同治二年(1863),大学士祁寯藻荐于朝,特旨以知县分发江苏补用,卒不出。他是经学家,莫友芝认为他平生著述,经训第一,文笔第二,歌诗第三。翁同书认为他"为文章古涩奥衍","实则真气流贯","及读其《母教录》,即又悱恻沉挚,似震川《先妣事略》、《项脊轩记》诸篇"。陈夔龙认为"所为文章,实能贯串考据、义理、词章而一之"。"遭际多艰,困阨忧虞,仍不沫其事亲孝敬之诚"。高培榖则认为"其文守韩、柳家法,谨严峭洁,不落宋以后体势"。可见其文有多种风格。1940年赵恺编有《巢经巢全集》。今人整理有《巢经巢诗钞笺注》(白敦仁笺注,巴蜀书社1996年版)。

《母教录》自序[1]

公父文伯之母曰:"君子能劳,后世有继[2]。"斯言也,天道人事尽之矣[3]。夫惟能劳,而后能言劳。历观古贤母如崔元晖、家善果诸传所载[4],世隔千载,声口宛然[5],心柔蘩短[6],何非此义?固知捧帕而悲[7],今古同焉矣。

珍母黎孺人实具阃德[8],自幼至老,艰险备尝,磨淬既深[9],事理斯洞[10]。珍无我母,将无以至今日,恩斯勤斯,鬻子之闵斯[11],惟身受者乃心知耳!

而今已矣!母子一生,遂此永诀[12]。涕念往训,皆与古贤母合符同揆[13],在当时听惯视常,漫不警励,致身为孔孟之罪人,母之不肖子[14],今日欲再闻半言,亦邈不可得矣。天乎,痛哉!

爰就苫次[15],搴吻而书[16],到今凡得六十八条[17]。仿李昌武、杜师益《谈录》例[18],录成一卷。匪独备久或遗忘,亦以见珍之为罪人,为不肖者,非母之不善教使然也。

[1] 本文先引古代贤母教子之例,再写己母教养己身的辛勤和自己的恋念,最后交代《母教录》的成因及其作用。全文字字血泪,感人至深。而文中对有关史实及某些词语(如"蔓"、《谈录》)的随手引用,又表现出学者之文的特色。

[2] "公父文伯"三句:《国语·鲁语下》:季康子问于公父文伯之母,对曰:"吾闻之先姑曰:'君子能劳,后世有继。'"君子,贵族男子。能劳,贵而不骄,能参加一些轻体力劳动。后世,子孙。有继,能世代任官职。

[3] 天道:古人认为天道是支配人类命运的天神意志。《书·汤诰》:"天道福善祸淫。"公父文伯之母曾训诫文伯:"民劳则思,思则善心生;逸则淫,淫则忘善,忘善则恶心生。"人事:人间万事,也是善有善报,恶有恶报。

[4] 崔元暐:新旧《唐书》元皆作玄,郑珍避康熙帝玄烨讳,改玄为元(其实是遵功令)。《旧唐书·崔玄暐传》:崔玄暐少有学行。龙朔(唐高宗年号)中,举明经,累补库部员外郎。其母卢氏尝诫之曰:"吾见姨兄屯田郎中辛玄驭云:'儿子从宦者,有人来云贫乏不能存,此是好消息。

若闻赀货充足,衣马轻肥,此恶消息。'吾常重此言,以为确论。比见亲表中仕宦者,多将钱物上其父母,父母但知喜悦,竟不问此物从何而来。必是禄俸馀资,诚亦善事。如其非理所得,此与盗贼何别？纵无大咎,独不内愧于心？孟母不受鱼鲊之馈,盖为此也。汝今坐食禄俸,荣幸已多,若其不能忠清,何以戴天履地？孔子云：'虽日杀三牲之养,犹为不孝。'又曰：'父母惟其疾之忧。'特宜修身洁己,勿累吾此意也。"玄昉遵奉母氏教诫,以清谨见称。家善果：郑善果,郑珍与同姓,若本家,故称为"家善果"。《旧唐书·郑善果传》：善果九岁,袭父官爵。自周入隋,累转鲁郡太守。笃慎,事亲至孝。母崔氏贤明,晓于政道,每善果理务,崔氏尝于阁内听之。闻其剖断合理,归则大悦；若处事不允,母则不与之言。善果伏于床前,终日不敢食。崔氏谓之曰："吾非怒汝,反愧汝家耳！汝先君在官清恪,未尝问私,以身徇国,继之以死。吾亦望汝继父之心。自童子承袭茅土,今位至方伯,岂汝身能致之耶？安可不思此事而妄加嗔怒,内则坠尔家风,或亡官爵；外则亏天子之法,以取罪戾。吾寡妇也,有慈无威,使汝不知教训,以负清忠之业,吾死之日,亦何面目以事汝先君乎？"善果由此遂励己为清吏,所在有政绩,百姓怀之。

〔5〕声口：声音口气。宛然：好像生前一样。

〔6〕心柔葼(zōng 棕)短：即使打儿子,母亲的心还是软的,用的棍子也是细嫩的树枝。扬雄《方言》二："木细枝谓之杪,……青、齐、兖、冀之间谓之葼。《传》曰：'慈母之怒子也,虽折葼笞之,其惠存焉。'"

〔7〕捧帕而悲：捧着亡母遗留的裹头布帕而伤心。

〔8〕孺人：古代官吏母或妻的封号。阃(kǔn 捆)德：妇德。阃,内室,因借指妇女。

〔9〕磨淬(cuì 脆)：磨炼。

〔10〕洞：透彻。

〔11〕"恩斯"二句：《诗·豳风·鸱鸮》："恩斯勤斯,鬻子之闵斯。"

恩,通"殷"。斯,语助词。恩斯勤斯,殷勤辛苦。鬻(yù 玉),通"育",养育。闵,病困。鬻子之闵斯,养育这雏鸟把我累坏了。

〔12〕永诀:永远告别。

〔13〕同揆(kuí 葵):同一准则。

〔14〕不肖:不像父母的品德高尚。

〔15〕苫(shān 山)次:居亲丧的地方。苫,古人居丧时睡的草垫。

〔16〕摹吻:摹仿母亲生前说话的口气。

〔17〕凡:共。

〔18〕李昌武、杜师益《谈录》:遍查《四库全书》、《存目》、《续修》目录,未见著录。李昌武,即李宗谔(964—1012),字昌武,深州饶阳(今河北饶阳)人。李昉子。官至右谏议大夫。通晓典章制度,精音律,工隶书。纂修十馀种图经,预修《太祖实录》、《续通典》等。杜师益,为宋朝殿中丞,句希仲之婿。

冯桂芬

冯桂芬(1809—1874),字林一,号景庭,江苏吴县人。道光二十年(1840)一甲二名进士,授翰林院编修。官至詹事府右春坊右中允。讲求经邦济世之道,尝著《校邠庐抗议》四十篇。道光十三年,林则徐为江苏巡抚,常至紫阳与正谊两书院讲学,桂芬刚过二十岁,常往听讲。林公赏其才识,亲加指教,故桂芬深受林公"经世致用"思想影响。后林公充军新疆,与桂芬"犹手笺酬答无间"(《显志堂稿》卷三《林文忠公祠记》)。桂芬虽志在从政以救世,不愿为文学之士,然善为古文,探源《左》、《国》,下及唐、宋。吴云称其"为文根柢六经,风格雅与庐陵(欧阳修)、南丰(曾巩)为近。法度谨严,不骛驰骋,自有超轶绝尘之致。"俞樾称其"间为小文清而腴。"

五十自讼文[1]

岁在著雍敦牂[2],余年五十。

客曰:"子学者也,昔蘧伯玉行年五十而知四十九年之非[3],子亦知其非乎?"

余曰:"子言诚是也。虽然,有非,有未必非,不可以无辨。"

客曰:"子何言之愎也[4]!伯玉,三代上贤者[5],大圣人之友[6],犹知非若彼,子何言之愎也!"

余曰:"是有说焉。传记所载伯玉事,年岁先后不尽可考。据《左氏传》初纪'从近关出'[7],在襄公十四年。《孔子世家》再纪主蘧伯玉家[8],在哀公三年。相距六十有八年。当是弱冠登朝[9],历事献、殇、襄、灵、出五公。其年五十,在襄、灵之际。《传》所纪'君制其国,谁敢奸之',侃侃正论[10],不与时相孙林父、宁喜为党者[11],其事在五十以前无疑。从可知所谓'知非'者,盖学问中精微之语[12],于生平大节无与[13]。不然,以不党时相为非[14],将以党为是乎?且以伯玉之贤,亦何至四十九年之全非,而待五十之改弦更张也[15]?知人论世[16],宜体此意矣。

"余何人斯,庸敢与伯玉比[17]?顾亦有不肯妄自菲薄者[18],愿为子一一陈之。

生平居官,未尝于长吏求一差使;居家,未尝于当事进一关说[19]。未尝受一瞒人之钱,未尝为一负人之事[20]。天地鬼神实鉴临之[21]!

"前者被谤之举[22],为民为国,开罪于权门势族而不悔,亦庶几不党孙、宁之遗意。以此为非,将随波逐流为是乎?其不然明矣。

"承先人遗业,薄田十顷[23],衣食仅给,米盐靡密[24],辄亲为之。人或以善治生为非[25]。顾将不衣食乎?抑不求诸此[26],转求诸彼,如世之铸横财者为是乎[27]?其不然又明矣。

"惟是妄念有未尽耶[28]?机心有未忘耶[29]?嗜欲或

由强制[30]，大廷是而有衾影之非耶[31]？出入难免持筹[32]，廉俭是而有吝啬之非耶？好名太过而矫矜之非耶[33]？忧世太过而怨尤之非耶[34]？是固不足言学问精微，而必宜知其非者也。

"虽然，未已也[35]。余好读书，未尝一日废业；性迂，未尝与一曲谐[36]。自谓无足奇，人辄交口称之，余滋恧焉[37]。

"至生平所自信者有二：操守第一[38]，万钟千驷不能易吾节[39]。吏事次之[40]，少贱，通知民情，留意掌故[41]。二者窃自谓不居人下。乃人辄目为文学之士[42]，不以吏事相许。至以非义之取尝试者[43]，斥甲而乙至，斥乙而丙至。盖自通籍二十年[44]，虽渐久渐稀，而终不能绝，以迄于今。何与生平所自信者适相反也？柳下惠曰："伐国不问仁人。"[45]吾岂有遗德耶[46]？然则身之不修，行之不立，闻望之不足孚于人可知也[47]。此尤无形之非也，勉之哉！自此以往，若辈绝迹[48]，此心昭然大白于同人，则吾学之进矣。

"若前者被谤之举，则虽身修行立，闻望孚于人，滋之不免也[49]。必欲免之，则必入于非而可。

"吾所谓有非有未必非者如此。"

客悦曰："然则子真知非者也。"

客退，录为自讼文，置之坐右。

[1] 自讼：自己分辨本身言行的是非。本文设为主客问答的形式，通过主客的辨难而总结了自己五十年来做人处事的原则和立场，表现了一种守正不阿的精神气质。

〔2〕著雍敦牂:别称,用以纪年。《尔雅·释天》:"在戊曰著雍。""在午曰敦牂。"戊午为咸丰八年(1858)。

〔3〕"蘧伯玉"句:《淮南子·原道》:"故蘧伯玉年五十,而知四十九年非。"行年,经历过的年岁。蘧伯玉,名瑗,字伯玉。卫之贤大夫。事迹见《论语》的《宪问》《卫灵公》,《左传》襄公十四年、二十六年,《韩诗外传》七,《淮南子·原道》。

〔4〕愎(bì 必):任性,固执。

〔5〕三代:夏、商、周。上贤:最有道德才能的人。

〔6〕大圣人:指孔子。孔子适卫,主蘧伯玉家。

〔7〕从近关出:《左传·襄公十四年》:孙林父率家众入卫都帝丘,欲攻卫献公,遇蘧伯玉,告之。伯玉对曰:"君制其国,臣敢奸(犯)之?虽奸之,庸(岂)知愈乎?"欲速出国境,以免祸乱,于是"从近关出"(择最近的国门出去)。

〔8〕"孔子"句:《史记·孔子世家》:"月馀,反乎卫,主蘧伯玉家。""是岁,鲁定公卒。"又三年,复适卫,既不得用,将西适晋,至河而还,复反卫,再主蘧伯玉家。时为鲁哀公三年。

〔9〕弱冠(guàn 贯):二十岁。

〔10〕偘偘:刚直貌。

〔11〕时相(xiàng 向):当卫献公时,孙林父、宁殖皆为正卿,等于国相。按:出卫献公于外者为孙林父与宁殖,非宁喜。宁喜,宁殖之子,殖将死,命喜必迎还献公。鲁襄公二十六年,喜纳卫献公。

〔12〕学问中精微之语:此冯桂芬之推测,于史无据。蘧伯玉不属于春秋时的任何学派,也不会从事形而上学的思考,无所谓"致广大而尽精微"(《中庸》第二十七章)。

〔13〕无与(yù 玉):无关。

〔14〕党:阿附。

〔15〕改弦更(gēng 庚)张:本指调整乐器之弦,使声音和谐。后人用以比喻改变方法。

〔16〕知人论世:了解人的贤愚,必须根据他所处的时代。语出《孟子·万章下》:"颂其诗,读其书,不知其人可乎？是以论其世也。"

〔17〕庸敢:岂敢。

〔18〕妄自菲薄:自暴自弃。

〔19〕关说:通过贿赂请托以说情。

〔20〕负人:对不起人。

〔21〕鉴临:鬼神在上审察。

〔22〕被谤:左宗棠《中允冯君景庭家传》:"特旨擢中允,有间之者,告归不复出也。"李鸿章所撰《墓志铭》亦云:"以克复松江、南汇、川沙、青浦、嘉定、上海诸城功,晋五品衔,擢中允,为蜚语所中。得白,赴京。期年复告归。"都说得很含胡,不知道具体内容。

〔23〕顷:地积单位。

〔24〕米盐靡密:此用《汉书·黄霸传》:霸为扬州及颍川刺史,教民"务耕桑,节用殖财,种树畜养,去食谷马。米盐靡密,初若烦碎,然霸精力能推行之。"靡密,微细,细密。不过桂芬此处是写自己善于搞好家庭经济。这正是他和一般耻于言利的儒生相区别之处。

〔25〕治生:经营家业。

〔26〕抑:还是。

〔27〕铸横财:唐人李冗《独异志》上:"公(卢怀慎)曰：'理固不同。冥司有三十炉,日夜鼓橐,为(张)说铸横财,我无一焉。'"横财,不正当的钱财。

〔28〕妄念:幻想。

〔29〕机心:智巧变诈的心计。

〔30〕嗜欲:嗜好与欲望。

〔31〕大庭是:在大庭广众前,自己显得很正派。衾影非:北齐人刘昼《刘子·慎独》:"独立不惭影,独寝不愧衾。"后以称无丧德败行之事。此处作者自言:莫非由于强制嗜欲,因而有言行不一之处吗?

〔32〕出入:出外或居家。持筹:管理财务。

〔33〕矫矜:掩饰真情,故意做作。

〔34〕怨尤:怨天尤人。尤,责怪。

〔35〕未已:不止。

〔36〕曲讌:私人的宴请。讌,通"宴"。

〔37〕滋:更加。恧(nǜ 女去声)惭愧。

〔38〕操守:平素的品行志节。

〔39〕万钟:指丰富的粮食。钟,古量器名。千驷:一千辆马车,每车用四匹马拉。指优厚的俸禄。

〔40〕吏事:政务,办理政务的才能。

〔41〕掌故:国家的旧制旧例。

〔42〕文学:古文、骈文、诗、词、赋等。

〔43〕非义之取:收受贿赂。

〔44〕通籍:籍是二尺长的竹片,上写姓名、年龄、身份等,挂在宫门外,以备出入时查对。"通籍"谓记名于门籍,可以进出宫门。后称初作官为"通籍",意谓朝中已经有了名籍。

〔45〕伐国不问仁人:《汉书·董仲舒传》:仲舒为江都相,告易王曰:"闻昔者鲁君问柳下惠:'吾欲伐齐,何如?'柳下惠曰:'不可。'归而有忧色,曰:'吾闻伐国不问仁人,此言何为至于我哉!'"

〔46〕遗德:失德之处。

〔47〕闻(wèn 问)望:名望。孚:取信。

〔48〕若辈:他们,那种人。

〔49〕滋之:更加。之,助词。

曾国藩

曾国藩(1811—1872),字涤生,号伯涵,湖南湘乡人。道光十八年(1838)进士,授检讨。咸丰初,累擢吏部侍郎。丁忧归。太平军势日盛,奉旨在籍督办团练,编成湘军,与太平军转战于武汉及沿江各地。同治三年(1864),攻下南京。七年,授武英殿大学士。调直隶总督,不久复任两江总督。卒于任所,赠太傅,谥文正。其论学以为义理、考据、词章三者,缺一不可。论者称其文章"精深博大,气势雄厚,为文坛盟主且二十年。自谓'粗解文字,由桐城姚先生启之',其闳肆之笔,非姚鼐所及也"(《清代七百名人传》本传)。或又称其"古文师姚鼐义法,能运以汉魏雄健瑰丽之气,为世所称"(《增订古文观止》)。李审言谓"文正之文,虽从姬传入手,后益探源扬、马,专宗退之,奇偶错综,而偶多于奇,复字单义,杂厕其间,厚集其气,使声采炳焕而戛然有声"(《李审言文集》八八八页)。其门下士如李元度、张裕钊、吴汝纶、黎庶昌、薛福成,皆极文章之选,世称为湘乡派,盖以国藩为之魁。著有《曾文正公全集》。今人整理有《曾国藩全集》三十册(岳麓书社1994年版)。

原才[1]

风俗之厚薄奚自乎[2]?自乎一二人之心之所向而已。

民之生，庸弱者戢戢皆是也[3]。有一二贤且智者，则众人君之而受命焉[4]。尤智者，所君尤众焉。此一二人者之心向义[5]，则众人与之赴义；一二人者之心向利[6]，则众人与之赴利。众人所趋，势之所归[7]，虽有大力，莫之敢逆[8]。故曰："挠万物者莫疾乎风[9]。"风俗之于人心，始乎微而终乎不可御者也。

先王之治天下，使贤者皆当路在势[10]，其风民也皆以义[11]，故道一而俗同[12]。世教既衰[13]，所谓一二人者不尽在位，彼其心之所向，势不能不腾为口说而播为声气[14]，而众人者势不能不听命而蒸为习尚[15]。于是乎徒党蔚起[16]，而一时之人才出焉。有以仁义倡者，其徒党亦死仁义而不顾[17]；有以功利倡者，其徒党亦死功利而不返。水流湿，火就燥[18]，无感不雠[19]，所从来久矣。

今之君子之在势者，辄曰天下无才[20]。彼自尸于高明之地[21]，不克以己之所向转移习俗而陶铸一世之人[22]，而翻谢曰无才[23]。谓之不诬[24]，可乎否也[25]？十室之邑[26]，有好义之士，其智足以移十人者，必能拔十人中之尤者而材之[27]；其智足以移百人者，必能拔百人中之尤者而材之。然则转移习俗而陶铸一世之人，非特处高明之地者然也，凡一命以上[28]，皆与有责焉者也[29]。

有国家者得吾说而存之[30]，则将慎择与共天位之人[31]；士大夫得吾说而存之，则将惴惴焉谨其心之所向[32]，恐一不当[33]，而坏风俗，而贼人才。循是为之，数十年之后,万有一收其效者乎[34]?非所逆睹已[35]。

〔1〕本文论述了人才对社会发展方向的决定性作用,并通过与古代贤人在位,道一俗同理想社会相对比,对今之在位者不能移风易俗进行了批判。我们今天当然不承认英雄史观,因为"时势"决不可能由"英雄"随心所欲地造成。但如果有先知先觉者预测社会的发展形势,又代表广大群众的愿望与利益,那他在一定程度上是可以推动整个社会向好的方向发展的。

〔2〕风俗:由自然条件不同而形成的习尚叫风,由社会环境不同而形成的习尚叫俗。厚薄:从本文来看,大家向义就是风俗敦厚,向利就是风俗浇薄。奚自:从哪里生根发源。

〔3〕戢(jí及)戢:聚集貌。

〔4〕君之:奉他为君主。受命:接受命令。

〔5〕义:从思想到行动,一切都是为了利人(有利于人民和社会)。

〔6〕利:为了利己,不惜损人、祸国。

〔7〕势:好义或好利成为社会风气后,就会表现为一股巨大的社会势力。

〔8〕逆:反对。

〔9〕"挠万物"句:语出《易·说卦传》。使万物倒伏没有比风更快的。这是比喻一二人(开风气者)对整个社会风气的影响。孔子早说过:"君子之德风,小人之德草,草上之风必偃。"(《论语·颜渊》)

〔10〕当路在势:掌握政权,主持国事。

〔11〕风:教化,感化。

〔12〕道一而俗同:自修身而齐家治国平天下,对这一规律,大家认识一致,因而形成的风俗也是一样的。

〔13〕世教:孔孟之道。

〔14〕腾为口说:奋起成为议论。如诸子学说。播为声气:诸子到处讲学,影响不断扩大,师徒之间,学友之间,互相声应气求,形成种种学派。

〔15〕蒸:大众受到学说的影响、鼓动,激发起强烈的感情,于是形成一种新的风尚。

〔16〕蔚起:盛起。

〔17〕死仁义:为仁义而死。

〔18〕"水流湿"二句:语出《易·乾》。

〔19〕雠(chóu 仇):回应。《诗·大雅·抑》:"无言不雠。"

〔20〕辄:动不动就。

〔21〕尸:居,处。高明:尊显。喻人居其位而无所事。

〔22〕陶铸:造就,培育。

〔23〕谢:推辞。

〔24〕诳:欺骗。

〔25〕可乎否也:可以还是不可以呢?

〔26〕十室之邑:人口很少的小城市。

〔27〕尤者:突出的,优秀的。材之:使之成材。

〔28〕一命以上:周代官阶由一命到九命。一命为最低官阶。程颢曰:"一命之士,苟存心于爱物,于人必有所济。"(朱熹、吕祖谦编选《近思录》卷十《政事》引)

〔29〕与(yù 玉):参预。

〔30〕有国家者:君主。

〔31〕天位:王位,帝位。

〔32〕惴惴:恐惧貌。

〔33〕当(dàng 荡):正确。

〔34〕万有一:万分之中有一分。

〔35〕逆睹：预见。已：句末助词，表示确定。

欧阳生文集序[1]

乾隆之末，桐城姚姬传先生鼐善为古文辞[2]，慕效其乡先辈方望溪侍郎之所为，而受法于刘君大櫆及其世父编修君范[3]。三子既通儒硕望[4]，姚先生治其术益精[5]。历城周永年书昌为之语曰："天下之文章，其在桐城乎[6]！"由是学者多归向桐城，号桐城派，犹前世所称江西诗派者也[7]。

姚先生晚而主钟山书院讲席，门下著籍者[8]，上元有管同异之、梅曾亮伯言[9]，桐城有方东树植之、姚莹石甫[10]。四人者称为高第弟子[11]，各以所得传授徒友，往往不绝。在桐城者有戴钧衡存庄[12]，事植之久，尤精力过绝人，自以为守其邑先正之法[13]，禩之后进[14]，义无所让也[15]。

其不列弟子籍，同时服膺[16]，有新城鲁仕骥絜非、宜兴吴德旋仲伦[17]。絜非之甥为陈用光硕士[18]。硕士既师其舅，又亲受业姚先生之门。乡人化之，多好文章。硕士之群从[19]，有陈学受艺叔、陈溥广敷，而南丰又有吴嘉宾子序[20]，皆承絜非之风，私淑于姚先生[21]。由是江西建昌有桐城之学。

仲伦与永福吕璜月沧交友[22]，月沧之乡人有临桂朱琦伯韩、龙启瑞翰臣、马平王拯定甫[23]，皆步趋吴氏、吕氏[24]，而益求广其术于梅伯言[25]。由是桐城宗派流衍于广西矣[26]。

昔者国藩尝怪姚先生典试湖南[27]，而吾乡出其门者，未闻相从以学文为事。既得巴陵吴敏树南屏[28]，称述其术，笃好而不厌[29]；而武陵杨彝珍性农、善化孙鼎臣芝房、湘阴郭嵩焘伯琛、溆浦舒焘伯鲁[30]，亦以姚氏文家正轨，违此则又何求[31]？最后得湘潭欧阳生。生，吾友欧阳兆熊小岑之子[32]，而受法于巴陵吴君、湘阴郭君，亦师事新城二陈[33]。其渐染者多[34]，其志趣嗜好，举天下之美，无以易乎桐城姚氏者也。

当乾隆中叶，海内魁儒畸士[35]，崇尚鸿博[36]，繁称旁证[37]，考核一字[38]，累数千言不能休[39]，别立帜志[40]，名曰汉学[41]，深摈有宋诸子义理之说[42]，以为不足复存，其为文尤芜杂寡要[43]。姚先生独排众议，以为义理、考据、词章[44]，三者不可偏废。必义理为质[45]，而后文有所附，考据有所归。一编之内[46]，惟此尤兢兢[47]。当时孤立无助，传之五六十年，近世学子稍稍诵其文[48]，承用其说。道之废兴[49]，亦各有时，其命也欤哉！

自洪杨倡乱，东南荼毒[50]，钟山石城[51]，昔时姚先生撰杖都讲之所[52]，今为犬羊窟宅，深固而不可拔。桐城沦为异域，既克而复失，戴钧衡全家殉难，身亦呕血死矣[53]。余来建昌，问新城、南丰[54]，兵燹之馀[55]，百物荡尽，田荒不治，蓬蒿没人。一二文士，转徙无所。而广西用兵九载，群盗犹汹汹[56]，骤不可爬梳[57]。龙君翰臣又物故[58]，独吾乡少安,二三君子尚得优游文学[59],曲折以求合桐城之辙[60]。而舒焘前卒,欧阳生亦以瘵死[61]。老者牵于人事,或遭乱不得竟其学[62],少者或中道夭殂[63]。四方多故,求如姚先生之聪明早达[64],太平寿考,从容以跻于古之作者[65],卒不可得[66]。然则业之成否,又得谓之非命也耶?

欧阳生名勋,字子和,没于咸丰五年三月,年二十有几。其文若诗[67],清缜喜往复[68],亦时有乱离之慨。庄周云:"逃空虚者,闻人足音跫然而喜,而况昆弟亲戚之謦欬其侧者乎[69]?"余之不闻桐城诸老之謦欬也久矣,观生之为,则岂直足音而已[70]?故为之序,以塞小岑之悲[71],亦以见文章与世变相因[72],俾后之人得以考览焉[73]。

[1] 本文是作者咸丰四年(1854)应友人欧阳兆熊所请撰写的序。这是一篇桐城派盛衰记。贯串首尾的是"姚先生",文章说明没有姚氏,桐城派不可能发展壮大,而姚之所以为姚,就在于他提出了义理、考据、词章三者合而为一(其实这是脱胎于刘大櫆的"义理、书卷、经济"及"行文自另是一事"),从而笼罩汉学与宋学,使文学具有更高超的独立品格。

[2] 古文辞:古,此指先秦两汉以至魏晋。文辞,文章。自唐、宋以迄明、清,学古文者,不论汉魏派抑唐宋派,皆莫出此范围。

[3] 受法:受到古文的写作方法。世父:伯父。

[4] 通儒:博通古今、学识渊博的读书人。硕望:拥有巨大名望的人。

[5] 治其术:研习方、刘、姚三人的义法。

[6] "历城"三句:周永年(1730—1791),字书昌,山东历城人。乾

隆进士。召修四库书,改庶吉士,授编修。生而好学,弃产购书,共积五万卷。约曲阜桂馥筑借书园,招致来学。其学淹博无涯涘。自谓文拙,不存稿,亦不著书。据李详《学制斋文钞》卷一《论桐城派》:"乃乾隆中程鱼门(自注:曾文正谓周书昌,非是)与姚姬传先生善,谓:'天下之文章,其在桐城乎!'姬传至不敢承。"

〔7〕江西诗派:宋诗流派之一。北宋末,吕本中作《江西诗社宗派图》,推黄庭坚为宗派之祖,次为陈师道等二十五人,本中亦自居其列。

〔8〕著籍:记姓名于门生簿上。

〔9〕管同:详见本书小传。梅曾亮:详见本书小传。

〔10〕方东树(1772—1851):字植之,桐城人。诸生。博览经史,能文,有《仪卫堂文集》。姚莹:详见本书小传。

〔11〕高第:高材生。

〔12〕戴钧衡(1814—1855):字存庄,号蓉洲,桐城人。道光举人。从方东树游,工古文。有《味经山馆集》。

〔13〕先正:前代的贤人。

〔14〕禅(shàn 扇):通"禅",传授。后进:后辈。

〔15〕义无所让:分所当为,不敢让人。

〔16〕服膺:牢记胸中,衷心信服。

〔17〕鲁仕骥:字絜非,又名九皋。江西新城(今江西黎川)人。乾隆进士。知夏县,有惠政,以积劳卒官。尝至建宁,受古文法于朱仕琇,复与桐城姚鼐善,其文冲夷和易,持论尤中正。有《山木居士集》。吴德旋(1767—1840):字仲伦,江苏宜兴人。诸生。以古文鸣。与恽敬、吕璜以文相砥砺。有《初月楼集》。

〔18〕陈用光(1768—1835):字硕士,江西新城(今江西黎川)人。嘉庆进士。由编修官至礼部左侍郎。尝督福建、浙江学政。为其师姚鼐、鲁仕骥置祭,学行重一时。有《太乙舟文集》。详见本书小传。

〔19〕群从(zòng纵):诸子侄辈。

〔20〕吴嘉宾(1803—1864):字子序,江西南丰人。道光进士。选庶吉士,授编修。坐事落职,成军台。咸丰间以内阁中书治乡兵,御太平军,城陷死之。为古文宗姚鼐与朱仕琇,尤得归有光法。有《求自得之室文钞》。

〔21〕私淑:未得身受其教而宗仰其人。

〔22〕吕璜(1778—1838):字礼北,号月沧,广西永福人。嘉庆进士。官浙江西塘海防同知。有《月沧文集》。

〔23〕朱琦(1803—1861):字濂甫,号伯韩,广西桂林人。道光进士。官编修,改御史,数上章言事。太平军起,家居办团练。后以道员守杭州,城陷死之。诗古文以梅曾亮为师友。有《怡志堂集》。龙启瑞(1814—1858):字辑五,号翰臣,广西桂林人。道光进士。官至江西布政使。有《经德堂文内外集》。王锡振(1815—1876):字定甫,号少鹤,广西马平(今广西柳州)人。道光进士。官至通政使,工古文,无桐城末流之弊。尝服膺包拯,故改名拯。有《龙壁山房文集》。

〔24〕步趋:追随。

〔25〕广其术:扩大古文的写作技巧。

〔26〕流衍:广布。

〔27〕典试:主持科举考试之事。

〔28〕吴敏树(1805—1873):字本深,号南屏,湖南巴陵(今湖南岳阳)人。道光举人。官浏阳训导。工古文,曾国藩称其字字如履危石,落纸乃持重绝伦。澹于荣利,罢官后,读书吟咏自乐。有《柈湖诗文集》。

〔29〕笃好:专心爱好。

〔30〕杨彝珍:字湘涵,一字性农,湖南武陵人。道光进士,官兵部主事。有《移芝室文集》。孙鼎臣:字子余,号芝房,湖南善化(今湖南长沙)人。道光进士。官至翰林院侍读。深究古今学术政教治乱所由,及

盐漕钱币河渠等,著为书论,其言明达适治体。以论事深切,时不能用,乃假归。工诗古文,有《苍筤集》。郭嵩焘:详见本书小传。舒焘:字伯鲁,湖南溆浦人。援例为户部郎中。有《绿猗轩文钞》。

〔31〕违:离开。

〔32〕欧阳兆熊:字晓岑,湖南湘潭人。诗文皆法唐人。四品卿衔。著《水窗春呓》等。

〔33〕新城二陈:上文的陈学受、陈溥。

〔34〕渐(jiān兼)染:积久成习。

〔35〕魁儒畸士:学术界的大师,和奇特的读书人。

〔36〕鸿博:学识渊博。

〔37〕旁证:广泛证明。

〔38〕考核:考查审核。

〔39〕累数千言:积累了几千个字。

〔40〕帜志:标记。

〔41〕汉学:汉儒治经,多注重训诂文字,考订名物制度。清代乾隆、嘉庆年间,一大批士大夫从事这种工作,被称为汉学。这一学派重实证而轻议论,整理古籍,自群经至子史,辨别真伪,很多创获,其流弊是形成一种繁琐的学风。

〔42〕深摈:大力排斥。有宋诸子:北宋的周敦颐、程颢、程颐、张载;南宋的朱熹、陆九渊等,都是理学大师。义理:宋以来的理学亦称义理之学,简称义理。即附会经义而说天人性命之理。

〔43〕芜杂寡要:繁杂混乱,抓不住要点。

〔44〕考据:对古籍的文字音义及古代的名物典章制度进行考核辨证。词章:诗、文的总称。

〔45〕质:本体。

〔46〕编:本义是古时用以穿联竹简的皮条或绳子,后因以称一部书

或一部书的一部分。

〔47〕兢兢:小心戒慎貌。

〔48〕稍稍:渐渐。

〔49〕道:此指义理、考据、词章三者不可偏废这一正确意见。

〔50〕荼毒:残害。

〔51〕钟山:即紫金山,在南京市东。石城:即石头城,三国吴孙权于建安十六年(211)迁秣陵(今南京),于石头山上建城,取名石头。唐武德九年已废,故址在今南京市西,清凉门桥两侧。

〔52〕撰杖:持杖。都讲:学舍主讲者。

〔53〕欧(ǒu偶):通"呕"。呕吐。

〔54〕"余来建昌"二句:作者来到建昌府,问新城(今黎川)、南丰的情况。

〔55〕兵燹(xiǎn显):因战争而遭受的焚烧破坏。

〔56〕汹(xiōng凶)汹:人多声音喧闹。

〔57〕爬梳:整理。

〔58〕物故:死亡。

〔59〕优游:悠闲自得地从事。

〔60〕辙:车行的轮迹。

〔61〕瘵(zhài债):肺病。

〔62〕竟:完成。

〔63〕殂(cú徂):死。

〔64〕早达:年青时就显贵。

〔65〕跻(jī机):登,升。

〔66〕卒:终。

〔67〕若:及。

〔68〕缜(zhěn枕):细致。喜往复:喜为设问设答之文。

〔69〕"庄周云"四句:见《庄子·徐无鬼》。跫(qióng 穷),脚步声。昆弟,兄弟。亲戚,父母子女等亲人。謦欬(qǐng kài 请忾),咳嗽。引申为谈笑。

〔70〕岂直:岂但。

〔71〕塞:阻住。

〔72〕相因:相依。

〔73〕俾:使。

蒋湘南

蒋湘南(生卒年不详),字子潇,河南固始人。道光十五年(1835)举人。治经宗许、郑,旁通象纬、历律、舆地、水利、农田诸学。尤工诗古文辞。自言"于文吾服龚定庵、魏默深"。其门人刘元培叙其为文大指曰:"先生之文,以力矫伪八家为主。"亦不摹拟秦汉,"以为伪秦汉与伪八家,犹佩剑之左右也"。受阮元影响,以为"叶声韵者始谓之文"。"宋以后之文多有声而无音,先生病之,尝曰:'宁为筝琶,无为土鼓。'"以《汉书》为作古文门径:"学醇论正,神华味腴,直起直住,不用语助虚字。"著有《七经楼文钞》六卷。中州古籍出版社1991年出版有点校本。

读《汉书·游侠传》[1]

江淮间有所谓捻子者[2],数百人为一群,抬炮、鸟铳、刀、矛各杀人器皆具,蚁拥蜂转[3],地方官莫敢谁何[4]。

余尝视其魁[5],下中人耳[6],而所在填门[7],呼曰响老。响老者,人有不平事,辄为之平。久之,赴诉者众[8],赞口洋溢[9],轰远近如风鼓雷鸣[10],则响捻子也。

因问其土人曰:"国家为民设官,百里一县,若等有事[11],胡不之官[12],而必之捻子为[13]?"

土人嚬蹙曰[14]:"难言也。官庙如神庙然[15],神不可得而见,司阍之威狞于鬼卒[16],无钱不能投一辞也[17]。投矣,而官或不准。准矣,而胥或不传[18]。传矣,而质或无期[19]。质矣,而曲直或不能尽明。然已胥有费,吏有费,传卷有费[20],铺堂有费[21],守候之费又不可以数计。故中人之产[22],一讼破家者有之。何如愬诸响老[23],不费一钱,而曲直立判,弱者伸,强者抑,即在一日之间乎?"

余于是喟然曰[24]:"捻子其汉代之游侠耶?当其闻难则排,见纷则解,不顾其身,以殉人之急[25],合于太史公所谓救厄振赡有仁义行者[26]。然而重诺市义之后[27],无业者投之,亡命者投之[28],贩盐掘冢博掩者投之[29]。兄事弟畜[30],盗贼以薮[31],背公死党[32],无不可为,自古侠魁未有不为罪魁者。班孟坚曰:'杀身亡宗,非不幸也'[33],盖其人亦自知末流之无可归矣[34]。孟坚之论与子长违[35],而各成其是,皆足以观世变云[36]。"

〔1〕本文先后讲了捻子和响老的特点,重点写到土人具述官府之弊,足见民间政府在人民心中的威信,有取代官方政府的趋势。侠魁必成罪魁,自是作者站在统治者立场而得的结论。然而认为"足以观世变",却揭示出历史的真谛。捻子和太平天国一样,即使成功,也不过改朝换代而已。

〔2〕江淮:江苏、安徽地在长江、淮河流域,因以"江淮"泛指两地。捻子:"捻"本为河南、安徽交界一带的方言,聚合成股之意。"捻子"是清中叶以后在安徽、江苏北部和山东、河南、湖北的边境府、县发展起来

的贫苦农民的反清廷团体。

〔3〕蚁拥蜂转:如蚁群的聚结,如蜂群的转移。此士大夫对义军的蔑称。

〔4〕谁何:稽察诘问。

〔5〕魁:首领。

〔6〕下中:古代把人物分为九等:上上,上中,上下;中上,中中,中下;下上,下中,下下。下中为第八等。宋王应麟《小学绀珠·人伦》有"九等"条。

〔7〕所在填门:捻魁在哪里,门口都挤满了人。

〔8〕赴诉:受冤屈的人趋往响老处控告。

〔9〕洋溢:广泛传播。

〔10〕轰:震动。

〔11〕若等:你们。

〔12〕胡:何。之官:到官府去告状。

〔13〕为:疑问助词。

〔14〕嚬(pín 贫)蹙:皱眉蹙额。嚬,通"颦"。

〔15〕然:似的,一样。

〔16〕司阍:守门的。狞于鬼卒:比鬼卒还狰狞可怕。

〔17〕投一辞:呈递一句告状的话。

〔18〕胥:官府中的小吏。传:传呼。

〔19〕质:审问。

〔20〕传卷:递送案卷。

〔21〕铺(pù 瀑)堂:宋代称邮递驿站为铺。铺堂是铺吏传送文书到公堂上。

〔22〕中人之产:《史记·孝文帝本纪》:"百金,中民十家之产。"中人即中民,平常人家。中人之产,平常人家一户的财产。

〔23〕愬:同"诉"。诸:之于。

〔24〕喟然:叹息。

〔25〕殉人之急:为解救他人的急难而不惜牺牲自己的一切。

〔26〕太史公:指司马迁。《史记》有《游侠列传》。救厄振赡,有仁义行:拯救他人于困厄中,救济穷人,具有仁慈而刚正的品行。

〔27〕重诺:应允的话一定做到。市义:收买人心。

〔28〕亡命:逃亡在外。

〔29〕博:赌博。掩:趁人不备而袭取之。

〔30〕兄事弟畜:年长的待之如兄,年幼的视之如弟。

〔31〕薮:比喻人聚集的地方。

〔32〕背公死党:背弃公法,为同伙而死。

〔33〕班孟坚:《汉书》作者班固字孟坚。"杀身亡宗,非不幸也"两句见《汉书·游侠传》前论。亡宗:自己犯法,株连宗族。

〔34〕末流:衰乱时代的不良风习。

〔35〕违:相反。

〔36〕世变:世事盛衰的变化。云:句尾助词。

郭嵩焘

郭嵩焘(1818—1891),字伯琛,号筠仙,湖南湘阴人。道光二十七年(1847)进士。后授编修。同治时,授苏松粮储道,迁两淮盐运使。旋署广东巡抚。光绪元年(1875),直总署。擢兵部侍郎、出使英国大臣,兼使法。与副使刘锡鸿不洽,乞病归,主讲城南书院。虽家居,然仍关心国事。出使三年,用公款者,唯薪水与屋租。尝言:廉者,君子以自责,不宜以责人。惠者,君子以自尽,不宜以望于人。时称名言。平生主张学习西方列强之科学技术,然亦已见英国君主立宪制度实为其富强之本。《养知书屋文集》卷十一有《伦敦致李伯相书》,认为英国"政教风俗,气象日新",即因"百馀年来,其官民相与讲求国政,自其君行之,蒸蒸日臻于上理"。今人整理有《郭嵩焘诗文集》(岳麓书社1984年版)、《郭嵩焘日记》四册(岳麓书社1981—1983年版)。

《罪言存略》小引[1]

嵩焘年二十而烟禁兴[2],天下纷然议海防[3]。明年定海失守[4]。又明年和议成[5]。又五年而有《金陵条约》[6]。又十二年而有《天津条约》[7]。又二年定约于京师[8]。又十七年而有《烟台条约》[9]。凡三十七、八年,事变繁矣。

当庚子、辛丑间[10],亲见浙江海防之失[11],相与愤然言战守机宜[12],自谓忠义之气不可遏抑。

癸卯馆辰州[13],见张晓峰太守[14],语禁烟事本末,恍然悟自古边患之兴[15],皆由措理失宜[16],无可易者。嗣是读书观史[17],乃稍能窥知其节要[18],而辨正其得失。久之,益见南宋以后之议论[19],与北宋以前判然为二[20]。然自是成败利钝之迹亦略可睹矣[21]。间语洋务[22],则往往摘发于事前,而其后皆验,于是有谓嵩焘能知洋务者。其时于泰西政教风俗、所以致富强茫无所知,所持独理而已。

癸亥秋[23],权抚粤东[24],就所知与处断事理之当否[25],则凡洋人所要求,皆可以理格之[26];其所抗阻,又皆可以礼通之,乃稍以自信[27]。退而语诸人[28],一皆扞格而不能入[29],矜张傲睨而不能与深求[30]。盖南宋以来诸儒之议论,锢蔽于人心[31],七、八百年,未易骤化也。

衰病颓唐,出使海外。群怀世人欲杀之心[32],两湖人士指斥尤力[33]。亦竟不知所持何义,所据以为罪者何事,至摘取其一二言,深文周内[34],傅会以申其说[35],取快流俗[36]。

窃论洋人之入中国,为患已深,夫岂虚骄之议论[37]、嚣张之意气所能攘而斥之者[38]?但幸多得一二人通知其情伪[39],谙习其利病[40],即多一应变之术[41],端拱而坐收其效[42],以使奔走效顺有馀[43],非徒以保全国体、利安生民而已[44]。

奉使两年[45]，处置事理盖繁[46]，要皆一时一事之利[47]，无当安危大计[48]。稍检奏议书说详论洋务机宜数通[49]，刊而存之，为夫乡里士大夫群据以为罪言[50]，命曰《罪言存略》，质诸一二至好[51]，以通其蔽而广其益[52]，亦不敢望诸人人能喻知此理也[53]。时己卯夏六月[54]。

〔1〕罪言：不在其位，而谋其政，故谓之罪言。全文先历数一系列不平等条约的签订，再回忆鸦片战争时期自己也曾激愤，然后写自己的思想变化：由冲动而冷静，知道涉外事务应进行理性分析，切不可意气用事；并痛心于自己的不被理解。自己有救国拯民之心，故刊印《罪言存略》。

〔2〕年二十：此指道光十九年（1839）。时作者二十二岁，此举其成数。烟禁：禁止吸食鸦片烟。道光十八年年底，道光帝派林则徐往广东查禁鸦片烟。次年四月在虎门销烟。

〔3〕"天下"句：当时林则徐、魏源、黄爵滋等都对海防有所探讨。魏源提出"师夷长技以制夷"，为近代海防思想启蒙者。海防，为保卫国家主权、领土完整和安全，防备外来侵略，在沿海和领海内所采取的一切军事措施。

〔4〕明年定海失守：道光二十一年（1841）十月，英国舰船、陆军再次攻陷定海。定海，县名。在浙江省东北部，舟山群岛南部。

〔5〕和议：道光二十二年（1842）八月二十九日，清政府钦差大臣耆英、伊里布与英国全权代表璞鼎查在南京签订结束鸦片战争的条约，即《江宁条约》，今称中英《南京条约》。这是近代中国第一个不平等条约。共十三款。从此，西方侵略者打开了中国的门户，使中国由封建社会逐

步沦为半殖民地半封建社会。

〔6〕金陵条约:道光二十七年(1847),清王朝与英国使臣所签订的英军退还舟山的条约。此约在南京签订,金陵为南京之旧称,为别于《江宁条约》,故称《金陵条约》。

〔7〕天津条约:咸丰八年(1858)六月二十六日,清钦差大臣桂良、花沙纳与英国全权代表额尔金在天津签订《中英天津条约》,共五十六款。

〔8〕定约于京师:咸丰十年(1860)十月二十四日,清钦差大臣奕䜣与英国全权代表额尔金在北京签订《中英北京条约》,共九款。

〔9〕烟台条约:光绪二年(1876)九月十三日,英国公使威妥玛与清北洋大臣李鸿章在烟台签订《烟台条约》(即《滇案条约》或《芝罘条约》)。共三部分十六款。

〔10〕庚子:道光二十年(1840)。辛丑:道光二十一年(1841)。

〔11〕浙江海防之失:指道光二十年(1840)七月上旬英军进攻定海,与中国守军发生战斗,攻占定海,至次年二月二十四日始撤出。二十一年(1841)九月二十六日至十月一日英军再次进攻定海,与中国守军发生战斗,经过激战,又被攻陷。同年十月十日至十三日又先后攻陷浙东的镇海与宁波。

〔12〕相与:和戚友或僚属。机宜:依据时机采取的适宜决策。

〔13〕癸卯:道光二十三年(1843)。馆:暂居客舍。辰州:府名,属湖南省。府治沅陵县。

〔14〕张晓峰:张景垣,字晓峰,山东高苑(今山东博兴)人,拔贡,同治七年(1865)任安仁(今湖南郴州)知县,修《安仁县志》(十六卷末一卷)。太守:知府。

〔15〕边患:边疆的祸害。

〔16〕措理:处置。

〔17〕嗣是:从此。

〔18〕稍:渐渐。节要:节目与要点。

〔19〕南宋议论:《清史稿·郭嵩焘传》:"尝言:'宋以来士夫好名,致误人家国事。托攘外美名,图不次峻擢;洎事任属,变故兴,迁就仓皇,周章失措。生心害政,莫斯为甚。'"《养知书屋文集》卷三《绥边征实·序》:"善夫班氏(班固)之论曰:'圣王制御蛮夷,来则惩而御之,去则备而守之。其慕义贡献,则接之以礼,羁縻不绝,而常使曲在彼。'……南宋之初,言战者一(全部)出于搢绅,而韩世忠、岳飞之流犹斷斷然能以战自效。继是而文吏高谈战略,武夫将帅屏息待命,神沮气丧,功实乖矣。是以宋、明之世,议论多可观者,而要务力反班氏之言,常使曲在我。"

〔20〕判然:清楚地分开。

〔21〕利钝:顺利与不利。略:大概。

〔22〕间(jiàn建):有时。洋务:晚清学习西方资本主义列强的科学技术,称为洋务。

〔23〕癸亥:同治二年(1863)。

〔24〕权抚:代理巡抚职务。粤东:广东省。

〔25〕就:依据。当(dàng荡):妥当。

〔26〕格:穷究。

〔27〕稍以:渐渐因而。

〔28〕语(yù玉)诸人:语之于人。

〔29〕一皆:全都。扞(hàn汗)格:格格不入。《礼记·学记》:"发然后禁,则扞格而不胜。"

〔30〕矜张:傲慢自大。傲睨:骄傲地斜视。

〔31〕锢蔽:禁锢。

〔32〕世人欲杀:杜甫赠李白诗《不见》有云:"世人皆欲杀,我意独怜才。"

〔33〕两湖:湖南省与湖北省。

〔34〕深文周内:援用法律条文,苛细周纳,以入人罪。内,同"纳"。周纳,周密而无遗漏。

〔35〕傅会:牵强凑合。傅,亦作"附"。

〔36〕取快流俗:让一般庸人从他的诬罔的言谈中获得快意。

〔37〕虚憍(jiāo骄):无实力而骄矜。

〔38〕嚣张:肆意喧闹。攘:排斥。斥:驱逐。

〔39〕情伪:真假。

〔40〕利病:优劣。

〔41〕应变:应付事变。术:方法。

〔42〕端拱:正坐拱手,无为而治。

〔43〕效顺:恭敬从命。

〔44〕国体:国家的体面。

〔45〕奉使:奉命出使。

〔46〕盖繁:盖,连词,无义。繁,冗杂。

〔47〕要:总之。

〔48〕无当:无关。

〔49〕稍检:略为选择。奏议:官吏向皇帝上书陈事,条议是非。书:书信。说:论说。一种文体。

〔50〕为(wèi谓):为了。

〔51〕质(zhì置)诸:把它就正于。至好(hào浩):最要好的朋友。

〔52〕蔽:被蒙蔽处。

〔53〕诸:之于。

〔54〕己卯:光绪五年(1879)。

与友人论仿行西法[1]

西人富强之业,诚不越矿务及汽轮舟车数者[2],然其致富强固自有在。审知彼我情势之异[3],而又有其可以通行者,使缓急轻重之理先得于吾心,而后可与考求西法。

即以湖南矿产言之,所在皆民业[4],无官山[5]。湘水以西,由湘潭、湘乡以达衡、宝[6],径西至沅、靖[7];湘水以东,由醴、攸以达郴、桂[8],煤铁各矿,无地无之。矿户多于西洋以数十倍计,恰无以是致富者。亦有虚縻数百千缗[9],不得矿产,或阻水而止[10]。

天地自然之利,百姓皆能经营,不必官为督率[11]。若径由官开采[12],则将强夺民业,烦扰百端,百姓岂能顺从?而在官者之烦费又不知所纪极[13],为利无几,而所损耗必愈多。若仍督民为之,则亦百姓之利而已,国家何恃以为富强之基乎?中国与西洋情势相距绝远,不能悉数[14],请一言其略[15]。

凡矿产,愈深愈佳。西洋开矿,常至四五十人,必借机器以济人力之穷[16]。其用无他,用以吸水、用以转运而已。开矿取土,皆人力也,是以机器有利无弊。用机器愈精,则资人力愈多[17]。此中国之人相与蔽惑[18],深言极论而莫能喻者也[19]。

中国言地学者最重山脉[20],争执甚坚,而人心之忮刻百出不穷[21]，士绅有势力则忮忌加甚。故凡矿户自治其私，亦皆习而安之。一闻有集股开办，万目睽睽[22]，必不能容，悉力倾之而后已，以保全山脉为言，亦律法所必禁也。士绅既假律法以相难[23]，在工执役者又相与乘势侵冒[24]，耗散滋多[25]。一经委员主办[26]，视为公家之利，恣意侵蚀，益无所惜[27]。此又中国之人相为猜忌诬罔[28]，深言极论而莫能喻者也。

人情习于故常而震于所创见[29]，西洋亦然。而但有能开利源，国家必力助成之，委曲使人共喻[30]，人亦不疑其专利也。获利既厚，输税国家亦常丰。中国不然，其初尽力阻挠，而官不问。及稍得利[31]，群起而争为之，互相侵夺，官亦不问。西洋用以裕民富国，中国为之，徒滋百姓之矫诬以坏乱风俗[32]。此又中国之人相为臆揣冥行[33]、深言极论而莫能喻者也。

西洋为利，如矿务专主一事，则专任之。舟车行远，及开设汇行[34]，若古之交子务、会子务[35]，自国家下及民商，通任之公司。其初各以其力，视都会所在[36]，行一二百里。推行渐广，道路渐通，力不足以相摄也[37]，乃置公司领之，国家亦时有所收受，或补所未备。公司通计其资本，相与品息[38]。即国家钱币制造出入，一由公司总其成。交互维持，不相疑忌。无书吏之勾稽[39]，无工役之侵牟[40]。此又中国之人相为眩惑猜疑、深言极论而莫能喻者也。

凡此中外情势之异，由来久远，以成风俗，未易强同[41]。而其间有必应引其端而资其利[42],可以便民,可以备乱,可以通远近之气,而又行之甚易,历久而必无弊,则轮船、电报是也。往时绅民相与阻难[43],近十馀年,阻难专在官。然窃见在官来往上下必以轮船,湘人仕外者亦然,而独严禁绅民制造。然则西洋汲汲以求便民[44],中国适与相反。所用以仿行西法以求富强者,未知果何义也?

窃论富强者,秦汉以来治平之盛轨[45],常数百年一见,其源由政教修明[46],风俗纯厚,百姓家给人足[47],乐于趋公[48],以成国家磐固之基[49],而后富强可言也。施行本末,具有次第。然不待取法西洋,而端本足民[50],则西洋与中国同也。

国于天地[51],必有与立[52],亦岂有百姓困穷而国家自求富强之理?今言富强者,一视为国家本计[53],与百姓无与[54]。抑不知西洋之富专在民[55],不在国家也。数百年来开通海道,尽诸岛国之利括取之,其基已厚矣,而治矿务日益精,五金出产之利,制备器具日益丰,又创为汽轮舟车,驰行数万里以利转运,觑天下之利以为利[56],故能富也。

中国舟车之利不出其域中,而又禁百姓使不得有兴造,用其锱铢搜取之权力[57],强开铁路于尘沙数千里无可筑基之地,以通南北数府县之气,未知其利果安在也?其烦费过多,开通道路过远,终必不能望有成功,且勿论矣。

〔1〕本文主要说明了仿行西法的关键问题是应当首先清楚西洋国富民强的原因,并由此展开议论,提出了自己的看法。其中最值得重视

的,是作者提出的富民为本的观点。

〔2〕越:外乎。矿务:矿产开采事务。

〔3〕审知:熟知。

〔4〕民业:民间私有产业。

〔5〕官山:国有山野。

〔6〕衡:衡阳。宝:宝庆。

〔7〕沅:沅陵。靖:靖县。

〔8〕醴:醴陵。攸:攸县。郴:郴州。桂:桂阳。

〔9〕糜:浪费。缗:一千文(铜钱)。

〔10〕阻水:挖矿至深处,地下水涌出,无法排水,只好停工。

〔11〕督率:督察领导。

〔12〕径:直接。

〔13〕烦费:耗费。纪极:限度,终止。

〔14〕悉数(shǔ 署):全部列举出来。

〔15〕略:大概情况。

〔16〕济:救助。穷:尽。

〔17〕资:凭藉,倚赖,使用。

〔18〕蔽惑:认识不清。

〔19〕深言极论:深切地讨论。深言即极论。喻:理解。

〔20〕地学:即堪舆,亦称风水,迷信术数的一种。山脉:俗称龙脉。如山间开矿,堪舆家就会说挖断了龙脉,将对本村或某家不利。

〔21〕忮(zhì 治)刻:嫉恨苛刻。

〔22〕睽(kuí 魁)睽:张目注视貌。

〔23〕相难(nàn 南去声):相互诘责。

〔24〕在工执役者:主持工程的人。侵冒:掠夺。

〔25〕滋多:更多。

〔26〕委员:委派人员。

〔27〕益:更。

〔28〕相为:犹"相互间"。凡"相与"、"相为",皆一义。诬罔:以假话骗人。

〔29〕故常:旧习惯。创见:初见。

〔30〕委曲:事情的曲折原委(始终)。

〔31〕稍:略为。

〔32〕滋:增加。矫诬:假托名义,进行诬陷。

〔33〕臆揣:主观猜测。冥行:暗中摸索着往前走。

〔34〕汇行:银行。

〔35〕交子务:宋代掌管纸币流通事务的官署。交子,北宋徽宗时发行的纸币。会子务:同上交子务的性质。会子,南宋高宗时发行的另一种纸币。

〔36〕都会:大城市。

〔37〕摄:维持,管理。

〔38〕品息:评定利息标准。

〔39〕书吏:各衙门承办文书的吏员。他们父子兄弟相传,职位虽卑微,而熟于吏事成例,往往与长官狼狈为奸,阴操实权。勾稽:检查。

〔40〕侵牟:掠夺。牟,取。

〔41〕强同:强制之使相同。

〔42〕端:头绪。

〔43〕绅民:绅士和平民。

〔44〕汲汲:急切貌。

〔45〕治平:国家太平安定。盛轨:大道,正路。

〔46〕修明:整饬清明。

〔47〕家给人足:家家富裕,人人丰(衣)足(食)。

551

〔48〕趋公:积极办理公共事务。

〔49〕磐固:像又扁又厚的大石那样牢固。

〔50〕端本足民:民为邦本,摆好了民本的位置,才知道一定要使人民富足。

〔51〕国于天地:立国于天地之间。

〔52〕立:谓立国之本在民。无民,国不可能建立。

〔53〕一视:完全看成。本计:根本的大策。

〔54〕无与(yù 玉):没关系。

〔55〕抑:连词,却。

〔56〕觑(qù 去):窥伺。

〔57〕锱铢:比喻轻微、细小。

俞　樾

俞樾(1821—1907)，字荫甫，号曲园，浙江德清人。道光三十年(1850)进士，改庶吉士。咸丰二年(1852)，散馆授编修。五年，简放河南学政。七年，以御史曹登庸劾其试题割裂，罢职。归后侨寓苏州，主讲苏州紫阳、上海求志各书院，而主杭州诂经精舍三十馀年，最久。游其门者多有声于时。平生专意著述，卷帙繁富，以《群经平议》、《诸子平议》、《古书疑义举例》最有功士林。生平著作均辑入《春在堂全书》中。日本文士有来执业门下者。章太炎为其弟子，以力主排满，俞氏斥为"无父无君"，章因作《谢本师》；然俞殁后，章又为之立传。俞氏之文，论者称为"不拘宗派，渊然有经籍之光"(《清史稿》本传)。钱锺书殊薄之(《谈艺录》补遗之八)。

暴方子传[1]

暴方子，名式昭，河南滑县人。祖名大儒，字超亭，官江西知县。

方子以巡检指省江苏[2]，补平望司巡检[3]。刻苦自厉[4]，非其分所应得[5]，一钱不取。虽其母不能具甘旨[6]，妻子无论也[7]。

时谭叙初中丞以苏藩护理巡抚[8]，禁博禁妓禁食鸦片烟。方子平日不以此为利,文到奉行,诸弊竟绝。谭公嘉之[9],举荐贤守令数人,方子与焉[10],诏军机处存记[11]。会以母忧去官[12]。

免丧复至江苏[13],补吴县甪头司巡检[14]。清操愈厉[15],曰:"吾母在尚尔[16],今岂为妻孥计温饱哉[17]!"

甪头司驻太湖西山[18]。方子布衣芒屩[19],徜徉山水间[20]。遇先贤祠墓,每刻石表识之[21]。又访求山中遗老诗文集[22],刻以行世。公事之暇,好读史,《史记》、两《汉》、《三国志》、《晋书》皆卒业[23]。然性傲岸[24],喜凌上[25],坐是失上官意[26],竟劾去之[27]。

官罢后,饔飧不继[28],山中人争以米馈[29],未匝月[30],得米百馀石[31],柴薪膎菜称是[32]。山中有秦散之者[33],为作《林屋山民馈米图》[34]。

及归滑,贫益甚。

光绪二十年,倭事起[35],湘抚吴清卿中丞自请督师[36]。方子喜曰:"伟哉此举,吾愿从之。"谒中丞于津门[37]。中丞吴人也,见之大喜,拜疏言[38]:"臣前丁忧家居[39],即闻甪头巡检暴式昭坚持节操,以不善事上官被劾,深以为惜。请开复其官[40],交臣差遣[41]。"得旨:准留营差遣,俟有微劳,即行开复。方子乃从中丞出山海关。

奉檄至塞外买马[42],往返千里,不私一钱[43]。中丞叹曰:"此人若为牧令[44],政绩必有可观矣[45]!"

其明年,感疾[46],卒于关外,年仅三十馀,闻者深惜之。

论曰:顾亭林先生言:"乱之初起,巡检治之而有馀;乱之既成,总督治之而不足。"〔47〕巡检所系,顾不重哉〔48〕!而世之居是官者,率不自重〔49〕;有如方子之铁中铮铮者〔50〕,又以不善事长官而罢。呜呼!可为长太息也。

〔1〕本文为暴(bào爆)式昭作传,写其两次任巡检和塞外买马期间刻苦自厉,保持廉介节操的事迹。其人风雅好学,贫困而英年早逝。作者叹为铁中铮铮者,而深为之惋惜。

〔2〕巡检:官名。清制:凡镇市、关隘,距县城远的,大抵设巡检分治,是县令的属官。指省:清代捐纳制,没有补授实缺的官员,在吏部候选后,不等吏部抽签分发,而由自己出钱,指定到某省去听候委用。称为指省。

〔3〕平望:镇名。在江苏吴江县南。司:官署名称。

〔4〕自厉:严格要求自己。

〔5〕分(fèn奋):本分内。

〔6〕甘旨:美味。多用作奉养父母之词。

〔7〕妻子:妻与子女。

〔8〕谭叙初(1828—1894):谭钧培,字宾寅,一字叙初,镇远人。同治进士。由编修擢御史,居台谏五年,多所建白。出知常州府。累擢江苏巡抚。端本善俗,躬行节俭,苏人比之汤文正(汤斌)。然用法严酷,曾国荃疏言其操切。移云南,卒于官。藩:藩司,布政使的别称。或称藩台,主管一省的人事与财务。别称方伯。护理:旧制,上级官缺职,以次级官守护印信,以下理大,处理事务,称为护理。

〔9〕嘉:赞美,表彰。

〔10〕与(yù玉):在其中。

〔11〕军机处:清雍正朝用兵西北,以内阁在太和门外,恐机密泄漏,

其七年,设军需房于隆宗门内,选内阁中谨密者入值缮写。因地近内廷,便于召见。其十年,更名军机处。存记:登记。经军机处存记,遇有出缺,即提名任用。

〔12〕会:适逢。母忧:母殁居丧。去官:官员父母殁,应免除官职,回家守孝三年。

〔13〕免丧:父母之丧期满除服。

〔14〕甪(lù 路)头:即甪直镇。在江苏吴县东。

〔15〕清操(cào 草上声):廉洁的品行。厉:加强。

〔16〕尔:如此。

〔17〕妻孥(nú 奴):妻与儿女。计温饱:设法解决穿暖吃饱问题。

〔18〕太湖:又名震泽、具区、笠泽、五湖。周围三万六千顷。在江苏吴县西南,跨江苏、浙江二省。西山:太湖中有古包山(一名苞山,又名夫椒山),即今西洞庭山,简称西山。

〔19〕芒屩(jué 决):草鞋。

〔20〕徜徉(cháng yáng 常羊):徘徊。

〔21〕表识(zhì 致):标记。

〔22〕遗老:前朝之臣。此指明代遗民。

〔23〕两《汉》:《汉书》、《后汉书》。卒业:读完全书。

〔24〕傲岸:高傲,对世俗不随和。

〔25〕凌上:冒犯、顶撞长官。

〔26〕坐是:因此。

〔27〕劾去:检举其罪,免除其官职。

〔28〕饔飧(yōng sūn 拥孙):熟食。早曰饔,夕曰飧。

〔29〕馈:赠送。

〔30〕匝(zā 砸阴平)月:满月。

〔31〕石:容量单位。十斗为一石。

〔32〕 膎(xié 协)菜:熟菜。称(chèn 衬):相当。

〔33〕 秦散之:未详。

〔34〕 林屋:山洞名。在太湖洞庭西山(古称包山),周围四百里,人称洞天福地。

〔35〕 倭事起:光绪二十年(1894),日本趁朝鲜东学党起义,出兵侵占朝鲜,并于七月对中国海陆军发动突然袭击。八月一日,双方正式宣战。九月,中国陆海军在平壤战役和黄海海战中受挫。十月,日军分陆海两路进攻中国东北,侵占九连城、安东(今丹东),十一月又陷大连、旅顺等地。次年二月,日军攻占威海卫军港,北洋舰队全军覆没。三月,日军侵占牛庄、营口、田庄台。清廷派李鸿章与日本订立了《马关条约》。

〔36〕 吴清卿(1835—1902):吴大澂,字清卿,号恒轩,又号愙斋,江苏吴县人。同治进士。累官湖南巡抚。光绪二十年甲午中日战争,督师出山海关,兵败革职。精于书画与鉴别。著有《愙斋集古录》、《愙斋诗文集》等。

〔37〕 津门:天津的别称。

〔38〕 拜疏(shù 树):向皇帝上奏章。

〔39〕 丁忧:遭父母之丧。语本《书·说命上》:"王宅忧。"忧,指父母之丧。丁,遭逢。

〔40〕 开复:官员因事降革,后仍复其原官或原衔。

〔41〕 差(chāi 拆)遣:使用。

〔42〕 奉檄(xí 习):奉官文书。塞(sài 赛)外:北方边境外。

〔43〕 不私一钱:不贪污公款一文钱(一个铜板)。

〔44〕 牧令:知州曰牧,知县曰令。

〔45〕 政绩:官吏办事的成效。

〔46〕 感疾:生病。

〔47〕 "顾亭林"五句:语见《日知录》八《乡亭之职》。但原文为:

"巡检遏之于未萌,总督治之于已乱。"

〔48〕顾:岂。

〔49〕率:大概,一般。

〔50〕铁中铮铮:谓在同类之中比较优异者。《后汉书·刘盆子传》:光武帝对徐宣说:"卿所谓铁中铮铮、庸中佼佼者也。"铁中铮铮,言微有刚利,比喻徐宣为人明白,在诸人中差强人意。

封建郡县说[1]

自秦废封建[2],以郡县治之[3],遂为万世不易之法[4]。论者以为如冬裘夏葛之各适其时耳[5]。吾谓封建必以郡县之法行之,郡县必以封建之法辅之,两者并用,然后无弊。

古者天子畿内,其地千里[6]。千里之中,有六卿六遂之制[7],即郡县之法也。其外以八州之地,为一千六百八十国。五国则有长,十国则有帅,三十国则有正,二百一十国则有伯。凡八伯,五十六正,一百六十八帅,三百三十六长。分而属于天子之老二人,曰二伯。此其大小相制,内外相维,亦即郡县之法也。自齐桓、晋文兴[8],而诸侯以力相胜,其地大,其国强,则遂为之长。天下之诸侯,聚而听命乎盟主[9],而属长连帅之制,荡然无存[10]。自此天下之势,散而无纪[11],至秦而同归于尽。吾故曰:封建必以郡县之法行之,然后无弊。

虽然,郡县之世,亦岂可以废封建乎哉?世以罢侯置守为始皇病[12]。夫罢侯置守未失也,其失在乎专用郡县,而不复存封建之制。方秦初并天下,李斯言置诸侯不便,丞相绾等言,燕齐地远,宜置王,而始皇曰:廷尉议是[13]。夫使始皇取绾与斯之议而兼用之,内地置守、尉、监[14],而远地置王,则夫陈胜者安能起陇亩之中而乱天下哉[15]!且亦何畏乎匈奴[16],而竭天下之力以筑长城也哉!是故郡县亦必以封建之法辅之,而后无弊也。

呜呼!宋之已事[17],可以观矣。宋太祖既有天下,以为中国之患莫大乎藩镇[18],于是罢节度使,而以文臣领郡,为强干弱枝之计。然而河东之折氏、灵武之李氏,则犹许其世袭如故也[19]。其后,议者以世袭不便,移李氏于陕西,而灵武之失不旋踵矣[20]。然则内地郡县而边地封建,固有天下者之长计也[21]。

世之论者,自唐以前,皆是封建而非郡县[22];自唐以后,皆右郡县而左封建[23]:胥一偏之见而已矣[24]。

〔1〕本文以史实说话,提出了自己独到的见解,认为"封建之法"与"郡县之法"须交相为用,并指出唐前后之论者皆一偏之见。按:朱维铮以为俞氏此文反对中央集权,不合原意。

〔2〕封建:周代天子分封其亲戚为诸侯:爵有公侯伯子男五等,地有百里(公、侯)、七十里(伯)、五十里(子、男)之别。秦并六国后,废封建而置郡县。

〔3〕郡县:秦始皇统一六国后,分国内为三十六郡,后增加到四十多郡,下设县。郡、县长官均由朝廷任免,成为专制主义中央集权的政权

组织。

〔4〕不易:不变。

〔5〕"论者"句:当指苏轼《志林》第十三条《论古·秦废封建》所云:"始皇既并天下,分郡邑,置守宰,理固当然,如冬裘夏葛,时之所宜,非人之私智独见也。"葛,葛布。即夏布。

〔6〕"古者"二句:《周礼·地官·大司徒》:"制其畿方千里而封树之。"畿(jī机),天子的领地。

〔7〕六卿:应为六乡,光绪二十五年刻《春在堂全书》本"乡"字误为"卿"。郑振铎编《晚清文选》,朱维铮、龙应台编著《维新旧梦录》皆误,建国前胡朴安审定的《增订古文观止》不误。六乡:《周礼·地官·小司徒》:"乃颁比法于六乡之大夫。"周制,京城外,百里以内,分为六乡,由司徒掌管教令。六遂:《周礼·地官·遂人》:"大丧,帅六遂之役而致之。"周制,京城百里之外,二百里之内,分为六遂,由遂人掌管政令。

〔8〕齐桓、晋文:齐桓公、晋文公,春秋五霸的代表。

〔9〕盟主:同盟诸侯之领袖。

〔10〕荡然:像被大水冲洗了一样。

〔11〕纪:法度。

〔12〕罢侯置守:秦始皇统一中国后,不再分封诸侯,而是郡置郡守,县置县令。病:错误。

〔13〕"李斯"六句:《史记·秦始皇本纪》:二十六年,"丞相绾等言:'诸侯初破,燕、齐、荆地远,不为置王,毋以填之。请立诸子,唯上幸许。'始皇下其议于群臣,群臣皆以为便。廷尉李斯议曰:'周文、武所封子弟同姓甚众,然后属疏远,相攻击如仇雠。诸侯更相诛伐,周天子弗能禁止。今海内赖陛下神灵,一统,皆为郡县。诸子、功臣,以公赋税重赏赐之,甚足易制,天下无异意,则安宁之术也。置诸侯不便。'始皇曰:'天下共苦战斗不休,以有侯王。赖宗庙,天下初定,又复立国,是树兵

也,而求其宁息,岂不难哉!廷尉议是。'"

〔14〕守、尉、监:郡守掌治其郡,有丞;尉掌佐守典武职甲卒;监御史掌监郡。

〔15〕陈胜:字涉,秦代阳城(今河南登封县南)人。秦二世元年七月,与吴广率领戍卒九百人,在蕲县(秦县名,今属安徽)大泽乡揭竿而起,诸郡县纷起响应。占陈县后,胜自立为王,国号张楚。与秦将章邯战,兵败,还至下城父,为其御庄贾所害。陇亩:田埂。

〔16〕匈奴:古代我国北方民族之一。也称胡。秦时称匈奴。散居大漠南北,过游牧生活,善骑射。

〔17〕已事:往事。

〔18〕藩镇:唐初在重要诸州置都督府,睿宗时置节度大使,玄宗时又于边境置十节度使,各领数州甲兵,并掌土地人民财赋等大权。安史乱后,内地悉置节度使,形成地方割据势力。

〔19〕"然而"二句:河东,山西境内黄河以东的地区。宋置河东路,治所在并州。折氏,折从阮,云中(今山西大同)人。五代后汉高祖(刘知远)于府州建永安军,以从阮为节度使。控扼西北,中国赖之。后周太祖(郭威)立,历徙宣义、保义、静难三镇,显德中卒。其子折德扆,后周世宗立,为永安节度使。时折从阮镇邠宁,父子俱为节度使。德扆之子折御勋,宋太祖征太原,以为永安军留后。改泰宁军节度使,留京师。太平兴国中卒。其弟折御卿,淳化(宋太宗年号)中,拜永安军节度使。契丹兵入,御卿大败之于子河汊。岁馀病,契丹谍知之,率众来侵,御卿力疾出战,次日卒。灵武,唐县。故城在今宁夏灵武县西北。李氏,李彝兴,夏州(宋时为西夏地。故城在今陕西横山县西)人。为定难军节度使。宋初加太尉。卒后,追封夏王。为西夏之远祖。李继筠,权知夏州事,授定难军节度。宋太宗征北汉,继筠率蕃、汉兵列阵渡河,略太原境,以张声势。寻卒。李继捧,继筠弟。太平兴国间率族人入朝,宋太宗嘉

561

之(因上世以来未尝亲觐),累授彰德军节度使。族弟继迁数为边患,遂以边事委继捧,赐姓名赵保忠。终金吾卫上将军。李继迁,继捧族弟,开宝(宋太祖年号)中,授定难军管内都知蕃落使。继捧归宋,继迁遁去,起夏州,西人多归之,渐以强大。辽册为夏国王。继迁自以李氏世有西土,将谋兴复。宋命继捧往讨,不克,遂招降之,赐姓名赵保吉。终太宗朝,叛服不常。真宗授以夏州刺史、定难军节度、夏银绥宥静等州观察处置押蕃落等使,未几复叛,集蕃部陷灵州,遂都之。诏议和,割河西银、夏等五州与之。继迁又攻麟州,大败,旋卒。子德明立,追尊为皇帝,后谥神武,庙号太祖。

〔20〕"议者"三句:《宋史纪事本末·西夏叛服》:宋太宗淳化五年夏四年,"帝以夏州深在沙漠,奸雄因以窃据,欲堕其城。宰相吕蒙正曰:'自赫连筑城以来,每为关右之患,若遂废之,万世利也。'乃诏堕之,迁其民于银、绥(皆在陕西)。"按:灵武李氏之叛服不常,非以移地之故,俞氏所言非是。旋踵,转足之间。形容迅速。

〔21〕长计:良策。

〔22〕是:赞成。非:反对。

〔23〕右:以为然。左:以为不然。

〔24〕胥:皆。

张裕钊

张裕钊(1823—1894),字廉卿,武昌人。咸丰元年(1851)举人,考授内阁中书。师从曾国藩,相从数十年,独以治文为事。国藩为文,义法取桐城,而宏以汉赋之气体。尤善裕钊之文。裕钊文字渊懿,尝言:"文以意为主,而辞欲能副其意,气欲能举其辞。譬之车然:意为之御,辞为之载,而气则所以行也。欲学古人之文,其始在因声以求气,得其气,则意与辞往往因之而益显,而法不外是矣。"世以为知言。著有《濂亭文集》八卷、《遗文》五卷、《张廉卿诗文稿》一册等。

送黎莼斋使英吉利序[1]

泰西自前古不通中国[2],洎明中叶[3],利玛窦、艾儒略之徒[4],始以其术游内地。国朝开统[5],圣祖仁皇帝嘉西洋历算之精[6],特旌异之[7],于是来者益众。闽粤濒海之区,市舶稍稍集矣[8]。百有馀年[9],至于道光之际,而海疆始有兵甲之事[10]。其后国家怀柔绥服[11],一务兼容并包[12],远抚长驾[13],威德覃于遐裔[14],是以殊域辐凑[15],通互市、结盟约者至五十有馀国[16]。

泰西人故擅巧思[17],执坚刃。自结约以来,数十年之间,益镌凿幽渺[18],智力锋起角出[19],日新无穷。其创造舆舟、兵械、火器暨诸机器之工[20]，研极日星纬曜水火木金土石声光气化之学[21]，上薄九天[22]，下缒九幽[23]，剥剔造化[24]，震骇神鬼。申法警备[25]，礚若金石[26]。发号施令，疾驰若神。又以其舟车之力，穷极六合[27]，四远五大洲之地，无所不洞豁。彷徉四达[28]，竞相师放[29]。精能俶诡[30]，甚盛益兴。天地剖泮以来所未尝有也[31]。

盖尝论天地之化，古今之纪[32]，天人相与[33]，构会阴阳[34]，以之荡摩[35]。穷则变，变则通，而世道乃与为推移。上古人民鸟兽错处，巢窟之居，毛血之食，羽革之衣。圣人者作，立君臣上下，兴修礼乐制度，备物制用，通变宜民，递相损益，天下文明[36]，虞夏殷周之世，称极盛焉。周道衰而至于秦，一革除先王之法[37]，封建井田，学校典礼，文物扫地俱尽，更立新制，卒汉唐之世不能易也[38]。唐末之乱，以迄五季，辗转迁贸[39]，尽移其故。田赋、兵制、选举、学术，俗化与两汉以来泮涣殊绝[40]。宋明以还，承而用之。而蒙古及圣清之有天下，混一华裔[41]，方制数万里[42]，土宇版章[43]，跨越百代。

若今日，其尤世变之大且剧乎！天实开之，人之所不能违也。而当世学士大夫，或乃拘守旧故，犹尚鄙夷诋斥，羞称其事[44]，以为守正不挠。乌乎！司马长卿有言："鹪鹏已翔于寥廓，而罗者犹视乎薮泽"[45]，岂非其惑欤？

夫以学士正人之不智乎此[46]，于是当事乃一切以求能习知此者而任之[47]。则其所得乃皆庸狠污下贾竖舆隶之流[48]，稍能通彼语言与一二琐事者也。如彼等者乌足以任此[49]，适足为远人之所嗤而已矣[50]！

迩者一二远识之士[51]，稍知二者之弊[52]，议欲得俊异志节之彦[53]，相与精求海国之要务[54]，以筹备边事。盖强本折冲尊主庇民之计[55]，诚莫先乎此。而朝廷方简重臣通使诸外国[56]，使遐迩中外益通达无阻[57]。于是黎君莼斋自州牧授三等参赞大臣从使英吉利[58]。将行，问赠言于裕钊[59]。

夫舰国之道[60]，柔远之方[61]，必得其要[62]，必得其情[63]。得其要，得其情，而吾之所以应之者[64]，乃知所设施。且即吾所为乘时顺天[65]、承敝易变[66]、使民不倦者[67]，神而明之，利而用之，亦可以得其道矣。莼斋之贤，其必能心喻乎此[68]，以俟异时受任国家之重，而副海内之望也[69]。它日归[70]，吾将从而讯之[71]。

〔1〕黎莼斋：黎庶昌（1837—1896），字莼斋，贵州遵义人。少从郑珍游，讲求经世学。同治初，上书论时政，条举利病甚悉，上嘉之，以廪贡生授知县，历署吴江、青浦诸邑。光绪二年（1876），郭嵩焘出使英国，调充参赞。历比、瑞、葡、奥诸邦，记所闻见，成《西洋杂志》。晋道员。七年，充出使日本大臣。日藩族藏中国古籍多，庶昌择其羽翼经史者，刊《古逸丛书》二十六种。十七年，除川东道。设学堂，倡实业，建病院，百废具举。二十一年，卒。川东民建祠祀之。本文论述了中国与泰西的交往历史及各自的发展状况，还分析了士大夫中顽固派造成的与泰西外交工作上的恶果，认为中外古今的变化自有其客观规律，只有顺应这种规

律,才利于发展。

〔2〕泰西:极西,泛指欧、美诸国。

〔3〕洎(jì 记):及,到。叶:时期。

〔4〕利玛窦:意大利教士。明万历间至广东,后入北京传教,建天主教堂。携来《万国图志》,言世界有五大洲。当时颇奇其说。居中国三十年,通中文与汉语。后卒于北京。曾译《几何原本》,由徐光启笔录。欧洲科学输入中国始于此。艾儒略:意大利人,天主教耶稣会传教士。明万历三十八(1610)年来中国,在江苏、陕西、山西一带传教。天启五年(1625)起在福建传教。著有《几何要法》、《职方外纪》等。

〔5〕国朝:本朝。开统:开国垂统。

〔6〕圣祖仁皇帝:即康熙帝。嘉:称许,赞赏。西洋:明、清之际,耶稣会教士入华后,称大西洋沿岸国家为西洋。近代又兼指欧、美两洲而言。历算:历法(推算天象以定岁时的方法)与算术。

〔7〕旌异:表彰。

〔8〕市舶:来华贸易的海船。稍稍:渐渐。

〔9〕有:又。

〔10〕海疆:沿海的边境。兵甲之事:战事。

〔11〕怀柔:招来安抚。绥服:受安抚而服从。

〔12〕一务:完全力求。

〔13〕远抚长驾:中国封建王朝以天朝上国自居,把遥远的西欧资本主义各国也看成夷狄之邦,采取安抚与驾驭的外交策略。其实是鸦片战争失败后给自己遮羞的话。

〔14〕覃(tán 谈):延及。遐裔:远方。

〔15〕殊域:异国。辐凑:车辐集中于轴心。比喻人或物聚集一处。

〔16〕互市:和外国进行贸易。

〔17〕故:原本。

〔18〕镌凿幽渺:形容西欧自然科学家为了发明创造,绞尽脑汁,运思入神。

〔19〕"智力"句:科学家的聪明才智,像刀锋的突起,像兽角的挺出,都锐不可当。

〔20〕舆:车。暨:及。

〔21〕研极:研究。纬曜(yào耀):纬,地理学上所假想为地球上与赤道平行的南北分度线。曜,日、月、星的总称。此指天文学。

〔22〕薄:迫,接近。九天:天最高处。

〔23〕缒(zhuì赘):用绳系物向下垂。九幽:地壳最深处。

〔24〕剥剔造化:充分开发利用一切天然资源。

〔25〕申法警备:一切机械器物,使用时不用人或牛马之力,完全使用科技力量,因而其制造方法极为精密,设备也非常完善。

〔26〕碻:同"确"。准确度。若金石:像铸在金属上,刻在碑石上,不能随便改变。

〔27〕六合:上下四方。天地之间。

〔28〕彷徉:徘徊、游荡貌。

〔29〕师放:学习,模仿。放,同"仿"。

〔30〕俶(chù触)诡:奇异。

〔31〕剖泮(pàn叛):即剖判。开(天)辟(地)。

〔32〕纪:治理。

〔33〕天人相与:天道与人事互相感应。

〔34〕构会阴阳:阴阳二气交感,化生万物。

〔35〕荡摩:振动摩擦。

〔36〕"上古人民"十一句:本自伏羲、有巢氏故事等。汉班固《白虎通义·号篇》称"古之时","茹毛饮血,而衣皮苇。于是伏羲仰观象于天,俯察法于地,因夫妇,正五行,始定人道。画卦以治下,治下伏而化

之,故谓之伏羲也。"《太平御览》卷七八引《项峻始学篇》:"上古穴处,有圣人教之巢居,号大巢氏。"羽革之衣,似本《易·系辞下传》:"观鸟兽之文","近取诸身"(由鸟兽羽革的文彩,取验于人自己)。巢窟之居,居巢窟。毛血之食,食毛血(茹毛饮血)。羽革之衣,衣(穿)鸟的羽毛和兽皮。作,起。备物制用,圣人制作一切生产、生活的资料,使群众学会使用。

〔37〕一:全部。

〔38〕卒:终。

〔39〕迁贸:迁移。

〔40〕俗化:风俗变化。泮(pàn 判)涣:融解,分散。殊绝:极远。

〔41〕华裔:华夷。

〔42〕方制:国土面积。

〔43〕土宇:领土。版章:户籍。

〔44〕其事:指和西欧各国办理外交事务。

〔45〕"司马长卿"三句:司马相如,字长卿。其《难蜀父老》:"犹鹪明已翔乎寥廓,而罗者犹视乎薮泽。"(《史记·司马相如传》)《汉书》作"焦朋"。鹪鹏,神鸟,凤凰之类。寥空,高空。罗者,猎人。薮泽,大泽。

〔46〕不智乎此:在这事上不聪明。

〔47〕当事:当权者。习知此者:懂得办外交的人。

〔48〕贾(gǔ 古)竖:旧社会对商人的蔑称。舆隶:古代分人为十等,舆为第六等,隶为第七等。《左传·昭公七年》:"天有十日,人有十等,下所以事上,上所以共神也。故王臣公,公臣大夫,大夫臣士,士臣皂,皂臣舆,舆臣隶,隶臣僚,僚臣仆,仆臣台。马有圉,牛有牧,以待百事。"

〔49〕乌足以:哪里够得上。

〔50〕适:恰好。远人:远方的外国人。

〔51〕迩者:近来。远识:远见卓识。

〔52〕稍知:渐渐知道。

〔53〕俊异:才智特出,与众不同。志节:有大志,有气节。彦:优秀人材。

〔54〕海国:海洋国家,如欧、美列国。

〔55〕强本:使国家强大。折冲:击退敌军。冲,战车。

〔56〕简:选择。重臣:居重要职位的大臣。

〔57〕遐迩:远近。

〔58〕州牧:州牧本指州郡长官,而到清代则以称知州,官阶甚低,与知县并称牧令。黎庶昌曾为知县,故作者以此称之。参赞:使馆中仅次于使馆馆长的高级外交人员。馆长不在时,可以担任临时代办。享有外交豁免权。从使:随从郭嵩焘出使。

〔59〕赠言:临别时,用正言相勉励。

〔60〕觇国:观察出使国的各方面的情形。

〔61〕柔远:安抚远方。

〔62〕要:主要部分。

〔63〕情:真实情况。

〔64〕所以应之者:用来对付它的。

〔65〕即:就,按。所为:所由,所以,亦即"用以"。乘(chéng 成)时:利用时机。顺天:遵循天道。

〔66〕承敝:接受一副烂摊子。易变:进行改革。

〔67〕使民不倦:派遣民众从事各种工作,因为符合他们的利益,所以他们不感到疲劳。

〔68〕喻:了解。

〔69〕副:符合。海内:国内。

〔70〕它日:他日,将来。

〔71〕讯:问。

王　韬

　　王韬(1828—1897),原名翰,小名利宾,字紫诠,号仲弢,又号天南遯叟,江苏长洲(今吴县)人。诸生。道光二十九年(1849),应英国传教士麦都之邀,入上海墨海书馆,助译《新约》,并成基督徒。咸丰十一年底(1862年初),化名"黄畹",上书太平军,被清廷通缉,逃往香港,改名韬。同治六年(1867),赴苏格兰译经。在英三年。游历法、俄等国。同治十三年(1874)在香港主编《循环日报》,评论时政,主张变法自强。光绪十年(1884)返上海,主持格致书院,并为《万国公报》、《申报》撰稿,还替孙中山修改上李鸿章书。与丁日昌、盛宣怀等交游,常为洋务派出谋划策。著有《弢园文录外编》、《弢园尺牍》等。今人整理有《漫游随录图记》(山东画报出版社2004年版)。

纪英国政治[1]

　　英国僻在海外,屹然三岛[2],峙于欧洲西北,形势之雄,为欧洲诸国冠[3]。其甲兵精强,财赋富饶,物产繁庶[4],诸国莫敢与之颉颃[5]。自言其国中久享升平,无敌国外患者已千馀年。近年以来,持盈保泰[6],慎于用兵,非甚不得已,必不妄兴师旅[7],与他国之穷兵黩武者盖大有间矣[8]。

　　顾论者徒夸张其水师之练习[9],营务之整顿[10],火器之精良,铁甲战舰之纵横无敌,为足见其强;工作之众盛,煤铁之充足,商贾之转输负贩及于远近,为足见其富。遂以为立国之基在此,不知此乃其富强之末[11],而非其富强之本也[12]。

英国之所恃者,在上下之情通,君民之分亲[13],本固邦宁[14],虽久不变。观其国中平日间政治,实有三代以上之遗意焉[15]。

官吏则行选举之法,必平日之有声望品诣者[16],方得擢为民上[17],若非闾里称其素行[18],乡党钦其隆名[19],则不得举;而又必准舍寡从众之例[20],以示无私。

如官吏擅作威福,行一不义,杀一无辜,则必为通国之所不许,非独不能保其爵禄而已也。故官之待民,从不敢严刑苛罚,暴敛横征,苟且公行[21],簠簋不饬[22],朘万民之脂膏[23],饱一己之囊橐[24]。其民亦奉公守法,令甲高悬[25],无敢或犯。

其犯法者,但赴案录供,如得其情[26],则定罪系狱,从无敲扑笞杖、血肉狼藉之惨。其在狱也,供以衣食,无使饥寒。教以工作,无使嬉惰。七日间有教师为之劝导[27],使之悔悟自新。狱吏亦从无苛待之者。狱制之善,三代以来所未有也。国中所定死罪,岁不过二三人,刑止于绞而从无枭示[28]。叛逆重罪,止及一身,父子兄弟妻孥皆不相累。民间因事涉讼,不费一钱,从未有因讼事株连[29],而倾家失业、旷日废时者[30],虽贱至隶役,亦不敢受贿也。

国家有大事，则集议于上下议院[31]，必众论佥同[32]，然后举行。如有军旅之政，则必遍询于国中，众欲战则战，众欲止则止。故兵非妄动，而众心成城也[33]。

国君所用，岁有常经[34]，不敢玉食万方也[35]。所居宫室，概从朴素，不尚纷华[36]，从未有别馆离宫[37]，迤逦数十里也[38]。国君止立一后，自后而外，不置妃嫔[39]，从未有后宫佳丽三千之众也。

所征田赋之外，商税为重。其所抽虽若繁琐，而每岁量出以为入，一切善堂经费以及桥梁道路[40]，悉皆拨自官库，藉以养民而便民。故取诸民而民不怨，奉诸君而君无私焉。

国中之鳏寡孤独、废疾老弱[41]，无不有养。凡入一境，其地方官必来告曰：若者为何堂[42]，若者为何院。其中一切供给，无不周备。盲聋残缺者，亦能使之各事其事[43]，罔有一夫之失所[44]。呜呼！其待民可谓厚矣。

无论郡邑乡镇，教堂林立，七日一诣[45]，雍容敬礼[46]，无敢懈者，自能革其非心而消其恶念[47]，教化之行，渐渍然也[48]。

凡此不独施之于国中[49]，亦施之于属地[50]。其视属地之民，无区畛域也[51]。印度民饥[52]，道殣相望[53]，英民恻然悯之，布施金钱者无数，故虽荒歉而无害。印度地大物博，种植鸦片，贩运各处，几疑为英人之外府[54]，得以坐收其利。不知印度一岁之所出，适足以供一岁之度支[55]，而有时或有不足，则必辇金钱数十万以济之[56]。以此乃足以服印度民人之心,而不侵不叛。

由此观之,英不独长于治兵,亦长于治民。其政治之美,骎骎乎可与中国上古比隆焉[57]。其以富强雄视诸国[58],不亦宜哉!

〔1〕此文多处以英国的文明暗自与清朝统治下中国的落后相对比。作者深刻地认识到英国富强之本在于实行的是政治民主。英国政治从选举到议会制,从在任的官吏至国王,从财经到社会救济,等等,都具有较完备的民主与法治,体现了一种"政治之美"。

〔2〕屹(yì 义)然:高耸地。三岛:英国本土主要三岛:英格兰、苏格兰与爱尔兰。

〔3〕冠(guàn 贯):位居第一。

〔4〕庶:众多。

〔5〕颉颃(xié háng 协航):相抗衡,不相上下。

〔6〕持盈保泰:保守既成事业,维护社会安宁。

〔7〕师旅:古代军制以二千五百人为师,五百人为旅,因以师旅作为军队的通称。

〔8〕穷兵黩武:好战不止。兵,武器。穷兵,使用各种武器。黩,滥用。黩武,滥用兵力。大有间(jiàn 建):有很大的距离。

〔9〕顾:可是。

〔10〕营务:军营各项工作。

〔11〕末:非根本的、不重要的事物。

〔12〕本:事物根基或主体,事物形成的决定因素。

〔13〕分(fèn 奋):情谊。

〔14〕本固邦宁:伪古文《尚书·五子之歌》:"民惟邦本,本固邦宁。"此民本思想,非当时英国之民主思想。

〔15〕三代以上:指尧、舜。三代,指夏、商、周。

〔16〕品诣:个人品德达到很高的境界。

〔17〕擢:选拔。

〔18〕闾里:乡里。泛指民间。素行:高尚的品行。

〔19〕乡党:乡里。

〔20〕准:按照。舍寡从众:少数服从多数。

〔21〕苞苴(jū居):以财物行贿,或指行贿的财物。

〔22〕簠簋(fǔ guǐ 辅轨)不饬:比喻为官不廉正。簠簋,皆祭器。不饬,不整齐。

〔23〕朘(juān 捐):缩,减。脂膏:油脂,比喻人民的财物。

〔24〕囊橐(tuó 驮):口袋,袋子。

〔25〕令甲:法令编次的第一篇,后用作法令的通称。

〔26〕情:实。

〔27〕教师:教堂的牧师。

〔28〕枭(xiāo 消)示:斩头而悬挂木上以示众。

〔29〕株连:一人被认为有罪而牵连多人。

〔30〕旷日:空费时日。

〔31〕议院:即议会,亦称国会。资本主义国家的议会由上下两院组成,为国家立法机关,并有监督政府的权力。

〔32〕佥同:都一致。

〔33〕众心成城:《国语·周语下》:"故谚曰:众心成城,众口铄金。"比喻心齐力大,如城墙一般坚固不可摧毁。

〔34〕常经:一定的数目。

〔35〕玉食万方:从全国各地进贡给皇帝的珍美食品。

〔36〕纷华:繁华盛丽。

〔37〕别馆:别墅。离宫:帝王在正式宫殿之外,别筑宫室,以便随时

游玩居住,称为离宫,言与正式宫殿分离。

〔38〕迤逦:曲折连绵。

〔39〕妃嫔:帝王妾侍。

〔40〕善堂:慈善事业的机构。

〔41〕鳏(guān 关)寡孤独:无妻曰鳏,无夫曰寡,幼而无父曰孤,老而无子曰独。

〔42〕若者:这,那。

〔43〕各事其事:各人做着各人的事。前一"事"字为他动词。

〔44〕罔有:没有。一夫:一个成年男子。失所:失去立身之地。

〔45〕诣:往。

〔46〕雍容:仪容文雅。

〔47〕革:清除。非心:错误的思想。

〔48〕渐渍(jiān zì 兼字):浸润,引申为感化。然:成这样。

〔49〕凡此:总之,这些。

〔50〕属地:附属国、殖民地。

〔51〕区:分。畛(zhěn 枕)域:界限。

〔52〕印度:当时为英属殖民地。

〔53〕道殣(jìn 尽):路上饿死的人。

〔54〕几(jī 机):几乎。外府:外库。

〔55〕适:恰好。度(duó 夺)支:财政的统计和支付调配。

〔56〕辇(niǎn 捻):用车运送。济:救助。

〔57〕骎(qīn 亲)骎:迅速,急迫。比隆:同样高。

〔58〕雄视:威武地俯视。

王闿运

王闿运(1833—1916),字壬秋,湖南湘潭人。中咸丰三年(1853)举人。应礼部试,入都。时肃顺柄政,待以上宾。后客山东,而肃顺为西太后所杀。后数十年,语及肃顺,犹泪涔涔下,以数千金恤其家。旋参两江总督曾国藩军,而不受事。每有所议,国藩辄从之。撰《湘军志》,文辞高健,为唐后良史第一。而骄将惮其笔伐,购毁其板,且欲杀之。四川总督丁宝桢延为成都尊经书院院长,成材甚多,其著者如廖平、戴光、胡从简、刘子雄、岳森,皆有师法,号曰蜀学。既归,主长沙校经书院,移衡州船山书院、江西大学堂,弟子称湘绮先生。宣统间,赐翰林院检讨。袁世凯为总统,征为国史馆馆长。甫发凡起例而卒。有《湘绮楼文集》等,门人合辑为《湘绮楼全书》。今人整理有《湘绮楼诗文集》、《湘绮楼日记》(马积高主编,岳麓书社1996、1997年版)。闿运论文,谓"文不取裁于古,则无法;文而毕摹乎古,则无意"。其所为文,悉本之《诗》、《礼》、《春秋》,而溯《庄》、《列》,探贾(谊)、董(仲舒),浮枝既削,古艳自生,萧散似魏晋间人。

今列女传·辩通[1]

直辞女童[2],满洲人[3]。其父为京营四品官[4],则未知其为参领与[5],佐领与[6]?

咸丰九年冬,选良家女入宫[7],引见内殿[8],上亲临视[9]。女童以父官品,例在籍中[10]。

晨入,天寒,上久不出。诸女至阶下,冰冻缩蹙[11],莫能自主[12]。女童家贫衣薄,不堪其寒,屡欲先出。主者大瞋怪[13],固留止之[14],稍相争论[15]。

女童大言曰[16]:"吾闻朝廷立事[17],各有其时[18]。今四方兵寇,京饷不给[19];城中人衣食日困,恃粥而活;吾等家无见粮[20],父子不相保。未闻选用将相,召见贤士,今日选妃,明日挑女[21]。吾闻古有无道昏主,今其是耶[22]?"

于是上在屏后微闻之[23],出则诏问[24]:"谁言者?"

诸女恐怖失色,莫能对。

女童前跪曰:"奴适有言[25]。"

上问曰:"女何所云?"

女童前对:"奴等当引见,驾久不出[26]。诚不胜寒[27],欲出,不得,而总管以朝廷禁令相责[28]。奴诚死罪,忘其躯命,具言朝廷立事[29],各有其时。今四方兵寇,军饷不给,城中人衣食日困,恃粥而活,奴等家无见粮,父子不相保。未闻选用将相,召见贤士,今日选妃,明日挑女。窃闻古有无道昏君,窃以论皇上[30]。愿伏其罪[31]。"

于是上嘿然良久[32],曰:"汝不愿选者,今可出矣。"

女童叩头,退立,上遂罢选[33]。

当女童前后言时,与在旁者莫不皇亟流汗[34],舌咋不敢卒听[35];及得温旨遣出[36],或犹战悚不能正步[37]。

577

以此[38],女童名闻京师,君子以为能直辞[39]。《诗》曰:"匪饥匪渴,德音来括。"[40]此之谓也[41]。

女童既出,上他日以事降其父一阶,欲令后选时女可不豫也[42]。

君子以为女童以一言而悟主,成文宗之宽明[43],显名于后世。《诗》曰:"静女其姝","诒我彤管"。[44]女童可以炜彤管矣[45]!

[1]《今列女传》:汉刘向撰有《古列女传》,分《母仪》、《贤明》、《仁智》、《贞顺》、《节义》、《辩通》、《孽嬖》七类。王氏仿之作《今列女传》,分类同。本文为一女童立传,写其不独敢与总管争论,亦于皇帝面前直言不讳,所言能虑及国难民忧,真见其胆识过人。作者歌颂了直言谠论的精神。其实女童受到赞美,当之无愧;咸丰帝宽则有之,然不罢黜选妃挑女之事,不问民生疾苦,终非圣明。

[2]直辞:直言无讳。辞,言。女童:《释名·释长幼》:"十五曰童,……女子之未笄者,亦称之也。"

[3]满洲:我国少数民族之一,主要居于东北地区,但经过清王朝二百馀年统治后,满族已散处全国各地。

[4]京营:驻京的旗兵军营。

[5]参领:满语称为甲喇章京,下辖佐领,上隶于都统。

[6]佐领:满语称为牛录章京,京师、藩部的满、蒙诸旗都有此职。

[7]良家女:此指满洲清白人家的女儿。

[8]引见:古代礼制,皇帝接见臣下,由有关大臣引导进见。

[9]上亲临视:皇上亲自高踞宝座,仔细观看候选女孩的容貌、身材、语言等等。

〔10〕例在籍中:清制,四品以上之家,其女得报名候选。籍,登记簿。

〔11〕缩蹙:冻得缩手缩脚,愁眉苦脸。

〔12〕自主:使自己镇定下来。

〔13〕主者:引见大臣。大瞋怪:睁大眼睛,非常惊异。

〔14〕固:坚决。

〔15〕稍:渐渐。

〔16〕大言:大声说。

〔17〕立事:《汉书·刑法志》:"《书》曰:'立功立事,可以永年。'言为政而宜于民者,功成事立,则受天禄而永年命。"注:"今文《泰誓》之辞也。"

〔18〕各有其时:《魏书·卢玄传》:玄劝崔浩:"夫创制立事,各有其时。"按:从以上两注可以看出王氏运用书卷之深意。不知出处,则不知此二句是斥责皇帝为政而害于民,不得好死。

〔19〕京饷:清代各省上缴朝廷的饷项。不给(jǐ挤):不能供应。

〔20〕见(xiàn现)粮:现成的粮食。

〔21〕挑女:挑选宫女。

〔22〕其:大概。

〔23〕于是:在这时。微闻之:隐约地听到这些话。

〔24〕诏问:圣旨传问。

〔25〕奴:清制,满人在皇帝前皆自称奴才,汉人则称臣。适:刚才。

〔26〕驾:不敢斥言皇帝,以其车乘指代。

〔27〕不胜(shēng声):不能忍受。

〔28〕总管:清有内务府总管大臣。而太监亦有总管之名。

〔29〕具言:全部说出。

〔30〕以论皇上:把(无道昏主)比皇上。

〔31〕伏其罪:承受给自己的惩罚。按:王氏重叙前言,而不用"女童对如前"以求文章简洁,这是为了强调女童的胆识超群。

〔32〕嘿:同"默",闭口不说话。

〔33〕罢选:停止这次挑女活动。

〔34〕与(yù玉):参加。皇亟:惶恐窘迫。皇,通"惶"。亟,通"急"。

〔35〕咋(zé责):咬(舌),形容不敢说话或说不出话。卒听:听完。

〔36〕温旨:温和的上谕。

〔37〕正步:正常地走路。

〔38〕以此:因此。

〔39〕君子:本指有才德的人,而我国史书上在叙事后发议论时,往往冠以"君子曰"。

〔40〕"《诗》曰"三句:见《诗·小雅·车舝(xiá侠)》。此诗《毛序》以为周人思得贤女以配君子。"匪饥匪渴,德音来括",我已不饥不渴,因为有美德的新娘就要和我共同生活了。

〔41〕此之谓也:谓此也。说的就是这个。

〔42〕后选:以后再挑女。豫:参加。

〔43〕文宗:咸丰帝死后的庙号。

〔44〕"《诗》曰"三句:见《诗·邶风·静女》。静女,贞洁的姑娘。姝(shū殊),美丽。诒,赠送。彤(tóng同)管,赤管的笔。旧说女史执赤管以记事规过,赤管表示以赤心纠正君王与后妃的错误。

〔45〕炜(wěi韦):鲜明光亮貌。《诗·邶风·静女》有"彤管有炜"句。本文作动词用,照耀。

吴汝纶

吴汝纶(1840—1903),字挚甫,安徽桐城人。同治四年(1865)进士,用内阁中书。曾国藩留佐幕府,旋调直隶参李鸿章幕。时大政决于曾、李,其奏疏多出汝纶手。官冀州知州,锐意兴学。后称疾乞休,李鸿章延主莲池书院讲席。乐与西方士人游,日本之慕文章者,常过海来请业。会开大学堂于京师,朝旨命充总教习,加五品卿衔,游日本考察学制。归国,遽以疾卒,年六十四。尝师事曾国藩,与黎庶昌、薛福成、张裕钊号"曾门四子"。其子编其著作六种为《桐城吴先生全书》刊行,中国书店1986年曾影印。黄山书社1990年出版《吴汝纶日记》。

《天演论》序[1]

严子几道既译英人赫胥黎所著《天演论》[2],以示汝纶,曰:为我序之。

天演者,西国格物家言也[3]。其学以天择物竞二义[4],综万汇之本原[5],考动植之蕃耗[6],言治者取焉[7]。因物变递嬗[8],深研乎质力聚散之几[9],推极乎古今万国盛衰兴坏之由[10],而大归以任天为治[11]。赫胥氏起而尽变故说[12],以为天不可独任,要贵以人持天[13]。以人持天,必究极乎天赋之能[14],使人治日即乎新[15],而后其国永存,而种族赖以不坠。是之谓与天争胜。而人之争天而胜天者,又皆天事之所苞[16]。是故天行人治[17],同归天演。其为书奥赜纵横[18],博涉乎希腊、竺乾、斯多噶、婆罗门、释迦诸学[19],审同析异而取其衷[20],吾国之所创闻也[21]。凡赫胥氏之道具如此[22],斯以信美矣[23]。抑汝纶之深有取于是书[24],则又以严子之雄于文[25],以为赫胥氏之指趣[26],得严子乃益明,自吾国之译西书,未有能及严子者也。

凡吾圣贤之教,上者道胜而文至[27],其次道稍卑矣,而文犹足以久[28]。独文之不足,斯其道不能以徒存。六艺尚已[29],晚周以来[30],诸子各自名家[31],其文多可喜。其大要有集录之书[32],有自著之言。集录者,篇各为义,不相统贯,原于《诗》、《书》者也。自著者,建立一干[33],枝叶扶疏[34],原于《易》、《春秋》者也。汉之士争以撰著相高,其尤者[35],《太史公书》继《春秋》而作[36],人治以著。扬子《太玄》[37],拟《易》为之,天行以阐[38]。是皆所为一干而枝叶扶疏也。及唐中叶,而韩退之氏出[39],源本《诗》、《书》,一变而为集录之体,宋以来宗之。是故汉氏多撰著之编,唐宋多集录之文,其大略也。集录既多,而向之所为撰著之体不复多见。间一有之[40],其文采不足以自发,知言者摈焉弗列也[41]。独近代所传西人书,率皆一干而众枝[42],有合于汉氏之撰著。又惜吾国之译言者,大抵弇陋不文[43],不足传载其义。夫撰著之与集录,其体虽变,其要于文之能工[44],一而已[45]。

今议者谓西人之学多吾所未闻,欲瀹民智[46],莫善于译书。吾则以谓今西书之流入吾国,适当吾文学靡敝之时[47],士大夫相矜尚以为学者[48],时文耳[49],公牍耳[50],说部耳[51]。舍此三者,几无所为书。而是三者,固不足与于文学之事。今西书虽多新学,顾吾之士以其时文、公牍、说部之词,译而传之,有识者方鄙夷而不之顾[52],民智之瀹何由?此无他,文不足焉故也。文如几道,可与言译书矣。往者释氏之入中国[53],中学未衰也[54],能者笔受[55],前后相望。顾其文自为一类,不与中国同。今赫胥氏之道,未知于释氏何如,然欲侪其书于太史氏、扬氏之列[56],吾知其难也。即欲侪之唐、宋作者,吾亦知其难也。严子一文之,而其书乃骎骎与晚周诸子相上下,然则文顾不重耶[57]?抑严子之译是书,不惟自传其文而已,盖谓赫胥氏以人持天,以人治之日新,卫其种族之说,其义富[58],其辞危[59],使读焉者怵焉知变[60],于国论殆有助乎[61]?是旨也,予又惑焉。凡为书,必与其时之学者相入,而后其效明。今学者方以时文、公牍、说部为学,而严子乃欲进之以可久之词,与晚周诸子相上下之书,吾惧其傃驰而不相入也[62]。虽然,严子之意盖将有待也。待而得其人,则吾民之智瀹矣。是又赫胥氏以人治归天演之一义也欤!

光绪戊戌孟夏桐城吴汝纶叙[63]。

〔1〕天演：自然的变化。这是为严复译《天演论》所作的序。先简要介绍该书内容；然后通过与中国图书的比较，认为它是自成体系的理论著作，对中国的政治、经济、文化的全面改革，将起到极大的作用。

〔2〕严几(jī机)道：名复(1853—1921)，字又陵，一字几道，福建侯官人。十四岁入福建船政学堂。二十四岁时公费留英学海军。五年后回国，任北洋水师学堂总办。戊戌政变时，或告刚毅，谓其所译《天演论》实传播革命，宜拿办。赖荣禄、王文韶救，得免。蔡元培言：严氏自谓其译《天演论》，实抱"尊民叛君，尊今叛古"之八字主义。子：古代对男子的尊称。赫胥黎(1825—1895)：英国博物学家。达尔文出版《物种起源》一书后，他竭力支持和宣传进化学说，与当时宗教势力作激烈的斗争。所著《进化论与伦理学》一书，严复译出其前两章为中文，署名《天演论》。出版后，对当时学术界影响极大。

〔3〕西国：西方国家。格物家：当时称西方输入的自然科学为格致学，而称自然科学家为格物家。此处西国格物家指达尔文。

〔4〕天择物竞：后人常称"物竞天择"，即地球上生物为生存而竞争，结果优胜劣败，适者生存，体现了自然的选择。按：赫氏所论系生物界现象，严复看到晚清中国逐渐沉沦为西方列强的侵略对象，有亡国灭种的危险，因而借题发挥，以警醒国民。

〔5〕万汇：指生物种类繁多。本原：木有本(根)，水有源(原为源的本字)，比喻事物的根源、根由。

〔6〕动植：动物和植物。蕃耗：繁殖和消亡。

〔7〕言治：议论治国之道。取：参考(物竞天择的学说)。

〔8〕递嬗：遵循自然规律，顺次序地变化。

〔9〕质力：生物的素质所固有的生育机能。几(jī机)：隐微，细微。

〔10〕推极：推究，究极。

〔11〕大归：最后的结论。任天：完全顺应自然。如西汉初之与民休

息政策。

〔12〕故说:旧的学说。

〔13〕以人持天:用人力控制自然。即荀子"制天命而用之"。

〔14〕天赋之能:自然赋予的才能。按:究极乎天赋之能,即充分地发挥人的主观能动性。

〔15〕人治:政治。日即乎新:与时俱进,每天达到新的高度。

〔16〕天事之所苞:自然规律所包括的。按:人类认识自然,从而改造自然,为自己谋得福利,这是自然规律的内容的一部分。

〔17〕天行:自然规律。人治:社会发展规律。

〔18〕奥赜(zé 责):精微,深奥。

〔19〕博涉:广泛涉及。希腊:指希腊的哲学、自然科学与人文科学。下类推。竺乾:印度的别称。斯多噶:古希腊雅典的一个哲学流派。婆罗门:婆罗门教,印度古代宗教。释迦:指释迦牟尼创立的佛教。

〔20〕"审同"句:对以上种种学理,考察其一致处,分析其不同处,从而得出适当的结论。

〔21〕创闻:第一次听到。

〔22〕道:学说。具:全部。

〔23〕斯以:这。以,助词,无义。信美:确实好。

〔24〕抑:可是。深有取:很重视,很欣赏。

〔25〕雄于文:译文特别精采。

〔26〕指趣:宗旨,意义。"指"亦作"旨"。

〔27〕道胜文至:道理非常正确,文章也非常精美。传统士人心目中,四书五经就是这样的。

〔28〕"道稍卑"句:指诸子百家之书。

〔29〕六艺尚已:《诗》、《书》、《礼》、《乐》、《易》、《春秋》这六部经典是最崇高的了。

〔30〕晚周：春秋、战国时期。

〔31〕诸子：老、庄、孔、孟、荀、墨等家。名家：诸子各以其学说被称为某一学派。

〔32〕大要：大意，大指。

〔33〕一干：以树木为例，树的躯干先直立起来。

〔34〕扶疏：枝叶繁茂分披貌。

〔35〕其尤者：其中特别突出的。

〔36〕《太史公书》：即《史记》。

〔37〕扬子：扬雄。字子云，成都人。汉成帝时，以献赋，拜为郎。王莽时为大夫。《太玄》：仿《易》而作，共十卷。

〔38〕天行以阐：古人以《易》能穷究阴阳之道。《太玄》拟《易》，故吴氏认为它阐释了自然规律。

〔39〕韩退之氏：韩愈。氏，古代唯贵族有氏，以称韩愈，尊之也。

〔40〕间（jiàn建）：偶或。

〔41〕知言：由文辞察知真意。

〔42〕率皆：一律都。

〔43〕弇（yǎn演）陋：窄狭而简陋。

〔44〕要于：归结在。

〔45〕一：两者（集录与撰著）是相同的。

〔46〕瀹（yuè月）：疏导，开导。

〔47〕靡敝：败坏。

〔48〕矜尚：夸耀，争出人上。

〔49〕时文：八股文。

〔50〕公牍：政府处理公务的文书。

〔51〕说部：古典小说。

〔52〕鄙夷：贱视。

〔53〕释氏:佛。

〔54〕中学:中国固有的学问,如经史子集等。

〔55〕笔受:译经者用笔翻译佛经。

〔56〕侪:等同。

〔57〕骎骎:迅速。顾:岂。

〔58〕其义富:它的内涵丰富。

〔59〕其辞危:它的语言充满忧患意识。

〔60〕读焉者:读它的人。焉,之(它)。怵(chù 触):恐惧。

〔61〕国论:有关国事的计议。

〔62〕僢(chuǎn 喘)驰:相背而驰。

〔63〕戊戌孟夏:光绪二十四年(1873)四月。

谭嗣同

谭嗣同(1865—1898),字复生,号壮飞,湖南浏阳人。父继洵,官湖北巡抚。嗣同幼丧母,为父所虐,备极孤孽之苦。少即好今文经学,慕龚自珍、魏源。中日甲午战后,立志变法。光绪二十二年(1896)春,至北京,结识梁启超,了解康有为等的变法主张。旋奉父命,以同知入赀为候补知府,分发浙江,遂至南京,闭户读书,作《仁学》。二十四年二月返湖南。六月十一日,光绪帝颁《定国是诏》。嗣同以侍读学士徐致靖荐,于八月二十一日至京,被擢为四品卿衔军机章京,参议新政。不久夜访袁世凯,劝其派兵包围颐和园,逼慈禧交出政权于光绪帝,以便推行新政。结果被袁出卖,被执下狱,于九月二十八日与杨锐、林旭、刘光第、杨深秀、康广仁同时被杀。政变初发时,有人力劝其出走,而嗣同谢绝说:"我国二百年来,未有为民变法流血者,流血请自嗣同始!"今人整理有《谭嗣同全集》(中华书局1981年版)。

《仁学》选[1]

三十三

天下为君主囊橐中私产[2],不始今日,固数千年以来矣[3]。然而有知辽、金、元之罪[4]，浮于前此之君主者乎[5]？其土则秽壤也[6]，其人则膻种也[7]，其心则禽心也，其俗则毳俗也[8]。一旦逞其凶残淫杀之威，以攫取中原之子女玉帛[9]。砺貜貐之巨齿[10]，效盗跖之肝人[11]。马足蹴中原[12]，中原墟矣[13]！锋刃拟华人[14]，华人靡矣[15]！乃犹以为未餍[16]，峻死灰复然之防[17]，为盗憎主人之计[18]。锢其耳目，桎其手足，压制其心思，绝其利源，窘其生计，塞闭其智术。繁拜跪之仪，以挫其气节，而士大夫之才窘矣。立著书之禁，以缄其口说，而文字之祸烈矣。且即挟此土所崇之孔教[19]，缘饰皮傅[20]，以愚其人，而为藏身之固。悲夫悲夫！王道圣教典章文物之亡也，此而已矣！与彼愈相近者，受祸亦愈烈。故夫江淮大河以北，古所称天府膏腴[21]，入相出将[22]，衣冠耆献之薮泽[23]，诗书藻翰之津涂也[24]，而今北五省何如哉[25]？

夫古之暴君，以天下为其私产止矣。彼起于游牧部落，直以中国为其牧场耳，苟见水草肥美，将尽驱其禽畜，横来吞噬。所谓驻防[26]，所谓名粮[27]，所谓厘捐[28]，及一切诛求之无厌[29]，刑狱之酷滥，其明验矣。且其授官也，明明托人以事，而转使为之谢恩[30]，又薄其禄入焉[31]，何谢乎？岂非默使其剥蚀小民以为利乎？

虽然，成吉思之乱也[32]，西国犹能言之[33]；忽必烈之虐也[34]，郑所南《心史》纪之[35]。有茹痛数百年不敢言不敢纪者[36]，不愈益悲乎？《明季稗史》中《扬州十日记》、

《嘉定屠城纪略》[37]，不过略举一二事。当时既纵焚掠之军，又严薙发之令[38]，所至屠杀虏掠，莫不如此。即彼准部方数千里[39]，一大种族也，遂无复乾隆以前之旧籍[40]，其残暴为何如矣！

亦有号为令主者焉[41]，及观《南巡录》所载[42]，淫掳无赖，与隋炀、明武不少异[43]，不徒鸟兽行者之显著《大义觉迷录》也[44]。

台湾者，东海之孤岛，于中原非有害也。郑氏据之[45]，亦足存前明之空号[46]，乃无故贪其土地，攘为己有[47]。攘为己有，犹之可也，乃既竭其二百馀年之民力，一旦苟以自救，则举而赠之于人[48]。其视华人之身家，曾弄具之不若[49]。

噫！以若所为[50]，台湾固无伤耳，尚有十八省之华人，宛转于刀砧之下[51]，瑟缩于贩贾之手[52]，方命之曰：此食毛践土者之分然也[53]。夫果谁食谁之毛，谁践谁之土？久假不归，乌知非有[54]？人纵不言，己宁不愧于心乎？吾愿华人勿复梦梦[55]，谬引以为同类也。夫自西人视之，则早歧而为二矣[56]。故俄报有云："华人苦到尽头处者不下数兆[57]，我当灭其朝而救其民[58]。"凡欧美诸国，无不为是言，皆将借仗义之美名[59]，阴以渔猎其资产[60]。华人不自为之，其祸可胜言耶[61]！

三十四

法人之改民主也[62]，其言曰："誓杀尽天下君主，使流血满地球,以泄万民之恨!"朝鲜人亦有言曰:"地球上不论何国,但读宋、明腐儒之书[63],而自命为礼义之邦者,即是人间地狱。"夫法人之学问,冠绝地球[64],故能倡民主之义,未为奇也。朝鲜乃地球上最愚暗之国,而亦为是言,岂非君主之祸至于无可复加,非生人所能任受耶?

夫其祸为前朝所有之祸,则前代之人既已顺受,今之人或可不较。无如外患深矣,海军燔矣[65],要害扼矣,堂奥入矣[66],利权夺矣,财源竭矣,分割兆矣[67],民倒悬矣[68],国与教与种将偕亡矣。唯变法可以救之,而卒坚持不变。岂不以方将愚民,变法则民智;方将贫民,变法则民富;方将弱民,变法则民强;方将死民,变法则民生;方将私其智、其富、其强、其生于一己,而以愚、贫、弱、死归诸民[69],变法则与己争智、争富、争强、争生,故坚持不变也。究之智与富与强与生,决非独夫之所任为[70],彼岂不知之?则又以华人比牧场之水草,宁与之同为齑粉[71],而贻其利于人[72],终不令我所咀嚼者还抗乎我。

此非深刻之言也[73]。试征之数百年之行事,与近今政治及交涉。若禁强学会[74],若订俄国密约[75],皆毅然行之而不疑。其迹已若雪中之飞鸿[76],泥中之斗兽,较然不可以掩[77]。况东事亟时[78],决不肯假民以自为战守之权[79],且曰:"宁为怀、愍、徽、钦[80],而决不令汉人得志。"固明明宣之语言,华人宁不闻而知之耶?乃犹道路以目[81],相顾而莫敢先发,曰:畏祸也。彼其文字之冤狱[82],

凡数十起,死数千百人;违碍干禁书目[83],凡数千百种,并前数代若宋、明之书,亦在禁列。文网可谓至密矣,而今则莫敢谁何[84]。故天命去则虐焰自衰,无可畏也。《诗》曰:"上帝临汝,无贰尔心[85]。"武王、周公之呼吸,直通帝座矣[86]。《易》明言:"汤武革命,顺乎天而应乎人[87]。"而苏轼犹曰:"孔子不称汤、武[88]",真诬说也[89]。至于谓汤、武未尽善者[90],自指家天下言之,非谓其不当诛独夫也。以时考之,华人固可以奋矣。

且举一事而必其事之有大利[91],非能利其事者也。故华人慎毋言华盛顿、拿破仑矣[92],志士仁人求为陈涉、杨玄感[93],以供圣人之驱除[94],死无憾焉。若其机无可乘,则莫若为任侠[95],亦足以伸民气,倡勇敢之风,是亦拨乱之具也[96]。西汉民情易上达,而守令莫敢肆[97],匈奴数犯边[98],而终驱之于漠北[99],内和外威,号称一治。彼吏士之顾忌者谁欤?未必非游侠之力也[100]。与中国至近而亟当效法者,莫如日本。其变法自强之效,亦由其俗好带剑行游,悲歌叱咤,挟其杀人报仇之气概,出而鼓更化之机也[101]。儒者轻诋游侠[102],比之匪人[103],乌知困于君权之世,非此益无以自振拔,民乃益愚弱而窳败[104]。言治者不可不察也[105]。

三十五

幸而中国之兵不强也,向使海军如英、法,陆军如俄、德,恃以逞其残贼,岂直君主之祸愈不可思议,而彼白人焉,红人焉,黑人焉,棕色人焉,将为准噶尔,欲尚存噍类焉[106],得乎?故东西各国之压制中国,天实使之,所以曲用其仁爱[107],至于极致也。中国不知感,乃欲以挟忿寻仇为务[108],多见其不量而自窒其生矣[109]。

又令如策者之意见[110],竟驱彼于海外[111],绝不往来。前此本未尝相通,仍守中国之旧政,伈伈俔俔[112],为大盗乡愿吞剥愚弄[113],绵延长夜[114],丰蔀万劫[115],不闻一新理,不睹一新法,则二千年由三代之文化,降而今日之土番野蛮者,再二千年将由今日土番野蛮,降而猿狖[116],而犬豕,而蛙蚌,而生理殄绝[117],惟馀荒荒大陆[118],若未始生人生物之沙漠而已。夫焉得不感天之仁爱,阴使中外和会,救黄人将亡之种,以脱独夫民贼之鞅靰乎[119]?

远者吾弗具论[120],湘军之平定东南,此宛宛犹在耳目者矣[121]。洪、杨之徒[122],见苦于君官[123],铤而走险[124],其情良足悯焉。在西国刑律,非无死刑,独于谋反,虽其已成,亦仅轻系数月而已[125]。非故纵之也,彼其律意若曰[126]:谋反,公罪也,非一人数人所能为也。事不出于一人数人,故名公罪。公罪则必有不得已之故,不可任国君以其私而重刑之也。且民而谋反,其政法之不善可知,为之君者尤当自反。借曰重刑之[127],则请自君始。此其为罪,直公之上下耳,奈何湘军乃戮民为义耶[128]?

虽洪、杨所至颇纵杀[129],然于既据之城邑,亦未尝尽戮之也。乃一经湘军之所谓克复[130]，借搜缉逋匪为名[131]，无良莠皆膏之于锋刃[132]，乘势淫掳焚掠，无所不至。卷东南数省之精髓，悉数入于湘军，或至逾三四十年无能恢复其元气[133]，若金陵[134]，其尤凋惨者矣。中兴诸公[135]，正孟子所谓"服上刑"者[136]，乃不以为罪，反以为功。湘人既挟以自骄，各省遂争慕之，以为可长恃以无败。苟非牛庄一溃[137]，中国之昏梦，将终天地无少苏[138]。

夫西人之入中国，前此三百年矣[139]。三百年不骇以为奇，独湘军既兴，天下始从而痛绝之[140]。故湘人守旧不化，中外仇视[141]，交涉愈益棘手[142]，动召奇祸[143]。又法令久不变，至今为梗，亦湘军之由也。

善夫！《东方商埠述要》之言曰："英人助中国荡平洪、杨[144]，而有识之士佥谓当日不若纵其大乱[145]，或有人出而整顿政纪，中国犹可焕然一新，不至如今日之因循不振。盖我西国维新之政，无不从民变而起"云云[146]。是则湘军助纣为虐之罪[147]，英人且分任之矣。奈何今之政治家犹嚣然侈言兵事[148]？岂其肤革坚厚，乃逾二尺之钢甲，虽日本以全力创之[149]，曾不少觉辛痛耶？

若夫日本之胜，则以善仿效西国仁义之师[150]，恪遵公法[151]，与君为仇，非与民为敌，故无取乎多杀。敌军被伤者，为红十字会以医之[152]；其被虏者，待和议成而归之。辽东大饥[153]，中国不之恤[154]，而彼反縻巨金汛粟以救之[155]。且也，摧败中国之军，从不穷追，追亦不过鸣空炮慑之而已,是尤有精义焉。盖追奔逐北[156],能毙敌之十五六[157],为至众矣,而其未死者必鉴于奔败之不免于死,再遇战事,将愤而苦斗以求生,是败卒皆为精兵,不啻代敌操练矣[158]。惟败之而不杀,使知走与禽[159],皆求生之道。由是战者知不战不死,战必不勇;守者知不守不死,守必不坚。民知非与己为敌,必无固志[160],且日希彼之惠泽。当日本去辽东时[161],民皆号泣从之[162],其明征也[163]。

嗟乎!仁义之师所以无敌于天下者,夫何恃?恃我之不杀而已矣。《易》曰:"神武不杀[164]。"不杀即其所以神武也[165]。佳兵不祥[166],盍图之哉[167]!

三十六

中国之兵,固不足以御外侮,而自屠割其民则有馀。自屠割其民,而方受大爵[168],膺大赏[169],享大名,瞯然骄居[170],自以为大功者。此吾所以至耻恶湘军,不须臾忘也[171]。

虽然,彼为兵者亦可谓大愚矣。月得饷银三两馀[172],营官又从而减蚀之,所馀无几,内不足以赡其室家[173],外仅足以殖其生命,而且饥疲劳辱,无所不至。寒凝北征[174],往往冻毙于道,莫或收恤。其无所赖于为兵如此也[175]。然而一遇寇警,则驱使就死[176]。养之如彼其薄,责之如此其厚[177],自非丧心病狂、生而大愚者,孰肯愿为兵矣!迨闻牛庄一役[178],一战而溃,为之奇喜,以为吾民之智,此其猛进乎?

至于所谓制兵[179],养虽愈薄,然本不足以备战守,又不足论。且其召募,皆集于临事[180],非素教之也[181]。敌既压境,始起而夺其农民之耒耜[182],强畀以未尝闻之后膛枪炮[183],使执以御敌。不聚歼其兵而馈械于敌[184],夫将焉往?及其死绥也[185],则委之而去[186],视为罪所应得。旌恤之典[187],尽属具文[188],妻子哀望,莫之过问。即或幸而不死,且尝立功矣,而兵难稍解[189],遽遣归农。扶伤裹创[190],生计乏绝,或散于数千里外,欲归不得,沦为乞丐,而杀游勇之令,又特严酷。

吾初以为游勇者,必其兵勇之逃亡为盗贼者,然不得为盗贼之证也。既乃知不然,即其遣散不得归者也。今制:获游民,先问其曾充营勇否[191],曾充营勇,即就地正法[192],而报上官曰:"杀游勇若干人。"上官即遽以为功。所谓游勇,此而已矣。呜呼!吾今乃知曾充营勇,为入于死罪之名。上既召之,乃即以其应召者为入于死罪之名,是上以死罪召之也。设陷阱以诱民,从而掩之杀之,以遇禽兽,或尚不忍矣,奈何虐吾华民,果决乃尔乎[193]!

杀游勇之不足,又济之以杀"会匪"[194]。原"会匪"之兴,亦兵勇互相联结,互相扶助,以同患难耳。此上所当嘉予赞叹者。且会也者,生人之公理不可无也。今则不许其公;不许其公,则必出于私,亦公理也。遂乃横被以"匪"之名,株连搜杀,死者岁辄以万计。往年梅生、李洪同谋反之案[195],梅生照西律监禁七月,期满仍逍遥上海;而中国长江一带,则血流殆遍。徒自虐民,不平孰甚?况官吏贪于高擢,线勇涎于厚赏[196],于是诬陷良民,枉杀不辜,蔑所不有矣。凡此皆所谓阱也。彼其治天下也,于差役亦斯类也。既召而役使之矣,复贱辱之,蹴踏之,三代不得为良民,著于令甲[197]。

且又不唯兵与役之为阱也,其所以待官、待士、待农、待工、待商者,繁其条例,降其等衰[198],多为之网罟[199],故侵其利权,使其前跋后躓[200],牵制万状,力倦筋疲,末由自振,卒老死于奔走艰蹇,而生人之气,索然俱尽。然后彼君主者,始坦然高枕曰:"莫予毒也已[201]。"此其阱天下之故,庄所谓"游于羿之彀中。中央者,中地也;然而不中者,命也[202]。"今也不中者谁欤?君主之祸,所以烈矣[203]!

〔1〕这是反君权之作,它在中国思想史上也是渊源有自的。远的可追溯到庄周、鲍敬言,近的有唐甄、黄宗羲,更直接的是龚自珍(虽然他不彻底)。从所选的四则看,作者确实表现出了"冲决网罗"的勇气。作者本能写典雅的古文,而此四则却显得粗放冗长,且含有若干错误观点。我们主要应注意到,这是受欧洲民主思想而写出的反对高度集权的封建体制、要求实行民主制度的一篇鸿文,这是从庄周到龚自珍都没有达到的思想境界和认识高度。

〔2〕囊橐(tuó 驮):盛物的袋子叫囊,小的叫橐。

〔3〕数千年以来:中国旧史记载夏禹开始传天下于子,而夏王朝历史大约在公元前二十一至前十七世纪。那么,从前二十一世纪到作者写作《仁学》的1896年,共约四千年。

〔4〕辽金元:作者抱着狭隘的民族主义,站在汉族立场,把这三个

少数民族贵族统治部分或全部汉族的政权,特别加以指斥。目的是指斥清王朝。

〔5〕浮:超过。

〔6〕秽壤:污浊的地区。

〔7〕膻种:膻,通"羶",羊的气味。东北满族主食为羊肉,所以如此蔑称。

〔8〕毳(cuì粹):粗糙的毛织物。

〔9〕中原:整个黄河流域,是汉族人民主要聚居地。子女玉帛:封建统治者以人民为子女,以玉帛泛指财物。见《左传·僖公二十三年》:"子女玉帛,则君有之;羽毛齿革,则君地生焉。"

〔10〕猰貐(yà yú讶鱼):传说中兽名。虎爪,食人,迅走。

〔11〕盗跖:《庄子·盗跖》:盗跖横行天下,万民苦之。孔子往见,跖方休卒徒于大山之阳,"脍人肝而铺之"。

〔12〕蹴(cù促):践踏。

〔13〕墟:成为废墟。

〔14〕锋刃:锋,兵器的尖端。刃,刀口。拟:比划(以刀剑加人颈或胸,作欲刺杀状)。

〔15〕靡:倒下。

〔16〕餍(yàn厌):饱,满足。

〔17〕峻:动词,宾语为"防",加紧防备。死灰复然:比喻失势的人重新得势。《史记·韩长孺列传》:"蒙狱吏田甲辱安国,安国曰:'死灰独不复然(燃)乎?'"

〔18〕盗憎主人:邪恶之人憎恨正直之人。

〔19〕此土:指中原地带(其实包括全国)。孔教:以孔子为代表的儒家学说。

〔20〕缘饰:文饰。皮傅:以肤浅见解牵强附会。

〔21〕天府:肥沃、险要、物产富饶的地区。膏腴:言土地的肥沃。

〔22〕入相出将:言北五省产生特出的人材,入朝廷则为宰相,出京城则为元帅或大将军。

〔23〕衣冠:古代士以上阶层的服装。借指士大夫所代表的文明礼教。耆(qí 旗)献:六十岁叫耆。献,贤人。薮泽:人物聚集的地方。

〔24〕藻翰:本指多采的羽毛,比喻华美的文辞。津涂:通向渡口的路。"涂",通"途"。

〔25〕北五省:指江苏、安徽、河南、湖北、山东。

〔26〕驻防:清制,各省省会皆驻有旗兵以防动乱。

〔27〕名粮:清制,旗人俱由国库计口授钱粮。

〔28〕厘捐:晚清的行商货物税。

〔29〕诛求无厌:征求,需索,没有满足。

〔30〕谢恩:清制,官得升赏,例有谢恩折。

〔31〕禄入:俸禄的收入。

〔32〕成吉思:成吉思汗,为元太祖之尊号。

〔33〕西国:欧洲各国。成吉思汗西征,打败了俄罗斯和钦察联军,版图扩展到中亚地区和南俄,故欧洲历史记其事。

〔34〕忽必烈:元世祖名,他即位后,定都燕京,建国号为元。灭宋,统一中国。

〔35〕郑所南:南宋郑思肖(1241—1318)。其作品《心史》等饱含爱国情感,忧国忧民,影响后世甚广。

〔36〕茹:吃。

〔37〕《扬州十日记》:清王秀楚撰。一卷。清兵初入扬州,杀戮惨酷。此书自述身受目睹者。《嘉定屠城纪略》:明朱子素撰。乾隆四十四年奏准禁毁。嘉定三屠:顺治二年,清军下江南,七月初四,侯峒曾所率义兵失败,破嘉定城后,死难者两万馀人。七月二十七日,朱瑛所率义

兵失败，嘉定城再被攻破，清兵大屠城。八月十六日，明将吴之蕃反清失败，嘉定军民三次被屠杀。此二种并郑思肖《心史》，京华出版社2001年版《四库禁书》有收录。

〔38〕薙：剃。

〔39〕准部：准噶尔部。按：其部贵族噶尔丹依仗沙俄的支持，不断扩张，发动对清兵的进攻，自康熙朝打起，乾隆朝始平定。

〔40〕旧籍：指准部原有的户籍。

〔41〕令主：贤明的君主。

〔42〕《南巡录》：此书未见，另有《南巡盛典》，有史料价值。稗史则有谭氏所言失德事。

〔43〕隋炀：隋炀帝杨广（560—618），在位十四年，赋重役繁，民不堪命。后为宇文化及所杀。明武：明武宗朱厚照（1491—1521），年号正德，淫乐嬉游，南巡骚扰，人民弃业罢市，逃匿山谷。

〔44〕鸟兽行：禽兽行，违背人伦的行为。《大义觉迷录》：雍正七年所颁，反映了清世宗篡位、谋父、逼母、弑兄、屠弟等恶行。

〔45〕郑氏：明亡后，郑成功据台湾继续抗清，殁后，子经立。经卒，次子克塽立，康熙二十二年施琅攻入台湾，克塽降。

〔46〕前明：清人称明朝为前明。

〔47〕攘：抢夺。

〔48〕"一旦"二句：指光绪二十一年，日人侵占台湾。

〔49〕曾弄具之不若：乃（竟）不如一件玩具。

〔50〕若：你，指清廷。

〔51〕刀砧（zhēn 真）：磨刀石。

〔52〕贩贾（gǔ 古）：贩卖货物的商人。

〔53〕食毛践土：对君主感恩戴德之辞。毛，植物。《左传·昭公七年》："封略之内，何非君土；食土之毛，谁非君臣？"谓所食之物和所居之

地均为国君所有。分(fēn奋):名分,本分。

〔54〕"久假不归"二句:《孟子·尽心上》:"久假不归,恶知其非有也。"借人物件,长久不归还。哪知这物件本来不是自己的。

〔55〕梦(méng萌)梦:昏乱。

〔56〕歧:分。

〔57〕兆:一百万。

〔58〕朝(cháo嘲):朝廷。

〔59〕仗义:主持正义。

〔60〕渔猎:比喻获得财富。

〔61〕胜(shēng声):尽。

〔62〕法人改民主:指1789—1794年法国推翻封建专制制度,确立资本主义制度的革命。

〔63〕宋明腐儒:指宋朝周敦颐、程颢、程颐、张载、朱熹、陆九渊,明朝王守仁等。

〔64〕冠(guàn贯)绝:超出众人,无人能及。

〔65〕熸(jiān兼):火灭。引申为军队溃败。

〔66〕堂奥:此指内地、腹地。

〔67〕兆:显现预示的迹象。

〔68〕倒悬:比喻处境极困苦危急。

〔69〕诸:之于。

〔70〕独夫:众叛亲离的统治者。

〔71〕齑(jī机)粉:细碎的粉,比喻粉身碎骨。

〔72〕贻其利于人:慈禧太后曾言:"宁赠友邦,不与家奴。"

〔73〕深刻:苛刻。

〔74〕强学会:公车上书后,康有为在北京和上海组织强学会,后为后党封禁。

〔75〕订俄国密约:1896年李鸿章接受帝俄贿赂,在莫斯科签订《中俄密约》,出卖主权,允许俄国在中国东北修筑铁路,等等。

〔76〕雪中飞鸿:苏轼《和子由渑池怀旧》:"人生到处知何似?应似飞鸿踏雪泥。泥上偶然留指爪,鸿飞那复计东西。"

〔77〕较(jiào 叫)然:显明貌。

〔78〕东事:指中日甲午海战事。亟:紧急。

〔79〕假:给予。自为战守:自己决定是作战还是防守。

〔80〕怀、愍、徽、钦:晋怀帝被攻破洛阳的刘曜俘虏到平阳,青衣行酒,被害。其侄愍帝即位后,也被刘曜俘虏到平阳,一年后被杀。宋徽宗、钦宗都被金兵俘虏,后死于五国城。

〔81〕道路以目:形容人民慑于暴政,敢怒而不敢言。《国语·周语上》:周厉王暴虐,杀谤者,"国人莫敢言,道路以目"。

〔82〕文字冤狱:康熙、雍正、乾隆时,为箝制汉人反满言论思想,从臣民著作中摘违碍字句,罗织罪状,构成冤狱,株连家族亲友。

〔83〕违碍干禁:清廷认为邪恶的、有碍的、冒犯其禁令的。

〔84〕"文网"二句:自嘉庆、道光后,文网日疏。谁何,稽察诘问。

〔85〕"《诗》曰"三句:《诗·大雅·文王之什·大明》:"上帝临女,无贰尔心!"武王在牧野誓师:"上帝监视着你们,不要怀有二心!"

〔86〕呼吸通帝座:未详出处。旧时诗词中常用之。此处意为武王、周公伐纣乃顺天意。

〔87〕"《易》"三句:《易·革》:"汤武革命,顺乎天而应乎人。"革除旧王朝的天命,上顺天理,下应人情。

〔88〕"苏轼"二句:苏轼《论武王》云:"昔者孔子盖罪汤、武……武王非圣人也。"

〔89〕诬说:诽谤的话。

〔90〕汤、武未尽善:《论语·八佾》:"谓《武》,尽美矣,未尽善也。"

〔91〕必：坚决要求。

〔92〕华盛顿(1732—1799)：美国第一任总统(1789年至1797年在任)，美利坚联邦共和国的奠基人。

〔93〕陈涉：陈胜，字涉，阳城人。中国第一个农民起义领袖。杨玄感：隋朝杨素之子，炀帝时累官礼部尚书，见朝纲日紊，谋废帝立秦王浩。帝征辽东，遂举兵反。玄感骁勇，每战身先士卒。又善抚驭，士乐致死。后兵败，令其弟抽刀斫杀之。

〔94〕驱除：《史记·秦楚之际月表序》："向秦之禁，适足以资贤者为驱除难耳。"此言陈涉为汉高祖驱除患难，杨玄感为唐太宗扫清障碍。

〔95〕任侠：抱不平，负气仗义。任，使用气力。侠，以权力助人。

〔96〕拨乱：治理乱世。《公羊传·哀公十四年》："拨乱世反诸正，莫近诸《春秋》。"

〔97〕守令：郡守(清为知府)、县令。

〔98〕匈奴：古代我国北方民族之一，也称胡。散居大漠南北，善骑射，常为汉代边疆之患。数(shuò硕)：屡次。

〔99〕漠北：古代泛称蒙古高原大沙漠以北地区。

〔100〕游侠：古代指好交游、勇于急人之难的人。

〔101〕鼓：激发。更(gēng庚)化：连续变法以化民成俗。《宋史》即有"元祐更化"之说。

〔102〕轻诋：轻蔑地诋毁。按：亦不仅儒者，韩非《五蠹》，马援《戒兄子严、敦书》皆反对游侠。

〔103〕匪人：行为不正的人。

〔104〕窳(yǔ禹)败：懒惰。

〔105〕言治：研究政治。

〔106〕噍(jiào叫)类：原指能饮食的动物，特指活人。噍，咬，嚼。

〔107〕曲用：委婉地运用。按：谭氏此论极谬，流毒至今，某些人竟

公然宣称中国应该再殖民地化。

〔108〕务:首要事务。

〔109〕窒:阻塞。

〔110〕策者:出谋献计的人。

〔111〕彼:指欧、美列强。

〔112〕伈(xǐn 新上声)伈伣(xiàn 县)伣:小心恐惧貌。出自韩愈《鳄鱼文》。伣,应为"睍"(xiàn 县)。

〔113〕大盗乡愿:《仁学》一第二十九条:"二千年之政,秦政也,皆大盗也;二千年之学,荀学也,皆乡愿也。惟大盗利用乡愿,惟乡愿工媚大盗。二者交相资,而罔不托之于孔。"

〔114〕长夜:比喻从秦至清的长期统治。

〔115〕丰蔀:《易·丰·上六》:"丰其屋,蔀其家。"既大其屋,又蔀(遮蔽)其家,乃成巨室,以比喻中国。万劫:万世。按:谭氏此论极确。中国传统文学是不可能产生民主政治的"新理"、"新法"的。

〔116〕狖(yòu 又):长尾猿。

〔117〕殄(tiǎn 舔)绝:消灭,断绝。

〔118〕荒荒:黯淡无际貌。

〔119〕民贼:残害人民的人。《孟子·告子下》:"今之所谓良臣,古之所谓民贼也。"鞅靰:靰应作軶(è 厄)。鞅是皮带,套在马颈,用以负軶(车上部件。軶首系在车辕前脚横木,軶脚架于马头)。引申为压迫。

〔120〕具论:全面地说。

〔121〕宛宛:回旋曲折貌。

〔122〕洪:洪秀全,广东花县人。杨:杨秀清,先世亦花县人。咸丰元年,两人同在广西桂平金田村起义,建立太平天国。

〔123〕见苦于:被(君、官)所迫害。

〔124〕铤而走险:急不择路,赴险犯难。铤,疾走貌。语出《左传·

文公十七年》:"铤而走险,急何能择!"

〔125〕轻系:量刑很轻,只拘禁很短时间。

〔126〕律意:订立法律的用意。

〔127〕借曰:假使说。

〔128〕义:合乎正义。

〔129〕纵杀:放纵士兵滥杀无辜。

〔130〕克复:收复失地。

〔131〕逋(bū 不阴平):逃亡。

〔132〕莠(yǒu 有):恶人,坏人。膏:动词。人被杀,脂膏沾满刀口。

〔133〕元气:人的精神,生命力的本原。

〔134〕金陵:即今南京市。太平天国建都于此,共十一年。

〔135〕中兴诸公:平定太平天国后,号为"同治中兴"。诸公指曾国藩、李鸿章、左宗棠、彭玉麟等。

〔136〕服上刑:用重刑。《孟子·离娄上》:"故善战者服上刑。"

〔137〕牛庄一溃:光绪二十一年(1895)二月二十八日,日军由海城分路进犯牛庄,先占据鞍山站,扼住牛庄与辽阳孔道,切断两地清军的联络。三月三日,突袭牛庄。清军魏光焘、李光久部由海城西回援。四日晨,日军分三路猛扑,魏、李突围逃走。市内清军苦斗至深夜,伤亡二千馀人,终于失败。大量辎重悉数资敌。不久,营口、田庄台也相继失守,辽东半岛遂全沦敌手。

〔138〕苏:觉悟。

〔139〕三百年:从利玛窦于万历十年(1582)来中国,到谭氏写《仁学》的1896年,共314年。

〔140〕痛绝之:坚决和他们断绝关系。按:中国封建顽固派早就竭力排斥湘军。

〔141〕中外仇视:指湘军既仇视国内的革新派,又仇视西方的先进

事物。

〔142〕棘手:比喻事情难办,如荆棘刺手。

〔143〕奇祸:特大灾难。

〔144〕荡平:如大水冲刷地把敌寇势力彻底平定。

〔145〕佥:都。

〔146〕民变:人民群众起来反对统治者,造成动乱的时势。云云:如此如此。此处用如省略号。

〔147〕助纣为虐:帮助坏人作恶。

〔148〕嚣然:喧哗地。侈言:高谈阔论。

〔149〕创(chuāng 窗):伤害。

〔150〕仁义之师:按:谭氏把欧、美、日列强的侵略军美化为仁义之师,大误。

〔151〕公法:国际公约。

〔152〕红十字会:一种志愿的、国际性的救护、救济团体。开始是从事战时救护工作。

〔153〕辽东:今辽宁东南部辽河以东地区。

〔154〕恤:救济。

〔155〕縻:花费。汎粟:《左传·僖公十三年》:晋饥,秦输之粟,命曰汎舟之役。汎粟:粮船相继浮于河上。

〔156〕逐北:追逐打败了的敌人。北,古"背"字。敌人逃跑,故向其背追赶。

〔157〕十五六:十分之五或六。

〔158〕不啻:不止,等于。

〔159〕禽:擒。

〔160〕固志:坚决战斗的意志。

〔161〕去:离开。

〔162〕号泣:哭泣。

〔163〕明征:明显的证据。

〔164〕"《易》曰"二句:《易·系辞上》:"古之聪明叡知,神武而不杀者夫。"

〔165〕所以:以所,为什么是……的原因。按:此皆美化侵略者,未能看到本质。

〔166〕佳兵不祥:《老子》三十一章:"夫佳兵者不祥之器。"佳,善。兵,兵器。

〔167〕盍:何不。图:考虑。

〔168〕大爵:高大的爵位,如曾国藩封侯爵。

〔169〕膺:受。

〔170〕睍(xián闲):目上视的骄倨状。

〔171〕须臾:一会儿。

〔172〕饷银:军饷用银折算。

〔173〕赡(shàn善):供养。

〔174〕寒凝:寒气使水结冰。

〔175〕赖:利。

〔176〕就死:走向死亡。

〔177〕责:要求回报。

〔178〕迨:等到。

〔179〕制兵:临时召募的民兵,当时称为乡兵,是一种地方武装。

〔180〕集于临事:面对突发事变,临时召集。

〔181〕素教:长期训练。

〔182〕耒耜:上古时的翻土农具。耜以起土,耒为其柄。

〔183〕后膛枪炮:即当时所谓洋枪洋炮。膛,器物中空的部分。

〔184〕馈械:赠送器械。

〔185〕死绥:退军为绥。军败而退,将当死之,称死绥。

〔186〕委:弃。

〔187〕旌恤:旌表抚恤。

〔188〕具文:空文,徒具形式而不符实际。

〔189〕兵难(nàn 南去声):战祸。

〔190〕创(chuāng 窗):创伤。

〔191〕营勇:军营中的兵勇。

〔192〕就地正法:在犯事地点依法处决罪犯。

〔193〕尔:如此。

〔194〕会匪:民间秘密组织,如天地会、哥老会,清廷俱称为会匪。

〔195〕梅生、李洪同:未详。

〔196〕线勇:做眼线的兵勇。

〔197〕令甲:法令。

〔198〕等衰(cuī 催):等级次序。

〔199〕网罟(gǔ 古):网。《易·系辞下》:"作结绳而为罔罟。"此以比喻法网。

〔200〕前跋后疐(zhì 至):比喻进退两难。跋,踩。疐,跌倒。《诗·豳风·狼跋》:"狼跋其胡,载疐其尾。"

〔201〕莫予毒也已:《左传·僖公二十八年》:晋文公闻楚令尹子玉自杀后说的话。意为"再没有人来害我了!"

〔202〕"庄所谓"五句:《庄子·德充符》:"游于羿之彀中。"彀(gòu 够)中,弓弩射程所及的范围。中(zhòng 重)地,必然被射中之处。此五句言,人在世上,犹如活动在后羿弓箭的射程之内,若处于中心地段,那是必然被射中的地方;也有不被射中的,那是命运的安排。

〔203〕烈:猛烈。

章炳麟

章炳麟(1869—1936),初名学乘,字枚叔,后改名绛,号太炎,后又改名炳麟,浙江馀杭(今杭州)人。九岁从外祖父朱有虔读书,教以《春秋》大义,谓夷夏之辨,严于君臣。二十一岁时,师从俞樾于杭州诂经精舍,凡七年。光绪二十三年(1897),在上海任《时务报》撰述,因参加维新运动被通缉,流亡日本。二十六年,剪发辫立志革命。二十九年,因发表《驳康有为论革命书》及为邹容《革命军》写序,触怒清廷,被捕入狱。三十年,蔡元培等与他联系,发起成立光复会。三十二年,出狱后,孙中山迎之至日本,参加同盟会,主编《民报》,与改良派展开论战。1911年,上海光复后回国,主编《大共和日报》,并任孙中山总统府枢密顾问。1913年,宋教仁被刺后,参加讨袁,为袁禁锢,袁死后被释放。1924年,在苏州设国学讲习会,以讲学为业。著述颇丰,集辑为《章氏丛书》、《续编》、《三编》。今人整理有《章太炎全集》六册(上海人民出版社1985年版)。

谢本师[1]

余十六七岁始治经术[2],稍长,事德清俞先生[3],言稽古之学[4],未尝问文辞诗赋。先生为人岂弟[5],不好声色[6],而余喜独行赴渊之士[7]。出入八年,相得也。

顷之，以事游台湾[8]。台湾则既隶日本[9]，归，复谒先生。先生遽曰[10]："闻而游台湾[11]。尔好隐[12]，不事科举。好隐，则为梁鸿、韩康可也[13]。今入异域[14]，背父母陵墓，不孝；讼言索虏之祸毒敷诸夏[15]，与人书指斥乘舆[16]，不忠。不孝不忠，非人类也，小子鸣鼓而攻之可也[17]。"盖先生与人交，辞气陵厉[18]，未有如此甚者！

先生既治经，又素博览，戎狄豺狼之说[19]，岂其未喻，而以唇舌卫扞之？将以尝仕索虏，食其廪禄耶[20]？昔戴君与全绍衣并诋索虏[21]，先生亦授职为虏编修，非有土子民之吏[22]，不为谋主[23]，与全、戴同，何恩于虏，而恳恳蔽遮其恶[24]？

如先生之棣通故训[25]，不改全、戴所操，以诲承学[26]，虽扬雄、孔颖达何以加焉[27]！

〔1〕谢本师：辞别老师。这是委婉说法，实即断绝师生关系。作者积极行动于反清，被俞樾斥为不忠不孝。作者反责怪俞樾不明民族大义，断然谢本师。按：君子绝交，不出恶声，况章之于俞谊属师生，更不容反唇相稽。故俞虽斥为"非人"，章于自解之馀，仍惜俞之不明，未尝加一谰语。

〔2〕始治经术：章氏十七岁起，弃科举，专研究经学。（见《太炎先生自定年谱》）经术，即经学。

〔3〕德清俞先生：俞樾，浙江湖州府德清县人。详见本书小传。

〔4〕稽古之学：研究古事的专门学问。

〔5〕岂（kǎi 楷）弟：同"恺悌"，和乐平易。《诗·小雅·蓼萧》："既见君子，孔燕岂弟。"

〔6〕声色:音乐女色。

〔7〕独行:志节高尚,不随俗浮沉。赴渊:本《庄子·刻意》:"刻意尚行,离世异俗,高论怨诽,为亢而已矣。山谷之士,非世之人,枯槁赴渊者之所好也。"刘向《九叹》:"申徒狄之赴渊。"申徒狄,殷末人,不忍见纣乱,抱石投河而死。

〔8〕"顷之"二句:光绪二十四年(1898),变法失败,章氏遭通缉。九月由日本友人介绍,流亡台湾,任台湾《日日新报》记者。至次年五月赴日本。顷之,不久。

〔9〕台湾既隶日本:光绪二十一年(1895)日本侵占台湾。

〔10〕遽曰:脸色突变,很快地说。

〔11〕而:同"汝"。

〔12〕好(hào 号)隐:不乐仕进,爱好隐居。

〔13〕梁鸿:东汉隐士。字伯鸾,扶风平陵(今陕西咸阳西北)人。崇尚气节,与妻隐居霸陵山中,后避章帝搜捕,避居齐鲁,复南下吴郡。《后汉书》有传。韩康:东汉隐士。字伯休。卖药长安市,三十馀年,口不二价。有女子从康买药,康守价不移。女子怒曰:"公是韩伯休耶,乃不二价乎?"康叹曰:"我本欲逃名,今小女子皆知,何用药为!"乃遁入霸陵山中。博士公车连征不至。桓帝以安车聘之,康不得已,辞安车,自乘柴车,因道遁。《后汉书》有传。

〔14〕异域:指外国。

〔15〕讼(gōng 公)言:公然说。讼,通"公"。索虏:南北朝时,南史称北为索虏,以北方诸族皆编发为辫,故以索称。此以指满人。敷:散布。诸夏:中国。

〔16〕乘舆:本为皇帝所用器物,借以指代皇帝。章氏曾斥言"载湉小丑"。载湉,光绪帝名。

〔17〕"小子"句:借用《论语·先进》孔子斥冉求语。

〔18〕辞气:言词声调。陵厉:气势猛烈。陵,通"凌"。

〔19〕戎狄豺狼:《左传·闵公元年》:管仲言于齐桓公曰:"戎狄豺狼,不可厌也。"言戎狄如豺狼,是不会满足的。

〔20〕廪禄:官府发给的俸米。

〔21〕戴君:戴震(1723—1777)。乾隆举人。四库馆开,荐充纂修,旋赐同进士出身,授庶吉士。所著《孟子字义疏证》,痛斥后儒以理杀人,实针对雍正帝而言。全绍衣:全祖望。字绍衣,详见本书小传。为人有风节,尤以网罗文献表章明末清初诸忠义为事,多暗刺清廷语。讦(jié洁):责问。

〔22〕有土子民:负责一个地方的政务,直接管理民事。

〔23〕谋主:主谋的人。即为政府工作出谋画策的人。

〔24〕恳恳:急切貌。

〔25〕棣(tì替)通:贯通。故训:旧时的典章。

〔26〕诲:教导。承学:承受师说而进行学习,此指学生。

〔27〕扬雄(前53—18):字子云,成都人。好学博览,喜深沉之思。汉成帝召对承明庭,奏《甘泉》、《河东》、《长杨》等赋,多仿司马相如。王莽称帝后,扬雄校书于天禄阁。后受他人牵累,即将被捕,于是坠阁自杀,未死。后召为大夫。见《汉书·扬雄传》。著《太玄》、《法言》、《方言》等书。孔颖达(574—648):字仲达,衡水人。少聪敏,记诵日千馀言。隋末举明经。炀帝召天下儒官集东都,诏国子秘书学士与论议,颖达为冠,又年最少。入唐,累官国子司业,迁祭酒。尝受太宗命撰《五经正义》。加:超过。作者在这里将俞樾与一人而仕两朝的扬、孔相比。意谓俞樾虽"仕索虏",若"不改全戴所操",一定会比仕两朝的扬、孔好许多。

序《革命军》[1]

蜀邹容为《革命军》方二万言[2],示余曰:"欲以立懦夫[3],定民志[4],故辞多恣肆[5],无所回避,然得无恶其不文耶[6]?"余曰:"凡事之败,在有其唱者而莫与为和[7],其攻击者且千百辈[8];故仇敌之空言[9],足以堕吾实事[10]。"

夫中国吞噬于逆胡二百六十年矣[11],宰割之酷,诈暴之工[12],人人所身受,当无不昌言革命[13]。然自乾隆以往[14],尚有吕留良、曾静、齐周华等持正议以振聋俗[15],自尔遂寂泊无所闻[16]。吾观洪氏之举义师[17],起而与为敌者,曾、李则柔煦小人[18],左宗棠喜功名,乐战事,徒欲为人策使[19],顾弗问其韪非枉直[20],斯固无足论者[21]。乃如罗、彭、邵、刘之伦[22],皆笃行有道士也[23]。其所操持[24],不洛、闽而金溪、馀姚[25]。衡阳之《黄书》[26],日在几阁[27]。孝弟之行,华戎之辨,仇国之痛,作乱犯上之戒[28],宜一切切闻之。卒其行事,乃相纠戾如彼[29]。材者张其角牙以覆宗国[30],其次即以身家殉满洲[31],乐文采者则相与鼓吹之[32]。无他,悖德逆伦[33],并为一谈,牢不可破。故虽有衡阳之书,而视之若无见也。然则洪氏之败,不尽由计画失所[34],正以空言足与为难耳[35]。

今者风俗臭味少变更矣[36]。然其痛心疾首,恳恳必以逐满为职志者[37],虑不数人[38]。数人者,文墨议论,又往往务为温藉[39],不欲以跳踉搏跃言之[40],虽余亦不免是也。

嗟乎!世皆嚚昧而不知话言[41],主文讽切[42],勿为动容[43]。不震以雷霆之声,其能化者几何?异时义师再举,其必堕于众口之不俚[44],既可知矣[45]。

今容为是书[46],一以叫咷恣言[47],发其惭恚[48],虽嚚昧若罗、彭诸子,诵之犹当流汗祗悔[49]。以是为义师先声[50],庶几民无异志,而材士亦知所返乎[51]?若夫屠沽负贩之徒[52],利其径直易知而能恢发智识[53],则其所化远矣。藉非不文[54],何以致是也。

抑吾闻之[55],同族相代,谓之革命[56];异族攘窃,谓之灭亡[57];改制同族[58],谓之革命;驱除异族,谓之光复[59]。今中国既灭亡于逆胡,所当谋者,光复也,非革命云尔。容之署斯名[60],何哉?谅以其所规画[61],不仅驱除异族而已,虽政教、学术、礼俗、材性[62],犹有当革者焉,故大言之曰"革命"也。共和二千七百四十四年四月[63]。

〔1〕这是为邹容《革命军》一书所作的序。此文指出反清的革命活动需要借助大声疾呼,充分动员民众。全文热情洋溢,气势磅礴,可惜这种汉魏型的古文,太过古奥,很难起到震聋发聩的作用。

〔2〕邹容(1885—1905):本名绍陶,字蔚丹(又作威丹),四川巴县人。光绪二十八年(1902),十七岁,留学日本,参加留日学生爱国运动,殴打陆军学生监督,逃回上海,参加"爱国学社"。光绪二十九年(1903),因发表《革命军》,被捕入狱,判监禁二年。三十一年(1905),死

于狱中。年仅二十一岁。《革命军》:约二万言,宣传革命是"天演之公例",号召中国人民起来推翻清王朝,建立中华共和国。此文及章炳麟所作序在上海《苏报》发表,影响很大。

〔3〕立懦夫:使胆小的人勇敢起来。

〔4〕定民志:坚定人民的革命意志。

〔5〕恣肆:无所顾忌。

〔6〕得无:能不。恶(wù务):嫌,厌恶。不文:没有文采。

〔7〕唱和(chàng hè 畅贺):此唱彼和,互相呼应。

〔8〕且:将近。

〔9〕仇敌之空言:敌人的反革命宣传。

〔10〕堕(huī挥):通"隳",毁坏。实事:指革命工作。

〔11〕吞噬:吞并,兼并。逆胡:指满清王朝。

〔12〕诈暴:利诱威逼。工:巧妙。

〔13〕昌言:公开宣传。

〔14〕以往:以前。

〔15〕吕留良(1629—1683):字庄生。又名光轮,字用晦,号晚村,浙江石门(今嘉兴市)人。八岁善属文。明亡后不仕,著书多种族之感,且散家财结客,图恢复,不成,家居授徒。郡守荐应博学鸿词科,誓死不受,出家为僧,名耐可,字不昧,号何求老人。殁后,雍正时,以曾静文评狱牵涉,全家被祸,留良亦被开棺戮尸,著述均被毁。今有清末重刊的《吕晚村先生文集》、《东庄诗存》等。曾静(1679—1735):号蒲潭,湖南郴州人。雍正间,遣其徒张熙诡名投书岳钟琪,劝以同谋举义。钟琪拘讯之,并拘静。静以见吕留良评选时文内,有论夷夏之防及井田封建等语,故有是谋。雍正帝十下严旨,刊为《大义觉迷录》,悬之学宫。戮留良尸,亲属及友党皆治罪,特赦静,以示宽大。但乾隆时仍被杀。齐周华(1698—1767):字巨山,浙江天台人。好游,足迹遍天下。为吕留良辩

护,作《为吕留良等独抒己见奏稿》,被磔杀。著《名山藏副本》。聋俗:愚昧无知的世俗。

〔16〕自尔:从那时以后。寂泊:沉默。

〔17〕洪氏:指洪秀全。举义师:1851年1月11日,洪秀全在广西桂平县金田村,率众起义,建立太平天国,称"天王",定都南京。

〔18〕曾:曾国藩。李:李鸿章。柔煦:柔顺。

〔19〕策使:主人用鞭子指挥。比喻甘效犬马之劳。

〔20〕顾弗:却不。韪非枉直:是非曲直。

〔21〕斯固无足论者:(曾、李、左)这些人本来不值得谈的。

〔22〕乃如:可是像。罗:罗泽南(1807—1856),字仲岳,号罗山,湖南湘乡人。理学家。太平军攻湖南,罗以廪生率乡勇与战,所向皆捷。积功官至布政使。后援武汉,亲出搏战,中炮卒。后人辑有《罗罗山遗稿》。彭:彭玉麟(1816—1890),字雪琴,自号退省(xǐng)庵主人,湖南衡阳人。咸丰间,太平军起,曾国藩治水师于衡阳,玉麟与杨岳斌分统之,转战长江各省,屡建战功。定长江水师之制,每年巡阅长江。官至兵部尚书。邵:邵懿辰(1810—1861),字位西,浙江仁和人。曾任刑部员外郎。讲理学。太平军攻杭州,邵与巡抚王有龄固守,城破而死。刘:刘蓉,字孟容,号霞仙,湖南湘乡人。以随曾国藩平定太平军之功,官至陕西巡抚。之伦:之类。

〔23〕笃行:行为敦厚。有道士:有道德的读书人。

〔24〕操持:实践。

〔25〕洛:洛学。北宋时,程颢、程颐兄弟为洛阳人,故称其学说为洛学。闽:南宋时朱熹的学说。朱曾在福建的建阳讲学,故称闽学。金溪:南宋时陆九渊的学说。陆为江西抚州金溪县人。馀姚:明代王守仁的学说。王为浙江馀姚人。

〔26〕衡阳:指明末清初思想家王夫之。王为湖南衡阳人。《黄

书》:王夫之的政论著作,包括《原极》、《古仪》、《宰制》、《慎选》、《任官》、《大正》、《离合》共七篇。书中坚持反清,对明代统治者只务猜忌防制本族人民,不能抵御外患,表示了极大的愤怒。认为历代王朝一姓的更换算不了什么,只有如宋朝之被女真、鞑靼覆灭,才是"生民以来未有之祸"。这些都很受章炳麟的推崇。但书中强调增强地方实力,曾国藩等也曾以此为根据向清廷讨取权力。

〔27〕几阁:小桌子。

〔28〕"孝弟"四句:一、四句皆就满洲与明朝双方关系而言。《论语·学而》:"其为人也孝弟,而好犯上者鲜矣。不好犯上,而好作乱者,未之有也。"满族的祖先女真族,明初,留居东北地区的,分为建州、海西、野人三大部,受明朝奴儿干都司管辖,和明廷有君臣关系。所以,后来吴三桂出关求援,多尔衮带兵入关,灭亡明朝,建立清朝,章氏认为这是犯上作乱。二、三两句则就汉族言,认为汉人应辨别中国与戎狄的关系,奉行孔子"尊王攘夷"的遗训。仇国,指满人以中国为仇敌,造成"扬州十日"、"嘉定三屠"的惨痛。

〔29〕紾(zhěn 缜)戾:违反。

〔30〕"材者"句:材者,有才干的人,指曾国藩等人。张其角牙,比喻这些人像猛兽一样张牙舞爪,即使用各种利器(包括各种武器和阴谋)去镇压太平军。宗国,本族的国家。洪秀全等与曾国藩等皆汉人,太平天国是汉族人组成的国家。

〔31〕以身家殉满洲:如邵懿辰即是。

〔32〕"乐文采者"句:曾国藩等平定太平天国后,王闿运曾作《湘军志》,曾国荃恶其讥刺,命其幕僚王定安另撰《湘军记》歌颂功德。鼓吹,宣扬。

〔33〕悖德:曾国藩等为清朝平定太平天国,既违背了道德,也违反了伦理。

〔34〕失所:失当。

〔35〕空言:指攻击太平天国的文章,如曾国藩的《讨粤匪檄》,指斥太平天国"窃外夷之绪,崇天主之教,""举中国数千年礼义人伦、诗书典则,一旦扫地荡尽。此岂独我大清之变,乃开辟以来名教之奇变,我孔子、孟子之所痛哭于九原!"这些对当时一般士民确实起到了很大的反宣传作用。

〔36〕风俗臭(xiù 秀)味:指当时汉族士民在习惯上已经知道太平军和自己是同类,都是汉族人。

〔37〕恳恳:急切貌。职(zhì 帜)志:掌旗帜的官,引申为目标。

〔38〕虑:大概。

〔39〕温藉:一作"温籍",即"蕴藉",含蓄宽容。

〔40〕跳踉(liáng 梁):跳跃。搏趠:跳跃着对打。

〔41〕嚚(yín 银)昧:愚昧。

〔42〕主文讽切:通过配乐的诗歌,委婉而亲切地进行劝告。

〔43〕动容:内心有所感动而表现于面容。

〔44〕堕:失败。众口之不俚:民众读革命派的宣传文字,认为不通俗。

〔45〕既:(事前)已经。

〔46〕容:指邹容。是书:指《革命军》。

〔47〕一:完全。叫咷(táo 逃):叫喊。恣言:尽情说出。

〔48〕发其惭恚:激发读者的羞愧和怨恨。恚(huì 惠),怨恨。

〔49〕祇(qí 旗)悔:大悔。

〔50〕先声:军队交战之前,先用宣传文字和语言去挫伤敌方的士气。

〔51〕材士:指清朝一方的有才干者。

〔52〕屠沽负贩:屠户、卖酒者、担货贩卖者。

〔53〕径直:文章写得平直通俗。恢发:扩大启发。

〔54〕藉(jiè借)非:假使不是。

〔55〕抑:但是。

〔56〕革命:《易·革》:"汤武革命",指商汤取代夏桀,周武取代殷纣,都是汉族内部的人。

〔57〕灭亡:此章氏所下定义,于史无据。

〔58〕改制:改变前朝的制度,如改正朔,易服色。

〔59〕光复:恢复原有的领土、统治或事业。

〔60〕容之署斯名:邹容把书名写成"革命军"。

〔61〕谅:推测。

〔62〕材性:同于现代所说"国民性"。

〔63〕共和:周公、召公共同执政的年代,称为"共和",始于公元前八四一年,至本文写作时的1903年,共二千七百四十四年。作者用"共和"纪年而不写"光绪二十九年",是表示不承认清王朝。

梁启超

梁启超(1873—1929),字卓如,号任公,又号饮冰室主人,广东新会人。光绪十五年(1889)举人。二十一年入京会试,随其师康有为发动公车上书。强学会成立,任书记员,主持《中外纪闻》。次年至上海,作《时务报》总撰述。二十三年至湖南,主讲长沙时务学堂。次年春入京,襄助康有为组织保国会,以六品衔专办译书局。戊戌变法失败后,逃亡日本。初编《清议报》,继编《新民丛报》,介绍西方社会、政治、经济学说,对当时知识界很有影响。辛亥革命后,曾任袁世凯政府的司法总长,和段祺瑞政府的财政总长。其间曾反对袁世凯称帝和张勋复辟。晚年任清华大学研究院导师,从事著述和讲学。在文学方面,他提倡"诗界革命"、"小说界革命",对"新派诗"的产生与发展,以及对小说地位的提高与创作的繁荣,都起过积极的促进作用。在散文创作方面,他的影响尤其巨大。他不赞成桐城派的古文,尤其不受魏晋文章的束缚,而"务为平易畅达,时杂以俚语、韵语及外国语法,纵笔所至不检束"(《清代学术概论》二十五),成为条理明晰,笔锋常带感情,别具一种魅力的"新民体"。就文章的形式、风格与社会影响说,它代表了中国散文发展史上一个新阶段,为晚清的文体解放,和五四白话文运动的兴起,起了架设桥梁、开辟道路的作用。有《饮冰室合集》(中华书局1989年版,十二册),《〈饮冰室合集〉集外文》(北京大学出版社2005年版,三册)。

少年中国说[1]

日本人之称我中国也,一则曰老大帝国,再则曰老大帝国。是语也,盖袭译欧西人之言也[2]。呜呼!我中国其果老大矣乎?梁启超曰:恶[3]!是何言[4],是何言?吾心目中有一少年中国在。

欲言国之老少,请先言人之老少。老年人常思既往,少年人常思将来。惟思既往也,故生留恋心;惟思将来也,故生希望心。惟留恋也故保守,惟希望也故进取。惟保守也故永旧,惟进取也故日新。惟思既往也,事事皆其所已经者,故惟知照例;惟思将来也,事事皆其所未经者,故常敢破格。老年人常多忧虑,少年人常好行乐。惟多忧也,故灰心;惟行乐也,故盛气[5]。惟灰心也,故怯懦;惟盛气也,故豪壮。惟怯懦也,故苟且[6];惟豪壮也,故冒险。惟苟且也,故能灭世界;惟冒险也,故能造世界。老年人常厌事,少年人常喜事[7]。惟厌事也,故常觉一切无可为者;惟好事也,故常觉一切事无不可为者。老年人如夕照,少年人如朝阳。老年人如瘠牛[8],少年人如乳虎[9]。老年人如僧,少年人如侠。老年人如字典[10],少年人如戏文[11]。老年人如鸦片烟,少年人如泼兰地酒[12]。老年人如别行星之陨石[13],少年人如大洋海之珊瑚岛[14]。老年人如埃及沙漠之金字塔[15],少年人如西伯利亚之铁路[16]。老年人如秋后之柳,少年人如春前之草。老年人如死海之潴为泽[17]，少年人如长江之初发源。此老年与少年性格不同之大略也。梁启超曰：人固有之，国亦宜然。

梁启超曰：伤哉，老大也！浔阳江头琵琶妇，当明月绕船，枫叶瑟瑟，衾寒于铁，似梦非梦之时，追想洛阳尘中春花秋月之佳趣[18]。西宫南内，白发宫娥，一灯如穗，三五对坐，谈开元天宝间遗事，谱霓裳羽衣曲[19]。青门种瓜人[20]，左对孺人，顾弄孺子[21]，忆侯门似海珠履杂遝之盛事[22]。拿破仑之流于厄蔑[23]，阿剌飞之幽于锡兰[24]，与三两监守吏，或过访之好事者，道当年短刀匹马，驰骋中原，席卷欧洲，血战海楼[25]，一声叱咤[26]，万国震恐之丰功伟烈[27]，初而拍案，继而抚髀[28]，终而揽镜[29]。呜呼！面皴齿尽，白发盈把，颓然老矣！若是者，舍幽郁之外无心事，舍悲惨之外无天地，舍颓唐之外无日月，舍叹息之外无音声，舍待死之外无事业。美人豪杰且然，而况于寻常碌碌者耶[30]？生平亲友，皆在墟墓，起居饮食，待命于人。今日且过，遑知他日[31]；今年且过，遑恤明年[32]？普天下灰心短气之事，未有甚于老大者。于此人也，而欲望以拿云之手段[33]，回天之事功[34]，挟山超海之意气[35]，能乎不能？

呜呼！我中国其果老大矣乎？立乎今日，以指畴昔[36]，唐虞三代，若何之郅治[37]，秦皇汉武，若何之雄杰，汉唐来之文学，若何之隆盛，康乾间之武功，若何之烜赫[38]。历史家所铺叙，词章家所讴歌[39]，何一非我国民少年时代、良辰美景赏心乐事之陈迹哉[40]！而今颓然老矣！昨日割五城,明日割十城,处处雀鼠尽[41],夜夜鸡犬惊[42]。十八省之土地财产[43],已为人怀中之肉;四百兆之父兄子弟[44],已为人注籍之奴[45]。岂所谓"老大嫁作商人妇"者耶[46]？呜呼！凭君莫话当年事[47],憔悴韶光不忍看[48]！楚囚相对[49],岌岌顾影[50],人命危浅[51],朝不虑夕[52]。一国为待死之国,一国之民为待死之民。万事付之奈何,一切凭人作弄,亦何足怪！

梁启超曰:我中国其果老大矣乎？是今日全地球之一大问题也。如其老大也,则是中国为过去之国,即地球上昔本有此国,而今渐渐灭[53],他日之命运殆将近也。如其非老大也,则是中国为未来之国,即地球上昔未现此国,而今渐发达,他日之前程且方长也。欲断今日之中国为老大耶？为少年耶？则不可不先明国字之意义。夫国也者,何物也？有土地,有人民,以居于其土地之人民,而治其所居之土地之事,自制法律而自守之,有主权[54],有服从,人人皆主权者,人人皆服从者。夫如是,斯谓之完全成立之国[55]。地球上之有完全成立之国也,自百年以来也[56]。完全成立者,壮年之事也。未能完全成立而渐进于完全成立者,少年之事也。故吾得一言以断之曰:欧洲列邦在今日为壮年国,而我中国在今日为少年国。

夫古昔之中国者,虽有国之名,而未成国之形也。或为家族之国[57],或为酋长之国[58],或为诸侯封建之国[59],

或为一王专制之国[60]。虽种类不一,要之[61],其于国家之体质也,有其一部而缺其一部。正如婴自胚胎以迄成童,其身体之一二官支[62],先行长成,此外则全体虽粗具,然未能得用也。故其唐虞以前为胚胎时代,殷商之际为乳哺时代,由孔子而来至于今为童子时代。逐渐发达,而今乃始将入成童以上少年之界焉。其长成所以若是之迟者,则历代之民贼有窒其生机者也[63]。譬犹童年多病,转类老态。或且疑其死期之将至焉,而不知皆由未完全未成立也;非过去之谓,而未来之谓也[64]。

且我中国畴昔岂尝有国家哉,不过有朝廷耳[65]!我黄帝子孙聚族而居,立于此地球之上者既数千年,而问其国之为何名,则无有也。夫所谓唐、虞、夏、商、周、秦、汉、魏、晋、宋、齐、梁、陈、隋、唐、宋、元、明、清者,则皆朝名耳。朝也者,一家之私产也。国也者,人民之公产也。朝有朝之老少,国有国之老少。朝与国既异物,则不能以朝之老少而指为国之老少明矣。文、武、成、康[66],周朝之少年时代也。幽、厉、桓、赧[67],则其老年时代也。高、文、景、武[68],汉朝之少年时代也,元、平、桓、灵[69],则其老年时代也。自馀历朝,莫不有之。凡此者,谓为一朝廷之老也则可,谓为一国之老也则不可。一朝廷之老且死,犹一人之老且死也,于吾所谓中国者何与焉[70]?然则吾中国者,前此尚未出现于世界,而今乃始萌芽云尔。天地大矣,前途辽矣,美哉,我少年中国乎!

玛志尼者[71]，意大利三杰之魁也[72]。以国事被罪，逃窜异邦。乃创立一会，名曰"少年意大利"。举国志士云涌雾集以应之[73]，卒乃光复旧物[74]，使意大利为欧洲之一雄邦。夫意大利者，欧洲第一之老大国也。自罗马亡后[75]，土地隶于教皇[76]，政权归于奥国[77]，殆所谓老而濒于死者矣。而得一玛志尼，且能举全国而少年之[78]，况我中国之实为少年时代者耶？堂堂四百馀州之国土[79]，凛凛四百馀兆之国民[80]，岂遂无一玛志尼其人者！

龚自珍氏之集有诗一章，题曰《能令公少年行》[81]，吾尝爱读之，而有味乎其用意之所存[82]。我国民而自谓其国之老大矣，斯果老大矣；我国民而自谓其国少年也，斯乃少年矣。西谚有之曰[83]："有三岁之翁，有百岁之童。"然则国之老少，又无定形，而实随国民之心力以为消长者也[84]。吾见夫玛志尼之能令国少年也，吾又见乎我国之官吏士民能令国老大也，吾为此惧！夫以如此壮丽浓郁、翙翙绝世之少年中国[85]，而使欧西、日本人谓我老大者，何也？则以握国权者皆老朽之人也。非哦几十年八股[86]，非写几十年白折[87]，非当几十年差[88]，非捱几十年俸[89]，非递几十年手本[90]，非唱几十年喏[91]，非磕几十年头[92]，非请几十年安[93]，则不能得一官，进一职。其内任卿贰以上[94]，外任监司以上者[95]，百人之中，其五官不备者[96]，殆九十六七人也。非眼盲，则耳聋，非手颤，则足跛，否则半身不顺也。彼其一身饮食步履、视听言语，尚且不能自了，须三四人在左右扶之捉之[97]，乃能度日，于此而乃欲责之以国事，是何异立无数木偶而使之治天下也！且彼辈者，自其少壮之时，既已亚细、欧罗为何处地方[98]，汉祖唐宗是那朝皇帝，犹嫌其顽钝腐败之未臻其极[99]，又必搓磨之[100]，陶冶之[101]，待其脑髓已涸[102]、血管已塞，气息奄奄，与鬼为邻之时，然后将我二万里江山[103]、四万万人命，一举而畀于其手[104]。呜呼！老大帝国，诚哉其老大也！而彼辈者，积其数十年八股、白折、当差、捱俸、手本、唱喏、磕头、请安，千辛万苦，千苦万辛，乃始得此红顶花翎之服色[105]，中堂大人之名号[106]，乃出其全副精神，竭其毕生力量，以保持之。如彼乞儿拾金一锭[107]，虽轰雷盘旋其顶上，而两手犹紧抱其荷包[108]，他事非所顾也，非所知也，非所闻也。于此而告之以亡国也，瓜分也[109]，彼乌从而听之[110]，乌从而信之！即使果亡矣，果分矣，而吾今年既七十矣、八十矣，但求其一两年内，洋人不来，强盗不起，我已快活过了一世矣。若不得已，则割三头两省之土地[111]，奉申贺敬[112]，以换我几个衙门；卖三几百万之人民作仆为奴，以赎我一条老命，有何不可，有何难办？呜呼！今以所谓老后老臣老将老吏者[113]，其修身齐家治国平天下之手段，皆具于是矣。西风一夜催人老，凋尽朱颜白尽头。使走无常当医生[114]，携催命符以祝寿，嗟乎痛哉！以此为国，是安得不老且死，且吾恐其未及岁而殇也[115]。

梁启超曰：造成今日之老大中国者，则中国老朽之冤业也[116]。制出将来之少年中国者,则中国少年之责任也。彼老朽者何足道?彼与此世界作别之日不远矣!而我少年乃新来而与世界为缘[117]。如僦屋者然[118],彼明日将迁居他方,而我今日始入此室处[119]。将迁居者,不爱护其窗枢[120],不洁治其庭庑[121],俗人恒情,亦何足怪?若我少年者,前程浩浩,后顾茫茫,中国而为牛为马,为奴为隶,则烹脔笞鞭之惨酷[122],惟我少年当之;中国如称霸宇内[123],主盟地球[124],则指挥顾盼之尊荣,惟我少年享之,于彼气息奄奄与鬼为邻者何与焉?彼而漠然置之,犹可言也;我而漠然置之,不可言也。使举国之少年而果为少年也,则吾中国为未来之国,其进步未可量也。使举国之少年而亦为老大也,则吾中国为过去之国,其澌亡可翘足而待也[125]。故今日之责任,不在他人,而全在我少年。少年智则国智,少年富则国富,少年强则国强,少年独立则国独立,少年自由则国自由,少年进步则国进步,少年胜于欧洲,则国胜于欧洲,少年雄于地球,则国雄于地球。红日初升,其道大光;河出伏流[126],一泻汪洋;潜龙腾渊,鳞爪飞扬;乳虎啸谷,百兽震惶;鹰隼试翼[127],风尘吸张[128];奇花初胎[129],矞矞皇皇[130];干将发硎[131],有作其芒[132];天戴其苍,地履其黄;纵有千古,横有八荒[133];前途似海,来日方长。美哉我少年中国,与天不老;壮哉我少年中国,与国无疆[134]!

〔1〕作者对日本人称中国为"老大帝国"的现象进行反思,指出清廷因顽固派主政而导致了中国老大颓然的景况,呼唤玛志尼式英雄的出

627

现,号召少年奋起,摧枯拉朽,使老大帝国成为少年中国。全文不避口语、俚语、西语、西典,纷然杂陈,热情澎湃,有极大的鼓动性。但同时伴随优点而来的也有"榛楛弗剪,词多枝蔓"之病。

〔2〕袭译:"老大帝国"原是欧美列强加给清王朝的一种蔑称,日本人沿袭这种蔑称翻译成日文。

〔3〕恶(wū乌):感叹词,表示不同意。

〔4〕是:这。

〔5〕盛气:犹言意气风发。

〔6〕苟且:得过且过,马虎草率。

〔7〕喜事:喜欢找些新鲜事做,出些新点子。

〔8〕瘠:瘦弱。

〔9〕乳虎:幼虎。陆游《秋晚》:"乳虎何疑气食牛。"

〔10〕字典:比喻不动感情。

〔11〕戏文:花团锦簇,十分热闹。

〔12〕泼兰地酒:今译白兰地。性醇烈。

〔13〕陨石:比喻即将死亡。

〔14〕珊瑚岛:珊瑚岛所在海域,气温高,比喻青年人的热情。

〔15〕金字塔:以其为古建筑,千古不变,老朽沉寂,比喻老年人即将进入坟墓。

〔16〕西伯利亚之铁路:以其为新兴事物,路途广阔,不断前进,比喻青年人有冒险精神。

〔17〕死海:约旦、以色列和巴勒斯坦间的巴勒斯坦湖,水中含盐分百分之二十四以上,鱼入其中即死,故名死海。潴(zhū朱):水积聚。泽:水汇聚处。

〔18〕"浔阳江头"六句:白居易《琵琶行》写琵琶女老大嫁作商人妇的哀怨,本文引以比喻老年人。"浔阳江头"、"绕船明月江水寒"、"枫叶

荻花秋瑟瑟"、"春花秋月等闲度",皆诗中句。

〔19〕"西宫南内"六句:此用白居易《长恨歌》中句,"西宫南内多秋草","梨园子弟白发新,椒房阿监青娥老","孤灯挑尽未成眠","惊破霓裳羽衣曲"。

〔20〕青门种瓜人:秦朝东陵侯召平,秦亡入汉为布衣,种瓜于长安城东南门(门青色,故称青门)外,瓜味甜美,人称"东陵瓜"或"青门瓜"。

〔21〕孺人:妻的通称。孺子:儿童的通称。按:江淹《恨赋》:"左对孺人,顾弄稚子。"本文用此,而作者偶然笔误,以"稚"为"孺",其实骈文对偶,不能重用。

〔22〕侯门似海:唐人崔郊有诗云:"侯门一入深如海。"见《云溪友议》。珠履:缀珍珠的鞋子,极言豪奢。杂遝(tà 踏):聚集貌。

〔23〕拿破仑:即法兰西帝国国王拿破仑第一(1769—1821)。他在1795年领兵进攻意大利,破奥地利,入埃及等国,1804年在法国即帝位,并兼意大利王,称霸欧洲。1841年反法联军攻陷巴黎,把他流放在地中海的厄尔巴岛。厄蔑,即厄尔巴,在意大利半岛和法国科西嘉岛之间。

〔24〕阿剌飞:即阿剌比(广东人读"飞"音如"比"),今译作阿剌贡。埃及军官,也是埃及民族解放运动领袖。1881年领导军队发动政变,推翻英法殖民统治。1882年任新政府陆军部长,领导起义军抗击英军进攻,战败,被流放于锡兰(今斯里兰卡)。

〔25〕海楼:李白《明堂赋》:"夸蓬壶之海楼。"本文用此指海上。

〔26〕叱咤:怒斥声。

〔27〕烈:功业。

〔28〕抚髀:以手拍大腿,表示嗟叹。此用刘备慨叹髀肉复生之事,《三国志·蜀志·先主传》注引《九州春秋》刘备曰:"今不复骑,髀里肉生。日月若驰,老将至矣!"此以之形容拿破仑、阿剌飞叹老之状。髀(bì 毕),大腿。

〔29〕揽镜:李白《捣衣篇》云:"谁能揽镜看愁发!"言镜中人已老而功业无成。

〔30〕碌碌:平庸无能。

〔31〕遑:哪有闲暇。

〔32〕恤:忧虑,顾惜。

〔33〕拿云:李贺《致酒行》:"少年心事当拏云。"拏,通"拿"。心事拿云,犹言壮志凌云。

〔34〕回天:改变天意。

〔35〕挟山超海:"挟泰山以超北海",语出《孟子·梁惠王上》,本言不能,此以比喻豪情壮志。

〔36〕畴昔:往日。

〔37〕郅治:至治。太平盛世。

〔38〕煊(xuān宣)赫:声威盛大。

〔39〕讴歌:歌颂。

〔40〕良辰美景赏心乐事:出谢灵运《拟魏太子邺中集诗序》,言此四者难得同时具备。陈迹:已往的事迹。

〔41〕雀鼠尽:比喻极度匮乏,所谓"罗掘俱穷"。见《新唐书·张巡传》。

〔42〕鸡犬惊:鸡犬亦不宁,更无论居民。此言敌军占领下的惨状。

〔43〕十八省:清初全国分为十八行省。

〔44〕四百兆:即四万万。百万为一兆。

〔45〕注籍:登记在占领者的奴隶户口簿上。

〔46〕老大嫁作商人妇:白居易《琵琶行》中的一句,比喻清廷已成列强的半殖民地。

〔47〕凭君:请您。

〔48〕韶光:美好的时期。

〔49〕楚囚相对:楚囚指楚乐官钟仪,被俘在晋。见《左传·成公九年》。楚囚相对,见《世说新语·言语》:王导责周颛等"何至作楚囚相对?"

〔50〕岌岌:危险貌。

〔51〕危浅:生命垂危。

〔52〕朝不虑夕:早上不知道晚上的事。

〔53〕澌灭:消失净尽。

〔54〕主权:国家对内高于一切和对外保持独立自主的固有权力。

〔55〕完全成立之国:指近代资产阶级民主国家,即欧、美等发达国家。

〔56〕自百年以来:指十七世纪末以来。

〔57〕家族之国:原始公社的民族组织。当时国家尚未产生。

〔58〕酋长之国:部落或部落联盟。

〔59〕诸侯封建:周天子分封诸侯,使建立各自大小不等的国,诸侯使卿大夫建立各自的家。

〔60〕一王专制:统一的封建集权的国家,如秦、汉以迄明、清的大一统王朝。

〔61〕要之:总而言之。

〔62〕官支:五官四肢。支,同"肢"。

〔63〕民贼:残害人民的人。见《孟子·告子下》:"今之所谓良臣,古之所谓民贼也。"室:填塞。生机:生命的机能。

〔64〕非过去之谓,而未来之谓也:非谓过去,而谓未来也。

〔65〕朝廷:封建时代的中央政府。

〔66〕文武成康:周初的文王、武王创建了周王朝,被称为圣王。成王和康王能守住王业,被称为守成令主。

〔67〕幽厉桓赧(nǎn 腩):幽王无道,为犬戎所杀,西周灭。厉王无

道,被国人流于彘。桓王伐郑,被射中肩。赧王避债,成为笑柄。

〔68〕高文景武:汉高祖创业。文帝、景帝政治清明,史称文景之治。武帝雄才大略,文治武功,俱有可观。

〔69〕元平桓灵:元帝和亲。平帝宠董贤,政柄下移,西汉遂亡于王莽。桓帝、灵帝卖官鬻爵,外戚与宦官擅权,东汉亦亡。

〔70〕何与(yù玉):有什么关系。

〔71〕玛志尼(1805—1872):意大利民族解放运动中民主共和派领袖。罗马灭亡后,意大利受法、奥等国侵凌,他创"少年意大利同盟"起事,失败,亡命瑞士,又组新党,终于完成意大利统一大业。

〔72〕三杰:玛志尼、加里波地和喀富尔,并称意大利三杰。

〔73〕举国:全国。

〔74〕光复旧物:恢复原有的领土、统治或事业。

〔75〕罗马:原为古意大利一城邦,后发展为地中海地区的奴隶制大国,公元五世纪末,西罗马帝国灭亡。

〔76〕教皇:罗马教皇1815年后,处于奥地利保护下,受其控制。

〔77〕奥国:欧洲中部的内陆国,与意大利相邻。

〔78〕举:用手举起。

〔79〕四百馀州:全国共约四百个州郡,即以指代全国。

〔80〕凛凛:严肃可畏。

〔81〕"龚自珍"二句:龚氏作《能令公少年行》时,刚三十岁。能令公:此用"髯参军、短主簿,能令公喜,能令公怒"的格式。见《世说新语·宠礼》。

〔82〕味:体察。

〔83〕谚:长期流传下来文词固定的常言。

〔84〕消长(zhǎng掌):《易·泰》:"君子道长,小人道消。"消,消失。长,增长。

〔85〕翩翩绝世：美好的风姿，并世无双。此喻少年中国如英俊少年。

〔86〕八股：明、清科举考试文体之一。以四书内容作题目，文有定式，合共八股。

〔87〕白折：用白纸折叠成供书写的摺子。进士朝考或官员上书言事，都用楷书写在白折上。

〔88〕当差（chāi拆）：承受差使。一般官员奉到上司命令办理某一公务，叫当差。

〔89〕捱俸：封建官场讲究资格，很少破格用人，所以大家都混资格，等待升官加俸。

〔90〕手本：门生拜见座师或下级谒见长官，所用名帖，叫手本。

〔91〕唱喏（rě惹）：对上官打拱时口里作声以致敬。

〔92〕磕头：古书作"叩首"。以头叩地，是最重的礼节。曹振镛（道光时首辅）做官秘诀："多磕头，少说话。"

〔93〕请安：清代见面问安时，男的屈右膝半跪，口称请某人安。

〔94〕卿贰：朝廷内各部长官（卿）与副长官（贰）。

〔95〕监司：各省布政使、按察使及诸道道员。

〔96〕五官：《荀子·天论中》指人身耳、目、鼻、口、形的总称。

〔97〕捉：握着老人的手。

〔98〕亚细、欧罗：本为亚细亚（亚洲）、欧罗巴（欧洲），此嘲守旧官僚不明外事。

〔99〕臻（zhēn真）：至。

〔100〕搓磨：揉搓。

〔101〕陶冶：培养。

〔102〕涸（hé合）：干枯。

〔103〕二万里：纵横各一万里。

633

〔104〕畀(bì 毕):给予。

〔105〕红顶花翎:清制:二品以上官帽用红顶。贵官礼帽后拖一枝孔雀翎,叫花翎。服色:各级官员的服饰。

〔106〕中堂:清代大学士之称。

〔107〕锭:古代金银币铸成一定形状,称为"锭"。

〔108〕荷包:随身佩带或缀于袍外的小袋。

〔109〕瓜分:比喻切瓜一样分割国土。

〔110〕乌从:何从(从哪里)。

〔111〕三头两省:三两省。此广东方言。

〔112〕奉申贺敬:奉献礼物表达贺喜的诚意。此旧社会贺帖用语,本文用以讽刺。

〔113〕老后:指慈禧太后。

〔114〕走无常:生人而当鬼差者,旧小说中常有之。

〔115〕殇:夭折。

〔116〕冤业:佛经语,指前世的冤仇罪孽,今世必得报复。

〔117〕为缘:佛家以为前世结了缘,今世就有果报。引申为结识、结交。

〔118〕僦(jiù 就):租赁。

〔119〕入此室处:用《诗·豳风·七月》成句。进入这房屋来居住。比喻少年主持国事。

〔120〕栊:窗。

〔121〕庑:走廊。

〔122〕脔(luán 栾):割。

〔123〕称霸:成为霸主,如齐桓、晋文之于列国。

〔124〕主盟:主持盟会。按:此皆民族沙文主义观点,带有偏见。

〔125〕翘足而待:跷起脚跟等待。比喻很快。

〔126〕伏流:潜伏在地下的水。

〔127〕隼(sǔn 损):一种猛禽。

〔128〕吸张:应为"翕张"。一闭一开。

〔129〕奇花初胎:此用司空图《诗品·精神》中句,比喻青年人意气飞扬。

〔130〕矞(yù 玉)矞皇皇:万物逢春生气蓬勃貌。此用扬雄《太玄》二《交》:"物登明堂,矞矞皇皇。"

〔131〕干将(jiāng 江):古代宝剑名。发硎:刚从磨刀石上磨好剑刃。

〔132〕有作其芒:《史记·天官书》:"作作有芒。"作作,形容光芒四射。作作,同"灼灼"。

〔133〕八荒:八方荒远之地。

〔134〕无疆:没有止境。